HISTOIRES ÉTRANGES ET FANTASTIQUES D'AMÉRIQUE LATINE

Chez le même éditeur

Histoires d'amour d'Amérique latine

HISTOIRES ÉTRANGES ET FANTASTIQUES D'AMÉRIQUE LATINE

présentées par
Claude COUFFON

SUITES
Editions Métailié
5, rue de Savoie, 75006 Paris
1997

ISBN : 2-86424-246-X

Introduction

Longtemps prisonnière des modèles européens, français ou espagnols, la littérature ibéro-américaine a trouvé au début de notre siècle ses libérateurs. Le premier en date, Mariano Azuela, voulut dès 1916 raconter « à la mexicaine » la Révolution qui opposait dans son pays grands propriétaires terriens et péons exploités et écrivit *Ceux d'en bas*. Au sud, dans les années 20, trois écrivains de pays alors ruraux entreprirent de romancer la vie de l'homme américain dans son cadre authentique, grandiose mais sauvage et souvent cruel. En Colombie, José Eustasio Rivera (1889-1928) nimba d'un halo lyrique, dans *La Voragine* (1924), l'expérience des récolteurs de caoutchouc isolés dans l'enfer vert de la forêt vierge. En Argentine, la solitude du gaucho inspira à Ricardo Güiraldes (1886-1927) le désormais célèbre *Don Segundo Sombra* (1926). Au Venezuela, Rómulo Gallegos (1884-1969) fit s'affronter les forces telluriques du llano au modernisme civilisateur dans *Doña Bárbara* (1929).

La quête passionnée d'une identité complexe était commencée. Elle s'est poursuivie jusqu'à nos jours tant elle demeure fondamentale. « L'angoisse de savoir ce que nous sommes est probablement hispano-américaine », a affirmé le romancier et critique vénézuélien Arturo Uslar-Pietri.

Durant la décennie 1930-1940, le mouvement dit indigéniste intégra l'Indien à la littérature. Il naquit et se développa dans les pays andins à forte majorité indienne. Violemment dénonciateur, de tendance marxiste en Équateur et apriste au Pérou, il entendait révéler la dure condition de l'Indien des campagnes, dépossédé depuis la conquête espagnole, marginalisé et exploité par une oligarchie de latifondistes soutenus par un clergé obscurantiste et servile et une armée toujours prête à réprimer et à tuer. Ses représentants avaient souvent passé leur enfance dans les grands domaines et vu de leurs yeux d'atroces spectacles. La plupart parlaient ou comprenaient le quechua mais c'est en espagnol qu'ils divulguèrent leurs plaidoyers ou leurs actes d'accusation. On lit et relit toujours avec intérêt, dans cette optique, l'hallucinant *Huasipungo* (1934) de Jorge Icaza (1906-1978) et *Vaste est le monde* (1941) de Ciro Alegría (1909-1967).

L'indigénisme fut en quelque sorte le ferment d'un mouvement qui, après la Deuxième Guerre mondiale, allait imposer définitivement aux lettres ibéro-américaines leur universalité : le réalisme magique. Le monde rural en restait le protagoniste mais l'écriture et l'originalité de l'imagination de ses créateurs firent craquer sa continentalité. Le terme a été souvent discuté et différemment défini, y compris par ses membres, car le réalisme magique révèle autant une manière de voir qu'une manière d'écrire. Il apparaît pour la première fois appliqué à la littérature sous la plume d'Arturo Uslar-Pietri, qui l'emprunta d'ailleurs au critique d'art Franz Roh, lequel définissait ainsi la peinture post-expressionniste allemande. En simplifiant quelque peu les nuances apportées par ses commentateurs, nous pourrions dire que le réalisme magique (baptisé par certains réel merveilleux) consistait à surprendre et à exprimer par le conte et le roman le mystère caché derrière la réalité des choses. Ses maîtres furent Miguel Angel Asturias, Alejo Carpentier, Juan Rulfo, José María Arguedas et Jorge Amado[1].

1. Auxquels on pourrait ajouter l'Uruguayen Enrique Amorim (1900-1960) dont on n'a malheureusement traduit en français qu'un seul roman : *La Roulotte* (éd. Gallimard, coll. « La Croix du Sud »).

Guatémaltèque, Miguel Angel Asturias explora le premier les arcanes de la dictature (*Monsieur le Président*, 1946) avant de relater le drame humain et mythique du maïs (*Hommes de maïs*, 1949) et de la banane (*L'Ouragan*, 1949 ; *Le Pape Vert*, 1954 ; *Les yeux des enterrés*, 1960). Une imagination débridée servie par un art d'écrire aux multiples facettes inventives lui fit élever la vie paysanne du Guatemala au plus haut niveau du fantastique dans *Une certaine mulâtresse* (1963). Cubain, Alejo Carpentier plongea dans l'histoire antillaise ses nasses de romancier érudit pour en retirer des figures jusqu'alors inconnues ou méconnues, pourtant extraordinairement significatives, comme celle du roi nègre Christophe en Haïti (*Le Royaume de ce monde*, 1949) ou du révolutionnaire Victor Hugues (*Le Siècle des Lumières*, 1962), ressuscitant à sa manière, dans un livre éblouissant d'humour, Christophe Colomb et son supporter Léon Bloy (*La Harpe et l'ombre*, 1979). Mexicain de Jalisco, avare de mots mais expert dans la suggestion, Juan Rulfo sonda les tréfonds obscurs des âmes primitives dans un seul roman (*Pedro Páramo*, 1955) et quelques nouvelles (*Le llano en flammes*, 1953). Ce que fit, pour le Pérou, mais avec amour et tendresse, en recourant à des souvenirs d'enfance, José María Arguedas (1911-1970) dans *Les Fleuves profonds* (1958). Quant au très populaire Jorge Amado, ses personnages ont une telle présence que les Brésiliens les évoquent comme s'ils faisaient partie de leur histoire, de leur quotidien, de leur misère et de leur allégresse. Quinquin-la-Flotte, Gabriela, Dona Flor et ses deux maris, Tereza Batista, Tieta d'Agreste et tant d'autres appartiennent désormais au patrimoine national.

Le réalisme magique, qui inspira encore jusqu'à sa mort tragique le Péruvien Manuel Scorza (1928-1983), a-t-il pris fin avec l'immense et désormais classique parodie que constitue *Cent ans de solitude* (1967) ? C'est possible. En reprenant tous les thèmes traités par ses prédécesseurs et en leur donnant une démesure et un humour baroques, le Colombien García Márquez interrompit sans doute le courant et ferma le cycle. Un peu comme Cervantès avait mis fin aux romans de chevalerie en inventant le plus burlesque et génial d'entre eux, *Don Quichotte*.

Une volonté d'écriture différente hantait d'ailleurs les compagnons de génération de García Márquez, connus sous l'appellation « écrivains du boom » à cause de leur succès à la fois littéraire et économique. Dans les années 60, c'étaient de jeunes écrivains bourgeois de gauche, enthousiasmés par la Révolution cubaine. Beaucoup vivaient en Europe, exilés par les dictatures militaires. Plus critiques que leurs aînés, ils s'intéressaient aux théories de la littérature, se lisaient entre eux et lisaient leurs contemporains étrangers. Mais, surtout, ils avaient lu Faulkner et *Manhattan Transfer* de Dos Passos. La juxtaposition textuelle, empruntée à ce dernier, permit à Carlos Fuentes d'assembler avec un art saisissant les multiples pièces de la mosaïque romanesque qu'il consacra à la tentaculaire ville de Mexico, dans *La plus limpide région* (1958). *La Mort d'Artemio Cruz* (1962), où l'auteur utilise le flash-back, ramène progressivement un magnat de la finance mexicaine de son lit d'agonisant aux heures claires de son enfance. Pour Mario Vargas Llosa, la violence politique, sociale, morale, sexuelle, devait se retrouver dans l'écriture. La chronologie, les dialogues, la logique, violentés, mettaient en relief le viol des consciences adolescentes par l'éducation militaire au Pérou (*La Ville et les Chiens*, 1963) ou celui des consciences indiennes dans la forêt (*La Maison Verte*, 1966).

Les « écrivains du boom » s'imposèrent dès leurs premières œuvres qui furent souvent leurs chefs-d'œuvre. Celles-ci restaient liées à la quête de l'identité collective. Pourtant, insensiblement, les créateurs s'acheminaient vers une recherche davantage fondée sur l'individu, ses illusions, ses rêves, ses frustrations et ses fantasmes. En 1966, José Lezama Lima donnait le ton en racontant dans *Paradiso*, en une langue somptueusement baroque, son enfance cubaine. En 1970, José Donoso entraînait son lecteur dans l'enfer d'un cœur chilien avec *L'obscène oiseau de la nuit*.

Il est vrai que, dès 1963, *Marelle* de Julio Cortázar avait déjà, à propos de l'identité argentine, soulevé le voile. Membre d'une société introvertie, l'habitant du Río de la Plata, selon lui, n'y échappe que par le rêve et la fiction. Vivre, ce n'est pas accepter la réalité mais la transcender par l'intervention de l'imaginaire et, pour l'écrivain, « par l'ironie, l'autocritique incessante, l'incongruité, l'imagination au service de la personne ». On ne saurait mieux définir, nous semble-t-il, l'œuvre d'Ernesto Sábato mais surtout l'attitude de Juan Carlos Onetti et l'univers de ses romans *La Vie brève* (1950), *Le Chantier* (1961), *Ramasse-Vioques* (1964) et *Laissons parler le vent* (1979). Mais on sent aussi poindre non loin la littérature fantastique. Est-ce parce que ses créateurs ont des racines plus européennes ? Ou/et parce que les grands espaces sans horizon facilitent l'évasion de l'imagination ? Ou/et parce que l'environnement y suggère plus l'onirisme que le réalisme ? Constatons-le : un puissant courant fantastique a depuis toujours traversé la littérature du Río de la Plata. On ne sera donc pas surpris que ce soit un Uruguayen précurseur, Horacio Quiroga (1878-1937) qui ouvre notre anthologie. Vite suivi par plusieurs générations de maîtres du genre : Borges, Cortázar, Adolfo Bioy Casares, Silvina Ocampo, Felisberto Hernández, Gloria Alcorta, Luisa Mercedes Levinson...

*

* *

Il est d'usage, chez les théoriciens européens de la littérature, de scinder la création littéraire en deux composantes principales, l'une d'inspiration réaliste et l'autre née de l'imagination pure, cette dernière se ramifiant en trois courants : le merveilleux, l'étrange et le fantastique. Dans quelle mesure cette classification est-elle valable pour la littérature ibéro-américaine dont nous avons tenté, à grands traits simplificateurs, de montrer l'évolution et la singularité ?

Le merveilleux, où le surnaturel est accepté comme tel par le lecteur avec l'intervention bénéfique des fées ou du prince charmant ou celle, maléfique, de l'ogre ou des sorcières, n'a pas inspiré, semble-t-il, l'imaginaire sud-américain. Ici, peu ou presque[2] de *Cendrillon*, de *Chat Botté*, de *Petit Chaperon Rouge* ou de *Blanche-Neige*. Le fantastique, par contre, dans lequel le surnaturel s'exerce d'un bout à l'autre du récit et maintient dans l'esprit du lecteur un doute, une ambiguïté jamais éclaircie, y a, nous l'avons dit, d'illustres représentants, notamment en Argentine et en Uruguay. L'étrange aussi, où le surnaturel provoque l'inquiétude, la peur parfois, et toujours l'interrogation, mais demeure finalement expliqué, a, depuis les origines (*cf.* Horacio Quiroga, « L'oreiller de plumes ») ses adeptes dans la même aire géographique.

Pourtant, et c'est leur originalité profonde, la plupart des créateurs de l'Amérique ibérique offrent des fictions plus difficilement qualifiables. Étranges, les histoires d'Asturias, de Roa Bastos ou de Jorge Amado ? Fantastiques, celles de Rulfo, de Juan José Arreola ou de García Márquez ? Oui et non. En fait, tous partent d'une source sans cesse jaillissante depuis toujours en Amérique latine : le réalisme. D'inspiration souvent tellurique, ces créations sont à l'image de ce qu'elles entendent évoquer : une réalité aux dimensions peu communes et souvent délirante, un milieu ambiant aux aspects et aux effets inconcevables pour un esprit rationnel et moderne, une mosaïque baroque d'hommes et de femmes nés dans des creusets où l'histoire, capricieuse alchimiste, a mêlé aveuglément par la violence ethnies, couleurs, croyances, religions, traditions, philosophies, quand elle n'a pas partiellement détruit et marginalisé des civilisations entières. Conséquence : en Amérique latine, *tout est possible*. « Dieu me délivre d'inventer rien », affirmait Pablo Neruda. Nous n'avons pas à être surréalistes, a constaté Octavio Paz, puisque nos pays le sont par nature. C'est sans doute pour définir cette réalité hors des normes que les critiques de la génération de Miguel Angel Asturias et Alejo Carpentier ont ajouté au terme « réalisme » les qualificatifs apparemment contradictoires de « fantastique » ou de « merveilleux », et plus générale-

2. Une exception, par exemple, dans notre anthologie : *Anaconda*, d'Horacio Quiroga, où les serpents parlent.

ment, celui de « magique ». Plus justement aussi, car une imagination souvent effrénée et la recherche (réussie) d'une forme-miroir de cet environnement hallucinant ont fait de ces créateurs des mages de l'écriture.

On le comprend : canaliser la littérature ibéro-américaine en deux vastes courants : réaliste et imaginaire, impliquerait une simplification qui la trahirait, quand bien même subdiviserait-on chacun en tonalités diverses. Une analyse attentive des œuvres montre facilement comment les deux courants se rejoignent souvent en enchevêtrements subtils.

C'est donc en les prenant dans leur sens le plus large et avec les particularités signalées que nous avons adopté les deux qualificatifs « étrange » et « fantastique » pour notre titre.

Convenait-il de parler de « contes » plutôt que de « nouvelles » ? L'espagnol n'apporte pas entre ces deux termes les subtilités de la langue française. Il ne différencie pas. « Nouvelle » et « conte » sont désignés par un seul mot : *cuento*. Nous avons préféré, quant à nous, utiliser après Baudelaire, le terme simple et unificateur : *histoires*.

Les auteurs sont ici présentés en respectant la chronologie. L'ordre des contes retenus, écrits à tel ou tel moment de leur vie, ne pouvait évidemment correspondre exactement à cette chronologie. Pour les situer dans leur époque ou dans la mouvance et l'évolution littéraire résumées ci-dessus, chaque texte est suivi de sa date d'écriture ou de publication.

*
* *

Nous espérons que, telle quelle, cette anthologie permettra d'apprécier dans son ensemble, à travers un conte — deux, dans le cas d'une double orientation significative — de ses grands écrivains, une littérature devenue en moins d'un siècle universelle. Un contact ininterrompu de plus de quarante ans avec les œuvres, l'amitié de trois générations d'auteurs, des lectures et des découvertes éblouies ainsi qu'une participation active à la traduction et à la diffusion de la création ibéro-américaine en France, ont facilité et guidé notre choix. Nous voudrions que ce qui a été notre passion et qui a peut-être justifié notre vie serve à une meilleure connaissance d'un phénomène littéraire exceptionnel.

Ce livre est aussi un hommage aux traducteurs qui, avec passion et talent, ont contribué à la révélation des lettres ibéro-américaines.

Claude COUFFON
(Septembre 1989)

La jeune femme, les yeux démesurément ouverts, ne cessait plus de regarder le tapis de chaque côté du chevet du lit. Une nuit, elle s'immobilisa subitement, le regard fixe. Un instant après elle ouvrit la bouche pour hurler, et ses narines et ses lèvres se perlèrent de sueur.

— Jordan ! Jordan ! cria-t-elle raide d'épouvante, sans cesser de regarder le tapis.

Jordan courut à la chambre. En le voyant paraître Alicia lança un cri d'horreur.

— C'est moi, Alicia, c'est moi !

Alicia égarée le regarda, regarda le tapis, le regarda de nouveau et, après cette longue et stupéfaite confrontation, se rasséréna. Elle sourit et prit entre les siennes la main de son mari qu'elle caressa toute une demi-heure, en tremblant.

Parmi ses hallucinations les plus acharnées, elle vit un anthropoïde qui, appuyé de ses doigts sur le tapis, gardait ses yeux fixés sur elle.

Les médecins revinrent inutilement. Il y avait là, devant eux, une vie qui s'achevait, dont le sang fuyait de jour en jour, d'heure en heure, sans que l'on sût absolument comment. Lors de la dernière consultation, Alicia gisait dans sa stupeur pendant qu'ils prenaient son pouls, se passant de l'un à l'autre le poignet inerte. Ils l'observèrent un long moment en silence, puis ils passèrent dans la salle à manger.

— Pff..., son médecin découragé haussa les épaules. C'est un cas grave... Il n'y a pas grand-chose à faire.

— Il ne manquait que ça ! lâcha Jordan. Et il se mit brusquement à tambouriner sur la table.

Alicia continua de s'éteindre dans son délire anémique qui s'aggravait le soir, mais régressait toujours en début de matinée. Sa maladie ne progressait pas durant le jour, mais chaque matin elle s'éveillait livide, presque en syncope. On eût dit que sa vie s'en allait la nuit seulement, en de nouvelles vagues de sang. Elle avait toujours au réveil l'impression d'être écrasée dans son lit sous des tonnes de plomb. A partir du troisième jour, cette sensation de sombrer ne l'abandonna plus. A peine pouvait-elle bouger la tête. Elle ne voulut plus qu'on touchât au lit, ni même qu'on lui arrangeât l'oreiller. Ses terreurs crépusculaires avançaient maintenant sous la forme de monstres qui rampaient jusqu'au lit et se hissaient péniblement sur l'édredon.

Ensuite elle perdit connaissance. Les deux derniers jours elle délira sans cesse à mi-voix. Les lampes restaient allumées, funèbres, dans la chambre et dans le salon. Dans le silence d'agonie qui régnait sur la maison on n'entendait plus que le délire monotone qui sortait du lit, et l'écho sourd des éternels pas de Jordan.

Alicia mourut, enfin. Et quand la bonne entra pour défaire le lit alors vide, elle regarda un moment l'oreiller avec étonnement.

— Monsieur ! Elle appela Jordan à voix basse. Sur l'oreiller il y a des taches qui ressemblent à du sang.

Jordan s'approcha rapidement et se pencha dessus. Effectivement, sur la taie, des deux côtés du creux qu'avait laissé la tête d'Alicia, on voyait deux petites taches sombres.

— On dirait des piqûres, murmura la bonne après l'avoir observé immobile pendant un moment.

— Approchez-le de la lumière, lui dit Jordan.

La bonne le souleva, mais elle le laissa immédiatement retomber et resta à le regarder, livide et tremblante. Sans savoir pourquoi, Jordan sentit ses poils se hérisser.

— Qu'y a-t-il ? murmura-t-il d'une voix rauque.

— Il est très lourd, articula la bonne sans cesser de trembler.

Jordan le souleva ; il pesait extraordinairement. Ils le prirent et, sur la table de la salle à manger, Jordan coupa la taie et la doublure d'un coup de couteau. Les plumes du dessus volèrent et la bonne, la bouche grande ouverte, poussa un cri d'horreur en portant ses mains crispées à ses bandeaux. Au fond, au milieu des plumes, remuant lentement ses pattes velues, il y avait une bête monstrueuse, une boule vivante et visqueuse. Elle était tellement enflée que sa bouche apparaissait à peine.

Nuit après nuit, depuis qu'Alicia s'était alitée, elle lui avait sournoisement appliqué sa bouche — ou plutôt sa trompe — sur les tempes ; elle avait sucé tout son sang. La piqûre était imperceptible. En secouant chaque jour son oreiller, on l'avait sans doute au début empêchée de se développer ; mais dès que la jeune femme ne put plus bouger, la succion fut vertigineuse. En cinq jours, en cinq nuits, elle avait vidé Alicia.

Ces parasites d'oiseau, minuscules en milieu naturel, parviennent à acquérir dans certaines conditions des proportions énormes. Le sang humain semble leur être particulièrement favorable, et il n'est pas rare d'en trouver dans les oreillers de plumes.

(1917)
(traduit par Frédéric Chambert)
Éditions Métailié

Anaconda

I

Il était dix heures du soir et il faisait une chaleur suffocante. Le temps lourd, sans un souffle, pesait sur la forêt. Le ciel de charbon était de temps à autre déchiré à l'horizon par de sourds éclairs, mais l'orage grondant au sud était encore loin.

Sur un chemin au milieu des spartes blancs, Lancéolée avançait avec la lenteur générique des vipères. C'était une yarara magnifique, d'un mètre cinquante, aux flancs ornés d'une ligne noire bien découpée en dents de scie, écaille par écaille. Elle avançait en s'assurant de la sécurité du sol avec la langue, qui remplace parfaitement les doigts chez les ophidiens.

Elle allait à la chasse. En arrivant à une intersection, elle s'arrêta, se lova sans hâte, remua encore un moment en cherchant sa position et, après avoir ramené sa tête au niveau de ses anneaux, elle y posa la mâchoire inférieure et attendit immobile.

Les minutes s'écoulèrent une à une pendant cinq heures au terme desquelles elle continuait d'attendre, toujours immobile. Mauvaise nuit ! Le jour commençait à poindre et elle allait se retirer quand elle changea d'idée. A l'est, sur le ciel pâle, une ombre immense se découpait.

— Je voudrais passer près de la Maison, se dit la yarara. Cela fait dix jours que j'entends du bruit. Il faut ouvrir l'œil.

Et elle se dirigea prudemment vers l'ombre.

La maison à laquelle se référait Lancéolée était un vieux bâtiment de planches blanchies entouré de galeries. Autour s'élevaient deux ou trois hangars. Depuis des temps immémoriaux, le bâtiment était inhabité. Et maintenant on y entendait des bruits insolites, des coups métalliques, des hennissements de chevaux, tout un ensemble de choses qui révélaient à une lieue la présence de l'Homme. Mauvais signe...

Mais il fallait s'en assurer, et Lancéolée en eût la preuve bien plus tôt qu'elle ne l'eût souhaité.

Un bruit très reconnaissable de porte que l'on ferme parvint à ses oreilles. Elle leva la tête, et tout en remarquant qu'une blonde clarté à l'horizon annonçait l'aurore, elle vit une ombre fine, haute et robuste avancer vers elle. Elle entendit aussi des pas – ces coups pleins, assurés, séparés d'un intervalle énorme qui trahissaient également à une lieue la présence de l'ennemi.

– L'Homme ! murmura Lancéolée. Et avec la rapidité de l'éclair, elle se dressa en position de défense.

L'ombre fut sur elle. Un pied énorme tomba à côté d'elle, et la yarara, avec la violence d'une attaque dans laquelle on joue sa vie, lança sa tête contre la chose, et la ramena dans la position antérieure.

L'homme s'arrêta. Il avait cru sentir un coup sur ses bottes. Il observa l'herbe autour de lui sans bouger le pied, mais il ne vit rien dans l'obscurité à peine fendue par le vague jour naissant, et il continua son chemin.

Mais Lancéolée vit que la Maison commençait à vivre, et c'était bel et bien, cette fois, la vie de l'Homme qui l'animait. La yarara retourna vers son nid, mais elle emporta avec elle la certitude que cet épisode nocturne n'était que le prologue d'un grand drame qui se déroulerait bientôt.

II

Le lendemain, la première préoccupation de Lancéolée fut le danger que l'arrivée de l'homme faisait peser sur la famille tout entière. Homme et Dévastation sont synonymes depuis des temps immémoriaux pour tout le peuple des animaux. Pour les Serpents en particulier, le désastre se traduisait en deux horreurs : la machette qui pénétrait partout, saccageant les entrailles mêmes de la forêt, et le feu qui aussitôt après anéantissait les bois et, avec eux, les nids cachés des serpents.

Il devenait donc urgent de parer à tout cela. Lancéolée attendit la nuit suivante pour se mettre en campagne. Sans grande peine elle trouva deux amies qui lancèrent le cri d'alarme. Quant à elle, elle se rendit jusqu'à minuit dans les endroits les plus indiqués pour faire d'heureuses rencontres, de telle sorte qu'à deux heures du matin le Congrès réunissait, sinon la totalité, au moins une majorité suffisante d'espèces pour décider de ce que l'on ferait.

A la base d'un mur de pierres vives de cinq mètres de haut et, bien sûr, en pleine forêt, se trouvait une caverne dissimulée par des fougères qui en obstruaient presque l'entrée. Elle servait depuis longtemps déjà de tanière à Terrifique, serpent à sonnettes, sage entre les sages et dont la queue n'arborait pas moins de trente sonnettes. Terrifique ne dépassait pas un mètre de long, mais était en revanche plus large qu'une bouteille. Spécimen magnifique, couvert de losanges jaunes, vigoureux, persévérant, capable de rester sept heures sur place face à l'ennemi, rapide à sortir ses crochets à canaux internes qui sont, comme on le sait, sinon les plus grands, au moins les plus admirablement constitués parmi les serpents venimeux.

Ce fut donc là que, devant l'imminence du danger, sous la présidence du serpent à sonnettes, le Congrès des Venimeuses se réunit. Outre Lancéolée et Terrifique, toutes les yararas du pays étaient là : la petite Coatiarita, benjamine de la Famille, avec sa ligne rouge bien en vue sur les flancs et sa tête particulièrement effilée. Il y avait là, négligemment allongée comme s'il ne s'agissait nullement de faire admirer les courbes blanches et café sur de longues bandes saumon de son dos, la svelte Neuweid, modèle de beauté qui conservait le nom du naturaliste qui avait déterminé son espèce. Il y avait Croisée — qu'on appelle dans le sud serpent de la croix — puissante et audacieuse rivale de Neuweid quant à la beauté du dessin. Il y avait Atroce, au nom assez fatidique ; et enfin Urutu Doré, la yararacusu, dissimulant discrètement au fond de la caverne ses cent soixante centimètres de velours noir rayé d'obliques bandes d'or.

Il convient de remarquer que les espèces du genre formidable des Lachesis, ou yararas, auquel appartenaient tous les membres du Congrès sauf Terrifique, entretiennent les unes avec les autres une vieille rivalité pour la beauté de leur dessin et de leurs couleurs. Peu d'êtres en effet sont aussi bien dotés par la nature.

Selon les lois des serpents, une espèce peu abondante et sans domination réelle sur le pays ne peut présider les assemblées de l'Empire. C'est pourquoi Urutu Doré, magnifique animal de mort, mais qui appartient à une espèce peu répandue, ne prétendait pas à cet honneur, le cédant de bon gré au serpent à sonnettes, plus faible, mais qui abonde miraculeusement dans le pays.

Le Congrès réunissait donc une majorité, et Terrifique ouvrit la séance.

— Camarades ! dit-elle, nous sommes toutes informées par Lancéolée de la présence funeste de l'Homme. Je crois me faire ici l'interprète de notre désir commun de sauver notre Empire de l'invasion ennemie. Un seul moyen s'offre à nous, car l'expérience a prouvé que l'on ne résout rien en abandonnant le terrain. Ce moyen, vous le savez bien, c'est la guerre contre l'Homme, sans trêve ni merci, à laquelle dès cette nuit chaque espèce participera selon ses vertus. Je suis fière en cette circonstance d'oublier le nom que l'Homme m'a donné : je ne suis plus désormais un serpent à sonnettes, je suis une yarara, comme vous-mêmes. Les yararas qui ont la Mort pour noir étendard.

Nous sommes la Mort, camarades ! Et maintenant, que l'on propose un plan de bataille.

Personne n'ignore, au moins dans l'Empire des Serpents, que Terrifique a l'intelligence exactement aussi courte qu'elle a les crochets longs. Elle le sait aussi et, bien qu'elle soit en conséquence incapable de concevoir le moindre plan, l'expérience d'un long règne l'a dotée du tact suffisant pour savoir se taire.

Alors Croisée, en s'étirant, dit :

— Je suis de l'avis de Terrifique et je considère que tant que nous n'avons pas de plan nous ne pouvons ni ne devons rien faire. Ce que je déplore, c'est l'absence dans ce Congrès de nos cousines sans venin : les Couleuvres.

Il y eut un long silence. Évidemment, la proposition n'enchantait pas les vipères. Croisée eut un vague sourire et poursuivit :

— Je regrette ce qui se passe, mais je voudrais seulement vous rappeler ceci : si à nous toutes nous prétendions vaincre une couleuvre, nous n'y parviendrions pas. Je n'ai rien à ajouter.

— Pour ce qui est de leur résistance au venin, objecta paresseusement Urutu Doré du fond de l'antre, je pourrais toute seule me charger de vous détromper...

— Il ne s'agit pas de venin, répliqua dédaigneusement Croisée. Moi aussi j'en serais capable..., ajouta-t-elle en lançant un regard oblique à la yararacusu. Il s'agit de leur force, de leur agilité, de leur nervosité, appelez ça comme bon vous semble. Qualités de lutteuses que personne ne contestera à nos cousines. Je maintiens que dans une campagne comme celle que nous voulons engager, les couleuvres nous seront d'une grande utilité, et même d'une impérieuse nécessité.

Mais la proposition continuait à déranger.

— Pourquoi les couleuvres ? s'exclama Atroce, elles sont méprisables.

— Elles ont des yeux de poisson, ajouta la présomptueuse Coatiarita.

— Elles me répugnent, protesta dédaigneusement Lancéolée.

— Peut-être même te font-elles autre chose..., murmura Croisée en la regardant de travers.

— A moi ? siffla Lancéolée en se dressant. Je te préviens que tu te fais mal voir en prenant ici la défense de ces vers coureurs !

— Si les Chasseuses t'entendaient..., remarqua Croisée avec ironie.

Mais en entendant ce nom de Chasseuses, l'assemblée tout entière s'agita.

— Il n'y a pas de raison de leur donner ce nom ! cria-t-on, ce sont des couleuvres et rien de plus !

— Elles-mêmes se dénomment Chasseuses, répliqua sèchement Croisée, et nous sommes en Congrès.

Depuis des temps immémoriaux — encore et toujours —, la rivalité personnelle qui oppose les deux yararas est célèbre : Lancéolée, fille du nord, et Croisée originaire du sud. Question de coquetterie et de beauté — selon les couleuvres.

— Allons ! Allons ! intervint Terrifique. Que Croisée explique pourquoi elle réclame l'aide des couleuvres, alors qu'elles ne représentent pas, comme nous, la Mort.

— Pour cette raison, précisément ! répliqua Croisée qui avait retrouvé son calme. Il est indispensable de savoir ce que fait l'homme dans la maison et pour cela on doit aller là-bas, dans la maison justement. Or ce n'est pas chose facile, car si nous avons la Mort pour étendard, celui de l'homme aussi c'est la Mort, et il est plus prompt que nous à la donner. Les couleuvres sont infiniment plus agiles que nous. N'importe qui d'entre nous pourrait y aller et voir ce qui se passe. Mais qui en reviendrait ? Nul ne vaut la Ñacanina pour cela. Ce genre d'expédition, c'est pour elle une routine quotidienne, et elle pourrait en grimpant sur le toit tout voir et tout entendre, et revenir nous informer avant qu'il fasse jour.

La proposition était si sage que, cette fois-ci, l'assemblée tout entière acquiesça, mais non sans répugnance.

— Qui va la chercher ? demandèrent plusieurs voix.

Croisée décrocha sa queue d'une branche et glissa dehors.

— J'y vais, dit-elle, je reviens tout de suite.

— C'est ça ! lui jeta Lancéolée. Toi qui la défends tu la trouveras tout de suite.

Croisée eut encore le temps de retourner la tête vers elle et lui tira la langue — défi à long terme.

III

Croisée trouva la Ñacanina en train de grimper à un arbre.

— Eh, Ñacanina ! appela-t-elle avec un léger sifflement.

La Ñacanina entendit son nom, mais s'abstint prudemment de répondre jusqu'à un nouvel appel.

— Ñacanina ! répéta Croisée, haussant son sifflement d'un demi-ton.

— Qui me demande ? répondit la couleuvre.

— C'est moi, Croisée !

— Ah, la cousine !... Et quel bon vent t'amène, cousine adorée ?

— Ça n'est pas le moment de plaisanter, Ñacanina... Tu sais ce qui se passe dans la Maison ?

— Oui, l'Homme est arrivé... Et après ?

— Et tu sais que nous avons réuni le Congrès ?

— Ah, non, ça je ne le savais pas ! répondit Ñacanina, en glissant la tête en bas le long de l'arbre avec autant d'assurance que si elle avançait sur un plan horizontal. Il doit donc se passer quelque chose de grave... Qu'est-ce qui se passe ?

— Pour l'instant, rien ; mais nous avons réuni le Congrès justement pour éviter qu'il arrive quelque chose. En deux mots, on sait qu'il y a plusieurs hommes dans la Maison, et qu'ils vont s'installer définitivement. C'est la Mort pour nous.

— Mais je croyais justement que la Mort c'était vous... Vous ne vous lassez pas de le répéter ! murmura la couleuvre avec ironie.

— Laisse tomber ! Nous avons besoin de toi, Ñacanina.

— A quel titre ? Moi je n'ai rien à voir là-dedans !

— Sait-on jamais ? Malheureusement pour toi tu nous ressembles, à nous les Venimeuses. En défendant nos intérêts, tu défends les tiens.

— Je comprends ! répondit Ñacanina, après avoir pesé un instant la somme des contingences malheureuses qui résultaient pour elle de cette ressemblance.

— Bon : on peut compter sur toi ?

— Que dois-je faire ?

— Peu de chose. Aller sur le champ à la Maison et, une fois là-bas, t'arranger pour voir et entendre tout ce qui se passe.

— Ça n'est pas grand-chose, en effet ! répondit négligemment Ñacanina, en frottant sa tête contre le tronc. Mais l'ennui, ajouta-t-elle, c'est que là-haut j'ai un dîner assuré... Une poule sauvage qui s'est mis dans la tête avant-hier de faire son nid ici.

— Peut-être là-bas trouveras-tu quelque chose à manger, lui dit gentiment Croisée pour la consoler. Sa cousine la regarda de travers.

— Bon, en marche, reprit la yarara. Passons d'abord au Congrès.

— Ah, non ! protesta la Ñacanina. Ça non ! Je vous rends ce service et on s'en tient là ! J'irai au Congrès à mon retour..., si je reviens. Mais voir avant l'heure la peau rugueuse de Terrifique, les yeux de fier-à-bras de Lancéolée et la face stupide de Coraline, ça non !

— Coraline n'est pas là.

— Peu importe, avec les autres c'est bien assez !

— C'est bon, c'est bon, répondit Croisée qui ne voulait pas insister. Mais si tu ne ralentis pas l'allure, je ne pourrai pas suivre.

En effet, même à toute vitesse, la yarara ne pouvait suivre la course — presque lente pourtant pour l'intéressée — de la Ñacanina.

— Ne me suis pas, tu es tout près des autres maintenant, répondit la couleuvre. Et elle s'élança à toute allure, laissant en une seconde loin derrière elle sa cousine Venimeuse.

IV

Un quart d'heure plus tard la Chasseuse arrivait à son but. On veillait encore dans la Maison. Par les portes grandes ouvertes sortaient des jets de lumière, et la Ñacanina put voir de loin quatre hommes assis autour d'une table. Pour arriver en toute impunité, il ne lui restait plus qu'à éviter une problématique rencontre avec un chien. Y en avait-il ? Ñacanina le craignait. C'est pourquoi elle s'avança en glissant très précautionneusement, surtout en arrivant à l'entrée de la galerie.

Une fois à l'intérieur, elle observa tout avec attention. Pas le moindre chien devant elle, ni à droite ni à gauche. Là-bas seulement, dans le couloir de l'autre côté, la couleuvre pouvait apercevoir entre les jambes des hommes un chien noir qui dormait couché sur le flanc.

La place, donc, était libre. Comme de là où elle se trouvait elle pouvait entendre, mais pas voir tout le groupe d'hommes qui parlaient, la couleuvre, après un rapide coup d'œil en haut, vit ce qu'elle cherchait. Elle grimpa le long d'un escalier appuyé au mur sous la galerie et s'installa dans un espace ouvert entre le mur et le toit, allongée sur une poutre. Mais malgré toutes les précautions prises en glissant, un vieux clou tomba sur le sol et un homme leva les yeux.

— Tout est perdu ! se dit Ñacanina en retenant son souffle.

Un autre homme leva les yeux.

— Qu'y a-t-il ? demanda-t-il.

— Rien, répondit l'autre, j'avais cru apercevoir quelque chose de noir, là-haut.

— Une souris.

— L'Homme s'est trompé, murmura pour elle-même la couleuvre.

— Ou une ñacanina.

— L'autre Homme a deviné, murmura encore l'intéressée en se préparant au combat.

Mais les hommes baissèrent les yeux à nouveau, et la Ñacanina put tout voir et tout entendre pendant une demi-heure.

V

La Maison, objet des préoccupations de la forêt, avait été transformée en un établissement scientifique de la plus haute importance. L'abondance particulière des serpents dans ce coin du territoire étant connue depuis longtemps, le Gouvernement National avait décidé d'y créer un Institut de Sérothérapie Ophidienne, où l'on préparerait du sérum contre le venin. La richesse en vipères avait été un élément décisif, car personne n'ignore que le principal obstacle à une préparation efficace du sérum est le manque de serpents desquels extraire le venin.

Le nouvel Institut était presque en état de fonctionner, car il était doté de deux animaux, un chien et une mule, en voie de complète immunisation. On avait déjà organisé le laboratoire et le vivarium qui promettait de s'enrichir encore avec une étonnante rapidité, bien que l'Institut l'eût déjà pourvu d'un grand nombre de serpents venimeux, ceux-là mêmes qui servaient à l'immunisation des animaux mentionnés. Mais si l'on se rappelle qu'un cheval, au dernier stade de son immunisation, réclame six grammes de venin par injection (quantité suffisante pour tuer deux cent cinquante chevaux), on comprendra qu'un tel Institut ait besoin de disposer d'un nombre considérable de serpents.

Les difficultés d'une installation en pleine forêt tenaient, en ces premiers jours, le personnel de l'Institut éveillé jusqu'à minuit à faire des plans pour le laboratoire et autres choses.

— Et les chevaux, comment vont-ils aujourd'hui ? demanda un homme avec des lunettes noires, qui semblait être le directeur de l'Institut.

— Ils sont à plat, répondit un autre. Si l'on ne fait pas une bonne récolte dans les jours qui viennent...

La Ñacanina, immobile sur la poutre, les yeux et les oreilles bien ouverts, commençait à se tranquilliser.

— Il me semble, se dit-elle, que les cousines venimeuses se sont un peu affolées. Il n'y a pas grand-chose à craindre de ces hommes.

Et en tendant encore davantage la tête, si bien que son nez dépassait maintenant du bord de la poutre, elle observa avec une attention accrue.

Mais un contretemps en évoque toujours un autre.

— Aujourd'hui, ça a été un mauvais jour, ajouta l'un des hommes. On a cassé cinq tubes.

La Ñacanina se sentait toujours plus encline à la compassion.

— Pauvres gens, murmura-t-elle. Ils ont cassé cinq éprouvettes.

Elle s'apprêtait à quitter sa cachette pour aller explorer cette innocente maison quand elle entendit :

— En revanche, les serpents sont magnifiques... Le pays a l'air de leur réussir.

— Quoi ? La couleuvre sursauta en jouant prestement avec sa langue. Que dit ce type en habit blanc ?

Mais l'homme continuait :

— Pour eux, vraiment, je crois que c'est l'endroit idéal... Et l'on en a un besoin urgent, et les chevaux comme nous.

— Heureusement, on va pouvoir faire une belle chasse de serpents dans ce pays. Aucun doute là-dessus, c'est le pays des vipères.

— Hum... hum... hum..., murmura Ñacanina en se lovant sur la poutre autant qu'il lui était possible. Les choses prennent un autre tour... Mieux vaut rester encore un peu en compagnie de ces braves gens... On apprend des choses curieuses.

Elle apprit tant de choses curieuses qu'après une demi-heure, quand elle voulut s'en aller, l'excès de connaissances acquises lui fit faire un faux mouvement, et elle laissa choir le tiers de son corps qui alla frapper contre le mur. Comme elle était tombée la tête la première, elle la redressa en un éclair vers la table et fit vibrer sa langue.

La Ñacanina, qui peut atteindre trois mètres de long est courageuse, le plus courageux sans aucun doute, de nos serpents. Elle sait se défendre de l'homme, qui est tellement plus grand qu'elle, et elle fait toujours face. Comme son propre courage lui fait croire qu'on la craint, la nôtre fut quelque peu surprise en voyant les hommes, qui avaient identifié une simple ñacanina, se mettre à rire tranquillement.

— C'est une ñacanina... C'est aussi bien ; elle nous débarrassera des souris.

— Des souris ?... siffla l'autre. Et comme elle se maintenait en position offensive, un homme finit par se lever.

— Elle a beau être utile, c'est tout de même une sale bestiole... Un de ces soirs je vais la retrouver dans mon lit en train de chercher des rats...

Et il prit un bâton qui traînait et le lança sur la Ñacanina. Le bâton frôla en sifflant la tête de l'intruse et cogna le mur avec un bruit terrible.

Il y a attaque et attaque. Loin de la forêt et prise entre quatre hommes, la Ñacanina ne se sentait pas à son aise. Elle se retira à toute allure, concentrant son énergie sur ce qui, à côté du courage, constitue sa seconde qualité maîtresse : la rapidité à la course.

Poursuivie par les aboiements du chien, qui suivit même sa piste un bon moment — ce qui donna encore un nouvel éclairage à la présence de ces gens —, la couleuvre parvint à la caverne. Elle passa par-dessus Lancéolée et Atroce, et s'enroula sur elle-même pour se reposer, morte de fatigue.

VI

— Enfin ! s'exclamèrent-elles toutes, en se pressant autour de l'exploratrice. Nous pensions que tu allais rester chez tes amis les Hommes...

— Hum !... murmura Ñacanina.

— Quelles nouvelles nous ramènes-tu ? demanda Terrifique.

— Vont-ils attaquer ? Peut-on ne pas tenir compte des Hommes ?

— C'est peut-être ce qu'on aurait de mieux à faire... Et passer de l'autre côté du fleuve, répondit Ñacanina.

— Quoi ?... Comment ?... firent-elles en bondissant. Tu es devenue folle ?

— Écoutez, d'abord.

— Alors raconte !

Et Ñacanina raconta tout ce qu'elle avait vu et entendu : l'installation de l'Institut de Sérothérapie, les projets des hommes, leurs buts et leur détermination à faire la chasse à tous les serpents venimeux du pays.

— Nous faire la chasse ! hoquetèrent Urutu Doré, Croisée et Lancéolée, blessées au plus vif de leur orgueil. Tu veux dire nous tuer !

— Non, vous chasser et rien d'autre ! Vous enfermer, bien vous nourrir et vous extraire votre venin tous les vingt jours. Quelle vie plus douce peut-on rêver ?

L'assemblée fut stupéfaite. Ñacanina avait très bien expliqué la finalité de cette récolte de venin, mais ce qu'elle avait omis d'exposer, c'était la méthode utilisée pour obtenir le sérum.

Un sérum antivenimeux ! Cela voulait dire la guérison assurée, l'immunisation des animaux et des hommes contre la morsure ; toute la Famille condamnée à mourir de faim au cœur même de sa forêt natale.

— Exactement, appuya Ñacanina. C'est exactement de cela qu'il s'agit.

Pour la Ñacanina, le danger était bien moindre. Que leur importait, à elle et à ses sœurs les chasseuses — à elles qui chassaient à dent nue avec la seule force de leurs muscles — que les animaux fussent ou non immunisés. Elle ne voyait qu'un ennui, c'était l'excessive ressemblance des couleuvres et des venimeux qui favorisait de mortelles confusions. D'où l'intérêt que prenait la couleuvre à la disparition de l'Institut.

— Je suis volontaire pour ouvrir la campagne, dit Croisée.

— Tu as un plan ? demanda Terrifique anxieuse et toujours à court d'idées.

— Aucun. J'irai simplement là-bas demain après-midi et je me frotterai au premier venu.

— Prends garde à toi ! lui dit Nacanina d'une voix persuasive. Il y a plusieurs cages vides... Ah, j'oubliais ! ajouta-t-elle en s'adressant à Croisée. Il y a un moment, en sortant de là-bas... Il y a un chien noir plein de poils... Je crois qu'il suit les serpents à la trace... Prends garde à toi !

— On verra bien ! Mais je veux que le Congrès se réunisse au complet demain soir. Si je ne suis pas là, tant pis...

Mais l'assemblée était sous le coup de cette dernière nouvelle.

— Un chien capable de nous suivre à la trace... tu es sûre ?

— Presque. Attention à ce chien, il peut nous faire plus de mal que tous les hommes réunis !

— J'en fais mon affaire ! s'exclama Terrifique, contente de pouvoir, sans grand effort intellectuel, mettre en avant ses glandes à venin qui, à la moindre contraction nerveuse, se déchargeaient par le canal de ses crochets.

Mais chacune des vipères était déjà prête à répandre la nouvelle dans son secteur, et l'on recommanda à Ñacanina, grimpeuse émérite, de porter l'alarme dans les arbres, lieu de prédilection des couleuvres.

A trois heures du matin, l'assemblée était dissoute. Les serpents, retournés à leur vie normale, s'éloignèrent en directions différentes, ne se connaissant plus les uns les autres, silencieux, sombres, cependant qu'au fond de la caverne le serpent à sonnettes demeurait enroulé sur lui-même, immobile, ses yeux durs vitreux figés dans un rêve où mille chiens tombaient paralysés.

VII

Il était une heure de l'après-midi. A travers la campagne en feu, à l'ombre des spartes, Croisée rampait vers la Maison. Elle n'avait qu'une idée en tête, et jugeait toute autre inutile : tuer le premier homme qui se présenterait. Elle arriva à la galerie et se lova, aux aguets. Une demi-heure passa ainsi. La chaleur suffocante qui régnait depuis trois jours commençait à peser sur les yeux de la yarara, quand de la pièce lui parvint une vibration sourde. La porte était ouverte et devant la vipère, à trente centimètres de sa tête, le chien apparut, le chien noir et poilu aux yeux mi-clos de sommeil.

— Maudite bête... ! se dit Croisée. J'aurais préféré un homme.

A cet instant, le chien s'arrêta en reniflant et tourna la tête... Trop tard ! Saisi par la surprise, il étouffa un hurlement et remua désespérément son museau mordu.

— Lui, son compte est bon..., murmura Croisée en se rétractant. Mais au moment où il allait se lancer sur le serpent, le chien entendit le pas de son maître et se pencha en aboyant sur la yarara. L'homme aux lunettes noires apparut à côté de Croisée.

— Que se passe-t-il ? demanda-t-on depuis l'autre galerie.

— Un *alternatus*... Un beau spécimen, répondit l'homme. Et avant même d'avoir pu se défendre, la vipère se sentit étranglée par une espèce de pince fixée au bout d'un bâton.

L'orgueil de la yarara crissa quand elle se vit ainsi ; elle lança son corps de tous côtés, tâcha en vain de se tordre sur elle-même pour s'enrouler autour du bâton. Impossible ; il lui manquait un point d'appui pour sa queue, ce fameux point d'appui sans lequel un boa se retrouve réduit à l'impuissance la plus honteuse. L'homme l'emporta ainsi, pendante, et elle fut jetée dans le vivarium.

Celui-ci était constitué d'un simple espace de terre entouré de plaques de zinc lisse, et muni de quelques cages qui abritaient trente ou quarante serpents. Croisée tomba sur le sol et resta un moment enroulée sur elle-même, congestionnée sous le soleil de feu.

L'installation était évidemment provisoire ; de grandes caisses plates et goudronnées servaient de baignoire aux serpents, et l'on avait disposé quelques boîtes et des tas de pierres en guise de refuge pour les hôtes de ce paradis improvisé.

Un instant plus tard la yarara était entourée par cinq ou six de ses compagnes qui, curieuses de reconnaître son espèce, lui passaient sur le corps.

Croisée les connaissait toutes, sauf une grande vipère qui se baignait dans une cage fermée d'un grillage. Qui était-ce ? Elle était absolument inconnue pour la yarara. Curieuse à son tour, elle s'approcha lentement.

Elle s'approcha si près que l'autre se dressa. Croisée étouffa un sifflement d'effroi tout en se lovant en position de garde. Le grand serpent venait de gonfler son cou, monstrueusement, comme jamais elle n'avait vu personne le faire. C'était vraiment extraordinaire.

— Qui es-tu ? demanda Croisée. Tu es des nôtres ?

Ce qui voulait dire : venimeuse. L'autre, convaincue que la yarara en s'approchant n'était animée d'aucune intention hostile, aplatit ses deux grandes oreilles.

— Oui, répondit-elle. Mais pas d'ici ; de très loin... de l'Inde.

— Comment t'appelles-tu ?

— Hamadryade... ou cobra de Capello royal.

— Moi, c'est Croisée.

— Oui, inutile de le dire, j'ai déjà rencontré beaucoup de tes sœurs... Quand t'ont-ils attrapée ?

— Il y a un moment... Je n'ai pas pu tuer.

— Il aurait mieux valu pour toi qu'ils te tuent...

— Mais j'ai tué le chien.

— Quel chien ? Celui d'ici ?

— Oui.

Le cobra royal se mit à rire et au même moment Croisée eut un autre choc : le chien poilu, qu'elle croyait avoir tué, aboyait.

— Ça t'étonne, hein ? ajouta Hamadryade. Tu n'es pas la première à qui ça arrive.

— Mais c'est que j'ai mordu à la tête..., répondit Croisée, de plus en plus abasourdie. Je n'ai plus une goutte de venin ! conclut-elle. C'est le propre des yararas de vider presque toutes leurs glandes en une seule morsure.

— Pour lui ça ne change rien que tu te sois vidée ou non.

— Il ne peut pas mourir ?

— Si, mais pas par nous... Il est immunisé. Mais toi tu ne sais pas ce que cela veut dire...

— Si, je sais, répondit vivement Croisée, Ñacanina nous a raconté !...

Le cobra royal la considéra alors attentivement.

— Tu m'as l'air intelligente...

— Autant que toi..., au moins ! répliqua Croisée.

Le cou de l'asiatique se gonfla brusquement et à nouveau la yarara se mit en garde.

Les deux serpents se regardèrent un moment, et le chapeau du cobra s'aplatit lentement.

— Intelligente et courageuse, murmura Hamadryade. A toi, on peut te parler... Tu connais le nom de mon espèce ?

— Hamadryade, je suppose.

— Ou Naja bungare... ou Cobra de Capello royal. Nous sommes, nous, par rapport au vulgaire cobra de Capello d'Inde, ce que tu es, toi, par rapport à ces petites coatiaritas... Et tu sais de quoi nous nous nourrissons ?

— Non.

— De serpents américains... entre autres, conclut-elle en balançant sa tête devant Croisée.

Celle-ci apprécia d'un coup d'œil la taille de l'ophiophage étrangère.

— Deux mètres cinquante ? demanda-t-elle.

— Soixante... deux mètres soixante, petite Croisée, répondit l'autre, qui avait suivi son regard.

— C'est une belle taille..., plus ou moins celle d'Anaconda, une cousine à moi. Tu sais de quoi elle se nourrit, elle ?

— Je le devine...

— Oui, de serpents asiatiques, et à son tour elle regarda Hamadryade.

— Bien envoyé, répondit celle-ci en se balançant à nouveau. Et après s'être rafraîchi la tête dans l'eau elle ajouta mollement :

— Une cousine à toi, as-tu dit ?

— Oui.

— Mais sans venin, alors ?

— Exactement... et c'est justement ce qui explique son grand faible pour les étrangères venimeuses.

Mais l'asiatique ne l'écoutait plus, absorbée dans ses pensées.

— Écoute-moi, dit-elle soudain. J'en ai assez des hommes, des chiens, des chevaux et de tout cet enfer stupide et cruel ! Toi, tu peux me comprendre, parce que celles-là... Cela fait un an et demi que je suis enfermée dans une cage comme une souris, maltraitée et régulièrement torturée. Et ce qui est pire : méprisée, passant comme un torchon entre les mains de ces hommes vils... Et moi qui ai assez de courage, de force et de venin pour les anéantir tous, je suis condamnée à donner mon venin pour qu'ils préparent du sérum antivenimeux. Tu ne peux pas savoir ce que cela représente pour mon orgueil. Tu me comprends ? conclut-elle en regardant la yarara dans les yeux.

— Oui, répondit l'autre. Que dois-je faire ?

— Une seule chose ; nous n'avons qu'une façon de nous venger jusqu'au bout... approche-toi, qu'elles n'entendent pas... Tu sais que nous avons absolument besoin d'un point d'appui pour développer notre force... Notre salut ne dépend que de cela. Seulement...

— Quoi ?

Hamadryade regarda à nouveau Croisée fixement.

— Seulement tu risques de mourir.

— Moi seule ?

— Oh, non ! Eux aussi, au moins quelques hommes, mourront...

— C'est tout ce que je demande, continue.

— Mais approche-toi davantage... Plus près !

La conversation continua un moment à voix si basse que le corps de la yarara frottait, en s'écaillant, contre les mailles du grillage. Soudain l'hamadryade bondit sur Croisée et la mordit trois fois. Les vipères, qui avaient suivi de loin l'incident, crièrent :

— Et voilà ! Elle l'a tuée ! C'est une traître !

Croisée, avec trois morsures au cou, se traîna lourdement sur l'herbe. Très vite elle s'immobilisa, et ce fut elle que l'employé de l'Institut trouva quand, trois heures plus tard, il entra dans le vivarium. L'homme vit la yarara et, la poussant du pied, il lui fit faire une volte comme à une corde, et regarda son ventre blanc.

— Elle est morte, bien morte... murmura-t-il. Mais de quoi ? Et il se pencha pour observer le serpent. Son examen ne fut pas long : sur le cou et à la base même de la tête il remarqua les traces non équivoques des crochets venimeux.

— Hum ! se dit l'homme, ça ne peut être que le cobra... qui me regarde, là, comme si j'étais un autre *alternatus*... Je l'ai dit vingt fois au directeur que les mailles du grillage sont trop grandes. Et voilà la preuve... Enfin, conclut-il en prenant Croisée par la queue et en la lançant par-dessus la barrière de zinc. Une bestiole de moins à surveiller !

Il alla voir le directeur :

— L'hamadryade a mordu la yarara que nous avons enfermée il y a un moment. On lui extraira très peu de venin...

— C'est vraiment ennuyeux, répondit l'autre. Mais aujourd'hui il nous faut du venin... Il ne nous reste qu'un tube de sérum. La yarara est morte ?

— Oui, je l'ai jetée dehors... J'amène l'hamadryade ?

— Il n'y a que ça à faire... Mais pour la seconde collecte, d'ici deux à trois heures.

VIII

....

... Elle se sentait rompue, vidée de ses forces. Elle avait dans la bouche un goût de terre et de sang. Où était-elle ?

Le voile dense sur ses yeux commençait à se dissiper et Croisée put distinguer le contour des choses. Elle vit et reconnut le mur de zinc, et soudain elle se rappela tout : le chien noir, le lasso, l'immense serpent d'Asie et son plan de bataille dans lequel elle-même, Croisée, jouait sa vie. Elle se souvenait de tout maintenant que la paralysie provoquée par le venin commençait à disparaître. Et avec le souvenir lui vint la pleine conscience de tout ce qu'elle devait faire. Était-il encore temps ?

Elle tenta de ramper, mais en vain ; son corps ondulait, mais sur place, sans avancer. Son inquiétude grandit.

— Et je ne suis qu'à trente mètres ! murmurait-elle. Deux minutes, une seule minute de vie et j'arrive à temps !

Et avec un nouvel effort, elle parvint à glisser, à ramper désespérément vers le laboratoire.

Elle traversa la cour, parvint à la porte au moment où l'employé, des deux mains, soutenait l'Hamadryade qui pendait en l'air, pendant que l'homme aux lunettes noires introduisait le verre de montre dans sa bouche. La main s'apprêtait à presser les glandes et Croisée était encore sur le seuil.

— Je n'aurai pas le temps, se dit-elle avec désespoir. Et en se traînant, dans un ultime effort, elle sortit ses crochets blancs. Le péon, en sentant son pied nu piqué par les dents de la yarara, lança un cri et sauta en l'air. Pas très brusquement, mais assez pour que le corps pendant du cobra royal oscille et atteigne le pied de la table où il s'enroula prestement. Et avec ce point d'appui, le serpent arracha sa tête d'entre les mains du péon et alla planter ses crocs jusqu'à la racine dans le poignet gauche de l'homme aux lunettes noires, juste dans une veine.

C'était gagné ! Dès les premiers cris, le cobra d'Asie et la yarara fuyaient sans être poursuivis.

— Un point d'appui, murmurait le cobra en s'élançant à toute allure à travers champs. C'est la seule chose qui me manquait. Et enfin je l'ai trouvé !

— Oui, dit la yarara en filant à côté d'elle, toujours très endolorie, mais je ne recommencerai pas ce petit jeu...

Là-bas, au poignet de l'homme, pendaient deux filets noirs de sang gluant. La piqûre d'une hamadryade dans une veine est chose trop grave pour qu'un mortel y résiste longtemps les yeux ouverts — et ceux du blessé se fermèrent pour toujours quatre minutes plus tard.

IX

Le Congrès était réuni en séance plénière. En plus de Terrifique, Ñacanina et des yararas Urutu Doré, Coatiarita, Neuwied, Atroce et Lancéolée, Coraline etait venue — elle qui, selon Ñacanina, avait une tête d'idiote, ce qui n'empêchait pas sa morsure d'être des plus douloureuses. C'est par ailleurs un beau serpent, incontestablement beau, avec ses anneaux rouges et noirs.

La vanité des serpents étant, comme on le sait, très aiguë en matière de beauté, Coraline se réjouissait plutôt de l'absence de sa sœur Frontal, dont les triples anneaux noirs et blancs sur fond pourpre situent cette vipère corail au plus haut échelon de la beauté ophidienne.

Les Chasseuses étaient représentées cette nuit par Drimobia, dont le destin est d'être appelée yararacusu de la forêt, bien qu'elle n'en ait pas l'apparence. Étaient également présentes Cipo, d'un beau vert, grande chasseuse d'oiseaux ; Radinea, petite, sombre et qui ne quittait jamais ses flaques d'eau ; Boipeva, dont la caractéristique est de s'aplatir complètement sur le sol dès qu'elle se sent menacée. Trigomine, couleuvre corail, au corps très fin, comme ses compagnes arboricoles ; et enfin Esculape, corail aussi, dont l'arrivée fut accueillie, pour des raisons que l'on découvrira bientôt, par des regards de méfiance généralisée.

Il manquait cependant plusieurs espèces de serpents venimeux et de chasseurs, absence qui appelle quelques éclaircissements.

En parlant de séance plénière, nous faisions référence à une majorité des espèces, et surtout à celles que l'on pourrait appeler *royales*, de par leur importance. Dès le premier Congrès des Serpents, on décida que les espèces nombreuses, qui étaient majoritaires, pouvaient donner caractère de force absolue à leurs décisions. D'où la séance plénière d'abord, bien que l'on pût regretter l'absence de la yarara Surucusu que l'on n'avait pu trouver nulle part ; fait d'autant plus regrettable que cette vipère, qui peut atteindre trois mètres, est à la fois reine en Amérique et vice-impératrice de l'Empire Mondial des Serpents, car une seule espèce la surpasse en taille et en puissance venimeuse : l'hamadryade asiatique.

Il en manquait une autre, en dehors de Croisée, mais les vipères affectaient de ne pas s'en apercevoir.

Malgré tout, elles furent forcées de se retourner en voyant passer entre les fougères une tête aux grands yeux vifs.

— On peut entrer ? dit joyeusement la visiteuse.

En entendant cette voix, comme traversés par une décharge électrique, les serpents levèrent la tête.

— Que viens-tu faire ici ? cria Lancéolée, profondément irritée.

— Tu n'as pas ta place ici, lança Urutu Doré, qui pour la première fois fit preuve de vivacité.

— Dehors ! Dehors ! crièrent plusieurs voix animées d'un trouble intense.

Mais Terrifique, avec un sifflement clair, bien que tremblant, parvint à se faire entendre.

— Camarades ! n'oubliez pas que nous sommes en Congrès ! Vous en connaissez toutes les lois ; nul ne peut, jusqu'à son terme, exercer un acte de violence. Entre, Anaconda !

— Bien dit ! s'exclama Ñacanina avec une sourde ironie. Les nobles paroles de notre reine nous protègent... Entre, Anaconda !

— Et la tête vive et sympathique d'Anaconda s'avança, traînant derrière elle les deux mètres cinquante de son corps sombre et élastique. Elle passa devant les serpents, échangeant un regard d'intelligence avec la Ñacanina, et alla se lover, avec un léger sifflement de satisfaction, à côté de Terrifique qui ne put contenir un frisson.

— Je te dérange ? lui demanda poliment Anaconda.

— Non, en aucune façon ! répondit Terrifique. C'est le trop plein de mes glandes de venin qui me gêne.

Anaconda et Ñacanina échangèrent un autre regard ironique et se firent attentives.

L'hostilité très évidente de l'assemblée à l'égard de la nouvelle venue avait un certain fondement que l'on appréciera : l'Anaconda est la reine de tous les serpents, y compris le python malais. Dotée d'une force extraordinaire, aucun animal connu sur terre ne peut résister à son étreinte. Quand tombe des feuillages son grand corps de dix mètres aux larges taches de velours noir, la forêt tout entière se crispe et retient son souffle. Mais l'Anaconda est trop forte pour haïr qui que ce soit – à une exception près – et cette conscience de sa propre force lui a toujours permis d'entretenir des relations cordiales avec l'homme. Si elle déteste quelqu'un, c'est naturellement le serpent venimeux, d'où l'effroi des autres devant la courtoise Anaconda.

Anaconda, cependant, n'est pas du pays. Elle vagabondait dans les eaux écumeuses du Parana quand une grande crue l'amena jusque-là ; elle resta dans la région, se plaisant dans ce pays où elle entretenait de bonnes relations avec tout le monde et, en particulier, avec la Ñacanina avec laquelle elle avait noué une vive amitié. Celle dont il est question était par ailleurs une jeune Anaconda, bien loin d'atteindre les dix mètres de ses heureux parents. Mais ses deux mètres cinquante valaient le double, compte tenu de la force propre à ce magnifique boa qui, pour s'amuser, traverse l'Amazone au crépuscule, la moitié du corps dressé hors de l'eau.

Mais Atroce venait de prendre la parole devant une assemblée déjà agitée.

– Je crois qu'il serait temps de commencer. Avant tout, il nous faut des nouvelles de Croisée. Elle avait promis de revenir tout de suite.

– Tout ce qu'elle a promis, intervint la Ñacanina, c'est de revenir quand elle le pourrait. Nous devons l'attendre.

– Pourquoi donc ? répliqua Lancéolée, sans daigner tourner la tête vers la couleuvre.

– Comment, pourquoi donc ? s'exclama cette dernière en se dressant. Il faut être aussi stupide que Lancéolée pour parler ainsi... J'en ai assez d'entendre dans ce Congrès sottises sur sottises ! On dirait que les Venimeuses représentent la Famille tout entière ! Personne, sauf celle-là – elle pointa Lancéolée de la queue – n'ignore que notre plan dépend précisément des nouvelles que rapportera Croisée... Pourquoi l'attendre ?... On est joli si les esprits supérieurs capables de se poser de telles questions dominent dans le Congrès !

– Pas d'insultes ! lui reprocha gravement Coatiarita.

La Ñacanina se retourna :

– Et toi, qui t'as sonnée ?

– Pas d'insultes ! répéta, la petite, dignement.

Ñacanina considéra la chatouilleuse benjamine et changea de voix.

– Notre minuscule cousine a raison, conclut-elle calmement. Je te prie de m'excuser, Lancéolée.

– Ça n'est rien, répliqua la yarara furieuse.

– D'accord, mais je te renouvelle mes excuses.

Heureusement Coraline, qui guettait à l'entrée de la caverne, entra en sifflant :

– Voilà Croisée qui arrive !

– Enfin ! s'exclamèrent les congressistes joyeuses. Mais leur joie se transforma en stupéfaction quand elles virent, derrière la yarara, un immense serpent totalement inconnu d'elles.

Tandis que Croisée allait s'étendre à côté d'Atroce, l'intruse, lentement et avec précaution, se lova au centre de la caverne et resta immobile.

– Terrifique ! dit Croisée, souhaite-lui la bienvenue, elle est des nôtres.

– Nous sommes sœurs, se hâta de dire l'interpellée en observant l'autre, pleine d'inquiétude.

Toutes les vipères, dévorées par la curiosité, rampèrent vers la nouvelle venue.

– On dirait une cousine sans venin, disait l'une avec une pointe de dédain.

– Tu as raison, ajoutait l'autre, elle a les yeux ronds.

– Et la queue longue.

– Et en plus...

Mais soudain elles se firent muettes car l'inconnue venait de gonfler son cou monstrueusement. Cela ne dura qu'une seconde ; le chapeau se dégonfla tandis que la nouvelle venue se retournait vers son amie, avec une voix altérée.

— Croisée : dis-leur de ne pas s'approcher autant... Je ne peux pas me dominer.

— Oui ! Laissez-la tranquille ! s'exclama Croisée. D'autant plus qu'elle vient de me sauver la vie, à moi et peut-être à nous toutes !

Il n'en fallait pas davantage. Le Congrès attendit un instant le récit de Croisée, qui dut tout raconter : sa rencontre avec le chien, le lasso et l'homme aux lunettes noires, le plan magnifique d'Hamadryade, la catastrophe finale, et le sommeil profond dans lequel la yarara avait été plongée une heure avant son arrivée.

Résultat, conclut-elle : deux hommes hors de combat, et des plus dangereux. Maintenant nous n'avons plus qu'à éliminer ceux qui restent.

— Ou les chevaux ! dit Hamadryade.

— Ou le chien ! ajouta la Ñacanina.

— Je crois qu'il faut s'attaquer aux chevaux, dit le cobra royal. J'en veux ceci pour preuve : tant que les chevaux vivront, un homme seul pourra préparer des milliers de tubes de sérum avec lesquels il s'immunisera contre nous. L'occasion est rarement donnée de mordre dans une veine comme hier, vous le savez bien. J'insiste, donc, pour que nous concentrions notre attaque sur les chevaux. Ensuite, nous verrons ! Quant au chien, conclut-elle en lançant un regard en coin à la Ñacanina, il n'a aucune importance !

Il était évident que, dès le premier instant, le serpent asiatique et la Ñacanina indigène s'étaient déplus mutuellement. Si la première, par son caractère venimeux, représentait un type inférieur pour la chasseuse, l'agilité et la force de cette dernière provoquaient la haine et la jalousie de Hamadryade. De telle sorte que la vieille rivalité entre serpents venimeux et non venimeux risquait de s'exacerber encore davantage lors de ce dernier Congrès.

— Pour ma part, répondit Ñacanina, je crois qu'hommes et chevaux sont secondaires dans cette lutte. Quelle que soit la facilité avec laquelle nous éliminerons les uns et les autres, ce n'est rien comparé à celle que le chien aura à nous massacrer dès la première battue en règle qu'ils organiseront, ce qui arrivera, soyez-en sûres, avant vingt-quatre heures. Un chien immunisé contre n'importe quelle morsure, y compris contre celle de cette dame au chapeau sur le cou, ajouta-t-elle en indiquant le cobra royal d'un hochement de la tête, est l'ennemi le plus terrible qui soit, surtout si l'on se souvient que cet ennemi a été dressé à suivre notre piste. Qu'en penses-tu, Croisée ?

Personne n'ignorait non plus, au sein du Congrès, l'amitié singulière qui unissait la couleuvre et la yarara. Plus que d'amitié, il s'agissait sans doute d'un respect mutuel pour leur intelligence réciproque.

— Je suis de l'avis de Ñacanina, répondit-elle. Si le chien s'en mêle, nous sommes perdues.

— Mais allons-y donc ! répliqua Hamadryade.

— Nous risquons de ne pas aller bien loin !... Je suis décidément de l'avis de la cousine.

— J'en étais sûre, dit celle-ci posément.

C'était plus que n'en pouvait supporter le cobra royal sans que la colère ne vînt inonder ses glandes à venin.

— Je ne sais jusqu'à quel point l'opinion de cette demoiselle bavarde peut avoir une quelconque valeur, dit-elle en rendant à la Ñacanina son regard en coin. En l'occurrence, le vrai danger nous concerne nous, les Venimeuses, nous qui avons la Mort pour noir étendard. Les couleuvres savent bien que l'homme ne les craint pas, parce qu'elles sont complètement incapables de se faire craindre.

— Voilà qui est bien dit, lança une voix qui ne s'était pas encore fait entendre.

Hamadryade se retourna vivement, parce que sous le ton tranquille de la voix elle avait cru déceler une très légère ironie, et elle vit deux grands yeux brillants qui la regardaient paisiblement.

— C'est à moi que tu parles ? demanda-t-elle avec dédain.

— Oui, c'est à toi, répondit l'autre d'un ton aimable. Ce que tu as dit est pétri de vérité.

Le cobra royal perçut la même ironie et, comme animé d'un pressentiment, évalua du regard le corps de son interlocutrice, enroulée dans l'ombre.

— Tu es Anaconda !

— Tu l'as dit ! répondit celle-ci en s'inclinant.

Mais la Ñacanina voulait mettre les choses au point une fois pour toutes.

— Un instant ! cria-t-elle.

— Non ! l'interrompit Anaconda. Excuse-moi Ñacanina. Quand un être est bien constitué, agile, fort et rapide, il maîtrise son ennemi avec la seule arme de ses muscles et de ses nerfs, ce qui fait son honneur, comme il en va pour tous les lutteurs de la création. C'est ainsi que chasse l'épervier, le léopard, le tigre, nous autres et tous les êtres noblement constitués. Mais quand on est lâche, lourd et peu intelligent, et donc incapable de lutter franchement pour la vie, alors on est doté d'une paire de crochets pour assassiner traîtreusement, comme cette dame importée qui veut nous en imposer avec son grand chapeau.

L'autre en effet, hors d'elle-même, avait dilaté son cou monstrueux pour se lancer sur l'insolente. Mais à cette vue le Congrès tout entier s'était soulevé, menaçant.

— Attention ! crièrent plusieurs voix en même temps, le Congrès est inviolable !

— Ravale ton chapeau ! lança Atroce, le regard embrasé.

Hamadryade se retourna vers elle avec un sifflement de rage.

— Ravale ton chapeau ! crièrent Urutu Dorée et Lancéolée en s'avançant.

Hamadryade eut un instant de folle rébellion, en pensant à la facilité avec laquelle elle aurait anéanti l'une après l'autre chacune de ses adversaires. Mais devant l'attitude de combat du Congrès tout entier, elle aplatit lentement son chapeau.

— D'accord ! siffla-t-elle, je respecte le Congrès. Mais je demande qu'à son terme... on ne me provoque pas !

— Personne ne te provoquera, dit Anaconda.

Le cobra se retourna vers elle avec une haine concentrée :

— Et toi moins que personne, parce que tu as peur de moi !

— Peur, moi ! répondit Anaconda en s'avançant.

— Paix ! Paix ! clamèrent-elles toutes ensemble. Nous donnons un piètre spectacle ! Décidons une fois pour toutes de ce que nous devons faire !

— Oui, il est grand temps, dit Terrifique. Deux plans s'offrent à nous : celui que propose Ñacanina, et celui de notre alliée. Commençons-nous par attaquer le chien, ou lançons-nous toutes nos forces contre les chevaux ?

Or, si la majorité était peut-être encline à suivre le plan de la couleuvre, l'aspect, la taille de l'asiatique et l'intelligence dont elle avait fait preuve avaient favorablement impressionné le Congrès. On avait encore présent à l'esprit son magnifique stratagème contre le personnel de l'Institut ; et quoi que pût valoir son nouveau plan, on lui devait au moins d'avoir déjà éliminé deux hommes. Ajoutons que, hormis Ñacanina et Croisée, qui étaient déjà parties en campagne, personne ne s'était rendu compte de l'ennemi terrible que représente un chien immunisé capable de suivre les serpents à la trace. On comprendra donc que le plan du cobra royal ait fini par l'emporter.

Bien qu'il fût déjà tard il fallait attaquer tout de suite. C'était une question de vie ou de mort et l'on décida de partir sur-le-champ.

— Alors, en avant ! conclut le serpent à sonnettes. Personne n'a rien à ajouter ?

— Rien... ! cria Ñacanina. Mais nous le regretterons !

Et la bande des vipères et des couleuvres, grossie des individus qui sortaient de la caverne, s'élança vers l'Institut.

— Un mot encore ! avertit Terrifique. Tant que nous sommes en campagne, le Congrès dure et nous sommes inviolables les unes pour les autres. Compris ?

— Oui, oui, trêve de mots ! sifflèrent-elles toutes.

Le cobra royal, à côté de qui passait Anaconda, lui dit en lui lançant un regard sombre :

— Après ..

— Et comment ! coupa joyeusement Anaconda en s'élançant comme une flèche à l'avant-garde.

X

Le personnel de l'Institut veillait auprès du lit du péon mordu par la yarara. Bientôt il ferait jour. Un employé se pencha par la fenêtre par laquelle entrait la nuit chaude et crut entendre du bruit dans l'un des hangars. Il prêta l'oreille un moment et dit :

— Je crois que c'est dans l'écurie... Va voir, Fragoso.

L'intéressé alluma une lampe tempête et sortit, tandis que les autres restaient attentifs, l'oreille en alerte.

Trente secondes ne s'étaient pas écoulées qu'ils entendirent des pas précipités dans la cour et Fragoso apparut, blême de surprise.

— L'écurie est envahie de serpents ! dit-il.

— Envahie ? Qu'est-ce qu'il se passe ? demanda le nouveau chef.

— Je n'en sais rien...

— Allons voir.

Et ils s'élancèrent dehors.

— Daboy ! Daboy ! Le chef appela le chien qui gémissait en rêvant sous le lit du malade. Et ils pénétrèrent en courant dans l'écurie.

Là, à la lumière de la lampe tempête, ils purent voir le cheval et la mule se débattre à coups de sabots contre soixante ou quatre-vingts serpents qui inondaient l'écurie. Les animaux hennissaient et faisaient voler les mangeoires en ruant; mais les serpents, comme conduits par une intelligence supérieure, esquivaient les coups et mordaient avec furie.

Les hommes, dans l'élan de leur arrivée, s'étaient retrouvés au milieu d'eux. Saisis par la lumière soudaine, les envahisseurs s'immobilisèrent un instant pour se lancer aussitôt dans un nouvel assaut dont on ne savait plus, dans la confusion des hommes et des chevaux, contre qui il était dirigé.

Le personnel de l'Institut se vit ainsi entouré de tous cotes. Fragoso sentit un coup de crochet sur le rebord de sa botte a cinq millimètres du genou, et abattit sa baguette sur l'agresseur — une baguette dure et flexible comme en ont toujours les habitants de la forêt. Le nouveau directeur en coupa un autre en deux et un autre employé écrasa à temps sur le chien la tête d'une grande vipère qui venait de s'enrouler avec une rapidité surprenante autour du coup de l'animal.

Tout se passa en moins de dix secondes. Les baguettes tombaient avec une vigueur furieuse sur les serpents qui avançaient toujours, mordaient les bottes, essayaient de grimper le long des jambes. Et au milieu des hennissements des chevaux, des cris des hommes, des aboiements du chien et du sifflement des serpents, le combat se faisait de plus en plus violent, quand Fragaso, se précipitant sur un serpent immense qu'il avait cru reconnaître, glissa vivement sur son corps et tomba tandis que la lampe, volant en mille morceaux, s'éteignait.

— Arrière ! cria le nouveau directeur. Daboy, ici !

Et ils sortirent dans la cour, suivis du chien qui, heureusement, avait pu se sortir de l'écheveau de serpents.

Pâles et haletants, ils se regardèrent.

— C'est diabolique..., murmura le chef. Je n'ai jamais rien vu de tel... Qu'ont donc les serpents de ce pays ? Hier cette double morsure, comme calculée mathématiquement... Aujourd'hui... Heureusement, ils ne savent pas qu'ils nous ont tiré les chevaux d'affaire avec leurs morsures... Bientôt il fera jour, ce sera différent.

— Il m'a semblé voir passer le cobra royal, dit Fragoso en massant son poignet endolori.

— Oui, ajouta l'autre employé. Je l'ai vu aussi... Et Daboy, il n'a rien ?

— Non, il est mordu partout... Heureusement il peut résister à pire !

Les hommes retournèrent près du malade, qui respirait mieux. Il était maintenant inondé de sueur.

— Il commence à faire jour, dit le nouveau directeur en se penchant à la fenêtre. Antonio, vous resterez ici ; Fragoso et moi nous allons sortir.

— On emporte les lassos ? demanda Fragoso.

— Oh, non ! répondit le chef en secouant la tête. D'autres serpents que ceux-là, nous les aurions capturés en deux secondes. Mais ceux-ci sont trop singuliers... Les baguettes et, à tout hasard, les machettes.

XI

Singuliers, non ; seulement des serpents en qui se concentrait, devant l'immensité du danger, toute l'intelligence de l'espèce : c'était là l'ennemi qui avait attaqué l'Institut de Sérothérapie.

La soudaine obscurité qui s'était faite, quand la lampe s'était brisée, avait rappelé aux combattantes le danger d'une plus grande lumière et d'une résistance davantage prolongée. Par ailleurs, elles commençaient à sentir à l'humidité de l'atmosphère l'approche du jour.

— Si nous restons un instant de plus, cria Croisée, ils nous couperont la retraite. Arrière !

— Arrière ! Arrière ! crièrent-elles toutes. Et dans une bousculade, en se passant les unes sur les autres, elles se précipitèrent dehors.

Elles avançaient en bande, effrayées, défaites, voyant avec consternation que le jour, au loin, commençait à poindre.

Elles fuyaient déjà depuis vingt minutes quand un aboiement clair et aigu, mais encore éloigné, fit s'arrêter la colonne haletante.

— Un instant ! cria Urutu Dorée. Voyons combien nous sommes et ce que nous pouvons faire.

A la lumière encore incertaine du petit jour, elles comptèrent leurs forces. Entre les pattes des chevaux, dix-huit serpents avaient péris, dont les deux couleuvres corail. Atroce avait été coupée en deux par Fragoso, et Drimobia gisait là-bas le crâne fracassé après avoir cherché à étrangler le chien. Manquaient encore Coatiarita, Radinea et Boipeva. Au total, vingt-trois combattantes anéanties. Mais celles qui restaient, sans aucune exception, étaient meurtries, piétinées, blessées, couvertes de poussière et de sang, les écailles arrachées.

— Voilà tout le succès de la campagne, dit amèrement Ñacanina, en s'arrêtant un instant pour frotter sa tête contre une pierre. Je te félicite, Hamadryade.

Mais elle gardait pour elle-même ce qu'elle avait entendu derrière la porte fermée de l'écurie — car elle était sortie la dernière. Au lieu de les tuer, on avait sauvé la vie des chevaux, qui agonisaient précisément par manque de venin !

Il est bien connu que pour un cheval en voie d'immunisation, le venin est chaque jour aussi indispensable que l'eau elle-même, et qu'il est condamné à mourir s'il vient à en manquer.

Un second aboiement du chien qui les pistait retentit à l'arrière.

— Nous sommes en danger ! cria Terrifique. Que faire ?

— A la grotte ! clamèrent-elles toutes en glissant à toute vitesse.

— Mais vous êtes folles ! cria la Ñacanina en continuant d'avancer. Ils vont vous écraser, toutes. Vous courez à la mort ! Écoutez-moi : débandons-nous !

Les fugitives s'arrêtèrent, indécises. Malgré leur panique, quelque chose leur disait que la débandade était leur seule chance de salut, et elles regardèrent affolées de tous côtés. Un mot, un seul mot et elles se décidaient.

Mais le cobra royal, humilié, vaincu dans sa seconde tentative de domination, plein de haine pour un pays qui dans l'avenir lui serait éminemment hostile, préféra s'enfoncer jusqu'au bout, entraînant les autres espèces.

— Ñacanina est folle ! Si nous nous séparons, ils nous tueront une à une sans que nous puissions nous défendre... Là-bas, c'est autre chose. A la caverne !

— Oui, à la caverne ! répondit en fuyant la colonne pleine d'effroi. A la caverne !

En voyant cela la Ñacanina comprit qu'elles allaient à la mort. Mais aussi viles, défaites, folles de panique qu'elles fussent, les vipères couraient au sacrifice. Et avec un mouvement hautain de la langue, elle, à qui sa rapidité permettait de se mettre sans risque à l'abri, se dirigea comme les autres droit vers la mort.

Elle sentit un corps à côté d'elle et elle fut heureuse de reconnaître Anaconda.

— Tu vois, lui dit-elle avec un sourire, où nous a conduites l'Asiatique.

— Oui, c'est une sale bête, murmura Anaconda, tandis qu'elles glissaient côte à côte.

— Et maintenant, elle les conduit au massacre toutes ensemble !...

— Elle, en tout cas, elle n'aura pas ce plaisir... ajouta Anaconda d'une voix grave.

Et forçant l'allure, elles rejoignirent toutes deux la colonne.

Elles étaient arrivées.

— Un moment, lança Anaconda dont les yeux brillaient. Vous l'ignorez mais j'en ai, moi, la certitude : d'ici à deux minutes aucune de nous ne sera plus vivante. En conséquence, le Congrès est dissout et ses lois sont sans effet. N'est-ce pas, Terrifique ?

Un long silence se fit.

— Oui, murmura Terrifique accablée. Le Congrès est dissout...

— Alors, poursuivit Anaconda en tournant la tête de tous côtés, avant de mourir je voudrais... Ah, voilà qui est mieux, conclut-elle satisfaite en voyant le cobra royal avancer lentement vers elle.

Ce n'était sans doute pas le meilleur moment pour un combat. Mais depuis que le monde est monde, rien, pas même la présence hostile de l'Homme, ne pourra empêcher une Venimeuse et une Chasseuse de régler leurs différends particuliers.

Le premier assaut donna l'avantage à l'Asiatique : ses crochets s'enfoncèrent jusqu'à la gencive dans le cou d'Anaconda. Celle-ci, avec l'admirable aptitude des boas à transformer en offensive une prise quasiment mortelle, lança son corps en avant comme un fouet et enveloppa Hamadryade qui, en un éclair, se sentit étouffée. Le boa, en concentrant toute sa vie dans cette étreinte, refermait progressivement ses anneaux d'acier ; mais le cobra royal ne lâchait pas prise. Il y eut même un instant où Anaconda sentit sa tête entre les dents de l'autre. Mais elle put encore faire un ultime effort, et ce dernier éclair de volonté fit pencher la balance en sa faveur. La bouche du cobra à demi asphyxié lâcha prise en bavant, tandis qu'avec sa tête libérée Anaconda achevait de saisir le corps d'Hamadryade.

Peu à peu, assurée par sa terrible étreinte de l'immobilité de sa rivale, sa bouche remonta le long du cou, avec de courts et brusques coups de dents, sous lesquels le cobra agitait désespérément la tête. Les 96 dents aiguës d'Anaconda, continuant de remonter, arrivèrent jusqu'au chapeau, atteignirent la gorge, remontèrent encore, jusqu'à s'enfoncer dans la tête de son ennemie, avec un sourd et long craquement d'os broyés.

Tout était fini. Le boa desserra ses anneaux, et le corps massif du cobra royal glissa lourdement sur la terre, mort.

— Au moins, je suis satisfaite..., murmura Anaconda en tombant à son tour inanimée sur le corps de l'Asiatique.

C'est à ce moment que les vipères entendirent à moins de cent mètres l'aboiement aigu du chien.

Elles qui, dix minutes plus tôt, se bousculaient à l'entrée de la caverne, sentirent de la forêt monter dans leurs yeux la flamme sauvage de la lutte à mort.

— Entrons ! ajoutèrent cependant quelques-unes.

— Non, ici ! Mourons ici ! crièrent-elles toutes entre leurs sifflements étouffés. Et contre la paroi de pierre qui leur coupait toute retraite, le cou et la tête dressés sur leur corps enroulé, leurs yeux jetant des flammes, elles attendirent.

L'attente ne fut pas longue. Dans le jour encore livide, sur le fond noir de la forêt, elles virent surgir devant elles les deux hautes silhouettes du nouveau directeur et de Fragoso avec le chien qui, fou de rage, tirait sur sa laisse.

— Tout est fini ! Définitivement cette fois ! murmura Ñacanina, prenant avec ces six mots congé d'une vie plutôt heureuse dont elle venait de décider le sacrifice. Et dans un violent élan elle se lança à la rencontre du chien qui, libre et la bouche blanche d'écume, fondait sur elle. L'animal esquiva le coup et tomba furieusement sur Terrifique, qui lui enfonça ses crochets dans le museau. Daboy secoua violemment la tête, faisant sauter en l'air le serpent à sonnettes qui ne lâchait pas prise.

Neuwied profita de la circonstance pour enfoncer ses crochets dans le ventre de l'animal ; mais alors les hommes arrivèrent. En une seconde Terrifique et Neuwied tombèrent mortes, les reins brisés.

Urutu Doré fut coupée en deux, ainsi que Cipo. Lancéolée arriva à mordre dans la langue du chien, mais deux secondes plus tard elle tombait sectionnée en trois morceaux par un double coup de baguette, à côté d'Esculape.

Le combat, ou plutôt le massacre, se prolongeait furieusement, entre les sifflements et les aboiements rauques de Daboy qui était partout en même temps. Elles tombèrent les unes après les autres, sans merci — mais elles ne demandaient rien — le crâne broyé entre les mâchoires du chien, ou écrasées par les hommes. Toutes furent ainsi massacrées devant la caverne de leur dernier Congrès. Et les dernières à tomber furent Croisée et Ñacanina.

Il n'en restait plus une seule. Les hommes s'assirent et observèrent : naguère triomphantes, toutes ces espèces avaient été complètement massacrées. Daboy, haletant à leurs pieds, accusait quelques signes d'empoisonnement bien qu'il fût puissamment immunisé. Il avait été mordu soixante-quatre fois.

Quand les hommes se levèrent pour s'en aller, ils remarquèrent pour la première fois Anaconda qui recommençait à donner des signes de vie.

— Que fait ici ce boa ? dit le nouveau directeur. Ça n'est pas son pays... A ce qu'il semble le cobra royal et lui ont eu maille à partir... et il nous a vengé à sa façon. Ce sera une grande chose si l'on arrive à le sauver ; il paraît terriblement empoisonné. Emportons-le. Peut-être un jour nous sauvera-t-il à son tour de toute cette vermine venimeuse.

Et ils partirent, en emportant Anaconda autour d'un bâton chargé sur leurs épaules, Anaconda blessée et sans forces qui pensait à Ñacanina dont le destin, avec un petit peu moins d'orgueil, aurait pu être semblable au sien.

Anaconda ne mourut pas. Elle vécut un an avec les hommes, observa et fouina partout, jusqu'à ce qu'une nuit elle s'en allât. Mais l'histoire de ce voyage où elle remonta le Parana pendant de longs mois au-delà du Guayra, au-delà encore du golfe létal où le Parana prend le nom de fleuve Mort ; la vie étrange qui fut celle d'Anaconda et le second voyage qu'elle entreprit enfin avec ses frères sur les eaux sales nées d'une grande inondation, toute cette histoire, avec ses révoltes et ses invasions de lianes aquatiques, appartient à un autre récit.

(1921)
(traduit par Frédéric Chambert)
Éditions Métailié

César VALLEJO

Pérou

Né à Santiago de Chuco (Pérou), le 18 mars 1892. L'un des plus grands poètes de l'Amérique latine et de ce siècle, il se révéla dès 1918 par la publication des Hérauts noirs, *dans lesquels apparaissent deux de ses constantes : sa solidarité avec la souffrance et sa révolte devant le conformisme social. Emprisonné en novembre 1920, à la suite de violences populaires dans sa ville natale, l'horreur concentrationnaire qu'il vécut durant cent douze jours dans une geôle de Trujillo lui inspira les textes brefs de* Escalas melografiadas *(Lima, 1923). Libéré, l'angoisse existentielle qui ne cessa de le hanter dans sa poésie se retrouva dans ses contes, comme* Les Caynas, *tentative d'approcher l'éternel mystère de la douleur, dans un processus narratif et une ambiance proches d'Edgar Allan Poe. Se méfiant de la justice des hommes, Vallejo se réfugia peu après à Paris, où il vécut misérablement, épousa une Française, Georgette, défendit avec chaleur la cause de la République espagnole et mourut, entouré de l'admiration de nombreux intellectuels de gauche, le 15 avril 1938.*

« Ses atmosphères surchargées de tension, a écrit Julio Mariscal (La Prensa, *avril 1980), l'éternelle angoisse qui harcèle ses personnages, le halo fantastique dont se couvre la réalité pour montrer la souffrance et la torture existant dans les rapports humains, imposent à ses narrations la sensibilité aiguë qui caractérise l'œuvre de l'auteur des* Hérauts noirs. *» Et le critique Carlos Meneses affirme : « Toute la production narrative de Vallejo se réfère au Pérou et, dans sa plus grande partie, cherche à montrer ses tares,*

son amertume, la douleur de l'homme de ce pays, dans un noble effort pour contribuer à entrevoir une nouvelle forme de vie. »

Nouvelles : Escalas melografiadas, *1923 ;* Hacia el Reino de los Sciris, *1924-1928, publié en 1944 ;* Novelas y cuentos completos, *1967.*

Romans : Fabla salvaje, *1923 ;* El Tungsteno, *1931.*

Les Caynas

Luis Urquizo éclata de rire et en avala les derniers éclats en buvant avidement sa bière. Puis il posa le verre vide sur le zinc où il le brisa en vociférant :

– J'en ai vu d'autres ! J'ai chevauché plus d'une fois sur le dos de mon cheval qui marchait les quatre fers en l'air sur ses sabots noirs. O mon bel alezan ! C'est le pachyderme le plus extraordinaire de la terre. Mais ce qui surprend plus encore que de chevaucher dans cette position, ce qui vous époustoufle, ce qui vous fait frémir d'effroi c'est le spectacle tout court, la pure et simple vision des lignes et des mouvements qu'offre un poulain quand il est à l'arrêt, dans cette impossible gravitation vers la surface inférieure d'un plan suspendu dans l'espace. Non, je ne peux alors le regarder sans me sentir pris de panique et sans cesser de fuir sa présence, épouvanté et la gorge comme poignardée. C'est atroce ! On dirait une mouche géante suspendue à une de ces poutres nues qui soutiennent les humbles toits des villages. Une merveille ! Une chose sublime ! Irrationnelle !

Luis Urquizo parle et s'excite, son visage rasé ruisselant presque de sang, l'œil humide. Il tremble ; il guillotine les syllabes, soude et rougit les adjectifs ; il joue au cavalier, il fait parade sur parade ; il arrondit en interjections algides ce que sa voix insinue avec le plus d'ampleur, il gesticule, il lève le bras, il rit : il est pathétique, il est ridicule : il suggère et propage sa folie. Puis il dit :

— Je m'en vais. Il court, franchit d'un bond le linteau de la taverne et disparaît.

Et tous s'écrient :

— Le malheureux ! Il est complètement fou !

Urquizo, c'était vrai, était déséquilibré. La suite des événements l'avait prouvé. Notre homme avait continué à voir les choses à l'envers, chamboulant tout, à travers les cinq vitres embuées de ses sens malades. Et les bonnes gens de Cayna, le village où il habitait, avaient, bien entendu, fait de lui la cible d'une curiosité cruelle et l'amusement quotidien des grands et des petits.

Des années plus tard, Urquizo, par manque de soins opportuns, s'enfonça mortellement dans sa folie et en arriva au plus édifiant et truculent diorama de l'homme qui possède le triangle à deux angles, qui se mord le coude, s'esclaffe devant la douleur et pleure devant le plaisir : Urquizo en vint à errer au-delà des commissures éternelles, où courent se mêler en toute harmonie et plénitude les sept teintes fondamentales de l'âme et de la douleur.

C'est à cette époque qu'un soir je le rencontrai. Dès que je l'aperçus, quelques pas avant de le croiser, se réveilla en moi une pitié inhabituelle envers ce malheureux qui, par je ne sais quelle lointaine branche de consanguinité maternelle, se trouvait être mon cousin ; comme je lui cédais le passage sur le trottoir en le saluant, je me pris le pied dans un des pavés de la rue et mon avant-bras alla heurter celui du malade. Urquizo protesta avec colère :

— Et alors ? Vous êtes fou ?

L'exclamation sarcastique de l'aliéné me fit rire ; et, plus tard, elle fut le motif de réflexions constantes sur les mystères de la raison qui parfois sortaient leurs épines et qui stagnaient dans le cercle fermé et orageux d'une logique fatale, entre mes tempes. Pourquoi cette forme d'induction pour m'attribuer ce chamboulement de boulons et de moteurs dont lui seul était fait ?

Ce dernier symptôme, en effet, dépassait déjà les limites de l'hallucination sensorielle. Il s'agissait d'une chose supérieure, sans aucun doute, étant donné qu'il y avait là un raisonnement, un enchaînement de déductions profondes, une donnée de conscience. Urquizo devait donc croire qu'il avait toute sa tête : il devait être parfaitement sûr de lui et, selon son point de vue, c'était moi qui, pour l'avoir heurté sans motif, étais le véritable fou. Urquizo suivait un raisonnement normal que l'on surprend chez tous les aliénés : raisonnement qui, par sa déconcertante ironie, blesse et bafoue les têtes les plus solides au point de faire voler toutes les rênes mentales les plus solides et de balayer tous les jalons de la vie. C'est pourquoi l'exclamation maladroite de ce malade se ficha si fort dans mon esprit et aujourd'hui encore me taquine le cœur.

Luis Urquizo appartenait à une famille nombreuse de la région. Celle-ci, à cause de son déséquilibre, l'aimait beaucoup et lui prodiguait toutes sortes de soins et une assistance affectueuse.

J'appris un jour une chose terrible. Tous les parents d'Urquizo, qui vivaient avec lui, étaient également fous. Et plus encore, ils étaient tous victimes d'une obsession commune, d'une même idée fixe, zoologique, grotesque, pitoyable, d'un ridicule phénoménal : ils se prenaient pour des singes, et tels des singes ils vivaient.

Ma mère m'invita un soir à l'accompagner afin de prendre des nouvelles de nos parents fous. Nous ne trouvâmes au domicile de ces derniers que la mère d'Urquizo qui, lorsque nous arrivâmes, était occupée à feuilleter tranquillement une liasse de paperasses, à la lumière de la lampe qui pendait au centre de la pièce. Vu l'isolement et le retard de ce village qui ne disposait pas d'œuvres sociales, ni même de police locale, ces pauvres malades du cerveau sortaient quand ils le voulaient dans la rue : on pouvait ainsi les voir déambuler à toute heure, entrer dans les maisons, provoquant chaque fois le rire et la pitié de tous.

A peine nous eut-elle vus, la mère des aliénés poussa un cri aigu, fronça les sourcils avec force et avec une certaine férocité, continua à les agiter de bas en haut plusieurs fois, puis jeta d'un geste mécanique la feuille qu'elle tripotait ; se pelotonnant sur sa chaise, avec la rapidité enfantine de l'écolier qui prend un air sérieux devant le maître, elle rapprocha les pieds, plia les genoux jusqu'à la hauteur du cou et, dans cette attitude forcée, semblable à celle des momies, attendit que nous entrions dans la maison, en nous fixant de ses yeux brasillants, mobiles, inexpressifs, sauvages, arachnéens, qui ce soir-là supplantaient étonnamment ceux d'un singe. Ma mère s'agrippa à moi, apeurée et tremblante, et je sentis moi-même qu'une sensation effroyable d'épouvante me gagnait. La folle paraissait furieuse.

Mais non. A la clarté soudaine de la lampe voisine, nous distinguâmes que ce visage égaré, sous la courte chevelure qui lui tombait en tresses repoussantes jusqu'aux yeux, commençait alors à se plisser et à bouger sur le tronc misérable et haillonneux, à se tourner de tous côtés, comme mû par d'invisibles ressorts ou par de mystérieux bruits produits par les barreaux de fer d'un parc. Puis la folle, comme si elle nous ignorait, se mit à se gratter et à s'épouiller le ventre, les flancs, les bras, triturant avec ses dents jaunes des parasites imaginaires. De temps en temps, elle criait longuement, scrutait autour d'elle et guettait la porte, comme si elle ne nous avait pas remarqués. Ma mère, après quelques minutes d'attente et de peur, me fit signe de rebrousser chemin et nous abandonnâmes la maison.

Vingt-trois ans s'étaient écoulés depuis cette scène lugubre quand, après avoir vécu séparé des miens durant toute cette période, à cause de mes études à Lima, je retournai un soir à Cayna, village qui, par son côté solitaire et lointain, était comme une île au-delà des montagnes esseulées. Ce vieux village d'humbles agriculteurs, séparé des grands centres civilisés du pays par d'immenses et presque inaccessibles cordillères, vivait de longues périodes d'oubli et d'isolement total.

Je dois attirer l'attention sur une circonstance assez inquiétante : je n'avais eu aucune nouvelle de ma famille pendant les six dernières années de mon absence.

Ma maison était située peu après l'entrée du village. Un crépuscule cannelle propre au mois de mai, un de ces couchants de l'Est péruvien doux et incitant à la rêverie, ouvrait les bras sur ce hameau qui avait, je ne sais pourquoi, à cette heure, dans sa solitude et son abandon extérieurs, une forte odeur de malheur, un air tenace d'affliction. Une gale de laisser-aller et de destruction inexplicable suintait de toutes parts. Pas un promeneur, j'avais à peine dépassé les premières maisons que mes nerfs se brouillèrent, assaillis par une soudaine impression de ruine ; et, sans m'en rendre compte, je fus sur le point de pleurer.

Le portail rouge et rustique de la maison familiale était grand ouvert. Je descendis de cheval et, haletant d'une tendresse meurtrie, rendu maladroit par une émotion pleine de présages, parlant au lent animal trempé de sueur, je pénétrai sous le porche. Immédiatement, troublant le bruit des sabots, jaillirent de l'intérieur des cris gutturaux et courroucés, comme ceux des malades qui hululent au milieu du délire et de la fatigue.

Je ne saurais préciser quelle sorte de chaînes de pierre encerclèrent alors mes reins, mes tempes, mes poignets, mes chevilles, au point de me faire saigner sous leurs dents féroces, lorsque j'aperçu cette espèce de meute domestique. L'image anthropoïde de la mère d'Urquizo me revint immédiatement à l'esprit en même temps qu'un pressentiment m'envahissait, tellement supérieur à mes forces qu'il devenait pour moi la certitude funeste de ce que, quelques minutes plus tard, j'allais ressentir de tout mon être dans l'obscurité.

J'appelai avec des cris qui ressemblaient à des gémissements.

Rien. Toutes les portes des pièces étaient, comme celle de la rue, ouvertes en grand. Je lâchai la bride de mon cheval, courus de corridor en corridor, de patio en patio, de chambre en chambre, de silence en silence ; de nouveaux grognements m'immobilisèrent enfin devant un escalier de ciment qui montait au grenier le plus haut et le plus sombre de la maison. Je scrutai l'alentour. Le mystère renaissait.

Nul signe de vie humaine : pas même un animal domestique. Des mains étranges, obéissant à une diabolique déviation du goût et de tout sens de l'ordre et du confort, avaient dû bouleverser l'emplacement habituel des meubles et autres ustensiles et objets du foyer.

Guidé par une mystérieuse attraction, je grimpai quatre à quatre les marches de cet escalier ; je me disposais à pousser la petite porte de la terrasse, quand je vis qu'elle aussi était ouverte. Une terreur inexplicable m'arrêta net : j'hésitai quelques secondes puis, aidé par les dernières lueurs du jour, j'inspectai d'un regard avide l'intérieur.

Horriblement rageur, dénaturé comme par la mort, un visage émacié et sauvage surgit comme un éclair d'entre les ombres de cette grotte. Réunissant tout mon courage — car je devinais déjà tout, Dieu du ciel — je me retranchai dans l'encadrement de la porte et m'efforçai de reconnaître ce masque terrible.

C'était le visage de mon père !

Un singe ! Oui. Toute la verticalité tronquée et la facile audace acrobatique ; tout le jeu nerveux. Toute la pauvre carnation faciale et la gesticulation ; l'ossature entière. Et même le pelage chatouilleux, ô laine superfine avec laquelle est parfaitement tramée la membrane sans couture, possédant cette épaisseur mathématique suffisante que le temps et la logique universelle, ôtent et rejettent d'une colonne à l'autre de la vie en marche !

— Khirrrrr... Khirrrrr..., siffla-t-il comme en tremblant.

Je peux affirmer que lui, pour sa part, ne me reconnaissait pas. Il se déplaça, agile, comme pour mieux occuper l'antre où j'ignore à quelle date il s'était réfugié ; et, victime de cette inquiétude propre au gorille en cage, devant les gens qui l'observent et le harcèlent, il sautait, grognait, raclait la poussière et le plâtre du grenier vide, sans se soucier un seul instant de moi, prêt à se défendre et à attaquer.

— Père ! me mis-je à supplier, impuissant et sans force pour m'élancer dans ses bras.

Alors mon père abandonna brusquement son air diabolique, élimina tout signe de férocité et parut abolir d'un coup toute la nuit de sa pensée. Il glissa aussitôt vers moi, calme, aimable, tendre, doux, transfiguré, humain, tel qu'il avait dû s'approcher de ma mère le jour où ils s'étaient étreints si fort et si humainement qu'ils avaient fait jaillir le sang dont ils avaient rempli mon cœur en l'incitant à battre au rythme de mes tempes et de mes pieds.

Je croyais déjà avoir fait la lumière en lui grâce à l'exhortation miraculeuse de mon cri filial, quand il s'arrêta à quelques pas de moi, comme s'il se rétractait dans le mystère de son esprit malade. L'expression de son visage hirsute et amaigri fut soudain si hagarde et si lointaine et, en même temps, si forte d'une vie intérieure si intense, qu'elle me troubla au point de me faire détourner les yeux, m'enveloppant dans une sensation de froid et de bouleversement total de la réalité.

Je continuai cependant à lui parler avec véhémence. Il sourit étrangement.

— L'étoile..., balbutia-t-il dans une sourde fatigue, en poussant à nouveau des cris aigus.

L'angoisse et la terreur me couvrirent d'une sueur glaciale. Je laissai échapper un sanglot de frayeur, dévalai sans réfléchir l'escalier et sortis de la maison.

La nuit était maintenant noire.

Mon père était fou ! Lui aussi, et tous les miens, se prenaient pour des quadrumanes, tout comme la famille d'Urquizo ! Ma maison s'était donc transformée en asile d'aliénés. La contagion familiale ! Oui, l'influence fatale !

Mais ne n'était pas tout. Une chose plus atroce encore et plus dévastatrice était arrivée. Un fléau du destin : une colère de Dieu. On n'était pas fou seulement chez moi. Le village entier l'était, et tous ses environs.

Une fois hors de la maison, je me mis à marcher sans savoir où j'allais ni dans quel but, subissant ici et là des chocs et des cataclysmes moraux si profonds que ni avant ni après je n'en ressentis de semblables meurtrissant ma sensibilité.

Les rues avaient un aspect de chemins condamnés. De tout passant que je rencontrais émanait fatalement une simulation d'anthropoïde, un personnage singeur. L'obsession zoologique régressive dont le germe originel avait jailli tant d'années auparavant dans la tête funambule de Luis Urquizo s'était propagée à tous les habitants de Cayna, sans aucune variation de nature. Elle avait donné à tous ces malheureux la même idée. Tous avaient été mordus dans le même recoin du cerveau.

Je n'ai souvenir d'aucune nuit aussi chargée de tragédie et de bestialité que cette nuit dont le fond aux bords tranchants ne recevait d'autre lumière naturelle que celle des étoiles, puisque nulle part je ne pus apercevoir de lumière artificielle. Le feu lui-même, œuvre et signe fondamentaux de l'humanité, avait été proscrit du lieu ! Comme à travers les territoires d'une espèce animale de transition encore inconnue, j'errai à travers ce lamentable chaos où je ne pus rencontrer — et ce n'est pas faute de l'avoir voulu ou cherché — quelqu'un qui s'en fût libéré. Apparemment, toute trace de civilité avait disparu d'ici.

Je ne tardai pas, malgré tout, à regagner ma maison. Je me retrouvai soudain dans le premier couloir. Pas un bruit. Pas un souffle. Je rompis l'obscurité compacte qui y régnait, je traversai la vaste cour et je vis apparaître le couloir d'en face. Qu'étaient devenus mon père et toute ma famille ?

Une certaine sérénité s'empara de mon esprit accablé. Je devais retrouver ma mère à tout prix et sans perdre de temps, la voir, la savoir saine et sauve, la caresser, l'entendre pleurer de tendresse et de joie en me reconnaissant, et reconstruire en sa présence tout ce foyer détruit. Il me fallait chercher à nouveau mon père. Il n'était peut-être que passagèrement malade. Et peut-être tous les autres jouissaient-ils du plein exercice de leurs facultés mentales.

Oh ! oui, mon Dieu ! Je m'étais trompé, sans aucun doute, en généralisant d'une manière aussi légère. Je me rendais maintenant compte de ma nervosité au moment du premier contact et combien mon imagination excitée avait été peu préparée pour avoir accouché d'aussi horribles inventions. De plus pouvais-je vraiment être sûr de la démence de mon père ?

Une fraîche brise d'espoir me caressa jusqu'aux entrailles.

Je franchis, plein d'allégresse, la première porte que j'atteignis dans l'obscurité mais, alors que j'avançais, je sentis que j'hésitais, sans savoir pourquoi ; je sortis inconsciemment d'une de mes poches une boîte d'allumettes et en grattai une.

Je scrutais la pièce lorsque j'entendis des pas qui s'approchaient dans les couloirs. ils semblaient se bousculer.

Le sang disparut de tout mon corps mais pas suffisamment pour m'obliger à lâcher l'allumette que je venais d'enflammer.

Mon père, tel que je l'avais vu cet après-midi-là, apparut sur le seuil, suivi de quelques êtres sinistres qui hurlaient d'une manière grotesque. Ils éteignirent au passage mon allumette, hululant d'un air mystérieusement fatidique.

— La lumière ! La lumière !... Une étoile !

Je restai pétrifié et sans voix.

Je me ressaisis pourtant et rassemblai toutes mes forces pour crier désespérement :

— Père ! Souviens-toi, je suis ton fils ! Tu n'es pas malade ! Tu ne peux pas être malade ! Renonce à ce grognement des forêts ! Tu n'es pas un singe ! Tu es un homme, ô père ! Nous sommes tous des hommes !

Et je grattai une nouvelle allumette.

Un éclat de rire vint me poignarder le cœur. Mon père gémit ; sa plainte était déchirante, pleine d'une pitié infinie :

— Le pauvre ! Il se prend pour un homme, il est fou...

L'obscurité envahit à nouveau les lieux.

L'effroi m'éloigna de ce groupe ténébreux, la tête chancelante.

— Le pauvre ! s'écrièrent-ils tous. Il est complètement fou !...

***

— Et ce fou, vous l'avez devant vous, ajouta tristement l'homme qui nous avait fait ce récit étrange.

Un gardien vêtu de jaune s'approcha de lui avec indolence et lui demanda de le suivre, en même temps qu'il nous saluait du coin de l'œil :

— Bonsoir. Je dois le reconduire à sa cellule. Bonsoir.

Et le narrateur fou de cette histoire se perdit dos contre dos avec l'infirmier qui le guidait à travers les peupliers verts de l'asile ; la mer pleurait et deux oiseaux se chamaillaient sur l'épaule haletante de la nuit...

(1923)
(traduit par Claude Couffon)

Miguel Angel ASTURIAS

Guatemala

Né à Guatemala en 1899. Mort à Madrid en 1974. Prix Nobel de Littérature en 1967. Romancier, poète, dramaturge, journaliste, diplomate. De 1924 à 1933, il vécut à Paris où il étudia les civilisations et religions de l'Amérique précolombienne avec les professeurs Capitan et Georges Raynaud, traduisit en espagnol le Popol-Vuh *avec J. M. González de Mendoza et écrivit ses* Légendes du Guatemala, *préfacées par Paul Valéry. Prodigieux dénonciateur des dictatures latino-américaines dans* Monsieur le Président *(1946), il a donné au monde rural indien une dimension littéraire universelle. Grand inventeur verbal, Miguel Angel Asturias est l'une des figures-clefs du « réalisme magique », avec notamment son chef-d'œuvre :* Une certaine Mulâtresse *(1963). « Mon réalisme est magique parce qu'il relève un peu du rêve tel que le concevaient les surréalistes. Tel que le concevaient aussi les Mayas dans leurs textes sacrés. En lisant ces derniers, je me suis rendu compte qu'il existe une réalité palpable sur laquelle se greffe une autre réalité, créée par l'imagination, et qui s'enveloppe de tant de détails qu'elle devient aussi réelle que l'autre. »*

Nouvelles : Légendes du Guatemala, *1932 (trad. Francis de Miomandre, Les Cahiers du Sud, puis Gallimard) ;* Week-end au Guatemala, *1956 (trad. Georges Pillement, Albin Michel) ;* Torotumbo, *1966 (trad. René L.F. Durand, éd. Seghers) ;* Le Miroir de Lida Sal, *1967 (trad. Claude Couffon, Albin Michel).*

Romans : Monsieur le Président, *1946 (trad. Georges Pillement, Francisca Garcia et Yves Malartic, éd. Bellenand, puis Albin Michel) ;*

Hommes de maïs, *1949 (trad. Francis de Miomandre, éd. Andre Martel, puis Albin Michel) ;* L'Ouragan, *1949 (trad. G. Pillement, Gallimard) ;* Le Pape Vert, *1954 (trad. F. de Miomandre, Albin Michel) ;* Les Yeux des enterrés, *1960 (trad. Marie Castelan, Albin Michel) ;* La Flaque du Mendiant, *1961 (trad. Dominique Éluard et A. Foppa, Albin Michel) ;* Une certaine Mulâtresse, *1963 (trad. Claude Couffon, Albin Michel) ;* Le Larron qui ne croyait pas au ciel, *1969 (trad. Claude Couffon, Albin Michel) ;* Vendredi des Douleurs, *1972 (trad. Claude Couffon, Albin Michel).*

Jean le Tamanoir *a été repris dans* Le Miroir de Lida Sal.

Jean le Tamanoir

Je sais que ceux qui mangent leur sommeil se changent en terre...

De l'entendre dire m'a laissé accablé. Je mangeais mon sommeil et j'étais complètement accablé. Il n'est pas nécessaire de l'expliquer. Je mangeais mon sommeil et je sentais que peu à peu... Comment faire ? Allais-je me changer en terre ?... Comment faire pour que mon sommeil n'alimente plus – alors que tout le monde dormait et que j'étais ainsi réveillé parmi les miens – pour que mon sommeil n'alimente plus mon irréalité nocturne, qui était l'unique réalité de mon existence ?

Manger son sommeil... en voilà une expression !

La chaleur m'a obligé à ouvrir la fenêtre qui donne sur la terrasse. La poussière que le vent y dépose chaque jour et que le serein, à ces heures de la nuit, rend humide, arrivait à mes narines avec une forte odeur de terre mouillée, tandis que mes cheveux, ma salive, mon corps en sueur, insensiblement, se changeaient en terre.

Une odeur de terre mouillée, de doux moisi. Voilà tout ce que je sentais parce que je mangeais mon sommeil, non pas en dormant (celui qui dort mange), mais parce que je n'arrivais pas à fermer l'œil. Et moins encore maintenant, inquiet comme je l'étais à cause de ce goût de glaise qu'avait ma sueur, à cause de ces petits monticules de terre qui se formaient autour de mes yeux, de mes ongles, de mes dents...

Et non pas que le fait de *manger son sommeil*, autrement dit de ne pas dormir, fasse que l'on se change en terre à la manière des morts. Non, c'est autre chose : c'est une sensation de terre vivante, de terre qui a soif alors que l'eau est là tout près, une soif de motte de terre sèche sur les lèvres, et un insupportable chatouillement au bout des doigts, près des pots de fleurs. Puis c'est un bouillonnement de marmite mise sur le feu que l'on entend dans sa poitrine. De marmite aux parois légères, de marmite de terre vitreuse, dont mes oreilles, dont mes paupières sont peut-être faites...

Manger son sommeil... Cela revient à dire le manger et ne pas dormir, l'avaler et rester les yeux grands ouverts... écouter la nuit passer avec tous ses bruits et, par moments, ne rien entendre, comme si nous étions déjà changés en terre...

Peu à peu, la rigidité de cette nouvelle chair nous gagne. Mieux vaudrait que cela se fît d'un seul coup. Nous n'aurions pas le temps d'y penser. Mais cela se fait pore après pore, poil après poil. Celui qui se change en terre parce qu'il mange son sommeil est maître d'une lucidité étiolée, mais non moins grande que celle de l'homme qui se lève endormi. La lucidité de la terre...

Qui m'interrompt ?

J'ai entendu claquer un coup de feu... Un coup de feu au loin ?... Un singe crie... Je n'ai pas le temps de penser à autre chose qu'à cette bête à longue queue qui a sauté par la fenêtre et est venue se réfugier auprès de moi, en tremblant comme la nuit étoilée, ses petites dents blanches bien serrées, et ses petits yeux tantôt fermés, tantôt ouverts, qui semblent refléter les variations de la douleur causée par la balle enfoncée dans son bras.

J'essaie de le caresser et il me remercie d'un regard qui a la douceur d'un fruit. Je lui parle afin qu'il se sente en sécurité. Je lui raconte que depuis que je suis arrivé dans cette maison je ne dors pas, je mange mon sommeil, je suis condamné à me changer en terre.

Il ne bouge pas. Il m'entend. Il écoute les sons qui sortent de mes lèvres et se rend compte que je lui parle, parce que, le pauvre, il se recroqueville un peu plus encore, sa main noire aux doigts très longs serrant le bras au bout duquel l'autre main saigne ; et il sanglote.

— Je vous ai entendu, a tonné une voix, celle de l'homme qui a tiré, et tout cela est bien beau, mais le singe m'appartient...

— Comment cela ? ai-je dit, en voyant surgir en face de moi un homme noirâtre, aux longs cheveux et aux yeux rougis.

— Parce qu'il est à moi...

— Comment, à toi ?

— C'est moi qui l'ai blessé...

— Et cela te donne des droits ?

— Naturellement !

— Eh bien ! il est venu chercher asile chez moi, et tu ne l'auras pas...

— Vous feriez mieux de me le donner, a-t-il dit, d'une voix flegmatique. Il est inutile de m'obliger à vous l'arracher...

— Tu ne me l'arracheras pas, car moi aussi je suis armé...

— J'en ai besoin. Ma pauvre femme s'est changée en terre et il faut que je l'arrose avec du sang de singe pour qu'elle redevienne un être humain...

— Changée en terre ?...

J'ai bu ses paroles ; mes yeux se sont faits interrogatifs.

— Oui, en un tas de terre ; on croirait voir une fourmilière qui respire...

Le singe continuait à perdre son sang et sautait, comme s'il avait été élastique, en un râle d'agonie, ses lèvres noires tremblant, ses yeux vifs se muant peu à peu en cristal de mort...

— Partons... ai-je dit au visiteur inattendu. Il reste encore un peu de sang et nous le verserons sur le corps de ta femme ! Tu m'as bien dit qu'elle était en train de se changer en terre ?...

— Oui, parce qu'elle mangeait son sommeil...

— Alors, c'est donc bien vrai ?

— Qu'est-ce que vous avez ? m'a-t-il demandé quand nous sommes sortis, sans répondre à ma question.

— Rien, rien... ai-je répondu, et, pressant le pas, j'ai ajouté :

— Crois-tu que nous arriverons à temps ?

— Oui, peut-être que oui... Nous devons arriver avant que les fourmis ne s'installent dans ce qui est maintenant un tas de terre avec la forme d'une femme...

— Et si les fourmis...

Il m'a interrompu :

— Si les fourmis s'installent, nous ne pourrons plus la délivrer.

— Tu le savais. Tu as tardé à venir. Le singe, pendant ce temps, a perdu presque tout son sang.

— J'ai perdu du temps à le chercher dans les grandes herbes. C'est seulement après que je me suis rendu compte qu'il s'était réfugié chez vous.

La lune s'est montrée, chaude, couleur de sable.

— Cette grande morte — a-t-il dit, en montrant la lune, tandis que ses mains traînaient le cadavre du singe — a mangé tout son sommeil et s'est changée en terre ; la lune c'est de la terre, une terre où les fourmis sont arrivées avant qu'on ne l'arrose avec du sang de singe... une grande fourmilière de fourmis noires, quand elle s'obscurcit, et de fourmis rouges ou blondes, quand elle brille comme maintenant.

— C'est encore loin ? ai-je demandé, inquiet.

— Non. Juste après ce froncement de collines. Il est possible que le destin de la pauvre petite soit de ne pas être sauvée...

— Cherchons un autre singe, ai-je proposé. Je tire très bien au pistolet...

— C'est une solution, mais le mieux est encore d'arriver là-bas. Ce triste déchet conservera bien un peu de sang...

Nous nous sommes arrêtés auprès d'une masure aux murs d'adobes et au toit de chaume, qu'entouraient quelques arbres aux branches sèches et épineuses. Sa maison.

— Et ta femme? ai-je demandé avec angoisse.

L'homme a laissé échapper deux grosses larmes qui ont roulé sur son visage glacé et livide, rien que peau et cheveux.

Il ne restait de sa femme qu'un monceau de terre à forme humaine, une vague forme humaine, trouée par des milliers de fourmis rouges. J'ai passé mon bras autour du cou de l'homme, tandis qu'il laissait tomber le cadavre du singe et éclatait en plaintes et en malédictions.

Et, ce matin-là, dans une pirogue longue comme un caïman, que pilotait un Indien chevelu, nu, avec seulement un pagne, je suis allé par les rivières transparentes et calmes jusqu'à Carabin, et de là, à cheval, jusqu'à la station du chemin de fer, d'où, par le premier train de voyageurs, j'ai regagné la capitale...

L'infortuné mari de la femme qui s'était changée en terre pour avoir mangé son sommeil, n'a pas voulu m'accompagner, bien que je lui aie offert de lui chercher du travail à la ville. Il ne voulait pas se séparer de sa femme, il ne voulait pas la laisser seule.

— Elle n'est pas morte, m'expliquait-il. Si seulement elle était morte ! Mais elle est vivante : ce qui se passe c'est qu'elle s'est changée en terre...

J'ai essayé de le convaincre.

— Mais tu ne vois pas que...

— Je ne vois pas ce qui se voit, mais bien ce qui ne se voit pas...

Et il est resté là-bas.

— Ah ! m'a-t-il dit avant mon départ, comme s'il se fût agi d'une consolation — un peu partout ici on voit des fourmilières de la taille d'une personne et qui ressemblent à des bornes. Mais ce ne sont pas des fourmilières, ce sont des gens qui ont mangé leur sommeil. Des centaines, des milliers, des millions de petites fourmis noires et rouges se nourrissent de ce sommeil mangé, un sommeil qui devient miel, miel épais dont profitent les tamanoirs. Avec leurs longs museaux... Avec leur maladresse de myope... Ils ne voient pas que ce sont des chrétiens changés, sous cette croûte dure, en une farine jaunâtre qui ressemble tant à la poussière des morts.

Il n'y a pas eu moyen de l'arracher à cet endroit. Il craignait pour sa femme, et c'est seulement après s'être fait longtemps prier qu'il m'a avoué que pour la sauver il devait changer de forme, cesser d'être un homme et se transformer en tamanoir, avec un museau et une vue de myope.

— Mais c'est impossible...

— J'essaierai quand je serai seul, et si je réussis... ah !... si je réussis à devenir tamanoir, je commencerai à lécher la terre boueuse de la fourmilière, jusqu'à ouvrir un trou où j'enfoncerai la langue, pour que les fourmis s'y collent, puisque les fourmis sont le sommeil qu'elle a mangé ; et puis, quand elles formeront comme un nuage, je rentrerai la langue dans ma bouche et je les avalerai toutes, instant où ma femme redeviendra ce qu'elle était... Quant à moi je continuerai d'être ce que je suis, le mystérieux Jean le Tamanoir...

(1962)
(traduit par Claude Couffon)
Éditions Albin Michel

Jorge Luis BORGES

Argentine

Né à Buenos Aires (Argentine) en 1899. Mort à Genève en 1986. Conteur, poète, essayiste, traducteur. En 1933, Drieu La Rochelle, de retour d'Argentine, affirmait déjà : « Borges vaut le voyage. » Et pour Hector Bianciotti « avec Kafka, Proust et Joyce, il aura été l'un des plus grands écrivains du siècle ». Érudit, homme de livres et de bibliothèques, dominant plusieurs langues, Borges tourna résolument le dos aux problèmes de l'Amérique latine – à l'exception du péronisme dont il fut l'adversaire acharné – pour s'égarer avec talent dans le labyrinthe des spéculations et jeux de l'intelligence. Affirmant qu'« il n'y a pas de moi cohérent », qu'« en dehors de l'épisodique, du présent, du circonstanciel, nous ne sommes personne », dénonçant l'irréalité du monde des apparences, Borges bafoua dans ses fictions surnaturel et religions et parla de sa tendance « à juger les idées religieuses ou philosophiques d'après leur valeur esthétique et même d'après ce qu'elles comportent de singulier et de merveilleux ». « A la base de ces spéculations, écrit son exégète E. Rodríguez Monegal, il y a l'intuition de la vanité de la connaissance intellectuelle et la conviction qu'il est impossible de comprendre la signification dernière du monde, puisque le monde n'a pas de sens ou n'a qu'un sens inventé par les hommes. » Avec humour, Borges définissait sa création fantastique comme « le fragile artifice d'un Argentin égaré dans la métaphysique ».

Nouvelles : Fictions, *1944, reprend deux publications antérieures :* Le Jardin aux sentiers qui bifurquent, *1941, et* Artifices, *1944 (trad. Paul Verdevoye et Nestor Ibarra, Gallimard, 1951),* L'Aleph, *1949 (trad. Roger Caillois et René L. F. Durand, Gallimard, 1967)* ; Le Rapport de Brodie, *1970 (trad. Françoise-Marie Rosset, Gallimard, 1972)* ; Le Congrès du Monde, *1971 (F. M. Ricci, 1979)* ; Le Livre de sable, *1975 (trad. F.M. Rosset, Gallimard, 1978)* ; Rose et bleu, *1977 (trad. Gérard de Cortanze, éd. de la Différence, 1978.)*

L'*Aleph* appartient au recueil du même nom.
Le Sud est extrait de *Fictions*.

L'Aleph

à Estela Canto

O God, I could be bounded in a nutshell and count myself King at infinite space.

Hamlet, II, 2.

But they will teach un that Eternity is the Standing still of the Present Time, a Nuncstans *(as the Schools call it) ; which neither they, nor any else understand no more than they would a* Hicstans *for an Infinite greatnesse of Place.*

Leviathan, IV, 46.

La brûlante matinée de février au cours de laquelle mourut Beatriz Viterbo, après une impérieuse agonie qui pas un seul instant ne se rabaissa au sentimentalisme ni à la peur, je remarquai que sur les portes-affiches en fer de la place de la Constitution on avait renouvelé je ne sais quelle annonce de cigarettes de tabac blond ; le fait me peina, car je compris que l'incessant et vaste univers s'éloignait d'elle désormais et que ce changement était le premier d'une série indéfinie. L'univers changera mais pas moi, pensai-je avec une mélancolique vanité ; en de certaines occasions, je le sais, ma vaine passion l'avait exaspérée ; morte, je pouvais me consacrer à sa mémoire, sans espoir mais aussi sans humiliation. Je considérai que le 30 avril était son anniversaire ; rendre visite ce jour-là à la maison de la rue Garay pour saluer son père et Carlos Argentino Daneri, son cousin germain, était un geste courtois, irréprochable, peut-être indispensable. J'attendrais de nouveau, dans la pénombre du petit salon bourré d'objets, j'étudierais de nouveau les détails de ses nombreux portraits. Beatriz Viterbo de profil, en couleur ; Beatriz avec un loup, lors des fêtes de carnaval de 1921 ; la première communion de Beatriz ; Beatriz, le jour de son mariage avec Roberto Alessandri ; Beatriz, peu après le divorce, à un déjeuner du Club Hippique ; Beatriz à Quilmes, avec Delia San Marco Porcel et Carlos Argentino ; Beatriz avec le pékinois que lui avait offert Villegas Haedo ; Beatriz de face et de trois quarts, souriant, la main sur le menton... Je ne serais pas obligé, comme d'autres fois, de justifier ma présence avec de modestes cadeaux de livres : livres dont j'avais appris finalement à couper les pages pour ne pas constater, quelques mois plus tard, qu'ils étaient intacts.

Beatriz Viterbo mourut en 1929 ; depuis lors, je n'ai pas laissé passer un 30 avril sans retourner chez elle. J'arrivais en général à sept heures et quart et je restais environ vingt-cinq minutes ; tous les ans je faisais mon apparition un peu plus tard et je restais un moment de plus ; en 1933, une pluie torrentielle me favorisa : on dut m'inviter à dîner. Naturellement je ne négligeai pas ce bon précédent ; en 1934, j'arrivai après huit heures, en apportant un gâteau de Santa Fe ; avec un parfait naturel, je restai pour dîner. Ainsi, en des anniversaires mélancoliques et vainement érotiques, je recueillis peu à peu les confidences de Carlos Argentino Daneri.

Beatriz était grande, fragile, très légèrement voûtée ; il y avait dans sa démarche (si l'*oxymoron* est permis) une sorte de gracieuse gaucherie, un commencement d'extase ; Carlos Argentino est rose, fort, il a les cheveux blancs et les traits distingués. Il occupe je ne sais quelle fonction subalterne dans une bibliothèque médiocre des quartiers du Sud ; il est autoritaire, mais aussi inefficace ; il mettait à profit, jusque très récemment, les nuits et les fêtes pour rester chez lui. A deux générations de distance, l'*s* italien et l'exubérante gesticulation italienne survivent chez lui. Son activité mentale est continue, passionnée, et complètement insignifiante. Il abonde en analogies inutilisables et en scrupules oiseux. Il a (comme Beatriz) de belles mains grandes et effilées. Pendant quelques mois il fut obsédé par Paul Fort, moins par ses ballades que par l'idée d'une gloire irréprochable. « C'est le prince des poètes de France, répétait-il avec fatuité. Tu te tourneras en vain contre lui ; la plus empoisonnée de tes flèches ne l'atteindra pas. »

Le 30 avril 1941, je me permis d'ajouter au gâteau une bouteille de cognac du pays. Carlos Argentino le goûta, le trouva bon, et entreprit, au bout de quelques petits verres, une défense de l'homme moderne.

— Je l'évoque, dit-il avec une animation un peu inexplicable, dans son cabinet d'étude, comme qui dirait dans la tour de guet d'une ville, muni de téléphones, de télégraphes, de phonographes, d'appareils de radio, de cinémas, de lanternes magiques, de glossaires, d'horaires, de promptuaires, de bulletins...

Il fit observer que pour un homme ainsi pourvu l'acte de voyager était inutile : notre XXe siècle a transformé la fable de Mahomet et la montagne ; les montagnes, à présent, convergent sur le moderne Mahomet.

Ces idées me parurent si ineptes, son exposé si pompeux et si vain, que j'établis immédiatement un rapport entre eux et la littérature ; je lui demandai pourquoi il ne les mettait pas par écrit.

Il répondit, comme il fallait s'y attendre, qu'il l'avait déjà fait : ces idées, et d'autres non moins nouvelles, figuraient dans le Chant Augural, ou tout simplement Chant-Prologue, d'un poème auquel il travaillait depuis longtemps, sans réclame, sans bruit intempérant, en s'appuyant toujours sur ces deux supports qui s'appellent le travail et la solitude. Il ouvrait d'abord les vannes de son imagination ; puis il prenait la lime. Le poème s'intitulait *La Terre* ; il s'agissait d'une description de la planète, dans laquelle ne manquaient certes pas la digression pittoresque ni l'apostrophe élégante.

Je le priai de me lire un passage, fût-il court. Il ouvrit un tiroir de son bureau, en tira une épaisse liasse de feuilles d'un bloc-notes portant imprimé l'en-tête de la bibliothèque Jean-Christophe Lafinur, et lut avec une satisfaction sonore :

He visto, como el griego, las urbes de los hombres,
Los trabajos, los dias de varia luz, el hambre ;
No corrijo los hechos, no falseo los nombres,
Pero el voyage que narro, es... autour de ma chambre[1].

— C'est une strophe à tous points de vue intéressante, déclara-t-il. Le premier vers rallie les applaudissements du professeur, de l'académicien, de l'helléniste, sinon des érudits à la violette, secteur considérable de l'opinion ; le deuxième passe d'Homère à Hésiode (tout un hommage implicite, sur le frontispice de l'édifice flambant neuf, au père de la poésie didactique), non sans rajeunir un procédé dont l'origine se trouve dans l'écriture, l'énumération, l'amas ou l'accumulation ; le troisième — art baroque, décadent, culte épuré et fanatique de la forme ? — se compose de deux hémistiches jumeaux ; le quatrième, franchement bilingue, m'assure l'approbation sans réserves de tout esprit sensible aux incitations désinvoltes de la facétie. Je ne dirai rien de la rime rare ni de l'art savant qui me permet — sans plaisanterie ! — d'accumuler en quatre vers trois allusions érudites qui embrassent trente siècles de dense littérature : la première à l'*Odyssée*, la seconde à *Les Travaux et les Jours*, la troisième à la bagatelle immortelle que nous ont value les loisirs de la plume du Savoyard... Je comprends une fois de plus que l'art moderne requiert le baume du rire, le scherzo. Décidément, Goldoni a la parole !

1. *J'ai vu, comme le Grec, les cités des hommes,*
Les travaux, les jours aux teintes variées, la faim ;
Je ne corrige pas les faits, ni ne fausse les noms,
Mais le voyage que je relate est... autour de ma chambre.

Il me lut d'autres nombreuses strophes qui eurent aussi son approbation et provoquèrent un abondant commentaire. Il n'y avait en elles rien de mémorable ; je ne les jugeai même pas sensiblement plus mauvaises que la précédente. L'application, la résignation et le hasard avaient collaboré à leur rédaction ; les vertus que Daneri leur attribuait étaient postérieures. Je compris que le travail du poète n'était pas dans la poésie ; il était dans l'invention de motifs pour rendre la poésie admirable ; naturellement, ce travail ultérieur modifiait l'œuvre pour lui, mais non pour d'autres. La diction de Daneri était extravagante ; sa gaucherie métrique l'avait empêché, sauf de rares fois, de transmettre cette extravagance au poème[1].

Une seule fois dans ma vie j'ai eu l'occasion d'examiner les quinze alexandrins du *Polyolbion*, cette épopée topographique dans laquelle Michael Drayton enregistra la faune, la flore, l'hydrographie, l'histoire militaire et monastique d'Angleterre ; je suis sûr que cette production considérable mais limitée est moins fastidieuse que la vaste entreprise similaire de Carlos Argentino. Celui-ci se proposait de versifier toute la planète ; en 1941, il avait déjà terminé les passages concernant quelques hectares de l'État de Queensland, plus d'un kilomètre du cours de l'Ob, un gazomètre au nord de Veracruz, les principales maisons de commerce de la paroisse de la Conception, la villa de Mariana Cambaceres de Alvear dans la rue du 11-Septembre, à Belgrano,

1. Je me souviens, cependant, de ces lignes d'une satire dans laquelle il fustigeait durement les mauvais poètes :

Aqueste da al poema belicosa armadura
De erudiction : estotro le da pompas y galas.
Ambos baten en vano las ridiculas alas...
Olvidaron, cuitados, el factor Hermosura !

Seule la crainte de se faire une armée d'ennemis implacables et puissants l'avait dissuadé (me dit-il) de publier sans crainte le poème (*Note de l'auteur*).

Voici la traduction de la strophe :

Celui-ci donne au poème une belliqueuse armure
D'érudition ; celui-là de la pompe et des ornements.
Tous deux battent en vain des ailes ridicules...
Ils ont oublié, les malheureux, le facteur Beauté !

et un établissement de bains turcs non loin de l'aquarium renommé de Brighton. Il me lut certains extraits laborieux de la partie australienne de son poème ; ces longs alexandrins informes étaient dépourvus de la vivacité relative de la préface. Je copie une strophe :

Sepan. A manderecha del poste rutinario
(Viviendo, claro está, desde el Nornoroeste)
Se aburre una osamenta. – Color ? Blanquiceleste –
Que da al corral de ovejas catadura de osario[1].

— Deux audaces, cria-t-il en exultant, rachetées, entends-je marmonner, par le succès ! Je l'admets, je l'admets. L'une, l'épithète « routinier », qui exprime justement, en passant, l'inévitable ennui inhérent aux travaux pastoraux et agricoles, ennui que ni *Les Géorgiques* ni notre fameux *Don Segundo* n'ont jamais osé exprimer ainsi, pris sur le vif. L'autre, l'énergique prosaïsme « un squelette s'ennuie », que le lecteur gourmé voudra excommunier avec horreur mais qu'appréciera plus que tout le critique au goût viril. Le vers tout entier, par ailleurs, offre énormément d'intérêt. Le deuxième hémistiche engage avec le lecteur un dialogue très animé ; il devance sa vive curiosité, place une question sur ses lèvres et y répond... à l'instant. Et que me dis-tu de cette trouvaille : « blanc céleste » ? Cette expression pittoresque suggère le ciel, qui est un facteur très important du paysage australien. Sans cette évocation, les teintes de l'esquisse seraient trop sombres, et le lecteur serait tenté de fermer le volume, car son âme serait, au plus profond d'elle-même, la proie d'une incurable et noire mélancolie.

Je pris congé aux environs de minuit.

Deux dimanches plus tard, Daneri m'appela par téléphone, me semble-t-il pour la première fois de sa vie. Il me proposa de

1. *Sachez. A main droite du poteau routinier*
(En venant, bien sûr, du Nord Nord-Ouest)
Un squelette s'ennuie. – Couleur ? Blanc céleste –
qui donne à l'enclos aux brebis allure d'ossuaire.

nous rencontrer à quatre heures, « pour prendre ensemble un verre de lait, au salon-bar voisin qui, grâce à l'esprit progressiste de Zunino et de Zungri – les propriétaires de ma maison, tu dois t'en souvenir ? –, a été inauguré au coin de la rue ; c'est une confiserie qu'il te faut connaître ». J'acceptai, plus résigné qu'enthousiaste. Nous trouvâmes difficilement une table ; le salon-bar, inéxorablement moderne, n'était guère moins infâme que je l'avais prévu ; aux tables voisines, le public excité mentionnait les sommes dépensées sans marchander par Zunino et Zungri. Carlos Argentino feignit d'admirer je ne sais quels élégants détails dans l'installation de la lumière (qu'il connaissait déjà certainement) et me dit avec une certaine sévérité :

– Tu dois reconnaître, bien malgré toi, que ce local peut être comparé aux plus selects de Flores.

Il me relut ensuite quatre ou cinq pages du poème. Il les avait corrigées selon un mauvais principe de pompe verbale : là où il avait écrit d'abord « bleuté », il multipliait les « azuré », les « bleuâtre » et même les « azurin ». Le mot « laiteux » n'était pas assez vilain pour lui ; dans l'impétueuse description d'une laverie de laines, il préférait « lactaire », « lactiforme », « lactescent », « lacté »... Il injuria amèrement les critiques ; puis, plus bienveillant, il les compara aux gens « qui ne disposent pas de métaux précieux ni de presses à vapeur, de laminoirs et d'acide sulfurique pour le monnayage de trésors, mais qui peuvent indiquer aux autres le lieu où se trouve un trésor ». Aussitôt après, il critiqua la manie des prologues, « dont se moqua, dans la plaisante préface du *Quichotte*, le Prince des Génies ». Il admit cependant qu'au frontispice d'un nouvel ouvrage convenait le prologue brillant, la consécration signée par un écrivain vigoureux et de poids. Il ajouta qu'il avait l'intention de publier les premiers chants de son poème. Je compris, alors, la singulière invitation par téléphone ; cet homme allait me demander de préfacer son fatras pédantesque. Ma crainte n'était pas fondée : Carlos Argentino fit remarquer, avec une admiration boudeuse, qu'il ne pensait pas se tromper en qualifiant de solide le prestige obtenu dans tous les cercles par

Alvaro Melian Lafinur, homme de lettres, qui si j'insistais, serait ravi de préfacer le poème. Pour éviter le plus impardonnable des échecs, je devais être le porte-voix de deux mérites incontestables : la perfection de la forme et la rigueur scientifique, « car ce vaste jardin de tropes, de figures, de fioritures, ne supporte pas un seul détail que ne confirme la sévère vérité ». Il ajouta que Beatriz avait toujours passé de bons moments avec Alvaro.

J'acquiesçai longuement. Je précisais, pour plus de vraisemblance, que je ne parlerais pas le lundi suivant à Alvaro, mais le jeudi : au cours du petit dîner qui couronne d'habitude toutes les réunions du club des Écrivains (ces dîners n'existent pas, mais il est irréfutable que les réunions ont lieu le jeudi, fait que Carlos Argentino Daneri pouvait vérifier dans les journaux et qui donnait à la phrase une allure de vérité). Je dis, devinant et pénétrant à la fois ses intentions, qu'avant d'aborder le sujet du prologue je décrirais le curieux plan de l'ouvrage. Nous prîmes congé ; quand je tournai à l'angle de la rue Bernardo de Irigoyen, je fis impartialement face aux perspectives d'avenir qui se présentaient à moi : *a)* parler à Alvaro et lui dire que le cousin germain de Beatriz (cet euphémisme explicatif me permettrait de la nommer) avait écrit un poème qui semblait reculer à l'infini les possibilités de la cacophonie et du chaos ; *b)* ne pas parler à Alvaro. Je prévis, en toute lucidité, que par négligence j'opterais pour le point *b*.

A partir du vendredi à la première heure, le téléphone m'inspira de l'inquiétude. J'étais indigné par le fait que cet instrument, qui m'avait fait entendre quelquefois la voix désormais perdue de Beatriz, pût se rabaisser à être un réceptacle des lamentations inutiles et peut-être de la colère de Carlos Argentino Daneri que j'avais trompé. Il n'arriva rien heureusement — à part la rancune inévitable que m'inspira cet homme qui m'avait imposé une démarche délicate et qui ensuite m'oubliait.

Le téléphone ne m'effraya plus, mais à la fin d'octobre Carlos Argentino me parla. Il était très agité ; je ne reconnus pas sa voix, au début. Avec tristesse et avec courroux, il balbutia que ces insatiables Zunino et Zungri, sous prétexte d'agrandir encore leur énorme confiserie, allaient démolir sa maison.

— La maison de mes parents, ma maison, la vieille maison de la rue Garay ! répéta-t-il, en oubliant peut-être sa douleur dans la mélopée de la phrase.

Il ne fut pas très difficile de partager son angoisse. Après la quarantaine, tout changement est un symbole détestable du temps qui passe ; et puis, il s'agissait d'une maison qui, pour moi, ne cessait de parler de Beatriz. Je voulus éclaircir ce trait fort délicat ; mon interlocuteur ne m'entendit pas. Il dit que si Zunino et Zungri persistaient dans leur absurde intention, le docteur Zunni, son avocat, leur demanderait des dommages et intérêts et les obligerait à verser cent mille pesos.

Le nom de Zunni m'impressionna ; son cabinet à Caseros et Tacuari, est d'une sévérité proverbiale. Je demandai s'il s'était chargé de l'affaire. Daneri dit qu'il lui parlerait cet après-midi même ! Il hésita, et de la voix neutre, impersonelle, dont nous nous servons pour confier quelque chose de très intime, il dit que pour terminer le poème la maison lui était indispensable, car dans un angle de la cave il y avait un Aleph. Il précisa qu'un Aleph est l'un des points de l'espace qui contient tous les points.

— Il se trouve sous la salle à manger, expliqua-t-il, s'exprimant plus faiblement à cause de son angoisse. Il est à moi, il est à moi, je l'ai découvert quand j'étais petit, avant d'aller à l'école. L'escalier de la cave est raide, mes oncles m'avaient défendu d'y descendre, mais quelqu'un dit qu'il y avait là tout un monde. Il voulait parler, je l'appris plus tard, d'une malle, mais je compris qu'il y avait tout un monde. Je descendis secrètement, roulai dans l'escalier interdit, tombai. Quand j'ouvris les yeux, je vis l'Aleph.

— L'Aleph ? répétai-je.

— Oui, le lieu où se trouvent, sans se confondre, tous les lieux de l'univers, vus de tous les angles. Je ne révélai ma découverte à personne, mais je revins. L'enfant ne pouvait pas comprendre que ce privilège lui avait été accordé pour que l'homme burinât un jour le poème !

Zunino et Zungri ne me dépouilleront pas, non, mille fois non ! Code en main, le docteur Zunni prouvera que mon Aleph est inaliénable.

J'essayai de raisonner.

— Mais la cave n'est-elle pas très sombre ?

— La vérité ne pénètre pas dans un esprit rétif. Si tous les lieux de la terre sont dans l'Aleph, il y aura aussi toutes les lampes, toutes les sources de lumière.

— J'irai le voir immédiatement.

Je coupai, avant qu'il ait pu me dire qu'il ne m'y autorisait pas. La connaissance d'un fait suffit pour percevoir sur-le-champ une suite de traits qui le confirment, insoupçonnés auparavant ; je m'étonnai de ne pas avoir compris jusque-là que Carlos Argentino était un fou. Tous ces Viterbo, d'ailleurs... Beatriz (Je le répète moi-même fréquemment) était une femme, une enfant d'une clairvoyance presque implacable, mais il y avait en elle des négligences, des distractions, des dédains, de véritables cruautés qui peut-être demandaient une explication pathologique. La folie de Carlos Argentino me combla d'un bonheur pervers ; dans notre for intérieur nous nous étions toujours détestés.

Arrivé rue Garay, la bonne me pria de bien vouloir attendre. Monsieur était, comme toujours, à la cave, en train de révéler des photographies. Près du vase sans une fleur, sur le piano oublié, le grand portrait de Beatriz, gauchement peint, souriait, plus irréel qu'anachronique. Personne ne pouvait nous voir ; dans un élan désespéré de tendresse, je m'approchai du portrait et lui dis :

— Beatriz, Beatriz Elena, Beatriz Elena Viterbo, Beatriz chérie, Beatriz à jamais perdue, c'est moi, Borges.

Carlos entra peu après. Il parla sèchement ; je compris qu'il n'était pas capable d'une autre pensée que de la perte de l'Aleph.

— Un petit verre de ce pseudo-cognac, ordonna-t-il, et tu te fourreras dans la cave. Tu sais, le décubitus dorsal est indispensable. De même que l'obscurité, l'immobilité, une certaine accomodation de l'œil. Tu te coucheras sur le pavé et regarderas fixement la dix-neuvième marche de cet escalier opportun. Je m'en vais, je baisse la trappe et tu restes seul. Au bout de quelques minutes, tu verras l'Aleph. Le microcosme d'alchimistes et de cabalistes, notre ami concret, proverbial, le *multum in parvo*.

Une fois dans la salle à manger il ajouta :

— Naturellement, si tu ne le vois pas, ton incapacité n'annule pas mon témoignage... Descends ; d'ici peu tu pourras engager un dialogue avec *toutes* les images de Beatriz.

Je descendis rapidement, car j'en avais assez de ses paroles futiles. La cave, guère plus large que l'escalier, ressemblait beaucoup à un puits. Je cherchai vainement du regard la malle dont Carlos Argentino m'avait parlé. Des caisses remplies de bouteilles et des sacs en toiles embarrassaient l'un des angles. Carlos prit un sac, le plia et le plaça à un endroit précis.

— L'oreiller est médiocre, expliqua-t-il ; si je le soulève d'un seul centimètre, tu ne verras rien et tu seras tout penaud. Étale sur le sol ta grande carcasse, et compte dix-neuf marches.

J'obéis à ses ridicules instructions. Finalement il s'en alla. Il referma la trappe avec précaution ; j'avais l'impression que l'obscurité était totale, malgré une fente que je distinguai ensuite. Tout à coup, je compris le danger que je courais : je m'étais laissé enterrer par un fou, après avoir bu un poison. Les bravades de Carlos trahissaient la terreur intime que je ne visse pas le prodige ; Carlos, pour défendre son délire, pour ne pas savoir qu'il était fou, *devait me tuer*. J'éprouvai un malaise confus, que j'essayai d'attribuer à la rigidité et non à l'action d'un narcotique. Je fermai les yeux, les ouvris. Alors je vis l'Aleph.

J'en arrive maintenant au point essentiel, ineffable de mon récit ; ici commence mon désespoir d'écrivain. Tout langage est un alphabet de symboles dont l'exercice suppose un passé que les interlocuteurs partagent ; comment transmettre aux autres l'Aleph infini que ma craintive mémoire embrasse à peine ? Les mystiques, dans une situation analogue, prodiguent les emblèmes : pour exprimer la divinité, un Perse parle d'un oiseau qui en une certaine façon est tous les oiseaux ; Alanus ab

Insulis, d'une sphère dont le centre est partout et la circonférence nulle part ; Ezéchiel, d'un ange à quatre visages qui se dirige en même temps vers l'Orient et l'Occident, le Nord et le Sud. (Je ne me rappelle pas vainement ces analogies inconcevables ; elles ont un rapport avec l'Aleph.) Peut-être les dieux ne me refuseraient-ils pas de trouver une image équivalente, mais mon récit serait contaminé de littérature, d'erreur. Par ailleurs, le problème central est insoluble : l'énumération, même partielle, d'un ensemble infini. En cet instant gigantesque, j'ai vu des millions d'actes délectables ou atroces ; aucun ne m'étonna autant que le fait que tous occupaient le même point, sans superposition et sans transparence. Ce que virent mes yeux fut simultané : ce que je transcrirai, successif, car c'est ainsi qu'est le langage. J'en dirai cependant quelque chose.

A la partie inférieure de la marche, vers la droite, je vis une petite sphère aux couleurs chatoyantes, qui répandait un éclat presque insupportable. Je crus au début qu'elle tournait ; puis je compris que ce mouvement était une illusion produite par les spectacles vertigineux qu'elle renfermait. Le diamètre de l'Aleph devait être de deux ou trois centimètres, mais l'espace cosmique était là, sans diminution de volume. Chaque chose (la glace du miroir par exemple) équivalait à une infinité de choses, parce que je la voyais clairement de tous les points de l'univers. Je vis la mer populeuse, l'aube et le soir, les foules d'Amérique, une toile d'araignée argentée au centre d'une noire pyramide, un labyrinthe brisé (c'était Londres), je vis des yeux tout proches, interminables, qui s'observaient en moi comme dans un miroir, je vis tous les miroirs de la planète et aucun ne me refléta, je vis dans une arrière-cour de la rue Soler les mêmes dalles que j'avais vues il y avait trente ans dans le vestibules d'une maison à Fray Bentos, je vis des grappes, de la neige, du tabac, des filons de métal, de la vapeur d'eau, je vis de convexes désert équatoriaux et chacun de leurs grains de sable, je vis à Inverness une femme que je n'oublierai pas, je vis la violente chevelure, le corps altier, je vis un cancer à la poitrine, je vis un cercle de terre desséchée sur un trottoir, là où auparavant il y avait eu un arbre, je vis dans une villa d'Adrogué un exemplaire de la première version anglaise de Pline, celle de Philémon Holland, je vis en même temps chaque lettre de chaque page (enfant, je m'étonnai que les lettres d'un volume fermé ne se mélangent pas et ne se perdent pas au cours de la nuit), je vis la nuit et le jour contemporain, un couchant à Querétaro qui semblait refléter la couleur d'une rose à Bengale, ma chambre à coucher sans personne, je vis dans un cabinet de Alkmaar un globe terrestre entre deux miroirs qui le multiplient indéfiniment, je vis des chevaux aux crins denses, sur une plage de la mer Caspienne à l'aube, la délicate ossature d'une main, les survivants d'une bataille envoyant des cartes postales, je vis dans une devanture de Mirzapur un jeu de cartes espagnol, je vis les ombres obliques de quelques fougères sur le sol d'une serre, des tigres, des pistons, des bisons, des foules et des armées, je vis toutes les fourmis qu'il y a sur la terre, un astrolabe persan, je vis dans un tiroir du bureau (et l'écriture me fit trembler) des lettres obscènes, incroyables, précises, que Beatriz avait adressées à Carlos Argentino, je vis un monument adoré à Chacarita, les restes atroces de ce qui délicieusement avait été Beatriz Viterbo, la circulation de mon sang obscur, l'engrenage de l'amour et la transformation de la mort, je vis l'Aleph, sous tous les angles, je vis sur l'Aleph la terre, et sur la terre de nouveau l'Aleph et sur l'Aleph la terre, je vis mon visage et mes viscères, je vis ton visage, j'eus le vertige et je pleurai, car mes yeux avaient vu cet objet secret et conjectural, dont les hommes usurpent le nom, mais qu'aucun homme n'a regardé : l'inconcevable univers.

Je ressentis une vénération infinie, une pitié infinie.

— Tu dois être abasourdi à force de faire le badaud alors qu'on ne t'y invitait pas, dit une voix détestée et joviale. Tu auras beau te creuser la cervelle, tu ne me payeras pas en un siècle cette révélation. Quel observatoire formidable, mon cher Borges !

Les pieds de Carlos Argentino occupaient la marche la plus élevée. Dans la brusque pénombre, je réussis à me lever et à balbutier :

— Formidable. Oui, formidable.

L'indifférence de ma voix m'étonna. Anxieux, Carlos Argentino insistait :

— Tu as tout bien vu, en couleur ?

A cet instant, je conçus ma vengeance. Bienveillant, manifestement apitoyé, nerveux, évasif, je remerciai Carlos Argentino Daneri pour l'hospitalité de sa cave, et le pressai de tirer parti de la démolition de sa maison pour s'éloigner de la métropole pernicieuse, qui n'épargne personne, croyez-moi, personne ! Je refusai, avec une calme énergie, de discuter l'Aleph ; en prenant congé je lui donnai l'accolade et lui répétai que la campagne et la tranquillité sont deux grands médecins.

Dans la rue, sur les escaliers de Constitución, dans le métro, tous les visages me parurent familiers. Je craignis qu'il ne restât pas une seule chose capable de me surprendre, je craignis que l'impression de revenir d'ailleurs ne m'abandonnât jamais. Heureusement, au bout de quelques nuits d'insomnie, l'oubli s'empara de moi de nouveau.

Post-scriptum du 1er mars 1953. — Six mois après la démolition de l'immeuble de la rue Garay, la maison d'éditions Proscusto ne fut pas effrayée par la longueur du poème et lança sur le marché une sélection de « morceaux argentins ». Il est inutile de répéter ce qui se passa. Carlos Argentino Daneri reçut le Second Prix National de Littérature[1]. Le premier fut octroyé au docteur Aita ; le troisième, au docteur Mario Bonfanti; c'est incroyable, mais mon ouvrage *Les Cartes du tricheur* n'obtint pas une seule voix. Une fois de plus, l'incompréhension et la jalousie triomphèrent ! Je ne vois pas Daneri depuis longtemps ; les journaux disent qu'il nous donnera bientôt un autre volume. Sa plume fortunée (que l'Aleph n'émousse plus) s'est consacrée à la versification des épitomés du docteur Acevedo Diaz.

1. « J'ai reçu, m'écrivit-il, tes félicitations affligées. Tu frémis, mon lamentable ami, de jalousie, mais tu avoueras (au risque de t'étouffer !) que j'ai pu cette fois couronner mon bonnet avec la plus rouge des plumes ; mon turban, avec le rubis le plus digne d'un calife. »

Je veux ajouter deux remarques : l'une, sur la nature de l'Aleph, l'autre, sur son nom. Ce dernier comme on le sait, est celui de la première lettre de l'alphabet de la langue sacrée. Son application à mon histoire ne paraît pas fortuite. Pour la Cabale, cette lettre signifie le En Soph, la divinité illimitée et pure ; on a dit aussi qu'elle a la forme d'un homme qui montre le ciel et la terre, afin d'indiquer que le monde inférieur est le miroir et la carte du supérieur ; pour la Mengenlebre, c'est le symbole des nombres transfinis, dans lesquels le tout n'est pas plus grand que l'une des parties. Je voudrais savoir : Carlos Argentino choisit-il ce nom ou le lut-il, *appliqué à un autre point où convergent tous les points*, dans l'un des textes innombrables que l'Aleph de sa maison lui révéla ? Pour incroyable que cela paraisse, je crois qu'il y a (ou qu'il y eut) un autre Aleph, je pense que l'Aleph de la rue Garay était un faux Aleph.

Je donne mes raisons. Vers 1867, le capitaine Burton exerça au Brésil la fonction de consul britannique ; en juillet 1942, Pedro Henriquez Ureña découvrit dans une bibliothèque de Santos un de ses manuscrits qui traitait du miroir que l'Orient attribue à Iskandar Zu al Karnayn, ou Alexandre Bicorne de Macédoine. Sur son cristal se reflétait l'univers entier. Burton mentionne d'autres artifices semblables : la septuple coupe de Kai Josrú, le miroir que Tárik Benzeyad trouva dans une tour (*Mille et Une Nuits*, 272), le miroir que Lucien de Samosate put examiner sur la lune (*Histoire véritable*, I, 26), la lance spéculaire que le premier livre du *Satiricon* de Capella attribue à Jupiter, le miroir universel de Merlin, rond et creux et semblable à un monde en verre (*The Faerie Queene*, III, 2, 19), et il ajoute ces mots curieux : « Mais les précédents (outre qu'ils ont le défaut de ne pas exister) sont de simples instruments d'optique. Les fidèles qui accourent à la mosquée de Amr, au Caire, savent très bien que l'univers est à l'intérieur d'une des colonnes de pierre qui entourent la cour centrale. Nul, évidemment, ne peut le voir, mais ceux qui approchent leur oreille de la surface, déclarent percevoir, peu après, sa rumeur affairée... La mosquée date du VIIe siècle ; les colonnes proviennent d'autres temples de religions pré-islamiques, car comme l'a écrit Abenjaldun : « Dans les républiques fondées par les nomades, l'affluence d'étrangers est indispensable pour tout ce qui est maçonnerie. »

Cet Aleph existe-t-il au cœur d'une pierre ? L'ai-je vu quand j'ai vu toutes les choses et l'ai-je oublié ? Notre esprit est poreux en face de l'oubli ; moi-même je suis en train d'altérer et d'oublier, sous la tragique érosion des années, les traits de Beatriz.

(1949)
(traduit par René L.-F. Durand)
Éditions Gallimard

Le sud

L'homme qui débarqua à Buenos Aires en 1871 s'appelait Johannes Dahlmann. Il était pasteur de l'église évangélique. En 1939, un de ses petits-fils, Juan Dahlmann, était secrétaire d'une bibliothèque municipale, sise rue Cordoba, et se sentait profondément argentin. Son grand-père maternel avait été ce Francisco Flores du IIe d'infanterie de ligne, qui mourut sur la frontière de la province de Buenos Aires, percé par les lances des Indiens de Catriel. De ces deux lignages discordants, Juan Dahlmann (poussé peut-être par son sang germanique) choisit celui de cet ancêtre romantique, ou de trépas romantique. Un cadre avec le daguerréotype d'un homme au visage inexpressif et barbu, une vieille épée, la grâce et le courage de certains refrains, l'habitude des strophes de Martin Fierro, les années, l'indifférence et la solitude développèrent en lui un créolisme un tantinet volontaire, mais nullement ostentatoire. Au prix de quelques privations, Dahlmann avait pu sauver la maison et un lopin de terre d'une estancia du Sud, qui fut celle des Flores. Une des habitudes de sa mémoire était l'image des eucalyptus embaumés et de la longue demeure rose, qui autrefois fut cramoisie. Son travail et peut-être sa paresse le retenaient à la ville. Été après été, il se contentait de l'idée abstraite de la possession et de la certitude que sa maison l'attendait dans un endroit précis de la plaine. Dans les derniers jours de février 1939, quelque chose lui arriva.

Aveugle pour les fautes, le destin peut être implacable pour les moindres distractions. Dalhmann avait acquis ce soir-là un exemplaire incomplet des *Mille et Une Nuits* de Weil. Impatient d'examiner sa trouvaille, il n'attendit pas que l'ascenseur descende et monta avec précipitation les escaliers. Quelque chose dans l'obscurité lui effleura le front. Une chauve-souris ? Un oiseau ? Sur le visage de la femme qui lui ouvrit la porte, il vit se peindre l'horreur et la main qu'il passa sur son front devint rouge de sang. L'arête d'un volet récemment peint, que quelqu'un avait oublié de fermer, lui avait fait cette blessure. Dahlmann réussit à dormir. Mais, à l'aube, il était réveillé et dès lors, la saveur de toutes choses lui devint atroce. La fièvre le ravagea et les illustrations des *Mille et Une Nuits* servirent à illustrer ses cauchemars. Amis et parents le visitaient et lui répétaient avec un sourire exagéré qu'ils le trouvaient très bien. Dahlmann les entendait dans une sorte d'engourdissement sans force et s'émerveillait de les voir ignorer qu'il était en enfer. Huit jours passèrent, aussi longs que huit siècles.

Un soir, le médecin habituel se présenta avec un médecin nouveau et les deux le conduisirent à une clinique de la rue Ecuador, car il était indispensable de le radiographier. Dahlmann, dans le taxi qui les amenait, pensa que, dans une chambre qui ne serait pas la sienne, il pourrait enfin dormir. Il se sentait heureux et communicatif. Quand il arriva, on le dévêtit, on lui rasa le crâne, on l'attacha sur une civière, on l'éclaira jusqu'à l'aveuglement et jusqu'au vertige, on l'ausculta et un homme masqué lui enfonça une aiguille dans le bras. Il se réveilla avec des nausées et des pansements, dans une cellule qui ressemblait un peu à un puits. Durant les jours et les nuits qui suivirent l'opération, il put comprendre qu'il n'avait guère été jusqu'alors que dans la banlieue de l'enfer. La glace ne laissait dans sa bouche aucune trace de fraîcheur. Dahlmann s'abomina minutieusement. Il abomina son identité, les nécessités de son corps, son humiliation, la barbe qui lui hérissait le visage. Il supporta stoïquement les traitements qui étaient très douloureux. Quand le chirurgien lui dit qu'il avait été sur le point de mourir d'une septicémie,

Dahlmann se mit à pleurer, ému de son propre destin. Les douleurs physiques et l'incessante prévision de mauvaises nuits ne lui avaient pas permis de penser à quelque chose d'aussi abstrait que la mort. Un autre jour, le chirurgien lui dit qu'il allait mieux et que très vite il pourrait se rendre en convalescence dans son estancia. Incroyablement, le jour promis arriva.

La réalité aime les symétries et les légers anachronismes. Dahlmann était venu à la clinique en taxi et un taxi l'amenait maintenant à la gare. La première fraîcheur de l'automne après l'oppression de l'été était comme si la nature lui offrait un symbole de sa vie rachetée de la mort et de la fièvre. La ville, à sept heures du matin, n'avait pas perdu cet air de vieille maison que lui donne la nuit. Les rues étaient comme de grands vestibules, les places comme des cours. Dahlmann les reconnaissait avec bonheur et avec un début de vertige. Quelques secondes avant que ses yeux ne les perçoivent, il se souvenait des coins de rues, des panneaux d'affichage, des modestes particularités de Buenos Aires. Dans la lumière dorée du nouveau jour, toute chose lui était restituée.

Personne n'ignore que le Sud commence de l'autre côté de la rue Rivadavia. Dahlmann avait coutume de répéter qu'il ne s'agit pas là d'une convention et que celui qui traverse cette rue entre dans un monde plus ancien et plus ferme. De la voiture, il cherchait parmi les constructions nouvelles la fenêtre grillée, le heurtoir, la porte voûtée, le vestibule, l'intime patio.

Dans le hall de la gare, il s'aperçut qu'il était en avance d'une demi-heure. Il se souvint brusquement que, dans le café de la rue Brasil, tout près de la maison d'Yrigoyen, il y avait un énorme chat qui, telle une divinité dédaigneuse, se laissait caresser par les clients. Il entra, le chat était là, endormi, Dahlmann demanda une tasse de café, la sucra lentement, la goûta (dans la clinique, ce plaisir lui avait été interdit) et il pensa, pendant qu'il lissait le noir pelage, que ce contact était illusoire et que le chat et lui étaient comme séparés par une plaque de verre, parce que l'homme vit dans le temps, dans la succession, et le magique animal dans l'actuel, dans l'éternité de l'instant.

Le train attendait au long de l'avant-dernier quai. Dahlmann parcourut les wagons et en trouva un qui était presque vide. Il mit sa valise dans le filet. Quand les voitures démarrèrent, il l'ouvrit et en tira, après quelques hésitations, le premier tome des *Mille et Une Nuits*. Voyager avec ce livre si étroitement lié à l'histoire de son malheur, était une affirmation que ce malheur était maintenant annulé et un défi joyeux et secret aux forces maintenant désappointées du mal.

Des deux côtés du train, la cité se diluait en faubourgs. Cette vision, puis celle de jardins et de villas, retardèrent le début de sa lecture. La vérité est que Dahlmann lut peu. La montagne de pierre d'aimant et le génie qui jura de tuer son bienfaiteur étaient assurément merveilleux, mais pas beaucoup plus que la lumière du matin et le simple fait d'exister. Le bonheur le distrayait de Shéhérazade et de ses miracles superflus. Dahlmann ferma le livre et se laissa tout bonnement vivre.

Le déjeuner (avec le bouillon servi dans des bols de métal brillant, comme aux jours déjà lointains de ses vacances enfantines) fut un autre plaisir calme et bienvenu.

Demain, je m'éveillerai à l'estancia, pensa-t-il et c'était comme si deux hommes existaient en même temps. Celui qui voyageait dans un jour d'automne et dans la géographie de son pays et un autre, enfermé dans une clinique et soumis à de méthodiques servitudes. Il vit des maisons de briques sans crépi, longues et construites en équerre, regardant indéfiniment passer les trains. Il vit des cavaliers dans les chemins poussiéreux. Il vit des fossés, des mares et du bétail. Il vit de grands nuages lumineux qu'on aurait dit en marbre et toutes ces choses lui paraissaient fortuites, comme autant de rêves de la plaine. Il crut aussi reconnaître des arbres et des cultures qu'il n'aurait pas pu nommer, car son expérience concrète de la campagne était fort inférieure à la connaissance nostalgique et littéraire qu'il en avait.

Il finit par dormir et la lancée du train hantait ses rêves. Déjà le soleil blanc et intolérable de midi était le soleil jaune qui précède le crépuscule et il n'allait pas tarder à devenir rouge. Le wagon, lui aussi, avait changé. Ce n'était plus celui qui avait quitté le quai de la gare Buenos Aires. La plaine et les heures l'avaient traversé et métamorphosé.

Dehors, l'ombre mobile du wagon s'allongeait jusqu'à l'horizon. Ni villages, ni autres manifestations humaines ne troublaient le sol élémentaire. Tout était vaste, mais en même temps intime, en quelque manière, secret. Dans la campagne immense, il n'y avait parfois rien d'autre qu'un taureau. La solitude était parfaite, peut-être hostile. Dahlmann put supposer qu'il ne voyageait pas seulement vers le Sud, mais aussi vers le passé. Un contrôleur le tira de cette conjecture fantastique. Regardant son billet, il l'avertit que le train ne le déposerait pas à la station habituelle, mais à une autre située un peu avant et à peu près inconnue de Dahlmann. (L'homme ajouta une explication que Dahlmann n'essaya pas de comprendre ni même d'écouter, parce que le mécanisme des événements ne l'intéressait pas.)

Le train s'arrêta laborieusement, presque en pleine campagne. De l'autre côté de la voie, se trouvait la gare, qui ne consistait guère qu'en un quai et un appentis. Il n'y avait là aucune voiture, mais le chef de la station fut d'avis que le voyageur pourrait peut-être en louer une dans la boutique qu'il lui indiqua, à mille ou douze cents mètres de là.

Dahlmann accepta cette promenade forcée comme une petite aventure. Déjà le soleil s'était couché, mais une dernière clarté exaltait la plaine vive et silencieuse que la nuit allait effacer. Moins pour éviter la fatigue que pour faire durer le trajet, Dahlmann marchait lentement, respirant avec un plaisir solennel l'odeur du trèfle.

La boutique avait été une fois rouge vif, mais les années avaient heureusement tempéré cette couleur violente. Quelque chose dans sa pauvre architecture rappela au voyageur une gravure sur acier, peut-être d'une vieille édition de *Paul et Virginie*. Plusieurs chevaux étaient attachés à la palissade. Dahlmann, une fois entré, crut reconnaître le patron. Il s'aperçut ensuite qu'il avait été abusé par la ressemblance de l'homme avec un des employés de la clinique. Le patron, informé de l'affaire, lui dit qu'il ferait atteler la carriole. Pour ajouter un fait nouveau à la journée et pour passer le temps, Dahlmann résolut de dîner dans la boutique. A une table, un groupe de gens mangeaient et buvaient bruyamment. Dahlmann, au début, ne fit pas attention à eux. A même le sol, le dos appuyé contre le comptoir, était accroupi un vieillard, immobile comme une chose. Un grand nombre d'années l'avaient réduit et poli comme les eaux font une pierre et les générations une maxime. Il était bruni, petit, desséché. On l'aurait dit hors du temps, dans une sorte d'éternité. Dahlmann remarqua avec satisfaction qu'il était vêtu de la tête aux pieds comme le gaucho typique. Il se dit, se souvenant de discussions oiseuses avec des gens de provinces du Nord ou d'Entre-Rios, que des gauchos de cette espèce, il n'en existait plus que dans le Sud.

Dahlmann s'installa près de la fenêtre. La campagne était maintenant tout entière dans l'obscurité, mais son odeur et ses bruits parvenaient jusqu'à lui à travers les barreaux de fer. Le patron lui apporta des sardines, puis une grillade. Dahlmann fit passer le tout avec quelques verres de vin rouge. Sans penser à rien, il savourait l'âpre saveur et laissait errer dans la pièce son regard déjà un peu somnolent. La lampe à pétrole pendait à une des poutres. Les clients, à l'autre table, étaient trois : deux paraissaient des valets de ferme, l'autre, dont les traits pesants étaient vaguement indiens, buvait, le chapeau sur la tête. Soudain, Dahlmann sentit quelque chose lui effleurer le visage. Près du verre ordinaire, épais et sale, sur une des raies de la nappe, il y avait une boulette de mie de pain. C'était tout. Mais quelqu'un l'avait jetée.

Ceux de l'autre table paraissaient indifférents. Dahlmann, perplexe, décida que rien ne s'était passé et ouvrit le volume des *Mille et Une Nuits*, comme pour recouvrir la réalité. Une autre boulette l'atteignit au bout de quelques minutes et, cette fois, les trois se mirent à rire. Dahlmann se dit qu'il n'était pas effrayé, mais que ce serait absurde, de la part d'un convalescent, de se laisser entraîner par des inconnus à une rixe confuse. Il résolut de sortir. Il était déjà debout, quand le patron s'approcha et lui dit d'une voix inquiète :

— Monsieur Dahlmann, ne faites pas attention à ces types. Ils sont un peu éméchés.

Dahlmann ne s'étonna pas que l'autre, maintenant, le connût. Mais il sentit que ces paroles apaisantes aggravaient en fait la situation. Auparavant, la provocation du trio était dirigée à un visage de hasard, pour ainsi dire à personne. Désormais, elle s'adressait à lui, à son nom. Les voisins l'apprendraient. Dahlmann écarta le patron, fit face aux rieurs et leur demanda ce qu'ils voulaient.

Le voyou aux traits indiens se leva, titubant. A un pas de Juan Dahlmann, il l'injuria à grands cris, comme s'il se trouvait très loin. Il jouait à exagérer son ébriété et son exagération était un outrage et une moquerie. Tout en se répandant en jurons et en obscénités, il lança en l'air un long couteau, le suivit des yeux, le rattrapa et invita Dahlmann à se battre. Le patron objecta avec une voix tremblante que Dahlmann était sans arme. A ce moment, quelque chose d'imprévisible se produisit.

De son coin, le vieux gaucho extatique, en qui Dahlmann voyait un symbole du Sud (de ce Sud, qui était le sien), lui lança un poignard, la lame nue, qui vint tomber à ses pieds. C'était comme si le Sud avait décidé que Dahlmann accepterait le duel. Dahlmann se baissa pour ramasser le poignard et comprit deux choses : la première, que, par cet acte presque instinctif, il s'engageait à combattre ; la seconde, que l'arme dans sa main maladroite ne servirait pas à le défendre, mais à justifier qu'on le tue. Il lui était arrivé, comme à tout le monde, de jouer avec un poignard, mais sa science de l'escrime se bornait au fait qu'il savait que les coups devaient être portés de bas en haut et le tranchant vers l'extérieur. *A la clinique, on n'aurait pas permis que de pareilles choses m'arrivent,* pensa-t-il.

— Sortons, dit l'autre.

Ils sortirent ; et si, en Dahlmann, il n'y avait pas d'espoir, il n'y avait pas non plus de peur. Il sentit, en passant le seuil, que mourir dans un duel au couteau, à ciel ouvert et en attaquant de son côté son adversaire, aurait été une libération pour lui, une félicité et une fête, la première nuit dans la clinique, quand on lui enfonça l'aiguille. Il sentit que si, alors, il eût pu choisir ou rêver sa mort, celle-ci était la mort qu'il aurait choisie ou rêvée.

Dahlmann empoigne avec fermeté le couteau qu'il ne saura sans doute pas manier et sort dans la plaine.

(1951)
(traduction Roger Caillois)
Éditions Gallimard

Silvina OCAMPO

Argentine

Née à Buenos Aires (Argentine) en 1903. Mariée à Adolfo Bioy Casares, avec lequel elle a écrit en collaboration un roman policier Los que aman odian *(1946). Poète et conteur fantastique. A Paris, elle étudia la peinture avec Chirico et Fernand Léger. « Comme Rossetti et comme Blake, a écrit Borges, Silvina est venue à la poésie par les chemins lumineux du dessin et de la peinture, et l'immédiate certitude du visuel persiste dans sa page écrite... Les exaltations que créent la musique et la couleur, paradis interdits à ma nostalgie comme à ma curiosité, lui sont familières. » Et Borges ajoute : « Dans les récits de Silvina Ocampo il y a un trait que je ne suis pas encore parvenu à comprendre, c'est son étrange amour pour une certaine cruauté innocente ou oblique ; j'attribue ce trait à l'intérêt, l'intérêt étonné, que le mal inspire à une âme noble... Il y a chez Silvina une vertu qu'on attribue communément aux Anciens ou aux peuples d'Orient, et non à nos contemporains. C'est la clairvoyance... Elle nous voit comme si nous étions en cristal, elle nous voit et nous pardonne. Essayer de la tromper est inutile. »*

Nouvelles : Viaje olvidado, *1937 ;* Autobiografía de Irene, *1948 ;* La furia, *1959 ;* Las invitadas, *1961 ;* Los días de la noche, *1970 ;* El caballo alado, *1973.*

Les objets *et* La maison en sucre *sont extraits d'un choix de contes,* Faits divers de la Terre et du Ciel *(trad. Françoise-Marie Rosset, préface de J. L. Borges, introduction d'Italo Calvino, Gallimard, 1974).*

Les objets

On avait offert à Camila Ersky, pour ses vingt ans, un bracelet d'or avec une rose de rubis. C'était un souvenir de famille. Le bracelet lui plaisait et elle ne le mettait qu'en certaines occasions, quand elle allait à une réception ou au théâtre, à une soirée de gala. Quand elle le perdit, elle fut pourtant moins peinée que le reste de sa famille par une perte de cette importance. Quelle que fût leur valeur, les objets lui paraissaient toujours remplaçables. Elle n'attachait de prix qu'aux personnes, aux canaris de sa maison et aux chiens. Je crois qu'elle ne pleura, au cours de son existence, que pour une seule disparition, celle d'une chaîne d'argent avec une médaille de la Vierge de Luján cerclée d'or, qu'un de ses amoureux lui avait offerte. L'idée de perdre l'un après l'autre des objets, ces objets que fatalement nous perdons, ne la chagrinait pas à l'inverse de ce qu'éprouvaient en pareil cas les siens ou ses amies, qui étaient toutes si vaniteuses. Elle avait vu, sans verser une larme, sa maison natale ravagée une première fois par un incendie puis, à la suite d'un revers de fortune aussi dévastateur qu'un incendie, dépouillée de ses ornements les plus estimés (tableaux, guéridons, consoles, paravents, potiches, bronzes, éventails, statuettes de marbre, figurines de porcelaine, flacons de parfum en forme de bananes, vitrines entières pleines de miniatures, où abondaient barbes et bouclettes), tout cela horrible parfois mais ayant de la valeur. Cette acceptation de sa part n'était pas, à mon sens, une marque d'indifférence mais devait venir plutôt du fait qu'elle pressentait avec un certain malaise que les objets la dépouilleraient un jour, d'une part très précieuse de sa jeunesse. Ils avaient peut-être pour elle plus d'attraits que pour ceux qui se lamentaient de leur perte. Elle les revoyait parfois. Ils venaient la voir comme s'ils étaient des personnes, en procession, de préférence la nuit, quand elle allait s'endormir, quand elle voyageait en chemin de fer ou en automobile, ou simplement sur son trajet quotidien, quand elle allait à son travail. Souvent ils l'importunaient comme des mouches : elle eût voulu les chasser de la main, penser à autre chose. Souvent, faute d'imagination, elle les décrivait à ses enfants, en leur racontant une histoire pour les distraire pendant leurs repas. Elle les évoquait tels qu'ils étaient, sans rien y ajouter pour les rendre plus brillants, plus beaux, plus mystérieux : c'était inutile.

Un après-midi d'hiver, revenant de faire des courses en ville et traversant une place, elle s'arrêta et s'assit sur un banc pour se reposer. Pourquoi imaginer Buenos Aires ? Il y a d'autres villes avec des places. Une lumière crépusculaire baignait les feuillages, les allées, les maisons tout autour d'elle ; cette lumière qu'augmente parfois la clairvoyance du bonheur. Pendant un long moment elle contempla le ciel, en caressant ses gants de chevreau défraîchis ; puis, attirée par quelque chose qui brillait à ses pieds, elle baissa les yeux, et aperçut, au bout d'un moment, le bracelet qu'elle avait perdu une quinzaine d'années auparavant. Avec l'émotion que doivent éprouver les saints devant un premier miracle, elle ramassa l'objet. La nuit tomba avant qu'elle se décidât à mettre le bracelet, comme jadis à son poignet gauche.

Quand elle rentra chez elle, après avoir regardé sa main pour s'assurer que le bracelet ne s'était pas évanoui, elle annonça la nouvelle à ses enfants qui n'interrompirent pas leurs jeux, puis à son mari, qui la regarda d'un air soupçonneux et reprit la lecture de son journal. Pendant plusieurs jours, malgré l'indifférence de ses enfants et la méfiance de son mari, la joie d'avoir retrouvé son bracelet la réveillait la nuit. Les seules personnes qui auraient pu manifester un légitime étonnement étaient mortes.

Elle se mit alors à passer en revue, minutieusement, tous les objets qui avaient accompagnés son existence ; elle se les rappela avec nostalgie, avec une angoisse qui la surprit. Comme dans un inventaire, en remontant l'ordre chronologique, surgirent dans sa mémoire la colombe en cristal de roche, avec son bec et son aile cassés ; la bonbonnière en forme de piano ; la statuette de bronze portant une torchère avec de petites ampoules électriques ; la pendule de bronze ; le coussin de marbre à raies bleues aves des glands ; la lorgnette à poignée de nacre ; la tasse avec des inscriptions, et les singes en ivoire avec des paniers pleins de petits singes.

De la façon la plus naturelle à ses yeux et la plus incroyable aux nôtres, elle récupéra les uns après les autres tous ces objets qui avaient si longtemps hanté sa mémoire.

Elle remarqua alors que le bonheur qu'elle en avait ressenti au début se transformait en malaise, en crainte, en appréhension.

Elle regardait à peine les choses autour d'elle, de peur de redécouvrir un objet perdu.

Depuis la statue de bronze portant une torchère qui éclairait l'entrée de sa maison, jusqu'au pendentif représentant un cœur percé d'une flèche, alors que Camila, préoccupée, s'efforçait de fixer sa pensée ailleurs, quand elle faisait ses courses, au marché, dans les boutiques, dans les hôtels, de partout les objets apparurent à ses yeux. La poupée tzigane et le kaléidoscope furent les derniers. Où trouva-t-elle ces objets qui appartenaient à son enfance ? Je n'ose le dire car vous allez penser sans doute que je ne cherche qu'à vous raconter une histoire fantastique et que ce que je dis n'est pas arrivé réellement. Vous penserez que c'étaient là d'autres jouets semblables à ceux qu'elle avait eus et non pas ces jouets eux-mêmes ; qu'il est bien certain qu'il n'y a pas qu'une seule poupée tzigane au monde ni qu'un seul kaléidoscope. Mais ce qui est certain aussi, c'est qu'un papillon était tatoué à l'encre de Chine sur le bras de la poupée et le kaléidoscope portait gravé sur son fourreau de cuivre le nom de Camila Ersky.

Si elle n'était aussi pathétique, cette histoire serait ennuyeuse. Et si elle ne semble pas pathétique, du moins est-elle brève, et la raconter me tiendra lieu d'exercice. C'est dans les loges des théâtres que Camila avait l'habitude de fréquenter, qu'elle retrouva ces jouets qui appartenaient, à la suite d'une série de hasards, à la fille d'une danseuse qui insista pour les lui donner en échange d'un ours mécanique et d'un cirque en matière plastique. Elle revint chez elle avec ses vieux jouets enveloppés dans un journal. A plusieurs reprises, durant le trajet, elle fut tentée de déposer son paquet sur une marche d'escalier ou sous une porte cochère.

Quand elle rentra, il n'y avait personne à la maison. Elle ouvrit la fenêtre à deux battants, respira l'air du soir. Elle vit alors les objets alignés le long du mur de sa chambre, comme elle avait rêvé qu'elle les verrait. Elle s'agenouilla pour les caresser. Elle perdit la notion du jour et de la nuit. Elle vit que tous ces objets avaient un visage, cet horrible visage qu'ils acquièrent quand nous les avons contemplés trop longtemps.

A travers des félicités sans nombre, Camila Erski, enfin, était entrée en enfer.

(1949)
(traduit par Françoise-Marie Rosset)
Éditions Gallimard

La maison en sucre

Cristina s'empoisonnait l'existence avec toutes sortes de superstitions. Une pièce de monnaie à l'effigie effacée, une tache d'encre, la lune vue à travers une double vitre, ses initiales gravées lues par hasard sur le tronc d'un cèdre la rendaient folle de terreur. Quand je fis sa connaissance, elle portait une robe verte, qu'elle continua à porter jusqu'à ce qu'elle se déchirât car, me dit-elle, elle lui portait bonheur, tandis que si elle en mettait une autre, une robe bleue qui lui allait mieux, ce jour-là nous ne pouvions pas nous voir. Je tentai de combattre ces manies absurdes. Je lui fis remarquer qu'elle avait un miroir cassé dans sa chambre et que j'avais beau insister sur le fait qu'il convenait, pour déjouer le mauvais sort, de jeter à l'eau, par une nuit de lune, les miroirs cassés, elle le gardait toujours ; qu'elle n'avait jamais eu peur, quand la lumière s'éteignait brusquement dans la maison, d'allumer trois bougies avec une même allumette, ce qui est un présage de mort certaine ; qu'elle posait son chapeau sur son lit, chose qu'on ne doit jamais faire. Ses craintes étaient toutes personnelles. Elle s'infligeait de véritables privations ; c'est ainsi par exemple qu'elle n'achetait jamais de fraises en décembre, qu'elle n'écoutait pas certaine musique, qu'elle n'avait pas chez elle de poissons rouges alors qu'elle les aimait tant. Il y avait certaines rues que nous ne pouvions traverser, certaines personnes, certaines salles de cinéma que nous ne pouvions fréquenter. Au début de notre liaison, ces superstitions me ravirent mais je m'en lassai par la suite et je finis par m'en inquiéter sérieusement. Quand nous nous fiançâmes, il nous fallut chercher un appartement neuf car, à la croire, le destin des précédents occupants influerait sur sa vie (elle ne parlait jamais de la mienne, comme si le danger ne menaçait qu'elle, bien que nos deux vies fussent unies par un même amour). Nous parcourûmes les différents quartiers de la ville ; nous allâmes jusqu'aux faubourgs les plus éloignés, en quête d'un appartement que personne n'aurait habité. Je finis par trouver une petite maison rue Montes de Oca, qui semblait être faite en sucre. Elle était d'une blancheur extraordinairement lumineuse. Elle avait le téléphone et, par-devant, un petit jardin. Je pensai que cette maison venait d'être construite, mais j'appris qu'en 1930 une famille l'avait habitée et qu'ensuite, pour la louer, le propriétaire y avait fait certaines modifications. Il me fallut faire croire à Cristina que personne n'avait vécu dans cette maison et que c'était l'endroit idéal : la maison de nos rêves. Quand Cristina la vit, elle s'écria :

— Qu'elle est différente des appartements que nous avons visités ! On y respire la propreté. Personne ne pourra influer sur notre vie ni la salir par des pensées qui troublent l'atmosphère.

Quelques jours plus tard, nous étions mariés et installés dans la maison. Mes beaux-parents nous offrirent les meubles de la chambre à coucher et mes parents ceux de la salle à manger. Nous meublerions le reste de la maison petit à petit. Je craignais, quant à moi, que Cristina n'apprît mon mensonge par nos voisins mais, heureusement, elle faisait ses courses en dehors du quartier et elle ne leur parlait jamais. Nous étions heureux, si heureux que j'en avais peur, parfois. Il semblait que rien ne viendrait troubler notre tranquillité dans cette maison en sucre jusqu'au jour où un appel téléphonique vint briser mon illusion. Par bonheur, Cristina ne répondit pas cette fois-là au téléphone, mais elle pouvait très bien le faire en une autre occasion. La personne qui appelait demandait à parler à une certaine Violette : il s'agissait à coup sûr d'une précédente locataire. Si Cristina s'apercevait que je lui avais menti, notre bonheur prendrait fin :

elle ne me parlerait plus, elle demanderait le divorce, et dans le meilleur des cas il nous faudrait déménager pour aller vivre soit à Villa Urquiza, soit à Quilmes, en pension dans l'un quelconque de ces endroits où l'on nous avait dit que nous pourrions trouver un petit terrain pour construire (avec quoi ? avec de vieilles planches, car je n'aurais pas les moyens de construire avec autre chose) une pièce et une cuisine. J'avais soin, la nuit, de décrocher le récepteur pour qu'aucun appel importun ne vînt nous réveiller. Je plaçai une boîte aux lettres à la porte de la rue ; c'est moi qui détenais la clef, moi qui distribuais le courrier.

Un matin, de bonne heure, on frappa à la porte et quelqu'un déposa un paquet. J'entendis de ma chambre les protestations de ma femme, puis un bruit de papier froissé. Je descendis l'escalier et trouvai Cristina, une robe de velours entre les bras.

— On vient de m'apporter cette robe, me dit-elle, ravie.

Elle monta l'escalier en courant et enfila la robe, qui était très décolletée.

— Quand donc te l'es-tu fait faire ?

— Il y a un certain temps déjà. Tu trouves qu'elle me va bien ? Je la mettrai quand nous irons au théâtre, qu'en dis-tu ?

— Avec quel argent l'as-tu payée ?

— Maman m'a donné de l'argent.

J'étais étonné mais je ne dis rien, pour ne pas la blesser.

Nous étions follement amoureux. Mais une certaine inquiétude commença à s'insinuer en moi, me gênant même lorsque j'embrassais Cristina la nuit. Je remarquai que son caractère avait changé : de gaie elle était devenue triste ; communicative auparavant, elle était maintenant réservée et son calme avait fait place à la nervosité. Elle n'avait plus d'appétit. Elle ne préparait plus de ces bons desserts, un peu lourds, à base de crème fraîche et de chocolat que j'aimais tant et elle ne garnissait plus périodiquement la maison de volants de nylon, sur le couvercle des cabinets, sur les consoles de la salle à manger, dans les armoires, partout, comme c'était son habitude. Elle ne m'attendait plus avec des biscuits à l'heure du thé, elle n'avait plus envie le soir d'aller au théâtre ou au cinéma, même quand on nous offrait des places gratuites. Un après-midi, un chien entra dans le jardin et se coucha devant la porte de la rue, en aboyant. Cristina lui donna de la viande et de quoi boire puis, après un bain qui lui changea la couleur du poil, elle déclara qu'elle lui offrirait l'hospitalité et qu'elle le baptiserait du nom d'AMOUR, parce qu'il arrivait chez nous en un moment de véritable amour. Le chien avait la voûte du palais noire, ce qui indique une pureté de race.

Un autre après-midi, je rentrai à l'improviste. Je m'arrêtai à l'entrée en voyant une bicyclette dans le jardin. J'entrai sans faire de bruit, je me cachai derrière une porte et j'entendis la voix de Cristina.

— Que voulez-vous ? répéta-t-elle à deux reprises.

— Je viens chercher mon chien, disait une voix de femme. Il est passé si souvent devant cette maison qu'il s'y est attaché. Cette maison semble être en sucre. Depuis qu'on l'a repeinte, elle attire l'attention de tous les passants. Moi je la préférais avant, avec sa couleur rose et romantique de vieille demeure. Cette maison était pour moi pleine de mystères. Tout me plaisait en elle : sa fontaine où venaient boire les oiseaux ; ses plantes grimpantes dont les fleurs ressemblaient à des trompettes jaunes ; son oranger. Depuis l'âge de huit ans j'avais envie de faire votre connaissance, depuis ce jour où nous nous sommes parlé par téléphone, vous vous souvenez ? Vous m'aviez promis de me faire cadeau d'un cerf-volant.

— Les cerfs-volants sont des jouets de garçons.

— Les jouets n'ont pas de sexe. J'aimais les cerfs-volants parce qu'ils me faisaient penser à de grands oiseaux : il me semblait que je volais sur leurs ailes. Pour vous, l'offre de ce cerf-volant n'avait été qu'un simple jeu ; moi, je n'en dormis pas de la nuit. Je vous rencontrai chez le boulanger ; vous me tourniez le dos et je ne vis pas votre visage. Depuis ce jour-là je ne pensai plus qu'à vous en me demandant quel était votre visage, votre âme, et quelles étaient vos façons de menteuse. Vous ne m'avez jamais donné ce cerf-volant. Les arbres me parlaient de vos mensonges. Ensuite nous habitâmes, mes parents et moi, à Morón. Maintenant, voici une semaine que je suis de nouveau ici.

— J'habite cette maison depuis trois mois, et je n'ai jamais mis les pieds dans ce quartier auparavant. Vous devez faire erreur.

— Vous êtes bien telle que je vous imaginais. Je vous ai si souvent imaginée ! Et, comble de hasard, mon mari a été votre fiancé.

— Je n'ai été fiancée qu'à mon mari. Comment s'appelle ce chien ?

— Bruto.

— Reprenez-le, s'il vous plait, avant que je ne m'y attache.

— Écoutez-moi, Violette. Si j'emmène ce chien à la maison, il dépérira. Je ne puis m'occuper de lui. Nous habitons un tout petit appartement. Nous travaillons, mon mari et moi, et il n'y a personne pour le promener.

— Je ne m'appelle pas Violette. Quel âge a-t-il ?

— Bruto ? Deux ans. Voulez-vous le garder ? Je viendrais le voir de temps en temps, car je l'aime beaucoup.

— Mon mari n'aimerait pas recevoir chez lui des inconnus, ni que j'accepte un chien en cadeau.

— Alors, ne lui dites rien. Je vous attendrai tous les lundis à sept heures du soir, place Colombia. Vous savez où c'est ? Devant l'église Santa Felicitas, sinon je vous attendrai où vous voudrez et à l'heure qui vous conviendra ; par exemple, sur le pont de Constitución ou dans le parc Lezama. Je me contenterai de voir les yeux de Bruto. Me ferez-vous le plaisir de le garder ?

— C'est entendu. Je le garde.

— Merci, Violette.

— Je ne m'appelle pas Violette.

— Vous avez changé de nom ? Pour nous vous êtes Violette. Toujours la même et mystérieuse Violette.

J'entendis le claquement sec de la porte et les talons de Cristina montant l'escalier. J'attendis un moment avant de sortir de ma cachette et de faire semblant d'être arrivé à l'instant. J'eus beau avoir constaté l'innocence de la conversation, je ne sais pourquoi, une sourde méfiance commença à me ronger. Il me sembla que j'avais assisté à une scène de théâtre et que la réalité était tout autre. Je n'avouai pas à Cristina que j'avais surpris la visite de la jeune femme. J'attendis les événements, craignant toujours que Cristina ne découvrit mon mensonge et regrettant de nous être installés dans ce quartier. Je passais tous les soirs par la place qui se trouve devant l'église de Santa Felicitas, afin de voir si Cristina était venue au rendez-vous. Cristina ne sembla pas s'apercevoir de mon inquiétude. J'en arrivai à croire que j'avais rêvé. En embrassant le chien, Cristina me demanda un jour :

— Aimerais-tu que je m'appelle Violette ?

— Je n'aime pas les noms de fleurs.

— Mais Violette, c'est joli. C'est une couleur.

— Je préfère ton nom.

Un samedi, en fin de journée, je la trouvai sur le pont de Constitución, accoudée au parapet de fer. Je m'approchai et elle ne se troubla pas.

— Que fais-tu ici ?

— Je regarde. J'aime voir d'en haut les voies du chemin de fer.

— C'est un endroit sinistre et je n'aime pas que tu te promènes toute seule.

— Je ne le trouve pas sinistre. Et pourquoi ne puis-je me promener seule ?

— Tu aimes la fumée noire des locomotives ?

— J'aime les trains. Rêver à des voyages. Partir sans partir. « S'en aller et rester et, en restant, partir. »

Nous rentrâmes. Fou de jalousie — mais jaloux de quoi ? de tout — je lui parlai à peine pendant le trajet.

— Nous pourrions peut-être acheter une petite maison à San Isidro ou à Olivos, ce quartier-ci est si peu plaisant, lui dis-je, en lui laissant supposer qu'il m'était possible d'acquérir une maison dans ces endroits-là.

— Ne crois pas cela. Nous avons tout près le parc Lezama.

— Il est affreux. Les statues sont cassées, les bassins sans eau, les arbres malades. Des mendiants, des vieillards et des éclopés y vont avec des sacs, pour jeter ou ramasser des ordures.

— Je ne fais pas attention à ce genre de chose.

— Autrefois tu n'aurais jamais accepté de t'asseoir sur un banc où quelqu'un a mangé et laissé des peaux de mandarine ou des miettes de pain.

— J'ai beaucoup changé.

— Même si tu as beaucoup changé, tu ne peux aimer ce parc. Je sais bien qu'il y a un musée avec des lions de marbre qui en gardent l'entrée et que tu y jouais dans ton enfance, mais cela n'est pas une raison.

— Je ne vois pas où tu veux en venir, répondit Cristina.

Je sentis qu'elle avait un certain mépris pour moi et que ce mépris pouvait fort bien se changer un jour en haine.

Pendant des jours qui me parurent des années, je la surveillai, essayant de dissimuler mon anxiété. Tous les soirs, je passais par la place devant l'église et les samedis par l'horrible pont de Constitución. Un jour, je me risquai à dire à Cristina :

— Si nous découvrions que cette maison a été habitée par d'autres personnes, que ferais-tu, Cristina ? T'en irais-tu d'ici ?

— Si une personne avait habité cette maison, cette personne devait être comme ces petits personnages en sucre qu'on met sur les pièces montées ou sur les gâteaux d'anniversaire : une personne douce comme le sucre. Cette maison m'inspire confiance. Peut-être est-ce le petit jardin, à l'entrée, qui me rassure ? Je ne sais. Je ne m'en irais pas d'ici pour tout l'or du monde. D'ailleurs, nous n'avons nulle part où aller. Tu me l'as dit toi-même dernièrement.

Je n'insistai pas, car c'eût été en pure perte. Je me rassurai en me disant que les choses s'arrangeraient avec le temps.

Un coup de sonnette retentit un beau matin à la porte de la rue. J'étais en train de me raser et j'entendis la voix de Cristina. Quand j'eus fini de me raser, ma femme était en conversation avec l'intruse. Par l'entrebâillement de la porte, je les épiai. La visiteuse avait une voix si grave et des pieds si grands que je ne pus m'empêcher de rire.

— Si vous revoyez Daniel, cela vous coûtera très cher, Violette.

— Je ne sais pas qui est Daniel et je ne m'appelle pas Violette, répondit ma femme.

— Vous mentez.

— Je ne mens pas. Je n'ai rien à voir avec aucun Daniel.

— Je veux que vous sachiez exactement ce qu'il en est.

— Je ne veux rien savoir.

Et Cristina se boucha les oreilles des deux mains. J'entrai dans la pièce et ordonnai à l'intruse de s'en aller. De près, je vis ses pieds, ses mains et son cou. Je constatai alors que c'était un homme déguisé en femme. Il ne me laissa pas le temps de réfléchir à ce que je devais faire : rapide comme l'éclair, il disparut en laissant la porte ouverte derrière lui.

L'incident, chose étrange, ne fit l'objet d'aucun commentaire entre Cristina et moi, comme si nos lèvres dussent ne plus servir qu'à échanger des baisers nerveux, insatisfaits, ou des paroles sans importance.

En ces jours, si tristes pour moi, Cristina prit l'habitude de chanter. Sa voix était agréable, mais elle m'exaspérait parce que son chant appartenait à cet univers secret où je la sentais loin de moi. Pourquoi, elle qui n'avait jamais chanté, chantait-elle maintenant soir et matin, dans son bain, en s'habillant, dans sa cuisine, ou en fermant les volets ?

Un jour, j'entendis Cristina prononcer ces paroles énigmatiques : « Je crois que je suis en train d'hériter de la vie d'une autre, de ses joies et de ses peines, de ce qu'elle a fait de bien et de mal. Je suis ensorcelée. » Je fis semblant de ne pas avoir entendu cette phrase qui me mettait l'esprit à la torture. Cependant, à tout hasard, je décidai de m'informer dans le quartier sur Violette, sur l'endroit où elle avait habité, sur tous les détails de son existence.

A cinquante mètres de chez nous, il y avait une boutique où l'on vendait des cartes postales, du papier, des cahiers d'écolier, des crayons, des gommes et des joujoux. La femme qui tenait ce commerce me sembla être la personne la mieux indiquée pour mon enquête : elle était bavarde, curieuse et sensible aux flatteries. Sous prétexte d'acheter un cahier et des crayons, j'allai un soir lui faire la causette. Je lui fis compliment de ses yeux, de ses mains, de ses cheveux. Je n'osais pas prononcer le nom de Violette. Je lui expliquai que nous étions ses voisins. Je finis par lui demander qui avait habité notre maison. Je risquai timidement :

— N'y a-t-il pas eu une certaine Violette ?

Elle me fit une réponse très vague qui ne fit que m'inquiéter davantage. Le lendemain, je retournai dans la boutique pour tenter d'obtenir d'autres détails. J'appris que Violette était dans un hôpital psychiatrique dont on me donna l'adresse.

— Je chante avec une voix qui n'est pas la mienne, me dit Cristina, en reprenant son air énigmatique. Autrefois cela m'aurait ennuyée, mais maintenant j'en suis ravie. Je suis une autre personne, peut-être plus heureuse que moi-même.

Je feignis une fois encore de ne pas l'avoir entendue. Je lisais mon journal.

Très occupé par mon enquête sur la vie de Violette, je dois reconnaître que je délaissais un peu Cristina.

Je me rendis à l'hôpital psychiatrique, rue Flores. Je demandai l'adresse de Violette et l'on me donna celle d'Arsenia Lopez, son professeur de chant.

Il me fallut prendre le train à la gare de Retiro pour aller à Olivos. Pendant le trajet, une poussière m'était entrée dans l'œil si bien qu'en arrivant chez Arsenia Lopez il me coulait des larmes comme si je pleurais. De la porte de la rue, j'entendis des voix de femmes qui faisaient des vocalises sur les gammes, accompagnées par un piano qui ressemblait plutôt à un harmonium.

Grande, mince, l'air sévère, Arsenia Lopez apparut au fond d'un couloir, un crayon à la main. Je lui dis timidement que je venais prendre des nouvelles de Violette.

— Vous êtes son mari ?

— Non, je suis un parent, lui répondis-je en séchant mes larmes avec un mouchoir.

— Vous devez être un de ses innombrables admirateurs, me dit-elle, en levant les yeux au ciel et en me prenant la main. Vous venez sans doute pour savoir ce qu'ils veulent tous savoir : ce que furent les derniers jours de Violette ? Asseyez-vous. Il ne faut pas croire qu'une morte a forcément été pure, fidèle, bonne.

— Vous cherchez à me consoler, lui dis-je.

Elle me répondit en pressant ma main dans sa main moite :

— Oui. Je veux vous consoler. Violette n'était pas seulement mon élève, c'était mon amie intime. Si elle se brouilla avec moi, ce fut sans doute parce qu'elle m'avait fait trop de confidences et parce qu'elle ne pouvait plus me mentir. Les dernières fois que je l'ai vue, elle s'est plainte amèrement de son sort. Elle est morte de jalousie. Elle répétait sans cesse : « On m'a volé ma vie, mais on va le payer très cher. Je n'aurai pas ma robe de velours, c'est elle qui l'aura ; Bruto sera à elle ; les hommes se déguiseront en femme pour rentrer non plus chez moi, mais chez elle ; je perdrai ma voix que je transmettrai à ce gosier indigne ; nous ne nous embrasserons pas, Daniel et moi, sur le pont de Constitución, enivrés d'un amour impossible, accoudés, comme jadis, au parapet de fer, à regarder passer les trains. »

Arsenia Lopez me regarda droit dans les yeux et me dit :

— Consolez-vous. Vous rencontrerez beaucoup de femmes plus loyales qu'elle. Je vous accorde qu'elle était belle, mais la beauté est-elle le seul bien en ce monde ?

Muet d'effroi, je quittai cette maison, sans révéler mon nom à Arsenia Lopez, qui, en me disant au revoir, voulut à tout prix m'embrasser pour me témoigner sa sympathie.

De ce jour, Cristina devint, du moins pour moi, Violette. Je m'efforçai de l'épier à toute heure, pour la surprendre dans les bras de ses amants. Elle me devint tellement lointaine que je la regardais comme on regarde une étrangère. Une nuit d'hiver, elle s'enfuit. Je la cherchai jusqu'à l'aube.

Je ne sais plus maintenant qui fut la victime de qui, dans cette maison de sucre où personne n'habite plus aujourd'hui.

(1949)
(traduit par Françoise-Marie Rosset)
Éditions Gallimard

Alejo CARPENTIER

Cuba

Né à la Havane en 1904, d'un père français. Mort à Paris en 1980. Romancier, essayiste, musicologue, diplomate. De 1928 à 1939, il vécut à Paris où il fut l'ami des surréalistes et collabora à La Révolution surréaliste. *Il se lia également avec les musiciens (Heitor Villa-Lobos, Varèse, Honegger, Darius Milhaud) et les peintres (Chirico, Tanguy, Picasso). Après la Deuxième Guerre mondiale, et le plus souvent en exil au Venezuela, il consacra une grande partie de son œuvre romanesque à faire revivre l'histoire méconnue des Antilles et du monde caraïbe. Il a lui-même défini son écriture en créant le terme de « réel merveilleux » dans lequel, selon Pedro Shimose, « la réalité et le rêve, la raison et l'imagination, l'histoire et la fable, la vie et la mort entrelacent leurs lisses pour former une sorte de tapisserie somptueuse, magique et allégorique, conceptuelle et, par moments, précieuse. »*

Nouvelles : Viaje a la semilla (Retour aux sources), *1944, reprise dans* Guerre du temps, *1958 (trad. René L. F. Durand, Gallimard).*

Romans : Écue-Yamba-ó, *1933 ;* Le Royaume de ce monde, *1949 ;* Le Partage des eaux, *1953 ;* Chasse à l'homme, *1956 ;* Le Siècle des Lumières, *1962 ;* Concert baroque, *1974 ;* Le Recours de la méthode, *1974 ;* La Danse sacrale, *1978 ;* La Harpe et l'ombre, *1979 ; tous traduits par René L. F. Durand, éd. Gallimard.*

Retour aux sources

I

— Dis, vieux, que veux-tu ?...

A plusieurs reprises la question tomba du haut des échafaudages. Mais le vieux ne répondait pas. Il allait d'un endroit à un autre, fouinant, tirant de sa gorge un long monologue aux phrases incompréhensibles. On avait déjà descendu les tuiles, recouvert les parterres morts d'une mosaïque de terre cuite. En haut, les pics descellaient les blocs de maçonnerie, les faisant rouler par des conduits de bois, en une avalanche de gravats et de plâtras. Et par les créneaux successifs qui peu à peu édentaient les murailles, apparaissaient, dépouillés de leur secret, des plafonds ovales ou carrés, des corniches, des guirlandes, des denticules, des astragales et des papiers peints qui pendaient des trumeaux comme de vieilles peaux de serpents en mue. Assistant à la démolition, une Cérès au nez cassé et au péplum fané, la coiffure de moissons veinée de noir, se dressait dans l'arrière-cour, sur sa fontaine aux mascarons effacés visités par le soleil en des heures ombreuses, les poissons gris du bassin bâillaient dans une eau tiède chargée de mousses, regardant d'un œil rond ces ouvriers, noirs sur la clarté du ciel, qui abaissaient la hauteur séculaire de la maison. Le vieux s'était assis, sa canne sous le menton, au pied de la statue. Il regardait monter et descendre des seaux dans lesquels voyageaient des ruines estimables. On entendait en sourdine les rumeurs de la rue tandis qu'en haut les poulies accordaient, sur des rythmes de fer contre pierre, leurs aigres gazouillis d'oiseaux dodus.

Cinq heures sonnèrent. Les corniches et les entablements se dépeuplèrent. Il ne resta que des escabeaux, pour préparer l'assaut du lendemain. L'air se rafraîchit, allégé de sueurs, de blasphèmes, de grincements de cordes ou d'essieux qui réclamaient l'huile des burettes, et de tapes de la main sur des torses visqueux. Pour la maison étêtée le crépuscule tombait plus tôt. Elle se revêtait de ténèbres au moment où la balustrade supérieure à présent abattue offrait d'habitude aux façades le don d'un éclat de soleil. La Cérès pinçait les lèvres. Pour la première fois les pièces allaient dormir sans persiennes, ouvertes sur un paysage de décombres.

Contrariant leurs penchants, plusieurs chapiteaux gisaient dans l'herbe. Les feuilles d'acanthe découvraient leur nature végétale. Une plante grimpante aventura ses tentacules vers la volute ionique, attirée par un air de famille. Lorsque la nuit tomba, la maison était plus près de la terre. Un encadrement de porte se dressait encore, en haut, avec des planches d'ombre suspendues à ses gonds désorientés.

II

Alors le vieux nègre, qui n'avait pas bougé, fit des gestes étranges, faisant tournoyer sa canne sur un cimetière de dalles.

Les carreaux de marbre, blancs et noirs, volèrent aux étages, revêtant le sol. Les pierres, en des bonds précis, allèrent obstruer les brèches des murailles. Des battants cloutés, en noyer, s'emboîtèrent dans leurs encadrements, tandis que les vis des charnières s'enfonçaient de nouveau dans leurs trous, en une rapide rotation. Sur les parterres morts, soulevées par la poussée des fleurs, les tuiles joignirent leurs fragments, élevant un sonore tourbillon de glaise, avant de tomber en pluie sur la charpente du toit. La maison grandit, reprit ses proportions habituelles, pudique et vêtue. La Cérès fut moins grise. Il y eut dans la fontaine des poissons plus nombreux. Et le murmure de l'eau attira des bégonias oubliés.

Le vieux introduisit une clé dans la serrure de la porte principale et se mit à ouvrir des fenêtres. Ses talons sonnaient creux. Quand il alluma les chandeliers, un jaune frémissement parcourut la peinture à l'huile des portraits de famille, et des gens vêtus de noir murmurèrent dans toutes les galeries, au rythme de cuillers que l'on tournait dans des tasses de chocolat.

Don Martial, marquis de Chapellenies, gisait sur son lit de mort, la poitrine bardée de médailles, sous la protection de quatre cierges aux longues bavures de cire fondue.

III

Les cierges grandirent lentement, cessèrent peu à peu de couler. Lorsqu'ils eurent repris leur taille, la nonne apporta une lampe et les éteignit. Les mèches pâlirent, en projetant une escarbille. La maison se vida de visiteurs et les voitures partirent dans la nuit. Don Martial appuya les doigts sur un clavier invisible et ouvrit les yeux. Les poutres du toit, qui ne formaient qu'un fatras confus, reprenaient peu à peu leur place. Les flacons de médicaments, les glands de damas, le scapulaire du chevet, les daguerréotypes, les palmes de la grille sortirent de leurs brouillards. Lorsque le médecin hocha la tête en un geste professionnel de découragement, le malade se sentit mieux. Il dormit quelques heures et se réveilla sous le regard noir et renfrogné du Père Anastase. De franche, méticuleuse, bourrée de pêchés, sa confession devint réticente, pénible, semée de dérobades. Quel droit avait, au fond, ce carme, de se mêler de sa vie ? Don Martial se trouva soudain jeté au milieu de la chambre. Soulagé d'un poids aux tempes, il se leva avec une surprenante rapidité. La femme nue qui s'étirait sur le brocart du lit chercha jupons et corsages et disparut bientôt avec son parfum dans un froufrou soyeux. En bas, dans la voiture fermée, une enveloppe contenant des pièces d'or était posée sur les broquettes du siège.

Don Martial ne se sentait pas bien. En rectifiant le nœud de sa cravate devant la glace de la console il se trouva congestionné. Il descendit à son bureau où l'attendaient des hommes de loi, des avocats et des greffiers, pour débattre la mise en vente aux enchères publiques de la maison. Tout avait été vain. Ses biens tomberaient entre les mains du dernier enchérisseur au rythme du marteau tapant sur une table. Il salua et on le laissa seul. Il pensait aux mystères de la lettre écrite, à ces filets noirs qui se nouent et se dénouent sur de larges feuilles filigranées de balances, nouant et dénouant des engagements, des serments, des alliances, des témoignages, des déclarations, des noms, des titres, des dates, des terres, des arbres et des pierres ; fouillis de fils, tiré de l'encrier, où se prenaient les jambes de l'homme, lui interdisant des voies discréditées par la Loi ; lacet au cou, qui étouffait dès qu'étaient perçus les sons redoutables des paroles en liberté. Sa signature l'avait trahi, engluée dans les pièges et les labyrinthes des dossiers. Lié par elle, l'homme de chair devenait homme de papier.

L'aube pointait. La pendule de la salle à manger venait de sonner six heures de l'après-midi.

IV

Des mois de deuil s'écoulèrent, assombris par un remords de plus en plus vif. Au début, l'idée d'amener une femme dans cette chambre lui paraissait presque raisonnable. Mais, peu à peu, les exigences d'un corps neuf cédèrent la place à des scrupules croissants, et il en vint à se donner la discipline. Un soir, Don Martial ensanglanta son corps avec une courroie, mais il éprouva ensuite un désir plus vif, bien que de courte durée. A cette époque la marquise revint, un après-midi, de sa promenade sur les berges de l'Almendarès. Les chevaux de la calèche n'avaient leurs crins humides que de leur propre sueur. Mais, tout le reste du jour, ils lancèrent des ruades contre les planches de l'écurie, irrités apparemment par l'immobilité de nuages bas.

Au crépuscule, une jarre pleine d'eau se brisa dans la salle de bains de la marquise. Puis les pluies de mai firent déborder le bassin. Et cette vieille négresse incriminée de marronnage, qui gardait des colombes sous son lit et errait dans le patio en murmurant : « Méfie-toi des rivières, petite ; méfie-toi du vert qui coule ! » Il n'y avait pas de jour où l'eau ne révélât sa présence. Mais cette présence finit par n'être plus qu'une tasse renversée sur une robe apportée de Paris, au retour du bal anniversaire donné par le capitaine général de la Colonie. De nombreux parents réapparurent. Beaucoup d'amis revinrent. Les lustres du grand salon brillaient à présent d'un vif éclat. Les lézardes de la façade se refermaient peu à peu. Le piano redevint clavecin. Les palmiers perdaient des anneaux. Les lianes libéraient la première corniche. Les cernes de la Cérès s'éclaircirent et les chapiteaux semblèrent sculptés d'hier. Plus fougueux, Martial passait souvent des après-midi entiers à embrasser la marquise. Pattes-d'oie, froncements de sourcils et doubles mentons s'effaçaient et les chairs reprenaient leur fermeté. Un jour, une odeur de peinture fraîche emplit la maison.

V

Leur pudeur était sincère. Chaque nuit s'ouvraient un peu plus les panneaux des paravents, les jupes tombaient en des coins de moins en moins éclairés et c'étaient de nouvelles barrières de dentelles. A la fin, la marquise souffla les lampes. Il fut seul à parler dans l'obscurité.

Ils partirent pour le moulin à sucre dans un grand train de calèches — éblouissant de croupes alezanes, de mors d'argent et de cuirs vernis qui étincelaient au soleil. Mais, à l'ombre des fleurs de Pâques qui empourpraient les arcades intérieures de la demeure, ils remarquèrent qu'ils se connaissaient à peine. Martial autorisa des danses et des tam-tams nègres pour se distraire un peu pendant ces journées qui sentaient l'eau de Cologne, les bains au benjoin, les chevelures épandues et les draps tirés des armoires qui, en s'ouvrant, laissaient tomber sur les dalles un bouquet de vétiver. La vapeur du vesou tournoyait dans la brise au son de l'angélus. Soufflant bas, les courants d'air annonçaient des pluies réticentes, dont les premières gouttes, larges et sonores, étaient bues par des tuiles si sèches qu'elles avaient un diapason de cuivre. Après une aube prolongée par une étreinte froide, soulagés de leurs désaccords et la blessure fermée, tous deux retournèrent à la ville. La marquise changea son costume de voyage pour une robe de mariée et, selon la coutume, les époux se rendirent à l'église pour recouvrer leur liberté. On rendit les cadeaux aux parents et amis, et, dans un tumulte de bronzes et une brillante exhibition de harnais, chacun reprit le chemin de sa demeure. Martial continua à rendre visite un certain temps à Maria de las Mercedes, jusqu'au jour où les anneaux furent portés à l'atelier de l'orfèvre pour les faire dégraver. Une nouvelle vie commençait pour Martial. Dans la maison aux hautes grilles, la Cérès fut remplacée par une Vénus italienne, et les mascarons de la fontaine avancèrent presque imperceptiblement leur relief en voyant encore allumées, alors que l'aube rosissait déjà le ciel, les lumières des chandeliers.

VI

Une nuit, ayant beaucoup bu et écœuré par l'odeur des cigares froids laissés par ses amis, Martial eut l'étrange sensation que les pendules de la maison sonnaient cinq heures, puis quatre heures et demie, puis quatre heures, puis trois heures et demie... C'était comme la perception lointaine d'autres possibilités. Comme quand on pense, dans l'énervement d'une veille, qu'on peut marcher sur le plafond avec le plancher pour plafond, et parmi des meubles fermement fixés entre les poutres du toit. Ce fut une impression fugitive, qui ne laissa pas la moindre trace dans son esprit, peu porté, maintenant, à la méditation.

Et il y eut une grande soirée, dans la salle de concert, le jour où il atteignit sa minorité. Il était gai de penser que sa signature avait cessé d'avoir une valeur légale et que les bureaux d'enregistrement et les greffes remplis de mites s'effaçaient de son horizon. Il arrivait au point où les tribunaux cessent d'être redoutables pour ceux qui ne sont qu'une proie médiocre aux yeux du Code. Après s'être grisés avec des vins généreux, les jeunes gens décrochèrent du mur une guitare incrustée de nacre, un psaltérion et un serpent. Quelqu'un remonta la pendule qui jouait le ranz des vaches et la ballade des lacs d'Écosse. Un autre emboucha une corne de chasse qui dormait, enroulée dans son cuivre, sur les feutres incarnats de la vitrine, à côté de la flûte traversière apportée d'Aranjuez. Martial, qui faisait une cour insolente à Mme de Campoflorido, se joignit au chahut, cherchant sur les basses fausses du piano la mélodie du Tripili-Trapala. Tout à coup tous montèrent au grenier, se rappelant que, sous des poutres qui retrouvaient peu à peu leur crépi, l'on conservait les habits et livrées de la Maison de Chapellenies. Sur des étagères givrées de camphre reposaient les vêtements de cour, une épée d'ambassadeur, plusieurs dolmans bombés, le manteau d'un prince de l'Église, et de longues casaques à boutons de damas, pleines d'auréoles d'humidité dans les plis. Les coins d'ombre s'éclairaient de reflets de rubans amarante, de crinolines jaunes, de tuniques défraîchies et de fleurs de velours. Un costume de cascadeur madrilène avec résille à pompons, confectionné à l'occasion d'une mascarade carnavalesque, souleva des applaudissements. Mme de Campoflorido arrondit ses épaules poudrées sous un châle ambré comme peau de créole, qui avait servi à certaine aïeule, un soir de grandes décisions familiales, à raviver les ardeurs assoupies d'un riche syndic de clarisses.

Une fois travestis, les jeunes gens revinrent à la salle de concert. Coiffé d'un tricorne de régidor, Martial frappa trois coups de canne sur le plancher, et l'on ouvrit la valse, que les mères trouvaient terriblement inconvenante pour des demoiselles, avec cette façon de se laisser enlacer la taille, les mains du cavalier sur les baleines du corset, que toutes avaient confectionné d'après le dernier patron du *Jardin des modes*. Les pas des portes furent encombrés par des servantes, des palefreniers, des domestiques, qui venaient de leurs lointaines dépendances et des entresols suffocants, pour s'émerveiller devant une fête si tapageuse. Puis on joua à colin-maillard et à la cachette.

Martial, dissimulé avec Mme de Campoflorido derrière un paravent chinois, imprima un baiser sur sa nuque et reçut en réponse un mouchoir parfumé dont les dentelles de Bruxelles gardaient de douces tiédeurs de décolletés. Et lorsque les jeunes filles s'éloignèrent dans les lueurs du crépuscule, vers les tours de guet et les donjons qui se dessinaient en gris foncé sur la mer, les garçons allèrent au bal public où, de façon si affriolante, se tortillaient les mulâtresses parées de grands bracelets, sans perdre jamais — même au plus fort d'une guaracha endiablée — leurs escarpins à talons hauts. Et comme on était en époque de carnaval, les membres du Chapitre Arara Trois Yeux soulevaient un tonnerre de tam-tams derrière le mur mitoyen, dans un patio planté de grenadiers. Juchés sur des tables et des tabourets, Martial et ses amis louèrent la grâce d'une négresse aux cheveux grisonnants, qui redevenait belle, presque désirable, quand elle regardait par-dessus son épaule, en dansant avec une altière moue de défi.

VII

Les visites de don Abundio, notaire et exécuteur testamentaire de la famille, se faisaient plus fréquentes. Il s'asseyait gravement au chevet du lit de Martial, laissant tomber sur le pavé sa canne en bois d'acane afin de l'éveiller avant l'heure prévue. A peine ouverts, les yeux du malade rencontraient une redingote d'alpaga, couverte de pellicules, dont les manches lustrées donnaient asile à des titres et à des rentes. Il ne resta finalement qu'une pension raisonnable, calculée pour mettre un frein à toute folie. C'est alors que Martial voulut entrer au Royal Séminaire de Saint-Charles.

Après de médiocres examens, il fréquenta les cours, comprenant de moins en moins les explications des maîtres. Le monde des idées se dépeuplait. Ce qui avait été, au début, une assemblée universelle de péplums, de pourpoints, de golilles et de perruques, de controversistes et d'ergoteurs, prenait l'immobilité d'un musée de figures de cire. Martial se contentait maintenant d'un exposé scolastique des systèmes, acceptant comme valable ce qu'on disait dans n'importe quel texte. « Lion », « Autruche », « Baleine », « Jaguar », lisait-on au bas des gravures sur cuivre de l'histoire naturelle. De la même façon, « Aristote », « Saint Thomas », « Bacon », « Descartes » titraient des pages noires où étaient cataloguées de façon ennuyeuse les interprétations de l'univers, en marge d'un épais capitulaire. Peu à peu, Martial cessa de les étudier et se sentit libéré d'un grand poids. Son esprit devint gai, léger, n'admettant qu'un concept instinctif des choses. A quoi bon penser au prisme, quand la lumière claire de l'hivernage faisait ressortir davantage les détails des forteresses du port ? Une pomme qui tombe de l'arbre n'est une incitation que pour les dents. Un pied dans une baignoire n'est rien autre qu'un pied dans une baignoire. Le jour où il abandonna le séminaire, il oublia les livres. Le gnomon recouvra sa nature de lutin ; le spectre fut synonyme de fantôme ; l'octandre était un animal cuirassé, avec des piquants dans le dos.

Plusieurs fois, en marchant vite, le cœur plein d'inquiétude, il était allé rendre visite aux femmes qui chuchotaient, derrière des portes bleues, au pied des murailles. Le souvenir de celle qui portait des escarpins brodés et des feuilles de basilic à l'oreille le poursuivait, pendant les après-midi chauds, comme un mal de dent. Mais, un jour, la colère et les menaces d'un confesseur le firent pleurer d'effroi. Il tomba pour la dernière fois dans les draps de l'enfer, renonçant à jamais à ses détours dans des rues peu fréquentées, à ses lâchetés de dernière heure qui le faisaient rentrer avec rage chez lui, après avoir tourné le dos à certain trottoir fissuré — signe, quand il marchait les yeux baissés, du demi-tour qu'il fallait faire pour franchir le seuil parfumé.

Il vivait à présent sa crise mystique, peuplée d'images pieuses, d'agneaux pascals, de colombes, de porcelaines, de Vierges en manteau bleu ciel, d'étoiles de papier doré, de rois mages, d'anges aux ailes de cygne, de l'âne, du bœuf, et d'un terrible saint Denis qui lui apparaissait en songe, avec un grand vide entre les épaules et la démarche hésitante de celui qui cherche un objet perdu. Martial heurtait le bois du lit et s'éveillait en sursaut, saisissant son chapelet aux grains silencieux. Dans leurs godets pleins d'huile, les mèches éclairaient tristement des statues qui reprenaient leur couleur primitive.

VIII

Les meubles grandissaient. Il devenait plus difficile d'appuyer les avant-bras sur le bord de la table de la salle à manger. Les armoires à corniches sculptées élargissaient leur frontispice. Allongeant le torse, les Maures de l'escalier approchaient leurs torches des balustres du palier. Les fauteuils étaient plus profonds et les berceuses avaient tendance à s'en aller en arrière. Il n'était plus nécessaire de plier les jambes quand on se couchait au fond de la baignoire à anneaux de marbre.

Un matin où il lisait un livre licencieux, Martial eut envie, tout à coup, de jouer avec les soldats de plomb qui dormaient dans leurs boîtes de bois. Il remit le volume dans sa cachette sous la cuvette du lavabo et ouvrit un tiroir scellé par les toiles d'araignées. La table était trop exiguë pour faire place à une telle armée. Martial s'assit par terre. Il disposa les grenadiers par rangs de huit. Puis les officiers à cheval, entourant le porte-drapeau. Derrière, les artilleurs, avec leurs canons, écouvillons et boutefeux. Fermant la marche, des fifres et des timbaliers, avec une escorte de tambours. Les mortiers étaient munis d'un ressort qui permettait de lancer des boulets de verre à plus d'un mètre de distance.

— Poum !... poum !... poum !...

Des chevaux tombaient, des porte-drapeau tombaient, des

tambours tombaient. Il fallut que le nègre Eligio l'appelât trois fois pour qu'il se décidât à se laver les mains et descendre à la salle à manger.

A partir de ce jour, Martial garda l'habitude de s'asseoir sur le dallage. Quand il vit l'avantage de cette position, il fut surpris de n'y avoir pas pensé plus tôt. Comme elles raffolent des coussins de velours, les grandes personnes transpirent trop. Certaines sentent le notaire – comme don Albundio – parce qu'elles ne connaissent pas, en s'allongeant à terre, la fraîcheur du marbre en toute saison. C'est seulement du sol que l'on peut embrasser complètement les angles et les perspectives d'une pièce. Le bois a ses beautés, il y a de mystérieux chemins d'insectes, des coins d'ombre, que l'on ignore à hauteur d'homme. Quand il pleuvait, Martial se cachait sous le clavecin. Chaque coup de tonnerre faisait vibrer la caisse de résonance, faisant chanter toutes les notes. La foudre tombait du ciel pour construire cette voûte de roulades – orgues, pinède au vent, mandoline de criquets.

IX

Ce matin-là on l'enferma dans sa chambre. Il entendit des murmures dans toute la maison et le déjeuner qu'on lui servit fut trop succulent pour un jour de semaine. Il y avait six gâteaux de la confiserie de la Alameda – alors qu'on n'en pouvait manger que deux, le dimanche après la messe. Il s'amusa à regarder les illustrations d'un livre de voyage, jusqu'à ce qu'un bourdonnement croissant, pénétrant sous les portes, le fit jeter un coup d'œil à travers les persiennes. Des hommes vêtus de noir arrivaient portant un cercueil à poignées de bronze. Il eut envie de pleurer, mais à cet instant apparut le cocher Melchor faisant claquer ses bottes sonores et souriant de toutes ses dents. Ils se mirent à jouer aux échecs. Melchor était cavalier. Lui, roi. En prenant les dalles comme damier, il pouvait avancer de l'une à l'autre, tandis que Melchor devait en sauter une de face et deux de côté, ou vice versa. Le jeu se prolongea jusqu'après le crépuscule, au moment où passèrent les pompiers du Commerce.

Lorsqu'il se leva, il alla baiser la main de son père qui gisait sur son lit de malade. Le marquis se sentait mieux et il parla à son fils sur le ton solennel et exemplaire qui lui était coutumier. Les « oui, père » et les « non, père » s'inséraient entre les grains du chapelet de questions comme les réponses de l'acolyte à la messe. Martial respectait le marquis, mais pour des raisons que nul n'aurait pu supposer. Il le respectait parce qu'il était de haute taille et qu'il sortait les soirs de bal la poitrine rutilante de décorations ; parce qu'il enviait son sabre et ses galons d'officier des milices ; parce que, à Noël, il avait mangé à lui seul une dinde farcie aux amandes et aux raisins secs, gagnant ainsi un pari ; parce que, une fois, dans l'intention de la fouetter, sans nul doute, il avait pris dans ses bras l'une des mulâtresses qui balayaient la rotonde et l'avait emportée dans sa chambre. Caché derrière un rideau, Martial l'avait vue sortir peu après, en pleurs et dégrafée, et il s'était réjoui de la correction qu'elle avait reçue, car c'était elle qui vidait toujours les pots de confitures renvoyés au placard.

Le père était un être terrible et magnanime qu'il fallait aimer le plus après Dieu. Pour Martial il était plus que Dieu, parce que ses dons étaient quotidiens et tangibles. Mais il préférait le Dieu du ciel, car il était moins assommant.

X

Lorsque les meubles grandirent un peu plus et que Martial sut mieux que personne ce qu'il y avait sous les lits, armoires et secrétaires, il cacha à tous un grand secret : la vie n'avait aucun charme hors la présence du cocher Melchor. Ni Dieu, ni son père, ni l'évêque doré des processions de Fête-Dieu n'étaient aussi importants que Melchor.

Melchor venait de très loin. Il était petit-fils de princes vaincus. Il y avait dans son royaume des éléphants, des hippopotames, des tigres et des girafes. Là-bas les hommes ne travaillaient pas dans des pièces sombres, pleines de dossiers, comme don Abundio. Ils ne subsistaient que parce qu'ils étaient plus rusés que les animaux. L'un deux avait tiré le grand crocodile du lac bleu, en l'embrochant avec une pique dissimulée dans les corps étroitement serrés de douze oies rôties. Melchor savait des chansons faciles à apprendre, parce que les paroles n'avaient pas de sens et revenaient souvent. Il volait des friandises dans les cuisines ; il s'enfuyait la nuit, par la porte des palefreniers, et une fois, il avait lapidé les gardes civils avant de disparaître dans les ténèbres de la rue de l'Amertume.

Les jours de pluie, ses bottes étaient mises à sécher près du fourneau de la cuisine. Martial aurait voulu avoir des pieds capables de les chausser. La droite s'appelait Calambin. La gauche, Calamban. Cet homme qui pour maîtriser les chevaux sauvages se contentait de leur fourrer deux doigts dans les naseaux ; ce maître d'élégance, cet aigle de l'étrier, qui exhibait de grands chapeaux hauts de forme, savait aussi apprécier la fraîcheur d'un dallage de marbre en été et cachait sous les meubles un fruit ou un gâteau raflés sur les plateaux destinés au Grand Salon. Martial et Melchor avaient en commun une secrète provision de dragées et d'amandes, qu'ils appelaient le *uri, uri, ura*, avec des éclats de rire entendus. Tous deux avaient exploré la maison du haut en bas et étaient les seuls à savoir qu'il existait sous les écuries un petit sous-sol plein de flacons hollandais et que, dans un grenier inutilisé, au-dessus des chambres de bonnes, douze papillons poussiéreux achevaient de perdre leurs ailes dans un coffret de verre brisé.

XI

Lorsque Martial eut pris l'habitude de briser des objets, il oublia Melchor pour se rapprocher des chiens. Il y en avait plusieurs chez lui. Le grand tigré ; le basset qui traînait son ventre par terre ; le lévrier trop vieux pour jouer ; le caniche que les autres pourchassaient à des époques déterminées et que les femmes de chambre devaient enfermer.

Martial préférait Canelo parce qu'il prenait des souliers dans les chambres et arrachait les rosiers du patio. Toujours noir de charbon ou couvert de terre rouge, il dévorait la nourriture des autres, hurlait sans raison et cachait des os volés au pied de la fontaine. De temps en temps il vidait un œuf qui venait d'être pondu, lançait la poule en l'air d'un brusque coup de museau. Tout le monde donnait des coups de pied au Canelo. Mais quand on l'emmenait, Martial en faisait une maladie. Et le chien revenait triomphant, en remuant la queue, après avoir été abandonné au-delà de la Maison de Bienfaisance ; il reprenait alors une place que, malgré leur adresse à la chasse ou leur zèle à monter la garde, les autres n'occuperaient jamais.

Canelo et Martial pissaient ensemble. Ils choisissaient parfois le tapis persan du salon, pour dessiner sur sa laine des nuages sombres dont les formes se dilataient lentement. Cela leur valait d'être punis à coups de sangle, qui d'ailleurs n'étaient pas aussi douloureux que le croyaient les grandes personnes. Mais en revanche ils étaient un admirable prétexte à élever des concerts de hurlements et à provoquer la pitié des voisins. Lorsque la femme bigle de la maisonnette voisine qualifiait son père de brute, Martial regardait Canelo, les yeux rieurs. Ils pleuraient un peu plus, pour obtenir un biscuit, et tout était oublié. Tous deux mangeaient de la terre, se vautraient au soleil, buvaient dans la vasque aux poissons, cherchaient l'ombre embaumée au pied des basilics. Aux heures chaudes les parterres humides s'emplissaient de monde. Il y avait l'oie cendrée, au jabot renflé pendant entre ses pattes cagneuses ; le vieux coq au croupion pelé ; le petit lézard qui disait *uri, ura*, en sortant de son cou une cravate rose ; le triste serpent jubo, né dans une ville sans femelles ; la souris qui murait son trou avec un œuf de caret. Un jour, on montra le chien à Martial :

— Ouah, ouah, dit-il.

Il parlait sa propre langue. Il avait obtenu la suprême liberté. Il voulait atteindre à présent, de ses mains, des objets qui étaient hors de leur atteinte.

XII

Faim, soif, chaleur, froid. A peine Martial eut-il limité sa perception à ces réalités essentielles qu'il renonça à la lumière qui, à présent, lui était accessoire. Il ignorait son nom. Le baptême effacé, avec son sel désagréable, il ne voulut plus ni l'odorat, ni l'ouïe, ni même la vue. Ses mains frôlaient des formes délectables. C'était un être totalement sensible et tactile, l'univers entrait en lui par tous les pores. Alors il ferma les yeux, qui n'apercevaient que des géants nébuleux, et pénétra dans un corps chaud et humide, plein de ténèbres, qui mourait. Le corps, en le sentant inséré dans sa propre substance, coula vers la vie.

Mais à présent les jours coururent plus vite, amenuisant leurs dernières heures. Les minutes avaient un son de glissement de cartes sous le pouce du joueur.

Les oiseaux revinrent à l'œuf en un tourbillon de plumes. Les poissons se figèrent en frai, déposant une neige d'écailles au fond du bassin. Les palmiers plièrent leurs feuilles, disparurent sous terre comme des éventails refermés. Les troncs absorbaient leurs feuilles et le sol tirait à lui tout ce qui lui avait appartenu. Le tonnerre retentissait dans les vérandas. Des poils poussaient sur le daim des gants. Les couvertures de laine se détissaient, arrondissant la toison de moutons éloignés. Les armoires, les secrétaires, les lits, les crucifix, les tables, les persiennes s'envolèrent dans la nuit, cherchant leurs anciennes racines au pied des forêts. Tout ce qui était cloué s'effondrait. Un brigantin, ancré on ne savait où, emporta en hâte vers l'Italie les marbres du dallage et de la fontaine. Les panoplies, les ferrures, les clés, les casseroles de cuivre, les mors des chevaux fondaient, grossissant un fleuve de métal que des galeries sans toit canalisaient vers la terre. Tout se métamorphosait, retournait à son état premier. La terre redevint terre, laissant un désert à la place de la maison.

XIII

Lorsque les ouvriers vinrent avec le jour pour poursuivre la démolition, ils trouvèrent le travail achevé. Quelqu'un avait emporté la statue de Cérès, vendue la veille à un antiquaire. Après s'être plaints au syndicat, les hommes allèrent s'asseoir sur les bancs d'un parc municipal. L'un rappela alors l'histoire, fort estompée, d'une marquise de Chapellenies noyée un après-midi de mai au milieu des malangas de l'Almendarès. Mais nul ne prêtait attention au récit, parce que le soleil se déplaçait d'est en ouest et qu'il faut paresser pour prolonger les heures qui grandissent à droite des pendules, puisque ce sont elles qui mènent le plus sûrement à la mort.

(1944)
(traduit par René L. F. Durand)
Éditions Gallimard

Juan BOSCH

République Dominicaine

Né à La Vega (République Dominicaine) en 1909. Romancier, essayiste et homme politique. Fondateur du Parti Révolutionnaire Dominicain, a vécu vingt-quatre ans en exil, sous la dictature de Trujillo. Rentré à Saint-Domingue après l'assassinat de celui-ci, il a été élu Président de la République en 1963, et renversé sept mois plus tard par un coup d'état militaire appuyé par les États-Unis. En 1973, Juan Bosch a créé le Parti de la Libération Dominicaine.

Selon le poète et critique vénézuélien Juan Liscano, « chaque récit de Bosch constitue un petit univers, soumis à une haute tension, où une vie s'accomplit pour prendre irrévocablement le sens de son destin... Ses êtres expriment un fait existentiel, un absolu vital, et non quelque concept culturel, esthétique ou moral ». Dans La tache indélébile *(1962), Bosch se montre un authentique précurseur en inventant le conte fantastique politique. Ce conte est extrait de* Cuentos escritos en el exilio *(en français* Vers le port d'origine, *trad. par Guillermo Piña-Contreras et Françoise Mironneau, éd. Alinéa).*

La tache indélébile

Tous ceux qui avaient passé la porte avant moi avaient donné leur tête, et je les voyais placées dans une longue file de vitrines adossées au mur d'en face. L'air pollué n'entrait sûrement pas dans ces vitrines, car les têtes se conservaient de façon admirable, presque comme si elles étaient vivantes, même si l'afflux du sang sous la peau leur manquait. Je dois avouer que le spectacle produisit sur moi une frayeur soudaine et intense. Pendant un certain temps, je me sentis paralysé par la terreur.

Mais le fait était que, toujours incapable de penser et d'agir, j'étais là : j'avais dépassé le seuil et je devais donner ma tête. Personne ne pourrait m'éviter cette macabre expérience. La situation était à vrai dire terrifiante.

Il semblait qu'il n'y avait pas de distance entre la vie que j'avais laissée derrière, de l'autre coté de la porte, et celle que j'allais commencer en ce moment. Physiquement, la distance serait de trois mètres, peut-être de quatre. Néanmoins, ce que je voyais indiquait que la séparation entre ce que j'étais et ce que je deviendrais ne pouvait se mesurer en termes humains.

— Donnez votre tête, dit une voix douce.

— La mienne ? demandai-je, si effrayé que je m'entendais à peine moi-même.

— Bien sûr... Quelle autre ?

Quoiqu'elle ne fût pas autoritaire, la voix remplissait toute la salle et résonnait contre les murs, couverts de tapis luxueux. Je ne pouvais savoir d'où elle sortait. J'avais l'impression que tout ce que je voyais parlait en même temps : le sol, le marbre noir et blanc, le tapis rouge qui allait des escaliers à la grande table de l'entrée, et le tapis identique à l'autre qui traversait la pièce ; les grandes colonnes de majolique, les corniches à dés dorés, les deux énormes lustres de cristal de Bohême. Je savais seulement qu'à coup sûr aucune des innombrables têtes des vitrines n'avait émis le moindre son.

Peut-être avec le désir inconscient de gagner du temps, je demandai :

— Et comment dois-je l'ôter ?

— Prenez-la fortement avec les deux mains, appuyez les pouces dans la courbe du menton ; tirez vers le haut, et vous verrez avec quelle facilité elle sort. Placez-la ensuite sur la table.

S'il s'était agi d'un cauchemar, je me serais expliqué l'ordre et ma situation. Mais ce n'était pas un cauchemar. J'étais en plein état de lucidité, alors que je me trouvais debout et solitaire au milieu d'un salon luxueux. On ne voyait pas une chaise, et comme je tremblais des pieds à la tête, à cause du froid mortel qui s'était répandu dans mes veines, j'avais besoin de m'asseoir ou de m'accrocher à quelque chose. Finalement, j'appuyai mes deux mains sur la table.

— Vous n'avez pas entendu ou vous n'avez pas compris ? dit la voix.

— J'ai déjà dit que la voix n'était pas autoritaire, mais douce. C'est peut-être pourquoi elle me semblait si terrible. C'est terrifiant d'entendre donner l'ordre de s'ôter la tête d'un ton normal, plutôt tranquille. J'étais sûr que le propriétaire de cette voix avait tant répété l'ordre qu'il n'accordait plus la moindre importance à ce qu'il disait.

Finalement, je réussis à parler.

— Si, j'ai entendu et j'ai compris, répondis-je. Mais je ne peux pas enlever ma tête comme ci, comme ça. Donnez-moi quelque temps pour y penser. Comprenez qu'elle est pleine de mes idées, de mes souvenirs. C'est le résumé de ma propre vie. En plus, si je reste sans elle, avec quoi vais-je penser ?

Ce bavardage ne me vint pas d'un seul coup. J'étouffais. Par deux fois, je dus m'arrêter pour prendre mon souffle. Je me tus et il me sembla que la voix émettait un léger grognement, comme un rire moqueur.

— Ici, vous n'avez rien à penser. Nous penserons à votre place. Quant aux souvenirs, vous n'en aurez plus besoin : vous allez commencer une nouvelle vie.

— Une vie sans relation avec moi-même, sans mes idées, sans émotions propres ? demandai-je.

Instinctivement, je regardai vers la porte par où j'étais entré. Elle était fermée. Je parcourus des yeux les deux bouts du salon. Il y avait aussi des portes à ces deux extrêmités, mais aucune n'était ouverte.

La pièce était vaste et le plafond haut, ce qui me donna le sentiment d'être abandonné comme un enfant perdu dans une grande ville. Il n'y avait pas le moindre signe de vie. Je me trouvais seul dans cet imposant salon. Pire encore : nous étions seuls, la voix et moi. Mais la voix n'était pas humaine ; on ne pouvait pas l'associer à un être de chair et d'os. J'avais l'impression que des milliers d'yeux méchants, sans vie aussi, me regardaient depuis les murs, et que des millions d'êtres minuscules et invisibles guettaient ma pensée.

— S'il vous plaît, ne nous faites pas perdre de temps, il y en a d'autres qui attendent, dit la voix.

Il n'est pas facile d'expliquer ce que ces mots signifièrent pour moi. Je sentis que quelqu'un allait entrer, que je ne serais plus longtemps seul, et je tournai la tête vers la porte. Je ne m'étais pas trompé ; une main tenait le bord du grand battant de bois brillant et le poussait vers l'intérieur, tandis qu'un pied se posait sur le seuil. A travers l'ouverture de la porte, on remarquait qu'il y avait peu de lumière au dehors. C'était sans doute l'heure indécise entre le jour qui meurt et la nuit qui n'est pas encore tombée.

Au milieu de ma terreur, j'agis comme un automate. Je me jetai impétueusement sur la porte, poussai celui qui entrait et sautai dans la rue. Je me rendis compte que quelqu'un s'alarmait de me voir courir ; peut-être pensa-t-on que j'avais volé ou que j'avais été surpris en train de voler. Je comprenais que j'avais le visage pâle et les yeux exorbités, et s'il y avait eu par là un agent de police, il m'aurait poursuivi. De toute façon, ça m'était égal. Mon besoin de fuir était impérieux, et je fuyais comme un fou.

Pendant deux semaines, je n'osai sortir de chez moi. J'entendais la voix jour et nuit. Je voyais partout les milliers d'yeux sans vie et les centaines de têtes sans corps. Mais la huitième nuit, soulagé de ma peur, je me risquai à aller au coin de la rue, dans un bistrot minable, toujours fréquenté par des gens bizarres. A côté de la table que j'occupais, il y en avait une autre, vide. Peu après, deux hommes s'y assirent. L'un d'eux avait des yeux lugubres ; il me regarda avec intensité, puis dit à l'autre :

— C'est celui qui s'est enfui après avoir...

Je prenais à ce moment-là une tasse de café. Mes mains tremblèrent avec tant de violence qu'un peu de la boisson se répandit sur ma chemise.

A présent, je suis chez moi, à essayer de laver la chemise. J'ai utilisé du savon, une brosse et un produit chimique que j'ai trouvé dans la salle de bain. La tache ne s'en va pas. Elle est là, indélébile. Au contraire, il me semble qu'à chaque effort pour l'effacer elle se remarque davantage.

Mon malheur est que je n'ai pas d'autre chemise ni les moyens d'en acquérir une nouvelle. Pendant que je m'efforce de faire disparaître la tache, j'entends sans cesse les derniers mots de l'homme aux yeux lugubres.

— ... après avoir été inscrit...

La peur me fait transpirer d'une sueur froide. Et je sais que je ne pourrai pas me libérer de cette peur : que je la sentirai devant n'importe quel inconnu. Car, à vrai dire, j'ignore si les deux hommes étaient membres ou s'ils étaient ennemis du Parti.

(1962)
(traduit par Guillermo Piña-Contreras
et Françoise Mironneau)
Éditions Alinéa

Juan Carlos ONETTI

Uruguay

Né à Montevideo (Uruguay) en 1909. Onetti a cherché à présenter dans ses nouvelles et ses romans l'homme solitaire découvrant le malentendu sur lequel repose son existence et se livrant à l'obsession de sa découverte. La plupart de ses protagonistes vivent leurs aventures à Santa María, une ville imaginaire, labyrinthe parcouru par des fantômes voraces ou aliénés, terre promise pour les rêves, cauchemars et fantasmes d'aventuriers en quête de fortune, d'amour, d'identité ou simplement d'oubli ; à Santa María, les désirs inassouvis tuent hommes et femmes aussi sûrement que l'alcool qui y coule à flots.

Nouvelles : Le Puits, *1939, et* Les Adieux, *1954 (trad. Louis Jolicœur, éd. Bourgois, 1985) ;* Jacob y el otro, *1961 ;* Cuentos completos *(1967, 1968, 1974) ;* Les Bas-fonds du rêve *(traduit par Laure Guille-Bataillon, Albert Gerschenfeld et Claude Couffon, éd. Gallimard, 1981) ;* La Fiancée volée *(trad. Albert Bensoussan, Gallimard, 1987).*

Romans : Terre de personne, *1941 (trad. Denise Laroutis, éd. Bourgois, 1989) ;* Une Nuit de chien, *1943 (trad. Louis Jolicœur, éd. Bourgois, 1987) ;* La Vie brève, *1950 (trad. Alice Gascar, éd. Stock, 1971 ; puis Claude Couffon et Alice Gascar, éd. Gallimard, 1987) ;* Una tumba sin nombre, *1959 ;* Le Chantier, *1961 (trad. Laure Guille-Bataillon, préface de Max-Pol Fouchet, éd. Stock, 1967 ; puis Folio/Gallimard, 1984) ;* Trousse-vioques, *1964 (trad. Jean-Jacques Villard, éd. Stock, 1970 ; puis Albert Bensoussan,* Ramasse-vioques, *Gallimard, 1986) ;* La muerte y la niña, *1973 ;* Laissons parler le vent, *1979 (trad.*

Claude Couffon, éd. Gallimard, à paraître) ; C'est alors que, *1987 (trad. Albert Bensoussan, éd. Gallimard, 1989).*

Salut, Bob ! *(1951) a été repris dans* Les Bas-fonds du rêve.

Salut, Bob !

à H.A.T.

Il est certain que chaque jour il sera plus vieux, plus éloigné de cette époque où il s'appellait Bob, portait des cheveux blonds tombant sur la tempe et souriait, les yeux brillants, lorsqu'il entrait silencieux dans la salle, murmurant un salut ou agitant un peu la main près de son oreille, pour finalement aller s'asseoir sous la lampe, près du piano, avec un livre ou simplement tranquille, à l'écart, distrait, nous regardant pendant une heure, le visage impassible, et remuant juste de temps en temps les doigts pour tenir sa cigarette ou chasser la cendre du revers de ses costumes clairs.

Également éloigné – maintenant qu'il s'appelle Robert et se soûle avec n'importe quoi, plaçant sa main sale devant sa bouche lorsqu'il tousse – du Bob qui, assis à une table au bar du club, prenait de la bière – deux verres seulement pendant les soirées les plus longues – devant une pile de pièces de dix centavos pour l'appareil à disques. Presque toujours seul à écouter du jazz, le visage rêveur, heureux et pâle, remuant à peine la tête pour me saluer quand je passais, et me suivant des yeux aussi longtemps que je restais, aussi longtemps qu'il m'était possible de supporter son regard bleu infatigablement posé sur moi, affichant sans effort un mépris intense et une ironie, plus douce il est vrai. Il y avait aussi, le samedi, un autre garçon, aussi férocement jeune que lui, avec lequel il parlait de solo, de trompes et de chœurs, et de la ville immense que Bob construirait sur la rive du fleuve, lorsqu'il serait architecte. En me voyant passer il s'interrompait pour me faire son petit salut et ne plus me quitter des yeux, adressant allusions et sourires de coin à son compagnon qui finissait toujours par me regarder et par s'associer en silence à son mépris et à son ironie.

Parfois, je me sentais fort et j'essayais de le regarder : j'appuyais ma tête sur ma main et fumait au-dessus de mon verre, le fixant sans sourciller, mais soucieux de conserver à mon visage un air froid, un peu mélancolique. En ce temps-là Bob ressemblait beaucoup à Inès ; on pouvait voir dans son expression quelque chose qui les unissait, et il est possible qu'un soir je l'aie regardé comme je la regardais, elle. Mais, la plupart du temps, je préférais oublier les yeux de Bob et, lui tournant le dos, je regardais les lèvres de ceux qui parlaient à ma table, muet et triste, afin qu'il sache bien qu'il y avait en moi autre chose que ce qu'il croyait, quelque chose proche de lui ; parfois, pour me donner du courage, je buvais quelques coupes et pensais : « Mon cher Bob, va raconter cela à ta petite sœur », tandis que je caressais les mains des filles assises à ma table ou que je me lançais dans une théorie cynique à propos de n'importe quoi, pour qu'elles rient et que Bob les entende.

Cependant, j'avais beau faire, ni l'attitude ni le regard de Bob ne se troublaient à ce moment-là. Je note seulement cela comme la preuve qu'il remarquait mes comédies au club. Un soir, chez lui, j'étais en train d'attendre Inès dans le salon, près du piano, lorsqu'il entra. Il portait un imperméable fermé jusqu'au col et s'avançait, les mains dans les poches. Il me salua d'un signe de tête, regarda aussitôt autour de lui et s'avança dans la pièce comme si son bref salut avait suffi à effacer ma présence ; je le vis faire le tour de la table et marcher sur le tapis avec ses chaussures de caoutchouc jaune. Il caressa une fleur du bout du doigt, s'assit au bord de la table et se mit à fumer en regardant le vase, son profil serein tourné vers moi, légèrement incliné, détendu et pensif. Imprudemment — j'étais debout, adossé au piano — j'appuyai ma main gauche sur une touche grave et me vis obligé de répéter ce son toutes les trois secondes, sans le quitter des yeux.

Je n'éprouvais pour lui que de la haine et un respect inavouable ; je continuai de taquiner la touche, l'écrasant avec une lâche férocité dans le silence de la maison, jusqu'au moment où je me sentis soudain délivré, où il me parut que j'observais la scène avec détachement, comme si je m'étais trouvé en haut de l'escalier ou sur le seuil de la porte, le regardant et le surprenant, lui, Bob, silencieux et absent auprès du filet de fumée qui montait en tremblant de sa cigarette ; je me voyais grand et guindé, un peu pathétique, un peu ridicule dans la pénombre, tandis que mon index frappait, toutes les trois secondes, la touche grave. Je pensai tout à coup que je ne faisais pas résonner le piano par une inexplicable bravade, mais pour l'appeler, lui : que la note profonde que mon doigt tenace faisait renaître après chaque vibration mourante était, en fin de compte, l'unique parole suppliante par laquelle je pouvais demander tolérance et compréhension à sa jeunesse implacable. Il demeura immobile jusqu'à l'instant où Inès fit claquer la porte de sa chambre avant de venir me rejoindre. Alors Bob se redressa et s'avança nonchalamment jusqu'à l'autre extrémité du piano, y appuya l'un de ses coudes, me regarda un moment puis dit avec un beau sourire : « Cette nuit est-elle une nuit au lait ou au *whisky* ? Une soif de salut ou un saut dans l'abîme ? »

Je ne pouvais rien lui répondre ; je ne pouvais pas non plus effacer d'un coup de poing son expression ; je cessai d'appuyer sur la touche et retirai lentement la main du piano. Inès était au milieu de l'escalier lorsqu'il me dit, en s'éloignant : « Bon, après tout il est possible que vous improvisiez. »

Le duel dura trois ou quatre mois ; il m'était impossible de ne pas aller au club le soir — je me rappelle, en passant, que c'était l'époque des championnats de tennis — car, lorsque je restais un certain temps sans y paraître, Bob saluait mon retour avec un dédain et une ironie accrus dans son regard et se renversait sur son siège avec une moue de satisfaction.

Mais, quand je n'eus plus d'autre issue ni d'autre désir que de me marier avec Inès au plus vite, Bob changea de tactique. Je ne sais pas comment il eut connaissance de ma hâte d'épouser sa sœur et de ma résolution d'employer toutes les forces qui me restaient à la réalisation de mon désir. La ferveur que j'apportais à ce projet avait supprimé le passé et tout lien avec le présent. Je ne faisais plus attention à Bob ; mais, peu de temps après, je fus bien obligé de me rappeler combien il avait changé et une fois même je restai immobile, debout au coin d'une rue, l'insultant à mi-voix, comprenant que son expression avait cessé d'être moqueuse et qu'il m'affrontait avec sérieux et calcul, comme on jauge un danger ou une tâche difficile, ou comme on essaye d'évaluer un obstacle en le comparant avec ses propres forces. Mais je ne lui accordai plus d'importance et en vins même à penser que sur son visage immobile et fixe était en train de naître la compréhension pour quelque chose d'intime et de fondamental, pour un ancien passé de pureté que la tendre nécessité de me marier avec Inès faisait resurgir malgré les années et les obstacles pour me rapprocher de lui.

Ensuite, je vis qu'il attendait la nuit ; mais je ne m'en rendis compte que très tard, lorsque, cette même nuit, Bob vint s'asseoir à la table où j'étais seul et congédia le garçon d'un geste. J'attendis un moment, le regardant ; il ressemblait exactement à Inès quand il remuait les sourils ; et le bout de son nez, comme celui d'Inès, s'aplatissait un peu lorsqu'il parlait : « Vous n'allez pas vous marier avec Inès », dit-il alors. Je le regardai en souriant, puis détournai mon regard. « Non, vous n'allez pas vous marier avec elle, car une chose pareille peut être évitée si quelqu'un de vraiment résolu s'y oppose. » Je me remis à rire. « Voilà quelques années, lui dis-je, vos paroles m'auraient donné envie d'épouser immédiatement Inès. Mais maintenant cela n'a aucune importance. Malgré tout, j'accepte de vous écouter ; si vous voulez bien m'expliquer... » Il releva la tête et continua de me regarder en silence ; peut-être allait-il trouver rapidement les mots nécessaires et attendait-il que je complète ma phrase pour les prononcer. « Si vous voulez bien m'expliquer pourquoi vous ne voulez pas que je me marie avec Inès », demandai-je lentement en me renversant contre le mur. Je vis tout de suite que je n'avais jamais supposé avec quelle force il me haïssait ; son visage était blanc, avec un sourire fixe et serré entre ses lèvres et ses dents. « Il faudrait diviser cela en chapitres, dit-il, et je ne pourrais pas terminer cette nuit. »

« Mais je peux vous le dire en deux ou trois mots. Vous n'allez pas vous marier avec elle parce que vous êtes vieux et qu'elle est jeune. Je ne sais pas si vous avez trente ans, ou quarante ans, peu importe ! Mais vous êtes un homme mûr, c'est-à-dire un homme fichu, comme tous les hommes de votre âge lorsqu'ils ne sont pas extraordinaires. » Il aspira une bouffée de sa cigarette éteinte, regarda la rue et me fixa de nouveau ; la tête appuyée contre le mur, je continuais d'attendre. « Naturellement, vous avez des raisons de croire que vous êtes un homme extraordinaire. De croire que vous avez sauvé beaucoup de choses du naufrage. Mais ce n'est pas certain. » Je me tournai de profil pour fumer ; il me gênait, et cependant je ne le croyais pas ; il soulevait chez moi une haine tiède, mais j'étais sûr que rien ne me ferait douter de moi depuis que j'avais connu la nécessité de me marier avec Inès. Non : nous étions à la même table et j'étais aussi propre et aussi jeune que lui. « Vous pouvez vous tromper, lui dis-je. Si vous voulez bien m'indiquer quelque chose de vieux en moi... — Non, non, répondit-il rapidement, je ne suis pas si naïf. Je ne veux pas entrer dans votre jeu. Vous êtes un égoïste ; vous êtes un homme sordidement sensuel. Vous êtes attaché à des choses misérables par lesquelles vous vous laissez entraîner. Vous n'avez aucun but ; vous ne désirez rien réellement. C'est cela, rien de plus ; vous êtes vieux et elle est jeune. Je n'ai même pas le droit de penser à elle en votre présence. Et vous prétendez... » Je ne pouvais pas, malgré tout, lui casser la figure ; aussi je décidai de m'écarter de lui, j'allai jusqu'à la boîte à musique, choisis un disque et glissai une pièce de monnaie dans l'appareil. Sans me hâter, je revins m'asseoir et écoutai. La musique était plutôt faible ; quelqu'un chantait doucement au milieu de longs silences. A côté de moi Bob disait que même lui, que quelqu'un comme lui n'était pas digne de regarder Inès en face. Pauvre garçon, pensai-je avec surprise. Il ajouta que, dans ce qu'il appelait la vieillesse, le plus répugnant, ce qui déterminait la décomposition, ou peut-être ce qui était le symbole de cette décomposition, était de penser par idées toutes faites, d'englober toutes les femmes dans le mot femme, de les bousculer sans précaution pour qu'elles puissent obéir aux idées toutes faites établies par une pauvre expérience. Mais, ajoutait-il le mot expérience non plus n'est pas exact. Il ne s'agissait plus d'expériences, mais d'habitudes et de répétitions, de noms flétris que l'on donnait aux choses pour avoir l'impression de les créer. Voilà ce qu'il dit approximativement. Et je me demandais doucement s'il allait tomber mort ou s'il allait trouver la façon de me tuer, ici même, tout de suite, si je devais lui expliquer quelles images il faisait naître en moi quand il affirmait que lui-même n'était pas digne de toucher Inès du bout du doigt, le pauvre garçon, ni de baiser l'extrémité de ses vêtements, l'empreinte de ses pas ou autre chose du même genre. Après un moment — la musique s'était tue et les lumières de l'appareil s'éteignirent, augmentant le silence — Bob dit : « C'est tout », et s'en alla, de son pas habituel, assuré, ni rapide ni lent.

Cette nuit-là, le visage d'Inès m'apparut à travers les traits de Bob. Si jamais la ressemblance entre le frère et la sœur a pu utiliser la ruse d'une expression pour donner à Bob le visage d'Inès, ce fut à ce moment où pour la dernière fois je vis la jeune fille. Certes, je la rencontrai de nouveau deux soirs après cette entrevue et, un midi, au cours d'un rendez-vous imposé par mon désespoir, mais inutilement, sachant d'avance que toute parole, que toute présence seraient vaines, que toutes mes prières importunes s'évanouiraient brusquement, comme si elles n'avaient jamais été faites, dissoutes dans l'énorme air bleu de la place, sous le feuillage d'un vert si paisible au cœur de la belle saison.

Les fines et furtives parties du visage d'Inès, cette nuit-là, que j'avais aperçues sur les traits de Bob, quoique dirigées contre moi, unies dans l'attaque, continuaient de montrer l'enthousiasme et la candeur de la jeune fille. Mais, comment parler à Inès, comment toucher, comment convaincre cette femme soudainement apathique ? Comment la reconnaître ou même l'évoquer en regardant ce long corps rigide dans le fauteuil familial ou sur le banc de la place, ce long corps résolument indifférent et ne montrant qu'un cou tendu, des yeux fixes, une bouche morte, des mains plaquées au creux des reins ? Je la regardais et c'était « non » ; je savais que tout l'air qui l'environnait disait : « non ».

Je n'ai jamais su quelle fut la raison invoquée par Bob dans cette affaire ; de toute façon, je suis sûr qu'il n'a pas menti, et qu'alors rien — pas même Inès —, ne pouvait le faire mentir. Je n'ai jamais revu Inès ni sa silhouette vide et durcie ; j'ai appris qu'elle s'est mariée et ne vit plus à Buenos Aires. Au milieu de la haine et de la souffrance qui suivirent cette rupture, j'aimais imaginer Bob passant mes actes en revue et choisissant la chose juste — ou l'ensemble de choses — capable de me tuer en Inès et de la tuer en moi.

Cela fait près d'un an que je vois Bob presque tous les jours dans le même café, entouré des mêmes personnes. Quand on nous a présentés l'un à l'autre — maintenant, il s'appelle Robert —, j'ai compris que le passé n'a pas de mesure fixe et qu'hier se confond avec une date vieille de dix ans. Quelques traits flétris du visage d'Inès persistaient encore sur le visage de son frère, et un mouvement de bouche de celui-ci suffit à me faire revoir le corps svelte de la jeune fille, ses pas calmes et désinvoltes, tandis que ses yeux bleus et purs recommençaient à me regarder sous une mèche folle que traversait et retenait un ruban rouge. Absente et perdue pour toujours, elle pouvait demeurer intacte et vivante, définitivement, absolument elle-même. Mais il était difficile de fouiller le visage, les paroles et les expressions de Robert pour retrouver Bob et pouvoir le haïr. Le soir de notre première rencontre, j'attendis longtemps le moment où il resterait seul ou bien sortirait, afin de pouvoir lui parler et le frapper. Tranquille et silencieux, épiant par moments son visage ou évoquant Inès sur les vitres brillantes du café, je composai minutieusement les phrases d'insulte que je lui destinais et trouvai le ton flegmatique que je prendrais pour les prononcer, puis je choisis l'endroit de son corps où je frapperais le premier coup. Mais il partit à la nuit tombante en compagnie de ses trois amis, et je décidai d'attendre – comme je l'avais fait plusieurs années auparavant – le soir propice où il se trouverait seul.

Lorsque je l'ai revu, lorsque nous avons renoué cette seconde amitié qui, je l'espère, ne s'achèvera plus, j'ai renoncé à toute pensée hostile. J'ai réfléchi que je ne lui parlerais jamais d'Inès ni du passé et que je garderais en silence, vivante en moi, toute cette affaire. C'est ce que je fais, presque tous les soirs, en face de Robert et des visages familiers du café. Ma haine restera vive et fraîche tant que je pourrai continuer à le voir et à l'écouter ; personne ne connaît ma vengeance, mais je la vis, intégrale et délirante, jour après jour. Je bavarde, je souris, je fume, je prends du café avec Robert, tout en pensant à Bob, à sa pureté, à sa foi, à l'audace de ses rêves passés. En pensant à Bob qui aimait la musique, à Bob qui projetait d'ennoblir la vie des hommes en construisant une ville d'une beauté éblouissante, pour cinq millions d'habitants, au long de la rive du fleuve, à Bob qui ne pouvait jamais mentir, à Bob qui proclamait la lutte des jeunes contre les vieux, à Bob maître de l'avenir et du monde. En pensant minutieusement et calmement à tout cela en face de cet homme aux doigts salis par le tabac, cet homme nommé Robert qui mène une vie grotesque en travaillant dans un bureau sordide, marié avec une grosse femme qu'il appelle « mon épouse », cet homme qui passe ses longs dimanches enfoncé dans un siège de café à lire les journaux et à jouer aux courses par téléphone.

Personne n'aime une femme avec autant de force que j'aime la déchéance de Robert, sa manière définitive d'être enfoncé dans la vie répugnante des hommes. Personne n'entre en contemplation devant un être aimé comme je le fais devant ses soubresauts fugaces, les projets sans conviction qu'un Bob usé et lontain lui dicte quelquefois et qui ne lui servent qu'à lui faire mesurer avec exactitude jusqu'à quel point il s'est avili pour toujours.

Ai-je jamais accueilli autrefois Inès avec autant de joie et d'amour que j'accueille maintenant Bob chaque jour, au seuil du monde ténébreux et malodorant des adultes ? Il se sent encore un nouveau venu dans cet univers et, de temps en temps, il a ses crises de nostalgie. Je l'ai vu, ivre et tout en larmes, s'insulter et jurer son retour imminent au temps de Bob. Je peux affirmer que mon cœur, en ces instants, déborde d'amour et devient sensible et caressant comme celui d'une mère. Au fond, je sais qu'il ne partira jamais, car il n'a pas où aller ; mais je me fais attentif et patient et j'essaie de le raisonner. A la manière de cette poignée de terre natale, ou de ces photographies de rues et de monuments, ou de ces chansons qu'aiment emporter les émigrants, j'évoque pour lui des plans, des croyances et des lendemains différents qui ont la luminosité et la saveur du pays de jeunesse d'où il est arrivé voilà quelque temps. Et il accepte ; il proteste toujours pour que je multiplie mes promesses, mais il finit par dire que oui, par grimacer un sourire en croyant qu'un jour il reviendra au monde et aux heures de Bob ; et il reste en paix au milieu de ses trente ans, se déplaçant sans dégoût ni gêne parmi les cadavres effrayants de ses anciennes ambitions, parmi les formes répulsives des rêves qui peu à peu se sont usées sous la pression distraite et constante de tant de milliers de pas inévitables.

(1951)
(traduit par Claude Couffon)
Éditions Gallimard

Felisberto HERNÁNDEZ

Uruguay

Né à Montevideo (Uruguay) en 1912. Mort des suites d'une leucémie en 1964. Pianiste de cinéma dès l'âge de douze ans, puis concertiste dans des tournées provinciales, il a évoqué sa vie de musicien famélique dans plusieurs nouvelles. Admiré par Jules Supervielle, Julio Cortázar et Italo Calvino, il est considéré, avec Horacio Quiroga, comme l'un des précurseurs de la nouvelle fantastique latino-américaine. « Totalement livré à une vision qui l'écarte de la circonstance ordinaire et le fait accéder à un autre ordre des êtres et des choses, a écrit Julio Cortázar, il ne vient jamais à l'idée de Felisberto de s'interroger sur son pays, sur ce qui est en train de se passer sur le plan historique, et l'on dirait que son regard s'arrête au mur qui le contient, sans s'efforcer d'extrapoler ses expériences pour les situer dans une structure de paysage ou de société. Et cependant – et non d'une façon paradoxale, comme certains pourraient le penser –, chacun de ses récits a le pouvoir terrible d'installer le lecteur dans l'Uruguay de son temps, et il me suffit, pour ma part, de les relire pour me sentir à nouveau entièrement dans les rues de Montevideo, dans ses cafés et ses hôtels, dans les petites villes de l'intérieur où tout se donne comme à regret, comme il devait donner ses concerts avec des pianos vermoulus, des factures impayées, des habits de location. Peut-on demander davantage à un écrivain capable d'allier le quotidien à l'exceptionnel au point de montrer que ce peut être la même chose ? »

Nouvelles ; Libro sin tapas, *1929 ;* La cara de Ana, *1930 ;* Nadie encendía las lámparas, *1947 ;* Las Hortensias, *1949 ;* La casa inundada, *1962.*

Roman : Por los tiempos de Clemente Colling, *1942.*

Personne n'allumait les lampes *est extrait de* Les Hortenses *(trad. Laure Guille-Bataillon, préface de Julio Cortázar, éd. Denoël, coll. « Les Lettres Nouvelles », 1975), qui réunit des nouvelles de* Las Hortensias *et* Nadie encendía las lámparas.

Personne n'allumait les lampes

Un jour, il y a très longtemps, je lisais une histoire à haute voix dans un vieux salon. Un peu de soleil entrait par une fenêtre. Il se répandit lentement sur certaines des personnes présentes et finit par atteindre un guéridon où il y avait des photos de morts bien-aimés. Moi j'avais du mal à sortir les paroles de mon corps, comme d'un instrument aux soufflets percés. Sur les chaises les plus proches étaient assises deux veuves, les maîtresses de maison ; elles étaient très âgées mais leur chignon était encore abondant. Je lisais sans conviction et levais souvent les yeux de ma page mais il me fallait veiller à ne pas regarder toujours la même personne. Déjà mes yeux s'étaient habitués à revenir sans cesse vers la région pâle entre la robe et le chignon d'une des veuves. C'était un visage paisible qui pendant un certain temps encore continuerait à se souvenir d'un même passé. A certains moments ses yeux étaient comme des verres fumés derrière lesquels il n'y aurait eu personne. Parfois je repensais à l'importance de certains invités et m'efforçais d'entrer dans la vie de mon conte.

Une des fois où je m'étais laissé distraire, j'avais vu par la fenêtre des pigeons posés sur une statue, puis, au fond du salon, une jeune femme, la tête appuyée contre le mur, sa chevelure ondulée largement répandue sur ses épaules, et j'avais promené mes yeux sur ces cheveux comme sur une plante grimpante au mur d'une maison abandonnée. Cela me fatiguait d'avoir à comprendre ce que je lisais et d'en transmettre le sens. Mais parfois les paroles et l'habitude de les prononcer agissaient seules sans que j'aie à intervenir et le rire de ceux qui écoutaient me surprenait. Je m'étais remis à effleurer du regard la tête appuyée au mur puis je pensai que la femme le remarquait peut-être. Alors, pour ne pas être indiscret, je regardai en direction de la statue. Tout en continuant de lire je pensais à l'innocence de la statue obligée de représenter un personnage qu'elle ne comprenait pas. Peut-être comprenait-elle mieux les pigeons, elle semblait permettre qu'ils tournent en rond sur sa tête et se posent sur ses bras. Soudain, je m'aperçus que j'étais revenu à ce visage appuyé au mur et qu'à cet instant même il avait fermé les yeux. Alors je fis un effort pour me rappeler avec quel enthousiasme j'avais lu cette histoire la première fois : c'était l'histoire d'une femme qui allait tous les soirs sur un pont pour se suicider. Mais tous les soirs des empêchements surgissaient. Mes auditeurs rirent lorsque j'arrivai au passage où un promeneur lui fait une proposition et où la femme tout effrayée rentre chez elle en courant.

La femme du mur riait elle aussi et sa tête se balançait sur le mur comme sur un oreiller. Je m'étais finalement habitué à retirer régulièrement mes yeux de cette tête pour les reporter sur la statue. Je voulus penser au personnage que la statue avait à représenter ; mais il ne me vint rien de bien convaincant à l'esprit ; peut-être l'âme du personnage avait-elle perdu la force de conviction qu'elle avait eue dans la vie et jouait-elle à présent avec les pigeons. Une fois encore je m'étonnais que mes paroles pussent prêter à rire. Je regardai les veuves et je vis que quelqu'un habitait le regard de celle qui avait l'air le plus triste. Une des fois où je détournai mon regard de la tête contre le mur, je ne le reportai pas vers la statue mais vers une autre pièce où je crus voir des flammes sur une table ; d'autres personnes suivirent mon regard mais il n'y avait sur cette table qu'un bouquet de fleurs rouge et jaune sur lequel tombait un peu de soleil. Mon conte fini, les murmures s'allumèrent et les gens vinrent m'entourer ; ils faisaient des commentaires et un monsieur se mit à raconter l'histoire d'une autre femme qui, elle, s'était suicidée. Il voulait s'exprimer avec élégance mais il avait du mal à trouver ses mots et se perdait en un tas de digressions et considérations diverses. Je regardai les autres et je vis qu'ils donnaient des signes d'impatience ; nous étions tous debout, sans savoir que faire de nos mains. La femme qui portait ses cheveux épars sur les épaules s'était rapprochée. Après l'avoir regardée, je regardai la statue. Je ne voulais plus écouter l'histoire en cours parce que cet homme à la poursuite de ses mots me faisait souffrir, un peu comme si la statue s'était mise à vouloir attraper les pigeons. Les gens qui m'entouraient étaient bien obligés d'écouter le monsieur à l'histoire et lui, continuait avec une obstination maladroite comme pour dire : « Je suis un homme politique, d'accord, mais je sais aussi bien raconter une histoire piquante qu'improviser un discours. »

Parmi ceux qui écoutaient il y avait un jeune homme qui avait une chose bizarre au front : c'était une bande sombre à l'endroit où d'habitude poussent les cheveux ; et cette couleur — celle d'une barbe épaisse qui vient d'être rasée et poudrée — faisait de grandes avancées sur son front. Je regardai la femme aux cheveux épars et je vis avec surprise qu'elle aussi regardait mes cheveux. Ce fut alors que le politicien termina son histoire et tout le monde applaudit. Je n'eus pas le courage, pour ma part, de le féliciter, et l'une des veuves dit : « Asseyez-vous, je vous en prie. » C'est ce que nous fîmes tous et l'on sentit passer un soupir d'aise général ; mais il me fallut me relever presque aussitôt parce qu'une des veuves me présenta la jeune fille aux cheveux longs : il se trouvait que c'était une de ses nièces. On m'invita à m'asseoir sur un grand canapé à trois places ; à ma droite s'assit la nièce et à ma gauche le jeune homme au front pelé. La nièce ouvrit la bouche pour parler mais le jeune homme lui coupa la parole. Il avait levé une main, tous les doigts en l'air — comme le squelette d'un parapluie retourné par le vent — et il dit :

— Je devine en vous un être solitaire qui se contenterait de l'amitié d'un arbre.

Je pensai qu'il s'était rasé ainsi le front pour le faire paraître plus grand et ne résistai pas à l'envie de lui répondre méchamment.

— Vous vous trompez : un arbre, je ne pourrais pas l'envoyer promener.

Nous nous mîmes à rire ; il renversa en arrière son front pelé et poursuivit :

— C'est vrai, l'arbre est toujours celui qui reste.

Les veuves appelèrent la nièce. Elle se leva en faisant un geste d'impatience ; je la regardai s'éloigner et je m'aperçus alors qu'elle était vive et bien en chair. En me retournant je me trouvai face à un jeune homme que me présenta celui au front pelé. Ce jeune homme venait de se coiffer et il avait encore des gouttes d'eau dans les cheveux. Une fois je m'étais peigné comme ça quand j'étais petit et ma grand-mère m'avait dit : « On dirait que tu t'es fait "licher" par les vaches. »

Le nouvel arrivé s'assit à la place de la nièce et se mit à parler :

— Mon Dieu ! Cet homme, avec son histoire, on n'est pas plus obstiné.

Je lui aurais volontiers répondu : « Et vous ? On n'est pas plus efféminé ! » Mais je demandai :

— Comment s'appelle-t-il ?

— Qui ?

— L'homme... obstiné.

— Ah, je ne me rappelle pas. Il a un nom à tiroirs. Comme c'est un homme politique très en vue. il est de tous les jurys littéraires.

Je regardai l'homme au front pelé et il me fit un geste comme pour dire : « Que voulez-vous... »

La nièce des veuves revint et obligea mon voisin à se lever en le secouant par le bras, ce qui fit tomber des gouttes d'eau sur sa veste. Après quoi elle dit :

— Je ne suis pas d'accord avec vous.

— Sur quoi ?

— ... et je m'étonne que vous ne sachiez pas comment fait un arbre pour se promener.

— Et que fait-il donc ?

— Il se répète tous les cent pas.

Nous célébrâmes sa trouvaille et elle enchaîna avec enthousiasme :

« Ils se répètent au long d'une avenue pour nous montrer le chemin, après ils se rassemblent au loin et se penchent pour nous voir arriver ; à mesure que nous approchons ils s'écartent et nous laissent passer. »

Elle avait pris pour dire tout cela un petit ton moqueur afin d'effacer ce qu'il pouvait y avoir de romanesque dans son idée. La pudeur et le plaisir la firent rougir. Cet enchantement fut rompu par le garçon aux cheveux mouillés :

— Et pourtant quand vient la nuit dans les forêts, les arbres, de toutes parts, nous surveillent ; certains se penchent comme pour faire un pas en avant et nous sauter dessus ; et même parfois ils nous barrent le chemin et nous effraient en balançant leurs branches.

La nièce n'y tint plus :

— Ciel ! on croirait lire Blanche-neige !

Et tandis que nous riions elle me dit qu'elle avait des questions à me poser et nous passâmes dans la pièce où était le vase avec les fleurs.

Elle s'appuya contre la table et se l'enfonça jusqu'au mi-corps puis, tout en plongeant les mains dans ses cheveux, elle me demanda :

— Dites-moi la vérité : pourquoi se suicide-t-elle, la femme, dans votre histoire ?

— Oh, c'est à elle qu'il faudrait le demander.

— Ne pourriez-vous pas le faire ?

— Ce serait aussi impossible que de demander quelque chose à l'image d'un rêve.

Elle sourit et baissa les yeux. Je pus alors regarder toute sa bouche qui était grande, et mes yeux parcouraient avec plaisir cette vaste étendue d'un rouge humide. Peut-être voyait-elle à travers ses paupières, ou pensait-elle que je ne pouvais rien faire de bon pendant ces longs silences, toujours est-il qu'elle pencha davantage la tête et cacha sa bouche. Elle exhibait à présent toute la masse de ses cheveux ; dans un remous des ondes on voyait un peu de peau et cela me rappela une poule dont le vent rebrousse les plumes, laissant apparaître la chair. J'avais du plaisir à imaginer que cette tête était une poule humaine, grande et chaude ; sa chaleur devait être très délicate et les cheveux étaient des espèces de plumes très fines.

Une des tantes — celle qui n'avait pas les yeux enfumés — vint nous apporter des petits verres de liqueur. La nièce releva la tête et sa tante lui dit :

— Celui-là il faut s'en méfier, regarde ces yeux de renard qu'il a.

Je repensai à la poule et dis :

— Madame ! nous ne sommes pas dans un poulailler.

Quand nous fûmes seuls de nouveau et tandis que je goûtais à la liqueur — trop douce, elle m'écœurait —, la nièce demanda :

— Vous n'éprouvez aucune curiosité envers l'avenir ?

Elle avait froncé la bouche comme si elle eût voulu la mettre tout entière dans le petit verre.

— Non, je suis plus curieux de savoir ce qui arrive en ce moment à une autre personne ou de savoir ce que je ferais en cet instant si je me trouvais ailleurs.

— Et que feriez-vous si je n'étais pas là, peut-on savoir ?

— Justement, je le sais ! Je viderais mon verre dans le vase à fleurs.

On me demanda de jouer du piano. Quand je revins dans le salon, la veuve aux yeux enfumés était assise tête basse et recevait dans l'oreille ce que sa sœur lui disait avec insistance. Le piano était petit, vieux, désaccordé. Je ne savais que jouer et à peine eus-je commencé que la veuve aux yeux enfumés se mit à pleurer et tout le monde se tut. Sa sœur et sa nièce l'emmenèrent ; la nièce revint au bout d'un moment et nous dit que sa tante ne pouvait écouter de la musique depuis la mort de son époux — ils s'étaient aimés jusqu'à l'innocence.

Les invités commençaient à partir. Ceux qui restaient parlaient à voix de plus en plus lente à mesure que le jour baissait. Personne n'allumait les lampes.

Je partis l'un des derniers en me heurtant aux meubles ; la nièce me retint : « J'ai quelque chose à vous dire. »

Mais elle ne dit rien ; elle appuya sa tête contre le mur du couloir et m'attira par la manche.

(1947)
(traduit par Laure Guille-Bataillon)
Éditions Denoël

Oscar CERRUTO

Bolivie

Né à la Paz (Bolivie) en 1912. Mort dans cette ville en 1981. Poète, romancier, essayiste, journaliste et diplomate. Selon le poète et critique bolivien Pedro Shimose, son recueil de nouvelles Cercle de pénombres *(1958) « illustre cette conception de la création artistique chez un écrivain capable d'exprimer, avec une sobriété extrême et une rigueur implacable, l'enthousiasme et la perplexité d'un homme qui, au-delà du cercle de pénombres, évoque le mystère et l'absurdité d'êtres vivants, seuls, au milieu d'un monde hostile, hallucinant, cruel, violent, impitoyable et malgré tout d'une saisissante beauté et d'une pénétrante sensualité... Les personnages et les fantômes qui hantent ces nouvelles sont des êtres solitaires, traqués par on ne sait quelle menace ».*

Roman : Torrent de feu, *1935 (trad. Nicole Priollaud, éd. Patiño, Genève 1987).*

Les Vautours *appartiennent au recueil* Cercle de pénombres *(traduction de Martine Couderc, introduction de Pedro Shimose, éd. Patiño, Genève 1987).*

Les vautours

Lorsqu'il monta dans le tramway, il ne perçut pas tout de suite sa présence.

(Il avait laissé passer un taxi sans l'arrêter — il ne savait pas pourquoi —, puis deux omnibus bondés. Il ne voulait pas voyager inconfortablement, ni s'exposer à la bousculade des entassements humains, qu'il haïssait. Mais il n'abhorrait pas moins les tramways ; il les considérait comme des véhicules bons pour les vieux et les bonnes femmes, des engins asthmatiques bruyants. Il se décida toutefois pour celui qui s'approchait en cahotant. Une jeune femme accompagnée d'une enfant s'était arrêtée à côté de lui. *Si elles montent, je le prends*, pensa-t-il. La dame fit signe au conducteur et le tramway, haletant, s'arrêta. Tous trois montèrent.)

Mais, en arrivant au milieu du couloir, il sentit — sans que la sensation prît forme dans sa conscience — qu'il y avait quelque chose d'anormal là-dedans, chez les passagers ou dans l'atmosphère.

(Le tramway partit brutalement ; ses nerfs vibrèrent, s'adaptant à l'air tout bruissant de fers et de vitres qui circulait à l'intérieur.)

Ce fut alors qu'il sentit une sorte de fluide, et ses yeux se mirent involontairement à chercher d'où venait cet appel. Il ne s'assit pas tout de suite et n'avança pas dans le couloir, mais, s'assurant un appui, il laissa errer son regard une seconde, comme s'il s'attendait à rencontrer quelqu'un de connu, tandis qu'il cherchait une place avec des mouvements mesurés d'automate. Il occupa finalement la première qu'il trouva libre ; il s'apprêtait à déplier son journal lorsque, brusquement, une jeune fille, assise à l'avant, tourna la tête. Ce fut comme un choc. Il sut tout suite que c'était cela qui l'avait vaguement troublé, et il ne la quitta pour ainsi dire plus des yeux. Dans le bref instant où leurs regards se croisèrent, il scruta jusqu'au moindre détail de son visage, qui resta gravé dans la plaque de son cerveau, comme un instantané. Maintenant qu'il regardait ses cheveux couleur de miel, doucement ondulés, lumineux, il savait comment elle était. Et bien qu'il ne l'eût pas entendue parler, il connaissait le timbre de sa voix, claire, nette, sans inflexions sentimentales. Il connaissait tout cela et n'aurait cependant pu la décrire. Quand il s'efforçait de le faire, le regard fixé sur ses cheveux, tandis que le tramway roulait dans le soleil, le long des vertes allées de peupliers proches de la place Italia, il parvenait seulement à la conviction qu'elle était douce, féminine, les lèvres rouge pâle et qu'une lueur sur ses joues illuminait, tout en les brouillant, les autres traits de son visage. Le contrôleur s'approcha. Un peu troublé, il lui tendit sa monnaie (il venait de s'apercevoir qu'il la tenait serrée fort entre les doigts, comme un enfant). Il s'était installé quatre ou cinq sièges derrière elle et se souvint qu'avant de le faire, durant la seconde où il était resté debout, à la recherche d'une place, il l'avait vue de dos (une amie l'accompagnait, peut-être sa sœur, assise à son côté), sans arrêter son regard sur elle qui, de derrière, se confondait avec les autres passagers, comme si son magnétisme féminin n'opérait que par le truchement de ses yeux ou de son visage.

Les passagers montaient et descendaient. Le tramway continuait à rouler, avec un vacarme de ferraille mal huilée, se plaignant et secouant sa carcasse déglinguée. Sur les bords de la route s'élevaient maintenant les grands immeubles de la rue Santa Fe, luisants de chaux éblouissante et baignée de soleil, tandis que le contrôleur sur la plate-forme tirait énergiquement le cordon de la clochette, le printemps tintant dans son sang.

La jeune fille ne l'avait plus regardé. Elle parlait avec sa compagne et paraissait ignorer totalement sa présence. Mais le fluide impondérable continuait à agir sur ses nerfs, et cela lui disait qu'elle restait en communication tacite avec sa pensée.

Des groupes de femmes jeunes, vêtues de tissus légers aux couleurs gaies, flottaient sur le fleuve de la circulation. Le tramway nageait comme un cétacé, dans les vagues de la rue, des grappes humaines dangereusement suspendues à ses barres. Ainsi chargé, il tournait le coin des rues Paraguay et Maipú (avec ce grincement par lequel s'échappe la douloureuse fatigue du fer) lorsqu'un immense camion surgit comme un monstre furieux et se jeta sur lui en rugissant. Les passagers hurlèrent, paralysés. Mais la bête fulgurante traversa, à un cheveu de la tragédie. Il ne s'était rien passé. Tout au plus, quelques paquets avaient roulé sur le sol. Il pensa malgré tout abandonner le véhicule. Il continuerait à pied, ou prendrait un taxi. Ce mastodonte l'inquiétait. Un de ces jours, *ils vont me tuer*. Mais il repoussa aussitôt ces présages. Le tramway continuait à rouler paresseusement ; son cahotement apaisé parut lui redonner confiance ; le rire insouciant d'une passagère finit par dissiper ses appréhensions. En outre, ils étaient déjà près de la rue Corrientes.

Les immeubles se firent familiers, il les reconnut : c'était l'îlot où il habitait. Il lui fallait descendre. Mais quelque chose l'attachait à son siège, quelque chose l'empêchait de le quitter. Il comprit alors que c'était l'inconnue, et lorsqu'il arriva au coin où il devait descendre, il resta à sa place, sans bouger. *C'est ridicule*, pensa-t-il, profondément troublé. Il n'avait jamais fait ça. Il n'avait pas l'habitude de suivre les femmes qu'il rencontrait dans la rue. Il est vrai qu'il était un homme seul, qu'il aimait la vie. C'est-à-dire qu'il aurait aimé la partager avec l'un de ces êtres délicats. Peut-être était-il de son devoir de le rechercher. Mais une intime pudeur l'empêchait de se confondre avec un coureur de jupons. Il eut l'impression que le contrôleur l'épiait et tirait plus violemment le cordon de la sonnette. Mais, aussitôt, en voyant cc visage jeune et insouciant, il comprit l'illogisme de son soupçon, car le contrôleur ne l'avait probablement jamais vu de sa vie. Ils laissèrent derrière eux l'Avenue de Mai. Ils étaient arrivés aux quartiers sud de la ville, et glissaient maintenant sur un boulevard spacieux, mais décrépi, comme à l'abandon. Dans le fond, la fumée des usines assombrissait le ciel. *Elles ne peuvent pas aller très loin*, se dit-il. *Elles doivent bientôt descendre*. Le tramway se vidait peu à peu. Il observa aussi que le jour s'éteignait progressivement, au fur et à mesure qu'ils enfonçaient dans les faubourgs de l'agglomération.

Ils traversèrent le Riachuelo, épais comme un vin. Les deux jeunes filles restaient sur leur siège, sans parler. Il discernait, à la lumière déclinante du soir, leurs dos raides, le long desquels grimpaient les ombres, comme si elles les dévoraient. Le tramway, petit à petit, se fit solitaire, il n'y avait plus qu'elles (elles et lui) qui demeuraient immobiles sur leurs sièges. La nuit tomba. Des lueurs sinistres illuminaient une ville inconnue. Des yeux chargés de crime les regardaient depuis les ténèbres. Un vent pervers déambulait dans les recoins des rues, traînant à sa suite la désolation et les feuilles mortes. Il ne savait pas où il se trouvait, ni pourquoi il était là, ni où il allait.

A l'intérieur du tramway, une clarté jaune perlait. De temps en temps montaient de vagues passagers qui disparaissaient mystérieusement sans que le véhicule s'arrêtât. Il s'engageait avec des soubresauts dans une région touchée par l'accablement, où se faufilaient des ombres pelotonnées au ras du sol. Dans les hauteurs soufflait le vent furieux. Des éclairs comme des poignards déchiraient la nuit. Une tempête couvait au sein de l'obscurité. Des coups de tonnerre atténués roulaient dans le lointain. Le temps avait changé. Il faisait froid, il se sentit glacé. Une humidité redoutable comme une fièvre le perçait jusqu'aux os. Et soudain, l'orage se déchaîna. Des masses d'eau noire s'abattaient sur le tramway, les coups de tonnerre résonnaient fortement, comme des rochers dégringolant dans un précipice, et le véhicule zigzaguait dans l'obscurité, poursuivi par la foudre et les éclairs.

La tempête hurla toute la nuit. Le tramway continua sa course, noyé dans le courroux nocturne, brinquebalant, aveugle, tenace, sans s'arrêter, comme stimulé par cette colère qui ne cessa qu'avec le jour. Le soleil se remit à briller, mais pâle, maintenant sur une étrange cité. Quelle cité était-ce, qu'il n'avait jamais vue ? Des cubes et des tours grises se succédaient, et dans leurs murs flous, des habitants de brouillard, fantomatiques. Ces gens-là parlaient-ils, appartenaient-ils au monde qui était le sien ? Ils montaient et descendaient, il les sentait tout proches, à le frôler, et en même temps lointains, comme irréels, mais menaçants. Tous semblaient prêts à se retourner contre lui, à le regarder avec des yeux de feu, à dégainer des armes glacées. Mais tout de suite le soleil disparut de nouveau, de nouveau régna l'obscurité. Des bandes inconnues et éméchées sautaient contre le tramway, silencieuses ou vociférantes, et redisparaissaient. Les chiens hurlaient au loin. Et le jour se levait et la nuit tombait, et le tramway continuait de rouler sans s'arrêter.

Seules les jeunes filles n'avaient pas bougé. Elles ne parlaient pas non plus. Et elles ne se tournaient pas pour le regarder.

Maintenant la sonnette s'agitait faiblement. La main du contrôleur paraissait lasse. Il la regarda se cramponner au cordon et vit que c'était une main de vieux, rugueuse et sèche. Il suivit la direction de la main lorsqu'elle s'abaissa et s'aperçut, horrifié, que le contrôleur avait vieilli : ses cheveux, blancs, fatigués, pendaient sur ses épaules et son dos comme des branches de cerisier ; des rides profondes sillonnaient son visage en tous sens. Son uniforme, en lambeaux, avait perdu sa couleur et sa forme.

Il eut peur de porter la main à sa figure, et même de regarder la peau de ses mains. Le sang avait cessé de battre dans ses tempes. Tous les sens comme en suspens au-dessus de lui-même, sans pesanteur, absent, il percevait la pénible ascension des roues sur une route étroite et encaissée. Les heures glissaient au-dehors comme des gouttes de temps, opaques, dans les broussailles éternelles des montagnes. Puis le tramway pénétra dans une vaste étendue déserte où il se faufilait maintenant sans bruit, mollement, dans un air immobile et gelé. Sa marche était aisée mais lente, inquiétante. Comme si, avec le bruit, avait disparu quelque chose d'essentiel, quelque chose de vital et d'apaisant, semblable à la faculté même de sentir, de se sentir une partie du monde. Comme s'il était subitement devenu sourd. Son cœur battait fort sous la pression de l'altitude. L'air glacé devint dense. Il parut stagner à l'intérieur du tramway, lourd comme le sommeil du sable. Tout alentour, dehors, on ne distinguait pas le moindre signe de vie. Une lumière étrange, irréelle, stagnante comme l'air, descendait de quelque part sur le paysage aride. On respirait comme un air de crypte. Un léger croassement attira son attention. *Peut-être suis-je mort et...* Il frémit sans oser poursuivre sa pensée. Alarmé, il regarda devant lui : un vautour s'était posé sur la poitrine de la jeune fille. Son plumage noir semblait décoloré, d'un ton de boue et de rouille qui lui donnait l'apparence répugnante d'un rat ou d'une chauve-souris. Il se demanda comment et par où il était entré. Au milieu de sa réflexion, presque superflue, il s'avisa avec épouvante que l'oiseau n'était pas inactif, que le bec retors s'acharnait sur l'un des yeux de la jeune fille, qui demeurait rigide comme une statue et muette, ainsi que sa compagne. Il se leva vivement de son siège, pour faire peur à l'intrus, et pour découvrir au même instant qu'un lourd nuage de vautours volait auprès du tramway, lui faisant escorte. Certains cherchaient à s'introduire par les petites fenêtres fermées et leurs becs tambourinaient sur les vitres avec un roulement sourd et funèbre. Il ne put faire deux pas : un ouragan sombre s'engouffra par la porte avant. Les oiseaux carnassiers enragés s'écrasaient, aveuglés, contre les parois du tramway et jusque sur sa propre poitrine. Il se défendit de ses poings crispés, frappant au hasard. Il s'efforçait de protéger ses yeux contre l'agression courroucée. La trombe de vautours continuait d'entrer interminablement, de plus en plus avide et puissante. Il la sentit sur lui, comme une vague. Il chancela. Il trébucha. Il alla s'écrouler sur le tranchant d'un siège. Une sueur visqueuse comme du sang mouillait son front. Il parvint à se relever, et commença à reculer. L'assaut enragé le poussait vers le fond, en arrière. C'était un vent déchaîné de colère, une trouble colonne qui descendait sur sa tête, un bras de la mort. Il se débattit quelques instants dans l'embrasure de la porte, retenu par la jambe inerte du contrôleur qui était tombé là (la terre volait sous ses pieds dans un bouillonnement vertigineux) avant de se jeter dans le vide.

Il eut la vision du tramway, qui fuyait sur le plateau lunaire, sur un altiplano de lumière diffuse, et se perdait rapidement à l'horizon, poursuivi par une sombre nuée d'ailes.

(1958)
(traduit par Martine Couderc)
Éditions Patiño

Adolfo BIOY CASARES

Argentine

Né à Buenos Aires (Argentine) en 1914. Figure essentielle de la littérature fantastique argentine, Adolfo Bioy Casares a évolué de la fiction métaphysique à une vision de plus en plus humoristique ou ironique d'une réalité où l'étrange et le surnaturel interviennent comme des éléments de la vie quotidienne.

Une longue amitié lia Adolfo Bioy Casares et Borges qui préparèrent et signèrent ensemble des anthologies de poésie argentine, de contes fantastiques et de romans policiers, des traductions, des scénarios de films, et fondèrent une revue, Destiempo. *« S'opposant à mon goût pour le pathétique, le sentencieux et le baroque, écrit Borges dans son* Essai d'autobiographie, *Bioy me fit comprendre que la sérénité et la réserve convenaient mieux à l'écriture. Si je puis me permettre de m'exprimer en un mot, Bioy me conduisit pas à pas vers le classicisme. » A partir de 1942, les deux écrivains inventèrent le personnage d'Honorio Bustos Domecq, héros de parodies d'histoires policières mais aussi prétexte à fustiger sous les jeux de mots et les plaisanteries burlesques des vérités qu'une société courant à l'abîme voulait à tout prix occulter. Ainsi naquit ce que l'on allait baptiser par une jolie fusion onomastique le style « biorges »*

Nouvelles : Nouvelles d'amour, *1959 (Robert Laffont, 1971) ;* Nouvelles fantastiques *(Robert Laffont, 1973) ;* Le Héros des femmes, *1978 (Robert Laffont, 1982). Toutes traduites par Françoise-Marie Rosset.*

Romans : L'Invention de Morel, *1940 (trad. Armand Pierhal,*

Robert Morel, 1952) ; Plan d'évasion, *1945 (trad. F. M. Rosset, Robert Laffont, 1972)* ; Le Songe des héros, *1954 (trad. Georgette Camille, Robert Laffont, 1964)* ; Journal de la guerre au cochon, *1969 (trad. F. M. Rosset, Robert Laffont, 1970)* ; Dormir au soleil, *1973 (trad. F. M. Rosset, Robert Laffont, 1975).*

En collaboration avec Jorge Luis Borges :

Sous le pseudonyme de H. Bustos Domecq : Six problèmes pour don Isidro Parodi, *1942 (trad. F. M. Rosset, Denoël, Coll. « Les Lettres Nouvelles », 1967).*

Sous le nom des auteurs : Chroniques de Bustos Domecq, *1967 (trad. F. M. Rosset, Denoël, coll. « Les Lettres Nouvelles », 1970 ;* Nouveaux contes de Bustos Domecq, *1972 (trad. Eduardo Jiménez, Robert Laffont, 1984).*

De la forme du monde *est extrait de* Le Héros des femmes.

De la forme du monde

Un lundi soir, au début de l'automne 1951, le jeune Correa, qu'on appelait aussi le Géographe, attendait sur un quai du Tigre la vedette qui devait l'emmener à l'île de son ami Mercader, où il s'était retiré pour réviser les matières de première année de Droit, qui lui restaient à passer. Bien entendu, l'île en question n'était qu'un terrain marécageux, avec une petite maison en bois construite sur pilotis ; un endroit indiscernable dans le labyrinthe de ruisseaux et de saules de l'énorme delta. Mercader l'avait prévenu : « Perdu là-bas, sans autre compagnie que des moustiques, tu ne pourras faire autrement que de mordre à l'ouvrage. Quand sonnera l'heure de l'examen, tu seras un crack. » M. Guzman lui-même, vieil ami de la famille, chargé par elle de surveiller avec bienveillance les pas de Correa à travers la capitale, avait approuvé ce bref exil qu'il avait estimé opportun, voire indispensable. Pourtant, depuis trois jours qu'il était installé dans son île, Correa n'était pas parvenu à lire le nombre de pages qu'il s'était fixé. Il avait passé son samedi à surveiller la cuisson de sa viande rôtie tout en sirotant du maté et le dimanche il était allé voir le match Excursionnistes-Ouragan, car il n'avait franchement pas envie d'ouvrir ses livres. Il avait eu la ferme intention de passer ses deux premières soirées à travailler mais le sommeil n'avait pas tardé à le terrasser. Dans son souvenir, elles étaient plus nombreuses et teintées d'amertume à cause de son effort inutile et de son remords ultérieur. Le lundi, il dut se rendre à Buenos Aires pour déjeuner avec M. Guzman et parce qu'il avait promis d'assister, avec un groupe de jeunes gens de sa province, à la séance de six heures au théâtre Maipo. De retour au Tigre, en attendant la vedette qui tardait anormalement à venir, il pensa qu'il n'était pas responsable de ce dernier retard mais que désormais il ne devait plus perdre une minute car la date de son premier examen approchait.

Il passa avec inquiétude d'un souci à un autre. « Que vais-je faire, se demanda-t-il, si le patron de la vedette ne sait pas quelle est l'île de Mercader ? (celui qui l'avait amené dimanche le savait). Je ne suis pas sûr, moi, de la reconnaître. »

Les gens qui attendaient comme lui se mirent à bavarder. A l'écart de leur groupe, accoudé au garde-fou, Correa regardait les arbres de la rive opposée, masses confuses dans la nuit. Il est vrai qu'en plein soleil elles l'auraient été tout autant à ses yeux car il était nouveau venu dans cette région qui ne ressemblait à rien de ce qu'il avait vu auparavant, mais qui lui rappelait un paysage qui avait hanté son imagination et ses rêves : l'archipel malais tel que le lui avait révélé, sur les bancs du collège de sa province natale plus d'un volume de Salgari, recouvert de papier kraft pour que les bons pères le confondent avec ses livres de classe.

Quand la pluie se mit à tomber, il dut s'abriter sous l'auvent, près du groupe des bavards. Il s'aperçut vite qu'il n'y avait pas un groupe, comme il l'avait supposé, mais trois, au moins trois. Une jeune femme, qu'un homme tenait par le bras, se plaignait : « Alors tu ignores ce que j'éprouve ? » La réponse de l'homme se perdit derrière une voix chevrotante qui disait : « Ce projet, qui maintenant paraît si simple, s'est heurté à de grandes résistances, à cause des notions erronées qu'on avait des continents. » Après un silence, la même voix (peut-être chilienne) reprit, comme on annonce une bonne nouvelle : « Heureusement, Charles Quint soutint à fond Magellan. » Correa voulait suivre la conversation du couple, mais une troisième conversation, à propos de contrebandiers, domina les autres et lui remit en mémoire un livre sur des contrebandiers ou des pirates, qu'il n'avait jamais pu lire, parce qu'il contenait des illustrations représentant des personnages d'une autre époque, affublés de pantalons bouffants, de robes et de chemises trop larges, ce qui d'avance l'ennuyait.

Il se dit qu'aussitôt arrivé dans l'île il se mettrait au travail. Puis il pensa qu'il était trop fatigué, qu'il ne pourrait pas se concentrer, qu'il s'endormirait sur ses pages. Le plus judicieux serait de mettre son réveil à trois heures du matin et de faire un petit somme — mais bien à son aise dans le lit de sangles — puis, l'esprit dispos, d'entreprendre sa lecture. Il imagina mélancoliquement la sonnerie brutale, l'heure insolite. « Pas question non plus de se décourager, se dit-il, puisque je ne pourrai rien faire d'autre dans l'île qu'étudier. Quand je me présenterai à l'examen, je serai devenu un crack. »

On lui demanda :

— Quel est votre avis ?

— A quel propos ?

— A propos de la contrebande.

Il nous semble maintenant (mais maintenant nous savons ce qui s'est passé) que le plus sage eût été de s'en tirer par une réponse anodine. Dans le feu de la discussion, il dit sans réfléchir :

— A mon avis, la contrebande n'est pas un délit.

— Ah ! bon, répondit l'autre. Et peut-on savoir ce que c'est ?

— A mon avis, insista Correa, c'est une simple infraction.

— Ce que vous dites là m'intéresse, déclara un monsieur grand, à moustaches blanches et portant des lunettes.

— Je vous ferai remarquer, s'écria quelqu'un, que cette infraction fait couler du sang.

— Le football aussi a ses martyrs, protesta un gros type qui semblait porter un béret enfoncé jusqu'aux oreilles, mais c'étaient simplement ses cheveux frisés.

— Et ce n'est pas un délit, que je sache, dit l'homme à moustaches blanches et à lunettes. En matière de football, il faut distinguer entre amateurs et professionnels. En matière de contrebande, Monsieur se déclare-t-il professionnel, amateur ou quoi d'autre ? La question m'intéresse.

— J'irais plus loin, insista Correa. A mon avis la contrebande est l'inévitable infraction à une loi arbitraire. Arbitraire comme tout ce qui procède de l'État.

— Avec des opinions aussi personnelles, observa quelqu'un d'autre, Monsieur se pose nettement en anarchiste.

Ces opinions si personnelles étaient en réalité celles de M. Guzman. En les formulant ainsi, Correa n'avait fait que répéter fidèlement les phrases de Guzman dont il avait même pris la voix.

A l'autre extrémité du groupe, un petit gros tiré à quatre épingles — « profession libérale », pensa Correa, « dentiste, peut-être » — lui souriait comme pour le féliciter. Quant aux autres, ils ne lui adressèrent plus la parole mais ils parlèrent de lui, sans doute avec mépris.

La vedette arriva peu après. Correa n'était pas certain de son nom. « *La Victoire* de je ne sais quand », dit-il. En tout cas c'était une sorte d'autobus fluvial qui sillonnait tout le delta.

En montant à bord, il se retrouva, au hasard de la bousculade, à côté du petit gros qui lui demanda en souriant :

— Avez-vous déjà vu un contrebandier ?

— Pas que je sache.

L'autre saisit les revers de sa veste, bomba le torse et déclara :

— En voici un devant vous.

— Vous plaisantez.

— Je ne plaisante pas. Vous pouvez m'appeler Docteur Marcelo.

— Dentiste ?

— Vous avez deviné : chirurgien-dentiste.

— Et contrebandier à ses moments perdus.

— Je suis sûr — je m'en tiens aux idées que vous avez admirablement exposées — que ma façon de faire ne porte préjudice à personne, en dehors des commerçants et du fisc, ce qui, croyez-moi, ne trouble pas mon sommeil. Je gagne un peu d'argent, presque autant que dans mon cabinet de consultations, mais d'une façon qui pour le moment m'amuse davantage, car elle me fait côtoyer l'aventure, chose inédite pour un homme comme moi. Ou je le parierais, comme vous.

— Vous me connaissez, Docteur ?

— J'en juge par votre apparence. Vous me semblez être un brave garçon, un peu timide, mais d'un bon naturel. Vous autres, de l'intérieur, vous êtes meilleurs, quand vous n'êtes pas pires... Bien aujourd'hui, avec la jeunesse, *Chi lo sa ?*

— Vous vous méfiez de la jeunesse ? N'allez pas croire que parce qu'on est jeune on est forcément mêlé à toutes ces excentricités et ces sottises dont on vous parle.

— Non, je ne crois pas cela. C'est pourquoi je vous ai parlé comme je l'ai fait.

— Peut-être le regrettez-vous maintenant ? Peut-être pensez-vous que je vais vous dénoncer à la police ?

— Cette idée ne m'a pas effleuré. A vrai dire je vous ai parlé comme si je vous connaissais alors qu'en réalité je ne vous connais pas.

Pour le rassurer, Correa lui expliqua qui il était. Un étudiant en droit qui préparait quelques matières de deuxième année ; il allait passer une quinzaine de jours dans l'île de son ami Mercader ; il ne connaissait pas la région.

— Je sais seulement qu'après un parc d'attractions appelé La Encarnación, je dois descendre. J'ai peur de ne pas reconnaître l'endroit et de le laisser passer. Si j'arrive à destination, un cruel dilemme m'attend : travailler ou dormir.

— Voilà qui est parfait, s'exclama le dentiste, tout content. Vous venez de me donner spontanément, voyez-vous, la meilleure preuve de votre sincérité.

— Pourquoi ne l'aurais-je pas donnée, si je tombe de sommeil ? Vous voyez bien : je veux travailler et je tombe de sommeil.

— Vous voulez travailler ? Vous en êtes sûr ?

— Bien entendu.

— Écoutez-moi bien : je ne vous demande pas si d'une façon générale vous voulez travailler. Je vous demande si, ce soir, vous voulez travailler.

Correa pensa que le dentiste était intelligent. Il reprit :

— A vrai dire, ce soir, je n'en ai pas précisément envie.

— Alors dormez. Le mieux est que vous dormiez. A moins que...

— A moins que ?

— Rien, rien, une idée qui m'a traversé l'esprit, sans plus.

Comme se parlant à lui-même, Correa murmura :

— Quand on commence une phrase...

— Attention à ce que vous allez dire. Rappelez-vous que vous êtes devant un homme de métier. Un universitaire.

— Je ne voulais pas vous offenser.

— Je me demande parfois s'il ne faudrait pas élever les gens à coups de pied dans le derrière.

— Ne le prenez pas ainsi.

— Je le prends comme ça me chante. Vous m'avez énervé, juste au moment où j'allais vous proposer quelque chose, avec la meilleure intention du monde...

Au parc d'attractions de La Encarnación, descendirent bruyamment presque tous ceux qui, un moment auparavant, discutaient de contrebande. Correa demanda :

— Qu'alliez-vous me proposer ?

— Une solution à votre cruel dilemme.

— Pardon, Monsieur, je ne vous comprends pas. Quel dilemme ?

— Dormir ou travailler. Et vous, jeune homme, même en rêve vous m'appelerez Docteur.

Correa pensa, ou simplement sentit, qu'une proposition qui lui permettrait d'échapper à cette alternative, travailler ou dormir, était tentante. Il allait accepter quand il se rappela les activités du docteur.

— Avant d'accepter votre proposition, je voudrais vous poser une question. Mais, je vous en prie, répondez-moi franchement.

— Vous insinuez que je ne suis pas franc ?

— En aucune façon.

— Eh bien ! dites.

— Ne pensez pas que j'aie peur, mais supposons qu'il m'arrive quelque chose et que je ne puisse pas travailler, ou que je ne puisse pas me présenter à l'examen : ce serait une véritable catastrophe ! Y a-t-il un risque ? Un danger quelconque ?

— Un accident est toujours possible, aussi n'ai-je qu'un conseil à donner à un poltron : la niche. Qu'il ne quitte pas sa niche. Mais en ce moment vous voyagez telle une tête couronnée, incognito, vous ne courez donc aucun danger.

Avant qu'il ait pu dire oui, le docteur l'avait accepté comme compagnon et il se mit à lui fournir toute sorte d'explications qui, selon Correa, n'avaient rien à voir avec la question. Le docteur lui dit qu'il vivait avec sa femme dans une île ; qu'un commissaire-priseur très entreprenant lui avait proposé une affaire, une autre île, qui n'était pas loin de la sienne ; qu'il l'avait laissé parler, bien qu'il n'ait pas eu l'intention de l'acheter, car rien ne le contrariait comme de dépenser de l'argent même pour un investissement profitable. Depuis que sa femme avait appris la chose, il n'avait plus un instant de répit.

— Ma femme est comme une bouilloire : toujours en ébullition, expliqua-t-il. Vous ne me croirez pas : elle a un moteur dans le corps et elle a eu tout de suite le désir fanatique que j'achète cette île. Elle s'est mise à me dire : « Il faut toujours s'agrandir. L'île est une étape. » A ma façon, moi aussi je suis têtu : je l'ai laissée parler mais je n'ai pas cédé d'un pouce, du moins jusqu'au dernier dimanche du mois dernier où des amies de ma femme sont venues nous voir et où je me suis dit : « Pourquoi n'irais-je pas faire un tour dans cette île pour y jeter un coup d'œil ? » Je suis donc parti dans ma vedette particulière. Quand je suis arrivé dans l'île, le gardien, qui écoutait la retransmission d'une partie de football, m'a dit de bien vouloir me promener tout seul et qu'il n'y avait d'ailleurs pas grand-chose à voir.

A ce point de son récit, le docteur fit une pause puis il ajouta d'un air de mystère.

— Le gardien se trompait.

Si mystère il y avait, Correa n'y crut pas. Cependant, il soupçonna le docteur de lui parler pour le distraire, pour éviter qu'il regarde la berge et qu'ensuite il se rappelle ou reconnaisse les divers endroits du parcours.

A vrai dire, plus il les regardait, ces parages inconnus, successifs, qui se ressemblaient tous entre eux, plus il les confondait irrémédiablement comme les séquences d'un rêve.

— Pourquoi le gardien se trompait-il ?

— Vous allez voir. Mon grand-père, qui se constitua une respectable fortune en Pologne, mais qui par la suite dut émigrer, avait coutume de dire : « Si on cherche, on trouve. Même là où il n'y a rien, si on cherche assez longtemps, on trouve ce qu'on désire. » Il disait aussi : « Les meilleurs endroits pour fouiner sont les greniers et le fond des jardins. » Cette île n'est pas un jardin, mais...

— Mais... ?

— C'est ici que nous descendons, dit le docteur qui cria aussitôt : Arrêtez, Patron, s'il vous plait !

Le débarcadère en bois, à moitié pourri, était étroit et sans doute peu solide.

Correa le regarda avec appréhension.

— J'ai tort, soupira-t-il. Je devrais être en train de travailler, moi, Monsieur.

— Cessez de m'appeler monsieur ! Vous savez aussi bien que moi que ce soir vous n'alliez pas travailler. Cessez de dire des âneries et ayez la bonté de me suivre. Marchez où je marche. Vous voyez cette petite maison entre les saules ? C'est là qu'habite le gardien. N'ayez pas peur : il n'y a pas de chiens.

— Parole d'honneur ?

— Parole d'honneur. Cet homme n'a d'autre ami que son poste de radio. Ici, dans l'île, vous posez vos pieds là où je pose les miens. Il faut marcher sur la terre ferme pour ne pas laisser de traces. Je parie que si je ne vous disais rien vous partiriez droit dans la boue comme font les cochons.

Le docteur, mains levées, écartait les branches, ouvrait la route. Il sembla à Correa qu'ils descendaient une pente dans la pénombre ; dans une pénombre qui se transforma graduellement en obscurité, comme s'ils étaient sous terre dans un tunnel. Il comprit qu'ils se trouvaient précisément dans un tunnel : un tunnel végétal, étroit et long, au sol jonché de feuilles, aux murs et au plafond faits de branches feuillues, sauf dans sa partie la plus profonde, qui était véritablement sous terre et où l'obscurité était totale. L'endroit lui déplaisait, surtout par ce qu'il avait d'étrange et d'inattendu. Il se demanda pourquoi il avait permis qu'on le détournât de son devoir. Qui était son compagnon ? Un contrebandier, un délinquant à qui aucun homme sensé n'aurait l'idée de faire confiance. Le pire était qu'il dépendait maintenant de lui ; il pensa du moins qu'il serait incapable, seul, de retrouver la sortie. Il lui vint une idée saugrenue qui lui sembla évidente : à ses deux extrémités, le tunnel était infini. Il commençait à se sentir très angoissé quand il se retrouva à l'air libre. La traversée n'avait pas duré plus de trois ou quatre minutes ; à ciel ouvert, c'eût été une question de secondes. Ils étaient dans un endroit complètement différent de celui qu'ils avaient laissé à l'entrée du tunnel. Correa le décrivit comme une « cité-jardin », expression qu'il avait entendue plus d'une fois, mais dont il ignorait la signification exacte. Ils marchèrent au long d'une rue sinueuse, parmi des jardins et des parcs, avec des maisons blanches à toits rouges. Le docteur lui demanda d'un ton de reproche :

— Naturellement, vous m'arrivez sans or ? Je m'en doutais, je m'en doutais ! Vous changerez votre argent n'importe où mais ne vous faites pas estamper ! Je connais l'endroit où l'on vous fait le meilleur change et où l'on achète des marchandises qu'on peut écouler avec profit à Buenos Aires. Des renseignements de ce genre, vous le comprenez, sont précieux et je ne vais pas vous les fournir gratuitement de but en blanc. Un jour, qui sait, nous pourrons peut-être nous associer ? Mais pour aujourd'hui ce sera chacun pour soi. Vous voyez cet écriteau ?

— Celui qui indique « Arrêt 14 »

— Celui-là même. C'est là que nous nous retrouverons demain matin, à cinq heures précises.

Correa protesta. Ce n'était pas ce qui avait été convenu. Il s'était engagé à perdre une nuit et maintenant il allait en perdre deux plus une journée entière.

Le docteur recula d'un pas, comme pour mieux l'examiner.

— Pensez à ce que vous êtes en train de me proposer. Que nous revenions en plein jour, pour livrer notre secret à la concurrence. Si je n'y prends pas garde, vous risquez de me coûter cher, savez-vous ? Maintenant, dites-moi, que faites-vous à l'étranger sans ma protection ? Vous vous mettez à pleurer ? Vous demandez au consul de vous rapatrier dans une malle ?

Correa comprit qu'il était à la merci du docteur et qu'il valait mieux ne pas l'irriter.

— A demain, dit-il.

— A demain, répondit le docteur en regardant sa montre, à cinq heures pile, comme ça nous avons tout notre temps, car le soleil se lève à six heures. Je n'aime pas prendre de risques. Moi je pars de ce côté-ci, vous de ce côté-là. Surtout ne cherchez pas à me suivre sinon je vous démolis le portrait.

Correa, après avoir marché un moment, se dit que si le docteur n'était pas au rendez-vous, il allait se trouver dans une situation difficile. Il avait peu d'argent sur lui et, bien sûr, il n'était pas certain de pouvoir retrouver l'entrée du tunnel. Le plus prudent était de chercher celle-ci avant que ses souvenirs ne s'embrouillent. Il essaya de refaire le chemin en sens inverse mais très vite les rues sinueuses le désorientèrent. Il y avait un détail à propos duquel il n'avait pas demandé d'éclaicissements pour ne pas passer pour un imbécile : où étaient-ils ? Il se sentit pris de vertige et pensa qu'il valait mieux, étant donné son état de fatigue, ne pas continuer à tourner en rond dans ces rues qui ignoraient les rudiments du tracé en damier. Il comprit aussi que le plus urgent pour lui était de dormir peu. Ensuite, il affronterait la situation. « Je commence par faire un somme n'importe où », dit-il à haute voix, puis il ajouta : « N'importe où, pourvu qu'il n'y ait pas de chiens. » Aussitôt les difficultés surgirent car il y avait dans ce pays un chien, sinon deux, par jardin. Il se dit, peut-être pour faire taire sa mauvaise conscience, que si au lieu de commettre la sottise d'écouter le docteur, il était rentré, comme une personne de bon sens, à l'île de Mercader, il était si fatigué qu'il n'aurait pas pu travailler. S'il ne trouvait pas rapidement un jardin sans chien, il dormirait dans la rue. Non sans crainte, il pénétra dans une propriété et avança sous une tonnelle de lauriers, fantasmagorique dans la lumière de l'aube. Comme aucun chien n'avait aboyé, il s'étendit pour dormir.

Quand il se réveilla, il avait le soleil dans l'œil. Il s'aperçut avec surprise que quelqu'un le regardait de tout près. C'était une jeune femme qui ne semblait pas laide et qui avait, apparemment, le visage congestionné. Comme il se sentait nerveux, il pensa confusément qu'il devait la rassurer.

— Pardonnez-moi d'être entré, dit-il. J'avais tellement sommeil que je me suis étendu là pour dormir. Ne craignez rien, je ne suis pas un voleur.

— Peu m'importe qui vous êtes, répondit la femme. Voulez-vous prendre quelque chose ? Vous devez avoir faim à l'heure qu'il est, mais il faudra vous contenter d'un petit déjeuner. Aujourd'hui je n'ai rien préparé.

Ils avançèrent sur la pelouse, entre des massifs fleuris jusqu'à ce qu'apparût une maison blanche à toit de tuiles entourée d'une galerie à carrelage rouge. A l'intérieur elle était sombre et fraîche.

— Je m'appelle Correa, dit-il.

La femme répondit qu'elle s'appelait Cecilia et elle ajouta un nom, quelque chose comme Vignes mais dans une langue étrangère. Apparemment, ils étaients seuls dans la maison.

— Asseyez-vous, dit la jeune femme. Je vais faire le petit déjeuner.

Correa pensa à cet étrange tunnel, très court en définitive, qui selon toutes les apparences l'avait conduit très loin et il se demanda où il était. Il se leva, avança dans un couloir, arriva dans la cuisine. Cecilia, de dos, occupée à faire chauffer de l'eau et à griller du pain, ne se retourna pas aussitôt. D'un geste rapide, elle se passa la main sur le visage.

— Je vais vous poser une question, annonça Correa, mais il se tut puis il dit : Qu'est-ce qui se passe ?

— Mon mari m'a quittée, expliqua Cecilia, en pleurant. Vous voyez, rien d'extraordinaire.

Il remit de nouveau sa question à plus tard, pour consoler la jeune femme, mais il se heurta à des difficultés qui augmentaient à mesure qu'il était au fait de la situation. Cecilia aimait son mari, qui l'avait quittée pour une autre, plus jolie et plus jeune.

— Je m'aperçois maintenant qu'il m'a toujours trompée et que mon grand amour ne me laisse même pas un bon souvenir.

Comme Cecilia n'arrêtait pas de pleurer, Correa se dit qu'il était peut-être inopportun de lui faire remarquer que l'eau bouillait. A l'odeur du pain brûlé, elle sourit entre ses larmes. Ce sourire plut à Correa, en grande partie parce qu'il interrompait les pleurs. Ceux-ci, malheureusement, ne tardèrent pas à recommencer et Correa caressa la jeune femme parce qu'il ne trouvait rien à dire pour la consoler et il s'aperçut que les larmes servaient de stimulant à ses caresses, que Cecilia payait de retour sans cesser pour autant de pleurer. Il était parvenu à lui redonner un peu de courage quand une de ses paroles évoqua de façon imprévue des souvenirs qui faillirent provoquer une rechute. Il se préparait au pire quand Cecilia remarqua :

— Maintenant, moi aussi j'ai faim. Je vais cuisiner quelque chose.

« Beaucoup de larmes mais de bonnes dispositions », pensa Correa. Ils mangèrent, firent la sieste et il y avait, semblait-il, temps pour tout. La première fois qu'il se souvint du docteur Marcelo, il se dit : « L'important c'est que je sois exact au rendez-vous. » Puis il eut peur que l'heure de partir n'arrive trop vite et il trouva que la réflexion qu'il s'était faite sur le comportement de Cecilia qui acceptait ses caresses n'était pas seulement cynique, mais grossière et stupide. « C'est précisément parce qu'elle est malheureuse qu'elle a besoin qu'on la console », se dit-il. « Les caresses, comme le prouvent les enfants qui pleurent, sont la consolation universelle. » Il oublia le docteur, il oublia ses examens. Il s'aperçut que Cecilia lui plaisait énormément.

Cette longue journée, qui lui avait apporté tant de choses, lui fournit aussi l'occasion de formuler sa question.

— Où sommes-nous ?

Cecilia répondit :

— Je ne comprends pas.

— Dans quel endroit du monde sommes-nous ?

— En Uruguay, naturellement. A Punta del Este.

Il fallut un certain temps à Correa pour comprendre ce qu'il venait d'entendre.

— Quelle distance y a-t-il entre Punta del Este et Buenos Aires ? demanda-t-il alors.

— La même que d'ici à Mar del Plata. En avion on met pratiquement le même temps.

— Combien cela fait-il de kilomètres ?

— Environ quatre cents.

Correa lui dit qu'elle était très savante mais qu'il y avait peut-être une chose qu'elle ignorait et que lui par contre savait.

— Je parie, continua-t-il, que vous ne savez pas qu'il existe un tunnel par où l'on arrive ici, tranquillement, sans le moindre problème, en cinq minutes.

— En venant d'où ?

— Du Tigre, bien entendu. Du delta même. Vous ne me croyez pas ? Hier soir, avec un certain docteur Marcelo, nous sommes partis du Tigre, nous avons navigué un petit moment et nous sommes arrivés à une île couverte de peupliers et de broussailles, comme tant d'autres. Là, bien cachée, se trouve l'entrée du tunnel. Nous nous y sommes engagés et nous n'avons pas mis cinq minutes (mais, sous terre, c'est une éternité) à ressortir parmi des jardins et des villas, dans un parc résidentiel, une cité-jardin.

— Punda del Este ?

— Exactement. Je dois vous préciser que ce tunnel est un secret pour tout le monde sauf pour le docteur, vous et moi. Je vous demande de n'en parler à personne.

Tout à ses explications, il ne remarqua pas que Cecilia était de nouveau triste.

— Je n'en parlerai à personne, assura-t-elle et, changeant de ton, elle fit cette remarque : Un menteur, même s'il vous tient compagnie, vous laisse toujours seule.

Correa s'exclama, dans un élan de sincérité :

— Je ne conçois pas qu'on ait eu envie de vous mentir.

Soudain et sans raison apparente, il fut pris de la crainte intolérable que Cécilia ne pense que le tunnel était un mensonge. Il reprit son récit, encore plus en détail, à tout hasard, du voyage de la nuit passée, depuis sa rencontre avec le docteur Marcelo jusqu'à leurs adieux à l'arrêt 14. Il précisa, en insistant :

— C'est justement là, demain à cinq heures du matin, que m'attend le docteur, pour me reconduire.

— Par le tunnel ? demanda Cecilia au bord des larmes.

— Je dois rentrer travailler. Je suis à quelques jours de mes examens. Deuxième année de droit.

— Pourquoi me racontez-vous des histoires ? Je vais bien m'habituer à ce qu'on me laisse.

— Je ne vous raconte pas d'histoires. Bien au contraire : je vous ai donné spontanément la meilleure preuve de ma franchise. Si le docteur Marcelo l'apprend, il me tue.

— Ah ! je vous en prie, c'est comme si je vous disais que je suis venue d'Europe en cinq minutes par un tunnel.

— C'est différent. Comprenez-moi bien : entre l'Europe et nous il y a beaucoup de kilomètres et beaucoup d'eau. Si vous ne me croyez toujours pas je demanderai au docteur Marcelo certains éclaircissements et quand je reviendrai, la semaine prochaine, je pourrai tout vous exliquer.

Cecilia dit, comme se parlant à elle-même :

— Quand vous reviendrez.

Pour gagner du temps, jusqu'à trouver une réponse décisive, il la serra dans ses bras. La meilleure partie de la journée fut très heureuse et dura longtemps ; plus que le jour lui-même, lui sembla-t-il. Malgré le réveil qui se hâtait sur la table de nuit, ils purent croire le temps inépuisable, mais la maison s'obscurcit soudain. Correa alla à la fenêtre et, sans savoir pourquoi, en voyant le crépuscule, il s'attrista.

La nuit leur réservait encore des plaisirs. Ils mangèrent un peu (Correa gardait le souvenir d'un festin), ils retournèrent au lit et de nouveau il leur sembla que le temps se dilatait. Ils eurent faim et quand Cecilia retourna dans la cuisine, Correa mit le réveil à quatre heures et demie. Ils mangèrent des fruits, bavardèrent, s'embrassèrent, bavardèrent de nouveau et ils durent s'endormir car la sonnerie les réveilla en sursaut.

– Qu'est-ce qui se passe ? demanda-t-elle. Pourquoi ?...

– C'est moi qui ai mis le réveil. On m'attend. Rappelle-toi.

Cecilia tarda à répondre :

– C'est vrai. A cinq heures précises.

Correa s'habilla. Il embrassa Cecilia puis l'écarta un peu pour la regarder dans les yeux.

– Je reviens la semaine prochaine, promit-il – il avait beau être sûr de revenir, les doutes de Cecilia, qui ne croyait manifestement ni au tunnel ni à ses promesses, le mettaient mal à l'aise. J'aurais aimé que tu m'accompagnes à l'arrêt 14, pour que tu voies de tes propres yeux que le docteur Marcelo n'est pas une invention de ma part. Mais puisque tu ne viens pas, explique-moi le chemin, s'il te plaît.

Cecilia s'obstina moins à lui donner des indications qu'à l'embrasser.

Finalement, il s'en alla. Après avoir cru plus d'une fois qu'il s'était trompé, il parvint au lieu du rendez-vous. Personne ne l'attendait. « Quelle catastrophe si le docteur était déjà parti, pensa-t-il. Quelle catastrophe si je ne me présente pas aux examens ! »

Il aurait un peu honte de réapparaître chez Cecilia et de devoir lui annoncer qu'il avait peu d'argent et qu'en attendant de trouver du travail il ne pourrait participer aux frais. Ce ne serait peut-être là qu'une annonce de pure forme, car ils s'aimaient tous les deux, mais une annonce gênante quand on a acquis une réputation de menteur. Il admit, cependant, que la situation n'était pas tellement grave, que Cecilia serait contente et que s'ils vivaient ensemble, les malentendus ne tarderaient pas à se dissiper. Plongé dans ses rêveries, il vit sans y prêter attention un homme s'avancer vers lui. Il s'approchait depuis déjà un moment, traînant péniblement deux énormes ballots.

– Pourquoi, bon Dieu ! ne venez-vous pas m'aider ? cria l'homme.

— Je ne vous avais pas vu, fit Correa, surpris, en guise d'excuse.

Le docteur se passa un mouchoir sur le front et soupira. Puis il dit :

— Vous n'avez rien acheté ? Je m'en doutais, croyez-moi. Vous êtes venu sans argent, ce qui me semble mal, mais vous ne m'avez rien emprunté, ce qui me semble bien, vraiment bien. A notre prochaine expédition, vous commencerez à gagner de l'argent. Maintenant, aidez-moi à porter ceci.

Comme il put, Correa se chargea des deux sacs, qui étaient assez lourds. Pour ne pas trébucher, il fixa son attention sur le chemin, plus précisément sur l'endroit où il posait ses pieds.

— J'ai eu peur que vous ne veniez pas, dit-il.

Il avait de la peine à parler. Il haletait. Le docteur répondit :

— C'est moi qui ai eu peur que vous ne veniez pas. Savez-vous ce que pèsent ces sacs ? Maintenant j'ai l'impression d'avoir des ailes. Je marche avec plaisir. Continuons.

En plein tunnel, Correa dut faire une nouvelle halte pour reprendre des forces et fit cette remarque :

— Ce que je ne comprends pas, c'est comment par ce chemin, par ce simple tunnel, Punta del Este et le Tigre sont si proches.

— Pas le Tigre, précisa le docteur. L'île que je vais acheter avec mes économies.

— C'est pratiquement la même chose. Si de Punta del Este à Buenos Aires un avion met une heure...

— Moi, l'avion, je vous le dis carrément, je n'y crois pas. Par le tunnel j'arrive tout de suite, et sans dépenser un centime, notez bien.

— C'est ce que je ne comprends pas. Si nous partons du principe que la terre est ronde...

— Fichez-moi la paix avec vos principes ! Vous dites qu'elle est ronde parce qu'on vous l'a dit, mais en réalité vous ne savez pas si elle est ronde, carrée ou comme votre figure. Je vous préviens : si c'est le détail géographique qui vous intéresse, ne comptez pas sur moi. A mon âge, je n'ai plus de patience pour ces âneries. Je me demande si je n'ai pas commis une erreur fatale en vous prenant pour associé. Un homme comme vous, complètement en dehors de la réalité, est capable de parler de mon tunnel avec des femmes ou des inconnus.

Correa protesta :

— Comment pouvez-vous penser que je vais discuter de ces choses ? Surtout avec des inconnus.

— Avec personne, insista le docteur et il le regarda attentivement.

— Avec personne.

Ils ressortirent dans l'île : Correa vit le ciel au-dessus de lui, il sentit qu'il marchait dans de la boue, ils progressèrent sous des saules puis dans une petite peupleraie. Correa avait de la peine à avancer.

— C'est exprès que vous me faites passer là où c'est le plus touffu ?

— Vous n'avez pas encore compris que nous cherchons un endroit où cacher les sacs ? Vous voulez peut-être que je les embarque dans la vedette et au vu et au su de tout le monde ?

Ils arrivèrent enfin dans un champ de roseaux que le docteur jugea adéquat.

— Ici, le diable lui-même ne les trouverait pas, assura Correa.

— Je vous dispense de vos réflexions.

Il ne releva pas l'impertinence et demanda :

— Vous les laissez jusqu'à quand ?

— Je reviens cette nuit même, avec ma vedette particulière, et je les emporte. Mais vous êtes devenu bien curieux. Vous n'auriez pas envie par hasard de vous approprier le bien d'autrui ?

— Pour qui me prenez-vous ? répliqua Correa, furieux.

L'autre perdit son aplomb et s'excusa :

— C'est une plaisanterie. Une simple plaisanterie. Pourvu que la vedette arrive vite ! Je vous avoue que je ne me sens pas tout à fait à l'aise dans ces marécages. Et je n'aimerais pas qu'on nous voie ici. Le jour va bientôt se lever et nous serons exposés à tous les regards. Je dois vous dire que je commence à donner entièrement raison à ma femme : il faut que j'achète cette île. Le plus tôt possible, car un de ces quatre matins, n'importe quel fainéant peut se demander après quoi court ce monsieur qui deux fois par semaine se rend dans une île qui ne lui appartient pas. Je ne suis pas pour jeter l'argent par les fenêtres mais cette fois-ci je ferme les yeux et j'achète.

— Vous avez raison, opina Correa. Il ne faudrait pas qu'il nous arrive un ennui.

Quand la vedette apparut, ils la hélèrent. Le docteur paya les billets ; ils étaient à peine assis qu'il réclamait déjà :

— J'attends que vous me remboursiez. A la moindre inattention on se fait plumer.

Correa lui donna un billet de dix pesos. En ce temps-là c'était une somme.

— Payez-vous, dit-il.

— Vous voulez me prendre toute ma monnaie ?

— Je n'ai rien d'autre.

Le docteur ne cacha pas son irritation. Puis il tapota sa poche et déclara, devenu soudainement gai :

— Il est plus en sûreté ici. Je vous rendrai votre monnaie la prochaine fois.

— Quand reviendrons-nous ?

Il n'obtint pas de réponse et n'osa pas répéter sa question. Ils restèrent un moment en silence.

— Si vous descendez chez Mercader, dit enfin le docteur, je vous conseille de vous rapprocher du bord car la vedette est toujours pressée.

Correa se leva en demandant :

— Alors, nous ne retournons pas là-bas ?

Le docteur lui envoya un violent coup de coude.

— Vous êtes incorrigible, protesta-t-il. Parlez bas si vous ne voulez pas que la terre entière soit au courant. Rendez-vous jeudi même heure, même endroit. Compris ?

Correa eut peine à contenir sa joie. Les perspectives, pensait-il, s'amélioraient. Cecilia ne l'attendait que la semaine suivante mais il arriverait dès le vendredi matin et il lui ferait ainsi une surprise qu'il n'hésita pas à qualifier d'extraordinaire. Il allait sauter à terre quand il se demanda s'il ne restait pas encore un détail à préciser. Dans sa crainte de manquer le rendez-vous, il murmura :

— A onze heures et demie ?

— Parfaitement.

— Au Tigre ?

— Tout a été dit, l'interrompit le docteur, tremblant de rage, pourquoi informer les autres ? Descendez, je vous prie, descendez.

Correa, de la berge, regarda la vedette s'éloigner. Puis il se dirigea à grandes enjambées vers la maison, monta l'escalier, ouvrit sa porte et s'arrêta, pour s'armer de courage, car il savait qu'en entrant dans cette pièce commencerait son attente. Son impatiente et longue attente d'un deuxième voyage en Uruguay. Il constata à voix haute : « Je ne sais pas ce que j'ai. Je suis nerveux. » Ce qu'il n'avait manifestement pas, c'était l'envie de travailler. Pour ne pas gaspiller son temps — jusqu'au jour de l'examen, chaque minute était précieuse — le mieux était de commencer par dormir quelques heures. Puis il se plongerait à fond dans son travail, l'esprit reposé et dispos.

A peine allongé, il s'aperçut qu'il n'avait pas non plus envie de dormir. Il se dit que le jeudi était encore bien loin et le vendredi, où il verrait Cecilia, à une éternité : d'ici-là il pouvait se passer mille choses qu'il valait mieux ne pas prévoir. Il pensa à son rendez-vous au Tigre ; à l'absence éventuelle du docteur, retenu par un empêchement quelconque. Étant donné le peu qu'il savait de lui, ce ne serait pas facile de le retrouver. Il ne connaissait même pas son nom. Si le docteur ne se montrait pas jeudi, il n'aurait plus qu'à faire le planton tous les jours à l'embarcadère jusqu'à ce qu'il daigne apparaître. Et si le docteur ne revenait jamais plus au Tigre, s'il faisait désormais la traversée directement de sa maison à l'île du tunnel ? Correa pensa que le plus prudent était de retourner l'après-midi même l'attendre près des sacs. Ainsi du moins il aurait la certitude de le voir puisqu'il devait venir reprendre ceux-ci à la tombée de la nuit. Il se demanda s'il serait capable de reconnaître l'île sur cette côte inconnue où une maison, un embarcadère, n'importe quoi, se confondait, se perdait dans l'invariable succession des arbres. S'il y retournait assez vite, il aurait certes plus de chances de pouvoir l'identifier.

Il retrouva de l'argent qu'il avait caché entre les pages de l'*Économie politique* de Gide. Le docteur, en gardant sa monnaie, l'avait non seulement privé de quelques pesos, toujours utiles, mais lui avait en plus ôté la possibilité de savoir le prix du trajet jusqu'à l'île, ce qui lui aurait donné une indication pour la retrouver. Maintenant il ne savait comment demander un billet. Il ne pouvait demander un billet de tant de pesos ou un billet pour tel ou tel endroit. Il connaissait le nom de peu d'endroits dans le delta.

Il réfléchit à son projet de voyage. Il fallait bien choisir le moment car s'il arrivait de jour, peut-être le verrait-on dans l'île, et s'il arrivait de nuit, peut-être ne la reconnaîtrait-il pas. Plus le temps passait, plus il imaginait intensément les périls auxquels il allait s'exposer. Dieu sait combien d'heures il devrait attendre, caché près des sacs, harcelé par les moustiques, dans ce bourbier plein d'herbes. Et tout cela pourquoi ? Pas même pour se délivrer de la crainte d'un malentendu. Il voyait au contraire des raisons pour que sa crainte augmente après leur entrevue. Jusqu'à présent il n'avait donné au docteur aucun motif de se plaindre de lui ; il lui avait été utile, il l'avait aidé à porter ses sacs ; mais si le docteur le trouvait soudain dans l'île, comment lui ôter de la tête l'idée qu'il était venu là dans le but de le voler ou de profiter de ce qu'il connaissait le tunnel pour trafiquer pour son propre compte ?

Si par contre il ne le dérangeait pas par des apparitions intempestives, pourquoi le docteur ne serait-il pas au rendez-vous ? Pour lui escamoter les pesos du billet ? C'était peu vraisemblable.

La seule chose intelligente a faire était de s'en tenir à ce qui avait été convenu. Il resterait donc tranquillement chez lui jusqu'à jeudi, à travailler d'arrache-pied.

A peine eût-il pris cette décision qu'il fut pris d'une lancinante angoisse. Il renonçait, se dit-il, à agir dans l'immédiat par timidité, par paresse et par peur. Il passa tout le mercredi à réfléchir et à prendre des décisions contradictoires. Ne pouvant travailler, il essayait de dormir ; ne pouvant dormir, il essayait de travailler. A l'aube du jeudi, il dormait. Quand il se réveilla, l'heure de son rendez-vous avec le docteur était proche. Il se lava et se rasa à l'eau froide, mit une chemise propre, finit rapidement de s'habiller et courut attendre la vedette qui allait le conduire au Tigre. Tout alla bien. A onze heures et demie précises, comme convenu, il attendait à l'embarcadère. Il se dit au bout d'un moment qu'il aurait dû, pour plus de sûreté, arriver à onze heures, ou à onze heures et quart au plus tard. Bien entendu, si le docteur voulait l'éviter, ça ne servait à rien d'arriver en avance, et s'il ne voulait pas l'éviter, il ne serait pas parti avant l'heure. « Peut-être que ma montre retarde », se dit Correa et il la confronta à celle d'un homme qui attendait la vedette. Sa montre ne retardait pas.

La vedette arriva. Il demanda si c'était la dernière. Il y en avait une autre.

Si le docteur ne venait pas, il prendrait la dernière vedette et il suivrait très attentivement la côte du regard jusqu'à identifier l'île. Arrivé dans l'île, il trouverait facilement l'entrée du tunnel. Avec le docteur les choses auraient été très simples mais il se débrouillerait bien tout seul pour arriver sans tarder là où l'attendait Cecilia.

Le docteur ne venait toujours pas. Correa eut recours aux superstitions : à penser que tant que trois embarcations ne passeraient pas vers l'amont avant que n'en passe une vers l'aval, le docteur n'apparaîtrait pas... Les trois embarcations passèrent. La vedette arriva. Correa était décidé à embarquer, mais avec quelle intensité ne désirait-il pas l'arrivée du docteur ! Il allait sauter dans la vedette quand il vit un homme traverser la rue en direction de l'embarcadère, en agitant une main, peut être en criant quelque chose. Ce n'est que lorsque l'homme entra dans l'embarcadère et dans le cercle lumineux de sa lanterne que Correa vit que ce n'était pas le docteur, qu'il ne lui ressemblait même pas, bien qu'ils fussent tous deux petits et plutôt gros. Curieusement, l'inconnu se dirigea vers Corréa.

— Vous attendez quelqu'un, n'est-ce-pas ? lui demanda-t-il.

— C'est exact.

— Un docteur ?

— Le docteur Marcelo.

— Il n'a pas pu venir. Suivez-moi.

Après un instant d'hésitation, Corréa le suivit. Ils longèrent le fleuve, tournèrent à gauche. Corréa pu lire sur une plaque le nom de la rue : Tedin. Il y avait encore des gens sur le pas des portes.

— C'est encore loin ? demanda-t-il ?

— Ne me dites pas que vous êtes fatigué, répliqua l'individu. Il semblait moins soigné de sa personne que le docteur et plus robuste. Nous allons traverser le pont sur le Reconquista et nous serons arrivés.

Ils longèrent le mur du Club du gaz d'État. Adossé au mur, à quelques pas en avant, il y avait un homme énorme. Correa ralentit un peu et dit :

— Ce n'est pas le docteur.

— En aucune façon, ne me dites pas que vous vous méfiez ?

— Je ne me méfie pas mais...

— Il n'y a pas de mais. Si vous n'avez pas confiance, vous avez sans doute vos raisons, vous me suivez ou je dois vous pousser ?

Avant de le suivre, Correa jeta un rapide coup d'œil sur sa droite et sur sa gauche.

— Inutile de regarder : il n'y a personne aux alentours.

— Je ne comprends pas.

— Vous comprenez fort bien. Et je dirais même plus : votre méfiance nous donne à penser, à moi et à Monsieur, qui est un ami.

Le géant le regardait, impassible. Sa tête, étonnamment ronde, était entièrement garnie de courts cheveux noirs. Correa se dit qu'il l'avait déjà vu quelque part.

— Vous allez m'attaquer ?

— Pour qui nous prenez-vous ? Nous irions nous salir les

mains pour les deux ou trois saloperies que vous portez sur vous ? Ne me faites pas rire. Faut-il que nous soyons gentils pour nous être trimballés jusqu'ici dans le seul but de vous donner un conseil ! Écoutez bien : l'associé que vous vous êtes déniché, vous l'oubliez. Vous l'oubliez totalement. Dans votre intérêt. Ce monsieur vous com-pro-met. C'est clair ?

Pour gagner du temps et réfléchir, car il se sentait l'esprit troublé, Correa demanda :

— Le docteur ?

— Oui, le docteur, appelez-le comme vous voudrez. Ne faites pas celui qui ne comprend pas, ça énerve notre ami et à vous aussi il pourrait vous arriver quelque chose. Vous savez très bien de qui nous parlons : un petit gros assez râblé.

Le géant, dont la voix était d'une douceur surprenante, dit :

— Vous allez nous faire le plaisir d'oublier tout ce que vous savez, de nous oublier nous-mêmes et de vous tenir éloigné des endroits où on vous a vu avec le docteur en question. D'accord ?

— D'accord, pourquoi pas ? dit Correa.

Quand il comprit que le péril devenait moins pressant, il se rappela Cecilia et il se dit qu'il n'allait pas l'abandonner par simple couardise. Il ne devait pas craindre de parler car sa situation était somme toute assez banale et pouvait arriver à n'importe qui.

— Puis-je vous parler à cœur ouvert ? demanda-t-il.

— Parlez, parlez, répondit le géant. Mais soyez bref.

— Ce que j'ai à vous dire est très simple. Ce n'est pas par intérêt que je cherche le docteur. Savez-vous pourquoi je le cherche ? Pour qu'il me conduise en Uruguay retrouver une personne que j'ai laissée là-bas.

Le géant fit, en le montrant du doigt, ce commentaire :

— Monsieur est désintéressé.

— Et verni. Il connaît une personne en Uruguay.

— Et il souffre s'il ne voit pas cette personne. Monsieur nous prend toi et moi pour des idiots.

— Comme a fait le docteur, qu'il repose en paix.

— Car le docteur a voulu faire le malin. Il nous racontait des bobards.

— Des blagues, comme la personne qui attend monsieur en Uruguay.

Correa protesta violemment, d'abord à cause de ce qu'on lui disait puis parce qu'on le frappait, mais il se tut, et se borna à protéger sa tête de ses mains quand commença la correction. A un moment donné — bien plus tard comme il put le vérifier — il fut réveillé par un homme qui lui demandait avec insistance et affabilité :

— Qu'avez-vous ? Êtes-vous malade ?

Aidé par l'inconnu, un monsieur grand, à moustaches blanches et portant des lunettes, Correa se releva, non sans peine. Il avait mal partout. Il constata tristement :

— Je crois qu'on m'a battu.

— Avez-vous l'intention de porter plainte ? Si vous voulez, je vous accompagne au commissariat. Le commisaire est un ami.

— Il me semble que je n'ai pas envie d'aller au commissariat. Pour ce soir, j'ai eu mon compte.

— C'est votre droit. Venez chez moi un petit moment, que je nettoie vos blessures.

Marchant non sans peine, Correa se laissa emmener. La maison lui parut très convenable, avec ses grilles et ses lustres en fer forgé, et ses fauteuils rustiques.

— Pardon si je dérange, dit Correa.

— Ici je vais avoir une bonne lumière pour vous soigner. Vous êtes à votre aise ? C'est le principal.

On le fit asseoir près d'un lampadaire en fer forgé, dans le coin d'une pièce. Correa pensa avec gratitude et respect : « Je suis dans la salle à manger qu'on réserve pour les grandes occasions. » Au centre, il y avait une longue table noire en bois verni.

Le monsieur désinfecta ses plaies avec de l'eau oxygénée et souffla soigneusement sur son visage.

— Ça brûle, dit Correa.

— Ce n'est rien, assura le monsieur.

— Ce n'est pas vous que ça brûle.

— J'en conviens. Admettez cependant que vous vous en tirez

à bon compte, si vous pensez à ce qui est arrivé à l'autre. Vous me suivez ? N'allez pas croire, pourtant, que ces garçons soient méchants.

— Vous les connaissez ? demanda Correa, surpris.

— Ici tout le monde se connaît, expliqua-t-il. Ces garçons, comme je vous disais, ne sont pas méchants, un peu nerveux seulement, parce qu'ils sont jeunes. Vous n'auriez pas dû leur mentir.

— Mais je ne leur ai pas menti.

— Ce voyage en Uruguay, pour rejoindre une femme, on connaît la chanson...

— Mais c'est la vérité.

— Mon bon monsieur, je vous préviens que si vous devez discuter avec des gens sérieux, vous avez intérêt à oublier ces sornettes. C'est naturel, c'est humain que nos amis se soient fâchés. En outre, pourquoi aviez-vous besoin, pour rendre visite à une femme, de vous faire escorter du docteur ?

— Le docteur connaît une île où il y a un tunnel.

Dès lors, la scène s'accéléra.

— Vous voulez dire une grotte, une grotte pour entreposer de la marchandise ? Un instant, s'il vous plaît.

— Je m'en vais.

— Vous m'attendez un instant.

En sortant de la pièce, il agita lentement une main, insistant pour que Correa l'attende et il referma la porte à clef. Le simple fait d'être enfermé effraya ce dernier plus que la discussion qu'il avait eue précédemment avec les deux truands (« il n'avait pas eu le temps, alors, de voir venir les coups », s'expliqua-t-il). Il comprit, sans pourtant distinguer les paroles, que le monsieur parlait au téléphone dans la pièce voisine. « Je ne vais pas me laisser faire », se dit-il. « Je saute par la fenêtre. » La fenêtre donnait sur un jardin obscur et elle était garnie de barreaux très rapprochés. Il lui restait la possibilité d'appeler au secours, en courant le risque d'être entendu d'abord par le monsieur et... mieux valait ne pas penser aux conséquences.

L'« instant » du monsieur dura une bonne demi-heure. Puis

il entendit la clef tourner dans la serrure, il vit la porte s'ouvrir et le monsieur entrer suivi des deux truands. Les alarmes de la nuit n'en finissaient pas.

— Nous voici de nouveau réunis, dit le moins grand des trois. Pour notre bien à tous, j'ose l'espérer.

— Votre grotte, elle est pleine de marchandises ? demanda le géant avec un intérêt non dissimulé.

— Ce n'est pas une grotte et il n'y a absolument rien dedans.

— Pesez vos mots, lui conseilla le monsieur.

— Qu'attendez-vous de moi ? Que j'invente ?

Le monsieur dit :

— Ça ne coûte rien d'aller voir.

— Mais, dit à voix basse le plus petit des trois à Correa, pour votre sécurité personnelle, il conviendrait que nous trouvions la grotte bien remplie.

— Qui va la trouver ? demanda Correa sans s'effrayer.

— Vous-même. Nous vous embarquons dans un canot et nous vous nommons capitaine, dit gaiement le géant.

— Je ne suis pas sûr de la trouver.

— Qu'est-ce que vous nous chantez-là ?

— Le docteur ne m'a emmené qu'une seule fois. Je suis nouveau dans la région. Tous les points de la côte me paraissent identiques.

— Ça ne coûte rien d'essayer, dit le monsieur. Mais laissez-le tranquille, vous autres. Avec vos manières, nous n'arrivons à rien. Si je n'étais pas intervenu, que saurions-nous de la grotte ?

On fit asseoir Correa sur le siège arrière d'une automobile. Il avait d'un côté le géant et de l'autre le gros. Le monsieur conduisait. Quand ils parvinrent à la côte, le jour se levait. Correa fut pris d'angoisse et ne put s'empêcher de dire :

— Je suis sûr que je ne vais pas reconnaître l'île et vous allez me tuer. Tuez-moi tout de suite, je préfère.

A ces mots, les deux truands se mirent à rire. Le monsieur leur expliqua :

— Pour lui, l'expédition n'a rien de drôle. Il vient de l'intérieur et il n'aime pas se retrouver sur l'eau.

Ils s'embarquèrent. Le gros tenait la barre et bavardait avec le géant ; le monsieur et Correa s'assirent à l'arrière. Correa était très inquiet, très triste et grelottant de froid. Ses blessures au visage le brûlaient et il avait tout le corps endolori. Sans savoir pourquoi, il fixa son attention sur le youyou qu'ils remorquaient et sur deux rames qui se trouvaient dans la partie découverte du canot. Quand ils arrivèrent au parc d'attractions de La Encarnación, le monsieur dit :

— C'est là que nous descendons.

Avec une agilité surprenante, Correa s'était levé. Les autres se mirent à rire. Le gros dit :

— Ne vous faites pas d'illusions, la traversée n'est pas finie. Monsieur rappelait simplement que c'est là que nous descendons d'habitude. C'est là que nous sommes descendus le soir où vous avez voyagé avec votre copain le docteur.

Le monsieur s'adressa au géant :

— Tu t'es tout de suite endormi ?

— Je ne l'ai pas fait exprès.

— Peu importe. Réponds à ma question.

— Jusque vers le milieu de cette côte, j'étais éveillé, mais je commençais à lutter contre le sommeil, ce qui n'est pas facile.

— Tu t'es surpassé : bravo ! Il regarda fixement Correa et lui demanda : Avez-vous changé d'embarcation à un moment quelconque ?

— Non, pourquoi ?

— Combien de temps avez-vous navigué avant de débarquer dans l'île ?

— Au moins vingt minutes. Une demi-heure, est-ce que je sais ? L'île se trouve sur la droite.

— Regardez attentivement et ne désespérez pas, vous allez la retrouver.

Correa affirma :

— J'ai toujours pensé qu'il suffit de chercher suffisamment pour trouver ce qu'on veut.

Il se demanda aussitôt s'il n'avait pas dit quelque chose de dangereux.

— Voilà qui me plaît, s'exclama le monsieur en lui tapant sur l'épaule.

Correa pensa que le destin lui offrait peut-être là une occasion inespérée. Il semblait peu probable qu'il ait pu, seul retrouver l'île et il ne pouvait manifestement plus compter sur le docteur. Maintenant ces hommes allaient le forcer à la retrouver. Le tunnel le conduirait en un clin d'œil à Punta del Este et il profiterait de la surprise générale pour s'éclipser. Il n'y avait pas de force au monde qui pourrait l'empêcher de rejoindre Cecilia.

Il se dit qu'il n'avait pas gardé au pied de la lettre, comme il l'avait promis, le secret du tunnel, mais s'il avait agi ainsi, c'était sous une menace de mort et parce que cela ne pouvait plus désormais nuire au docteur.

Dans le calme d'une traversée paisible et sans incidents, Correa somnola un peu, jusqu'au moment où le fleuve entra dans une partie plus dégagée, plus vaste et d'une tonalité plus claire, laissant voir sur la rive gauche une scierie et sur celle de droite les rangées interminables d'une plantation de peupliers. Alors (mais non pas aussitôt) Correa sursauta. Bien qu'il fût incapable d'identifier un point de la côte, il savait qu'il n'avait jamais vu ces parages. Il murmura avec effroi :

— Je crois que nous sommes allés trop loin.

Le géant se leva sans hâte, termina sa conversation avec le gros, se dirigea vers Correa et le souffleta sur les deux joues.

— Assez, ordonna le monsieur. Demi-tour. Puis, s'adressant à Correa, il dit : Continuez à regarder.

Le visage en feu, celui-ci se demanda s'il allait dire à ces brutes ce qu'il pensait d'eux, sans s'inquiéter des conséquences. Quand il parla enfin, il lui sembla qu'il se plaignait comme un enfant :

— Si nous naviguons en sens contraire, gémit-il, je vais être complètement désorienté.

— Avec vous, il en faut une patience ! commenta le monsieur.

Puis (une demi-heure après) Correa, rasséréné, répondit :

— Je voudrais vous y voir, dans l'état où je suis et menacé de recevoir d'autres coups. Je dois être complètement sonné, autrement j'aurais déjà retrouvé l'île. Voyez-vous, dans le sens où nous allons, elle est sur la rive droite, elle a un embarcadère en bois pourri, qui a dû un jour être peint en vert...

— Je réfléchis à ce qui vous est arrivé avec nous. Comme d'habitude tout le monde ment, nous ne croyons plus personne et quand arrive quelqu'un qui dit la vérité, nous lui donnons une bonne correction. Moi, je vous crois.

Correa reprit ses explications :

— Si de l'embarcadère vous regardez en ligne droite vers le fond de l'île, vous verrez, presque cachée par des arbres, une petite maison en bois. Si vous marchez environ cinquante mètres sur la gauche et que vous pénétrez là où il y a le plus d'arbres et de végétation, vous trouverez l'entrée du tunnel. Souvenez-vous de ce je vous dis : ce n'est pas une grotte mais un tunnel.

Le monsieur dit aux truands :

— Nous allons ramener maintenant chez lui ce jeune homme qui doit être épuisé.

— Il faut d'abord qu'il nous conduise à la grotte, dit le gros.

Le monsieur lui rappela :

— Je ne t'ai pas demandé ton avis. A Correa, il dit : Nous vous laissons tranquille mais pouvons-nous compter sur votre discrétion ou bien allez-vous parler ?

— Moi ? Je ne dirai rien.

Ils savaient où il habitait : ils l'emmenèrent directement à l'île de Mercader. Pour accoster, le géant faisait levier avec une rame au fond de l'eau. Sans arriver à croire que ces gens lui rendaient sa liberté, Correa sauta sur l'embarcadère. A cet instant précis, soudain honteux de lui-même, il se rappela Cecilia et il voulut dire au monsieur qu'il continuait avec eux, qu'il les aiderait à trouver le tunnel. En se retournant pour parler, il aperçut un sourire sur le visage du monsieur et de très près, mouillée, reluisante et énorme, la rame. La dureté du coup se confondit avec sa chute sur l'herbe humide. Le coup avait été très fort mais non terrible car Correa l'avait vu venir et il s'était rejeté en arrière. Il ne perdit pas connaissance ; il resta immobile, à tout hasard.

Quand il cessa d'entendre le moteur du canot, il ouvrit un œil. Il se leva, entra dans la maison, rassembla ses affaires, prit la première vedette pour le Tigre et le premier train pour Buenos Aires. Il aurait voulu continuer le voyage jusqu'à sa province, pour se sentir à l'abri dans sa maison, mais il resta à Buenos Aires, avec l'idée de retourner en Uruguay dès qu'il pourrait réunir l'argent du billet, car il crut vraiment que sans Cecilia il ne pourrait pas vivre. Mercader, à qui il voulut emprunter de l'argent, lui dit :

— Tu oublies que le gouvernement a interdit les voyages en Uruguay. Peut-être pourrions-nous aller au Tigre et parler à un patron de vedette, de ceux qui passent des émigrés, ou à un contrebandier.

Correa dit : « Il vaut mieux pas. » Il ne chercha pas non plus à retrouver le tunnel. Pour savoir qu'il existait, il n'avait pas besoin de le voir. Quant à faire part de son expérience aux autres, cela lui semblait un effort inutile. Il passa, en temps voulu, sa licence puis son doctorat de droit et, car tout arrive, il prit sa retraite comme fonctionnaire. Homme peu aventureux, il ne se passionnait, au dire de ses amis, que dans des discussions ayant pour objet des questions de géographie. Correa, alors, se serait montré, plus d'une fois, irritable et têtu.

(1978)
(traduit par Françoise Rosset)
Éditions Robert Laffont

Luisa Mercedes LEVINSON

Argentine

Née à Buenos Aires en 1914, d'un père australien, médecin et d'une mère d'origine espagnole, fille de diplomate. Enfant, dit-elle, « j'appris la harpe. J'ai joué à l'époque dans des concerts de bienfaisance, mais j'écrivais en secret des poèmes et des contes et je pianotais des tangos de mon invention. Je rêvais d'histoires en couleurs, pleines de fantômes et de prophéties. L'une d'elle est devenue un roman : La maison des Philippe *(1951)... Les mois de mars de mon enfance, nous les passions à l'estancia de la Selva Montiel. Pour y arriver il fallait traverser les fleuves (pour moi tout l'été), on s'installait parmi les arbres, les oiseaux, les grands animaux et, la nuit, au milieu des étoiles. Dans ma chambre, je lisais à la lueur d'une bougie, Walter Scott ou Bulwer Lytton... Mes livres ont surgi sous l'influence des rêves. » « Pénétrer dans le monde de Luisa Mercedes Levinson, a écrit le critique Delfín Garasa, c'est nous situer dans un temps non mesurable avec les échelles établies, où le fugace et l'éternel s'interpénètrent, monde mystique et sensuel, paradisiaque et diabolique, innocent et troublant, brutal et visionnaire. » Et Jean Cassou : « Son art de surprendre est inextinguible. Elle porte avec elle et par conséquent dans toutes ses histoires une faculté de magie. Pour qui possède cette faculté les choses ne sont jamais ce qu'on croit. Il faut aller plus loin. » Morte à Buenos Aires en 1988.*

Nouvelles : La hermana de Eloísa *(en collaboration avec J.-L. Borges), 1955 ;* La pálida rosa de Soho, *1959 ;* Las tejedoras sin hombre, *1967 ;* El estigma del tiempo, *1977 ;* Le peseur de temps *(traduit par C. Couffon, prologue de Jean Cassou, illustrations de Pérez Celis), éd. Gaglianone, Buenos Aires, 1980 ;* Deux morceaux de forme obscure *(traduit par Claude Bourguignon, Caractères, Paris, 1983).*

Romans : Concierto en mí, *1956 ;* La isla de los organilleros, *1965 ;* L'ombre du hibou, *1972 (traduit par C. Bourguignon, Albin Michel, 1982) ;* El último Zelofonte, *1984.*

La clairière *(« Le meilleur conte de l'Amérique profonde que j'ai lu » selon Saint-John Perse, 1970) est extrait de* Deux morceaux de forme obscure.

La clairière

Au milieu de la clairière, déjà à moitié envahie de broussailles, dans la propriété des Mendihondo, on peut voir une vieille maison abandonnée de deux pièces avec une galerie sur les côtés, et une toiture de zinc où le soleil tape dur.

La clairière est entourée par la forêt de Misiones qui, tel un nœud coulant, pourrait à n'importe quel moment l'étrangler. C'est comme une île à sec où n'abordent que, de temps à autre, des autruches ou des singes, et — très rarement — un facteur qui, comme moi, pour quelque raison de pauvreté, s'aventure à travers la forêt pour atteindre cet espace de terre rouge.

Il fut un temps où la maison de la clairière était blanchie à la chaux et le champ peuplé d'un peu de bétail. Un petit puits, avec une mule attachée à la noria, contenait l'unique provision d'eau. Aux poutres du toit de la galerie était accroché le hamac paraguayien au creux duquel s'étirait une femme brune aux membres courts et potelés qui s'éventait avec un écran de jonc. Malgré son teint mat, elle n'avait pas l'air du pays ; le khol exagérait l'ombre de ses cernes. Elle était vêtue d'une robe claire qui laissait transparaître ses formes en les accusant. Le hamac ondulait sous le poids de cette petite masse féminine. Autour d'elle s'élevait une vapeur confuse, une espèce de bordure, de halo. Mais peut-être n'était-ce que la nuée oscillante des mouches et des moustiques.

Don Alcibiades l'avait menée d'Obera, un soir, et elle était restée. Il ne lui donnait aucun nom, sans doute parce qu'elle en avait un, trop difficile à prononcer. Il se contentait de lui dire : « Psst ! Dis-donc ! Écoute !... » Elle avait cru d'abord que cet homme barbu, aux yeux morts, aux mouvements rapides, et au visage taché d'un emplâtre d'argent, l'aurait emmenée dans des villes où il y avait des foires et des roues qui volent, ou dans les campements où l'on entend les gens se disputer au loin et où la gourde circule de bouche en bouche, doucement gonflée d'une eau-de-vie qu'une foule d'hommes assemblés secrètement désire, à la tombée du soir.

Ils étaient restés là, sans une guitare, ni même un chien. Puis il avait fait venir Ciro, le péon. Celui-ci, outre son métier de mener les bêtes à l'abreuvoir, et de les châtrer et de les dépecer de temps en temps, faisait la cuisine, préparait le maté et parfois même la lessive. Il déplaçait aussi le hamac pour aller l'accrocher ailleurs, avec la femme dedans ou non, pour le mettre à l'ombre. Il parlait peu et restait des nuits entières à l'écart et dans l'obscurité, accoté contre le dernier pilier de la galerie. Comme il ne sifflait pas on ne percevait de lui, de temps à autre, que l'éclat de ses yeux enflammés. Les étoiles brillaient avec force dans la grande nuit, mais plus loin, à ciel ouvert...

A la tombée du soir, don Alcibiades jetait sa cigarette et s'approchait du hamac. Il restait là un bon moment, debout, sans rien dire. Puis tout à coup, il emportait la femme dans la pièce.

Au petit matin, Ciro préparait le maté. La femme était déjà recouchée dans le hamac, comme si elle n'en avait pas bougé, s'éventant sans arrêt, les yeux noircis de khol. L'expression de son visage était pareille à celle de tant de femmes qu'on trouve au village ou dans les villes : un masque de mélancolie ou d'ennui, et derrière le masque, rien.

Ciro, accroupi sur le sol rouge, lui préparait le maté et le lui passait puis, prosterné, lui faisait l'offrande d'une cigarette de maïs, d'un fruit ou d'une perdrix rapportée de la lagune, à quinze lieues de là. Le patron se grattait à la place de son emplâtre et observait la scène de l'intérieur, en serrant ses lèvres sèches. Le garçon était dur au travail, et serviable, et fidèle.

Un après-midi que la femme était en train de manger les fruits des palmiers que leur éloignement rendait invisibles, elle aperçut un serpent et le tua, comme elle l'avait fait tant de fois, d'un coup de revolver, arme qui se trouvait là, tout simplement, à la portée de la main, dans le hamac. Don Alcibiades sortit de la pièce :

— Bien visé ! Ah ! Je te donnerai un prix pour la justesse de ton tir. Je m'en vais à la foire pour entraîner les taurillons. Je te rapporterai le corsage que tu désires...

— Est-ce que je vous accompagne, patron ? demanda Ciro.

— Non, répondit Alcibiades, qui, s'adressant à la femme, ajouta :

— Il reste un coup à tirer. C'est assez pour toi.

Et il partit. Le masque ambigu de la femme n'eut pas un tressaillement.

Ciro enfourcha la jument et sortit à travers champ, comme toujours. Il ramena de la forêt trois vaches échappées, soigna un veau qui avait des tiques, et d'autres pour leurs boutons et leurs vers, et remit en place les branchages qui servaient de grillage. Quand il revint à la maison, il se mit à sa besogne domestique : il alluma le feu pour le rôti, en plein vent, dans le tourbillon de poussière. Accroupi comme d'habitude, il regardait la femme du coin de l'œil. Elle s'étira, puis ouvrit son corsage comme si les boutons lui gênaient la poitrine. Allongée dans le hamac et s'éventant, son visage demeurait impassible. Seul son corps, ondulant sur les mailles du filet, semblait avoir changé, s'être multiplié, tel un essaim de poissons sous-marins aux nageoires brillantes pris dans une nasse. Ce corps ondulait dans une atmosphère irréelle, avec des efforts inutiles, un peu monstrueux. Et il y avait dans tout cela une beauté distante et agressive. Ciro, qui s'était rapproché lentement, en silence, et à genoux, se mit à caresser la main qui pendait hors du hamac. La main se releva, remonta sur la poitrine, en entraînant l'autre main... Ciro sauta sur le hamac, halluciné, désespéré, telle une tempête qui se déchaîne. Et sa sueur chaude se mêla aux sels profonds de l'être, et le secret du monde lui fut enfin révélé. La femme entrouvrit les lèvres. Une paix toute blanche émana de son corps et s'étendit sur la terre rouge, sans oiseaux... Une paix que soudain mit en fuite un cri de la femme. Un coup de feu retentit et Ciro, dans un râle, tomba raide en arrière sur le sol battu, juste au-dessous du hamac.

— Vous ne m'attendiez pas si tôt, hein ?

Puis :

— Je ne l'ai pas fait tomber sur toi. Tu ne peux pas te plaindre.

Alcibiades s'était rapproché, et, remettant le revolver à sa ceinture, il saisit les bords du hamac, en commençant par en haut, les referma sur la femme et se mit à les coudre avec le lasso. Elle était là, sans bouger, muette, les yeux ouverts sans voir, sous cette corde qui se refermait peu à peu, d'abord sur sa tête, puis tout le long de son corps. Lui besognait consciencieusement, habitué qu'il était à manier le lasso. Il acheva ce travail au mieux, du côté des pieds, avec un grand nœud double.

Elle ne savait pas encore ce qui s'était passé. Le lasso écrasait son visage et ses seins. Quelque chose de poisseux lui éclaboussait les cuisses et un bras. Et l'odeur lui montait du sol de terre battue : un mélange de poudre et d'amour ; et de choses très lointaines et très profondes, de la mer peut-être. Dans une contorsion qui fit osciller le hamac, elle se retourna sur le ventre : alors elle vit un homme mort qui avait été Ciro. Au-dessous du front démoli restait la ligne indécise du nez et des lèvres. Blessure irrémédiable, douce et comme reconnaissante. C'étaient les lèvres qu'on vient de baiser d'un enfant...

La femme était encore dans la léthargie de cette paix enfuie. Elle ne comprenait pas grand-chose à la peur. Elle savait qu'il ne pouvait rien y avoir de pire. Il y avait longtemps qu'elle avait touché le fond : le bonheur, ce ne pouvait être qu'un souvenir, confus et fugace ou un moment sans futur. Elle venait de boire du bonheur jusqu'au fond, pour la première fois ; et malgré tout, un bien-être l'envahissait : un bain de bien-être qui importait plus que les événements, qui bouleversait le temps et qui la maintenait dans un présent déjà menacé mais encore présent.

Dans la maison de doña Jacinta elle avait subi le poids de beaucoup d'hommes ; mais elle n'avait jamais obtenu ce bien-être qui lui faisait récupérer des choses lointaines : l'enfance, et un bateau et une vague chanson. Elle sentit que les seins et le ventre lui pesaient comme s'ils avaient été le centre de l'univers. Soudain, elle ouvrit les yeux. Ciro était là-dessous, immobile, allongé sur le sol. Elle se contorsionna de nouveau, dans le hamac, et voici qu'en elle se mit à pousser, comme au fond même de la terre rouge, une haine ; une haine de pierre et grise ; une haine d'argile, qui la traversait, qui la surpassait. En se râclant les flancs contre la corde elle parvint à se mettre sur le côté. Sa haine n'avait rien à voir avec l'angoisse, ou la faiblesse, ou l'humiliation d'être là, dans ce filet prisonnière. Non. C'était une haine implacable pour un homme qui exerçait le pouvoir, le patron, Alcibiades, lequel était là, contre le pilier, contre ce pilier où s'étaient appuyées l'attente, la patience, la pauvreté, l'amour : Ciro.

Sur le visage de la femme le masque n'exprimait rien de plus que l'ambiguïté comme toujours. Mais maintenant revivait cette scène d'autrefois quand le barbu était entré dans le patio de doña Jacinta, certain soir, ses bottes grinçantes comme si elles avaient écrasé de la lumière, et qu'il avait vu le défilé des filles : la Zoïla, si mince qu'on aurait dit qu'elle allait se briser ; la Wilda, avec ses cheveux crêpus, ses lèvres épaisses et ses yeux verts, et les autres ; et qu'il l'avait choisie entre toutes, et fait s'étendre, et passer les bras sous la nuque ; et le sursaut de dégoût qui lui était remonté à la gorge, chose qui ne lui était encore jamais arrivé. Il lui avait promis de lui montrer des villes et elle, oubliant ce dégoût initial, était partie, laissant aux autres le paquet de son linge, de tout son linge, car il devait lui acheter en ville des robes neuves et une combinaison de soie bleue. Puis on était arrivé ici, dans la clairière et, de même qu'en ce patio, en ce village, les jours s'étaient écoulés, tous pareils, plus pareils encore si l'on peut dire, de l'aurore au couchant, de la nuit au jour, de la chaleur à la chaleur.

La rancune l'étouffait, lui remontait du ventre à la bouche.

C'était comme le premier sursaut insolite qui l'avait saisie quand Alcibiades l'avait embrassée pour la première fois. Quelque chose qui était resté immobile en dedans d'elle, comme une lagune croupissante, se mit à couler, à déborder de son corps et de son esprit, en entraînant les miroirs brisés où s'étaient récemment gravées ses images stupides et terribles. On entendait l'homme aller et venir dans la chambre, compter ses pièces d'argent, ouvrir sa valise et y mettre le linge et le poncho du lit. Ça voulait dire qu'il s'en allait, qu'il la laissait, pour qu'elle se consumât jusqu'à la fin, sous le soleil qui maintenant se tournait vers la galerie, et éclairait le nuage de mouches vertes et collantes qui montait de la tête massacrée du mort vers elle. Au loin, les corbeaux et les charognards attendaient.

Sa langue, desséchée, lui collait au palais ; son estomac devenait dur et elle le sentait comme déchiré par cent griffes nouvelles, mais elle ne pensa point qu'elle avait faim, ni surtout soif. Sa haine était plus forte que sa souffrance. Une douce odeur s'élevait du sol. Une suave odeur qui faisait penser à cette sueur, tantôt, de leurs deux corps mêlés... Et à ces yataïs qu'il lui rapportait de loin. Et aussi à l'abreuvoir de la mule.

Alcibiades, la valise à la main, s'arrêta non loin d'elle, les lèvres étirées dans une espèce de sourire. Peut-être l'acte qu'il venait de faire lui semblait-il grand, le surpassait-il. Peut-être s'admirait-il lui-même, et sa décision. Il avait tué un homme, son domestique. Il s'était simplement débarrassé de quelque chose qui l'incommodait. Maintenant, il fallait fuir. Il était bien ennuyé aussi : ne sachant plus que faire. La chaleur était pénible, c'était l'heure de la sieste.

La femme ressemblait à un puma, avec ses membres courts, et son ventre et son buste massifs, et la peau parsemée de quelques taches rouges sous le filet de corde plaqué de soleil. Elle se tordit de nouveau. Le soleil lui donnait sur l'épaule gauche et la hanche, puis sur ce côté-là tout au long. Elle s'arrangea pour tourner le dos au cadavre, mais alors le soleil vint frapper son sein lourd, juste à l'endroit où le mamelon violet passait à travers le quadrillage du filet. Ses cheveux noirs défaits lui cachaient le visage, masse à peine entr'ouverte pour laisser voir le brûlant regard. Une plainte monotone, un peu rauque, accompagnait ce tortillement, quelque chose comme un roucoulement, si tant est que les fauves puissent roucouler, tandis que jusqu'à son front étroit, écrasé sous cette chevelure tombante, montait de ses entrailles une vieille science. Oui, si elle savait l'appeler, cet homme approcherait, il se jetterait sur elle, il dénouerait le nœud, il déferait le lasso et les bords du hamac se détendraient... Et cela signifierait le règne de la femme, la vie, le pouvoir, et plus tard la vengeance.

Alcibiades était inquiet, là, près de son pilier. Il laissa tomber sa valise à terre et fit un pas en avant. Puis s'arrêta de nouveau.

— Tu rôtis bien au soleil, hein ? dit-il, d'une voix étrange, d'une voix blanche.

Elle se tortilla, rugissant un peu. L'homme ajouta, sur un ton sourd, comme s'il lui coûtait de parler :

— Maintenant, personne ne nous ennuiera plus, même s'il fait soleil.

Il continuait de s'approcher, peu à peu, avec des arrêts. Elle le voyait grandir, devenir gigantesque. Elle s'attendait qu'à tout moment, il se ruât sur elle, par surprise. Peut-être que son impatience lui ferait couper le lasso ou le filet, avec son couteau.

Dans les secousses de la femme se produisit un changement de rythme, un frémissement dont l'homme ne s'aperçut pas. La haine, par à-coups, par vagues, dominait ses petites ruses, sa paresse, son désir, tout ce qu'elle avait été jusqu'alors, et l'envahissait de son flux et de son reflux. Elle n'était plus qu'une houle de haine brûlante, qui la durcissait. Sa haine était plus impatiente que son désir à lui, plus impérieuse. Rien ne lui importait plus : ni son plan de vengeance, ni sa vie même. C'était une haine exigeante, tyrannique, d'une majesté féroce, et qui grandissait en dedans d'elle, qui l'étirait en quelque sorte et qu'elle ne pouvait plus contenir... Un coup de feu retentit...

— Chienne !... murmura l'homme entre ses dents.

Il fit un tour sur soi-même et tomba par terre, sur le dos. Il tenait une main sur sa poitrine et crachait encore du sang et des malédictions.

Dans le hamac le revolver gisait, inutile, vidé. Elle aussi ne bougeait plus. C'était la dernière balle, le dernier bruit pour en finir avec la rumeur, avec la lourdeur, avec la soif. C'était pour elle le dernier bruit du monde. L'homme, Alcibiades, étendu, n'était plus qu'une ombre se détanchant contre la lumière ; blasphème et râle. Bref, rien... tout juste la mort au bas du pilier, un peu plus loin que la vieille valise gonflée. Et un filet de sang se dessinait sur la chemise plus très blanche, au-dessous de la barbe noire.

La femme se livra au soleil, qui la possédait, longuement. Sa haine une fois satisfaite l'avait abandonnée, comme un homme ; voilà tout, et elle s'enfonçait dans une espèce de paix opaque, solide, qui n'avait presque rien à voir avec celle que lui avait donnée, tout à l'heure, l'amour. Mais cette paix-là, du moins, était durable.

Tout le soleil destiné à la clairière de terre rouge se concentrait maintenant, s'acharnait sur ce corps nu, dans son filet, et dont il séchait peu à peu l'humidité. Et la brillante cour de mouches, qui se diaprait en passant de l'ombre au soleil, déployait ailes et pattes, allait et venait, de son corps à celui de ces hommes morts, sans faire de distinction entre la tête écrasée, la poitrine où le sang paraissait couler encore et sa bouche assoiffée. Sa haine, nourrie de cette soif, était quelque chose de rassasié, d'accompli. Elle resta un moment immobile, somnolente. Puis soudain elle se mit à ronger le filet, désespérément ; coupant un petit carré, puis un autre. La peau lui brûlait, et ses lèvres, et ses yeux. Tout s'incendiait en elle, malgré que la nuit tombât, avec lenteur, et pesât comme une centaine d'hommes, et que la forêt commençât à se réveiller là-bas, comme en se traînant d'abord, puis en galopant avec furie, enfin rétrécissant peu à peu le cercle de la clairière, pour l'étrangler. Nuit et soleil, puis de nouveau la nuit. Et de mordre les filets du froid, de la peur, de la solitude. Ses propres cris en engendraient d'autres qui prenaient forme, qui la cernaient et l'étourdissaient, et bouleversaient la nuit.

Puis le silence l'enveloppait, et le nœud du lasso, là-bas, autour de ses pieds, grandissait dans l'air, inaccessible, tout-puissant.

Le galop de la forêt redoublait. Ombres, croassements, et ces ailes poisseuses qui lui fouettaient la face, lui picotaient les cuisses et les hanches, l'éclaboussaient de noirceur et de mort. « La Wilda et la Zoïla dorment sous la moustiquaire. Voici les hommes ! Doña Jacinta va se fâcher. On renoue les jarretelles et les mains des hommes tripotent les seins des filles, d'où coule un lait jaune et amer pour tromper la soif des hommes. La patronne ! Non, qu'on me brûle les entrailles, qu'elles flambent avec les palmiers et les serpents ! Au fond, au plus profond de la terre battue, brûlent les pièces d'argent et la barbe noire ; ce n'est plus qu'un liquide noirâtre... La roue tourne, tourne dans les villes. Ciro, Ciro, détache-moi de la roue ! Là-bas, dans le patio de jasmins, il y a les soldats, avec leurs fanfaronnades et leur bel uniforme bleu. Et les anges volent dans l'air, et ils chantent. Nous allons, toutes ensemble, prier la Vierge pour qu'elle fasse le miracle : une combinaison à broderies et un homme qui vous reste... La forêt me recouvre, me cache sous ses feuilles, dans l'épaisseur de ses feuilles, la forêt !... Petite Vierge, nœud dans l'air, ne m'aveugle pas avec ta lumière !... »

Le hamac, tel un pont ou un rêve qui murmure encore, se balançait sur la mort, quand moi, pauvre facteur, j'arrivai...

(1962)
(traduit par Francis de Miomandre)
Éditions Caractères

Julio CORTÁZAR

Argentine

Né à Bruxelles, de parents argentins, en 1914. Mort à Paris en 1984, où il vivait depuis 1951. Romancier, conteur et traducteur. Humoriste, la création de ses Cronopes et Fameux (1962), farfelus, lui valut un siège au Collège de Pataphysique. Son lecteur, écrivait en 1963 son éditeur français, « retrouvera la même obsession qui semble diaboliquement posséder le grand écrivain argentin : celle de l'homme ayant découvert sa réalité dans l'imaginaire, ou son domaine imaginaire dans une existence aux données les plus réalistes. Les frontières entre l'action inconsciente du rêve et celle — concertée — d'un drame vécu n'existent pas pour les "je" successifs de Julio Cortázar. Il va et vient, anxieux dans la mesure d'une parfaite liberté d'action, à travers un monde dont l'insolite fluidité remet en cause les notions admises d'un envers et d'un endroit, d'un haut *et d'un* bas *éventuels. Les "histoires" de Julio Cortázar plongent le lecteur dans un état de malaise fulgurant qui le convainc d'autant mieux qu'elles sont écrites dans un style précis et conduites avec une logique de la psychologie, une inquiétude de l'événement tout à fait irréfutables. Impossible de sortir indemne d'une telle œuvre ; c'est elle qui tient la direction dans les yeux de la peur, de l'humour ou de la mort et qui finit par vous assujettir à ses métarmorphoses ».*

Défenseur fidèle des Révolutions cubaine et nicaraguayenne, Julio Cortázar sut dans ses dernières années élever la nouvelle politique au niveau du fantastique. L'expérience, commencée avec la nouvelle Réunion *de* Tous les feux le feu *(1966), consacrée au Che Guevara, se poursuivit avec bonheur dans* Façons de perdre *(1977).*

JULIO CORTÁZAR

Nouvelles : Bestiario, *1951 ;* Final de juego, *1956 ;* Les Armes secrètes, *1959 (trad. Laure Guille, Gallimard, 1963) ;* Cronopes et Fameux, *1962 (trad. L. Guille-Bataillon, Gallimard, 1977) ;* Tous les feux le feu, *1966 (trad. L. Guille-Bataillon, Gallimard, 1970) ;* Gîtes *(trad. L. Guille-Bataillon, Gallimard, 1968) ;* Octaèdre, *1974 (trad. L. Guille-Bataillon, Gallimard, 1976) ;* Façons de perdre, *1977 (trad. L. Guille-Bataillon, Gallimard, 1978) ;* Nous l'aimons tant, Glenda, *1980 (trad. L. Guille-Bataillon et Françoise Campo, Gallimard, 1982) ;* Heures indues, *1982 (trad. L. Guille-Bataillon et F. Campo-Timal, Gallimard, 1986) ;* Un certain Lucas *(trad. L. Bataillon, Gallimard, 1989).*

Romans : Les Gagnants, *1960 (trad. L. Guille, Fayard, 1961) ;* Marelle, *1963 (trad. L. Guille et Françoise Rosset, Gallimard, 1966) ;* Livre de Manuel, *1973 (trad. L. Guille-Bataillon, Gallimard, 1974).*

Extrait de Final de Juego, N'accusez personne *a été traduit dans* Gîtes. Apocalypse de Solentiname *appartient à* Façons de perdre.

N'accusez personne

Le froid complique toujours les choses, en été on est tellement près du monde, tellement peau contre peau, mais à présent sa femme l'attend à six heures et demie dans un magasin pour choisir un cadeau de mariage, il est en retard mais il constate qu'il fait froid, il lui faut mettre un pull-over, le bleu marine parce qu'il ira bien avec son costume gris ; l'automne c'est mettre et enlever des pull-overs, c'est peu à peu s'enfermer, s'enfoncer. Il s'éloigne de la fenêtre grande ouverte, va chercher son pull-over et se met à l'enfiler devant la glace tout en sifflant sans entrain un tango. Ce n'est pas facile, sans doute à cause de la chemise qui colle à la laine du pull-over, il a du mal à faire passer le bras, la main avance peu à peu et réussit à sortir un doigt hors du poignet de laine bleue, mais à la lumière du soir le doigt semble tout ridé et crochu avec un ongle noir et recourbé. Il tire brutalement sur la manche du pull et regarde sa main comme si elle n'était pas à lui, mais non maintenant qu'elle est hors du pull, c'est bien sa main de tous les jours et il la laisse retomber au bout de son bras en se disant que le mieux serait d'enfiler l'autre bras dans l'autre manche pour voir si c'est plus facile ainsi. Apparemment non, car la laine du pull-over se recolle aussitôt au tissu de la chemise et comme il n'a pas l'habitude de commencer par ce bras-là, ça complique encore l'opération, il se remet à siffler pour se donner du courage mais la main n'avance pour ainsi dire pas et il sent bien que sans quelque manœuvre complémentaire, il ne parviendra jamais à la conduire jusqu'à la sortie. Il vaut mieux y aller d'un coup, tout enfiler à la fois, baisser la tête pour la placer à l'endroit du col tandis qu'on engage le bras libre dans l'autre manche en la relevant et en tirant simultanément avec les deux bras et le cou. Dans la soudaine pénombre bleue qui l'environne, il trouve absurde de continuer à siffler, il commence à sentir une chaleur épaisse sur son visage et pourtant une partie de la tête devrait être déjà dehors mais le front et tout le visage sont encore couverts et ses mains ne sont qu'à mi-manche, il a beau tirer, rien ne sort, il en vient à se demander s'il ne s'est pas trompé et s'il n'a pas fait la bêtise de mettre la tête dans une des manches et une main dans le corps du pull-over. Sa main, alors, devrait trouver facilement la sortie mais il a beau tirer de toutes ses forces, rien à faire ; la tête, en revanche, on dirait qu'elle est sur le point de se frayer un chemin car la laine bleue lui serre avec force le nez et la bouche, le suffoque incroyablement et l'oblige à respirer profondément ce qui mouille la laine devant sa bouche, elle va sans doute déteindre et il aura le visage taché de bleu. Heureusement, juste à cet instant, sa main droite débouche au-dehors, à l'air froid du dehors, en voilà toujours une tirée d'affaire, c'était peut-être vrai que sa main droite s'était engagée dans le col du pull-over et c'est pour cela que ce qu'il croyait être un col le serre au visage, le suffoque, tandis que sa main, elle, a pu sortir facilement. De toute façon, il faut bien continuer à chercher la sortie, en respirant à fond et en laissant échapper l'air peu à peu, bien qu'après tout ce soit absurde, rien ne l'empêche de respirer normalement si ce n'est que l'air qu'il avale est mêlé de poussières de laine et qu'il a goût de pull-over, ce goût bleu de la laine qui doit lui tacher le visage et, bien qu'il ne puisse rien voir car, s'il ouvre les yeux, ses cils buttent douloureusement contre la laine, il est sûr que le bleu cerne déjà sa bouche mouillée, les trous de son nez, gagne les joues et tout cela le remplit d'une certaine angoisse, il voudrait en avoir fini avec ce pull, sans compter qu'il doit se faire tard et que sa femme doit s'impatienter à la porte du magasin... Il se dit que le plus raisonnable est de concentrer son attention sur sa main droite car cette main hors du pull est en contact avec l'air froid de la chambre, elle est la preuve qu'il s'en manque de peu, et puis, elle peut l'aider, monter jusqu'à l'épaule, attraper le fond du pull-over et tirer, mouvement classique qui aide à mettre en place tout pull-over normalement constitué. L'ennui c'est que la main a beau palper l'épaule, chercher le bord du pull, elle ne trouve que la chemise toute froissée et même sortie du pantalon, on dirait que le pull-over s'est enroulé autour du cou, et ça n'avance à rien de ramener la main vers sa poitrine et de vouloir tirer le devant du pull, car là aussi il n'y a que la chemise, le pull-over doit être à peine à la hauteur des épaules trop larges pour ce pull, ce qui prouve finalement qu'il s'est trompé, il a dû passer une main dans le col et une autre dans la manche, et comme la distance entre le col et l'une des manches est exactement la moitié de celle qui sépare les deux manches, cela explique qu'il ait la tête un peu penchée à gauche, du côté où la main est encore prisonnière de la manche — si c'est la manche — et que, d'autre part, sa main droite qui est dehors s'agite en toute liberté mais n'arrive pas cependant à faire descendre le pull enroulé autour des épaules. Il pense ironiquement que s'il avait une chaise à proximité il s'assiérait bien un peu pour souffler mais il s'est désorienté dans la chambre à force de tourner, gymnastique euphorique qui apparaît toujours au moment où l'on met un vêtement et qui a un air de danse inavouée bien que personne n'y puisse trouver à redire puisqu'elle répond à des fins utilitaires et non à de coupables tendances chorégraphiques. Au fond, la seule solution, c'est d'enlever le pull-over puisqu'il est incapable de l'enfiler complètement, puis de bien repérer l'entrée de chaque manche et du col ; mais la main droite fait des va-et-vient désordonnés comme pour signifier qu'il est ridicule de renoncer si près de la fin, elle finit par obéir tout de même, monte à la hauteur de la tête et tire vers le haut avant qu'il ait eu le temps de comprendre que le pull s'est collé à sa figure, humidité poisseuse de son haleine mêlée au bleu du tricot, et quand la main tire vers le haut on dirait qu'on lui coupe les oreilles et qu'on essaie de lui arracher les cils. Plus doucement alors, et utiliser la main engagée dans la manche gauche si c'est bien la manche et non le col, et, pour ce faire, aider de sa main droite la main gauche pour qu'elle puisse avancer dans la manche ou au contraire reculer et s'enfuir, mais c'est presque impossible de coordonner les mouvements des deux mains, comme si la gauche était un rat pris dans une cage et que, du dehors, un autre rat veuille l'aider à s'échapper mais, au lieu de l'aider, peut-être le mord-il car soudain sa main prisonnière a mal, l'autre main s'est agrippée de toutes ses forces sur ce qui doit être sa main cachée et elle lui a fait mal, tellement mal qu'il renonce à enlever son pull-over, il préfère faire un dernier effort pour sortir la tête hors du col et le rat gauche hors de sa cage, il tente une sortie en luttant de tout son corps, en se lançant d'arrière en avant, pirouettant au milieu de la chambre ou peut-être pas au milieu, il vient de penser que la fenêtre est restée grande ouverte et qu'il est dangereux de tourner comme ça à l'aveuglette, il préfère s'arrêter, bien que sa main droite s'affaire toujours sans s'occuper du pull-over, bien que sa main gauche lui fasse de plus en plus mal, comme si on lui avait brûlé ou mordu les doigts, et cependant cette main lui obéit et, refermant peu à peu ses doigts endoloris, elle parvient à saisir à travers la manche le bord du pull-over enroulé aux épaules, elle le tire vers le bas mais sans aucune force, elle a trop mal et il faudrait que la main droite l'aidât au lieu de grimper ou de descendre inutilement le long de ses jambes, au lieu de lui pincer la cuisse comme elle est en train de le faire, le griffant et le pinçant à travers ses vêtements sans qu'il puisse l'en empêcher car toute sa volonté est concentrée sur la main gauche, peut-être est-il tombé à genoux et se sent-il comme suspendu à la main gauche qui tire encore une fois sur le pull-over, et soudain c'est le froid sur les cils et le front, sur les paupières, absurdement il ne veut pas ouvrir les yeux et il attend une seconde, deux secondes, il se laisse vivre en un temps froid et différent, le temps hors du pull-over, il est à genoux et il est beau d'être ainsi, d'ouvrir peu à peu les yeux, libérés de la bave bleue de la laine, il entrouve les yeux et il voit les cinq ongles noirs pointés contre ses yeux, vibrant dans l'air avant de lui sauter au visage, et il a le temps de refermer les yeux et de se rejeter en arrière, se couvrant le visage de sa main gauche qui est sa main, qui est tout ce qui lui reste pour se défendre, pour lui permettre de tirer vers le haut le col du pull-over, et la bave bleue couvre à nouveau son visage tandis qu'il se redresse pour fuir ailleurs, pour arriver enfin en un lieu sans mains et sans pull-over, où il y ait seulement un air retentissant qui l'enveloppe et l'accompagne et le caresse et douze étages.

(1956)
(traduit par Laure Guille-Bataillon)
Éditions Gallimard

Apocalypse de Solentiname

Ça, c'est bien les *ticos* — comme on dit ici pour ceux de Costa Rica —, ils ne parlent pas beaucoup mais ils te réservent des surprises, tu arrives à San José et qui est-ce que tu trouves à l'aéroport, Carmen Naranjo, Samuel Rovinski et Sergio Ramirez (qui est *nica*, nicaraguayen, lui, mais quelle importance, au fond c'est pareil, quelle importance que je sois moi *argentino*, je devrais dire *tino* par gentillesse et pour les deux autres, *nicas* ou *ticos*). Il faisait une de ces chaleurs, et pour tout arranger, conférence de presse aussi sec avec les questions rituelles, pourquoi tu ne vis pas en Argentine, pourquoi *Blow-up* était-il si différent de ta nouvelle, penses-tu qu'un écrivain doive être engagé ? A ce stade-là, je me dis qu'à la porte de l'enfer je ne couperai pas à une dernière interview, et si par hasard c'était du côté de saint Pierre, ce serait du pareil au même, trouvez pas que là-bas vous avez écrit de façon trop hermétique pour le peuple ?

Après, l'hôtel *Europa* et cette douche qui couronne les voyages d'un long monologue de silence et de savon. Oui mais à sept heures, au moment d'aller se balader dans San José pour voir si c'était une ville aussi simple toute de maisons basses comme on me l'avait dit, une main m'a attrapé par la veste et au bout de cette main il y avait Ernesto Cardenal, quelle accolade mon poète, chouette de se retrouver là après la rencontre à Rome et tant d'autres rencontres de livre en livre. Ça me surprend toujours, ça m'émeut toujours que quelqu'un comme Ernesto vienne me voir et me chercher ; tu diras que je déborde de fausse modestie, eh bien, dis-le mon vieux te gêne pas, le chacal glapit mais l'autobus passe, je ne serai jamais qu'un amateur et qu'un jour, ceux qu'on aime tant de loin arrivent à vous aimer, c'est quelque chose qui me dépassera toujours ; bon, passons point à la ligne.

A la ligne suivante, Ernesto savait que j'arrivais au Costa Rica et allons-y, il était venu en avion de son île, parce que le petit oiseau qui lui apporte les nouvelles lui avait dit aussi que les *ticos* projetaient de m'emmener à Solentiname et lui, l'idée de venir me chercher lui avait paru irrésistible, ce qui fait que deux jours plus tard Sergio, Oscar, Ernesto et moi on remplissait la carlingue trop vite bondée d'un Piper Aztèque dont le nom demeurera toujours pour moi une énigme et qui volait avec force hoquets et borborygmes sinistres tandis que le pilote blond mettait à la radio des calypsos pour brouiller les bruits de fond et semblait totalement indifférent à ma crainte que l'aztèque nous mène droit à la pyramide du sacrifice. Il n'en fut rien, comme vous pouvez le voir, nous nous sommes posés à Los Chiles et de là une jeep tout aussi brinquebalante nous a emmenés à la propriété du poète José Coronel Urteche — qu'entre nous soit dit, on ferait bien de lire un peu plus. On s'est reposés chez lui en parlant de tant d'autres amis du poète, de Roque Dalton, de Gertrude Stein, de Carlos Martinez Rivas, jusqu'à l'arrivée de Luis Coronel et on est repartis au Nicaragua dans sa jeep et son canot aux vitesses cognantes. Mais avant il y a eu les photos-souvenirs avec un de ces appareils qui vous crachent sur-le-champ un petit papier bleu qui peu à peu, merveilleusement et polaroïd se remplit d'image au ralenti, d'abord ectoplasmes inquiétants et peu à peu un nez, des cheveux crépus, le sourire d'Ernesto avec son bandeau nazaréen, doña Maria et don José se découpant sur le fond de la véranda. Ils trouvaient tous ça très normal parce qu'ils en avaient l'habitude mais moi pas, pour moi, voir sortir du néant, du petit carré bleu ciel du néant, ces visages et ces sourires d'adieu, ça me remplissait d'étonnement et je le leur ai dit, je me rappelle même avoir demandé à Oscar ce qui se passerait si un jour, après avoir pris une photo de famille, on voyait apparaître Napoléon à cheval, l'éclat de rire de don José Coronel qui écoutait tout comme toujours, la jeep, allez, on va au lac.

A Solentiname, on est arrivés à la nuit bien tombée, Teresa et William nous attendaient avec un poète yankee et tous les autres gars de la communauté ; on est allés dormir presque aussitôt mais auparavant j'ai vu les peintures dans un coin, Ernesto parlait avec ses compagnons et sortait d'un sac les provisions et les cadeaux qu'il rapportait de San José, quelqu'un dormait dans un hamac et moi j'ai vu les tableaux dans un coin et je me suis mis à les regarder. Je ne me rappelle plus qui m'a expliqué qu'ils étaient peints par les paysans de la région, celui-là c'est le Vicente qui l'a fait et celui-là la Ramona, certains signés d'autres pas mais tous tellement beaux, une fois de plus, la vision première du monde, le regard limpide de celui qui décrit son alentour comme un chant de louanges : vaches naines dans des champs de coquelicots, la hutte de sucre d'où sortent les gens-fourmis, le cheval aux yeux verts sur un fond de bambous, le baptême dans une église qui ne croit pas à la perspective et qui grimpe ou retombe sur elle-même, le lac avec des bateaux grands comme des souliers et à l'arrière-plan un poisson énorme qui rit de ses lèvres couleur turquoise. C'est alors qu'Ernesto est venu m'expliquer que la vente des peintures les aidait à se débrouiller, il me montrerait demain les travaux sur bois et sur pierre des paysans et aussi ses propres sculptures ; on dormait tous à moitié mais moi, j'ai continué à regarder les tableaux empilés dans un coin, sortant une à une les grandes cartes de toile avec les vaches et les fleurs et cette mère avec deux enfants sur les genoux, l'un en rouge et l'autre en blanc, sous un ciel si plein d'étoiles que le seul nuage du tableau avait l'air honteux, serré dans un coin contre le cadre, sortant presque de la toile, apeuré.

Le lendemain c'était dimanche et messe de onze heures, la messe de Solentiname où les paysans, Ernesto et les amis en visite commentent ensemble un chapitre de l'Évangile, ce jour-là l'arrestation de Jésus au Jardin des Oliviers, un sujet que les gens de Solentiname traitent comme s'ils parlaient d'eux-mêmes, de ce qui pourrait leur tomber dessus la nuit ou en plein jour, cette vie de permanente incertitude dans les îles ou sur le continent et dans tout le Nicaragua, et pas seulement le Nicaragua mais dans presque toute l'Amérique latine, vie entourée de peur et de mort de tous côtés, vie du Guatemala et du San Salvador, vie de l'Argentine et de la Bolivie, vie du Chili et de Saint-Domingue, vie du Paraguay, vie du Brésil et de la Colombie.

Après ça, il a fallu penser à s'en retourner et c'est alors que les tableaux me sont revenus en mémoire, je suis allé encore les regarder à la lumière délirante de midi, les couleurs montées d'un ton, les acryliques et les huiles affrontant leurs petits chevaux et leurs tournesols, leurs fêtes dans les prés et leurs palmiers symétriques. Je me suis rappelé que j'avais une pellicule de couleur dans l'appareil et je suis sorti sur la véranda avec une brassée de tableaux. Sergio m'a aidé à les tenir sous un bon éclairage, et je les ai tous photographiés avec soin, en cadrant de façon à ce que chaque tableau occupe entièrement le viseur. Le hasard est ainsi fait : il me restait autant de vues à prendre que de tableaux, pas un seul ne fut laissé pour compte et quand Ernesto vint nous dire que le canot nous attendait je lui ai raconté ce que j'avais fait et il s'est mis à rire, voleur de tableaux, contrebandier d'images. Oui, lui ai-je dit, je les emporte tous et je les projetterai là-bas sur mon écran et ils seront encore plus grands et plus brillants que ceux-là, bien fait pour toi.

Je suis revenu à San José puis suis allé à La Havane où j'ai fait pas mal de choses, retour à Paris avec une fatigue pleine de nostalgie, Claudine silencieuse m'attendant à Roissy, de nouveau la course contre la montre et merci monsieur, bonjour madame, les comités, les cinémas, le vin rouge et Claudine, les quatuors de Mozart et Claudine. Parmi tout ce que les crapauds valises avaient craché sur le tapis et sur le lit, revues, coupures de journaux, mouchoirs et recueils de poèmes centraméricains, il y avait les rouleaux de pellicule, tant de choses au cours de ces deux mois, la séquence à l'école Lénine de La Havane, les rues de Trinidad, les profils du volcan Irazu et sa cuvette d'eau verte bouillante où Samuel, Sara et moi avions imaginé des flottilles de canards déjà rôtis voguant derrière les voiles de vapeurs sulfureuses. Claudine donna les photos à développer, un après-midi passant au quartier Latin je me suis rappelé qu'elles devaient être prêtes et comme j'avais le reçu en poche, je suis allé les retirer ; il y en avait huit boîtes et j'ai pensé tout de suite aux tableaux de Solentiname ; rentré chez moi, j'ai regardé la première diapo de chaque série, je me rappelais qu'avant de photographier les tableaux j'avais pris la messe d'Ernesto, des enfants jouant parmi les palmiers, tout à fait comme sur les peintures, enfants et vaches et palmiers contre un fond violemment bleu de ciel ou de lac à peine un peu plus vert. J'ai mis dans le chargeur la boîte des enfants et de la messe, je savais qu'il y avait ensuite les peintures jusqu'à la fin du rouleau.

La nuit tombait et j'étais seul, Claudine viendrait après son travail pour écouter de la musique et rester avec moi ; je préparai l'écran et un rhum avec beaucoup de glaçons, le projecteur chargé et son bouton de télécommande, inutile de tirer les rideaux, la nuit serviable était déjà là pour allumer les lampes et le parfum du rhum ; agréable de penser que tout allait m'être rendu peu à peu et qu'après les tableaux de Solentiname je passerais les photos cubaines, mais pourquoi d'abord les tableaux, pourquoi cette déformation professionnelle, l'art avant la vie, et pourquoi pas, répondit l'autre à celui-ci dans leur dialogue sans issue, fraternel et rancunier, pourquoi pas d'abord les peintures de Solentiname puisqu'elles aussi sont la vie, puisque tout revient au même.

Les photos de la messe n'étaient pas très bonnes à cause d'une mauvaise exposition mais les enfants, eux, jouaient en pleine lumière avec des dents éclatantes. Je pressai à contrecœur le bouton de la télécommande, j'aurais aimé regarder interminablement chaque photo poisseuse de souvenirs, petit monde fragile de Solentiname entouré d'eau et de policiers comme ceux qui encerclaient ce garçon que je regardais sans comprendre, j'avais pressé le bouton et le garçon était là, un deuxième plan très net, un visage large et lisse, comme agrandi de surprise incrédule tandis que son corps basculait en avant, le trou au milieu du front bien visible, le revolver du policier pointant encore la trajectoire de la balle, les autres à côté avec les mitraillettes, un fond confus d'arbres et de maisons.

On peut penser ce qu'on veut, ces choses-là arrivent toujours en avant de soi et vous laissent toujours si loin en arrière ; stupidement je me dis qu'ils avaient dû se tromper au labo, me donner les photos d'un autre, mais la messe alors, les enfants jouant dans le pré, comment alors. Ma main non plus n'obéissait pas quand j'ai pressé à nouveau le bouton et ce fut une mine de salpêtre interminable à midi, quelques toits de tôle rouillée, des gens groupés sur la gauche regardant les corps étendus par terre sur le dos, bras ouverts face à un ciel nu et gris ; il fallait de bons yeux pour distinguer au fond les soldats qui repartaient, la jeep qui attendait à flanc de colline.

Je sais que j'ai continué ; face à l'événement qui refusait toute logique, la seule chose à faire était de presser le bouton et de regarder la rue Corrientes au coin de la rue San Martin à Buenos Aires, la voiture noire avec les quatre types mitraillette pointée vers le trottoir où quelqu'un courait en chemise blanche et espadrilles, deux femmes cherchant à se réfugier derrière un camion stationné là, quelqu'un qui regardait de face, un visage incrédule et horrifié, portant une main au menton pour se toucher et se sentir vivant et soudain, la pièce presque plongée dans l'obscurité, une lumière sale tombant de la haute fenêtre grillagée, la table avec la fille nue étendue sur le dos, ses cheveux tombant jusqu'à terre, l'ombre de dos qui mettait un câble entre ses jambes ouvertes, les deux types de face parlant entre eux, cravate bleue et chandail vert. Impossible de savoir si j'ai pressé encore sur le bouton, j'ai vu une clairière dans la forêt vierge, une cabane à toit de paille et des arbres au premier plan, contre le tronc le plus proche, un garçon maigre qui regardait vers la gauche où un groupe indistinct, cinq ou six hommes serrés les uns contre les autres le visaient avec des fusils et des pistolets ; le garçon au visage mince et allongé, une mèche de cheveux retombant sur le front brun les regardait levant à demi la main comme pour leur dire quelque chose sans hâte, presque avec nonchalance, et même si la photo n'était pas bien nette, j'ai senti et su et vu que ce garçon était Roque Dalton, et alors oui j'ai pressé sur le bouton, comme si avec ça je pouvais le sauver de cette mort infâme et alors j'ai pu voir une voiture qui volait en éclats en plein centre d'une ville, Buenos Aires ou São Paulo, j'ai continué à presser sur le bouton comme un fou parmi des rafales de visages ensanglantés, de membres épars, de femmes et d'enfants dévalant une colline bolivienne ou guatémaltèque, l'écran soudain inondé de mercure et de néant et de Claudine qui entrait silencieuse et versait son ombre sur le carré blanc avant de se pencher pour m'embrasser sur les cheveux et me demander si les photos étaient réussies, si j'en étais content, si je voulais les lui montrer.

J'ai fait glisser le chargeur et l'ai remis à zéro, on ne sait ni pourquoi ni comment on fait les choses quand on a franchi une limite dont on ne sait rien non plus. Sans la regarder car elle aurait compris ou mon visage lui aurait fait peur, sans rien lui expliquer car tout en moi était un seul nœud de la gorge aux doigts de pieds, je me suis levé et l'ai doucement assise à ma place et j'ai dû dire que j'allais chercher à boire et qu'elle regarde, qu'elle regarde, elle, pendant que j'allais lui préparer quelque chose. Dans la salle de bains je crois que j'ai vomi, ou bien j'ai seulement pleuré et j'ai vomi après, ou bien je n'ai rien fait du tout et je suis resté assis sur le bord de la baignoire jusqu'à ce que je puisse aller à la cuisine préparer à Claudine sa boisson préférée, et alors j'ai senti le silence, j'ai constaté que Claudine ne criait pas, ne venait pas en courant me demander pourquoi, le silence rien d'autre et par instants, le boléro sirupeux qui venait de l'appartement d'à côté. Je ne sais pas combien de temps j'ai mis pour revenir de la cuisine et voir l'envers de l'écran au moment exact où il se remplissait du reflet de mercure instantané puis la pénombre, Claudine éteignant le projecteur et se renversant dans le fauteuil pour prendre le verre et me sourire lentement, heureuse et chatte, si contente.

— Qu'est-ce qu'elles sont réussies, celle du poisson qui rit et celle de la mère avec les deux enfants et les petites vaches dans le champ ; attends et aussi celle du baptême à l'église, dis-moi qui les a peints, on voit pas les signatures.

Assis par terre, sans la regarder, j'ai attrapé mon verre et l'ai bu d'un trait. Je ne lui dirais rien, que pouvais-je lui dire à présent, mais je me rappelle avoir vaguement pensé à lui demander une bêtise, lui demander si elle n'aurait pas vu des fois une photo de Napoléon à cheval. Mais je ne le lui ai pas demandé, bien sûr

San José, La Havane, avril 1976
(traduit par Laure Guille-Bataillon)
Éditions Gallimard

Augusto ROA BASTOS

Paraguay

Né à Asunción (Paraguay) en 1917. Il passa son enfance dans le monde rural indien d'Iturbe, fit ses études à Asunción et les interrompit pour participer à la guerre du Chaco contre la Bolivie (1932-1935), qui fit 200 000 morts dans les deux camps et dont il évoque les horreurs dans son roman Fils d'homme. *Exilé depuis la guerre civile de 1947, il vécut en Argentine ; en 1976, Roa Bastos s'est installé en France, où il est professeur universitaire. On lui doit un remarquable roman sur la figure très discutée du dictateur Francia* : Moi, le Suprême.

Nouvelles : El trueno entre las hojas, *1953 ;* El baldío, *1966 ;* Moriencia, *1969 (trad. Michel Bibard, Flammarion, 1980) ;* Cuerpo presente y otros cuentos, *1971 ;* El pollito de fuego, *1974 ;* Lucha hasta el alba, *1979 ;* Récits de la nuit et de l'aube *(trad. Iris Gimenez, éd. Le Calligraphe, 1984).*

Romans : Fils d'homme, *1960 (trad. Iris Gimenez, Belfond, 1982 ; publié auparavant sous le titre* Le Feu et la Lèpre, *trad. J.-F. Reille, Gallimard, 1968) ;* Moi, le Suprême, *1974 (trad. Antoine Berman, Belfond, 1977).*

La nuit des feux flottants *est extrait de* Récits de la nuit et de l'aube.

La nuit des feux flottants

Cette première nuit où Margaret vit les chasseurs de cabiai, ce fut la nuit de la Saint-Jean.

Sur le fleuve arrivaient en flottant des îlots embrasés. Les trois habitants de la maison blanche coururent vers le talus pour contempler le spectacle extraordinaire.

Les brasiers surgissaient à même l'eau. A travers eux apparurent les chasseurs de cabiai.

On aurait dit des êtres de cuivre ou de terre cuite, on aurait dit des silhouettes de fumée qui passaient en état d'apesanteur, au ras de l'eau. Les embarcations plates et noires, des moitiés de troncs évidés, se voyaient à peine. C'était tout une flotille de radeaux. Ils glissèrent silencieusement parmi les crépitements des flammes, froissant la membrane d'étincelles du fleuve.

Chaque radeau avait le même équipage : deux hommes naviguant avec de longs bambous, une femme assise sur le méplat, un petit chaudron devant elle. A la proue et à la poupe, les chiens, attentifs et immobiles, aussi immobiles que la femme qui lançait la fumée de son cigare sans jamais l'ôter de la bouche. Elles semblaient toutes vieilles, tant elles étaient maigres et ridées. Au travers de leurs haillons pendaient leurs mamelles flasques, où émergeaient leurs omoplates pointues.

Les hommes, uniquement eux, se dressaient, durs et forts. Ils étaient les seuls à se mouvoir. Ils donnaient la sensation de marcher sur l'eau parmi les îlots de feu. Par moments, l'illusion était parfaite. Leurs corps élastiques, sans autre vêtement que le pagne enroulé autour des reins et sur lequel se balançait la machette nue, allaient et venaient en alternance sur les bords du radeau, pour le propulser avec les perches. Tandis que l'un, à bâbord, pesant de tout son poids sur la perche enfoncée dans l'eau, revenait vers la poupe, l'autre, à tribord, le bambou relevé, avançait vers la proue pour répéter la même opération que son compagnon de navigation. Le va-et-vient des hommes continuait ainsi tout au long de la file sans qu'aucune des embarcations ne souffrît la plus infime oscillation, la plus légère déviation. C'était un petit prodige d'équilibre.

Ils allaient, silencieux. Ils semblaient muets comme si la voix eût à peine fait partie de leur vie errante et sauvage. A aucun moment ils ne relevèrent le visage, étonnés peut-être eux-aussi par les trois êtres de farine qui, du haut de la falaise scintillante, les regardaient passer. Deux ou trois chiens aboyèrent. Deux ou trois mots gutturaux et incompréhensibles passèrent d'un radeau à l'autre, comme un morceau de langue attaché à un son secret.

L'eau brûlait. Le banc de sable était une immense braise chauffée au rouge. Les ombres des chasseurs de cabiai y glissèrent rapidement. Les derniers se volatilisèrent bientôt dans le coude du fleuve. Apparus et disparus comme en une hallucination.

Margaret en resta fascinée. Sa petite voix était rauque lorsqu'elle demanda :

— Ce sont des Indiens ces hommes, papa ?

— Non, *Gretchen* ; ce sont les vagabonds du fleuve, les gitans de l'eau, répondit le mécanicien allemand.

— Et que font-ils ?

— Ils chassent le cabiai.

— Pour quoi faire ?

— Pour se nourrir de leur viande et en vendre la peau.

— D'où viennent-ils ?

— Oh, *Püppchen*, on ne le sait jamais !

— Où vont-ils ?

— Ils ont pas de but précis. Ils suivent le cours des rivières. Ils naissent et meurent sur leurs radeaux.

— Et lorsqu'ils meurent, *Vati*, où est leur sépulture ?

— Dans l'eau, comme pour les marins en pleine mer. La voix de Eugen trembla un peu.

— Dans le fleuve, *Vati* ?

— Dans le fleuve, *Gretchen*. Le fleuve est leur maison et leur tombe.

La petite fille demeura un instant silencieuse. Ses cheveux si fins et si blonds semblaient du lait, du sucre, dans l'éclat des brasiers. Dans cette petite tête lunée, le mystère des chasseurs de cabiai s'agitait dans toutes les directions. D'une voix tendue elle redemanda :

— Et le feu, *Vati* ?

— Ce sont les feux de la Saint-Jean, expliqua patiemment l'immigrant à sa fille.

— Les feux de la Saint-Jean ?

— Les habitants de Saint-Jean-de-Borja les allument cette nuit sur l'eau, en hommage à leur saint patron.

— Comment sur l'eau ? continua d'exiger Margaret.

— Pas sur l'eau même, *Gretchen*. Sur les pontédérias. Elles flottent comme des radeaux. Ils les rassemblent en grandes quantités, les chargent de brassées de paille et de branchages secs, ils leur mettent le feu et les larguent. Un jour nous irons à Saint-Jean-de-Borja pour les voir faire.

Sur une bonne distance, le fleuve brillait comme un serpent de feu tombé de la nuit mythologique.

C'est ainsi sans doute que Margaret était en train de se représenter le fleuve empli de brasiers.

— Et les chasseurs de cabiai entraînent ces feux avec leurs canots ?

— Non, *Gretchen* ; ils descendent tous seuls dans le courant. Les chasseurs ne font qu'approcher leurs canots pour en faire roussir le bois par le feu sacré, pour que cela leur porte bonheur et qu'ils aient une bonne chasse durant toute l'année. C'est une ancienne coutume.

– Comment le sais-tu, *Vati* ? La curiosité de la fillette était inépuisable. Ses huit ans de vie étaient ébranlés jusqu'aux racines.

– Oh, *Gretchen,* la réprimanda doucement Ilse, pourquoi poses-tu tant de questions ?

– Comment le sais-tu, *Vati* ? insista Margaret sans l'écouter.

– Les péons de l'usine m'ont informé. Ils connaissent et aiment beaucoup les chasseurs de cabiai.

– Pourquoi ?

– Parce que les péons sont comme des esclaves à l'usine. Et les chasseurs de cabiai sont libres sur le fleuve. Les chasseurs sont comme les ombres vagabondes des esclaves prisonniers dans l'*ingenio,* sur les champs de canne, aux machines. Eugen s'était exalté peu à peu. Des hommes prisonniers d'autres hommes. Les chasseurs de cabiai sont les seuls à être en liberté. C'est pour cela que les péons les aiment et les envient un peu.

– *Ja,* dit seulement la petite fille, songeuse.

Dès lors, l'imagination de Margaret demeura totalement captivée par les chasseurs de cabiai. Ils étaient nés du feu devant ses yeux. Les brasiers de l'eau les avaient amenés. Et ils s'étaient perdus au milieu de la nuit comme des fantômes de cuivre, comme des personnages de fumée, sans pesanteur.

L'explication de son père ne la contenta pas tout à fait, excepté peut-être sur un seul point : les hommes du fleuve étaient des êtres enviables. Pour elle, en outre, c'étaient des êtres superbes, adorables.

Peu après Eugen tint sa promesse et l'emmena faire la connaissance de Saint-Jean-de-Borja, où le fleuve passe par le village en léchant les fondations de la vieille chapelle et les ranchos échelonnés sur ses rives. Margaret observa tout de ses petits yeux avides et curieux, mais douta que ce pût être là que naissaient les brasiers qui amenaient les chasseurs de cabiai.

Elle tortura son imagination et inventa une théorie. Elle leur donna un nom plus en accord avec leur origine mystérieuse. Elle les appela *hommes de la lune.* Elle était fermement convaincue qu'ils provenaient de l'astre pâle de la nuit par leur couleur, par leur silence, par leur étrange destin.

« Les fleuves descendent de la lune, se disait-elle. Si les fleuves en sont le chemin, concluait-elle avec une logique fantastique, il est sûr qu'ils sont les Hommes de la Lune. »

Durant un certain temps elle fut seule à le savoir. Ilse et Eugen demeurèrent en marge de son secret.

Il n'y avait pas longtemps qu'ils étaient arrivés à l'*ingenio* sucrier de Tebikuary du Guaira. Ils arrivèrent directement d'Allemagne, peu après la fin de la Première Guerre mondiale.

Pour eux qui arrivaient des ruines, de la faim, de l'horreur, Tebikuary leur apparut comme le début d'un endroit propice. Le fleuve vert, les palmeraies de fumée baignées par le vent du nord, cette usine simple, presque primitive, les ranchos, les jaunes champs de canne, semblaient irréellement suspendus dans la réflexion du soleil comme dans une immense toile d'araignée de fièvre poussiéreuse. Ce n'est que plus tard qu'ils devaient découvrir toute l'horreur qu'enfermait également cette toile d'araignée où les gens, le temps, les éléments étaient prisonniers des nervures sèches alimentées d'une chlorophylle de sang. Mais les Plexnies arrivèrent à l'*ingenio* en un moment de calme relatif. Ils voulaient simplement oublier. Oublier et recommencer.

— C'est un bon endroit, dit Eugen en serrant les poings et en avalant l'air à grandes bouffées le jour de leur arrivée. Plus que de la conviction, il y avait de l'espoir dans sa voix, dans ses gestes.

— Il faut qu'il soit bon, corrobora simplement Ilse. Sa beauté fanée de paysanne bavaroise était tachée de terre sur le visage fripé par les souvenirs tenaces.

Margaret semblait moins une petite fille vivante qu'une poupée de porcelaine, menue, silencieuse, aux yeux d'indigo délavé et aux lisses cheveux d'argent brillant.

Elle arrivait, sa petite robe de flanelle aussi sale que ses chaussures rapiécées. Elle était portée par les bras forts et tatoués d'Eugen, dont le visage laissait couler les gouttes de sueur sur les genoux de sa fille.

Durant les premiers jours, ils habitèrent un taudis de vieille ferraille au fin fond de l'usine. Ils mangeaient et dormaient dans les orties et la rouille. Mais l'immigrant allemand était également un excellent mécanicien tourneur, si bien qu'on le mit aussitôt à la tête de l'atelier de réparations. L'administration leur assigna alors la maison blanche au toit de zinc qui se trouvait dans ce coude isolé du fleuve.

Dans la maison blanche était mort, assassiné, le premier homme de paille de Simon Bonavi, le propriétaire de l'*ingenio*. L'un des péons avertit le mécanicien allemand :

— P'end ga'de'toi, don Oiguen. L'âme'peine d'Eulogio Penayo, le mulât'e assassiné, certain' nuits erre dans l'Ogamöröti*. Nous 'n entend souvent s' lam'ntation.

Eugen Plexnies n'était pas superstitieux. Il prit l'avertissement, un peu goguenard, et le transmit à Ilse, qui n'était pas superstitieuse non plus. Mais eux deux ils prirent bien soin que Margaret ne soupçonne pour rien au monde le sinistre épisode qui s'était déroulé là quelques années auparavant.

Cependant, comme si elle en avait l'intuition, Margaret se montrait, au début, encore plus triste et effrayée que dans le taudis de vieille ferraille. Surtout dans les après-midi, à la tombée de la nuit. Les cris des singes sur la rive boisée la faisaient trembler. Elle courait se réfugier dans les bras de sa mère.

— Ils sont de l'autre côté, *Gretchen*, la consolait Ilse. Ils ne peuvent traverser le fleuve. Ce sont de petits singes, en peluche, comme des jouets. Ils ne font pas de mal.

— Et quand est-ce que j'en aurai un ? demandait alors Margaret, plus décidée.

— Nous en commanderons un aux bûcherons de l'usine ou aux pêcheurs.

Mais elle avait toujours peur et elle était triste. Ce fut alors qu'elle vit les chasseurs de cabiai au milieu des brasiers, la nuit de la Saint-Jean. Un changement extraordinaire s'opéra soudain en elle. Elle demandait qu'on la conduisît à la haute falaise de

* Maison blanche (guarani).

pierre blanche qui tombait à pic sur l'eau. De là elle apercevait le blanc de sable de la rive opposée, qui changeait de couleur à la tombée de la lumière. C'était un magnifique spectacle. Mais Margaret portait son attention aux coudes du fleuve. On voyait qu'elle attendait avec une impatience à peine dissimulée le passage des chasseurs de cabiai.

Le fleuve s'écoulait doucement avec ses îles de pontédérias et ses souches noires entourées d'écume. Le chant du guailingüé résonnait au plus profond de la forêt vierge comme une cloche inconnue et enfouie. Margaret n'avait plus ni tristesse ni peur. Elle finit par faire fête avec rires et battements des mains au saut argenté des poissons et à la chute vertigineuse du martin-pêcheur qui plongeait en quête de sa proie. Elle semblait s'être totalement adaptée à son milieu et sa secrète impatience était si intense qu'elle ressemblait à du bonheur.

Lorsque cela se produisit, Eugen dit avec une inflexion profonde dans la voix :

— Tu vois, Ilse ? Je savais que c'était un bon endroit.

— Oui, Eugen ; il est bon parce qu'il permet à notre petite fille de rire.

Sur la falaise, ils étreignirent et embrassèrent Margaret, tandis que la nuit, tel un grand pétale noir chargé d'arômes, de silence, de lucioles, dévorait tout hormis le tremblant miroir de l'eau et le feu blanc et endormi du banc de sable.

— Regardez, maintenant on dirait un *grosser* fromage qui flotte sur l'eau ! commenta Margaret en riant. Ilse pensa aux grands fromages de lait de jument de son village. Eugen, à un certain banc de glace sur lequel son bateau s'était échoué une nuit près du Shager-Rak, pendant la guerre, en poursuivant un sous-marin anglais.

Au matin arrivaient les lavandières. Leurs voix et leurs claquements montaient du fond du ravin. Margaret sortait avec sa mère les voir travailler. La lessive tachait l'eau verte d'un long cordon de cendre qui descendait le courant tout au long de la rive, en fer à cheval. En face, le banc de sable réverbérait sous le soleil. On y voyait passer l'ombre des oiseaux. Un matin elles virent, allongé sur la plage, un caïman à la queue magnifique et au flanc dentelé.

— Un dragon, maman ! ... cria Margaret, mais elle n'avait plus peur.

— Non, *Gretchen.* C'est un crocodile.

— Qu'il est beau, on dirait qu'il est fait de pierre et d'algues.

Une autre fois, un petit cerf arriva en sautillant parmi les herbes, très près de la maison. Lorsque Margaret courut vers lui en l'appelant, il s'enfuit souple et tremblant, en laissant dans les yeux bleus de la petite Allemande un goût de tendresse sauvage, comme qui aurait vu sauter dans la campagne un cœur d'herbe dorée, le cœur fugitif de la forêt vierge. Une autre fois, ce fut un ara, au corps grenat tout irisé, à la poitrine verte et indigo, aux ailes bleues, à la longue queue rouge et bleue et au bec crochu en corne ; un arc-en-ciel de plume au cri rauque, posé sur la branche d'un timbo. Une autre fois un serpent corail que Eugen tua de sa machette dans les herbes de l'enclos. C'est ainsi que Margaret découvrit peu à peu la vie et le danger, dans le monde de feuilles, tendre, âpre, insondable, qui l'entourait de toutes parts. Elle se mit à en aimer le bruit, la couleur, le mystère, parce qu'elle y percevait en outre l'invisible présence des chasseurs de cabiai.

Les nuits d'été, après le souper, les trois habitants de la blanche bâtisse sortaient s'asseoir sur la falaise. Ils y restaient à prendre le frais jusqu'à ce que les moustiques deviennent insupportables. Ilse chantait à mi-voix des chansons de son village natal, que le clapotis du courant entre les pierres déformait doucement ou truffait de hiatus en trémolos, comme si la voix eût résonné dans de petites flûtes d'eau. Eugen, fatigué par le travail de l'atelier, se couchait sur l'herbe, les mains sous la nuque. Il regardait vers le ciel, se souvenant de son ancien métier perdu de marin, laissant que l'immense spirale de la voûte vert foncé, parsemée de frisottants copeaux, brillants comme son tour, s'enlise au fond de ses yeux. Mais il ne pouvait annuler la préoccupation qui le travaillait sans trêve. Le sort des hommes de l'*ingenio*, dont les poitrines opprimées étaient en train d'incuber la rébellion. Eugen pensait aux esclaves de l'*ingenio*. La petite tête platine de

Margaret rêvait, en revanche, aux hommes libres du fleuve, à ses fabuleux Hommes de la Lune. Chaque nuit elle s'attendait à les voir descendre le fleuve.

Les chasseurs de cabiai apparurent deux ou trois fois de plus dans le courant de cette année-là. A la lumière de la lune, plus qu'à la lueur des brasiers, ils prenaient leur véritable substance mythologique dans le cœur de Margaret.

Une nuit, ils débarquèrent sur le sable, allumèrent de petits feux pour y faire griller leur ration de poisson, puis, après avoir mangé, ils se livrèrent à une danse étrange et rythmée, au son d'un instrument semblable à un petit arc. L'une des pointes pénétrait dans une moitié de calebasse doublée de cuir tendu de cabiai. Celui qui en jouait se passait la corde de l'arc sur les dents et en tirait un bourdonnement sourd et profond comme si à chaque soupir il eût vomi, dans la percussion, le tonnerre accumulé dans son estomac. Tum-tu-tum... Tam-ta-tam... Ta-tam... Tu-tum... Ta-tam... Tam-ta-tam... Des nausées de rythme chaud dans la corde du gualambau, dans le tambour de calebasse, dans les dents du musicien. Ses côtes résonnaient, sa peau cuivrée, son estomac de vent, la calebasse rapiécée de cuir et de tremblement, avec sa moelle de musique profonde semblable à la nuit du fleuve, qui faisait se balancer les pieds plats, les corps d'ombre dans la fumée blanche sur le banc de sable.

Tum-tu-tum... Tam-ta-tam... Tu-tum... Ta-tum... Ta-tam... Tu-tummmm...

La respiration de Margaret se rythmait selon le bourdonnement du gualambau. Elle se sentait liée mystérieusement à cette palpitation cadencée, encaissée dans les ravins.

La musique cessa. Le noir faufil des radeaux se mit en mouvement avec ses équipages aux longs bambous qui semblaient marcher sur l'eau, s'éloignant peu à peu sur des rails d'écume de plus en plus immobile, jusqu'à s'évanouir dans les ténèbres bleues et rayées de lucioles.

Elle les attendait toujours. Avec une impatience à chaque fois plus désordonnée. Elle savait toujours quand ils allaient apparaître et s'emplissait d'une étrange agitation bien avant que le premier radeau ne borde le coude, au loin dans le cours profond du fleuve.

— Les voilà ! la petite voix de Margaret surgissait, brisée par l'émotion.

La chansonnette nasillarde ou le silence de Ilse s'interrompait. Eugen se redressait effrayé.

— Comment le sais-tu, *Gretchen* ?

— Je ne sais pas. Je les sens arriver. Ce sont des Hommes de la Lune...

Elle était infaillible. Un moment après, les radeaux passaient, coiffant la chevelure de comète verte du fleuve. Le cœur de Margaret battait fort. Ses petits yeux brillants roulaient dans les sillages de soie liquide jusqu'à ce que le dernier des radeaux eût disparu dans l'autre coude, derrière l'éclat spectral du banc de sable rongé par les petits cratères d'ombres.

En ces nuits-là, la petite Margaret eût voulu rester sur la falaise jusqu'au petit matin car les silencieux vagabonds du fleuve pouvaient venir remonter le courant à tout instant.

— Je ne veux pas aller dormir..., je ne veux pas rentrer encore ! Je n'aime pas la maison blanche ! Je veux rester ici..., ici ! gémissait-elle.

La dernière fois, elle s'accrocha aux herbes de la falaise. Il fallut littéralement l'en arracher. Alors Margaret fut prise d'une méchante crise de nerfs qui la fit pleurer et se tordre convulsivement durant toute la nuit. Seule la clarté de l'aube put la calmer. Puis elle dormit presque vingt-quatre heures d'affilée d'un sommeil inerte, pesant.

— Le spectacle des chasseurs de cabiai, dit Ilse à son mari, est en train de rendre Margaret malade.

— Nous ne sortirons plus sur la falaise, décida-t-il, sourdement préoccupé.

— Cela vaudra mieux, Eugen, acquiesça Ilse.

Margaret ne revit pas les Hommes de la Lune dans les mois qui suivirent. Une nuit elle les entendit passer dans la gorge du fleuve. Elle était déjà couchée sur son petit lit. Elle pleura en silence, contenue. Elle craignait que ses pleurs ne la dénoncent. Les aboiements des chiens s'éteignirent dans la nuit profonde et aussi la rumeur ténue des radeaux griffés par de petites vagues phosphoriques. Margaret les avait devant les yeux. Elle se couvrit la tête avec les couvertures. Soudain elle cessa de pleurer et se sentit étrangement tranquille parce que dans un effort d'imagination elle se vit voyageant avec les chasseurs de cabiai, assise, immobile sur l'un des radeaux. Elle s'endormit en pensant à eux et en y rêvant, et aussi à leur vie nomade et sauvage glissant sans fin par des ruelles d'eau dans la forêt vierge.

Avec le jour, sa peine recommença. Il n'aurait rien pu lui arriver de pire que l'interdiction d'aller sur la falaise. Elle redevint triste et silencieuse. Elle allait de par la maison comme une ombre, humiliée et bourrue. Elle en arriva à détester en secret tout ce qui l'entourait : l'*ingenio* où travaillait son père, le lieu sombre qu'ils habitaient, la demeure aux murs blanchis à la chaux et mal en point, sa chambre, dont la fenêtre donnait sur la falaise, mais par laquelle elle ne pouvait distinguer ses divinités aquatiques lorsqu'elle écoutait elle seule dans la nuit le frôlement des radeaux sur le fleuve.

Malgré tout Margaret alla mieux, petit à petit, jusqu'à ce qu'elle crût elle-même avoir oublié les Hommes de la Lune. La maison blanche parut à nouveau flotter dans le bonheur placide de ses trois habitants comme un icerberg tiède dans la nuit des tropiques.

Pour fêter cela, Eugen ajouta un autre tatouage à ceux qu'il avait déjà sur sa peau d'ex-marin. Sur la poitrine, sur le cœur, près de deux ancres en croix, il dessina à l'encre bleue le visage de Margaret. Assez ressemblant.

— Tu ne pourras plus t'effacer d'ici, *Gretchen.* J'ai ta photo sous ma peau.

Elle riait, heureuse, et, affectueuse, embrassait le papa.

C'est ainsi qu'à nouveau revint la nuit de la Saint-Jean. La nuit des brasiers sur l'eau.

Eugen, Ilse et Margaret étaient en train de souper dans la cuisine lorsque les premiers îlots incandescents commencèrent à descendre le fleuve. L'éclat errant qui montait de la gorge rocheuse leur dora le visage. Ils se regardèrent tous trois sérieux, indécis, réfléchis. Eugen, enfin, sourit et dit :

— Oui, *Gretchen,* cette nuit nous irons sur la falaise voir passer les brasiers.

A ce moment-là parvint jusqu'à eux le hurlement d'un animal mêlé au cri angoissé d'un homme. Le hurlement sauvage se fit à nouveau entendre avec un timbre métallique indescriptible : on aurait dit le miaulement d'un chat enragé, un ongle d'acier déchirant brusquement une feuille de verre.

Ils sortirent tous les trois en courant vers la falaise. Dans le flamboiement des brasiers, ils virent sur le banc de sable un chasseur de cabiai qui luttait contre une masse allongée et souple qui faisait des bonds prodigieux comme une boule d'argent poilue lancée en spirale autour de lui.

— C'est un tigre de l'eau, murmura Eugen horrifié.

— *Mein Gott !* gémit Ilse.

Le chasseur de cabiai lançait des coups de machette désespérés à droite et à gauche, mais le *loup-géant,* rapide comme la lumière, rendait inoffensif le vol décapiteur de la machette.

Les autres chasseurs débarquaient déjà eux aussi sur le sable, mais il était évident qu'ils ne réussiraient pas à arriver à temps pour, à eux tous, acculer et liquider le fauve. On entendait les lamentations des femmes, les cris courageux des hommes, l'aboiement haletant des chiens.

Le terrible duel fut de courte durée, quelques secondes à peine. Le chasseur de cabiai avait déjà un canal ouvert de la pomme d'adam au creux de l'estomac. Le *loup-géant* continuait de sauter tout autour de lui avec une incroyable agilité. On voyait son pelage brillant taché du sang du chasseur. C'était à présent une masse rougeoyante, une braise ailée à la longue queue nébuleuse, ployant d'un côté et d'autre dans ses élans furieux, tissant sa danse mortelle autour de l'homme sombre. Une fois de plus, il lui sauta à la gorge et il resta collé à sa poitrine parce que le bras du chasseur avait, lui aussi, réussi à se refermer sur lui, lui enfonçant la machette dans le flanc, jusqu'à la garde, si bien que la lame dut se planter dans sa poitrine comme un clou qui les fondait l'un dans l'autre. Le cri de mort de l'homme et le hurlement métallique du fauve rayèrent ensemble le tympan du fleuve. Ensemble se mirent à ruisseler les bouillonnements de leurs sangs. Une seconde encore, le chasseur et le *loup-géant* demeurèrent dressés en cette étrange étreinte comme s'ils avaient simplement été en train de se caresser dans une profonde amitié, familière, compréhensive. Puis ils s'écroulèrent pesamment, l'un sur l'autre, sur le sable, au milieu de l'oscillation des scintillements... Après quelques instants, l'animal demeura inerte. Les bras et les jambes de l'homme bougeaient encore dans une crispée avidité de vivre. Un chasseur décloua d'une secousse le *loup-géant* de la poitrine de l'homme. Il le décapita et lança avec furie dans le fleuve sa tête au museau pointu et aux crocs atroces. Les autres commencèrent à entourer le moribond.

Ilse se couvrait le visage de ses mains. L'épouvante étranglait ses gémissements. Eugen, pâle et raide, les poings enfoncés dans le ventre. Margaret, seule, avait contemplé la lutte d'un air impassible et absent. Ses yeux secs et brillants regardaient vers le bas avec une totale fixité dans l'immobilité de l'inconscience ou du vertige. Seul le rythme de sa respiration était plus agité. Par un pacte mystérieux avec les divinités du fleuve, l'horreur l'avait épargnée. Sur le talus calcaire illuminé par les feux qui flottaient à la dérive, elle était elle-même une petite divinité presque incorporelle, irréelle.

Les chasseurs de cabiai paraissaient ne savoir que faire. Certains relevèrent la tête vers la maison des Plexnies et la montrèrent avec des gestes et des mots inintelligibles. C'était la seule habitation dans ces endroits déserts. Ils délibérèrent. Enfin ils se décidèrent. Ils soulevèrent le blessé et le mirent sur un radeau. Toute la flotille traversa le fleuve. Ils débarquèrent à nouveau et grimpèrent la falaise.

Margaret, immobile, voyait monter vers elle, de plus en plus proches, les Hommes de la Lune. Elle voyait monter leurs visages sombres et indiens. Les petits yeux sous la chevelure hirsute et dure comme du crin noir. Dans chaque œil il y avait un petit brasier. Ils montaient, les visages anguleux aux pommettes de pierre verte, les torses cuivrés et sarmenteux, les mains immenses, les pieds plats et cornés. Au milieu montait le mort qui était déjà de la terre. Derrière montaient les femmes en haillons, maigres et mamelues. Ils montaient, grimpaient, rampaient vers le haut telles des ombres collées à la falaise resplendissante. Avec eux montaient les étincelles des brasiers, montaient des voix gutturales, les pleurs d'iguane blessé de l'une des femmes ; montaient des aboiements d'où surgissaient les chiens, montait une fétidité de plantes aquatiques, de poissons pourris, de puanteur de chasseur de cabiai, de sueur...

Ils montaient, ils montaient...

— Allons, *Gretchen* !

Ilse la tira par les mains.

Eugen apporta la lanterne de la cuisine lorsque les chasseurs de cabiai arrivèrent à la maison. Il sortit dans la galerie un lit de camp en lanières de cuir et ordonna par gestes qu'on l'y mît dessus. Puis il sortit en courant vers l'infirmerie pour voir s'il pouvait encore apporter quelque secours à la victime. Déjà à la clôture, il cria :

— Je reviens tout de suit Ilse ! prépare de l'eau chaude et des récipients propres !

Ilse va à la cuisine, étourdie, effrayée. On l'entend bouger à l'aveuglette dans la pénombre rouge. Des ustensiles résonnent sur le foyer.

Le scintillement fumeux de la lanterne projette contre les murs les ombres mouvantes des chasseurs de cabiai immobiles, silencieux. Même les pleurs d'iguane ont cessé. On entend le sang goutter sur le sol. A travers les corps âpres, Margaret voit le pied énorme du chasseur de cabiai tendu sur le lit. Elle s'approche un peu plus. A présent elle voit l'autre pied. On dirait deux chapes calleuses, pesque sans doigts, sans talons, traversées par les profondes entailles de réa que le bord aiguisé du radeau y a creusées en des lieues et des lieues, en des années et des années d'un destin vagabond par les ruelles fluviales. Margaret pense que ces pieds ne marcheront plus sur l'eau, et elle s'emplit de tristesse. Elle ferme les yeux. Elle voit le fleuve moutonner, comme tatoué de lucioles. L'odeur musquée, le sauvage effluve des chasseurs de cabiai a envahi la maison, lutte contre la ténébreuse présence de la mort, soulève dans les airs le petit, le léger cœur de Margaret. Elle l'aspire avec avidité. C'est l'odeur sauvage de la liberté et de la vie. De la mémoire de Margaret sont en train de s'effacer bien des choses en ce moment-là. Sa volonté se durcit autour d'une pensée fixe et tendue qu'elle sent croître au-dedans d'elle. Ce sentiment la pousse. Elle s'approche d'un chasseur grand et vieux, le plus vieux de tous, peut-être le chef. Sa main se tend vers la grande main sombre et y reste accrochée comme un minuscule papillon blanc posé sur une pierre du fleuve. Les brasiers continuent de descendre sur l'eau. Le sang goutte sur le sol. Les chasseurs de cabiai sortent peu à peu. Durant un moment leurs pieds calleux raclent la terre dans la cour sur le chemin de la falaise en une fuite de cabiais rapides et rythmés. Ils s'éloignent. La rumeur cesse. On entend de nouveau l'écoulement du mort, seul, abandonné dans la galerie. Il n'y a personne.

Ilse sort de la cuisine. La peur, la panique, la terreur, la paralysent un instant comme un bain de chaux vive qui crevasse ses chairs et lui brûle même la voix. Puis elle appelle d'un cri blanc, délayé, qui s'écrase en vain sur les murs blancs et fendillés :

— Margaret..., *Gretchen...* !

Elle court vers la falaise. Le faufil des radeaux est en train de passer le coude, au milieu des brasiers. Les lueurs montrent encore pour un instant, avant qu'ils ne se perdent dans les ténèbres, les cheveux de lait de Margaret. Elle vogue comme une petite lune sur l'un des noirs radeaux.

— *Gretchen..., mein Herzchen... !*

Ilse revient en courant vers la maison. Un reste d'espoir instinctif l'entraîne, la pousse. Peut-être pas ; peut-être n'est-elle pas partie.

— *Gretchen..., Gretchen... !* Son cri aigre et sec a déjà l'oublieuse insistance de la folie.

Elle arrive au moment où le chasseur de cabiai mort se lève du lit de camp, transformé en un gigantesque mulâtre. Elle l'entend rire et pleurer. Elle le voit marcher comme un aveugle, en se cognant contre les murs. Il cherche une issue. Il ne la trouve pas. La mort sans doute l'accule encore. Son rire résonne. Ses os résonnent contre le mur. Ses pleurs plaintifs résonnent.

Ilse s'enfuit, s'enfuit de nouveau vers le fleuve, vers le talus. Les brasiers rouges descendent sur l'eau.

— *Gretchen..., Gretchen... !*

Un sourd grondement lui répond à présent. Il surgit du fleuve, il emplit toute la caisse acoustique du fleuve qui brûle sous le ciel noir. C'est le gualambau des chasseurs de cabiai. Ilse s'approche, aimantée par ce sinistre battement qui déjà emplit à présent toute la nuit. A l'intérieur il y a *Gretchen*. à l'intérieur tremble le petit cœur de *Gretchen*... Elle regarde vers le bas, du haut de la falaise. Elle voit beaucoup de corps, les corps sans visage de bien des ombres qui se sont réunies pour danser sur le banc de sable au rythme du tambour de calebasse.

Tum-tu-tum... Tam-ta-tam... Ta-tam... Tu-tum... Tam-ta-tam...

Les pieds plats se balancent et aussi les corps d'ombre dans la fumée blanche du banc de sable.

D'immenses dents de terre, de feu, de vent, mâchent la corde d'eau du gualambau et lui font rendre ses nausées de tonnerre chaud sur la tempe de farine de Ilse.

Tum-tu-tum... Tam-ta-tam... Tum-tu-tum...

Sur le tambour de calebasse le roulement rythmé et sourd s'éteint peu à peu, se fait de plus en plus lent et ténu, lent et ténu. On entend à peine le dernier, comme une goutte de sang qui tombe sur le sol.

(1984)
(traduit par Iris Gimenez)
Éditions Le Calligraphe

Juan RULFO

Mexique

Né à San Gabriel, Sayula (Mexique) en 1918, mort à Mexico en 1986. Il n'écrivit que deux livres mais qui sont deux chefs-d'œuvre : un recueil de nouvelles, Le llano en flammes *(1953), et un court roman, l'histoire du cacique* Pedro Páramo *(1955). Les protagonistes de Rulfo sont des paysans rudes et souvent primitifs de sa province natale, le Jalisco, marqués par l'isolement, la misère, l'ignorance et la superstition. L'écriture, généralement teintée d'un humour cruel, exploite avec bonheur toutes les techniques du fantastique. Selon le romancier uruguayen Mario Benedetti, le conte* Tu n'entends pas les chiens aboyer *« pourrait presque être pris pour une définition du genre ».*

Nouvelles : Le llano en flammes *(traduit par Michelle Levi-Provençal, les Lettres Nouvelles/Denoël, Paris 1966. Réédition : Maurice Nadeau, 1987).*

Roman : Pedro Páramo *(traduit et présenté par Roger Lescot, Gallimard, 1959, collection « La Croix du Sud ». Réédit. L'Imaginaire/Gallimard.)*

Tu n'entends pas les chiens aboyer

— Toi qui es sur mon dos, Ignacio, dis-moi si tu n'entends pas un signal quelconque ou si tu ne vois pas une lumière quelque part.

— On ne voit rien.

— Nous devons déjà être tout près.

— Oui, mais on n'entend rien.

— Regarde bien.

— On ne voit rien.

— Mon pauvre Ignacio !

La grande ombre noire des hommes continua à osciller de haut en bas. Elle escaladait les pierres, diminuant ou croissant comme elle avançait le long du ruisseau. C'était une seule ombre, se balançant.

La lune venait de sortir de la terre, pareille à une boule de feu.

— Maintenant, nous devrions arriver à ce village, Ignacio. Toi qui n'as rien sur les oreilles, écoute bien si les chiens n'aboient pas. Rappelle-toi, on nous a dit que Tonaya se trouvait un peu derrière la montagne. Rappelle-toi, Ignacio.

— Oui, mais je ne vois trace de rien.

— Je suis fatigué.

— Dépose-moi.

Le vieux alla à reculons s'appuyer contre le mur épais et là, recala la charge sur ses épaules. Malgré ses jambes qui fléchissaient, il ne voulut pas s'asseoir parce qu'il n'aurait pas pu soulever par la suite le corps de son fils qu'on l'avait aidé à hisser sur son dos, là derrière, quelques heures plus tôt. Et depuis, il le portait de cette manière.

— Comment te sens-tu ?

— Mal.

Il parlait peu. De moins en moins. A certains moments, il paraissait dormir, à d'autres, avoir froid. Il tremblait.

Le vieux savait quand son fils était pris de tremblements par les secousses qu'il lui envoyait et parce que ses pieds s'enfonçaient dans ses flancs comme des éperons. Et puis, les mains de son fils qu'il portait attachées à son cou lui tapaient sur la tête comme un grelot.

Il serrait les dents pour ne pas se modre la langue et ne s'arrêtait que pour demander :

— Tu as très mal ?

— Assez, répondait-on.

L'autre lui avait d'abord dit : « Dépose-moi ici... Laisse-moi... Repars seul. Je te rejoindrai demain ou dès que je serai un peu remis. » Il le lui avait dit au moins cinquante fois. Maintenant, il ne le disait même plus.

La lune était là. En face d'eux. Une grosse lune rousse qui remplissait les yeux de lumière. Elle allongeait et rendait encore plus noire leur ombre sur la terre.

— Je ne vois plus où je vais, disait-il.

Personne ne lui répondait.

L'autre, au-dessus, avançait, tout illuminé par la lune, son visage décoloré, exsangue, reflétant une clarté opaque. Et lui, ici, en dessous :

— Tu m'écoutes, Ignacio ? Je te dis que je ne vois pas bien.

Et l'autre gardait le silence.

Il poursuivit sa marche en trébuchant. Il se pliait et se redressait pour se remettre à trébucher.

— Ça n'est pas un chemin. On nous a dit que derrière la montagne se trouvait Tonaya. Nous l'avons déjà dépassée et on ne voit pas Tonaya, on n'entend aucun bruit qui nous l'annonce.

Pourquoi ne veux-tu pas me dire ce que tu vois, toi qui es là-haut, Ignacio ?

— Dépose-moi, père.

— Tu tu sens mal ?

— Oui.

— Je t'amènerai à Tonaya comme je l'ai décidé. Et je trouverai là-bas quelqu'un pour te soigner. On dit qu'il y a un docteur. Je t'y mènerai. Je te porte depuis des heures et ne vais pas te laisser traîner ici pour que tu te fasses tuer par n'importe qui.

Il oscilla un peu, fit deux ou trois pas de côté et se redressa.

— Je t'amènerai à Tonaya.

— Dépose-moi.

Sa voix était basse, à peine un murmure.

— Je veux me coucher un moment.

— Dors là-haut ! Je te tiens bien.

La lune montait, presque bleue sur un ciel clair. Le visage du vieux, ruisselant de sueur, était en pleine lumière. Il détournait les yeux pour ne pas regarder devant lui puisqu'il ne pouvait baisser la tête, que son fils serrait entre ses mains.

— Tout ce que je fais là, ce n'est pas pour vous. Je le fais pour votre défunte mère. Parce que vous avez été son fils. Voilà pourquoi je le fais. Elle me le reprocherait, si je vous avais laissé à l'abandon, là où je vous ai trouvé. Si je ne vous avais pas ramassé pour vous porter à ceux qui vous guériront. Je le fais mais c'est elle qui m'en donne le courage, pas vous. Et d'abord, parce que je ne vous dois que des ennuis, des mortifications et de la honte...

Parler le faisait transpirer. Mais le vent de la nuit séchait sa sueur. Et sur la sueur sèche, il recommançait à transpirer.

— Je m'éreinterai mais j'arriverai avec vous à Tonaya. Pour qu'on soigne toutes les blessures qu'on vous a faites. Et je suis bien sûr que dès que vous vous sentirez bien, vous retournerez à vos mauvais coups. Mais ça m'est égal. Pourvu que vous partiez loin et que je n'entende plus parler de vous. Pourvu que ce soit ainsi... Car, pour moi, vous n'êtes plus mon fils. En vous, j'ai maudit mon sang. Tout ce que vous avez pris de moi, je l'ai maudit. J'ai dit : que pourrisse dans son cœur le sang que je lui ai transmis ! Je l'ai dit depuis que j'ai appris que vous traîniez sur les routes en vivant de larcins et de crimes... En tuant d'honnêtes gens. Et même parmi eux mon compère Tranquilino. Celui qui vous a porté sur les fonts baptismaux, qui vous a donné son nom. Lui aussi a eu la malchance de vous rencontrer. Et depuis ce jour-là j'ai dit : « Celui-là ne peut pas être mon fils. »

— Regarde si tu n'aperçois pas quelque chose. Si tu n'entends rien. Toi, qui peux le faire de là-haut parce que moi, je me sens sourd.

— Je ne vois rien.

— Maudit sois-tu, Ignacio !

— J'ai soif.

— Attends ! Nous devons bien nous rapprocher. Mais voilà ce qui doit se passer : il fait déjà tout à fait nuit et, dans le village, ils ont dû éteindre les lumières. Mais tu devrais, au moins, entendre les chiens aboyer. Écoute !

— Donne-moi de l'eau.

— Il n'y a pas d'eau, ici. Il n'y a que des pierres. Supporte la soif. Et même s'il y avait de l'eau, je ne te déposerais pas pour en prendre. Personne ne m'aiderait à te remonter. Et je ne peux pas le faire tout seul.

— J'ai très soif et si sommeil.

— Je me rappelle quand tu es né. Tu n'as pas changé. Tu te réveillais, affamé et une fois rassasié, tu te rendormais. Et ta mère te donnait de l'eau parce que tu lui avais déjà bu tout son lait. Il t'en fallait toujours plus. Eu tu rageais tellement. Je n'aurais jamais pensé qu'avec le temps, cette rage te serait montée à la tête... C'est pourtant ce qui s'est passé. Ta mère, — qu'elle repose en paix ! — voulait t'élever pour te rendre fort. Elle croyait qu'en grandissant, tu deviendrais son soutien. Elle n'avait que toi. L'autre fils qu'elle allait avoir l'a tuée. Et toi, tu l'aurais tuée une autre fois si elle avait vécu jusqu'ici.

Il sentit que l'homme qu'il portait sur ses épaules cessait de serrer les genoux. Il se mit à relâcher ses pieds en les balançant.

Il lui sembla que la tête, là-haut, était secouée, comme par des sanglots.

De grosses gouttes tombèrent sur ses cheveux. On aurait dit des larmes.

— Tu pleures, Ignacio ? Le souvenir de votre mère vous fait pleurer, n'est-il pas vrai ? Mais vous n'avez jamais rien fait pour elle. Vous nous avez toujours mal payés. Il semble qu'en guise d'affection, nous vous avons bourré le corps de méchanceté. Vous voyez bien ? Maintenant, ils vous ont blessé. Que s'est-il passé avec vos amis ? Ils les tueront tous. Mais eux, ils n'avaient personne. Eux pouvaient dire : « Nous n'avons personne à prendre en pitié. » Mais vous, Ignacio ?

Le village était déjà là. Il vit briller les toits sous la lumière de la lune. Il eut l'impression que son fils l'écrasait de tout son poids quand il sentit ses jarrets fléchir sous un dernier effort. En arrivant à la première maison, il se coucha contre la barrière du trottoir et se détendit, le corps aussi mou que si on l'avait disloqué.

Il détacha avec difficulté les doigts que son fils avaient accrochés à son cou et, une fois libéré il entendit combien, de partout, les chiens aboyaient.

— Et toi, Ignacio, tu ne les entendais pas ? dit-il. Tu ne m'as même pas aidé en me donnant cet espoir.

(1953)
(traduit par Michelle Levi-Provençal)
Les Lettres Nouvelles, Maurice Nadeau

Juan José ARREOLA

Mexique

Né à Ciudad Guzmán (État de Jalisco, Mexique) en 1918. Autodidacte, a fait de nombreux métiers avant de s'imposer comme un maître de la nouvelle humoristique et fantastique. Boursier du gouvernement français, il a séjourné à Paris en 1945 et étudié avec Louis Jouvet et Jean-Louis Barrault. Ses fictions, souvent très courtes, expriment le burlesque absurde et grotesque d'un monde cruel et désolé.

Nouvelles : Varia invención *(1949) ;* Confabulario *(1952) ;* Bestiario *(1959) ;* Confabulario total *(1962) ;* Palindroma *(1971) ;* Confabulario personal *(1980).*

Roman : La foire, *1963 (traduit par Marie-Amélie Sarrailh, Gallimard, collection « La Croix du Sud »).*

L'aiguilleur, *extrait de* Confabulario, *a paru dans la revue* Les Lettres Nouvelles, *n° de juillet 1961, consacré aux Nouveaux écrivains d'Amérique Latine.*

L'Aiguilleur

L'étranger arriva hors d'haleine à la gare déserte. Sa grande valise, que personne n'avait voulu porter, l'avait complètement exténué. Il s'essuya le visage avec un mouchoir et, mettant une main devant ses yeux comme une visière, regarda les rails qui se perdaient à l'horizon. Haletant et songeur, il consulta sa montre : c'était l'heure exacte à laquelle le train devait partir.

Quelqu'un, sorti Dieu seul savait d'où, lui tapa doucement sur l'épaule. Se retournant, l'étranger se trouva devant un petit vieillard au vague aspect de cheminot. Il portait à la main une lanterne rouge, mais si petite qu'on aurait dit un jouet. Il regarda en souriant le voyageur, et celui-ci lui demanda, anxieux :

— Excusez-moi : mais, le train, est-il déjà parti ?

— Il n'y a pas longtemps que vous êtes dans ce pays, hein ?

— Je dois partir immédiatement. Il faut absolument que je sois à T... demain.

— On voit que vous n'êtes pas du tout au courant de ce qui arrive. Ce que vous devez faire dès maintenant c'est aller chercher un gîte à l'auberge — et il lui montra un étrange édifice gris-cendre qui ressemblait plutôt à une maison d'arrêt.

— Mais je ne veux pas loger ici. Ce que je veux c'est prendre le train.

— Retenez une chambre immédiatement, si par hasard il en

reste encore. Et si vous avez la chance d'en trouver une, louez-là pour un mois ; cela vous coûtera moins cher et vous serez mieux traité.

— Vous êtes fou ? Je vous ai dit qu'il fallait absolument que je sois à T... demain.

— Vous mériteriez bien que je vous abandonne à votre destin. Enfin, je vais quand même vous renseigner.

— Je vous en supplie...

— Ce pays est célèbre pour ses chemins de fer, comme vous le savez. Jusqu'à ce jour il n'a pas été possible de les organiser réellement, mais on a déjà fait de grandes choses en ce qui concerne la publication d'horaires et la vente de billets. Les indicateurs mentionnent et relient toutes les localités de la nation ; on délivre des billets même pour les villages les plus petits et les plus éloignés. Il manque seulement ceci : que les trains obéissent aux indications de l'horaire et passent vraiment par les gares mentionnées. C'est ce qu'attendent tous les habitants du pays ; entre-temps, ils acceptent les irrégularités du service et leur patriotisme leur interdit de manifester leur mécontentement.

— Mais, y-a-t-il un train qui passe par cette ville ?

— L'affirmer reviendrait à commettre une inexactitude. Comme vous pouvez le constater, les rails existent, même s'ils sont un peu endommagés. Dans certaines localités ils sont simplement indiqués par deux lignes tracées à la craie sur le sol. Étant donné les conditions actuelles, aucun train n'est dans l'obligation de passer par ici, mais rien non plus ne l'en empêche. J'ai vu passer beaucoup de trains dans ma vie et j'ai connu quelques voyageurs qui ont pu les prendre. Si vous avez la patience d'attendre, j'aurai peut-être personnellement l'honneur de vous aider à monter dans un joli wagon bien confortable.

— Et ce train me conduira à T... ?

— Mais pourquoi vous entêtez-vous à aller à T... ? Vous devriez vous montrer satisfait de pouvoir monter dans le train. Une fois que vous serez installé dans votre wagon, votre vie prendra effectivement une certaine direction. Que vous importe si cette direction n'est pas celle de T... ?

— C'est que j'ai un billet en règle pour aller à T... Logiquement, c'est là que l'on doit me conduire, non ?

— Beaucoup diraient que vous avez raison. À l'auberge, vous pourrez parler avec des gens qui ont pris leurs précautions en se procurant une grande quantité de billets. D'une façon générale, les gens prévoyants achètent des billets pour tous les points du pays. J'en connais qui ont dépensé en billets une véritable fortune...

— Je croyais que pour aller à T... un billet suffirait. Regardez le mien...

— Le prochain tronçon de chemins de fer nationaux va être construit avec l'argent d'une seule personne qui vient de dépenser son immense fortune en billets d'aller et retour pour un trajet ferroviaire dont les plans, qui comprennent de longs tunnels et des ponts, n'ont même pas encore été approuvés par les ingénieurs de la Compagnie.

— Mais le train qui passe à T... est-il déjà en service ?

— Oui, et beaucoup d'autres aussi. En réalité, la nation possède énormément de trains, et les voyageurs peuvent les utiliser avec une fréquence relative, s'ils veulent bien admettre qu'il ne s'agit pas d'un service régulier et définitif. Si vous préférez, en montant dans un train, personne n'espère être conduit à l'endroit de son choix.

— Comment cela ?

— Dans son désir de servir les citoyens, la Compagnie se voit dans l'obligation de prendre des mesures désespérées. Elle fait circuler des trains dans des endroits impraticables. Ces convois expéditionnaires mettent parfois plusieurs années pour effectuer leur trajet, et la vie des voyageurs peut subir des transformations importantes. Les décès ne sont pas rares dans de telles conditions, mais la Compagnie, qui a tout prévu, ajoute à ces trains un wagon-chapelle ardente et un wagon-cimetière. Il faut voir avec quel orgueil les mécaniciens déposent le cadavre d'un voyageur — luxueusement embaumé — sur le quai de la gare mentionnée sur le billet ! Parfois ces trains-forçats parcourent des voies qui ne possèdent qu'un seul rail. Tout un côté du wagon cahote lamentablement à cause du choc des roues sur les traverses. Les voyageurs de première — la Compagnie a tout prévu — se placent du côté du rail. Ceux de seconde supportent les cahots avec résignation. Mais il existe d'autres voies qui n'ont pas de rails du tout ; tous les voyageurs subissent alors les mêmes ennuis, jusqu'à ce que le train s'arrête, disloqué.

— Diable !

— Tenez : le village de F... est né à la suite d'un de ces accidents. Le train alla s'enfoncer dans un terrain impraticable. Limées par le sable, les roues s'usèrent jusqu'aux axes. Les voyageurs restèrent si longtemps ensemble que de quelques conversations banales et nécessaires surgirent des amitiés étroites. Quelques-unes de ces amitiés se transformèrent vite en idylles, et c'est ainsi qu'on a vu apparaître F..., un village progressiste plein d'enfants espiègles qui jouent avec les débris rouillés du train.

— Mon Dieu, moi je ne suis pas fait pour de telles aventures !

— Il faut d'abord que vous retrouviez votre sang-froid, et vous arriverez peut-être à devenir un héros. Ne croyez pas que les occasions manquent aux voyageurs de montrer leur courage et leurs capacités de sacrifice. Une fois, deux cents passagers anonymes ont ainsi écrit une des pages les plus glorieuses de nos annales ferroviaires. Au cours d'un voyage d'essai, le mécanicien décela à temps une grave omission des constructeurs de la ligne. Sur le parcours il manquait un pont qui devait franchir un abîme. Eh bien, le mécanicien, au lieu de faire marche arrière, harangua les passagers et obtint d'eux l'effort nécessaire pour aller de l'avant. Sous son énergique direction, le train fut démonté pièce par pièce et porté à dos d'homme de l'autre côté de l'abîme, qui réservait encore la surprise de contenir en son fond un fleuve puissant. Le résultat de l'exploit fut si satisfaisant que la Compagnie renonça définitivement à la construction du pont, se contentant d'accorder une importante ristourne aux passagers qui se risquent à affronter cette difficulté supplémentaire.

— Mais je dois être à T... demain !

— Très bien. Il me plaît que vous ne renonciez pas à votre projet. On voit que vous êtes un homme énergique. Installez-vous pour le moment à l'auberge et prenez le premier train qui passera. Ou plutôt essayez de le prendre, car il y aura mille personnes pour s'opposer à votre tentative. Lorsqu'un convoi arrive, les voyageurs, exaspérés par une trop longue attente, sortent pêle-mêle de l'auberge pour envahir la gare. Très souvent ils provoquent des accidents à cause de leur incroyable manque de courtoisie et de prudence. Au lieu de monter en bon ordre, ils préfèrent s'écraser les uns les autres ; finalement personne ne peut monter et le train repart, les laissant indignés sur le quai de la gare, Les voyageurs, échevelés et furieux, maudissent leur manque d'éducation et restent longtemps à s'insulter et se frapper.

— Et la police n'intervient pas ?

— On a essayé d'organiser un corps de police dans chaque gare, mais l'arrivée imprévisible des trains rendait un tel service inutile et extrêmement coûteux. En outre, les membres de ce corps prouvèrent bientôt leur vénalité en se consacrant à protéger exclusivement le départ des voyageurs riches qui leur donnaient en échange de ce service tout ce qu'ils avaient sur eux. C'est alors qu'on décida de créer des écoles spéciales où les futurs voyageurs recevraient des leçons de courtoisie et un entraînement adéquat leur permettant de passer leur vie dans les trains. On leur apprend aussi la meilleure manière d'aborder un convoi et de monter dans un train en marche, même à grande vitesse. On leur fournit également une espèce d'armure pour éviter que les autres passagers ne leur brisent les reins.

— Mais, une fois dans le train, est-on à l'abri de nouvelles difficultés ?

— Relativement. Je vous recommande seulement de bien faire attention aux gares. Il se pourrait que vous croyiez être arrivé à T... et que ce ne soit qu'une illusion. Pour rendre plus facile la vie dans les wagons trop pleins, la Compagnie se voit dans l'obligation de recourir à certains expédients. Il y a des gares qui ne sont que pures apparences : elles ont été construites en pleine forêt et portent le nom de quelque ville importante. Mais il suffit d'être un peu attentif pour découvrir le piège. Ces gares sont comme des décors de théâtre et les personnages qui les occupent sont des poupées de sciure. Ces poupées ont subi les ravages des intempéries, mais elles sont parfois une image parfaite de la réalité : elles portent sur le visage les traces d'une lassitude infinie.

— Heureusement, T... n'est pas très loin d'ici.

— Mais nous manquons pour le moment de trains directs. Cependant il n'est pas impossible que vous arriviez à T... dès demain, comme vous le désirez. L'organisation des chemins de fer, bien que déficiente, n'exclut pas la possibilité d'un voyage sans escales. Tenez : il y a des voyageurs qui ne se sont même pas rendu compte de la situation. Ils achètent un billet pour aller à T... Un train passe, ils montent, ils entendent le mécanicien qui annonce : « T... Ici T... » Sans prendre aucune précaution, ils descendent et se trouvent effectivement à T...

— Puis-je faire quelque chose pour faciliter ce résultat ?

— Bien entendu ! Ce qu'il est impossible de savoir c'est si cela vous servira à quelque chose. Mais vous pouvez toujours essayer. Montez dans le train avec l'idée fixe que vous allez arriver à T... Ne parlez à aucun des voyageurs. Ils pourraient vous décevoir avec leurs histoires de voyage, et peut-être même vous dénoncer.

— Que dites-vous ?

— En raison de l'état actuel des choses, les trains sont remplis d'espions. Ces espions, volontaires pour la plupart, consacrent leur vie à exalter l'esprit constructif de la Compagnie. Parfois un voyageur ne sait pas ce qu'il dit et parle uniquement histoire de parler. Mais eux se rendent aussitôt compte de tous les sens que peut prendre une phrase, si simple qu'elle soit. Du commentaire le plus innocent ils savent tirer une opinion répréhensible. S'il vous arrivait de commetre la moindre imprudence, vous seriez appréhendé aussitôt ; vous passeriez le reste de votre vie dans un wagon-prison, à moins qu'on ne vous oblige à descendre dans une fausse gare, perdue dans la forêt. Voyagez avec foi, mangez le moins possible et ne mettez pas les pieds sur le quai avant d'avoir aperçu à T... une tête connue.

— Mais je ne connais personne à T...

— Dans ce cas, redoublez de précautions. Vous connaîtrez, je vous assure, beaucoup de tentations en cours de route. Si vous regardez par les portières, vous êtes exposé à tomber dans le piège d'un mirage. Les portières sont pourvues de dispositifs ingénieux qui créent toutes sortes d'illusions dans l'esprit des voyageurs. Les gens les plus habiles s'y laissent prendre. Certains appareils, manœuvrés depuis la locomotive, font croire, par le bruit et les mouvements, que le train est en marche. Cependant le train reste arrêté des semaines entières, tandis que les voyageurs voient défiler derrière la vitre des paysages enchanteurs.

— Et cela, dans quel but ?

— Dans la saine intention de diminuer l'anxiété des voyageurs et d'annuler autant que possible les sensations de transport. On aspire à ce qu'un jour les passagers s'en remettent pleinement au hasard, c'est-à-dire à l'entreprise toute puissante, et qu'il ne leur importe plus de savoir où ils vont ni d'où ils viennent.

— Et vous, vous avez voyagé beaucoup dans les trains ?

— Moi, monsieur, je ne suis qu'un pauvre aiguilleur. Et, pour être franc, je suis un aiguilleur en retraite qui ne vient ici que de temps en temps pour se rappeler le bon temps. Je n'ai jamais voyagé, et je n'ai pas envie de le faire. Mais les voyageurs bavardent avec moi. Je sais que les trains ont créé beaucoup de cités, en dehors de celle de F... dont je vous ai raconté l'origine. Il arrive parfois que les mécaniciens d'un train reçoivent des ordres mystérieux. Ils invitent les passagers à descendre des wagons, généralement sous prétexte d'admirer les beautés d'un lieu déterminé. Ils leur parlent de grottes, de cascades ou de ruines célèbres : « Quinze minutes pour que vous admiriez telle ou telle grotte », annonce aimablement le conducteur. Une fois que les voyageurs se trouvent à une certaine distance, le train s'enfuit à toute vitesse.

— Et les voyageurs ?

— Ils errent d'un coin à l'autre durant quelque temps, mais ils finissent par se retrouver et se grouper en colonie. Ces arrêts intempestifs se font dans des lieux appropriés, très loin de toute civilisation, mais pourvus de richesses naturelles suffisantes. On y abandonne des groupes choisis, des gens jeunes, et surtout beaucoup de femmes. N'aimeriez-vous pas finir vos jours dans un de ces endroits pittoresques et inconnus, en compagnie d'une jolie fille ?

Le petit vieux cligna de l'œil en regardant le voyageur avec malice, souriant, plein de bonté. A cet instant on entendit au loin un sifflement. L'aiguilleur bondit, très inquiet, et se mit à faire des signaux ridicules et désordonnés avec sa lanterne.

— C'est le train ? demanda l'étranger.

Le vieillard s'élança comme un fou sur la voie. Lorsqu'il fut à une certaine distance, il se retourna pour crier :

— Vous avez de la chance ! Demain vous arriverez dans votre fameuse gare. Comment dites-vous qu'elle s'appelle ?

— X ! répondit le voyageur.

A ce moment le petit vieux se perdit dans l'aube claire. Mais le point rouge de la lanterne continua de courir et de sauter entre les rails, imprudemment, à la rencontre du train. Au fond du paysage, la locomotive s'approchait avec fracas.

(1952)
(traduit par Claude Couffon)
Les Lettres Nouvelles, Maurice Nadeau

Gloria ALCORTA

Argentine

Née à Bayonne en 1918, de parents argentins d'origine espagnole. Après des études d'histoire de l'art et de sculpture, part en 1935 pour Buenos Aires où elle rencontre Pablo Neruda, Jorge Luis Borges, Eduardo Mallea, Adolfo Bioy Casares. Jorge Luis Borges, qui préface son premier livre, un recueil de poèmes écrits en français, La prison de l'enfant *(1935), constate déjà « la part qu'on y fait au rêve », « l'atmosphère magique ou onirique de tout le volume » dans lequel « la tendresse et le surnaturel abondent ». « Gloria Alcorta a le don de convertir tout ce qu'elle touche en miracle », précise-t-il encore dans la revue* Obra *(1936). Revenue en France en 1936, elle étudie la sculpture avec Charles Despiau et Drivier, l'art dramatique avec Marcel Herrand, et se lie d'amitié avec Jules Supervielle, Max Jacob, Léon-Paul Fargue. En 1951, Rafael Alberti traduit en espagnol les poèmes français de son recueil* Visages *(B.A. 1951, réédité à Paris par Pierre Seghers, prix Rivarol). Après une comédie dramatique,* Le seigneur de San Gor, *jouée par Valentine Tessier et Georges Descrières, Gloria Alcorta rentre à Buenos Aires où elle révèle ses premières nouvelles fantastiques :* El hotel de la luna *(1958), suivies de* Noches de nadie *(1961) et d'un roman :* En la casa muerta *(1963). « L'univers de Gloria Alcorta est essentiellement inquiétant, écrivit Jean Cassou ; le rêve, le meurtre et la folie y rôdent sournoisement et l'on ne saurait manquer de pressentir qu'ils finiront par l'emporter (Préface à l'édition française de* L'hôtel de la lune, *trad. Claude Couffon, éd. Albin Michel, 1966). Ce monde étrange, où des hommes et des femmes de la réalité quotidienne vivent des aventures cruelles comme dans les cauchemars mais que l'on sent chargées de mystérieux symboles, constitue le fascinant tissu de toutes les nouvelles écrites par Gloria Alcorta, tantôt en espagnol, tantôt en français comme* L'Oreiller noir *(éd. Grasset, 1978) et* Le Crime de doña Clara *(Presses de la Renaissance, 1989.)*

Le ressuscité *a paru dans* L'Atelier Imaginaire, *éd. L'Age d'Homme, Lausanne, 1987.*

Le ressuscité

Raison sans raison
Par qui tout advient.
Claude Roy.

Le sable sous le ventre de l'étranger était pétri d'accidents qui lui labouraient les chairs quand il essayait de changer de posture.

Après une lutte épuisante avec la torpeur de ses reins, ayant enfin réussi à se retourner, Ismaël comprit qu'il se trouvait sur une plage. Sa respiration était douloureuse, quelque chose s'agitait dans sa poitrine, quelque chose d'étranger, comme autant de clavettes et de petites roues.

Comme il promenait un regard sur la rive, en quête d'un point familier où le poser, il ne vit que de l'eau et du sable. La mer était déserte, mordant une côte déserte.

Au fond de la baie dont il était sur le point de percevoir les limites, le soleil commençait à se montrer derrière un faisceau de cheminées. Or l'étranger était persuadé de ne pas s'être aventuré dans le voisinage du port depuis plus d'un an. Mais ces cheminées, il les connaissait bien : c'étaient celles de Cambou.

Il essaya de se souvenir, mais ne put évoquer avec précision que les carreaux blancs et noirs en forme d'écus dans le patio des fils de Fierro. Après quelques secondes, il se souvint que c'était dimanche de Carnaval et que deux paillasses à tête de bœuf l'avaient acculé contre un mur et bâillonné en lui enfonçant quelque chose de tranchant dans la poitrine.

Ses bras gisaient sans force le long de son corps. Sa tête avait grossi depuis qu'il avait repris connaissance, ses tempes battaient. A Cambou de Los Angeles, sa mère le roulait dans des serviettes chaudes imbibées de vinaigre lorsqu'il était malade. Mais Doña Clarisia ne pourrait pas l'aider. Elle ne se levait plus du fauteuil dans lequel son époux était mort. Elle restait sous le figuier dans le patio, à travailler à une tapisserie peuplée de lézards et de hiboux. « Ne sors pas avec la Chunga ! » implorait-elle, « ils vont te tuer. Les Fierro sont des sauvages. Après ta mort, petit, qu'est-ce que tu vas faire sans moi ? »

L'étranger aurait bien volontiers cédé toutes les richesses de la maison paternelle : porcelaines, cuivres, médailles, et jusqu'au fauteuil dans lequel son père était mort, afin de pouvoir sortir de cette cavité de sable où il lui était impossible de faire un mouvement. Le ciel, loin de s'ouvrir, s'était transformé depuis quelques secondes en une immense taie de vapeur.

Ses vêtements étaient en lambeaux, et à mesure que ses bras et ses reins reprenaient un semblant d'énergie, la déchirure dans sa poitrine se dilatait. Bientôt il allait devoir accepter que la marée l'engloutisse.

Il ruminait des idées de plus en plus sombres, lorsqu'un chien s'avança et se mit à lui lécher les épaules. C'était une bête couleur de soufre avec de grosses pattes noires. L'étranger fit un dernier effort pour se soulever en s'agrippant au cou de l'animal, et une fois sur ses pieds, poussa un gémissement de triomphe. Ses jambes n'étaient pas brisées, simplement raides et lourdes. Il commença à marcher. Le chien le suivit en lui mordillant le bas des fesses. Puis il s'immobilisa devant la dépouille d'un palmipède. L'étranger ne se troubla pas et poursuivit son chemin en direction de ce qui devait être la voie ferrée, tout là-haut sur les dunes, en bordure du petit bois.

Le ciel était opaque, l'air poisseux, mais dans le lointain, l'étranger crut entrevoir un paysan qui arrosait les géraniums de la galerie d'une petite gare dont il connaissait le toit, en forme de bicorne.

Les rails reluisaient dans l'herbe, serpentaient, se coupaient, pour reparaître plus loin entre deux mottes de pissenlits. L'étranger les suivit, l'œil fixé sur chaque tronçon lumineux, et quelle ne fut pas sa stupeur en se trouvant nez à nez avec un vieux wagon repeint dans le vert le plus cru, et qui se balançait hors des rails, au rythme d'une mandoline et d'un tambour. La gare, elle, n'était plus qu'un amas de briques.

« Dis donc Ulysse, est-ce que tu vois ce que je vois ? » Le tambour s'était arrêté. Un individu revêtu d'une vieille culotte paysanne et coiffé d'un béret basque enfoncé jusqu'aux oreilles, se tenait devant la portière de la voiture, un mégot collé à une lèvre inférieure qui semblait s'être fendue pour le retenir.

L'étranger ne bougeait pas. Il observait l'homme au mégot d'un regard éteint. Celui-ci voulut prononcer quelques mots, mais ses maxillaires refusèrent d'obéir. Puis voyant que le nouveau venu se contentait, en guise de commentaire, de passer une main tremblante sur ses cheveux, son œil se dégagea de sous le béret et s'arrondit jusqu'à atteindre la fixité d'un œil de corbeau.

— Toi ! c'est toi !..., bredouilla-t-il, allez... fous moi l'camp... et vite, si tu ne veux pas que je t'assomme...

— Qu'est-ce qui ne va pas ? interrogea une voix masculine à l'intérieur de la voiture.

— C'est ce fils de pute... ce fils de pute... il est revenu... Ulysse...

Mais personne ne parut se troubler dans le wagon. Le joueur de mandoline reprit sa complainte « A moi le soleil, Iñès... A moi les roses... Que savons-nous de la mort ? ... »

L'étranger avala sa salive et recula d'un pas. Il avait entre dix-sept et dix-huit ans. Les veines de son visage s'étaient gonflées autour de sa bouche. Son regard, qui devait avoir été bleu, avait viré au blanc. Un cercle violacé entourait ses pupilles.

Il lui fallait rester calme, réfléchir. Pourquoi cet inconnu voulait-il lui faire peur et pourquoi, lui, Ismaël, avait-il peur ? Combien de temps s'était-il écoulé depuis qu'on l'avait agressé ? Hier encore la gare de Cambou se trouvait là, sur la dune. Le rapide de la capitale s'y arrêtait tous les samedis. Combien de fois n'avait-il pas accompagné sa tante Isolina au train de sept heures. Les dames de la région aimaient à se réunir dans la galerie. Le rapide de la capitale leur apportait des merveilles : des messieurs en vêtements de soie, des dames qui sautaient du wagon pour aller se jeter dans la mer...

Cet inconnu n'avait aucune raison de vouloir l'effrayer. La Chunga ne lui était rien. En évoquant sa fiancée, un froid de petit jour lui parcourut l'échine. Ils avaient été très près l'un de l'autre, Chunga et lui, aussi près que Dieu le permet aux amoureux, avant la bénédiction. A en juger à la douleur qu'il ressentait dans la poitrine, les assassins ne l'avaient pas achevé ; ils l'avaient séparé de sa bien-aimée, poignardé, puis traîné jusqu'à la côte pour le jeter sur le rivage.

Ce qu'Ismaël aurait voulu, la seule chose qu'il aurait voulue puisqu'il avait échappé au sort préparé par l'ennemi, c'était de pouvoir retourner à Cambou. Au lieu de cela, il restait ancré dans l'herbe, tel un épouvantail, devant une gare dont le toit et les murs s'étaient effondrés, et dont les rails n'étaient plus qu'un mirage. Le paysan qui arrosait les géraniums dans la galerie avait disparu, et celui qui voulait l'assommer, pourquoi s'était-il accroupi sous l'eucalyptus et se préparait-il à reprendre l'attaque ? Soudain, à l'intérieur de la voiture, la mandoline s'arrêta et un homme d'une cinquantaine d'années, qui ne pesait pas moins de cent kilos s'inséra dans l'encadrement de la portière.

Il n'arborait pas de culotte paysanne, mais un costume bleu, agrémenté de galons sur le col et sur les manches. Ses cheveux drus auréolaient d'un nuage gris une casquette de marin qui lui conférait un semblant de majesté.

— Qui c'est ? demanda-t-il, en désignant l'étranger.
— Tu vas pas me dire que tu reconnais pas le Pacho ?
— Quel Pacho ?
— Ortiz, bien sûr.

— Sans blague !

L'homme éclata de rire et reprit d'un ton acéré :

— Il y a belle lurette qu'il a été liquidé, ce Pacho-là, au moins trente ans.

— Qu'est-ce que ça prouve ? répliqua l'homme au béret basque. Le négro affirme que les chrétiens qui s'font descendre pendant le carnaval reviennent sur terre et que...

— Ta gueule. Ce négro est un cinglé. Les frères de la Chunga voulaient faire travailler la gosse. Ils l'ont assommée elle et le copain ; voilà tout. Y a que toi, Oreste, pour croire aux salades de ce négro de malheur.

L'homme à la culotte paysanne s'inclina pour récupérer le mégot qui avait glissé de sa bouche. Puis il se redressa et, brandissant son index, demanda d'une voix tonitruante :

— Dis, pourquoi qu'on n'essaierait pas de se faire assommer, nous, et d'recommencer ?

Mais le joueur de mandoline haussa les épaules et tourna le dos à son camarade.

— T'as vu ça, dit-il en se rapprochant de l'étranger. Monsieur le visionnaire croit aux revenants. Il te confond avec un macchabée qui serait encore plus vieux que nous s'il revenait.

Ismaël ferma les yeux. Une sueur à goût de larmes s'insinuait dans sa bouche. Ulysse avait conservé son regard fixé sur lui.

— Tu sais Oreste, ajouta-t-il, sans quitter l'étranger des yeux, il me plaît ton fantôme. Il a un petit cou tout raide, comme les narcisses, sur la place, pas vrai ?

Mais Oreste ne daigna pas répondre, et l'homme à la casquette renoua le fil du discours en caressant la nuque de son protégé.

— Il se passe de drôles de choses ici, petit. Quand la marée n'a pas voulu de toi, c'était pas par hasard. Allez, va embrasser ta mère, elle t'attend ; et oublie les prophètes, ils portent malheur

La voix était encourageante, mais pour Ismaël, les propos du gros homme demeuraient aussi troubles que la partie profonde d'une lagune après la pluie.

— Viens, on va te nourrir ordonna Ulysse, en le poussant vers le wagon.

Une table tendue de blanc occupait tout l'espace disponible à l'intérieur de la voiture. Des assiettes de porcelaine s'éparpillaient parmi des restes de pot-au-feu.

Ulysse fit asseoir son hôte et lui servit une assiette de poulet.

— La semaine dernière, reprit-il, tu sais ce qu'ils nous ont fait, les salauds de l'administration ? Ils nous ont déclarés « hors d'usage » ! Ils nous ont jetés par-dessus bord, Oreste et moi. Mais il y a un destin, qui est bien à nous. Alors on a repeint l'wagon... Tu l'as vu ! c'est un'vraie p'tite pomme.

Ismaël émit une sorte de grognement et se laissa glisser entre la table et la paroi. Ulysse avait repris sa mandoline et poursuivait son énoncé d'une voix mélodieuse.

— Quelquefois, on lui attache un canasson à la p'tite pomme, et on s'envoie un'balade.

Pendant qu'Ulysse pérorait, quelqu'un entra dans la voiture. Pelotonné contre la cloison, l'étranger n'entendait plus le bavardage de son hôte. Il ne sentait plus sa main sur sa nuque. Un coup violent frappé par Oreste sur le tam-tam acheva de le plonger dans une zone de brouillard.

Ce même jour, à trois heures de l'après-midi, sous un ciel sans transparence, la wagon de Cambou se balançait devant ce qui restait de la petite gare.

Soudain, l'homme à la casquette se leva, repoussa son tabouret et posa son instrument sur la table. Avant de parler, il respira avec force et, appuyant une main grande ouverte sur le crâne de son ami, il déclara sur un ton où se mêlaient superbe et contrition :

— Tu peux être satisfait, Oreste, c'est bien le Pablo Ortiz que nous avons là.

— Quoi ? Qu'est-ce que tu dis ?

L'homme au béret eut un drôle de frétillement dans la partie supérieure de son buste, ses yeux se creusèrent, ses poings se serrèrent, et il eut fracassé son tambour sur le crâne de son compagnon si celui-ci ne lui avait pas empoigné le bras pour le lui tordre derrière le dos.

— Dis-le, balbutiait le malheureux, pourquoi tu mentais, pourquoi ?

— Ça va, admit Ulysse, j'ai menti.

Puis, pesant chacune de ses syllabes comme pour les enfouir dans le cerveau de son ami, il déclara :

— Je ne crois pas aux revenants.

— Et en quoi tu crois ?

— En Dieu.

— En Dieu... t'as bien dit... en Dieu ?

Cette fois, Oreste faillit étouffer. Sa bouche se tordit afin de retenir son mégot, ses narines se dilatèrent, tandis qu'Ulysse, lui, se contentait de reprendre sa place et de faire résonner les cordes de sa mandoline « A moi le soleil, Iñès... que savons-nous de la mort ? »

Mais l'homme au béret n'en avait pas fini.

— Tu ne crois pas aux revenants, insista-t-il. Alors dis-moi quelle est la différence entre le revenant et le ressuscité ?

Ulysse hocha la tête sans répondre, puis, posant sur son ami un regard dans lequel celui-ci aurait pu lire autant de dédain que de commisération, il laissa tomber :

— Le ressuscité, Oreste, c'est un homme qui peut encore mourir.

— Un veinard...

— Oui, un veinard.

— Et le revenant ?

— D'la frime, d'la poussière, rien...

Oreste ne bougea plus. Ses dents claquaient. Cependant il fit un dernier effort :

— C'est pas d'la frime, c'est pas d'la poussière, un revenant, j'te parie que la Chunga va se présenter elle aussi. Souviens-toi, on l'avait sortie d'un ravin avec le coffre en marmelade... Un couteau d'cuisine avait fait l'coup. En plein sous la gorge, une plaie grande comme ça...

— Ta gueule.

Puis d'une voix changée, Ulysse articula :

— Putain de vie ! va... pourquoi qu'ils ont pas assommé ces pauv'gosses tous les deux à la fois ?

Le vent, qui léchait le visage d'Ismaël, n'était pas un vent d'autre part. C'était le vent de Cambou de Los Angeles, la ville de son enfance. Le banc où il avait dormi était le banc de la place de ses années d'écolier. Quant à la statue au buste de nourrice, c'était bien la statue de la Liberté qu'il escaladait les jours de fête, pour la coiffer d'un chapeau de pirate.

On avait ravalé la façade de l'église, élargi la galerie et replacé les mosaïques. Mais c'était bien la même église où Ismaël avait fait sa première communion. Le bar d'Aristobulo Fierro dans le coin de l'avenue, c'était bien le même bar, plus propre et plus grand.

Ismaël se leva et se mit à marcher, s'étonnant de ne plus éprouver de douleur dans les reins ni dans la poitrine. Les rues étaient désertes, avec des lampions suspendus aux branches des tilleuls. Toute la population devait s'être massée dans le bar des Fierro pour fêter carnaval.

Quand il fut devant la maison de la famille, il reconnut les fenêtres entourées de guirlandes de plâtre, ainsi que la grosse porte, avec son heurtoir en forme de sirène. Quand il la poussa elle s'ouvrit. Dans le salon, une odeur de fleurs momifiées se dégageait des meubles dissimulés sous les housses. Sur le grand mur, entre deux flambeaux, Dom Ambarino Ortiz, capitaine de frégate, trônait, le buste constellé de décorations. Il regardait son enfant, le suivait des yeux jusque derrière le piano avec un regard si bouleversé qu'Ismaël se détourna.

Après quelques secondes de recueillement, il traversa la grande salle, franchit le corridor et entra dans le patio. Ulysse ne s'était pas trompé : Doña Clarisia était à sa place, devant une tapisserie sur laquelle elle s'acharnait depuis sa jeunesse et qui avait acquis une dimension extravagante. Elle était jonchée de lézards qui s'ébrouaient parmi les cacaotès et les salamandres dans les sinuosités d'une forêt de sapins illuminés comme pour les réjouissances de Noël. Jamais les murs du salon ne seraient assez vastes pour la contenir toute entière ! Il allait falloir la sectionner, sans tenir compte du ruisseau qui la traversait.

Doña Clarisia devait avoir senti son fils entrer dans le patio.

Ses paupières frémirent, mais elle ne leva pas le front lorsqu'il déposa un baiser sur ses yeux.

— Non, je ne vais pas t'embrasser.

La voix était bien celle de sa mère, rauque, têtue, pressante.

— Ils vont te tuer, Ismaël !

Le jeune homme cessa de respirer. Le petit corps de Doña Clarisia n'était plus qu'une image décolorée, à peine tangible. Il l'entoura de ses bras, la couvrit de baisers et la pressa sur son cœur, la pressa de toutes ses forces, jusqu'à ce qu'il ne lui restât plus dans les mains qu'une poignée de soie.

Dans le patio désert, Ismaël, crut que ses veines allaient éclater. Il allait avoir du mal à ne pas perdre connaissance. Cependant il hésita avant de se décider à fuir pendant qu'il lui restait un soupçon de vie. Il craignit de ne pouvoir se soustraire à l'emprise de ces murs, de ces vases, de ce patio avec sa glycine, et surtout de ces armes blanches sur les murs qui avaient été celles du pouvoir et de l'orgueil.

Au bout de quelques minutes de confusion, il parvint à se redresser. Alors il traversa le corridor et le salon sans lever les yeux sur le portrait de Don Ambarino, son père, et sortit.

Les rues de Cambou étaient toujours désertes. Des vagues de musique émergeaient des coins les plus sombres. Ismaël avança sans regarder derrière lui. Sa maison, sa mère, sa naissance, sa mort ne lui importaient plus. Seul le sort de la Chunga occupait sa pensée. Elle ne devait pas être loin, elle ne l'avait jamais trahi. Ismaël traversa la place et entra dans le bar.

Le salon réservé aux familles, derrière le salon mixte où les hommes avaient le droit de plaisanter avec les jeunes femmes de Cambou, était envahi par une foule dissonnante. Des éphèbes déambulaient d'une salle à l'autre, le visage barbouillé de taches noires simulant des écus. Ismaël ne reconnaissait personne dans cette foule, sauf peut-être un vieillard vêtu comme pour un mariage, qui ânonnait un chant patriotique.

Quelque chose de poisseux lui comprimait la gorge et l'empêchait de proférer un son. Il se sentait étouffer comme dans le réduit où il avait été emprisonné avec Ulysse et Oreste.

Il se serait peut-être affalé entre les jambes des fêtards si une grosse femme, au fond de la salle, ne s'était pas mise à hurler « Qu'il enlève son masque... on l'a reconnu... QU'IL ENLÈVE SON MASQUE... »

En moins d'une seconde, le cri de cette femme se matérialisa et rebondit de mur en mur. Une bonne douzaine de voix suraiguës lui firent écho « DES MORTS ON N'EN VEUT PAS... AU CIMETIÈRE... AU CIMETIÈRE... »

Un groupe d'étudiants déguisés en étrangleurs du temps de la tyrannie de Rosas s'avança sur Ismaël et le précipita contre le comptoir, tandis qu'un gorille en maillot écarlate lui enfonçait son genou dans l'estomac et qu'un cuisinier asiatique lui enroulait sa tresse autour du cou. Ce même gorille excité par une danseuse de cancan le poussa jusqu'à la porte de la rue et le poursuivit sur le trottoir, pendant quelques mètres, en scandant « AU CIMETIÈRE... AU CIMETIÈRE... ! »

Lorsqu'après avoir couru pendant cinq ou six lieues, sans reprendre haleine, Ismaël Ortiz arriva à hauteur de la voie ferrée, il constata que les rails zigzaguaient toujours le long du petit bois, mais que les débris de la gare et ce qui restait du train n'étaient plus là.

il remua la tête d'un côté et de l'autre pour se détendre et chercha à respirer à fond, mais une douleur brusque dans la poitrine lui arracha un gémissement. A cet endroit du port, la lumière était ténue, la terre inclinée. Il ferma les yeux, plia les genoux, se laissa glisser dans le sable et se mit à rouler.

L'étranger était étendu sur le rivage quand quelque chose de tiède, après avoir tournoyé un moment dans l'air, s'immobilisa sur sa tête. Il ouvrit les yeux, leva les mains et s'en saisit.

C'était quelque chose d'ailé, de vibrant, de féminin, qui l'observait d'un regard sans pupilles. Ismaël referma les doigts sur cette chose et la serra, comme il avait serré le corps de sa mère. Ensuite, il l'étendit sur le dos et la maintint couchée, pendant qu'il lui découvrait la poitrine et plongeait sa bouche dans la blessure.

Pendant longtemps, à Cambou de los Santos, les gens parlèrent du ressuscité. Les uns juraient s'être touvés sur son passage quand il allait vers le port ou quand il sortait de la maison paternelle. Les autres disaient que tout ça n'était qu'imaginations d'ivrognes. Moi malgré les années et le scepticisme de ceux qui m'entourent, je suis toujours perplexe, car il est indéniable que Doña Clarisia était morte, le soir même où on avait chassé son fils de la ville, et il est indéniable qu'on avait retrouvé le cadavre de la pauvre femme dans son fauteuil à bascule, une mèche de cheveux noirs dans les mains. Aux dires des spécialistes, ces cheveux avaient été arrachés à un crâne vivant. Et puis, pourquoi Doña Clarisia serait-elle morte d'autre chose que de surprise ? Tout le monde savait qu'elle était partie pour vivre cent dix ans.

On discute toujours de l'aventure, à Cambou. « Une hallucination » disent les uns. « Un miracle » disent les autres. Cependant quand chaque fois qu'un inconnu traverse la ville et repart sans avoir rien demandé à personne, un peu comme s'il n'était pas de ce monde, on s'écrie « Tiens, encore un ressuscité ! » et on le laisse aller : peut-être nous portera-t-il bonheur ?

Un paysan affirme que ce soir-là, sur la plage du port, il avait vu le Pacho entrer dans la mer et disparaître avec un oiseau dans les bras. Et puis, pourquoi ne pas l'avouer ? Depuis le passage d'Ismaël Ortiz, il n'y a plus eu de mort violente à Cambou.

(1987)
(écrit en français par l'auteur)

Elena GARRO

Mexique

Née à Puebla (Mexique) en 1920. Vit à Paris depuis son divorce avec le poète Octavio Paz. Romancière et dramaturge, son œuvre exprime la solitude, l'incommunicabilité, la frustration, l'angoisse. « Dans son monde, a écrit le critique mexicain Emmanuel Carballo, il n'y a que des êtres heureux et malheureux... Ses personnages luttent contre la mort et aspirent seulement à être heureux. »

Seul son roman Los recuerdos del porvenir *(1963) a été traduit en français sous le titre* La fête à Ixtepec *(par Alice Gascar, éd. Stock, 1966).*

Nouvelles : La semana de colores *(1964) ;* Andamos huyendo Lola *(1980).*

Le jour où nous fûmes des chiens *a paru dans* Les Lettres Françaises, *n° du 29 août 1963.*

Le jour où nous fûmes des chiens

Le jour où nous fûmes chiens ne fut pas un jour quelconque, même s'il commença comme tous les jours. Nous nous réveillâmes à six heures du matin et nous sûmes que c'était un jour qui en contenait deux. Couchée sur le dos, Ève ouvrit les yeux et, sans changer de position, regarda un jour et regarda l'autre. Il y avait déjà un moment que moi j'avais les yeux ouverts et que pour ne pas voir l'immensité de la maison vide, je la regardais, elle. Pourquoi n'étions-nous pas parties à Mexico ? Je n'en sais rien encore. Nous avions demandé à rester ici et personne ne s'était opposé à notre désir. La veille, le couloir s'était empli de valises : tout le monde fuyait la chaleur du mois d'août. Très tôt les valises étaient parties dans une carriole ; sur la table étaient restées les tasses de café au lait à moitié bues et l'avoine caillée dans les assiettes. Conseils et recommandations s'étaient abattus sur les dalles du corridor. Ève et moi les avions entendus avec dédain. Les cours, les jardins et les chambres nous appartenaient. Quand nous avions pris possession de la maison, un grand fardeau avait pesé sur nos épaules. A quoi pouvaient nous servir les arcades, les fenêtres, les portes et les meubles ? Le jour était devenu solide, le ciel violet s'était couvert de nuages noirs et la peur s'était installée dans les bassins et dans les plantes. Silencieusement nous avions déambulé à travers la maison et nous avions vu nos cheveux se changer en haillons. Nous n'avions rien à faire, ni personne à qui demander quelque chose à faire. Dans la cuisine, les domestiques s'étaient accroupis autour du brasero, pour manger et sommeiller. On n'avait pas refait les lits ; personne n'avait arrosé les fougères, ni débarrassé la table de la salle à manger de ses tasses sales. A la nuit tombante, les chants des domestiques nous étaient arrivés chargés de crimes et de douleurs et la maison s'était enfoncée dans l'obscurité, comme une pierre dans un précipice très profond.

Nous nous réveillâmes décidées à ne pas voir se répéter l'expérience de la veille. Cette nouvelle journée brillait, double et intacte. Ève regarda les deux jours parallèles qui scintillaient comme deux sillages sur de l'eau. Puis elle contempla le mur, où se trouvait un Christ avec une tunique blanche. Ses yeux s'arrêtèrent ensuite sur l'autre tableau, qui représentait Bouddha enveloppé dans sa tunique orange, pensif, au milieu d'un paysage jaunâtre. Entre les deux images qui veillaient sur son chevet, Ève avait placé une coupure de journal avec une photographie sur laquelle une dame portant un béret se promenait en canot. « La Kropouskaïa sur la Néva », disait la légende de la photographie.

— J'aime les Russes, dit Ève, et aussitôt après elle tapa dans ses mains pour appeler les domestiques. Personne n'accourut à son appel. Nous nous regardâmes sans surprise. Ève les appelait d'un des jours parallèles et ses claquements de mains n'arrivaient pas jusqu'à la cuisine.

— Nous allons flairer, me dit-elle.

Et elle sauta sur mon lit pour me regarder de près. Ses cheveux blonds lui couvraient le front. De mon lit elle sauta par terre, mit un doigt sur ses lèvres et pénétra à pas de loup dans le jour qui s'avançait parallèlement à l'autre. Je la suivis. Personne. Le jour était seul et aussi terrible que l'autre. Les arbres y étaient tranquilles, le ciel rond, vert comme une tendre prairie, sans un être vivant, sans un cheval, sans un cavalier, abandonné. Du puits s'exhalait la chaleur d'août, qui avait provoqué la fuite à Mexico. Couché près d'un arbre, il y avait Toni. On l'avait mis à la chaîne. Il nous regarda attentivement et nous vîmes qu'il était dans le même jour que nous.

— Toni est gentil, dit Ève en le caressant. Puis elle se coucha près de lui et je me couchai de l'autre côté.

— As-tu déjeuné, Toni ?

Toni ne répondit pas : il nous regarda seulement avec tristesse. Ève se leva et disparut parmi les plantes. Elle revint en courant et se recoucha près de Toni.

— Je leur ai dit de préparer un repas pour trois chiens et personne d'autre.

Je ne posai aucune question. Près de Toni, la maison avait perdu sa consistance. Sur le sol du jour cheminaient deux fourmis ; un ver de terre se montra par un petit trou, je le touchai du bout du doigt et il se changea en anneau rouge. Il y avait des petits brins de feuilles, des petits morceaux de branches, des pierres minuscules et la terre noire sentait l'eau de magnolia. L'autre jour était à côté de nous. Toni, Ève et moi regardions sans crainte ses tours gigantesques et ses vents immobiles, d'une couleur violâtre.

— Toi, comment vas-tu t'appeler ? Cherche ton nom de chien, moi je suis en train de chercher le mien.

— Je suis un chien ?

— Oui, nous sommes des chiens.

J'acceptai et je me rapprochai un peu plus de Toni qui secoua la tête avec contrariété. Je me rappelai que lui n'irait pas au ciel : je subirais donc le même sort. « Les animaux ne vont pas au ciel. » Notre Seigneur Jésus-Christ n'avait pas prévu dans son ciel une place pour les chiens. Monsieur Bouddha non plus n'avait pas songé aux chiens dans son Nirvanâ. A la maison il était très important d'être bon pour mériter le ciel. Nous ne devions pas faire d'économies, ni tuer des animaux ; nous étions végétariens et tous les dimanches nous jetions le dimanche par le balcon pour que quelqu'un le ramasse et que nous apprenions à ne rien garder. Nous vivions au jour le jour. Les gens du peuple reniflaient du côté des balcons de la maison : « Ce sont des Espagnols », disaient-ils, et ils nous regardaient de travers. Nous autres nous ne savions pas que nous n'étions pas d'ici, car nous nous préoccupions seulement de gagner le ciel, peut importait lequel : le blanc et bleu ou l'orange et jaune. Mais voilà qu'en aucun ciel il n'y avait de place pour nous trois. Les alchimistes, les Grecs, les anarchistes, les romantiques, les spirites, les franciscains et les Romains occupaient les étagères de la bibliothèque et les conversations de la table. Les *Évangiles,* les *Védas* et les poètes avaient un rayon à part. Pour les chiens il n'y avait pas d'autre endroit que le pied d'un arbre. Et ensuite ? Ensuite on nous jetterait dans n'importe quel fossé.

— J'ai trouvé mon nom.

— Déjà ?

Ève se redressa, curieuse.

— Oui, Jésus-Christ.

Ève me regarda avec envie.

— Jésus-Christ ? C'est un bon nom de chien.

Ève appuya sa tête sur ses pattes de devant et ferma les yeux.

— Moi aussi j'ai trouvé le mien, dit-elle en se relevant tout à coup.

— Lequel ?

— Bouddha ?

— C'est un très bon nom de chien.

Et Bouddha s'allongea près de Toni et commença à grogner de plaisir.

Personne ne vint visiter le jour de Toni, de Jésus-Christ et de Bouddha. La maison était loin, plongée dans son autre jour. Les cloches de l'horloge de l'église n'indiquaient rien du tout. Le sol se mit à devenir très chaud : les vers de terre rentrèrent dans leurs trous, les scarabées cherchèrent sous les pierres les recoins humides, les fourmis coupèrent des feuilles d'acacia pour en faire des ombrelles vertes. Les chiens avaient soif. Bouddha aboya avec impatience pour réclamer de l'eau, Toni l'imita et aussitôt Jésus-Christ s'unit aux aboiements. Par une allée lointaine apparurent les pieds de Rutilio, chaussés de sandales. Il apportait trois jarres pleines d'eau. Il tendit avec indifférence une jarre à Toni, regarda Jésus-Christ et Bouddha et plaça leurs jarres très près de leur museau. Rutilio caressa les têtes des chiens et ceux-ci remuèrent la queue avec reconnaissance. Il leur fut difficile de boire l'eau avec la langue. Plus tard le vieux domestique apporta le repas dans une marmite et le servit dans une grande écuelle. Le riz des chiens était garni d'os et de viande. Jésus-Christ et Bouddha se regardèrent pantois : les chiens ne sont-ils pas végétariens ? Toni retroussa la lèvre supérieure, grogna férocement derrière ses crocs blancs et saisit prestement les morceaux de viande. Jésus-Christ et Bouddha plongèrent leur museau dans l'écuelle et mangèrent le riz gluant comme de l'empois. La viande avalée, Toni regarda, somnolent, ses compagnons qui mangeaient à coups de langue. Bientôt, ceux-ci, à leur tour, se reposèrent sur leurs pattes de devant. Le soleil brûlait, le sol brûlait et le repas des chiens pesait comme une bourse de pierres. Ils restèrent endormis dans leur jour, à l'écart du jour de la maison. Un pétard qui venait de l'autre jour les réveilla. Un grand silence lui succéda. Intrigués, ils écoutèrent l'autre après-midi. Huit pétards éclatèrent et les trois chiens se mirent à courir dans la direction du bruit. Toni ne put avancer jusqu'à la route, car sa chaîne le retenait à l'arbre. Jésus-Christ et Bouddha sautèrent les touffes vers le portail.

— Où allez-vous, petites morveuses ? leur cria Rutilio, de l'autre jour.

Les chiens arrivèrent sous le porche ; il leur fut difficile d'ouvrir le portail car les verrous étaient très hauts. Enfin, ils sortirent dans la rue embrasée par le soleil de quatre heures. La rue resplendissait comme une image fixe. Les pierres scintillaient dans la poussière. Il n'y avait personne. Personne, à l'exception de deux hommes, couverts de sang, qui s'empoignaient à bras-le-corps. Bouddha s'assit au bord du trottoir et les regarda, les yeux écarquillés. Jésus-Christ s'installa tout près de Bouddha et les regarda aussi avec stupéfaction. Dans l'autre jour, les deux hommes vociféraient : « Tu vas voir cela !... » « Ah ! Ah ! fils de salope !... » Leurs cris étouffés venaient de très loin. L'un d'eux tenait un pistolet ; l'autre lui retint le bras et de sa main libre lui tatoua la poitrine avec son couteau. Il était accroché au corps de l'homme au pistolet et, comme si les forces lui avaient manqué, il glissait peu à peu vers le sol. L'homme au pistolet attendait ferme, debout dans l'après-midi splendide. Sa chemise et son pantalon blanc se couvraient de sang. D'un geste il libéra sa main prisonnière et mit le pistolet au milieu du front de son ennemi agenouillé. Un claquement sec fendit en deux l'autre après-midi, et un petit trou s'ouvrit dans le front de l'homme agenouillé. Il tomba à la renverse et regarda le ciel fixement.

— Lâche ! s'écria l'homme debout sur les pierres et dont les jambes dégoulinaient de sang. Puis il leva les yeux lui aussi pour regarder le ciel et, au bout d'un moment, il les tourna vers les chiens qui, à deux mètres de là, assis au bord du trottoir, le contemplaient bouche bée.

Tout demeura tranquille. L'autre après-midi devint si haut que la rue, en bas, lui échappait. Au loin apparurent plusieurs hommes avec des fusils. Ils s'avançaient, comme tous les hommes, en blanc, avec des panamas sur la tête. Ils marchaient avec lenteur. Le bruit de leurs sandales résonnait de très loin. Dans la rue il n'y avait pas d'arbres pour amortir l'écho des pas ; rien que des murs blancs, contre lesquels ceux-ci retentissaient chaque fois plus proches, comme des roulements de tambour un jour de fête. Le fracas cessa soudain lorsqu'ils arrivèrent près du blessé.

— C'est toi qui l'as tué ?

— C'est moi, demandez aux gamines.

Les hommes regardèrent les chiens.

— Vous l'avez vu ?

— Houa ! Houa ! répondit Bouddha.

— Houa ! Houa ! répondit Jésus-Christ.

— Alors, emmenez-le !

On emmena l'homme dont il ne resta plus d'autres traces que le sang sur les pierres de la rue. C'était son destin qu'il avait écrit là : les chiens le lurent, puis ils se remirent à regarder le mort.

Le temps passa, le portail de la maison restait ouvert, et les chiens, étonnés, assis au bord du trottoir restaient là à regarder le mort. Une mouche se posa sur la blessure du front, puis se nettoya les pattes et se dirigea vers les cheveux. Au bout d'un instant elle réapparut sur le front, observa la blessure et se nettoya à nouveau les pattes. A ce moment une femme arriva et se précipita sur le mort. Mais le mort ne se souciait ni de la mouche ni de la femme. Impassible, il regardait le ciel. D'autres gens arrivèrent et se penchèrent sur ses yeux. Le soir tomba et Bouddha et Jésus-Christ étaient encore là, sans bouger et sans aboyer. Ils ressemblaient à deux chiens de rue et personne ne s'occupait d'eux.

— Ève ! Leli ! cria-t-on de très haut.

Les chiens tressaillirent.

— Vous allez voir quand vos parents vont arriver ! Vous allez voir !

Rutilio les fit rentrer à la maison. Il apporta une chaise dans le couloir, la plaça tout près du mur et s'assit, l'air très grave, pour surveiller les chiens qui, couchés à ses pieds, le regardaient fixement. Candelaria apporta un quinquet allumé et en se rengorgeant repartit vers la cuisine. Très vite les chants inondèrent la maison de tristesse.

— A cause de vous je ne peux pas aller chanter !... Méchantes ! se plaignit Rutilio.

Jésus-Christ et Bouddha l'écoutèrent, de l'autre jour. Rutilio, sa chaise, le quinquet et le mort se trouvaient dans le jour parallèle séparé de l'autre par une ligne invisible.

— Vous allez voir, les sorcières vont venir vous sucer le sang. On dit qu'elles aiment beaucoup le sang des blondinettes. Je vais dire à Candelaria qu'elle laisse les cendres allumées, pour qu'elles s'y chauffent les jambes. Ensuite, elles iront dans votre lit se régaler. C'est tout ce que vous méritez, nigaudes !

Le foyer et ses braises, Candelaria, Rutilio, les chants et les sorcières passaient devant les yeux des chiens comme des silhouettes projetées dans un temps lointain. Les paroles de Rutilio circulaient dans le couloir sans fond de la maison et ne leur parvenaient pas. Sur le sol du jour des chiens, il y avait des cochenilles qui s'en allaient dormir. Le sommeil des cochenilles était contagieux et Jésus-Christ et Bouddha, pelotonnés sur leurs pattes de devant, dodelinèrent de la tête.

— Venez dîner !

On les assit sur le sol de la cuisine, parmi le cercle des domestiques qui buvaient l'alcool, et on leur donna un plat de haricots noirs avec des saucisses. Les chiens tombaient de sommeil. Deux jours plus tôt ils dînaient encore de laitage et de flocons d'avoine : le goût des saucisses leur souleva le cœur.

— Emmène-les au lit, on dirait qu'elles sont saoules !

On les coucha dans le même lit, on éteignit le quinquet et on s'en alla. Les chiens s'endormirent dans l'autre jour, au pied de l'arbre, la chaîne au cou, près des fourmis aux ombrelles vertes et des vers rouges. Au bout d'un moment, ils se réveillèrent en sursaut. Le jour parallèle était là, assis au beau milieu de la chambre. Les murs suintaient la cendre ardente, par les lézardes les sorcières épiaient les veines bleues de leurs tempes. Tout était très noir. Dans un des lits se tenait le mort au front ouvert ; près de lui, debout, l'homme tatoué perdait son sang à gros bouillons. Très loin, au fond du jardin, dormaient les domestiques et la ville de Mexico, avec leurs parents et leurs frères, Dieu seul savait où. Par contre, l'autre jour était là, tout près d'elles, sans un aboiement, avec ses morts immobiles, dans l'après-midi immobile, avec sa mouche énorme qui se montrait sur la blessure énorme et se nettoyait les pattes. Dans le rêve, sans nous en rendre compte, nous passâmes d'un jour à l'autre et nous perdîmes ce jour où nous avions été des chiens.

— N'aie pas peur, nous sommes des chiens...

Mais Ève savait que ce n'était plus vrai. Nous avions découvert que le ciel des hommes n'était pas le même que le ciel des chiens. Les chiens ne partageaient pas le crime avec nous.

(1963)
(traduit par Claude Couffon)
Les Lettres Françaises

Virgilio DÍAZ GRULLÓN

République Dominicaine

Né à Santiago en 1924. Avocat. Ses contes expriment l'absurde de la vie quotidienne et la frustration de l'homme écrasé par l'ennui des villes et surtout des bourgs qui ont perdu leur charme ancestral sans accéder à la modernité.

Nouvelles : Un día cualquiera, *1958 ;* Crónicas de Altocerro, *1966 ;* Más allá del espejo, *1975 (auquel appartient le conte qui suit, inédit en français).*

Roman : Los algarrobos también sueñan, *1977.*

Au-delà du miroir

Tout commença ce pluvieux après-midi de novembre où je me rendis, en compagnie de ma femme, chez un petit antiquaire près du port, lors de notre dernier voyage à la capitale. Tandis qu'elle regardait d'un œil curieux quelques miniatures Renaissance et qu'elle marchandait avec le patron, je passai dans l'arrière-boutique et me mis à regarder plusieurs miroirs posés par terre, appuyés contre le mur. L'un d'eux attira vivement mon attention. C'était un miroir ovale, de taille moyenne, avec un cadre en bois doré de style rococo, où de petits chérubins à moitié nus, aux minois souriants, entouraient une lune qu'on pouvait à peine deviner sous l'épaisse couche de poussière qui la recouvrait. Je me penchai pour la nettoyer avec mon mouchoir et c'est là, accroupi face à ce curieux objet, que je sentis le premier des frissons qui allaient me secouer tout au long de ces derniers mois.

Le coin où je me trouvais était plongé dans une demi-obscurité. Je ne pouvais donc pas voir très clairement. J'eus pourtant, l'indiscutable sensation que le miroir n'avait pas reflété mon visage. Sur la surface floue, une autre figure que la mienne me regardait dans la pénombre. Cette sensation dura un court instant. Je m'approchai davantage du miroir, je le nettoyai mieux, et mon sang, que j'avais senti se figer dans mes veines, recommença à couler normalement. Je contemplais ma propre image :

les yeux écarquillés et le teint un peu pâle, mais indiscutablement la mienne. Je me levai, saisis le miroir de mes mains encore tremblantes, le mis sous mon bras et rejoignis ma femme. Je me souviens encore de son étonnement en me voyant décidé à acheter cet « horrible objet de mauvais goût », comme elle l'avait qualifié. Elle opposa une impuissante résistance à ma détermination obstinée de le conserver coûte que coûte, et, sur le chemin de la maison, elle me reprocha amèrement d'avoir payé un prix exhorbitant une chose complètement inutile. Quelle ironie qu'elle qualifiât ainsi le miroir alors que ce dernier allait précisément opérer une révolution totale dans mon existence !

Pour elle l'incident fut clos le soir où nous rangeâmes le miroir dans le grenier, à côté d'un tas d'objets désuets qu'on garde dans cette pièce étroite et obscure où j'écris à présent ces notes. Pour moi, en revanche, commença une nouvelle vie pleine de surprises. Depuis ce jour, chaque fois que ma femme sortait de la maison, je montais au grenier et je me plaçais face au miroir pour regarder fixement, des heures durant, le reflet de mon visage.

Pendant la première semaine, rien d'insolite n'arriva. Je craignis même que cette première expérience dans l'arrière-boutique de l'antiquaire n'ait été qu'une illusion de mes sens. Mais, enfin, ma constance fut récompensée. Je me souviens parfaitement de ce qui attira mon attention au bout de cette dure semaine d'épreuve. Les premiers jours, j'avais l'habitude de rester passivement devant le miroir, attendant une révélation qui n'arrivait jamais. A partir du quatrième jour, je commençai à lui parler. Au début mes paroles ne produisaient aucun résultat visible, et l'image du miroir se bornait à reproduire fidèlement le mouvement de mes lèvres. Mais je remarquai ensuite que, bien que je parlasse de façon continue, l'image gardait parfois les lèvres serrées et immobiles. Chaque fois que cela se produisait, mon visage tout entier affichait, dans le miroir, une expression de tristesse infinie.

C'est ainsi que commença le terrifiant processus de dédoublement. Peu à peu, de façon si imperceptible qu'il serait impossible de fixer des degrés à cette lente transformation, les traits de l'image que produisait ma présence devant le miroir commencèrent à se modifier (je me refuse à parler à l'heure actuelle d'image « reflétée »). Le processus commença, dans sa première étape, par un estompement des traits du visage, qui allèrent jusqu'à prendre, à la fin de la première phase, l'aspect de ces vieilles photographies ternies par l'effet du temps (une vague ressemblance avec moi, déjà très faible ces jours-là, donnait à l'image l'apparence du portrait d'un lointain ancêtre). Mais le processus s'inversa dans un second temps : les traits s'accusaient, et je dus voir comment, jour après jour, naissait étonnamment devant moi un être inconnu qui n'avait déjà rien en commun avec ma propre apparence. En même temps, comme si une main mystérieuse était en train de le dessiner, le fond du miroir acquérait des contours propres, différents de ceux du grenier où se produisait cet événement extraordinaire.

Comment pourrais-je exprimer l'étrange sensation, mélange de fascination et de crainte, qui m'accablait chaque fois que je m'approchais de cette fenêtre ouverte devant le mystère ? Je pourrais seulement dire que, au fur et à mesure que les jours s'écoulaient, un sentiment unique de solidarité et de tendresse pour cet être qui palpitait, qui vivait déjà au-delà du miroir, commença à naître de cet ensemble de sensations contradictoires. Qui était-il ? D'où venait-il ? Pourquoi m'avait-il choisi comme point de contact entre le monde commun et ordinaire et le monde mystérieux d'où il provenait ? Ces questions sans réponse me torturaient jour et nuit, à tout instant.

C'est alors que les ravages visibles que produisait sur mon organisme l'incroyable expérience par laquelle je passais commencèrent à se manifester. Mes insomnies, mon irritabilité, mon inquiétude permanente... Qu'ils étaient tous loin de soupçonner la véritable raison de mon état ! Comme je me trouvais impuissant à communiquer à quiconque l'incroyable vérité qui se cachait derrière le symptôme apparent du dérangement mental ! Je savais que le secret n'appartenait qu'à moi seul, et j'avais pleinement conscience que le divulguer aurait été trahir la confiance qu'on m'avait faite. C'est pourquoi je restai absolument muet et impassible, aussi bien devant les tendres sollicitations de ma femme que devant la ruse infernale des psychiatres... Mais ne parlons pas du triste épisode des médecins. De leurs questions indiscrètes, de leurs élucubrations stupides. Parlons, oui, du monde merveilleux que je sentais palpiter à la portée de ma main, au-delà du miroir, et qui me réservait, à moi seul, toute son étonnante et énigmatique structure.

Je faisais allusion ci-dessus au sentiment de solidarité que m'inspirait l'être mystérieux avec qui je communiquais à travers le miroir. Je sentais qu'un puissant filet se resserrait de plus en plus étroitement autour de nous deux, et cette sensation culmina précisément le jour où j'entendis pour la première fois l'appel. Un appel pressant, muet, mais parfaitement audible pour moi. Je ne pourrais pas dire d'où il venait, mais je soupçonnais qu'il naissait dans ces yeux qui me regardaient à travers le miroir. Comment définir l'immense tristesse de ce regard ? Je le sentais, presque physiquement, déposer sur ma poitrine son muet désespoir. Jamais, de toute ma vie, je n'avais été secoué aussi puissamment par un appel à l'aide que je le fus alors... « Que veux-tu ? » lui demandai-je, rempli d'une profonde compassion. Que puis-je faire pour effacer cette tristesse de tes yeux ? » L'image continuait à me regarder, muette et sans espoir, mais plus soucieuse, comme si mon incapacité à la comprendre la rendait encore plus triste.

Mais le plus extraordinaire s'est produit hier. J'étais resté un long moment absorbé devant le miroir, essayant inutilement de déchiffrer son incompréhensible message, quand j'observai que l'image se couvrait les yeux avec la main et qu'une certaine faiblesse dans son attitude présageait une chute imminente. Sous l'effet d'une impulsion irraisonnée, je tendis la main vers l'image comme si je voulais lui porter secours et la soutenir. Je n'arrivai pas à terminer mon geste car, avant de toucher le corps vacillant et à l'instant précis où je commençais à me reprocher mentalement l'absurdité de mon geste, une circonstance incroyable m'arrêta, terrorisé : ma main avait traversé la surface du miroir... Oui, j'ai bien écrit « traversé ». Je ne pourrais employer un autre mot. Au-delà du miroir, mes doigts se mouvaient dans une masse gélatineuse, parfaitement sensible au frémissement de ma peau. Je ne puis décrire l'horrible sensation que j'éprouvai alors. C'était comme si l'on plongeait la main dans l'eau et qu'on la bougeait ; mais la résistance au mouvement était bien plus forte que celle que cause normalement la pression d'une masse liquide. Bien plus que d'une résistance, il s'agissait de la combinaison d'une force d'attraction et d'une force de répulsion, dont résultait une troisième force inconnue, en dehors de toutes les lois de la physique, qui tirait puissamment ma main au fond du miroir.

Je ne sais combien de temps dura cet extraordinaire phénomène. De même que la notion normale de l'espace, les règles et mesures ordinaires du temps avaient déjà perdu toute signification pour moi. Je sais seulement qu'après un effort désespéré je réussis à vaincre la force qui essayait de m'entraîner et tombai sur le sol du grenier, tremblant de frayeur, l'esprit troublé, complètement perdu dans l'inextricable filet que l'absurde avait tissé autour de moi.

Et pourtant, malgré l'épouvantable expérience qu'il représenta pour moi, cet épisode m'a donné la chance de trouver le véritable chemin. Le seul chemin possible. J'eus cette même nuit la solution, tandis que ma femme dormait paisiblement à mes côtés, étrangère au drame qui était en train de se dérouler auprès d'elle. Ce fut comme un éclair inattendu qui illumine, le temps d'une seconde, le sentier égaré au milieu de la nuit. Dès que j'eus tout vu clairement, je me jetai du lit, montai au grenier et me mis à écrire ces notes.

Je n'ai qu'une alternative. Pour quelque raison incompréhensible, j'ai été choisi comme protagoniste d'un événement extraordinaire. Peut-être une expérience qui révolutionnera tout l'édifice scientifique que l'humanité a péniblement dressé pendant des siècles. Je suis conscient que je ne dois ni ne peux refuser cette responsabilité. Je ne sais pas qui m'a choisi ni dans quel but, mais je suis convaincu que l'appel est authentique, et je vais accepter d'y répondre. Je ne sais pas où j'irai ni combien de temps j'y resterai, mais je *dois* y aller. Je sais que mon absence causera du chagrin à beaucoup, et je leur demande de se résigner. J'espère qu'ils comprendront. Mais s'ils ne comprennent pas, ce qu'ils feront ou diront ne pourra ébranler ma décision, car elle est irrévocable. Dès que j'aurai terminé ces notes, je franchirai le pas définitif, le dernier : je traverserai le miroir et ferai face à mon destin. Adieu.

(1975)
(traduit par Guillermo Piña-Contreras
et Françoise Mironneau)

Sergio GALINDO

Mexique

Né à Xalapa, province de Veracruz, Mexique, en 1926. Professeur d'esthétique à l'école de Théâtre de Xalapa, il a dirigé les publications de l'Université de Veracruz et sa revue La palabra y el hombre. *Romancier, Galindo excelle dans l'évocation des obscurs, des marginaux, des oubliés : vieilles filles* (Polvos de arroz, *1958) ; clientèle désorientée des agents de migration* (La justicia de enero, *1959) ; Indiens, métis et petites gens écrasés par le passé mexicain et la Révolution* (El bordo, *1960) ; insignifiantes victimes du sexe ou du rêve* (Nudo, *1970). Mais c'est sans doute l'exploration de la détresse et du refoulement cachés sous les masques qui lui inspire les pages les plus hallucinantes* (La comparsa, *1964).*
Nouvelles : La máquina vacía *(1951) ;* El hombre de los hongos *(1976).*

L'homme aux champignons *a été publié par la revue* Europe, *n° 574, février 1977.*

L'homme aux champignons

1

Je m'appelle Emma et je suis celle qui se souvient le mieux de l'arrivée de Gaspard. Mon frère et ma sœur, Sébastien et Lucile, n'en ont conservé qu'une image imprécise, comme on en garde de ces incidents auxquels on n'accorde pas au moment où ils surgissent toute l'importance requise et qui ne sont pas fidèlement enregistrés par la mémoire.

Il arriva par un après-midi sépia ; les sabots des chevaux rendirent ce jour-là un son retentissant sur le pavé de la cour d'entrée. Nous abandonnâmes nos jeux d'un commun accord et courûmes en riant et en poussant des cris vers la porte du vestibule. J'étais sûre (mais rien ne justifiait cette certitude) que l'on nous rapportait quelque chose de différent de cette partie de chasse. J'ignore si j'éprouvais de la peur à la pensée de cette surprise éventuelle ou au contraire un grand bonheur ; en fait, je crois qu'il s'agissait plutôt de ce genre d'allégresse enrobée de méfiance qui semble accompagner l'annonce d'un péril caché plutôt que celle d'un bonheur futur. Lucile, qui me précédait dans notre course, s'arrêta pétrifiée, et cette immobilité soudaine m'impressionna comme si brusquement il était arrivé quelque chose dont l'explication ne me serait guère fournie avant longtemps ; Sébastien, qui me suivait, me dépassa ainsi que Lucile et s'arrêta à quelques pas devant celle-ci, dans une attitude un peu moins crispée cependant. Je poursuivis ma course toute seule et manquai heurter le cheval de papa.

2

Everard, mon père, avait alors la quarantaine ; il était fort beau et cruel comme un léopard, ou comme Toy, sa mascotte.

Lorsqu'il me prenait dans ses bras, je devenais une ombre, aussi légère qu'un oiseau. Parfois il nous empoignait tous trois à tour de rôle et nous faisait partir en envolée d'un seul élan du bras. Nous préférions nous livrer à ce jeu dans le jardin car il nous semblait possible de nous envoler sans danger jusqu'au sommet des arbres. Ce même jeu, réalisé dans la salle de séjour, nous terrorisait et nous arrachait des cris. Je ne prétends pas avoir une mémoire assez bonne pour pouvoir préciser tous les épisodes de cette époque où le temps coulait si lentement que les jours semblaient s'achever et déboucher mille fois sur un éternel recommencement, sans le moindre intervalle nocturne. J'ai oublié beaucoup de choses et maintenant, au moment où j'écris, j'ai l'impression que toute mon existence a tourné autour de Gaspard et que ce qui a précédé son arrivée ne s'est jamais gravé dans ma mémoire. Parfois une chanson me fait remonter en faible écho à une enfance plus lointaine, mais si imprécise que je ne parviens pas à être sûre qu'elle m'appartienne. Le fait de ne pas savoir exactement ce qui m'appartient ou pas est chez moi un phénomène fréquent. C'est pourquoi je souffre de l'exactitude de ce qui m'est étranger, inaccessible. Souffrir m'a toujours été plus commode, plus facile. La joie entraîne de ma part un grand effort que je juge inutile en fin de compte. Aussi depuis l'enfance ai-je renoncé à lutter pour beaucoup de choses qui auraient dû sans doute éveiller ma jalousie et ma passion. Par exemple, je n'ai pas entrepris de lutter avec Lucile et Sébastien pour l'amour de mon père, car la concurrence filiale ne m'attirait pas, et j'éprouvais encore moins le désir d'un amour sans partage à l'égard de ma mère. Je ne suis pas née pour le combat et j'ai tout accepté avec une docilité qui aurait frisé la stupidité si elle ne s'était déguisée sous un voile de mépris. Ces lignes peuvent donner l'impression que je n'ai pas aimé mes parents, or ce serait faux, je les ai aimés avec toute la tendresse voulue et en temps opportun.

3

Les yeux de mon père avaient une gaieté dont je sentais la contagion lorsqu'ils me regardaient fixement, comme cet après-midi là. Il tint quelques secondes durant son regard braqué sur le mien, puis il me demanda de regarder ce qu'il avait dans les bras. C'est alors que je vis la chose suivante : enveloppé dans la cape de mon père, Gaspard m'observait d'un air serein comme s'il se trouvait à la place exacte qui lui était destinée. Quelqu'un vint débarrasser mon père de son fardeau, et dans un éclair, tandis qu'il passait d'une cape à l'autre, je vis que l'enfant était nu. Mon père bondit à terre, m'embrassa sur le front, me prit dans ses bras, et me demanda : « Il te plaît.. ? » — je hochai affirmativement la tête — « Je t'en fais cadeau ! » « Comment s'appelle-t-il ? » « Nous l'appellerons Gaspard. »

Lucile et Sébastien reprirent leur course interrompue et nous rejoignirent.

— Qu'est-ce que tu as tué ? demanda Sébastien.

— Un sanglier formidable, tu le verras.

— Et celui-ci, qui est-ce ? interrogea Lucile.

— Je ne sais pas.

« Gaspard, me répétais-je, comme un roi mage. » Lucile poursuivit son questionnaire auquel papa ne répondit pas. Ma mère, qui fut la seule à ne pas demander d'explications, eut droit par contre à un récit circonstancié de l'événement.

4

Maman était assise en face de sa coiffeuse. Toute la journée, à n'importe quelle heure, on courait la chercher, si l'on avait besoin d'elle, devant son miroir. Et parfois, sans nécessité particulière, on courait l'y contempler pour voir quelle nouvelle merveille elle avait édifié avec ses cheveux, car sa fantaisie n'avait pas de limites. Chaque nouvelle coiffure — et je crois qu'elle ne répétait jamais la même — semblait en faire une autre femme. Cet après-midi là (nous avions tous trois suivi notre père), elle avait une surprise en réserve : ses cheveux ressemblaient à une fumée, à des volutes de fumée qui montaient vers l'infini. Ma mère ne semblait plus un être humain, mais le produit d'un créateur dont l'imagination eût outrepassé la réalité et la folie. Nous avions de la peine à nous convaincre qu'il s'agissait bien d'elle. Ses mains reposaient placidement sur le marbre de la coiffeuse et ses yeux brillants et satisfaits contemplaient son image de chair au fond du miroir. Du fond de ce miroir, sans même tourner la tête, elle nous vit entrer. Mon frère, ma sœur et moi-même étions si émerveillés de sa nouvelle coiffure, comme cela nous était souvent arrivé en d'autres circonstances, que nous ne nous hasardions guère à avancer. La voix de papa brisa à demi cet enchantement, tandis qu'il racontait...

5

...Tu sais que je connais si parfaitement cette région que je me fais fort de la parcourir à l'aveuglette, par une nuit sans lune, sans étoiles, sans la moindre lumière, et de parvenir à n'importe quel endroit de mon choix. Je connais par cœur chaque recoin de la plaine ; j'ai descendu chaque ravin dans l'espoir d'y découvrir une nouvelle fleur merveilleuse à t'offrir, j'ai escaladé toute la colline et ses rochers dans mes explorations. Mille fois j'y ai grimpé en partant de points différents, en empruntant de nouveaux sentiers que je créais moi-même afin de jouir du plaisir de me retrouver au sommet et d'y contempler la mer lointaine. C'est là que s'achève mon royaume...

Or, nous sommes arrivés ce soir dans un parage qui m'a surpris, non par son caractère inconnu, mais parce qu'il y tombait une lumière indescriptible, qui ne semblait pas émaner du soleil. J'ai donné le signal d'arrêt et j'ai mis, le premier, pied à terre. Il régnait un profond silence. Mon fusil, que j'avais posé sur un tronc, a glissé. En tombant par terre, le coup est parti, et soudain, comme si ce coup de feu avait rompu un enchantement, des milliers de couleurs ont repris vie, et muées en une couvée frénétique, sont montées au ciel par groupes compacts en chantant et en croassant. Il y en avait tant et tant, que plusieurs secondes durant le ciel cessa d'être le ciel. Je sentis la terreur de mes compagnons ; quant à moi, j'éprouvais une stupéfaction sans bornes. Mes compagnons fermèrent les yeux et se couvrirent le visage dans la crainte sans doute d'être aveuglés par les oiseaux. J'ouvris par contre les miens en grand afin de ne pas perdre une miette de ce spectacle unique, d'une beauté que je ne peux guère qualifier que de démoniaque. Lorsque les oiseaux eurent disparu, nous vîmes s'ouvrir en face de nous une brèche qui conduisait à un second ravin, inconnu de moi, où les verts des plantes étaient si tendres et si vifs qu'ils en paraissaient aquatiques. Plus nous descendions et plus j'avais la sensation d'avoir pénétré dans un monde sous-marin où les feuilles n'étaient pas des feuilles mais des émeraudes, ou autre chose encore. Une cathédrale végétale nous abritait. D'immenses fougères gothiques s'élevaient dans un ciel aux lointains invisibles, des lierres et des lichens traçaient des décors religieux, mythiques et phalliques. Cette exactitude humaine dont seule la peur peut donner la mesure pétrifia mes compagnons. J'avançai tout seul sur cette surface d'une couleur superbe, qui est l'apanage perfide des terrains marécageux. Pourtant mes pieds y prenaient un appui aussi ferme que sur le plancher de cette maison, et plus j'avançais sur cette terre de velours plus j'y remarquais des cèpes qui en jaillissaient par milliers. Les espèces les plus rares et les plus appétissantes que tu puisses imaginer ! Et voici qu'au cœur du ravin, j'ai vu cet enfant qui me contemplait, un sourire aux lèvres ; il m'attendait. Je l'ai pris dans mes bras et je l'ai apporté... J'ai eu l'idée de l'appeler Gaspard...

— Comme le roi mage, dis-je.

Mon père rit d'un air joyeux mais son rire s'interrompit brusquement. Il venait de remarquer la tête de ma mère, et s'exclama, fasciné :

— Que tu es belle !

— Mais combien inutile ! répondit-elle, comme si ces deux phrases eussent été synonymes.

6

La haine de Sébastien commença ce soir-là.

Le dîner, comme toujours en été, fut servi sur la terrasse. Lorsque nous y arrivâmes tous les trois, nous y découvrîmes pour toute présence celle de l'homme aux champignons, assis sur la première marche du perron qui conduit au verger. Il nous regarda avec des yeux tristes, comme ceux de tous les hommes chargés de la dégustation des champignons. Il n'était pour nous qu'un objet ou un meuble de plus et nous l'avons ignoré. Nous dirigeant vers la balustrade, nous y restâmes un long moment à contempler la nuit. En toute autre occasion, j'aurais ri ou fait un commentaire sur les lucioles. Mais ce soir-là, je m'en abstins. Un lourd parfum de fruits et de fleurs d'été parvenait jusqu'à nous ; l'air, épais et gluant comme le miel, faisait adhérer notre linge à notre peau, et ce qui la veille nous eût apporté un bonheur agressif nous plongeait maintenant dans un climat de confusion et de malaise. Et tout cela (bien que mon frère et ma sœur n'eussent su encore le préciser), du fait de l'arrivée de cet enfant.

Nous avons entendu le pas de mon père qui s'approchait et nous nous sommes retournés pour l'accueillir. Il tenait par la main Gaspard auquel on avait mis des vêtements de Sébastien un peu trop étroits pour lui. Debout, il était plus grand que mon frère. Papa nous présenta, par ordre d'âge : Lucile, Sébastien, Emma. Maman, qui nous avait rejoints en catimini, fut également présentée à Gaspard qu'elle couva d'un regard tendre et insistant, comme elle n'en avait jamais adressé à aucun de ses enfants. Doña Elvire, qui s'était toujours montrée avare de gâteries, lui caressa le visage avec une douceur inhabituelle. J'éprouvai une douleur étrange, mais je vis Sébastien, et alors je ressentis sa propre douleur avec plus d'intensité que la mienne. Je vis (et fus la seule à le voir) mon frère reculer et essuyer une larme, la seule qu'il ait jamais versée de son existence, à ma connaissance.

L'homme aux champignons émit une faible plainte. Un domestique s'approcha de mon père avec le plateau de boissons. Il prit un verre et l'offrit à ma mère. Les amis de la famille arrivaient, joyeux et élégants, Ils formèrent trois ou quatre groupes dont les rires étouffaient les plaintes de plus en plus fréquentes de l'homme aux champignons. On nous offrit du jus d'anone. D'autres domestiques commencèrent le défilé habituel avec des plats remplis d'asperges tendres, de cœurs d'artichauts, d'olives farcies d'anchois, de canapés d'œufs de fourmis... Gaspard ne nous posa aucune question : il nous souriait, et acceptait tout comme s'il avait toujours vécu à nos côtés. Soudain, nous nous somms trouvés tous les quatre en train de rire. Lucile a proposé de laisser là nos verres et d'aller chasser les lucioles dans le verger. L'homme aux champignons, les muscles contractés de douleur, se tordait sur le sol. Nous avons sauté par-dessus son corps et dégringolé l'escalier en toute hâte. Sébastien nous ayant dépassés fut le premier à attraper un ver luisant. Quand nous nous approchâmes de lui pour rendre hommage à son triomphe, son visage s'éclaira et avec un sourire bizarre, il écrasa le coléoptère, le jeta par terre et retourna à la terrasse en courant. Nous essayâmes de chasser nous aussi, mais les insectes s'enfuyaient et, découragés, nous décidâmes de retourner à la maison. Avant de gravir le perron, Lucile nous ordonna : — Ne lui dites pas que nous avons échoué, il se pavanerait encore plus.

Mais Sébastien, se contentant de nous regarder avec une moue moqueuse, ne nous posa aucune question. Il savait que sa victoire était exclusive.

7

Le cadavre de l'homme aux champignons n'avait toujours pas été retiré. Nous l'enjambâmes et courûmes chercher nos verres, car nous étions assoiffés. C'est alors que Gaspard s'approcha de moi et me demanda :

— Que lui est-il arrivé ? Qui est-ce ?

L'explication fut fournie par Lucile :

— C'était l'homme aux champignons. Ceux d'aujourd'hui sont vénéneux. Elle rit : — Ce sont ceux qui poussaient à l'endroit où mon père t'a trouvé.

Sur ces entrefaites, deux serviteurs vinrent prendre le cadavre et disparurent avec lui dans les noires profondeurs du verger. Une femme vint nettoyer les vomissures dont le marbre du sol était maculé. Mes parents s'approchèrent du perron en se tenant par la main.

— Everard, il n'y aura pas de champignons ce soir, dit Elvire.

— C'est bien dommage, répondit son mari. Ils avaient l'air si délicieux...

8

Les musiciens commencèrent à jouer, et Venise avec ses canaux, ses palais, sa poésie, vint à nous sur les ailes de Vivaldi. Mets et boissons circulaient. Gaspard prit un canapé d'œufs de fourmis et me l'offrit. Je m'en saisis d'un air enchanté. Lucile s'enquit d'un ton péremptoire :

— Tu ne m'en offres pas ?

Gaspard en prit un autre et le lui offrit avec le même courtoisie.

— Je n'en veux plus ! cria-t-elle. Jette-le !

Gaspard le porta à sa bouche et l'avala. Les deux enfants se défièrent du regard et Lucile finit par se mordre la lèvre inférieure ; c'était son habitude lorsque'elle était furieuse. Sébastien, qui s'était approché du groupe, demande à son tour à Gaspard :

— Et moi, tu ne vas pas m'en offrir un ?

Gaspard fit un signe d'assentiment. Il prit un autre sandwich et le lui présenta avec déférence.

Sébastien le fit tomber par terre, et dit :

— Il te faudra apprendre à servir sans toucher la nourriture avec tes doigts.

— J'apprendrai, si c'est nécessaire, répondait Gaspard. Et avec aplomb, d'un seul regard, il ordonna à un serviteur de ramasser le canapé.

La déconfiture de mon frère et de ma sœur ne me causa aucun plaisir. J'aurais voulu humilier ce jeune parvenu, mais quelque chose me retint...

9

Les éclats de rire devenaient plus fréquents et plus retentissants. Les musiciens, intrépides, poursuivaient leur concert sans se soucier du public. A l'issue de l'audition, au cours d'un bref silence qui plana sur la terrasse, on entendit le rugissement de Toy. Lucile se colla à moi avec terreur. Je cherchai ma mère du regard car je savais que le léopard la terrifiait. Mais cette fois elle n'avait pas ressenti sa peur habituelle, car de toute évidence elle n'avait pas entendu la bête. Everard et elle étaient isolés en tête-à-tête, le dos tourné vers nous, à l'extrémité gauche de la terrasse. Au rugissement de Toy succéda le rire joyeux de mon père et les musiciens s'attaquèrent à une autre composition de Vivaldi. Le bras d'Everard s'appuyait sur le dos nu d'Elvire. Jamais je ne les avais vus ainsi. Je gardai les yeux fixés sur eux, et je vis la main de mon père caresser le dos et la nuque de ma mère. Puis les doigts s'étirèrent et amorcèrent un mouvement grimpant vers les cheveux d'Elvire, mais ils restèrent à mi-chemin, comme si un mur invisible s'opposait à cette caresse. Les veines de la main paternelle se gonflèrent dans un effort pour vaincre cet obstacle ; mais elle n'y parvint pas, et retomba dans un tremblement. Pas à pas, je m'approchai de mes parents. A présent ils étaient tous les deux de profil : ils se contemplaient d'une façon nouvelle, inaccoutumée. Leurs visages se rapprochèrent. Ils chuchotaient. Maman poussa soudain un cri de joie sauvage. Elle se retourna brusquement vers nous et porta une main à sa bouche en un geste d'effroi. Tout le monde l'observait. Mais elle ne nous voyait pas. Elle ne se rendait compte de rien. Ses yeux étaient de feu et brûlaient pour elle seule dans un petit recoin d'où elle contemplait quelque chose d'aussi éloigné de la réalité de ses enfants et de ses invités que la mer peut l'être des lumières des bateaux qui la sillonnent la nuit. Je n'avais jamais rien vu de semblable : je ne savais rien de l'amour, ni de ce qu'il peut être.

Cela dura probablement quelques secondes qui me semblent encore des siècles, à l'heure actuelle. Je m'approchai et leur demandai :

— Qu'attendons-nous pour manger ?

— Le sanglier, répondit mon pôre. Tu as faim ?

— Très.

Un oh ! collectif se répandit sur la terrasse. Deux cuisiniers apportaient un immense plateau où fumait, dans une appétissante vapeur dorée, le sanglier. Son museau s'entrouvait sur ses dents brillantes...

Ce soir-là, pour la première fois, je pris place entre Gaspard et Sébastien. Ce soir-là, également pour la première fois, j'avais assisté au spectacle de l'amour. Je ne savais pas que le rire d'une femme pouvait transformer le monde. Je ne savais pas qu'un homme peut oublier tout ce qui l'entoure et ne voir que la femme qu'il aime, comme si rien d'autre n'existait. Je ne crois pas que mes parents se fussent vraiment aimés avant cette soirée. Ils avaient trois enfants, c'est vrai, mais c'est là une autre question. Je sais depuis lors que l'amour est un miracle qui ne se reproduit pas, et qu'il n'est pas donné à tout le monde de le vivre. N'est-ce pas, Gaspard ?

10

Au matin, je fus éveillée par le rugissement du vent. J'ouvris les yeux. Les fenêtres tremblaient et leurs fentes laissaient filtrer un froid glacé accompagné d'une plainte d'agonie qui n'émanait pas de la tempête ; je l'ai entendue à d'autres occasions, surtout dans le passé, et je sais qu'il s'agit là d'un signe prémonitoire ; un morse étrange et cryptographique, dont avant de mourir la clef me sera révélée, j'en suis sûre. Ce matin-là de mon enfance, j'en fus atterrée ; j'eus l'intuition que c'était un message qui nous venait de très loin ; pas des bois ni des montagnes qui nous entouraient, pas d'en bas non plus, pas de cette mer dont les ouragans nous ensevelissent des jours durant dans des brumes épaisses. C'était quelque chose de plus distant, provenant d'une forêt lointaine qui s'avançait vers nous sans rencontrer d'obstacles. Il s'agissait de cette forêt qui habite notre for intérieur, à laquelle nous unissent des cordes étranges qui se mettent à vibrer suivant un diapason malin et monocorde avec une intensité sépulcrale, obstinée.

11

Le bonheur ne reste pas gravé en nous, il ne laisse pas de cicatrices, il ressemble au lit de ces rivières cristallines, où jouent des étincelles magiques, où coule une musique douce et cajoleuse, dont on dit qu'elle guérit les maladies et réconforte l'âme. Telles furent les années qui suivirent l'arrivée de Gaspard. Nous nous habituâmes à lui et lui à nous, de même que nous nous habituions aux hommes aux champignons qui d'année en année — au cours de l'été — succombaient. Il en mourut neuf en un mois. Mon père dit avec irritation que nous étions en butte au mauvais sort, et son humeur ne fut guère agréable au cours de cette période. Il n'a jamais été mesquin – il pécherait plutôt par l'excès inverse – mais il fut exaspéré lorsqu'il se trouva dans l'obligation d'augmenter le salaire des dégustateurs, car personne dans les villages voisins n'acceptait un tel emploi, ce qui l'obligea à recruter des gens à vingt ou trente lieues de distance. Parfois il s'agissait de jeunes garçons, presque des enfants dans certains cas, mais en général le travail était assumé par un adulte ou un vieillard, pour lesquels la vie signifiait peu de chose, ou qui s'exposaient à la sacrifier pour faire vivre leur famille. Everard payait ces hommes-là au prix fort. Il était fréquent que les futures veuves ou les héritiers immédiats touchent le salaire à l'avance.

12

Et un beau matin – qui marqua la fin de cette trêve, au cours de laquelle mon enfance prit fin – le rugissement du vent me réveilla. J'éprouvai la même terreur, je reçus les mêmes signes d'avertissement, avec cette même pieuse insistance annonciatrice d'un cataclysme. Mais j'étais plus âgée, et la panique n'eut pas de prise sur moi. Je me levai et commençai sans hâte à me préparer. Je me savais jolie avec ma robe de gaze jaune imprimée de bouquets lilas. aussi la revêtis-je. Et je descendis à pas lents, comme si, au lieu d'en être encore aux aurores, la journée avait été plus avancée. Je traversai en silence la pénombre des salles, je parcourus la galerie et ouvris sans bruit la porte de verre qui donne sur la terrasse. J'aspirai un air pur, doué de cette transparence dont on ne peut guère jouir que lorsque le monde retrouve une certaine limpidité après l'élan et le fracas du vent.

Il était très tôt. Aucun domestique n'était encore éveillé. Le jardin présentait un incroyable aspect de dévastation. La tempête avait arraché les lauriers touffus et les robustes liquidambars, elle s'était acharnée contre les chênes vétustes, et avait presque liquidé les arbres fruitiers au cours de la bataille. Sur la terre encore couverte de flaques d'eau, les branches mutilées attestaient la rigueur de l'attaque ; et dans ces bras, hier encore vivants et accueillants, piaillaient, à l'agonie, des oiseaux nus dont les parents voletaient à mes côtés sans comprendre cette désolation qui rompait l'ordre des choses et dépouillait leurs petits du foyer amoureusement construit. Mais leurs chants ne traduisaient pas seulement le chagrin, ils révélaient une certaine stupeur et sans doute une joie déguisée, en découvrant que dans la nature tout est aussi fragile qu'on peut l'être soi-même.

J'oubliai vite les oiseaux, et ma pensée retourna à son obsession habituelle : Gaspard. Je me mis en devoir de recueillir sur ce lugubre champ de bataille tout ce qui à mon avis pouvait lui être agréable. Mais l'acharnement de la tempête avait atteint un tel degré que je ne découvris qu'une orchidée intacte.

13

Je pénétrai dans le verger. J'y aperçus un instant plus tard Gaspard baignant dans une lumière dorée. Comme s'il avait retrouvé son être originel — comme s'il eût été capable de renaître —, je voyais un Gaspard tout nu transformé en lumière comme un soleil.

Je portais l'orchidée que je soutenais des deux mains : je m'avançai vers lui et la lui offris. Avant de l'accepter, il déposa un baiser sur mon front, puis il se pencha pour embrasser la fleur qu'il prit et planta dans mes cheveux. Il souriait.

— Que tu es jolie, me dit-il. Toi aussi, la tempête t'a purifiée.

Il m'étreignit et nous nous dirigeâmes vers l'étang.

Là, nous contemplâmes nos images dans l'eau. J'eus alors la certitude que l'on nous observait de plusieurs endroits ; nul besoin de tourner la tête pour savoir que les espions — du fond de différentes cachettes, peut-être l'un à l'insu de l'autre — étaient ma mère et Lucile.

Je pris la main de Gaspard et lui dis à voix basse :

— Allons voir Toy.

Je ne sais si j'invente la chose à présent, ou si j'ai su à l'avance — à ce même instant — que le léopard avait rompu sa chaîne. En proie à un bonheur que je gardai pour moi, je poussai un cri qui se voulait un cri de terreur :

— Toy est en liberté !

Mon cri eut un volume suffisant pour parvenir aux oreilles de mes espionnes. Aussi pouvais-je être sûre qu'elles s'enfuiraient terrorisées toutes deux vers la maison.

Une fois seuls, nous nous allongeâmes sur l'herbe, Gaspard et moi.

Peu de temps après, Toy, tranquille et affectueux, s'approcha de nous et commença à nous lécher le visage. Son museau gardait quelques plumes d'oiseau et des restes de sang. Nous jouâmes avec lui. Il se laissa ensuite docilement enchaîner. Gaspard et moi échangeâmes un baiser. Nous retournâmes à la maison par des chemins différents.

14

La violente passion amoureuse qui s'était éveillée chez Everard et Elvire la nuit où Gaspard entra dans nos vies respectives se poursuivit avec une force qui paraissait sans bornes. Au début, Everard n'interrompit pas sa vie normale : la surveillance journalière des propriétés les plus proches, les voyages vers les villes voisines et les parties de chasse continuèrent sur un rythme normal. Mais le couple s'abstenait fréquemment de descendre dîner avec nous. Egalement (chose qu'ils n'avaient jamais faite auparavant), ils commencèrent à voyager ensemble. Ces promenades duraient de deux à trois semaines ou de deux à trois mois, au cours desquels ne nous parvenait pas la moindre lettre, pas la moindre nouvelle de leur existence. Cela nous permit de vivre dans une liberté sans précédent. Nos maîtres — en grammaire, en mathématiques, en histoire et en musique —, qui étaient ponctuels et mettaient un véritable zèle à nous enseigner des matières difficiles, perdirent leur ardeur et leur ponctualité. Ils tombaient fréquemment malades et demandaient des permissions pour s'absenter plusieurs jours durant. Nous les leur accordions avec un grand plaisir. Leurs cours avaient lieu dans la bibliothèque et peu à peu Sébastien et Lucile, même lors des périodes de présence de nos professeurs, cessèrent d'y assister et oublièrent complètement toute forme d'instruction. Seuls Gaspard et moi montions quelque persévérance. Sébastien était entré dans une phase nouvelle de son existence. Sa voix mua, devint rauque comme celle de mon père. Il aimait nager, courir à cheval, faire de l'exercice et pratiquer l'escrime. Il voulait être fort et invincible, et quand il l'affirmait il semblait lancer un défi à Gaspard. Par contre, Lucile hérita la passion de ma mère pour les miroirs, les parfums, les bijoux et les robes. De nombreuses marchandes à la toilette sonnaient journellement à nos portes, leurs malles sans aucun doute contenaient quelque chose de nouveau qui ravissait Lucile, car elle achetait à tour de bras et sans marchander.

La bibliothèque était le lieu de prédilection de Gaspard, et par conséquent c'était également l'endroit où je passais le plus clair de mes journées. L'hiver, nous nous chauffions à la chaleur de la cheminée et restions des heures plongés dans la lecture sans nous dire un mot. De temps en temps, Gaspard posait son livre pour remettre des bûches et j'en profitais pour lui sourire.

15

Les années de voyage de mes parents furent nombreuses ; Everard, cela sautait aux yeux, rentrait chaque fois un peu plus vieilli. Ses cheveux, brusquement, devinrent gris et rares ; sa corpulence s'effaçait, et bientôt il tomba malade. Pour Elvire, par contre, le temps ne passait pas. Sa beauté, ses coiffures fantaisistes, son goût pour les vêtements de bonne coupe et les bons tissus étaient toujours les mêmes.

Pour Gaspard et moi, ce fut un sacrilège que de la voir entrer un beau matin dans la bibliothèque et approcher un siège à nos côtés, face à la cheminée. Elle prit un livre et fit semblant de lire, mais au bout de quelques secondes elle le laissa et se mit en devoir d'interrompre notre lecture. Tout était prétexte à nous raconter une anecdote quelconque, ou à nous faire la description d'une grande ville, ou à retracer les péripéties de son dernier voyage.

Puis Lucile et Sébastien vinrent nous rejoindre, ce qui fit s'évanouir le charme quasi mystique qui jusque-là hantait la bibliothèque. Everard lui-même, lorsqu'il se sentait mieux, se joignait au groupe. Les domestiques prirent l'habitude d'y introduire les visiteurs. C'était le dernier salon où l'on causait et la reine Elvire modifia la sobriété du décor, augmenta le nombre de fauteuils et de petites tables et changea les tableaux.

Le printemps, heureusement, ramena les anciennes habitudes et les réunions matinales furent célébrées comme par le passé sur les terrasses et dans les jardins. Des amis arrivèrent de l'étranger ou de villes lointaines, aussi nous oublia-t-on pour un temps.

16

Ce soir-là, je descendis dîner avec la même robe jaune que je portais depuis l'aube. Je me réjouis de constater la présence d'une dizaine d'amis, ce qui était de nature à empêcher Lucile — ou ma mère — de faire des commentaires désagréables. Elles me dévisagèrent toutes deux d'un regard froid, presque... menaçant. Par contre Gaspard me contempla avec la même douceur nouvelle que j'avais vue à l'aube dans son regard.

Mon père, qui avait repris des forces au cours des dernières semaines, me dit, lorsque je m'approchai pour l'embrasser :

— Que tu es jolie, ce soir.

— Ce doit être l'effet de la tempête, commenta Lucile, sarcastique.

— Sans aucun doute, répondis-je.

Cela suffit à axer la conversation de la soirée sur l'ouragan. Au moment où nous nous préparions à occuper nos sièges habituels, ma mère dit :

— Je crois qu'il est temps que nous fassions quelques changements. Toi, Emma, tu t'assiéras désormais à côté de ton père. Je vois avec plaisir que ton voisinage le soulage plus que les médicaments.

Et elle prit ma place, à côté de Gaspard.

Les rugissements de Toy nous parvinrent avec une grande netteté.

17

Dès lors Elvire s'empara de Gaspard. Il devait l'accompagner dans ses chevauchées, dans les visites aux voisins et dans les fêtes auxquelles mon père ne voulait pas assister. Cela m'amusait beaucoup de voir que Lucile ne lui laissait pas le champ libre et trouvait toujours un prétexte pour se joindre à eux. Comme je l'ai déjà dit, la concurrence ne m'intéresse pas. Je préférais mon rôle d'observatrice de ce duel muet et hypocrite soutenu par Elvire et Lucile.

Sans que nous nous fussions mis d'accord, notre lieu de rendez-vous était aux côtés de Toy, auquel depuis longtemps déjà j'apportais ses repas, avec l'aide de Gaspard.

C'est à cette époque que mon père commença à ne plus tourner rond.

Un jour, un serviteur arriva au pas de course et me cria, le visage pâle de terreur :

— Le maître a mis le léopard en liberté !

Lucile et Sébastien étaient à côté de moi. Ma sœur se mit à pleurer. Je lui dis avec calme :

— Rentre avertir maman. Ne sortez pas avant mon retour.

Elle courut dans la maison en poussant des cris hystériques et en gémissant. Sébastien dit :

— Attends, je vais chercher mon fusil.

— Non, suppliai-je. Ce n'est pas nécessaire. Laisse-moi me

charger de cette affaire. Mais il vaut mieux que tu ne viennes pas.

Furieux, il se tourna vers moi et cria :

— Ce n'est pas toi qui vas me donner des ordres ! Je sais ce que j'ai à faire !

Il entra lui aussi au pas de course dans la maison. Le cœur serré d'angoisse, je dis au serviteur :

— M. Gaspard doit se trouver dans la bibliothèque, dites-lui de me rejoindre en vitesse ; il faut que nous mettions la main sur Toy avant Sébastien.

Je me mis à courir avec désespoir et, à peine entrée sous les arbres, je lançai des appels anxieux. Toy me répondit de très loin par un rugissement. Je recouvrai mon calme et m'empressai d'aller retrouver le léopard. Mon père était à ses côtés, ainsi que Gaspard, ce qui me remplit de joie.

— Nous allons l'attacher, dis-je en le prenant par son collier. Sébastien veut le tuer. Papa, il faut l'en empêcher.

Je me rendis compte, alors qu'Everard n'était pas dans son état normal. Il avait des yeux hagards et une longue bave luisante s'écoulait de ses lèvres et mouillait sa chemise. Mais il me comprit, et nous emboîta le pas en faisant un signe d'assentiment. En arrivant à l'endroit qui tenait lieu de foyer à la bête, nous vîmes Sébastien, dont le fusil pointé était prêt à tirer. Il nous ordonna :

— Ecartez-vous de lui.

Mon père, en proie à une grande colère, lui cria :

— Maudit imbécile ! Toy est à moi ! Personne n'a le droit de toucher à ce qui m'appartient. Je suis le maître de tout, ici ; le seul à pouvoir tuer ou détruire ce que bon me semble. Dans cette maison, le seul homme c'est *moi*. Tu n'as pas droit à une volonté propre, et si tu en as une, si tu veux commander et être le maître des êtres et des choses qui t'entourent, il te faudra partir d'ici. Baisse ton arme !... Remets-là à Gaspard. Et maintenant, rentre à la maison. Je te parlerai plus tard.

18

Everard fit à Sébastien des offres diverses et généreuses, parmi lesquelles mon frère choisit la proposition d'une maison dans la capitale. Et ce soir-là, une fois les invités retirés, nous restâmes plusieurs heures engagés dans des projets et des discussions sur l'avenir de Sébastien. Dans le même temps, on parut oublier assez curieusement le fait qui motivait son départ de la maison. La vanité et le côté superficiel d'Elvire ne tardèrent pas à donner à cette conversation une allure mondaine : elle commença par décider du quartier où il fallait acheter la maison (un petit palais digne de lui) ; du style dans lequel elle serait décorée ; elle fit des recommandations sur les familles qu'il fallait traiter avec une spéciale déférence, et parla des personnes auxquelles il ne valait même pas la peine d'offrir une tasse de thé ; elle promit d'établir une liste des boutiques importantes et des produits à acheter dans chacune d'elles. Lucile était enthousiasmée car elle voyait s'ouvrir devant elle, par la même occasion, une porte qui lui permettait de connaître ce monde auquel elle n'avait pas encore eu accès. Sébastien lui-même jubila comme un enfant en entrevoyant cet avenir doré qui l'attendait les bras ouverts. Gaspard se retira discrètement, je fus la seule à le remarquer. Je crois que moi aussi je laissai mon imagination vagabonder à la faveur de la vision passionnée d'Elvire, qui décrivait des heures joyeuses passées dans les cafés des grandes avenues, les théâtres, les restaurants, les défilés de modes, les soirées amicales et même les musées. Parfois, Elvire et Everard, entraînés par un souvenir commun, s'écartaient de nous et commentaient en riant des événements heureux ou tragiques, où l'on parlait de mystères, de morts subites et énigmatiques, où l'on maniait des noms de lieux et de personnes inconnus de nous qui éveillaient notre curiosité et... Enfin, on en arriva à la conclusion qu'une semaine au moins était nécessaire pour accomplir tous les préparatifs du voyage ; pendant ce temps,

Everard enverrait un employé de confiance mettre en route toutes les démarches ennuyeuses et difficiles auxquelles Sébastien n'était pas habitué.

Lorsque nous fûmes sur le point de nous retirer, Lucile demanda :

— Et que va-t-on faire de cette bête ?

Sa question ouvrit une brèche dans cette union éphémère dont nous jouissions pour la première fois.

— Je crois que le mieux, c'est de la tuer ! Everard, mon chéri, je te demande si peu de choses... promets-moi que demain...

— Non ! Jamais !

— Mais, mon chéri, c'est un danger. Cela m'enlève toute tranquillité d'esprit et me cause des insomnies, tu ne l'as pas entendu rugir la nuit ? Je me réveille atterrée, et je me sens toute seule, complètement sans défense, à la merci du gosier de cette bête maudite.

Everard éclata de rire et dit :

— Quand tu te sentiras dans de telles dispositions, viens dans mon lit. Je te ferai perdre ta peur. Et maintenant, suffit ! Je ne tolérerai plus un seul mot sur cette affaire.

— Mais toi... tu dors comme un loir.

— Réveille-moi ! Secoue-moi !

19

Les lettres de Sébastien étaient remplies d'allégresse. Il découvrait le monde, il en jouissait. Lucile profita également de l'occasion pour voyager, car elle répétait avec insistance et en pleurnichant que parfois elle ne supportait pas l'absence de son frère chéri. Je crois qu'en cela elle ne mentait pas. Ils s'étaient beaucoup aimés. Aussi prit-elle l'habitude de rester au loin plusieurs semaines durant.

Elvire pensa que son tour était arrivé.

C'était vraiment dégoûtant ! Je n'aurais jamais cru que sa dégradation parviendrait à de telles extrémités. Elle poursuivait

Gaspard jour et nuit, en tête à tête ou en public. Heureusement, la santé de mon père empira et il ne se rendit pas compte du dévergondage de ma mère. Il passait de longues journées au lit, et quand nous étions réunis (il descendait déjeuner ou dîner avec l'autorisation du médecin), au milieu d'une conversation sa tête tombait sur le côté et il s'enfonçait dans un profond sommeil dont Elvire profitait pour faire une caresse à Gaspard ou pour lui chuchoter quelque chose à l'oreille, sans tenir compte de ma présence. Ma période d'amour à l'égard de ma mère avait pris fin. Elle me faisait pitié, et je la méprisais. Chaque fois qu'elle essayait de jouer les séductrices, je la trouvais de plus en plus détestable.

Un jour, sans la moindre pudeur, elle dit à Gaspard, devant moi, que la porte de sa chambre lui resterait toujours ouverte. Je pensai alors que cet état de choses ne pouvait se prolonger et qu'il était urgent de trouver un remède.

Ce fut une bénédiction pour moi qu'Everard décidât de transmettre à Gaspard diverses responsabilités. Ainsi, peu à peu, il dut se consacrer aux affaires de mon père, visiter les propriétés, réviser les comptes, surveiller les récoltes... Il restait ainsi, des heures et des jours durant, loin du danger de ma mère.

20

Toy vieillissait. Ses mouvements n'avaient plus l'agilité ni la rapidité d'antan. Son humeur changea elle aussi, il devenait irascible et essayait fréquemment d'attaquer les serviteurs. J'aimais Toy — je l'aime toujours ; aimer les animaux, même le plus sauvage d'entre eux, peut conduire un individu à la tendresse la plus intime, la plus illimitée. On peut aimer un animal à la folie et être assuré que cet amour trouvera toujours une réponse. C'est pourquoi j'ai tant souffert à cet époque, car je ne comprenais pas la conduite de Toy : ce désir cruel de tuer les serviteurs. Je souhaitais le convaincre, à l'aide de caresses et de mots doux, qu'ils n'étaient pas méchants et qu'il fallait les traiter comme moi. Jusqu'au jour où je découvris ce qui engendrait la fureur du léopard.

Il était fréquent de l'entendre la nuit rugir avec colère et désespoir comme il ne l'avait jamais fait auparavant. Je m'éveillais. Inquiète, sans parvenir à calmer mon angoisse, j'écoutais ces rugissements qui ressemblaient à des plaintes... Et une nuit, comprenant ce qui se passait, je descendis.

Plus je m'approchais et plus ma colère grandissait.

C'était donc vrai : Xavier, l'un des serviteurs, frappait Toy à coups de fouet. Lorsqu'il me vit, il fut terrorisé et recula de quelques pas en murmurant :

— C'est un ordre de madame, elle nous oblige... Pardon, chère petite maîtresse, nous vous aimons bien, mais nous devons obéir à votre mère.

L'homme, à genoux, s'approcha de moi en implorant :

— Pardon... pardon.

Il me tendit le fouet, je le pris et, avec un acharnement qui m'empêcha de dormir cette nuit-là ainsi que beaucoup d'autres, je le frappai jusqu'à ce qu'il tombe évanoui.

21

Les délires de mon père, bien que sporadiques, allaient s'accroissant. Il perdait la notion du temps et mettait fréquemment Toy en liberté. Un jour, le léopard arracha en mordant la main du fils de la cuisinière.

Ce fut une tragédie épouvantable et ma mère devint presque folle de panique lorsqu'on lui raconta l'événement. Dès lors, je redoublai de vigilance. Il n'y avait plus de tranquillité possible. A n'importe quel moment, j'avais l'impression que Toy était à nouveau en liberté et qu'il s'avançait, maladroit et sanguinaire, vers sa proie. Je devais surveiller à la fois Toy et mon père, afin de les empêcher de commettre des erreurs.

Everard eut une rechute, son cœur avait des défaillances, et on lui prescrivit de s'aliter.

La seconde victime de Toy fut ma mère. Gaspard et moi découvrîmes son cadavre. Les canines adroites avaient dépecé le cou, les griffes avaient ouvert des sillons dans sa gorge si belle.

Cela se produisit un après-midi, sur la terrasse. Lorsque nous apprîmes la nouvelle à mon père, il ne parut pas comprendre.

22

Le deuil fit revenir Lucile. Sébastien revint lui aussi, mais il repartit dès la fin des funérailles et ce fut la dernière fois que nous le vîmes. Il emporta tous les bijoux de ma mère et s'embarqua pour l'étranger. Il avait vendu son petit palais et les propriétés qu'Elvire lui avait laissées en héritage.

Lucile le haït pour cette fuite qui l'obligeait à retourner au foyer ; si l'on pouvait appliquer cette expression à notre maison.

Le médecin qui voyait Everard était une sorte de mage car il le ramena à la vie après l'avoir presque arraché à la mort ; le printemps suivant, c'était un homme en pleine santé, qui récupérait de jour en jour sa vigueur et son sourire. Les amis revinrent et de nouveau les salles de réception furent témoins de fêtes joyeuses et de repas somptueux. On n'utilisa plus pour les festivités la terrasse donnant sur le verger.

Je ne mets pas en doute que Lucile ait eu besoin d'un appui. Depuis sa toute petite enfance, elle était en quête de gâteries — sauf auprès de moi, naturellement. Et ce besoin d'amour lui fit multiplier attentions et caresses à l'égard de mon père. A la longue ils devinrent tous deux inséparables, paraissant jouir de tout et se comprendre à l'aide d'un langage propre qui m'excluait. Lucile essaya aussi, comme ma mère, de séduire Gaspard. Quelle illusion ! Ne s'était-elle pas rendu compte, dès le premier jour, que Gaspard était à moi ? Everard m'en avait fait cadeau ; et il est évident que ce fut le meilleur cadeau de mon existence.

Gaspard m'aimait et je l'aimais. Mais nous craignions que cela ne parvînt à la connaissance de quelqu'un. On soupçonnait la chose, oui. Mais jamais personne ne nous avait vus nous aimer.

23

Les hommes aux champignons se succédaient mais devenaient de plus en plus coûteux et surtout de plus en plus rares à recruter.

C'est pourquoi un matin, Lucile, tout sucre et tout miel, dit à Everard en ma présence :

— Cela représente beaucoup d'argent et nous ne sommes plus aussi riches qu'avant. Pourquoi ne donnes-tu pas l'emploi de dégustateur à Gaspard ? Tu as beaucoup dépensé pour lui, il n'a rien à voir avec nous, il n'est pas de la famille... il est juste qu'il paie ce qu'il te doit.

Je me sentis transformée en statue de glace. Et je me mis à haïr Lucile comme je n'avais jamais haï personne.

Mon père dit, déconcerté :

— Gaspard ?... pour cet emploi d'homme aux champignons ?

— Oui. Le travail qu'il fait, nous pouvons nous en acquitter nous-mêmes. Ou bien moi toute seule ; je n'ai pas besoin de lui.

— Mais Gaspard... murmura Everard, incapable d'accepter cette proposition.

— Il le mérite. Fais-le papa, ce ne sera que justice.

— Que dis-tu ? ... Quelle justice ?

— Tu vengeras la mort de maman.

Je pâlis et implorai les dieux, le plus stupidement du monde, de faire entrer Toy au même moment pour la tuer. Mais les dieux ne savent pas ouvrir aussi bien que moi la serrure compliquée de la chaîne de Toy. Sans pouvoir me dominer. je me levai en criant :

— Ce n'est pas lui qui l'a fait !

— En es-tu sûre, ma chère sœur ?

— Je n'en suis pas sûre. Rien n'est sûr, car il n'est pas en notre pouvoir de connaître le destin. Si la chose était possible, nous pourrions peut-être le changer à notre guise. Et nous ne le pouvons pas. Le destin s'accomplit suivant notre bon plaisir, ou au contraire malgré nous.

Lucile caressa le visage de mon père et supplia :

— Fais-le, c'est pour ton bien.

24

Gaspard était assis, comme tous les hommes aux champignons, sur la première marche du perron qui conduisait au jardin. On utilisait à nouveau la terrasse, par suite d'une décision de Lucile, qui désormais donnait tous les ordres et avait la haute main sur la maison et le budget familial.

Je m'assis à ses côtés, et lui dis !

— *Bolletus Satanas.*

Il me répondit d'un air distrait :

— Ce serait plus facile avec un membre de la famille des amanites. Ils sont plus courants et n'éveillent aucun sentiment de... crainte.

Me souvenant de nos lectures, je répondis comme dans un rêve :

— Le vert, oui... est mortel. Bien que je n'en aie pas vu depuis des siècles.

— Mais, dit-il avec un sourire gris, il a tellement plu cette année ! On voit surgir partout les espèces les plus rares, comme les fleurs au printemps.

— C'est certain. Hier, quand nous nous promenions à cheval, j'en ai vu des écarlates à une ou deux lieues des grosses roches.

— Des *Satanas ?*

— Presque sûrement.

Nous entendîmes le rire de Lucile et, craignant d'être vue, je me mis à courir vers le verger. Je demeurai dans l'obscurité un bon moment, puis j'entrai subrepticement par la cuisine à l'insu des bonnes et gagnai le corridor intérieur qui me ramena sur la terrasse. Je sentis immédiatement le regard scrutateur de ma sœur qui me parcourut et, sans voir les invités, je m'avançai au-devant d'elle en m'écriant :

— Je m'attendais bien à te voir avec cette robe une allure de déesse ! Mais c'est mieux encore, beaucoup mieux ! Cela dépasse tout ce que je pouvais imaginer. Lucile, c'est si agréable pour moi de te voir aussi belle que je ne peux guère en ressentir d'envie.

Je lui donnai un baiser qu'elle me rendit. Elle était heureuse de mes compliments, et avec ce désir de la servir comme une esclave que je lui manifestais depuis plusieurs jours déjà, je lui demandai si elle désirait une aide de ma part. Elle me dit que non. Un serviteur s'approcha. J'acceptai la boisson qu'il m'offrait et, ma sœur et moi, nous nous joignîmes à un groupe qui, en ma présence, commença à faire l'éloge de Lucile. Tandis qu'elle y répondait par les phrases creuses et stupides qui lui étaient coutumières, j'en profitai pour observer Gaspard : ses yeux avaient la tristesse qui caractérisait ceux de ses prédécesseurs dans la chasse aux champignons. J'en ressentis des envies de pleurer... et s'il mourait ? Nous savions tous deux qu'en fin de compte l'espèce la plus connue pouvait s'avérer vénéneuse ; tout dépendait du sol où elle avait puisé sa nourriture, et qui pouvait le deviner ? Personne. Les hommes aux champignons étaient là pour ça.

25

Les prétendants de Lucile s'étaient multipliés, mais elle coquetait avec tous sans accorder d'attention spéciale à aucun d'entre eux. Je crois qu'elle attendait d'abord la mort de Gaspard. Je m'approchai d'elle et la pris à part :

— Regarde-le. Il a aussi peur que les autres... Cela m'écœure, je n'aurais jamais cru que ce fût un lâche.

Lucile me regarda, et, troublée par mes paroles, fit le commentaire suivant :

— Mais... tu ne l'aimes pas ?

— Lucile, ma belle ! Je n'aime que Toy. Les hommes me font horreur ; je ne veux pas me marier. Je n'aspire qu'à vivre à tes côtés jusqu'à la mort, si tu le permets. Parfois, tu sais, je me sens malade...

— Tu es bizarre, Emma. Sébastien et moi nous ne te comprenons guère.

— C'est naturel. Vous croyiez, ou vous espériez, que je serais comme vous. Mais... ce n'est pas le cas. Je ne peux pas aimer, je ne peux pas haïr. Je ne serai jamais, non plus, aussi belle que toi...

Everard s'approcha de nous. Nous lui sourîmes, puis, chacune de nous pendue à l'un de ses bras, afin de sacrifier au rituel, nous allâmes observer de près l'homme aux champignons. Mon père l'interrogea :

— Tu ne ressens aucune douleur ?

— Aucune. Ils étaient délicieux. Et Gaspard nous fit un clin d'œil.

Les musiciens jouaient.

Nous sentions monter du fond des vergers, du fond des bois, de la montagne et de la mer un parfum pur de toute pollution.

26

— Tu pourras compter sur dix minutes, maximum.

— Ce sera suffisant.

Je m'écartai de lui et m'aperçus presque aussitôt qu'Everard et Lucile nous observaient. Je sentis mes jambes faiblir.

— Que faites-vous ici tous les deux ? s'enquit Everard.

— Nous nous sommes toujours tenus ici, papa, depuis notre enfance ; l'amour de la lecture est le lien qui m'unit à Gaspard.

— Et pourquoi es-tu si pâle ? interrogea Lucile.

— Ça se voit ? ... Je te l'ai dit il y a quelques jours, je ne me sens pas bien. Je dors mal la nuit et je sens des douleurs... dans tout le corps... comme si la mort approchait.

Je les convainquis. Lucile s'approcha, me passa un bras autour de la taille et me conduisit à ma chambre. Je tremblais. J'étais glacée. Je voyais danser devant mes yeux les magnifiques champignons écarlates que Gaspard s'apprêtait à déguster... dans quelques heures.

27

En bas de l'escalier, je contemplai mon image dans la glace du vestibule. Je ressemblais à un cadavre. Une bonne s'approcha de moi et me dit à voix basse, pendant que j'affectais de déplisser ma robe :

— Il est sous surveillance depuis le repas. Xavier a reçu l'ordre du maître de ne pas le perdre de vue.

Je murmurai, défaillante : « Merci ».

La première chose que je fis en arrivant sur la terrasse fut de l'observer ; il était aussi pâle que moi. Nos regards se croisèrent, l'espace d'une seconde ou deux. Lucile et un groupe d'amis s'approchèrent. Ma sœur commenta affectueusement :

— Cette pauvre petite ne se sent pas très bien. Pourquoi es-tu descendue ?

— Je crois que là-haut je me sens encore plus mal. Ici, au moins, j'ai la consolation d'être en votre compagnie. Je m'approchai d'elle : — Cela me fait du bien d'être à tes côtés, je me sens protégée. Je crois que ma maladie consiste à avoir peur, je deviens pusillanime. Donnez-moi à boire.

Quelqu'un alla rapidement me chercher un verre.

— Tu est très pâle... et tu es glacée, me dit Lucile en touchant mon visage.

— Excuse-moi... je ne voudrais pas jouer les trouble-fête.

Vivaldi, comme lors du premier soir où Gaspard s'était mêlé à nos jeux. Cette fin d'après-midi avait des teintes sépia. Je vis à Lucile un air pétrifié. Et je compris que je n'avais pas menti en affirmant qu'on ne peut changer le destin.

Mon verre s'échappa de mes mains. J'entendis Lucile crier :

— Xavier... !

Je m'évanouis. Les yeux fermés, j'entendis des cris confus, des recommandations. Je ne sais qui me prit dans ses bras. On me coucha sur un divan de la salle de séjour. J'entendis la voix d'Everard.

— Qu'y a-t-il ? Que lui est-il arrivé ?

Quelqu'un prenait mon pouls. Je sentis le visage de mon père tout proche du mien. Il m'embrassa sur le front, et sa bave dégoulina sur ma tempe. J'imaginai ses yeux larmoyants, pleins de douceur. Alors, horrifiée par moi-même, je m'évanouis pour de bon.

28

Lorsque j'ouvris les yeux, je vis que Lucile, mon père et un certain nombre d'invités m'entouraient. Je souris d'un air suppliant :

— Je vous en prie... demandez aux musiciens de jouer. Je me sens mieux. En fait, je n'ai guère mangé ces derniers jours. Lucile, implorai-je, emmène-les. Je vous rejoindrai dans quelques minutes.

Une bonne resta à mes côtés. Sa main rude et maladroite me caressait le front, et de cette voix douce qu'ont les nourrices, avec une tendresse que je n'avais jamais reçue d'Elvire, elle me disait :

— Mon petit... mon joli petit...

Vivaldi. Vivaldi, Vivaldi ! Je respirais avec difficulté et percevais le poids du temps : les minutes éternelles tombaient comme des pierres sur ma poitrine. Je me sentais la tête confuse, aux confins de la démence. Il me fallait me lever.

D'un pas rapide, je gagnai la terrasse. Lucile et mon père prirent un air satisfait en me voyant entrer. Tout le monde me posait des questions auxquelles je répondais vite et en riant. Je demandai un autre verre et m'assis à table. A ma gauche, Everard me pinça la joue affectueusement.

— Il faut que tu manges davantage.

— Oui, sûrement. Maintenant, ça va mieux.

Je cherchai les yeux de Lucile, et quand ils rencontrèrent les miens, je supplai : « Est-ce que Gaspard peut venir s'asseoir à côté de moi ?... Je t'en prie... C'est un caprice. Je ne sais pas pourquoi... »

— Si tu veux !

Je me levai et allai le chercher. Je le pris par la main. Nous étions de glace tous les deux. Pendant le trajet, je pus lui demander :

— As-tu eu le temps ?

— Oui.

29

Ce fut le dîner le plus gai que nous ayons eu depuis des années. Je m'abstins de manger de tout mais par contre je pris de la soupe et en redemandai. Ma décision fut approuvée par nos convives : cela me ferait du bien. J'avais besoin de m'animer un peu. Puisque nos mains ne pouvaient s'unir, ni même se toucher, ma communication avec Gaspard s'établissait de genou à genou. Nous frissonnions, mais... Qu'ils étaient tous joyeux ! Il m'arriva même de les envier !

Normalement, les dîners ne se prolongeaint pas au-delà de onze heures du soir. Cependant, il s'agissait là d'une soirée un peu spéciale. Sur ma prière — et personne n'osa rien me refuser — les invités restèrent plus longtemps. On dansa jusqu'à trois heures du matin. On but en abondance. Cela me réconfortait de les voir si heureux.

Le tumulte augmenta et à certains moments on aurait cru voir passer un vent de folie. Les musiciens eux-mêmes nageaient dans l'euphorie. Les domestiques, qui se tenaient dans les embrasures des portes de la cuisine, levaient leur verre d'un air heureux en poussant de gros éclats de rire.

Tout aurait été parfait si l'on n'avait entendu le gémissement de Toy. Mais je ne quittai pas mon siège. Je ne pouvais interrompre la fête à deux reprises. C'était le destin. Gaspard et moi sûmes, au même moment, que Toy venait de mourir. Son cycle avait pris fin. Les invités bâillaient.

Lorsque le silence tomba sur notre demeure je me dirigeai, pieds nus et transie de froid, vers la chambre de Gaspard, et lui dis en entrant :

— Ce soir, restons ensemble. Viens dormir avec moi.

Tremblants et enlacés, nous nous endormîmes avec l'irruption des premiers rayons du soleil.

30

Bolletus Satanas. L'une des espèces les plus vénéneuses. Si on le vomit moins de quatre à six heures après son indigestion, il est possible d'être sauvé ; autrement, la mort est inévitable. Les premiers symptômes sont : une grande euphorie (voir similitude avec les *Champignons Hallucinogènes, op. cit.,* p. 23, vol. IV) ; puis vient une grande lassitude, une pâleur, un désir de dormir...

31

Je ne pris pas le deuil. Ma douleur était si grande que je n'aurais pas supporté la solitude cloîtrée, les vêtements noirs et les prières interminables qu'il entraîne. Notre mariage fut simple. Il y eut peu d'invités : les seuls à venir furent les survivants, c'est-à-dire ceux qui n'avaient pas assisté à ce souper mortuaire qui endeuilla toute la région. Il a plu tellement ces dernières semaines que leurs tombes sont couvertes de cèpes étranges et beaux : il y en a des bleus, des jaunes, des écarlates.

32

Le reflet des rayons du soleil tombait directement sur les yeux de Gaspard et le jeu de la lumière sur ses pupilles dotait celles-ci de mimétisme. Il pouvait à présent tout observer et avec une si grande tranquillité, une tranquillité, sans failles, que, l'eût-on souhaité, cet état aurait pu s'assimiler à l'éternité. Mais l'éternité est quelque chose... de plus ingrat et de plus long.

Une nuit d'ouragan, il disparut. je ne sais pas comment. Je

n'ai plus aucune idée du temps ni de l'espace. Je cherche, à chaque fois que je m'éveille – à midi, à minuit – un symbole, une lumière qui me conduise vers lui. Mais il n'y a pas de lumière. Je pense aux champignons, et je l'y cherche inutilement. Chaque jour, l'univers devient plus noir. Je crois que bientôt viendra l'obscurité complète.

(1976)
(traduit par Claude Bourguignon
et Claude Couffon)
Revue Europe

Carlos FUENTES

Mexique

Né à Mexico en 1928. Fils de diplomate, il a poursuivi ses études au Chili, en Argentine et aux États-Unis, et a longuement vécu en France, où il a été ambassadeur de 1975 à 1977. Il est actuellement professeur d'Université aux États-Unis. Romancier, essayiste, dramaturge, Carlos Fuentes a cherché dès son premier roman, La plus limpide région *(1958), à démasquer l'identité mexicaine. Il a brossé un magistral portrait d'homme d'affaires mexicain exploitant toutes les corruptions nationales dans* La Mort d'Artemio Cruz *(1962), son roman « le plus complet, le plus parfait, le plus réussi », selon José Donoso.*

Nouvelles : Los días enmascarados *(1954) ;* Aura *(1962) ;* Chant des aveugles, *1964 (trad. Jean-Claude Andro, préface d'Octavio Paz, Gallimard) ;* Les Eaux brûlées, *1981 (trad. Céline Zins, Gallimard).*

Romans : La plus limpide région, *1958 (trad. Robert Marrast, préface de Miguel Angel Asturias, Gallimard) ;* La Mort d'Artemio Cruz, *1962 (trad. Robert Marrast, Gallimard) ;* Zone sacrée, *1967 (trad. Jean-Claude Andro, Gallimard) ;* Peau neuve, *1967 (trad. Céline Zins, Gallimard) ;* Terra Nostra, *1977 (trad. Céline Zins, Gallimard) ;* La Tête de l'hydre, *1978 (trad. Jean-François Reille, Gallimard) ;* Une certaine parenté, *1980 (trad. Céline Zins, Gallimard) ;* Le Vieux gringo, *1985 (trad. Céline Zins, Gallimard).*

Aura *a été repris dans* Chant des aveugles, *éd. Gallimard.*

Aura

L'homme chasse et se bat. La femme intrigue et rêve ; elle est mère de la fantaisie et des dieux. Elle a un don de seconde vue et des ailes qui lui permettent de voler vers l'infini du désir et de l'imaginaire... Les dieux sont pareils aux hommes : ils naissent et meurent sur le sein d'une femme...

Jules Michelet.

A Manolo et Tere Barbachano

I

Tu lis cette annonce : une proposition de ce genre ne revient pas tous les jours. Tu la lis et tu la relis. Elle paraît n'être adressée à personne d'autre qu'à toi. Distrait, tu laisses tomber la cendre du cigare à l'intérieur de la tasse de thé que tu étais en train de boire dans ce petite café malpropre et pas cher. Tu reliras. On demande jeune historien. Ordonné. Scrupuleux. Familier de la langue française. Connaissance parfaite, courante. Capable d'accomplir des fonctions de secrétaire. Jeunesse, connaissance du français, de préférence ayant vécu quelque temps en France. Trois mille *pesos* par mois, nourri, chambre confortable, ensoleillée, propice à l'étude. Il ne manque que ton nom.

Il manque seul que les lettres les plus noires et les plus criardes de l'annonce proclamant : Philippe Montero. On demande Philippe Montero, ancien boursier de la Sorbonne, historien encombré de connaissances inutiles, rompu à la mise à jour de papiers jaunâtres, professeur adjoint dans l'enseignement libre, neuf cents *pesos* par mois. Mais si tu lisais cela, tu te méfierais, tu croirais à une blague. Rue Donceles, n° 815. Se présenter. Il n'y a pas de téléphone.

Tu ramasses ta serviette et tu laisses le pourboire. Tu penses qu'un autre jeune historien, dans la même situation que toi, a déjà lu cet avis-là, pris les devants, occupé la place. Tu essaies d'oublier pendant que tu marches vers l'angle de la rue. Tu attends l'autobus, tu allumes une cigarette, tu répètes en silence les dates dont tu dois te rappeler afin que ces enfants assoupis te respectent. Tu dois te préparer. L'autobus approche et tu es en train d'observer le bout de tes souliers noirs. Il faut que tu te prépares. Tu mets la main dans ta poche, tu joues avec les pièces de cuivre, enfin tu choisis trente centimes, tu les serres dans ton poing et tu allonges le bras pour saisir fermement la barre de fer de l'autobus qui ne s'arrête jamais, sauter, t'ouvrir un passage, payer les trente centimes, difficilement trouver ta place entre les passagers debout et qui s'étouffent, appuyer ta main droite à la rampe, presser la serviette contre toi et placer distraitement la main gauche sur la poche arrière du pantalon, où tu gardes les coupures.

Tu vivras cette journée, pareille aux autres, et tu ne t'en souviendras plus jusqu'au lendemain. quand tu retourneras t'asseoir à la table du bistrot, que tu demanderas le petit déjeuner et que tu ouvriras le journal. A la page des annonces, il y aura, une fois encore, ces lettres qui se détachent : *jeune historien.* Personne ne s'est présenté, hier. Tu liras l'annonce. Tu t'arrêteras à la dernière ligne : quatre mille *pesos*.

Tu seras surpris à la pensée que quelqu'un habite la rue Donceles. Tu as toujours cru que personne n'habite le vieux centre de la ville. Tu marches lentement, en tâchant d'apercevoir le numéro 815 dans cet assemblage de vieux palais coloniaux convertis en ateliers de réparations, horlogeries, magasins de chaussures et débits de rafraîchissements. Les numérotages ont été revisés, superposés, confondus. Le 13 voisine le 200 et le vieil *azulejo* — 47 — se trouve au-dessus d'un nouveau chiffre tracé à la craie : *maintenant* le 924. Tu lèveras le regard à hauteur des deuxièmes étages : là, rien ne change. Les musiques ne troublent pas, les tubes fluorescents n'illuminent pas, les bagatelles à l'étalage ne fardent pas ce visage second des immeubles. Unité de la pierre volcanique, niches avec leurs saints mutilés couronnés de colombes, pierre ouvragée du baroque mexicain, balcons à jalousie, meurtrières et gouttières de métal, gargouilles de granite. Les fenêtres assombries par de longs rideaux verdâtres : cette fenêtre d'où quelqu'un se retire comme tu la regardes, et ton regard depuis le portail aux vignes capricieuses descend au vestibule défraîchi et trouve le numéro 815, *auparavant* le 69.

Tu frappes en vain de ce marteau, de cette tête de chien en cuivre, usée, sans reliefs : pareille à la tête d'un fœtus de chien dans les musées de sciences naturelles. Il te semble que le chien te sourit et tu abandonnes son contact glacé. La porte cède à la poussée très légère de tes doigts, et avant d'entrer tu regardes pour la dernière fois par-dessus ton épaule, tu fronces les sourcils parce que la longue file des voitures et des autobus immobilisés, gronde, fume et crache la fumée malsaine de son impatience. Tu t'accroches en vain à une vision unique de ce monde extérieur et total.

Tu fermes la porte derrière toi et tu essaies de pénétrer l'obscurité de cette ruelle couverte — patio, puisque tu peux sentir la mousse, l'humidité des plantes, les racines pourries, le parfum endormant et gras. Tu cherches la boîte d'allumettes dans la poche de ta veste mais cette voix aiguë et fêlée de loin te conseille :

— Non... c'est inutile. Je vous en prie. Avancez de treize pas et vous trouverez l'escalier à votre droite. Montez, s'il vous plaît. Il y a vingt-deux marches. Comptez-les.

Treize. Droite. Vingt-deux.

L'odeur de l'humidité, des plantes pourries, t'enveloppera

pendant que tu poses tes pas, d'abord sur les dalles de pierre, ensuite sur ce bois qui craque, bouffi par l'humidité et le manque d'air. Tu comptes à voix basse jusqu'à vingt-deux et tu t'arrêtes, avec la boîte d'allumettes entre les mains, la serviette serrée contre les côtes. Tu touches cette porte qui sent le vieux pin humide ; tu cherches une poignée ; tu finis par pousser et sentir, cette fois, un tapis sous tes pieds. Un tapis mince, mal étendu, qui te fera trébucher et te donnera conscience du retour de lumière, grisâtre et filtrée, qui illumine certains contours.

– Madame, dis-tu d'une voix égale, parce que tu crois te souvenir d'une voix de femme, madame...

– Maintenant à votre gauche. La première porte. Faites donc.

Tu pousses cette porte – tu n'attends plus que l'une d'elles ferme vraiment ; tu sais déjà que ce sont toutes des portes battantes – et les lumières dispersées s'entremêlent dans tes cils, comme si tu traversais un fragile filet de soie. Tu n'as d'yeux que pour ces murs aux reflets changeants où clignotent quantité de lumières. A la fin, tu parviens à reconnaître là des veilleuses, sur des consoles et des tablettes asymétriquement disposées. Elles émettent une clarté diffuse à d'autres lueurs qui sont des cœurs d'argent, des flacons de cristal, des vitres entre leurs cadres et seulement au-delà de ce chatoiement intermittent tu verras, au loin, le lit et le signe d'une main dont le mouvement tranquille paraît t'attirer.

Tu réussiras à la voir lorsque tu tourneras le dos à ce firmament de lueurs pieuses. Tu trébuches au pied du lit ; tu dois le contourner pour en approcher la tête. Cette forme petite se perd là, dans l'immensité du lit ; en étirant la main tu ne touches pas une autre main, sinon l'épaisse toison de feutre, les oreilles de cette chose qui ronge dans un silence tenace et te présente ses yeux rouges : tu souris et tu caresses le lapin couché près de la main qui enfin touche la tienne de ses doigts sans vie et qui s'arrêtent un long moment sur ta paume humide, la contournent et approchent tes doigts ouverts de l'oreiller de dentelles que tu touches pour éloigner ta main de cette main.

— Philippe Montero. J'ai lu votre annonce.

— Oui, je sais. Excusez-moi, il n'y a pas de siège.

— Cela n'a pas d'importance.

— Parfait. Mettez-vous de profil, s'il vous plaît. Je ne vous vois pas bien. Mettez-vous dans la lumière. Comme cela. Parfait.

— J'ai lu votre annonce.

— Bien sûr. Vous l'avez lue. Vous vous sentez capable ? Avez-vous fait des études[1] ?

— A Paris, madame[1].

— Ah ! oui, ça me fait plaisir, toujours, toujours, d'entendre... oui... vous savez... on était tellement habitué... et après[1].

Tu t'écarteras pour que la clarté combinée de l'argent, de la cire et du verre accuse cette coiffe de soie qui doit ramasser des cheveux très blancs et encadrer un visage presque enfantin d'être si vieux. Les boutons serrés du col blanc qui monte jusqu'aux oreilles cachées par la coiffe, les draps et les édredons, dissimulent tout le corps à l'exception des bras enveloppés dans un châle de laine, les mains posées sur le ventre ; tu ne peux t'intéresser qu'au visage, jusqu'à ce qu'un mouvement du lapin te permette de glisser un regard oblique mais attentif vers ces miettes, ces croûtes de pain éparpillées sur les édredons de soie rouge, usés et ternes.

— Au fait. Il me reste peu d'années à vivre, monsieur Montero, et c'est pourquoi j'ai préféré manquer à la règle de toute une vie et mettre cette annonce dans le journal...

— Oui, c'est pourquoi je me trouve là.

— Oui. Vous acceptez donc.

— C'est-à-dire que j'aimerais en savoir davantage...

— Évidemment. Vous êtes curieux.

Elle te surprendra observant la table de nuit, les flacons de couleur différente, les verres, les cuillères d'aluminium, les boîtes alignées des pilules et des comprimés, les autres verres

1. En français dans le texte. (N.d.T.)

salis de liquides blanchâtres et qui sont disposés par terre, à portée de la main de la femme couchée sur ce lit bas. Quand le lapin sautera et se perdra dans l'obscurité, tu te rendras enfin compte que le lit est à peine au-dessus du niveau du sol.

— Je vous propose quatre mille *pesos*.

— Oui, c'est ce que dit l'annonce d'aujourd'hui.

— Ah ! alors c'est déjà paru.

— Oui, c'est déjà paru.

— Il s'agit des papiers de mon mari, le général Llorente. Ils doivent être classés avant ma mort. Ils doivent être publiés. Je l'ai décidé récemment.

— Le général lui-même ne se sent-il pas capable de... ?

— Il est mort il y a soixante ans, monsieur. Ce sont ses mémoires inachevés. Ils doivent être complétés. Avant que je meure.

— Mais...

— Je vous renseignerai sur tout. Vous apprendrez à écrire dans le style de mon mari. Il vous suffira de classer et de lire les papiers pour vous sentir fasciné par cette prose, par cette transparence, cette, cette...

— Oui, je comprends.

— Saga. Saga. Où est-elle ? Ici, Saga[1]...

— Qui ?

— Ma compagne.

— Le lapin ?

— Oui, elle reviendra.

Tu lèveras les yeux que tu avais maintenus baissés, et elle aura déjà fermé les lèvres, mais cette parole, « reviendra », tu l'entends à nouveau comme si l'aïeule la prononçait à l'instant. Elles demeurent immobiles. Tu regardes en arrière ; l'éclat de la couronne scintillante des objets religieux t'aveugle. Lorsque tu regardes à nouveau la dame, tu devines que ses yeux se sont ouverts démesurément et qu'ils sont clairs, liquides, immenses, presque de la couleur de la cornée jaunâtre qui les entoure, de

1. En français dans le texte. (N.d.T.)

manière telle que le point noir de la pupille rompt seul cette clarté perdue auparavant dans les plis épais des paupières tombantes comme pour protéger ce regard qui, maintenant, se cache à nouveau, qui se retire, penses-tu, au fond de sa grotte sèche.

— Vous allez donc rester. Votre chambre est en haut. Là-bas, oui, il fait clair.

— Peut-être, madame, vaudrait-il mieux que je ne vous dérange pas. Je peux demeurer où j'ai toujours vécu et revoir les papiers à mon propre domicile...

— J'exige que vous viviez ici. Il reste peu de temps.

— J'hésite...

— Aura...

La dame bougera pour la première fois depuis ton entrée dans sa chambre ; comme elle étend à nouveau sa main, tu sens ce souffle rapide près de toi et entre la femme et toi s'avance une autre main qui touche les doigts de la vieille. Tu regardes à côté et la jeune fille est là, cette fille que tu n'arrives pas à voir entière parce qu'elle est si proche de toi et son apparition fut inattendue, silencieuse, pas même accompagnée des bruits inaudibles mais réels parce qu'on s'en souvient tout de suite, parce que, malgré tout, ils sont plus forts que le silence qui s'y attache.

— Je vous avais dit qu'elle reviendrait...

— Oui ?

— Aura. Ma compagne. Ma nièce.

— Bonjour.

La jeune fille inclinera la tête et la vieille dame, au même moment, l'imitera.

— C'est monsieur Montero. Il va vivre avec nous.

Tu t'écarteras de quelques pas afin d'éviter que la lumière des veilleuses ne t'aveugle. La jeune fille maintient les yeux clos, les mains croisées sur une cuisse : elle ne te regarde pas. Elle ouvre les yeux petit à petit, comme si elle craignait les vives lumières de la chambre à coucher. A la fin, tu pourras voir ces yeux de mer qui se déverse, qui devient écume puis retourne à la paix verte, à la crête d'une vague ; tu vois cela et tu te répètes que ce n'est pas vrai, que ce sont de beaux yeux verts pareils à tous les beaux yeux verts que tu as connus ou pourras connaître. Cependant, tu ne t'y trompes pas : ce regard fluide change comme un paysage offert que toi seul peut deviner et désirer.

— Bien. Je vais vivre avec vous.

II

L'aïeule sourira, ira même jusqu'à rire d'un timbre aigu et elle dira que ta bonne volonté lui plaît et que la jeune fille te montrera ta chambre, pendant que tu penses, toi, aux gages de quatre mille *pesos*, à la tâche qui peut être agréable parce que tu aimes ces méticuleux travaux de recherche, qui excluent l'effort physique, les va-et-vient, les rencontres inévitables et gênantes avec d'autres personnes. Tu penses à tout cela en suivant les pas de la jeune fille, tu as conscience de la suivre non du regard mais de l'oreille ; tu suis le murmure de la robe, le frou-frou de la soie — et déjà tu es impatient de regarder à nouveau ces yeux. Tu montes derrière le bruit, parmi l'obscurité, sans encore t'accoutumer aux ténèbres : tu te souviens qu'il doit être près de six heures de l'après-midi et le flot de lumière dans ta chambre te surprend quand la main d'Aura pousse la porte — une autre porte sans serrure — dont aussitôt elle s'écarte pour te dire :

— Voici votre chambre. Nous vous attendons pour le dîner, d'ici une heure.

Et elle s'éloignera, avec ce crissement de soie, sans que tu aies pu voir son visage une nouvelle fois.

Tu fermes — tu pousses — la porte derrière toi et enfin tu lèves les yeux vers la fenêtre à tabatière qui tient lieu de toit. Tu souris en découvrant que la lumière du crépuscule a suffi pour t'aveugler et s'opposer à la pénombre du reste de la maison. Tu éprouves avec joie le matelas moelleux sur le lit de métal doré et tu parcours la chambre du regard : le tapis de laine rouge, les murs au papier or et vert olive, le fauteuil de velours rouge, le vieux bureau de noyer couvert de cuir vert, l'antique quinquet, lumière sourde de tes nuits de recherche, l'étagère clouée au-dessus de la table, à portée de ta main avec les livres reliés. Tu marches vers l'autre porte et en la poussant tu découvres une salle de bains démodée : baignoire à quatre pieds et petites fleurs peintes sur la porcelaine, pot et cuvette de toilette bleus, cabinets d'aisances inconfortables. Tu te regardes dans la grande glace ovale de l'armoire, en noyer également, placée dans la salle de bains. Tu fais bouger tes sourcils fournis, ta bouche large et lourde qui envahit la glace de buée ; tu fermes tes yeux noirs et quand tu les rouvres, la buée aura disparu. Tu cesses de retenir ta respiration et tu passes une main sur tes cheveux bruns et raides ; tu touches ton profil droit, tes joues creuses. Quand la buée voile à nouveau le visage, tu seras en train de répéter ce nom : Aura.

Après avoir fumé deux cigarettes, allongé sur le lit, tu consultes ta montre. Debout, tu mets ta veste et tu te donnes un coup de peigne. Tu pousses la porte et tu essaies de te rappeler le chemin que tu as parcouru en montant. Tu voudrais laisser la porte ouverte, afin que te guide la lumière du quinquet ; impossible, puisque les ressorts la referment. Tu pourrais prendre le quinquet et descendre avec lui. Tu renonces parce que tu sais que cette maison se trouve toujours dans l'obscurité. Tu t'obligeras à la connaître et à la reconnaître au toucher. Tu avances avec précaution, à l'aveuglette, les bras en avant, frôlant le mur et c'est ton épaule qui, accidentellement, déclenche le contact de la lumière électrique. Tu t'arrêtes en clignant les yeux, au milieu éclairé de ce long couloir nu. Au fond, la rampe et l'escalier en colimaçon.

Tu descends en comptant les marches : une autre habitude que la maison de Mme Llorente t'aura imposée d'emblée. Tu descends en comptant et tu fais un pas en arrière quand tu rencontres les yeux roses du lapin qui aussitôt te tourne le dos et s'en va par bonds.

Tu n'as pas le temps de t'arrêter dans le vestibule parce qu'Aura t'attendra, dans l'entrebâillement d'une porte aux vitres dépolies, le chandelier à la main. Tu marches vers elle en souriant. Tu t'immobilises quand les miaulements douloureux de plusieurs chats se font entendre – oui, proche déjà de la main d'Aura, tu t'arrêtes pour écouter, pour te convaincre qu'il y a plusieurs chats – puis tu la suis au salon. Ce sont les chats, dira Aura. Il y a tant de souris dans ce quartier-ci.

Ils traversent le salon ; sièges tapissés de soie mate, vitrines où ont été placées des poupées de porcelaine, des horloges à musique, des décorations et des boules de cristal ; tapis au dessin persan, tableaux aux scènes bucoliques, les rideaux de velours vert tirés. Aura est vêtue de vert.

– La chambre vous plaît ?

– Oui. Mais j'ai besoin d'aller prendre mes affaires dans la maison où...

– C'est inutile. Le domestique s'en est déjà chargé.

– Vous n'auriez pas dû vous déranger.

Toujours derrière elle, tu pénètres dans la salle à manger. Elle placera le chandelier au centre de la table ; tu sens un froid humide. Tous les murs du salon sont recouverts d'un bois sombre, travaillé à la manière gothique, avec des ogives et des rosaces ajourées. Les chats ont cessé de miauler. En t'asseyant, tu remarques que quatre couverts sont mis et qu'il y a deux chauffe-plats sous des casseroles d'argent et une vieille bouteille de qualité si on en juge par le limon verdâtre qui la recouvre.

Aura écartera la casserole. Tu aspires l'odeur agressive des rognons à la sauce d'oignon qu'elle te sert pendant que tu prends la vieille bouteille et que tu remplis les verres de cristal taillé de ce liquide rouge et épais. Tu te hasardes à lire l'étiquette du vin, mais le limon l'interdit. De l'autre plat, Aura prend quelques tomates entières, frites.

– Excusez-moi (dis-tu, en observant les deux couverts supplémentaires, les deux chaises vides) ; nous attendons quelqu'un d'autre ?

Aura continue à servir les tomates :

– Non. Mme Consuelo est fatiguée ce soir. Elle ne nous tiendra pas compagnie.

– Mme Consuelo ? Votre tante ?

– Oui. Elle vous prie de passer la voir après dîner.

Vous mangez en silence. Vous buvez ce vin particulièrement épais, et toi, tu détournes une fois encore le regard pour qu'Aura ne te surprenne pas dans ce sans-gêne incontrôlable de l'hypnose. Tu veux, malgré tout, graver les traits de la jeune fille en ton esprit. Chaque fois que tu détournes ton regard, tu les auras déjà oubliés et une nécessité impérieuse t'obligera à la regarder à nouveau. Elle garde comme toujours les yeux baissés. Toi, cherchant le paquet de cigarettes dans la poche de la veste, tu rencontres cette petite clef, tu te souviens, et tu dis à Aura :

— J'avais oublié qu'un tiroir de ma table est fermé à clef. J'y conserve mes documents.

Et elle murmurera :

— Vous... voulez donc sortir ?

Elle le dit comme un reproche. Tu te sens confus et tu allonges la main avec la petite clef suspendue à un doigt, tu la lui offres.

— Ça ne presse pas.

Mais elle évite la rencontre de tes mains et laisse les siennes sur le bas de son ventre, enfin elle lève son regard et tu recommences à mettre tes sens en doute, tu imputes au vin l'étourdissement, le vertige que te donnent ces yeux verts, purs, brillants et tu te mets debout, derrière Aura, et tu caresses le dossier de bois de la chaise gothique, sans oser toucher les épaules nues de la jeune fille, ni la tête qui demeure immobile. Tu te contrôles avec peine, tu dévies ton attention en écoutant le battement imperceptible d'une autre porte, derrière toi, qui doit conduire à la cuisine, tu sépares les deux zones d'échanges de la salle à manger : le cercle de lumière compacte que jette le chandelier et qui éclaire la table et une extrémité du mur ouvragé, le plus grand cercle, fait d'ombre, qui entoure le premier. Tu as, enfin, le courage de l'approcher, de prendre sa main, de l'ouvrir et de placer le porte-clefs, en gage, sur cette paume lisse.

Tu la verras serrer le poing, chercher ton regard, murmurer : « Merci... », se lever, quitter vivement la salle à manger.

Tu prends la place d'Aura, étires les jambes, allumes une cigarette, tu es envahi d'un plaisir que tu n'as jamais connu, que tu savais en toi, mais que tu n'éprouves vraiment qu'à présent, que tu libères, que tu laisses déborder parce que cette fois, tu le sais, il y aura une réponse... Et Mme Consuelo t'attend, t'attend après le repas : c'est Aura qui t'a prévenu.

Tu connais le chemin. Tu saisis le chandelier et tu traverses le salon et le vestibule. La première porte, devant toi, est celle de la vieille dame. De tes doigts recourbés, tu frappes encore. Tu pousses la porte : elle t'attend. Tu entres avec prudence, en murmurant :

— Madame... Madame...

Elle ne t'aura pas entendu, car tu la surprends agenouillée face à cet oratoire, la tête appuyée contre les poings fermés. Tu la vois de loin : à genoux, revêtue de cette chemise de nuit en grosse laine, la tête plongée entre les maigres épaules, délicate statue médiévale, si mince ; sous la chemise, les jambes maigres, couvertes d'une inflammation érysipélateuse, apparaissent comme deux tiges ; tu imagines le frottement continu de la laine rude sur la peau, jusqu'au moment où elle élève les poings et frappe sans force dans le vide, comme si elle livrait bataille aux images que tu commences à distinguer en t'approchant : le Christ, la Vierge Marie, saint Sébastien, sainte Lucie, l'archange saint Michel, les démons souriants, les seuls à sourire dans cette iconographie de la douleur et de la colère : souriants car, sur la vieille gravure illuminée par les veilleuses, ils pénètrent de leurs tridents la chair des condamnés, leur versent des chaudrons d'eau bouillante, violent les femmes, se saoulent, jouissent de la liberté interdite aux saints. Tu te rapproches de cette image centrale, entourée des larmes de la Vierge des Douleurs, du sang du Crucifié, de la jouissance de Lucifer, de la colère de l'Archange, des viscères conservées aux flacons d'alcool, des cœurs d'argent : Mme Consuelo, à genoux, menace de ses poings, balbutie les mots que, maintenant près d'elle, tu peux entendre :

— Viens, Cité de Dieu ; éclate, trompette de Gabriel. Ah ! combien le monde tarde à mourir.

Elle se frappera la poitrine jusqu'à s'écrouler dans un accès de toux, devant l'imagerie et les veilleuses. Tu la prends sous les bras, tu la conduis doucement vers le lit, tu t'étonnes de la taille de la femme : presque une fillette, pliée, bossue, le dos brisé ; tu es persuadé que, sans ton aide, elle devrait retourner au lit à quatre pattes. Tu la couches dans le grand lit plein de miettes et de vieux édredons, tu la recouvres, tu attends que sa respiration devienne régulière, tandis que les larmes involontaires coulent le long des joues transparentes.

— Pardonnez-moi... Pardonnez-moi, monsieur Montero... A nous vieilles femmes, il ne reste que... le plaisir de la prière... Passez-moi le mouchoir, s'il vous plaît.

— Mlle Aura m'a dit...

— Oui, en effet. Je ne veux pas que nous perdions du temps... Vous devez... devez commencer à travailler au plus tôt... Merci...

— Tâchez de vous reposer.

— Merci... Prenez...

La vieille portera les mains au col, le déboutonnera, baissera la tête pour s'ôter ce ruban violet et lustré, qu'elle t'offre maintenant ; pesant, car une clef de cuivre y pend.

— Dans ce coin, là... Ouvrez cette malle et portez-moi les papiers qui sont à droite, au-dessus des autres... reliés par un cordon jaune.

— Je ne vois pas très bien.

— C'est vrai... Je suis tellement habituée à l'obscurité. A ma droite... Avancez et vous buterez contre le coffre... C'est qu'ils nous ont emmurées, monsieur Montero. Ils ont construit autour de nous, ils nous ont privées de lumière. Ils ont voulu m'obliger à vendre. La mort d'abord. Cette maison est pleine de souvenirs pour nous. Ils ne m'enlèveront d'ici que morte... C'est ça. Merci. Vous pouvez commencer à lire cette partie. Je vous donnerai les autres au fur et à mesure. Bonne nuit, monsieur Montero. Merci. Voyez : votre chandelier s'est éteint. Allumez-le dehors, s'il vous plaît. Non, non, gardez la clef. Acceptez-la. J'ai confiance en vous.

— Madame... Il y a un nid de souris dans ce coin...

— Des souris ? C'est que je ne vais jamais jusque là-bas.

— Vous devriez faire venir les chats ici.

— Des chats ? Quels chats ? Bonne nuit. Je vais dormir. Je suis lasse.

— Bonne nuit.

III

Cette même nuit tu lis les papiers jaunes écrits d'une encre couleur moutarde ; parfois troués par la négligence d'une cendre de tabac, tâchés par les mouches. Le français du général Llorente ne jouit pas des qualités exceptionnelles que sa femme lui aura attribuées. Tu te dis que tu peux considérablement améliorer le style, réduire ce vague exposé des faits passés : l'enfance dans une *hacienda* de Oxaca du XIXe siècle, les études militaires en France, l'amitié avec le duc de Morny et les intimes de Napoléon III, le retour au Mexique à l'état-major de Maximilien, les cérémonies et les soirées de l'Empire, les batailles, l'effondrement, le Cerro de las Campanas, l'exil à Paris. Rien que d'autres n'aient déjà raconté. Tu te déshabilles en pensant au bizarre caprice de la vieille, à la fausse valeur qu'elle donne à ces mémoires. Tu te couches en souriant, pensant à tes quatre mille *pesos*.

Tu dors, sans rêver, jusqu'à ce que le jet de lumière te réveille, à six heures du matin, parce que cette toiture de verre n'a pas de rideaux. Tu te couvres les yeux avec l'oreiller et tu essaies de te rendormir. Au bout de dix minutes, tu y renonces et tu vas à la salle de bains, où tu trouves toutes tes affaires disposées sur une table, ton peu de costumes accrochés dans l'armoire. Tu as fini de te raser quand ce miaulement pleureur et douloureux détruit le silence du matin.

Il arrive à tes oreilles avec une vibration atroce, déchirante, comme une supplication. Tu essaies d'en situer l'origine ; tu ouvres la porte qui donne sur le couloir et tu ne l'entends plus : ces miaulements glissent d'en haut, depuis la lucarne. Tu grimpes rapidement sur la chaise, de la chaise sur la table de travail et, en t'appuyant sur l'étagère, tu peux atteindre la lucarne, ouvrir une des vitres, t'élever avec peine et planter ton regard dans ce jardin latéral, ce cube de tuiles et de ronces emmêlées où cinq, six, sept chats – tu ne peux les compter, tu ne peux te soutenir là plus d'une seconde – enchaînés les uns aux autres, enveloppés de feu, se vautrent, dégagent une fumée opaque, une odeur de pelage brûlé. Tu doutes, en tombant sur le fauteuil, d'avoir vraiment vu cela ; peut-être as-tu seulement lié cette image aux miaulement épouvantables qui persistent, diminuent, cessent enfin.

Tu mets ta chemise, tu passes un papier sur les bouts de tes souliers noirs et tu écoutes, cette fois, le signal de la cloche qui semble parcourir les couloirs de la maison et s'approcher de ta porte. Tu passes ta tête dans le couloir ; Aura marche avec cette cloche à la main, incline la tête en te voyant, te dit que le petit déjeuner est prêt. Tu essaies de l'arrêter ; Aura descendra déjà l'escalier en colimaçon, en secouant la cloche peinte en noir, comme s'il s'agissait d'éveiller tout un hospice, tout un internat.

Tu la suis, en manches de chemise, mais, arrivant au vestibule, tu ne la trouves plus. La porte de la chambre de la dame s'ouvre derrière toi ; tu réussis à voir la main qui se montre dans l'entrebâillement, dépose cette porcelaine dans le vestibule et se retire, en fermant à nouveau.

Dans la salle à manger, tu trouves ton petit déjeuner servi : cette fois, un seul couvert. Tu manges rapidement, tu retournes au vestibule, tu frappes à la porte de Mme Consuelo. Cette voix faible et aiguë te demande d'entrer. Rien n'aura changé. L'obscurité permanente. La vive lumière des veilleuses et les imageries d'argent.

– Bonjour, monsieur Montero. Vous avez bien dormi ?

– Oui. J'ai lu tard.

La dame agitera une main, comme si elle souhaitait s'éloigner...

– Non, non, non. Ne me donnez pas votre opinion tout de suite. Travaillez sur ces papiers et, lorsque vous aurez terminé, je vous passerai les autres.

— Bien, madame. Je pourrais visiter le jardin ?

— Quel jardin, monsieur Montero ?

— Celui qui se trouve derrière ma chambre.

— Dans cette maison il n'y a pas de jardin. Nous avons perdu le jardin quand on a construit autour de la maison.

— J'ai pensé que je pourrais mieux travailler à l'air libre.

— Dans cette maison il y a seulement cette cour obscure par où vous êtes entré. Ma nièce y cultive quelques plantes vertes. Mais c'est tout.

— Bien, madame.

— Je veux me reposer toute la journée. Passez me voir cette nuit.

— Bien, madame.

Tu revois tout le jour les papiers, mettant au propre les paragraphes que tu penses conserver, récrivant ceux qui te paraissent faibles, fumant cigarette sur cigarette et songeant que tu dois délayer ton travail de telle manière que la sinécure dure le plus longtemps possible. Si tu réussissais à mettre de côté au moins douze mille *pesos*, tu pourrais consacrer près d'une année à ton propre ouvrage, différé, presque oublié. Ton grand-œuvre sur les découvertes et conquêtes espagnoles en Amérique. Une œuvre qui résume toutes les chroniques dispersées, les rend intelligibles, découvre les correspondances entre toutes les entreprises et aventures du Siècle d'Or, entre les prototypes humains et l'événement majeur de la Renaissance. En réalité, tu finis par abandonner les ennuyeux papiers du militaire d'Empire pour commencer la rédaction de fiches et résumés de ton œuvre personnelle. Le temps court et ce n'est qu'au nouveau tintement de la cloche que tu regardes ta montre, passes ta veste et descends à la salle à manger.

Aura sera déjà assise ; cette fois le bout de la table sera occupé par Mme Llorente, enveloppée dans son châle et sa chemise, avec sa coiffe ; courbée sur l'assiette. Mais le quatrième couvert est mis aussi. Tu le remarques en passant ; tu ne t'en inquiètes déjà plus. Si le prix de ta future liberté créatrice est d'accepter toutes les manies de cette vieille, tu peux le payer sans difficulté.

Tu essaies, pendant que tu la vois avaler sa soupe, de calculer son âge. Il y a un moment où il n'est plus possible de distinguer le passage des années : Mme Consuelo depuis longtemps a passé cette frontière. Le général n'en parle pas dans ce que tu as déjà lu des mémoires. Mais si le général avait quarante-deux ans au moment de l'invasion française et s'il est mort en 1901, quarante années plus tard, il serait mort à quatre-vingt-deux ans. Il se serait marié avec Mme Consuelo après la défaite de Queretaro et l'exil, mais elle aurait été une enfant alors...

Les dates se confondent en toi, car déjà la dame parle avec ce murmure pointu, léger, ce piaillement d'oiseau ; elle est en train de parler à Aura et tu écoutes, attentif au repas, cette plate suite de jérémiades, douleurs, soupçons de maladies, d'autres plaintes sur le prix des médicaments, l'humidité de la maison. Tu voudrais intervenir dans la conversation ménagère en demandant le domestique qui est allé prendre hier tes affaires mais que tu n'as jamais vu, celui qui ne sert jamais à table : tu poserais la question si, brusquement, ne te surprenait le fait qu'Aura, jusqu'à ce moment, n'avait dit mot et mangeait avec cette fatalité mécanique, comme si elle attendait une poussée étrangère pour saisir la cuillère, le couteau, pour couper les rognons – tu sens dans ta bouche, une fois de plus, ce goût de rognon, d'évidence le plat chéri de la maison – et les porter à sa bouche. Tu jettes un regard rapide de la tante à la nièce et de la nièce à la tante, mais Mme Consuelo, à cet instant, suspend tout mouvement et, au même moment, Aura laisse le couteau sur l'assiette et demeure immobile et tu te rappelles que, une fraction de seconde auparavant, Mme Consuelo a fait de même.

Elles demeurent silencieuses plusieurs minutes : toi, achevant de manger ; elles, immobiles comme des statues, te regardant manger. Finalement la dame dit :

– Je me suis fatiguée. Je ne devrais pas manger à table. Viens, Aura, accompagne-moi à la chambre.

La dame essaiera de retenir ton attention, te regardera en face afin que tu la regardes, quoique ses paroles soient adressées à la nièce. Tu dois faire un effort pour te détacher de ce regard – à nouveau ouvert, clair, jaune, dépouillé des voiles et des rides qui ordinairement le couvrent — et fixer le tien sur Aura qui, à son tour, regarde fixement un point perdu et ses lèvres bougent sans mot dire, qui se lève avec des gestes pareils à ceux que tu prêtes au sommeil et prend l'aïeule bossue sous les bras et la conduit lentement hors de la salle à manger.

Seul, tu te sers le café qui est resté là aussi depuis le début du repas, le café froid que tu bois par gorgées pendant que tu fronces les sourcils et que tu te demandes si la dame n'exerce pas un pouvoir secret sur la jeune fille ; si la jeune fille, ta belle Aura habillée de vert, n'est pas enfermée contre sa volonté dans cette maison vétuste et sombre. La vieille endormie dans sa chambre obscure, il lui serait pourtant si facile de s'échapper. Et tu n'évites pas le chemin qui s'ouvre dans ton imagination : peut-être Aura attend-elle d'être sauvée par toi des chaînes que, pour une raison cachée, cette vieille capricieuse et déséquilibrée lui a imposées. Tu te rappelles Aura, quelques minutes auparavant, figée, abrutie par la terreur, incapable de parler devant la despote, remuant ses lèvres en silence, comme si en silence elle t'implorait sa liberté, prisonnière au point d'imiter tous les mouvements de Mme Consuelo, comme s'il était uniquement permis à la jeune fille de faire ce que faisait la vieille.

L'image de cette dépendance totale te révolte ; tu marches, cette fois, vers l'autre porte, celle qui donne au vestibule au bas de l'escalier, celle qui est à côté de la chambre de l'aïeule : là doit vivre Aura ; il n'y a pas d'autre pièce dans la maison. Tu pousses la porte et tu entres dans cette chambre, obscure elle aussi, aux murs badigeonnés, où le seul ornement est un christ noir. A gauche tu vois cette porte qui doit conduire à la chambre de la veuve. Sur la pointe des pieds tu t'approches de celle-ci, tu mets ta main sur le bois, tu renonces à ton dessein : tu dois parler à Aura seul à seul.

Et si Aura veut que tu l'aides, elle viendra dans ta chambre. Tu demeures là, indifférent aux papiers jaunes et à tes propres feuilles annotées, pensant seulement à la beauté indicible de ton Aura ; plus tu penses à elle, plus tu te l'approprieras, non seulement parce que tu penses à sa beauté et que tu la désires, mais aussi parce que maintenant tu la désires afin de la libérer : tu auras trouvé une raison morale à ton désir ; tu te sentiras innocent et satisfait, et lorsque tu écoutes à nouveau la cloche prudente, tu ne descends pas dîner parce que tu ne pourrais pas supporter une autre scène comme celle de midi. Peut-être Aura se rendra-t-elle compte et, après le repas, montera te chercher.

Tu fais un effort pour continuer de revoir les papiers. Fatigué, tu te déshabilles lentement, tu tombes sur le lit, tu t'endors vite et, pour la première fois depuis de nombreuses années, tu rêves, tu rêves à une seule chose : tu rêves à cette main décharnée qui s'avance vers toi, en agitant la cloche, en te criant de t'éloigner, que tout le monde s'éloigne et, lorsque le visage aux yeux caves s'approche du tien, tu te réveilles avec un cri étouffé, en sueur, et tu sens ces mains qui caressent ton visage et tes cheveux, ces lèvres qui chuchotent de la voix la plus basse, qui te consolent, te demandent calme et tendresse. Tu avances tes propres mains pour rencontrer l'autre corps, nu, qui alors agitera le porte-clefs que tu reconnais, et avec lui la femme se couche sur toi, t'embrasse, parcourt de baisers ton corps entier. Tu ne peux la voir dans l'obscurité de la nuit sans étoiles, mais tu sens dans ses cheveux le parfum des plantes du patio, tu sens sur ses bras la peau la plus douce et la plus anxieuse, tu touches sur ses seins la fleur entrelacée de veines sensibles, tu l'embrasses à nouveau et tu ne lui poses pas de questions.

Lorsque tu te détaches, épuisé de son étreinte, tu écoutes son premier murmure : « Tu es mon époux. » Tu en conviens : elle te dira qu'il se met à faire jour ; elle te quittera en disant qu'elle t'attend cette nuit dans sa chambre. Tu approuves encore, avant de tomber endormi, soulagé, léger, vidé par le plaisir, gardant au bout des doigts le corps d'Aura, son tremblement, son abandon : la petite fille Aura.

Il t'en coûte de t'éveiller. La main repliée frappe plusieurs fois et tu te lèves du lit lourdement, en grognant ; Aura, de l'autre côté de la porte, te dira de ne pas ouvrir : Mme Consuelo veut te parler ; elle t'attend dans sa chambre.

Dix minutes plus tard, tu pénètres dans le sanctuaire de la veuve. Bien couverte, bien calée contre les oreillers de dentelles ; tu t'approches de sa silhouette immobile, de ses yeux fermés derrière les paupières tombantes, ridées, blanchâtres ; tu vois ces rides gonflées des pommettes, cette fatigue totale de la peau.

Sans ouvrir les yeux, elle te dira :

— Vous apportez la clef ?

— Oui... Je crois que oui. Oui, la voici.

— Vous pouvez lire le deuxième paquet de feuilles. A la même place, avec le ruban bleu.

Tu marches, cette fois avec dégoût, vers ce coffre autour duquel les souris pullulent, pointent leurs petits yeux brillants entre les planches pourries de l'étage, trottinent vers les trous ouverts dans le mur raclé. Tu ouvres le coffre et tu en sors la deuxième tranche de papiers. Tu retournes au pied du lit. Mme Consuelo caresse son lapin blanc.

Du col boutonné de la vieille jaillira ce gloussement sourd :

— Vous n'aimez pas les animaux ?

— Non. Pas particulièrement. Peut-être parce que je n'en ai jamais eu.

— Ce sont de bons amis, de bons compagnons. Surtout quand viennent la vieillesse et la solitude.

— Oui. Ce doit être ainsi.

— Ce sont des êtres naturels, monsieur Montero. Des êtres sans tentations.

— Comment avez-vous dit qu'elle s'appelait ?

— La lapine ? Saga. Sage. Elle suit ses instincts. Elle est naturelle et libre.

— Je croyais que c'était un lapin.

— Ah ! vous ne savez pas encore distinguer.

— Enfin, l'important est que vous ne vous sentiez pas seule.

— Ils veulent que nous soyons seules, monsieur Montero, parce qu'on dit que la solitude est nécessaire pour atteindre la sainteté. Ils ont oublié que dans la solitude la tentation est plus grande.

— Je ne vous comprends pas, madame.

— Ah ! tant mieux, tant mieux. Vous pouvez poursuivre votre travail.

Tu lui tournes le dos. Tu marches vers la porte. Tu sors de la chambre. Dans le vestibule, tu serres les dents. Pourquoi n'as-tu pas le courage de lui dire que tu aimes la jeune fille ? Pourquoi n'entres-tu pas et ne lui dis-tu pas, une fois pour toutes, que tu penses amener Aura avec toi lorsque tu auras terminé le travail ? Tu avances de nouveau vers la porte ; tu la pousses, doutant encore, et par la fente tu vois Mme Consuelo debout, dressée, transformée, avec cette tunique entre les bras — cette tunique bleue avec des boutons d'or, des épaulettes rouges, de reluisants insignes couronnés d'aigles, cette tunique que la vieille mordille férocement, embrasse avec tendresse, et qu'elle place sur ses épaules pour tourner sur un chancelant pas de danse. Tu fermes la porte.

Oui : *elle avait quinze ans lorsque je l'ai connue* — lis-tu dans le deuxième paquet de feuilles des mémoires —, *elle avait quinze ans lorsque je l'ai connue et, si j'ose le dire, ce sont ces yeux verts qui ont fait ma perdition*[1] : les yeux verts de Consuelo, qui avait quinze ans en 1867, lorsque le général Llorente l'épousa et l'amena vivre à Paris, en exil. *Ma jeune poupée*[1], écrivit le général dans ses moments d'inspiration, *ma jeune poupée aux yeux verts ; je t'ai comblée d'amour*[1]. Il décrit la maison dans laquelle ils vécurent, les promenades, les bals, les voitures, le monde du Second Empire ; sans grand relief, il est vrai. *J'ai même supporté ta haine des chats, moi qui aimais tellement les jolies bêtes*[1]. Un jour il la trouva, les jambes écartées, la crinoline relevée par-devant, en train de martyriser un chat et cela ne l'avertit pas parce qu'il lui sembla que *tu faisais ça d'une façon si innocente, par pur enfantillage*[1] et même la chose l'excita, de telle manière que cette nuit-là il l'aima, si tu en crois ta lecture, avec une folle passion, *parce que tu m'avais dit que torturer les chats était ta manière à toi de rendre notre amour favorable, par un sacrifice symbolique*[1]... Tu auras calculé : Mme Consuelo

1. En français dans le texte. (N.d.T.)

doit avoir aujourd'hui cent neuf ans... Tu fermes les pages. Quarante-neuf ans à la mort de son époux. *Tu sais si bien t'habiller, ma douce Consuelo, toujours drapée dans des velours verts, verts comme tes yeux. Je pense que tu seras toujours belle, même dans cent ans*[1]... Toujours habillée de vert. Toujours belle, même dans cent ans... *Tu es si fière de ta beauté ; que ne ferais-tu pas pour rester toujours jeune*[1] ?

IV

Tu sais, en fermant de nouveau les pages, que c'est pour cela qu'Aura habite dans cette maison : afin de perpétuer l'illusion de jeunesse et de beauté de la pauvre vieille devenue folle. Aura, enfermée comme un miroir, comme une icône de plus sur ce mur religieux, surchargé d'images saintes, de cœurs préservés, de démons et de saints imaginaires.

Tu jettes les papiers de côté et tu descends, te doutant de l'unique endroit où Aura pourra se trouver les matins : l'endroit que lui aura affecté cette vieille avare.

Tu la trouves à la cuisine, oui, au moment même où elle égorge un cabri mâle ; la vapeur qui surgit de la gorge ouverte, l'odeur du sang répandu, les yeux durs et ouverts de l'animal te donnent la nausée ; derrière cette image, se perd celle d'une Aura mal habillée, les cheveux en désordre, tachée de sang, qui te regarde sans te reconnaître, qui poursuit son travail de boucher.

Tu lui tournes le dos ; cette fois, tu parleras avec la vieille, tu lui jetteras à la figure son envie, sa tyrannie abominable. Tu ouvres la porte brusquement et tu la vois, derrière le voile des lumières, debout, en train d'accomplir son office ; tu la vois, les mains mobiles, dans le vide : une main étendue et serrée, comme si elle faisait un effort pour arrêter quelque chose, l'autre serrée autour d'un objet invisible, clouée une fois puis une autre à la même place. De suite, la vieille se frottera les mains contre la

1. En français dans le texte. (N.d.T.)

poitrine, soupirera, à nouveau se mettra à couper dans le vide, comme si... Oui, tu le verras clairement : comme si elle écorchait une bête...

Tu cours vers le vestibule, le salon, la salle à manger, la cuisine où Aura écorche le chevreau lentement, absorbée dans son travail, sans écouter ton entrée ni tes paroles, te regardant comme si tu n'existais pas.

Tu montes lentement à ta chambre, tu entres, tu te jettes sur la porte comme si tu craignais être suivi par quelqu'un ; haletant, en sueur, soumis à l'impotence de ta colonne vertébrale glacée, de ta certitude. Si quelque chose ou quelqu'un entrait, tu ne pourrais pas résister, tu t'écarterais de la porte, tu te laisserais faire. Tu prends fébrilement le fauteuil, tu le places contre cette porte sans serrure, tu pousses le lit vers cette porte, jusqu'à la barrer, et tu te jettes épuisé sur lui, épuisé et sans volonté, les yeux fermés et les bras serrés autour de ton oreiller — ton oreiller qui n'est pas à toi ; rien n'est à toi...

Tu sombres dans cette torpeur, tu tombes au fond de ce sommeil qui est ton unique sortie, ton unique défense contre la folie. « Elle est folle, elle est folle », te redis-tu pour t'endormir, en répétant avec des mots la scène de la vieille qui, dans le vide, écorchait le cabri invisible avec son couteau imaginaire : « ... Elle est folle... »,

au fond de l'abîme obscur, dans ton rêve silencieux, bouche béante, en silence, tu la verras s'avancer vers toi, du fond noir de l'abîme, tu la verras s'avancer à quatre pattes.

En silence,

remuant sa main décharnée, avançant vers toi jusqu'à ce que son visage se colle au tien et que tu vois ces gencives sanglantes de vieille, ces gencives sans dents et que tu cries et qu'elle s'éloigne à nouveau, en agitant sa main, en semant le long de l'abîme les dents jaunes qu'elle va retirant du tablier taché de sang,

ton cri est l'écho du cri d'Aura, devant toi dans ton rêve, Aura qui crie parce que des mains ont déchiré par la moitié sa jupe de soie verte, et cette tête rasée,

avec les plis déchirés de sa jupe dans les mains, elle se tourne vers toi et rit silencieusement, les dents de la vieille superposées aux siennes, tandis que les jambes d'Aura, ses jambes nues, tombent brisées et volent à l'abîme...

Tu écoutes le coup frappé à la porte, la cloche après le coup, la cloche du dîner. Le mal de tête t'empêche de lire les numéros, la position des aiguilles de la montre ; tu sais qu'il est tard : devant ta tête qui repose, passent les nuages de la nuit derrière la lucarne. Tu te redresses péniblement, étourdi, affamé. Tu places la carafe de verre sous le robinet de la baignoire, tu attends que l'eau coule, remplisse la carafe que tu enlèves et vides dans la cuvette où tu te laves la figure, les dents avec ta vieille brosse barbouillée de pâte verdâtre ; tu t'asperges les cheveux (sans remarquer que tu aurais dû faire cela inversement), tu te coiffes soigneusement devant la glace ovale de l'armoire de noyer, tu fais le nœud de cravate, tu mets la veste et tu descends dans une salle à manger vide, où un seul couvert a été mis : le tien.

Et à côté de ton assiette, dessous la serviette, cet objet que tu frôles des doigts, cette minable petite poupée de drap, bourrée d'un son qui s'échappe par une épaule mal cousue, le visage peint à l'encre de Chine, le corps nu, défini en quelques coups de pinceau. Tu manges ton dîner froid – des rognons, des tomates, du vin – avec la main droite ; tu tiens la poupée entre les doigts de la gauche.

Tu manges mécaniquement, la poupée dans la main gauche et la fourchette dans l'autre, sans te rendre compte, au début, de ta propre attitude hypnotique, entrevoyant, par la suite, une raison à ta lourde sieste, à ton cauchemar, ayant identifié, enfin, tes mouvements de somnambule à ceux d'Aura, à ceux de la vieille ; regardant avec dégoût cette horrible petite poupée que tes doigts caressent, dans laquelle tu commences à soupçonner une maladie secrète, une contagion. Tu la laisses tomber par terre. Tu t'essuies les lèvres avec la serviette. Tu regardes ta montre et tu te rappelles qu'Aura t'a donné rendez-vous dans sa chambre.

Tu t'approches avec précaution de la porte de doña Consuelo

et tu n'entends pas un seul bruit. Tu regardes à nouveau ta montre : il est à peine neuf heures. Tu décides de descendre, à tâtons, vers ce patio couvert, sans lumière, où tu n'es plus retourné depuis que tu l'as traversé, sans le voir, le jour de ton arrivée dans cette maison.

Tu touches les murs humides, fangeux ; tu aspires l'air parfumé et tu veux séparer les composantes de ton odorat, reconnaître les parfums lourds, somptueux qui t'entourent. L'allumette craquée éclaire, en oscillant, cette cour étroite et humide, dallée, dans laquelle poussent, de chaque côté, les plantes semées sur les bordures de terre rougeâtre et friable. Tu distingues les formes hautes, les branches nombreuses qui projettent leurs ombres sur la lumière de l'allumette qui se consume, te brûle les doigts, t'oblige à en allumer une nouvelle pour finir de reconnaître les fleurs, les fruits, les tiges qui, tu t'en souviens, sont mentionnés dans de vieilles chroniques ; les herbes oubliées qui poussent odorantes, assoupies ; les feuilles larges, longues, fendues, velues de la jusquiane ; les tiges sarmenteuses aux fleurs jaunes au-dehors et rouges au-dedans ; les feuilles en cœur et pointues de la douce-amère ; le duvet cendreux de la molène et ses fleurs élancées ; l'arbuste rameux du fusain et les fleurs blanchâtres ; la belladone. Elles reprennent vie à la lumière de ton allumette, elles balancent leurs ombres pendant que tu recrées les usages de cet herbier qui dilate les pupilles, endort la douleur, soulage les accouchements, console, fatigue la volonté, console de son calme voluptueux.

Tu restes seul avec les parfums lorsque la troisième allumette s'éteint. Tu montes au vestibule à pas lents, tu colles à nouveau l'oreille à la porte de Mme Consuelo, tu continues, sur la pointe des pieds, jusqu'à la porte d'Aura ; tu la pousses sans avertir, et tu pénètres dans cette chambre nue, où un cercle de lumière éclaire le lit, le grand crucifix mexicain, la femme qui s'avancera vers toi quand la porte se fermera.

Aura vêtue de vert, avec cette robe de chambre de soie par où surgissent, en avançant vers toi, les cuisses couleur de lune ; la femme, répéteras-tu en l'ayant près de toi, la femme, non pas la jeune fille d'hier (quand tu toucheras ses doigts, sa taille). Elle ne pouvait pas avoir plus de vingt ans ; la femme d'aujourd'hui – et tu caresseras ses cheveux noirs, défaits, ses joues pâles – paraît quarante ans. Quelque chose s'est durci, d'hier à aujourd'hui, autour des yeux verts ; le rouge des lèvres a foncé, a débordé de sa ligne ancienne, comme s'il voulait se fixer en une grimace joyeuse, dans un trouble sourire : comme si, pareil à cette plante du patio, alternait le goût du miel et celui de l'amertume. Tu n'as pas le temps de penser davantage :

– Assieds-toi sur le lit, Philippe.

– Oui.

– Nous allons jouer. Toi, ne fais rien. Laisse-moi tout faire.

Assis sur le lit, tu essaies de distinguer la source de cette lumière diffuse, opaline, qui te permet à peine de séparer les objets et la présence d'Aura, de l'atmosphère dorée qui les enveloppe. Elle t'aura vu regarder vers en haut, à la recherche de cette source. A sa voix, tu sais qu'elle est agenouillée devant toi :

– Le ciel n'est ni bas ni haut. Il est en même temps au-dessus et en dessous de nous.

Elle t'ôtera les souliers, les chaussettes et caressera tes pieds nus.

Tu sens l'eau tiède qui baigne la plante de tes pieds, les soulage, pendant qu'elle te lave avec une toile grossière, et lance des regards furtifs au christ de bois noir, s'écarte enfin de tes pieds, te prend par la main, plante quelques boutons de violette à ses cheveux défaits, te prend dans les bras et chantonne cette mélodie, cette valse que tu danses avec elle, attaché au murmure de sa voix, en tournant au rythme très lent, solennel, qu'elle t'impose, étranger aux mouvements légers de ses mains, qui te déboutonnent la chemise, te caressent la poitrine, cherchent ton dos, s'enfoncent sur lui. Toi aussi tu murmures cette chanson sans paroles, cette mélodie qui sort sans peine de ta gorge ; ils tournent tous les deux, chaque fois plus près du lit ; tu étouffes la chanson murmurée avec tes baisers affamés sur la bouche d'Aura, tu arrêtes la danse avec tes baisers empressés sur les épaules, les seins d'Aura.

Tu as la robe vide entre les mains. Aura accroupie sur le lit, place cet objet contre les cuisses fermées, le caresse, t'appelle avec la main. Elle caresse ce morceau de farine mince, elle l'effrite sur ses cuisses, indifférente aux miettes qui roulent sur ses hanches ; elle t'offre la moitié de cette sorte de galette que tu prends, que tu portes à la bouche en même temps qu'elle, que tu avales avec difficulté ; tu tombes sur le corps nu d'Aura, dans ses bras ouverts, étendus d'un extrême à l'autre du lit, ainsi que le christ noir qui pend du mur avec son pagne de soie écarlate, ses genoux écartés, son flanc blessé, sa couronne de bruyère montée sur la perruque noire, entremêlée, emmêlée avec des paillettes d'argent. Aura s'ouvrira comme un autel.

Tu murmures le nom d'Aura à l'oreille d'Aura. Tu sens les bras pleins de la femme contre ton dos. Tu écoutes sa voix tiède :

— Tu m'aimeras toujours ?

— Toujours, Aura, je t'aimerai toujours.

— Toujours ? Tu me le jures ?

— Je te le jure.

— Même si je vieillis ? Même si je perds ma beauté ? Même si j'ai les cheveux blancs ?

— Toujours, mon amour, toujours.

— Même si je meurs, Philippe ? Tu continueras de m'aimer, une fois morte ?

— Toujours, toujours. Je te le jure. Rien ne pourra me séparer de toi.

— Viens, Philippe, viens...

Tu cherches, au réveil, le dos d'Aura et tu touches seulement cet oreiller, encore chaud, et les draps blancs qui t'enveloppent.

Tu murmures à nouveau son nom.

Tu ouvres les yeux : tu la vois souriante, debout au pied du lit, sans regard. Tu la vois marcher lentement vers ce coin de la chambre, s'asseoir par terre, placer les bras sur les genoux noirs qui surgissent de l'obscurité que tu essaies de pénétrer, caresser la main ridée qui du fond de l'obscurité de plus en plus claire s'avance : au pied de la vieille Consuelo, qui est assise dans ce fauteuil que tu remarques pour la première fois, de Mme Consuelo qui te sourit et branle de la tête ainsi et en même temps qu'Aura. Toutes deux te sourient, te remercient. Vautré, sans force, tu penses que la vieille dans la chambre a sans cesse été présente.

Tu te souviens de ses gestes, de sa voix, de sa danse, quoique tu te dises qu'elle n'était pas là.

Toutes deux se lèveront d'un bloc, Consuelo de la chaise, Aura du sol. Toutes deux te tourneront le dos, marcheront posément vers la porte qui donne sur la chambre de la vieille, entreront ensemble dans la pièce où tremblent les lumières devant les images, fermeront la porte derrière elles, te laisseront dormir dans le lit d'Aura.

V

Fatigué, insatisfait, tu dors. Dans le sommeil déjà tu avais senti cette mélancolie vague, cette oppression, cette tristesse qui devant ton imagination se dérobe. Maître de la chambre d'Aura, tu dors dans la solitude, loin du corps que tu croiras avoir possédé.

Au réveil, tu cherches une autre présence dans la chambre et tu sais que ce n'est pas celle d'Aura, mais la double réalité de la veille. Tu portes les mains aux tempes, en essayant de calmer tes sens égarés ; cette tristesse vaincue t'amène sourdement au souvenir de la prémonition, te commande de chercher ton autre moi, puisque du rêve stérile de la nuit passée naquit ton ombre.

Et tu n'y songes désormais plus, car il y a plus fort que l'imagination : l'habitude qui te force à te lever, à chercher la salle de bains contiguë à cette chambre, à ne pas la trouver, à sortir en te frottant les paupières, à monter au deuxième étage en savourant l'acidité pâteuse de la langue, à entrer dans ta chambre en caressant tes joues aux poils en broussailles, à laisser couler les robinets de la baignoire et t'introduire dans l'eau tiède, à te laisser aller et ne plus penser.

Et, lorsque tu seras en train de te sécher, tu te souviendras de la vieille et de la jeune fille qui t'ont souri, enlacées, avant de sortir ensemble, enlacées. Tu te répètes que toujours, lorsqu'elles sont ensemble, elles font exactement la même chose : elles s'embrassent, sourient, mangent, parlent, sortent, en même temps, comme si elles s'imitaient l'une l'autre, comme si de la volonté de l'une dépendait l'existence de l'autre. Tu t'entailles légèrement la joue, en pensant à ces choses pendant que tu te rases ; tu fais un effort pour te dominer. Tu achèves ta toilette en comptant les objets de la boîte à pharmacie, les flacons et les tubes qu'apporta de la pension le domestique que tu n'as jamais vu ; tu murmures les noms de ces objets, tu les touches, tu lis modes d'emploi et contenus, tu prononces le nom de l'usine, accroché à ces objets pour oublier le reste, le reste sans nom, sans marque, sans évidence. Qu'attend Aura de toi ? finis-tu par te demander, en fermant d'un coup la petite armoire. Que veut-elle ?

Le rythme sourd de cette cloche qui se promène le long du couloir te répond, en t'avertissant que le déjeuner est prêt. Tu marches, torse nu, à la porte ; en l'ouvrant, tu rencontres Aura — ce doit être Aura puisqu'elle est vêtue de l'habituelle soie verte et en dépit d'un voile verdâtre cachant ses traits. Tu prends de la main le poignet de la femme, ce poignet mince, qui tremble...

— Le déjeuner est prêt..., te dira-t-elle de la voix la plus basse que tu aies entendu.

— Aura ! Assez de comédies.

— Comédies ?

— Dis-moi si Mme Consuelo t'empêche de sortir, de vivre ta vie ; pourquoi doit-êlle être présente lorsque toi et moi ?... Dis-moi que tu partiras avec moi dès que...

— Partir ? Où ?

— Dehors, vers le monde. Pour vivre ensemble. Tu ne peux te sentir enchaînée à jamais à ta tante... Pourquoi cette dévotion ? Tu l'aimes tellement ?

— L'aimer...

— Oui ; pourquoi te sacrifier ainsi ?

— L'aimer ? C'est elle qui m'aime. C'est elle qui se sacrifie pour moi.

— Mais c'est une vieille femme, presque un cadavre ; tu ne peux pas...

— Elle a plus de vie que moi. Oui, elle est vieille, répugnante... Philippe, je ne veux pas devenir... je ne veux pas être comme elle... une autre...

— Elle essaie de t'enterrer vive. Tu dois renaître, Aura...

— Il faut mourir avant de renaître... Non. Tu ne comprends pas. Oublie, Philippe ; fais-moi confiance.

— Si je m'expliquais...

— Aie confiance en moi. Elle va sortir aujourd'hui toute la journée...

— Elle ?

— Oui, l'autre.

— Elle va sortir ? Mais elle ne sort jamais.

— Si, parfois. Elle fait un grand effort et elle sort. Aujourd'hui elle va sortir. Toute la journée... Toi et moi pouvons...

— Partir ?

— Si tu veux...

— Non, peut-être pas tout de suite. J'ai un contrat de travail... Quand j'aurai terminé le travail, alors...

— Ah ! oui. Elle va sortir toute la journée. Nous pouvons faire quelque chose...

— Quoi ?

— Je t'attends ce soir dans la chambre de ma tante. Je t'attends, comme d'habitude.

Elle te tournera le dos, s'en ira en agitant cette cloche, comme les lépreux qui par elle annoncent leur approche, avertissent les imprudents : « Éloigne-toi, éloigne-toi. » Tu passes la chemise et la veste, tu suis le bruit de la cloche qui va s'espaçant et qui se dirige, devant toi, vers la salle à manger ; tu ne l'entends plus en rentrant dans la salle. La veuve Llorente, qui sort de la salle à manger, vient vers toi, bossue, appuyée sur un bâton noueux, petite, ridée, vêtue de cette robe blanche, de ce voile de gaze teint, déchiré, et passe à côté de toi sans te regarder, se mouchant avec un mouchoir, se mouchant et crachant sans cesse, murmurant :

— Aujourd'hui je ne serai pas à la maison, monsieur Montero. Je compte sur votre travail. Avancez. Les mémoires de mon mari doivent être publiés.

Elle s'éloignera, en foulant les tapis de ses petits pieds de poupée ancienne, appuyée sur ce bâton, crachant, éternuant comme si elle voulait expulser quelque chose de son appareil respiratoire, de ses poumons congestionnés. Tu as la volonté de ne pas la suivre du regard ; tu retiens la curiosité que tu as devant cette robe de mariée jaunâtre, sortie du fond de la vieille malle qui se trouve dans la chambre...

Tu goûtes à peine au café noir et froid qui t'attend dans la salle à manger. Tu demeures une heure assis sur la vieille et haute chaise ogivale, à fumer, à guetter les bruits qui n'arrivent jamais, jusqu'à la certitude que l'aïeule est sortie de la maison et ne pourra pas te surprendre. Parce que, serrée dans ton poing, tu tiens depuis une heure la clef du coffre. Maintenant tu te diriges, sans faire de bruit, vers le salon, puis le vestibule où tu attends quinze minutes encore — ta montre le dira — l'oreille collée à la porte de doña Consuelo, la porte qu'ensuite tu pousses légèrement, jusqu'à distinguer, derrière la toile d'araignée de ces lumières pieuses, le lit vide, défait, sur lequel la lapine grignote ses carottes crues, le lit toujours parsemé de miettes que tu touches maintenant, comme si tu croyais que la minuscule vieille pouvait être cachée entre les plis des draps.

Tu marches jusqu'à la malle placée dans le coin ; tu marches sur la queue d'une de ces souris qui crie, qui échappe à la pression de ta semelle et court avertir les autres lorsque ta main approche la clef de cuivre de la lourde plaque rouillée, qui grince quand tu introduis la clef et que tu écartes le cadenas. Tu soulèves le couvercle et tu écoutes le bruit de gonds rouillés. Tu retires le troisième paquet — ruban rouge — des mémoires et, le soulevant, tu trouves ces photos vieillies, dures, rongées sur les bords, que tu prends aussi, sans les regarder, en serrant tout le trésor contre la poitrine, fuyant en tapinois, sans même fermer la malle, oubliant la faim des souris, pour passer le seuil de la porte, la fermer, t'appuyer contre le mur du vestibule, respirer normalement, monter à ta chambre.

Là, tu liras les nouveaux papiers, la suite et les dates d'un siècle agonisant. Le général Llorente parle avec son langage le plus fleuri de la personnalité d'Eugénie de Montijo, déverse tout son respect pour la figure de Napoléon le Petit, y va de son éloquence la plus martiale pour annoncer la guerre franco-prussienne, remplit des pages douloureuses sur la défaite, harangue les hommes d'honneur contre le monstre républicain, voit dans le général Boulanger une lueur d'espoir, soupire après le Mexique, sent que, dans l'affaire Dreyfus, l'honneur – toujours l'honneur – de l'armée s'est imposé à nouveau... Les feuilles jaunes se brisent entre tes doigts ; déjà tu n'as plus de respect pour elles, tu ne cherches plus que la nouvelle apparition de la femme aux yeux verts : « Je sais pourquoi tu pleures parfois, Consuelo. Je n'ai pu te donner d'enfants, à toi, qui répands la vie... » Et puis : « Consuelo, ne tente pas Dieu. Nous devons nous résigner. Ma tendresse ne te suffit-elle pas ? Je sais que tu m'aimes ; je le sens. Je ne te demande pas d'être sérieuse, ce serait t'offenser. Je te demande seulement de voir dans ce grand amour que tu dis me porter quelque chose de suffisant, quelque chose qui puisse nous remplir tous les deux, sans besoin d'avoir recours à l'imagination maladive... » Et dans une autre page : « J'ai averti Consuelo que ces breuvages ne servent à rien. Elle insiste pour cultiver ses propres plantes dans le jardin. Elle dit qu'elle ne se trompe pas. Les herbes ne rendront pas son corps fertile, mais son âme, oui... » Plus tard : « Je l'ai trouvée qui délirait, enlacée à l'oreiller. Elle criait : " Si, si, si, j'ai réussi : je l'ai incarnée ; je peux la convoquer. Je peux lui donner la vie avec ma vie. " Je dus appeler le docteur. Il me dit qu'il ne pouvait pas la calmer, justement parce qu'elle était sous l'effet de narcotiques, non pas d'excitants... » Et enfin : « Aujourd'hui je l'ai découverte, à l'aube, marchant seule et déchaussée le long des couloirs. J'ai voulu l'arrêter. Elle est passée sans me regarder, mais ses paroles m'étaient adressées. " Ne me retiens pas, dit-elle, je vais vers ma jeunesse, ma jeunesse vient vers moi. Elle entre déjà, elle est dans le jardin, elle arrive déjà... " Consuelo, pauvre Consuelo... Consuelo, le démon aussi était un ange, avant... »

C'est fini. Là se terminent les mémoires du général Llorente : « *Consuelo, le démon aussi était un ange, avant*[1]... »

Et sous la dernière feuille, les portraits. Celui de ce vieil homme, en militaire : photographie vétuste, avec, dans un coin, les mots : *Moulin, photographe, 35, boulevard Haussmann*, et la date : *1894*. Et la photo d'Aura, d'Aura avec ses yeux verts, ses cheveux noirs ramassés en boucles, appuyée sur cette colonne dorique, avec le paysage peint au fond, le paysage de Lorelei sur le Rhin, la robe boutonnée jusqu'au cou, le mouchoir dans une main, le vertugadin ; Aura et la date *1876*, écrite à l'encre blanche et, derrière, sur le carton plié du daguerréotype, cette écriture d'araignée : *Fait pour notre dixième anniversaire de mariage*[1], et la signature, de la même écriture : *Consuelo Llorente*. Tu verras, sur la troisième photo, Aura accompagnée du vieillard, à présent habillé en paysan, assis tous les deux sur une banquette, dans un jardin. La photo s'est un peu effacée ; Aura n'apparaîtra pas aussi jeune que sur la première photo, mais c'est elle, c'est lui, c'est... c'est toi.

Tu colles ces photos à tes yeux, tu les élèves vers la lucarne, tu caches avec une main la barbe blanche du général Llorente, tu l'imagines avec les cheveux noirs et tu te retrouves toujours, effacé, perdu, oublié, mais toi, toi, c'est toi.

La tête te tourne, enlevée par le rythme de cette valse lointaine qui tient lieu de vue, de toucher et de l'odeur des plantes humides et parfumées ; tu tombes épuisé sur le lit, tu touches tes pommettes, les yeux, le nez, comme si tu craignais qu'une main invisible t'eût arraché le masque que tu as porté vingt-sept ans ; ces traits de caoutchouc et de carton qui, pendant un quart de siècle, ont recouvert ton véritable visage, ton visage ancien,

1. En français dans le texte. (N.d.T.)

celui que tu as eu avant et que tu avais oublié. Tu le caches dans l'oreiller, pour tenter d'empêcher que l'air n'arrache les traits qui t'appartiennent, que tu veux garder pour toi. Tu restes figure enfoncée et yeux ouverts dans l'oreiller, en attente de ce qui doit arriver, de ce que tu ne pourras empêcher. Tu ne regarderas plus ta montre, cet objet inutile qui mesure faussement un temps accordé à la vanité humaine, ces aiguilles qui ennuyeusement marquent les longues heures inventées pour tromper le temps véritable, le temps qui court avec la vitesse offensante, mortelle, qu'aucune montre ne peut mesurer. Une vie, un siècle, cinquante ans : tu ne pourras plus imaginer ces mesures mensongères, il ne te sera plus possible de prendre entre les mains cette poussière sans corps.

Quand tu te sépareras de l'oreiller, tu trouveras une obscurité plus dense autour de toi. La nuit sera tombée.

La nuit sera tombée. Derrière les hautes vitres, courront les nuages noirs et rapides, déchirant la lumière opaque qui s'entête à les dissoudre et à montrer sa rondeur pâle et souriante. La lune se montrera, avant que la vapeur obscure revienne la dissimuler.

Tu n'attendras plus. Tu ne regarderas plus ta montre. Tu descendras rapidement les marches qui t'éloignent de cette cellule où seront restés éparpillés les vieux papiers, les daguerréotypes décolorés ; tu descendras au couloir, tu t'arrêteras devant la porte de Mme Consuelo, tu écouteras ta propre voix, sourde, transformée après tant d'heures silencieuses :

— Aura...

Tu répéteras :

— Aura...

Tu entreras dans la chambre. Les lumières des veilleuses se sont éteintes. Tu te rappelleras que la vieille a été absente toute la journée et que la cire se sera consumée, sans les soins de cette femme dévote. Tu avanceras dans l'obscurité, vers le lit. Tu répéteras :

— Aura...

Et tu écouteras le léger crissement de la soie sur les édredons, la seconde respiration qui accompagne la tienne ; tu écouteras la voix d'Aura :

— Non... Ne me touche pas... Allonge-toi près de moi...

Tu toucheras le bord du lit, tu lèveras les jambes et tu resteras immobile, couché. Tu ne pourras t'empêcher de trembler :

— Elle peut revenir d'un moment à l'autre...

— Elle ne reviendra plus.

— Jamais ?

— Je suis épuisée. Pour elle, c'est déjà fait. Jamais je n'ai pu la garder près de moi plus de trois jours.

— Aura...

Tu voudras approcher ta main des seins d'Aura. Elle te tournera le dos ; tu le sauras à la distance nouvelle de sa voix.

— Non... Ne me touche pas...

— Aura... Je t'aime.

— Oui, tu m'aimes. Tu m'aimeras toujours, disais-tu hier...

— Je t'aimerai toujours. Je ne peux vivre sans tes baisers, sans ton corps...

— Embrasse-moi au visage, seulement au visage.

Tu approcheras tes lèvres de la tête posée à côté de la tienne, tu caresseras de nouveau les longs cheveux d'Aura ; tu prendras violemment la faible femme par les épaules, sans écouter sa plainte aiguë ; tu lui arracheras la robe de soie, tu l'enlaceras, tu la sentiras nue, petite et perdue dans ton étreinte, sans force, tu ne feras pas attention à sa résistance gémissante, à ses pleurs impuissants, tu embrasseras la peau du visage sans réfléchir, sans discerner ; tu toucheras les seins flasques quand la lumière suave aura pénétré et t'aura surpris, et t'oblige à repousser le visage, à chercher la fente du mur par où commence à entrer la lumière de la lune, cette rainure ouverte par les souris, cet œil du mur qui laisse filtrer la lumière argentée qui tombe sur les cheveux blancs d'Aura, sur sa face défaite, comme formée de peaux d'oignons, pâle, desséchée et ridée tel un pruneau cuit : tu écarteras tes lèvres des lèvres vides que tu embrassais, des gencives sans dents qui s'ouvrent devant toi ; tu verras sous la lumière de la lune le corps nu de la vieille, de Mme Consuelo, mou, sillonné de rides, petit et rassis, qui tremble légèrement, parce que tu le touches, que tu l'aimes, que tu es revenu aussi.

Yeux ouverts, tu enfouiras ta tête dans les cheveux argentés de Consuelo, la femme qui t'embrassera à nouveau quand la lune, tison recouvert de nuages, sera passée. Quand la lune les aura tous deux cachés. Quand la lune un temps aura emporté le souvenir de la jeunesse — la mémoire faite chair.

— Elle reviendra, Philippe, nous irons la chercher ensemble. Laisse-moi reprendre des forces et je la ferai revenir...

(1962)
(traduit par Jean-Claude Andro)
Éditions Gallimard

Gabriel GARCÍA MÁRQUEZ

Colombie

Né à Aracataca (Colombie) en 1928. Prix Nobel de Littérature en 1982. De même que Faulkner (dont il reçut l'influence) avait inventé le comté de Yoknapatawpha pour sublimer le Sud américain névrosé et poussiéreux, García Márquez a créé un Macondo imaginaire pour y situer la plupart des aventures de ses protagonistes. Une imagination contrôlée par une écriture rigoureuse mais haute en couleur, transforme chaque page de ses contes et de ses romans en une gerbe d'inventions cocasses ou féeriques exprimant en fait la solitude, la violence, la démesure des actes et des idéaux de l'homme du tropique latino-américain. « Chez Márquez, a écrit Bertrand Poirot-Delpech, le détail familier se hausse naturellement au légendaire. C'est soudain comme si la littérature entière se remettait en marche. »

Publié en 1967 et traduit en de nombreuses langues, Cent ans de solitude *est, selon Mario Vargas Llosa « un roman total dans la mesure où il décrit un monde clos, de sa naissance jusqu'à sa mort et dans tous les ordres qui le composent — l'individuel et le collectif, le légendaire et l'historique, le quotidien et le mythique ».*

Nouvelles : Les Funérailles de la Grande Méme, *1962 (Grasset, 1977) ;* L'Incroyable et triste histoire de la candide Erendira et de sa grand-mère diabolique, *1972 (Grasset, 1977) : traduits par Claude Couffon ;* Ojos de perro azul, *1974.*

Romans : Des feuilles dans la bourrasque, *1955 (trad. par Claude Couffon, Grasset, 1983) ;* Pas de lettre pour le Colonel, *1961 (trad. Daniel Verdier, Julliard, 1963, puis Grasset, 1980) ;* La Mala Hora,

1962 (trad. par Claude Couffon, Grasset, 1986) ; Cent ans de solitude, *1967 (trad. par Claude et Carmen Durand, Le Seuil, 1968) ;* L'Automne du patriarche, *1975 (trad. par Claude Couffon, Grasset, 1976) ;* Chronique d'une mort annoncée, *1981 (trad. par Claude Couffon, Grasset, 1981) ;* L'amour aux temps du choléra, *1986 (trad. par Annie Morvan, Grasset, 1987) ;* El general en su laberinto, *1989.*

Le noyé le plus beau du monde *est extrait de* L'Incroyable et triste histoire de la candide Erendira.

Le noyé le plus beau du monde

Les premiers gamins qui virent le promontoire sombre et secret qui se rapprochait peu à peu sur la mer crurent qu'il s'agissait d'un bateau ennemi. Puis ils remarquèrent qu'il n'avait ni pavillon ni mâts, et ils pensèrent que c'était une baleine. Mais quand il vint s'échouer sur le sable et qu'ils dégagèrent les buissons de sargasses, les filaments de méduses et les restes de bancs de poissons et de naufrages qui le recouvraient, ils découvrirent que c'était un noyé.

Ils avaient joué tout l'après-midi à l'enterrer et à le déterrer dans le sable quand quelqu'un par hasard les aperçut et alerta le village. Les hommes qui le transportèrent jusqu'à la maison la plus proche constatèrent qu'il pesait plus lourd que les autres morts, presque autant qu'un cheval, et ils se dirent que peut-être il était resté trop longtemps à la dérive et que l'eau avait fini par pénétrer dans la moelle des os. Quand ils l'étendirent sur le sol ils virent que sa taille dépassait celle des autres hommes, car il tenait à peine dans la maison, mais ils pensèrent que peut-être la faculté de continuer à grandir après la mort était le privilège de certains noyés. Il avait une odeur de mer, et seule sa forme permettait de supposer que c'était bien le cadavre d'un être humain, car sa peau était revêtue d'une cuirasse de boue et de rémoras.

Ils n'eurent pas besoin de lui nettoyer le visage pour comprendre qu'ils avaient affaire à un mort venu d'ailleurs. Le village avait à peine une vingtaine de baraques en planches, avec des cours de caillasse sans une seule fleur, égaillées à l'extrémité d'un cap désertique. La terre y était si rare que les mères vivaient dans la crainte que le vent n'emportât les enfants ; quant aux morts, peu nombreux, victimes du temps, il fallait les jeter par-dessus les falaises. Pourtant la mer était paisible et généreuse, et sept canots permettaient d'embarquer la totalité des hommes du pays. Aussi, quand ils trouvèrent le noyé, leur suffit-il de se regarder pour se rendre compte qu'ils étaient au complet.

Ce soir-là, on ne sortit pas travailler au large. Tandis que les hommes vérifiaient s'il ne manquait personne dans les villages voisins, les femmes restèrent à s'occuper du noyé. Elles le décrottèrent avec des tampons de crin végétal, débarrassèrent ses cheveux de leurs broussailles sous-marines et décollèrent les rémoras avec des couteaux à écailler. Elles constatèrent bientôt que la végétation qui le couvrait appartenait à des océans lointains et à des eaux profondes, et que ses vêtements étaient en lambeaux, comme s'il avait navigué à travers des labyrinthes de corail. Elles notèrent également qu'il subissait sa mort avec fierté, car il n'avait pas l'air esseulé des noyés en mer, ni la mine sordide et pauvrette des noyés de rivières. Mais ce fut quand la toilette fut terminée qu'elles prirent conscience de la véritable classe du mort, et elles en eurent le souffle coupé. Non seulement c'était l'homme le plus grand, le plus fort, le plus viril et le mieux pourvu qu'elles eussent jamais contemplé, mais plus elles le regardaient et plus il débordait du cadre de leur imagination.

On ne trouva dans le village aucun lit assez long pour l'étendre ni aucune table assez solide pour le veiller. Il n'entrait pas dans les pantalons de cérémonie des hommes les plus grands, ni dans les chemises du dimanche des plus corpulents, ni dans les souliers des pieds les plus volumineux. Fascinées par ses dimensions exceptionnelles et sa beauté, les femmes décidèrent alors de lui tailler un pantalon dans un vaste morceau de toile à voile, et une chemise dans de l'organdi de mariée, pour qu'il pût continuer à assumer sa mort avec dignité. Tandis qu'elles cousaient assises en rond, admirant le cadavre entre deux aiguillées, il leur semblait que le vent n'avait jamais été aussi tenace ni la mer Caraïbe aussi anxieuse que ce soir-là, et elles supposaient que ces changements avaient quelque chose à voir avec le mort. Elles pensaient que si cet homme magnifique avait vécu au village, sa maison aurait eu les portes les plus spacieuses, le plafond le plus haut et le plancher le plus robuste, et que les traverses de son lit auraient été de grosses poutrelles retenues par des boulons d'acier, et que sa compagne, à n'en pas douter, aurait été la plus comblée ! Elles pensaient qu'il aurait eu tant d'autorité qu'il eût sorti les poissons de la mer rien qu'en les appelant par leurs noms, et il aurait mis tant de zèle à travailler qu'il eût fait jaillir des sources d'entre les pierres les plus arides et même réussi à semer des fleurs sur les falaises. Elles le comparèrent en secret à leurs maris, pensant qu'ils ne seraient pas capables de faire durant toute une vie ce que celui-là était capable de faire en une nuit, et elles finirent par les répudier au fond de leurs cœurs comme les êtres les plus malingres et les plus mesquins de la terre. Elles s'égaraient dans ces labyrinthes de l'imagination lorsque la plus âgée, celle qui justement parce qu'elle était la plus âgée avait regardé le noyé avec moins de passion que de compassion, soupira :

— Il a une tête à s'appeler Esteban.

C'était vrai. Il suffit à la plupart d'entre elles de le regarder une nouvelle fois pour comprendre qu'il ne pouvait porter un autre nom. Les plus têtues, autrement dit les plus jeunes, gardèrent l'illusion qu'en l'habillant, couché parmi les fleurs avec des souliers vernis, il pourrait s'appeler Lautaro. Mais ce ne fut qu'une illusion. La toile était trop courte, le pantalon mal coupé et encore plus mal cousu était trop étroit, et les forces secrètes de son cœur faisaient sauter les boutons de la chemise. Passé minuit, le vent atténua ses sifflements et la mer tomba dans la torpeur du mercredi. Le silence chassa les derniers doutes : c'était bien Esteban. Les femmes qui l'avaient habillé, celles qui l'avaient coiffé, celles qui lui avaient coupé les ongles et nettoyé la barbe, ne purent réprimer un frisson de pitié quand elles durent se résigner à l'abandonner étendu à même le sol. C'est alors qu'elles comprirent combien avec ce corps de géant il avait dû être malheureux, puisque celui-ci l'embarrassait jusque dans la mort. Elles le virent condamné de son vivant à se pencher pour franchir les portes, à s'ouvrir le crâne contre les linteaux, à rester là planté debout durant les visites sans savoir où mettre ses mains tendres et roses de lamantin, tandis que la maîtresse de maison cherchait la chaise la plus résistante et le suppliait morte de peur asseyez-vous Esteban, je vous en prie, et lui, renversé contre le mur, qui souriait, ne vous en faites pas madame, je suis très bien, les talons à vif et le dos échaudé à force de rabâcher les mêmes phrases à toutes ses hôtesses, ne vous en faites pas madame, je suis très bien, rien que pour éviter la honte de démantibuler la chaise, et sans avoir jamais su peut-être que ceux qui lui disaient ne t'en va pas Esteban, attends au moins qu'on ait fini le café, étaient les mêmes qui murmuraient plus tard il est parti ce grand abruti, ouf ! alors, il est parti, ce beau connard. Voilà ce que pensaient les femmes devant le cadavre un peu avant le petit jour. Plus tard, quand elles lui couvrirent le visage avec un mouchoir pour que la lumière ne le gênât pas, elles le virent si définitivement mort, si fragile, si semblable à leurs époux, que les premières lézardes des larmes s'ouvrirent dans leur cœur. L'une des plus jeunes se mit à sangloter. Les autres, sous l'effet de la stimulation, passèrent des soupirs aux lamentations, et plus elles sanglotaient plus elles éprouvaient le désir de pleurer, car le noyé ressemblait un peu plus à chaque fois à Esteban ; elles finirent par tellement le pleurer qu'il devint l'homme le plus déshérité de la terre, le plus doux et le plus serviable, ce pauvre Esteban. Si bien que, lorsque les hommes revinrent avec la nouvelle que le noyé n'était pas non plus un habitant des villages voisins, elles respirèrent de joie parmi les larmes :

— Dieu soit loué ! soupirèrent-elles. Il est à nous !

Les hommes crurent que ces simagrées n'étaient que féminines futilités. Fatigués par les tortueuses vérifications de la nuit, leur seul désir était de se débarrasser de cet obstacle de l'intrus avant que le soleil farouche de ce jour aride et sans vent n'allumât sa fournaise. Ils improvisèrent un brancard avec des débris de misaine et de bôme, et le renforcèrent avec des carlingues de haute mer, pour qu'il supporte le poids du corps jusqu'aux falaises. Ils voulurent enrouler aux chevilles du mort une ancre de navire marchand pour qu'il descende sans anicroche dans les abysses où les poissons sont aveugles et où les scaphandriers meurent de nostalgie, et pour que les courants pervers n'aillent pas le rendre au rivage, comme cela avait été le cas avec d'autres cadavres. Mais plus ils se hâtaient et plus les femmes trouvaient le moyen de perdre leur temps. Elles se démenaient comme des poules effrayées en train de picorer des amulettes marines dans les coffres, les unes mettant ici un beau bordel en voulant accrocher au noyé le scapulaire du bon vent, les autres semant la pagaille pour lui passer au poignet une boussole portative, et après tant de pousse-toi ma vieille, va voir ailleurs si j'y suis, regarde tu as failli me faire tomber sur le mort, les hommes commencèrent à se sentir chatouillés par la méfiance et ils se mirent à rouspéter mais bon dieu pourquoi toute cette quincaillerie de maître-autel pour un étranger, avec toutes ces casseroles et ces chaudrons que vous lui foutez, les requins vont quand même le bouffer, mais elles continuaient à tripoter leurs reliques de pacotille, remportant, emportant, disputant, tandis que les larmes qu'elles ne versaient pas partaient en soupirs, à tel point que les hommes finirent par la trouver vraiment mauvaise, depuis quand un tel remue-ménage pour un mort à la dérive, un noyé de rien du tout, un macchabée de merde. Une des femmes, mortifiée par tant d'apathie, enleva le mouchoir de la tête du cadavre, et les hommes à leur tour en restèrent le souffle coupé.

C'était Esteban. Pas besoin de le répéter, ils le reconnaissaient. Si on leur avait dit : Sir Walter Raleigh, peut-être qu'eux, même eux, auraient été impressionnés par son accent yankee, son perroquet sur l'épaule, son arquebuse pour tuer des cannibales, mais Esteban ne pouvait être qu'unique au monde, et il était là étendu comme une alose, sans bottines, avec un pantalon de prématuré et ces ongles rocailleux qu'on ne pouvait tailler qu'à l'aide d'un couteau. Maintenant qu'il n'avait plus son mouchoir il était tout penaud, non ce n'était pas sa faute s'il était grand, si lourd et si beau, et s'il avait su ce qui allait lui arriver il aurait cherché un endroit plus discret pour se noyer, sérieusement, je me serais attaché moi-même une ancre de galion autour du cou et j'aurais hésité sur les falaises comme quelqu'un qui refuse la situation, pour ne pas vous déranger maintenant avec ce mort du mercredi, comme vous dites, pour n'embêter personne avec cette saloperie de macchabée qui n'a rien à voir avec moi. Il y avait tant de vérité dans son comportement que même les hommes les plus méfiants, ceux qui durant les nuits pointilleuses au large se sentaient amers tant ils craignaient que leurs femmes ne se lassent de rêver à eux pour rêver aux noyés, oui, même ceux-là, et d'autres plus coriaces, frémirent jusqu'à la moelle devant la sincérité d'Esteban.

Aussi lui fit-on les plus somptueuses funérailles qu'on pût imaginer pour un noyé sans origine. Quelques femmes, qui étaient allées chercher des fleurs dans les villages voisins, revinrent avec d'autres compagnes qui ne croyaient pas ce qu'on leur racontait, et celles-ci, quand elles virent le mort, allèrent chercher d'autres fleurs et ramenèrent d'autres compagnes, jusqu'au moment où il y eut tant de fleurs et tant de gens qu'on pouvait à peine avancer. Au dernier moment, on souffrit tellement de le rendre orphelin à la mer qu'on lui désigna un père et une mère choisis parmi les meilleurs, et d'autres se proclamèrent frères, oncles, tantes et cousins, si bien que par son intermédiaire tous les habitants du village finirent par être parents. Quelques marins qui entendirent les pleurs au loin s'égarèrent, et l'un d'eux raconta qu'il s'était fait ficeler au grand mât, en souvenir de vieilles fables de sirènes. Tandis qu'ils se disputaient le privilège de le transporter sur leurs épaules à travers la pente escarpée des falaises, hommes et femmes prirent pour la première fois conscience de la désolation de leurs rues, de l'aridité de leurs cours, de la mesquinerie de leurs rêves, devant l'éclat et la beauté de leur noyé. Ils le lâchèrent sans ancre, pour qu'il revienne s'il le voulait et quand il le voudrait, et tous retinrent leur souffle durant cette fraction de siècle que le corps mit à tomber dans l'abîme. Ils n'eurent pas besoin de se regarder pour comprendre qu'ils n'étaient plus au complet, et ne le seraient plus jamais. Mais ils savaient aussi que désormais tout serait différent, que leurs maisons allaient avoir des portes plus spacieuses, des plafonds plus hauts et des planchers plus robustes pour que le souvenir d'Esteban puisse se promener partout sans se cogner contre les linteaux, et qu'à l'avenir personne n'oserait murmurer il est mort ce grand abruti, quel dommage, il est mort ce beau connard, car ils allaient peindre les façades avec des couleurs gaies pour éterniser la mémoire d'Esteban, et ils allaient s'échiner à creuser des sources dans les cailloux et à semer des fleurs sur les falaises, pour qu'à chaque aube des années futures les passagers des grands bateaux se réveillent suffoqués par une odeur de jardins en haute mer, et que le capitaine soit obligé de descendre de son poste de commandement en grand uniforme, avec son astrolabe, son étoile polaire et son chapelet de médailles de guerre, et que le doigt pointé sur ce promontoire dressant ses roses sur l'horizon des Caraïbes, il dise en quatorze langues : Regardez là-bas, là où le vent est maintenant si paisible qu'il reste à dormir sous les lits, là-bas, là où le soleil brille si fort qu'ils ne savent plus de quel côté orienter les tournesols, oui, là-bas, c'est le village d'Esteban.

(1972)
(traduit par Claude Couffon)
Éditions Grasset

Julio Ramón RIBEYRO

Pérou

Né à Lima en 1929. Vit depuis longtemps à Paris, où il est membre de la délégation péruvienne auprès de l'UNESCO. Ses nouvelles font alterner la fiction fantastique avec le réalisme sobre et suggestif dénonçant la misère sordide des faubourgs de Lima où les « charognards sans plumes » se nourrissent d'immondices et où les bidonvilles abritent le lumpenprolétariat le plus déshérité de la terre. D'une façon générale, la société péruvienne inspire à J. R. Ribeyro des textes lucidement cruels, la classe moyenne des employés étant particulièrement explorée dans sa médiocrité et ses frustrations.

Nouvelles : Charognards sans plumes, *1955 (trad. Annie Cloulas-Brousseau, Gallimard, 1964) ;* Cuentos de circunstancias, *1958 ;* Las botellas y los hombres, *1964 ;* Tres historias sublevantes, *1964 ;* Los cautivos, *1972 ;* La palabra del mudo, *1973.*

Romans : Chronique de San Gabriel, *1960 (trad. par Clotilde Bernadi Pradal, Gallimard, 1969) ;* Los geniecillos dominicales, *1965.*

Les nouvelles de J. R. Ribeyro ont été réunies sous le titre La palabra del mudo, Cuentos, *1952-1977. Un choix a été publié en français sous le titre* Silvio et la Roseraie *(trad. Irma Sayol, Gallimard, 1981).*

Silvio et la Roseraie

La Roseraie était l'hacienda la plus convoitée de la vallée de Tarma, non pas à cause de son étendue, car elle ne dépassait guère les cinq cents hectares, mais de sa situation à proximité du village, de sa fertilité et de sa beauté. Les riches éleveurs de Tarma, qui possédaient d'immenses pâturages et des plantations de pommes de terre dans la haute cordillère, avaient toujours rêvé de posséder cette petite propriété dont ils pourraient faire non seulement un lieu de repos et de loisir, mais une étable modèle capable d'approvisionner en lait tous les environs.

Mais la fatalité s'acharnait à leur soustraire ces terres, car lorsque leur propriétaire, l'Italien Carlo Paternoster, décida de les vendre pour s'installer à Lima, il préféra choisir un compatriote, don Salvatore Lombardi, qui d'ailleurs n'avait jamais mis les pieds dans la sierra. Lombardi fut d'ailleurs le seul acheteur qui pût payer en liquide et au comptant le prix fixé par Paternoster. Les éleveurs de la sierra étaient beaucoup plus riches que lui et brassaient des millions par an, mais tout leur argent était investi en plantations et en bétail et, prisonniers des rouages du crédit bancaire, ils ne voyaient en général le revenu de leur fortune que sous la forme abstraite de lettres de change et de crédit.

Don Salvatore, par contre, avait travaillé pendant quarante ans dans une quincaillerie de Lima dont il était devenu propriétaire avec le temps et il avait amassé sou à sou un capital appréciable. Son rêve était de retourner un jour à Tirole, dans les Alpes italiennes, pour s'acheter une ferme, montrer à ses compatriotes qu'il avait fait fortune en Amérique et mourir enfin dans son pays natal, entouré du respect des villageois et surtout de la jalousie de son cousin Luigi Cellini qui lui avait cassé le nez d'un coup de poing dans son enfance et lui avait volé une fiancée, mais qui n'était jamais sorti de ses montagnes et n'avait jamais possédé plus de dix vaches.

Malheureusement les circonstances n'étaient pas favorables au retour en Europe, où venait d'éclater la Seconde Guerre mondiale. Par ailleurs, don Salvatore contracta une affection pulmonaire. Son médecin lui conseilla alors de vendre la quincaillerie et de chercher un endroit tranquille qui eût un bon climat pour passer le reste de ses jours. Il apprit par des amis communs que Paternoster vendait La Roseraie et, renonçant à son retour à Tirole, il s'installa dans la propriété de Tarma, en laissant à son fils le soin de liquider ses affaires à Lima.

Mais en vérité il ne fit que traverser La Roseraie comme un nuage dans un ciel d'été car, au bout de trois mois, alors qu'il avait entrepris la réfection de la maison de campagne, acheté une centaine de vaches, ramené des meubles de Lima et même une machine pour fabriquer des nouilles, il mourut en s'étranglant avec un noyau d'abricot. C'est ainsi que Silvio, son unique héritier, devint le propriétaire exclusif de La Roseraie.

Pour Silvio, cette propriété tomba du ciel comme un éléphant d'un cinquième étage. Non seulement il n'avait aucune disposition pour gérer une exploitation laitière, ou quoi que ce fût d'autre, mais l'idée même de s'enterrer en province suffit à lui donner la chair de poule. Tout ce qu'il avait désiré depuis son enfance c'était de jouer du violon comme un virtuose et de se promener dans la rue de la Unión en chapeau et gilet à carreaux, comme il l'avait vu faire à certains élégants de Lima. Mais don Salvatore l'avait sacrifié avec cette maudite manie de retourner à Tirole et de se venger de son cousin Luigi Cellini.

Avare et tyrannique, il l'avait fait travailler au magasin, avant même de terminer ses études au lycée, juste après la mort de sa mère, et l'avait obligé à rester derrière le comptoir comme un vulgaire employé, mais qui ne recevait que quelques pourboires, pour vendre à longueur de journée, vêtu d'un tablier de toile grossière, vis, tenailles, plumiers et pots de peinture. Aussi ne put-il jamais avoir ni amis, ni fiancée, ni cultiver ses goûts les plus secrets, ni s'intégrer dans une ville qui l'ignorait, car pour la riche colonie italienne, versée dans la banque et l'industrie, il était le fils d'un obscur quincailler et, pour la société autochtone, une espèce d'immigrant sans naissance ni pouvoir.

Ses seuls moments de vrai bonheur il les avait connus dans son enfance, du vivant de sa mère, une femme raffinée qui chantait des opéras en s'accompagnant au piano et qui lui avait payé de ses propres économies un professeur de violon pendant quatre ans. Vinrent ensuite quelques escapades juvéniles et nocturnes à travers la ville, où il errait à la recherche de quelque chose de tellement vague qu'il ne put jamais le trouver, et qui éveillèrent en lui un certain goût pour la solitude, l'introspection et le rêve. Puis ce fut la routine du magasin, toute sa jeunesse enterrée dans un trafic d'objets opaques, et l'abolition progressive de ses espérances les plus intimes, qui firent de lui un homme sans initiative ni passion.

Pour toutes ces raisons, devoir assumer, à quarante ans, la responsabilité d'une exploitation agricole et administrer sa vie de surcroît lui parut une tâche excessive. C'était l'un ou l'autre. La première chose qui lui vint à l'esprit fut de vendre l'hacienda et de vivre du produit de la vente jusqu'à ce qu'il fût épuisé. Mais un reste de prudence lui conseilla de garder ces terres, de les remettre entre les mains d'un bon administrateur et de jouir de leurs rentes en faisant ce qui lui plairait, si toutefois il lui prenait envie de faire quelque chose. Pour cela, naturellement, il devait se rendre à Tarma et étudier sur place la façon de mener à bien son projet.

L'hacienda, il n'avait fait que l'entrevoir, le jour où il avait dû venir précipitamment de Lima pour prendre la dépouille de don Salvatore et la conduire au cimetière de la capitale.

Mais maintenant qu'il était revenu avec plus de calme, il avait été impressionné par la beauté de sa propriété. C'était une série d'ensembles qui jaillissaient les uns des autres et qui se déployaient peu à peu dans l'espace avec la rigueur et l'élégance d'une composition musicale.

En premier lieu, la maison. La vieille demeure coloniale de deux étages, construite en forme de U autour d'une grande cour de terre battue, possédait des arcades de pierre au rez-de-chaussée, une galerie à balustrade avec des voûtes boisées dans la partie haute et se terminait par un toit à deux pentes. Au milieu du bâtiment central s'élevait une sorte de petite tour surmontée d'un mirador carré couvert de tuiles, construction étrange qui brisait quelque peu l'unité de l'enceinte, mais qui lui donnait en même temps une atmosphère spirituelle. Quand on pénétrait dans la cour par l'énorme portail qui donnait sur la route, on se sentait aussitôt entouré par les ailes latérales et aspiré dans une vie qui ne pouvait être qu'une vie pleine de mystère, de délices et de recueillement.

Le rez-de-chaussée était destiné aux domestiques et aux installations, les étages à la résidence des maîtres. Cette partie de la maison était composée d'une succession de salles spacieuses où Silvio identifia trois salons, une salle à manger, une douzaine de chambres à coucher, une vieille chapelle, une cuisine, une salle de bains et tout un lot de pièces vides qui pourraient servir de bibliothèques, d'office ou de quoi que ce fût d'autre. Toutes les pièces avaient des tapisseries anciennes, passablement fanées, mais si compliquées et différentes – scènes de chasse, paysages champêtres, natures mortes ou personnages historiques – qu'elles invitaient bien davantage à la lecture qu'à la contemplation. Par bonheur ces pièces conservaient encore leur mobilier ancien, que don Salvatore n'avait pas eu le temps de remplacer par des engins de série qui se trouvaient encore en caisses dans un hangar du rez-de-chaussée.

Derrière la maison s'étendait la roseraie, qui donnait son nom à l'hacienda. C'était un lieu enchanteur, où toutes les roses de la création, depuis des temps immémoriaux sans doute, fleurissaient au cours de l'année. Il y avait des roses rouges, blanches, jaunes, vertes et pourpres, des roses sauvages et des roses civilisées, des roses qui ressemblaient à des astres, à des mollusques, à des tiares, à la bouche d'une coquette. On ne savait pas qui les avait plantées, ni avec quel critère, ni dans quel but, mais elles composaient un labyrinthe polychrome où se perdait le regard émerveillé.

A côté même du jardin se trouvait le verger, quelques figuiers et poiriers, contre cinq hectares d'abricotiers. Les arbres étaient bas, mais leurs branches fléchissaient sous le poids des fruits rosés et charnus qui, couverts d'un adorable duvet, faisaient les délices du toucher avant d'être un régal pour le palais. Maintenant Silvio comprenait comment son père, mû par une impulsion esthétique et gourmande, avait avalé un de ces fruits, noyau y compris, au détriment de sa propre vie.

Et lorsqu'on franchissait la clôture du verger, on pénétrait en pleine campagne. D'abord les luzernes, qui atteignaient la taille d'un jeune garçon sur les deux berges de la rivière Acobamba, puis les pâturages, infiniment plats, couverts en permanence d'une herbe humide et, limitant la propriété, le bois d'eucalyptus, qui commençait dans la plaine et grimpait un peu sur les collines, livrant le reste aux genêts, aux cactus et aux figuiers de Barbarie.

Silvio se félicita de n'avoir pas cédé à la tentation qu'il avait tout d'abord eue de vendre l'hacienda et, comme il l'aimait telle qu'elle était, il ordonna immédiatement la suspension des vastes travaux de réfection qu'avait entrepris don Salvatore. Il permit seulement qu'on finît de repeindre la façade en rose clair et de réparer les conduites, les gouttières, les planchers et les serrures. Il renonça par ailleurs à chercher un administrateur et abandonna toute la gestion de l'hacienda au vieux métayer Eleodoro

Pumari qui, grâce à son expérience et à sa trentaine de rejetons, était la personne la mieux indiquée pour exploiter cette propriété.

Ces petites occupations l'obligeaient à retarder son retour à Lima, mais l'idée qu'on était en plein hiver sur la côte y entrait pour beaucoup. Il n'y avait rien que Silvio détestât davantage que les hivers à Lima, dès que l'interminable petite pluie se mettait à tomber, on ne voyait plus jamais la moindre étoile et on avait l'impression de vivre au fond d'un puits. A la montagne au contraire c'était l'été, le soleil brillait toute la journée et le froid était sec et stimulant. Ces raisons le déterminèrent à établir des relations plus intimes avec ses terres et à prendre les premiers contacts avec sa nouvelle ville.

Les habitants de Tarma l'accueillirent au début avec beaucoup de réticence. Non seulement il n'était pas de la région, mais il était de parents italiens, c'est-à-dire doublement étranger. Mais ils ne tardèrent pas à se rendre compte qu'il était un homme simple, sain, sérieux et célibataire qui plus est. Cette dernière qualité fut le meilleur atout pour qu'on lui ouvrît les portes du clan. Un célibataire était vulnérable et par définition susceptible de se fondre dans la société provinciale.

Le clan était constitué par une douzaine de familles qui possédaient toutes les terres de la province, à l'exception de La Roseraie, qui s'étendait toujours comme une île dans la mer de leurs possessions. A la tête du clan, il y avait le propriétaire le plus riche et le plus puissant, don Armando Santa Lucia, maire de Tarma et président du Club Social. Il fut le premier à l'inviter à l'une de ses réunions et tout le reste du clan le suivit.

Silvio accepta cette première invitation par politesse avec une pointe de curiosité et se trouva peu à peu entraîné dans une ronde de festins, de promenades et de chevauchées qui s'enchaînèrent les uns aux autres selon les lois de l'émulation et de l'échange des bons procédés. Il passa tout l'été d'hacienda en hacienda et de banquet en banquet. Certaines de ces réunions duraient plusieurs jours, elles se transformaient en véritables fêtes ambulantes et agglomérantes, où venaient adhérer à mesure de nouveaux comparses. Silvio se souvenait d'avoir dîné un dimanche chez Armando Santa Lucia avec cinq propriétaires terriens et d'avoir fini la réunion un jeudi, près de la province d'Ayacucho, en prenant le petit déjeuner avec une quarantaine de propriétaires d'haciendas.

Comme il n'était pas porté sur la boisson et plutôt sobre dans le manger, il refusa plusieurs de ces invitations afin de rompre la chaîne, mais la saison des pluies avait commencé, les réunions prirent un aspect plus familier et supportable, se limitant à des dîners et à des bals dans les résidences de Tarma. Si l'été était l'époque des randonnées viriles, l'hiver était le domaine tout-puissant de la femme. Silvio se rendit compte qu'il était entouré d'un cercle de vieilles filles, cousines, filles, nièces ou filleules de propriétaires d'haciendas, toutes laides à faire peur, qui lui faisaient une cour éhontée. Ces familles provinciales étaient inépuisables et dans chacune d'elles il y avait toujours un lot de femmes en réserve, qu'on mettait en circulation au bon moment avec des intentions plutôt équivoques. Silvio conservait une image trop présente de sa mère et son idéal de beauté féminine était bien trop raffiné pour succomber à la tentation, aussi abandonna-t-il peu à peu ces fréquentations pour s'enfermer stoïquement dans son hacienda.

Il s'y sentait de mieux en mieux tous les jours, tant et si bien qu'il retarda encore son retour à Lima où il n'avait rien à faire en réalité. Il adorait se promener sous les arcades de pierre, manger un abricot au pied de l'arbre, regarder les Pumari traire les vaches, feuilleter les vieux journaux comme s'ils se référaient à un monde inexistant, mais il adorait surtout se promener dans la roseraie. Il cueillait rarement une fleur, mais il les respirait et apprenait à distinguer dans chaque parfum une espèce différente. Chaque fois qu'il s'éloignait du jardin, il éprouvait aussitôt l'envie d'y retourner, comme s'il y avait oublié quelque chose. Il le fit à plusieurs reprises, mais il se retirait toujours avec l'impression d'une promenade imparfaite.

Plusieurs années s'écoulèrent ainsi. Silvio était déjà complètement installé dans la vie champêtre. Il avait grossi un peu et avait pris l'habitude de n'enlever sa veste de pyjama qu'à de rares occasions. Ses promenades dans l'hacienda se limitèrent peu à peu au cloître et à la roseraie et il finit par s'enfermer des journées entières là-haut sur la galerie et même dans sa chambre, où il se faisait servir ses repas et convoquait son métayer. A Tarma, il ne faisait que de rares expéditions, pour des affaires urgentes, si bien que les propriétaires d'haciendas cessèrent de l'inviter et que des rumeurs circulèrent sur son équilibre mental ou sur sa virilité.

Il se rendit deux ou trois fois à Lima, pour assister le plus souvent à un concert ou pour acheter quelque outil nécessaire à l'hacienda et revint toujours la tâche accomplie. Chaque fois qu'il revenait, il reprenait ses promenades et retrouvait dans chaque endroit les instantanés conservés dans sa mémoire, mais il ne ressentait plus le plaisir d'autrefois. Un matin où il se rasait, il crut deviner l'origine de son malaise ; il vieillissait dans une maison abandonnée, solitaire, sans avoir rien fait de particulier, en dehors de survivre. La vie ne pouvait être cette chose qu'on nous imposait et qu'on supportait comme une taxe, sans protester. Mais que pouvait-elle être d'autre ? Il regarda vainement autour de lui, cherchant un indice. Rien n'avait changé. Et cependant il devait y avoir un signe, quelque chose qui devait permettre de briser la barrière de la routine et de l'indolence et d'accéder à la connaissance, à la vraie réalité. Éphémère inquiétude ! Il finit de se raser tranquillement et retrouva son teint frais, malgré les ans, même s'il crut apercevoir au fond de ses yeux une petite lueur inquiète, implorante.

Un après-midi où il s'ennuyait trop, il prit ses jumelles de théâtre et décida de faire la seule chose qu'il n'avait jamais faite : grimper sur les collines de l'hacienda. Celles-ci se trouvaient à la fin des prairies et le bas de leurs versants était recouvert par le bois d'eucalyptus. Longeant la rivière, il traversa les luzernes et les pâturages, puis le bois et entreprit l'ascension sous un soleil brûlant. La pente de la colline, plus abrupte qu'il ne l'avait prévu, était infestée de cactus, d'agaves et de figuiers de Barbarie, plantes rébarbatives et guerrières, qui dressaient sur son passage une muraille d'épines. La constitution du sol était plutôt rocheuse et rebutante. Au bout d'une demi-heure il était épuisé, ses mains étaient lacérées par les épines, ses chaussures déchirées, et il n'était pas encore arrivé au sommet. Il fit un effort et poursuivit son chemin jusqu'à la cime. Il s'agissait naturellement d'un premier sommet, car la colline, après une brève déclivité du terrain, continuait de s'élever jusqu'au ciel bleu. Silvio mourait de soif, il se maudissait d'avoir oublié d'emporter une gourde avec de l'eau et, renonçant à poursuivre l'escalade, il s'assit sur un rocher pour contempler le panorama. Il se trouvait assez haut pour voir à ses pieds l'ensemble de l'hacienda, et derrière, mais très loin, les toits de Tarma. De l'autre côté, on apercevait les sommets de la cordillère orientale qui séparaient la sierra des étendues boisées.

Silvio respira profondément l'air pur des hauteurs, il vérifia que l'hacienda avait la forme d'un triangle dont l'angle le plus aigu était formé par la maison et qui se déployait peu à peu comme un éventail vers l'intérieur. Il prit ses jumelles et observa les prairies, où ici et là paissaient les vaches, il observa le verger, la maison et en dernier lieu la roseraie. Ses jumelles n'étaient pas très puissantes, mais elles lui permirent de distinguer comme une vague tapisserie de couleurs, où certaines figures tendaient à se répéter. Il vit des cercles, puis des rectangles, tout de suite après d'autres cercles, et tout était disposé avec une telle précision qu'il abandonna ses jumelles pour essayer d'avoir une vision d'ensemble du jardin. Mais il était trop loin et ne distinguait à l'œil nu qu'une tache polychrome. Il ajusta à nouveau les jumelles et poursuivit son observation : les figures étaient là, mais il ne les voyait qu'en partie, par séries successives, et d'un angle de vue qui ne lui permettait pas de reconstituer la totalité du dessin. C'était vraiment étrange, il n'avait jamais imaginé qu'il pouvait y avoir un ordre dans cette roseraie multicolore. Quand il se fut reposé de sa fatigue, il rangea les jumelles et prit le chemin du retour.

Dans les jours qui suivirent, il fit un bref voyage à Lima pour assister à une représentation de *Aïda* par une compagnie italienne. Puis il essaya de se distraire un peu, mais sur la côte c'était l'hiver, il tombait une pluie fine, les gens portaient des cache-nez et toussaient, la ville semblait avoir fermé ses portes aux intrus, il s'ennuya une fois de plus, regretta sa vie d'ermite à l'hacienda et repartit brusquement pour La Roseraie.

En pénétrant dans la cour de l'hacienda, il se sentit troublé par la présence de la petite tour qui se trouvait sur le bâtiment central, il prit nettement conscience de l'absurdité de ce minaret, où d'ailleurs il n'était jamais monté à cause des marches qui étaient toutes vermoulues. Ce minaret n'était pas à sa place, ne remplissait aucune fonction, s'effondrerait à la moindre secousse, peut-être avait-il servi un jour à observer l'horizon pour découvrir l'invisible ennemi. Mais il avait peut-être un autre objet, celui qui l'avait fait construire devait poursuivre un but précis. Et bien sûr — comment n'y avait-il pas pensé jusque-là ? — il pouvait servir de lieu privilégié pour observer une seule chose : la roseraie.

Il ordonna aussitôt à l'un des fils Pumari de réparer l'escalier et de se débrouiller pour qu'on pût accéder au mirador. Comme il était tard, Calixto dut travailler une partie de la nuit à réparer les marches, nouer des cordes, fixer des crochets, si bien qu'au lendemain matin la voie était libre et Silvio put entreprendre l'ascension.

Il n'eut d'yeux que pour la roseraie, rien d'autre n'existait pour lui et il put ainsi vérifier ce qu'il avait vu de la colline : les massifs de roses qui, vus d'en bas, paraissaient pousser d'une manière arbitraire, composaient une succession de figures. Silvio distingua nettement un cercle, un rectangle, deux autres cercles, un autre rectangle, et deux cercles à la fin. Qu'est-ce que cela pouvait signifier ? Qui avait décidé que les rosiers fussent plantés de la sorte ? Il fixa le dessin dans sa mémoire et, en redescendant, le reproduisit sur une feuille de papier. Il resta de longues heures à étudier cette figure simple et asymétrique, sans lui trouver le moindre sens. Il comprit enfin : il s'agissait non pas d'un dessin ornemental, mais d'un code, d'un signe qui renvoyait à un autre signe, l'alphabet Morse. Les cercles étaient les points, les rectangles les traits. En vain chercha-t-il dans toute la maison un dictionnaire qui pût l'éclairer. Le vieux Paternoster n'avait laissé que des traités d'art vétérinaire ou d'arboriculture.

Le lendemain matin, il prit la charrette qui portait le lait au village et chercha en vain dans l'unique librairie de Tarma le texte lumineux. Il ne lui resta d'autre solution que d'aller à la poste consulter le télégraphiste. Ce dernier était très occupé, c'était une heure où les lignes étaient encombrées, aussi promit-il de lui envoyer le code Morse le lendemain par le laitier.

Jamais Silvio n'attendit un message avec une telle anxiété. La charrette du laitier revenait en général vers midi, mais Silvio alla se poster bien avant cette heure devant le portail, les yeux fixés sur la route. Et dès qu'il entendit dans le virage le bruit saccadé des roues, il se précipita pour arracher le billet des mains d'Esteban Pumari. Le billet était dans une enveloppe qu'il déchira dès qu'il arriva dans sa chambre. Il prit la feuille et un crayon, convertit les points et les traits en lettres et trouva le mot RES[1].

Mot court qui le laissa perplexe. Que signifiait *res* ? Un animal, bien sûr, un bovin, comme ceux qui abondaient dans la propriété. Bien entendu, le propriétaire de ce domaine, un original, un éleveur fanatique, avait sans doute voulu immortaliser dans le jardin le nom de l'espèce animale qu'il hébergeait sur ses terres et dont dépendait sa fortune : bovin, qu'il fût vache, taureau ou génisse.

Silvio, déçu, jeta le code sur la table. Il fut vraiment pris d'envie de rire. Et il se mit à rire, mais sans joie, en découvrant qu'il y avait sur la tapisserie de sa chambre non seulement des

1. Tête de bétail en espagnol (*N.d.T.*).

natures mortes, mais aussi des compositions florales. RES. Ce mot devait vouloir dire quelque chose d'autre. Naturellement, en latin, comme il s'en souvint, le mot *res* voulait dire « chose ». Mais qu'est-ce que c'était qu'une chose ? Une chose c'était tout. Silvio s'efforça de chercher encore, de s'insinuer jusqu'au fond du mot, mais il ne vit rien et vit tout, depuis une méduse jusqu'aux tours de la cathédrale de Lima. Tout était une chose, mais il n'était guère plus avancé. De quelque façon qu'il l'envisageât, ce mot le renvoyait à la somme infinie de tout ce que contenait l'univers. Il réfléchit encore un moment, mais fatigué de la stérilité de ses recherches, il décida d'abandonner le problème. Il s'était sans doute lancé dans une mauvaise voie.

Mais au milieu de la nuit il se réveilla et prit conscience qu'il avait rêvé de son ascension à la tour, rêvé de la roseraie, du dessin. Son esprit n'avait cessé de travailler. Dans sa vision intérieure persistait, écrit dans le jardin et sur le papier, le mot RES. Et s'il le renversait ? En inversant l'ordre des lettres, il obtint le mot SER[1]. Silvio alluma une lampe, courut à sa table et écrivit en grosses lettres SER. Cette découverte le remplit de joie, mais il comprit bientôt que SER était un mot aussi vague et vaste que le mot CHOSE et bien davantage encore que le mot RES. Être quoi, d'ailleurs ? Être c'était tout. D'autre part, comment fallait-il prendre ce mot, comme substantif ou comme infinitif ? Ce casse-tête l'occupa un bon moment. Si c'était un substantif, il avait la même signification infinie, et par conséquent inutile que le mot CHOSE. Si c'était un infinitif, il manquait de complément, car il n'indiquait pas ce qu'il fallait être. Cette fois, il sombra profondément dans un sommeil désenchanté.

Les jours suivants, il descendit souvent à Tarma les après-midi, sans but précis, il faisait un tour sur la place, entrait dans un magasin ou s'engouffrait dans un cinéma. Les natifs du lieu, surpris de cette réapparition, après ces longs mois d'isolement, l'accueillirent avec sympathie. Ils le trouvèrent plus sociable et apparemment désireux de se divertir. Il accepta même d'assister

1. Le verbe *être* en espagnol (*N.d.T.*).

à un grand bal que don Armando Santa Lucia donnait dans sa résidence, car il avait gagné le prix du meilleur producteur de pommes de terre de la région. Comme toujours, Silvio trouva dans cette réunion l'élite de la société de Tarma et la fine fleur des gens de passage, sans parler des vieilles filles d'antan qui, de plus en plus sèches et ridées, avaient atteint ce degré crépusculaire de maturité qui présageait leur imminente culbute dans le désespoir. Silvio passa son temps à bavarder avec les propriétaires des haciendas, à écouter les conseils qu'ils lui donnaient pour renouveler son bétail et améliorer les services de distribution du lait, mais quand le bal commença, une idée imprévue lui traversa l'esprit, une idée qui jaillit comme un pétard du fin fond de lui-même et qui l'aveugla : ce n'était pas un mot qui se cachait dans le jardin, c'était un sigle.

Sans que personne comprît pourquoi, il quitta brusquement la réunion et prit la première camionnette qui partait pour la montagne et qui pouvait le laisser au passage à la porte de son hacienda. Dès qu'il arriva, il s'installa à sa table et écrivit une fois de plus le mot RES. Comme il ne lui venait rien à l'esprit, il l'inversa et écrivit SER. Aussitôt une phrase se présenta à lui : Suis Excessivement Riche. Mais il s'agissait évidemment d'une formulation inexacte. Il n'était pas riche, et encore moins excessivement. Son hacienda lui permettait de vivre parce qu'il était seul et qu'il était sobre. Il examina les lettres à nouveau et composa : Seras Enterré Rapidement, ce qui ne manqua pas de le faire frémir, bien que la prophétie lui semblât sans fondement. Mais d'autres phrases vinrent déloger la précédente : Samedi Envoyer Réparer, réparer quoi ? Seul Espoir Revenir, revenir où ? Socrate Épuisé Rajeunit, formule stupide et contradictoire. Scorpion Engendra Rosée, phrase d'une poésie douteuse et d'ailleurs ambiguë, car on ne savait pas s'il s'agissait de la constellation ou de l'animal. Le nombre de phrases qu'on pouvait composer était infini. Silvio remplit plusieurs pages de son cahier et en arriva à des formules aussi énigmatiques et insensées que les suivantes : Sors Évitant Rivière, Soudain Exhuma Roupie ou Sauvage Écorcheur

Rotulien, ce qui revenait en définitive à remplacer un code par un autre.

Sans doute s'était-il embarqué dans un voyage qui n'aboutissait nulle part. Par ténacité, il essaya encore quelques phrases. Mais elles le ramenaient toutes à l'absurde.

Durant des mois il s'abandonna à ce simulacre du bonheur qu'est la routine. Il se levait tard, prenait plusieurs cafés accompagnés de plusieurs cigarettes, faisait un tour sous les arcades, distribuait des ordres aux Pumari, descendait de temps en temps à Tarma pour des affaires insignifiantes et quand il s'ennuyait réellement, il allait à Lima où il s'ennuyait encore plus. Comme il ne connaissait toujours personne dans la capitale, il errait dans les rues du centre au milieu de milliers de passants affairés, achetait des babioles dans les magasins, s'offrait un bon repas, s'aventurait parfois dans un cabaret ou plus rarement à forniquer avec une fille, et ressortait toujours de ces endroits insatisfait et sans le sou. Et il revenait à Tarma, le vague à l'âme, pour déambuler sur ses terres, pour respirer le parfum d'une rose, savourer un abricot, feuilleter de vieux journaux, en attendant anxieusement l'arrivée des ombres qui viendraient balayer à jamais les décombres du jour gaspillé.

Un matin où il se promenait dans la roseraie, il rencontra Felicito Pumari, qui s'occupait du jardin, et il lui demanda comment il s'y prenait pour le maintenir en fleurs, comment il arrosait, où il plantait, quels rosiers il semait, à quelle saison et pourquoi. Le garçon lui répondit simplement qu'il se limitait à remplacer et à repiquer les plants qui mouraient. Il en avait toujours été ainsi. Il le tenait de son père et son père de son père à lui.

Silvio se sentit stimulé par cette réponse : il existait une règle qui était respectée, le message se transmettait, personne n'osait transgresser l'ordre, la tradition se perpétuait. Il retourna donc à ses codes, en repartant à zéro, et s'efforça de leur trouver, sinon une explication, du moins une application.

RES était un mot parfaitement clair qui se passait de tout commentaire. Alors, poussé par la nature de ses terres et les conseils des propriétaires des haciendas, il se dédia à accroître son bétail, fit acquisition d'étalons chers et de fines vaches laitières et, grâce à de savants croisements, améliora sensiblement le rendement de son bétail. La production du lait augmenta de cent pour cent, la distribution exigea de nouvelles charrettes et la renommée de son étable s'étendit dans toute la région. A quelque temps de là, cependant, l'hacienda atteignit son rendement maximum et se mit à stagner. Exactement comme l'état d'esprit de Silvio qui n'éprouvait guère de plaisir à avoir réussi une exploitation modèle. Ses efforts lui avaient procuré un peu plus de bénéfices et de prestige, mais rien d'autre. Il restait le même vieux garçon suranné, qui avait enterré très tôt une vocation musicale et qui se demandait toujours pourquoi diable il était venu au monde. Alors, il abandonna les croisements bovins et cessa de superviser la bonne marche de l'étable. Par pure oisiveté, il s'était laissé pousser une barbe roussâtre et négligée. C'est pour cette même raison qu'il s'intéressa de nouveau à son code qui restait indéchiffrable, sur sa table. RES = CHOSE.

CHOSE. Très bien. Il s'agissait peut-être d'acquérir beaucoup de choses. Il fit donc la liste de tout ce qui lui manquait et se rendit compte qu'il manquait de tout. D'un avion, par exemple, d'un cheval de course, d'un majordome hindou, d'une cravate à pois rouges, d'une loupe, et comme cela indéfiniment. Une fois de plus il se retrouvait confronté à l'infini. Il décida alors qu'il devait dresser la liste de tous les objets qu'il possédait et commença par sa chambre à coucher : un lit, une table de nuit, deux draps, deux couvertures, trois lampes, une armoire, mais à peine avait-il rempli quelques feuilles de son cahier qu'il se trouva en face de problèmes insolubles : pour les dessins de la tapisserie, par exemple, s'agissait-il d'une seule chose ou de plusieurs ? Devait-il les noter et les décrire l'une après l'autre ? Et s'il sortait dans le verger, devait-il compter tous les arbres, et aussi tous les abricots et pire encore toutes les feuilles ? C'était absurde, mais de ce côté-là aussi l'infini l'encerclait. Il alla même jusqu'à penser que s'il n'avait possédé que son corps, il aurait passé des années à compter chaque pore, chaque poil pour les dénombrer, puisqu'ils lui appartenaient. Alors, envoyant au diable son inventaire, il examina à nouveau sa formule, l'inversa et s'attela au mot SER.

Et cette fois le mot lui parut lumineux. SER n'était pas seulement un verbe à l'infinitif, mais un ordre. Ce qu'il devait faire c'était justement : ÊTRE. Il se demanda alors ce qu'il devait être et découvrit en tout cas qu'il n'aurait jamais dû être ce qu'il était maintenant, un pauvre idiot entouré de vaches et d'eucalyptus, qui passait des journées entières enfermé dans une maison abandonnée à combiner des lettres sur un cahier. Quelques projets de ce qu'il pourrait ÊTRE lui traversèrent l'esprit. ÊTRE l'un de ces dandys qui se promenaient dans la rue de la Unión en disant des compliments aux belles. ÊTRE un excellent lanceur de javelot et gagner ne serait-ce que de quelques centimètres cette espèce de brute du collège qui lançait n'importe quel objet, qu'il fût rond, plat ou pointu, plus loin que n'importe qui d'autre. Ou ÊTRE — pourquoi pas ? — ce qu'il avait toujours voulu être, un violoniste comme Hasha Hiefetz, par exemple, dont il avait souvent vu la photo dans la revue *Life* lorsqu'il était enfant, et qui jouait de son instrument les yeux fermés, devant des musiciens d'orchestre vêtus de smokings impeccables et face à un auditoire transporté.

L'idée ne lui parut pas mauvaise et, après avoir exhumé son intrument, il le tira de sa housse et reprit les exercices de son enfance. Il s'appliqua à cette tâche avec une rigueur qui le surprit. En deux mois, à raison de cinq ou six heures par jour, il acquit un excellent doigté et, quelques mois plus tard, il jouait déjà des sonates et des solos avec une rare virtuosité. Mais arrivé à un certain stade, il lui fallut un professeur. La seule idée de devoir aller à Lima pour le trouver lui enleva tout courage. Heureusement, comme il arrive parfois en province, il y avait un violoniste obscur, qui jouait pour les messes, les enterrements et les mariages et qui était un musicien et un exécutant génial, mais sa petite taille, il ne mesurait qu'un mètre trente, et le fait d'avoir toujours vécu dans un village de montagne l'avaient dérobé à l'admiration universelle. Rómulo Cárdenas fut ravi à l'idée de lui donner des cours, il entrevit surtout la possibilité de réaliser le rêve de toute sa vie, rêve qui n'avait pu se matérialiser jusqu'alors, car il était le seul violoniste de Tarma : jouer un jour le concert pour deux violons de Jean-Sébastien Bach.

Mais voici que se présentait Silvio Lombardi. Pendant des semaines, Rómulo vint tous les jours à La Roseraie et là, enfermés dans l'ancienne chapelle, ils travaillèrent tous les deux avec acharnement et réussirent à mettre au point le concert rêvé. Les Pumari n'arrivaient pas à comprendre comment ces deux messieurs pouvaient tout oublier et même de manger pour gratter un archet contre des cordes et produire des sons qui, pour eux, ne les faisaient pas vibrer comme un *huayno*[1].

Silvio pensa qu'il était temps de passer de la clandestinité à la célébrité et prit une décision : donner un concert avec Cárdenas. Inviter à La Roseraie les notables de Tarma, pour les récompenser de toutes leurs attentions. Il fit imprimer les cartes d'invitation quinze jours à l'avance et les distribua aux propriétaires, fonctionnaires et gens de passage. Paulo Pumari repeignit la vieille chapelle, disposa des bancs et des chaises et transforma la salle vétuste en auditorium idéal.

Les propriétaires de Tarma, en recevant l'invitation, restèrent perplexes. Lombardi les invitait à La Roseraie pour l'écouter jouer un duo au violon avec ce nain de Cárdenas ! L'invitation ne précisait pas si le concert serait suivi d'un repas ou d'un bal. Beaucoup d'entre eux jetèrent le petit carton dans la corbeille à papier, avec l'intention de dire ensuite qu'ils ne l'avaient pas reçu, mais quelques personnes se présentèrent le samedi à l'hacienda de Silvio. C'était pour eux une occasion de jeter un coup d'œil sur cette terre évasive et de voir comment vivait l'Italien.

Silvio avait préparé un repas pour cent personnes, mais il n'en vint que douze. Il fallut démonter la grande table qu'il avait fait installer sous les arcades et ils finirent tous dans la salle à manger

1. Danse paysanne du Pérou *(N.d.T.)*.

de tous les jours, dans la partie haute de la maison. Après le café, ils allèrent tous dans la chapelle et l'on donna le concert. Pendant qu'ils jouaient la partition, Silvio constata à la dérobée qu'il n'y avait que onze personnes dans la salle et il ne put jamais savoir qui était le douzième invité qui s'était éclipsé, ou attardé dans la salle à manger pour boire encore un verre, ou pour reprendre une autre part de dessert. Mais le concert fut inoubliable. Sans le secours d'un orchestre, Silvio et Rómulo se surpassèrent ; courbés sur leurs instruments, ils créèrent en ces moments une structure sonore qui fut à tout jamais emportée par le vent et qui alla se perdre dans les galaxies infinies. Les invités applaudirent à la fin sans le moindre enthousiasme. Il était clair qu'un fait artistique d'une valeur universelle leur avait passé sous le nez, sans qu'ils s'en fussent aperçus. Plus tard, après quelques verres, ils firent aux musiciens des louanges dithyrambiques, mais ils n'avaient rien écouté, Jean-Sébastien Bach était passé par-là sans que personne eût aperçu la plus petite de ses boucles.

Silvio continua à voir Cárdenas et à jouer avec lui dans la chapelle, sous les arcades et même au milieu de la roseraie, des concerts solitaires, véritables incunables de l'art musical, sans autres témoins que les pigeons et les étoiles. Mais il s'éloigna peu à peu de son collègue, finit par ne plus l'inviter et renferma son violon au fond d'une armoire. Il le fit sans joie, mais aussi sans amertume, conscient qu'en ces jours de création inspirée il avait été quelque chose d'éphémère peut-être, une voix qui s'était perdue dans les espaces sidéraux et qui, comme la lumière, avait fini par sombrer dans le royaume des ombres. A cette époque-là, une de ses incisives tomba puis une autre et, par paresse, par négligence, il ne les fit pas arranger. Un matin il se rendit compte qu'il avait toute la moitié droite de la tête couverte de cheveux blancs. La plupart des vitres de la galerie étaient cassées. Sous les arcades, il découvrit en se promenant des chaudrons de lait tourné. Pourquoi donc, mon Dieu, quel que fût l'endroit où se posait son regard, ne voyait-il s'instaurer que la décomposition, la moisissure et la ruine ?

Un colis qu'il reçut de Lima le tira momentanément de ses réflexions. Dans sa période de frénésie cryptographique, il avait commandé une série de livres qui lui parvenaient seulement aujourd'hui : des dictionnaires, des grammaires, des manuels d'enseignement des langues. Il les feuilleta rapidement et finit par découvrir quelque chose qui le laissa perplexe : RES en catalan voulait dire « rien ». Pendant plusieurs jours, il vécut comme séquestré par ce mot. Il le scrutait de toutes parts, sans trouver d'autre signification que celle qui était évidente : la négation de l'être, le vide, l'absence. Triste moisson après tant d'efforts, car il savait déjà qu'il n'était rien, que la roseraie n'était rien, les terres rien, le monde rien. En dépit de cette certitude, il s'attela à ses occupations habituelles, en y mettant une obstination héroïque : manger, s'habiller, dormir, se laver, aller au village, subsister en somme, c'était comme s'il avait dû lire tous les jours la même page d'un livre horriblement mal écrit et dépourvu de tout agrément.

Jusqu'au jour où il lut, littéralement, une page différente. C'était une lettre qui arriva d'Italie : sa cousine Rosa lui apprenait la mort de son père, don Luigi Cellini, cet oncle lointain que don Salvatore avait tant détesté. Rosa s'était retrouvée dans la misère, avec une fille encore jeune, car son mari, un certain Lucas Settembrini, avait abandonné son foyer quelques années plus tôt. Elle demandait à Silvio de la recevoir dans son hacienda, elle prendrait le moins de place possible et se chargerait de n'importe quel travail.

Si le vieux Salvatore avait été encore en vie, il aurait crevé de rage en lisant cette lettre. Il s'était donc tué à la tâche pendant quarante ans pour que sa propriété finisse par héberger et entretenir la famille de ce sans-gêne de Luigi. Pourtant, ce ne furent point ces considérations qui incitèrent Silvio à retarder sa réponse, mais l'appréhension qu'il ressentait à introduire des parents chez lui. Il pouvait dire adieu à ses habitudes de célibataire, il lui faudrait se raser, abandonner sa veste de pyjama, manger avec de bonnes manières, etc. Comme il ne savait quel prétexte invoquer pour refuser la requête de sa cousine, il décida de mentir et de lui dire qu'il allait vendre son hacienda pour entreprendre un long voyage autour du monde qui aurait pour aboutissement — ainsi crut-il bon de parachever son mensonge — un monastère d'Orient, consacré à la méditation.

Lorsqu'il se décida à écrire sa réponse, il prit la lettre de sa cousine pour y chercher l'adresse et la relut. Et c'est seulement à la fin de la missive qu'il aperçut soudain quelque chose qui le fit vibrer, dans une rêverie diffuse : sa cousine signait Rosa Eleonora Settembrini. Qu'y avait-il de singulier dans cette signature ? Il n'eut pas besoin de se creuser l'esprit. Les initiales de ce nom composaient le mot RES.

Silvio resta indécis, anéanti, il ne savait pas s'il devait donner crédit à cette découverte et poursuivre ses recherches. Posséderait-il enfin le vrai sens du code ? Il avait entrepris tant de recherches, suivies de tant de déceptions ! Finalement, il décida de se soumettre une fois de plus aux desseins du hasard et donna une réponse affirmative à la lettre, en joignant, comme le demandait sa cousine, l'argent nécessaire au voyage.

Les Settembrini arrivèrent à Tarma trois mois plus tard car, par économie, elles avaient voyagé sur un bateau de cabotage qui s'était arrêté dans tous les ports du monde. Silvio avait fait arranger pour elles deux chambres à coucher dans une aile éloignée du haut. Toutes deux firent leur apparition à La Roseraie sans crier gare, dans la camionnette du mécanicien Lavander, qui servait exceptionnellement de taxi. Silvio attendait la tombée de la nuit dans une chaise longue sur la galerie en caressant sa barbe rousse, tourmenté par l'un des innombrables problèmes que lui présentait sa vie insipide. Devait-il oui ou non vendre l'un de ses étalons à don Armando Santa Lucía ? Dès qu'elles eurent franchi le portail et se furent arrêtées dans la cour de terre battue, suivies de Lavander qui portait les valises, Silvio se leva sous l'effet d'une impulsion invincible et dut se retenir à la balustrade en bois pour ne pas tomber.

Ce n'était pas sa cousine, ni bien entendu Lavander, qui lui causait une telle émotion, mais la vue de sa nièce qui, un peu à l'écart du groupe, contemplait avec admiration la vieille demeure, en penchant la tête de côté : cette terre secrète, ce royaume décrépit et abandonné, recevait enfin la visite de sa princesse. Cette apparition ne pouvait émaner que d'un ordre céleste, où toute copie et toute imposture étaient impossibles.

Roxana devait avoir quinze ans. Silvio s'émerveilla de voir que son italien, qu'il ne parlait plus depuis la mort de sa mère, fonctionnait à la perfection, comme si, depuis lors, il s'était gardé en réserve, destiné à se convertir, à la faveur des circonstances, en une langue sacrée. Sa cousine Rosa, en dépit de sa promesse, occupa dès le début toute la maison et toute l'hacienda. Aigrie et vieillie par la pauvreté et l'abandon de son mari, elle prit conscience que La Roseraie était plus grande que son village de Tirole, que quelqu'un pouvait posséder plus de cent vaches, et s'appliqua à gouverner la propriété avec une fureur vindicative. Pour commencer, elle ordonna, puisque Silvio faisait partie de l'hacienda, qu'il fît arranger ses dents, tout comme elle avait ordonné de réparer les vitres brisées de la galerie. Silvio cessa de voir des chemises sales par terre, des chaudrons de lait tourné dans les couloirs ou des montagnes d'abricots dévorés par les guêpes au pied des arbres fruitiers. La Roseraie se mit à produire des fromages et des confitures et, sortant de sa stagnation, entra dans une nouvelle ère de prospérité.

Roxana avait eu quinze ans sur le bateau qui l'avait ammenée et l'on aurait dit qu'elle les avait toujours et qu'elle ne cesserait jamais de les avoir. Silvio détestait la nuit et le sommeil, parce qu'il savait que ce temps était soustrait à la contemplation de sa nièce. Dès qu'il ouvrait les yeux, il se levait aussitôt, demandait à Etelvina Pumari d'apporter le lait le plus blanc, les œufs les plus frais, le pain le plus tiède et le miel le plus doux pour le petit déjeuner de Roxana. Le matin, quand il faisait avec elle l'habituelle promenade dans le verger, il pénétrait dans le domaine de l'ineffable. Tout ce qu'elle touchait resplendissait, le moindre mot de sa bouche devenait mémorable, ses vieilles robes étaient les joyaux de la couronne, les lieux par où elle passait gardaient l'empreinte d'une visite insolite et le parfum de la divinité.

L'envoûtement de Silvio grandit encore le jour où il découvrit que Roxana avait pour deuxième prénom Elena et que, comme elle s'appelait Settembrini, ses initiales faisaient réapparaître le mot RES, mais si lourd de sens à présent. Tout s'éclairait merveilleusement, ses nuits de veille étaient récompensées, il avait enfin déchiffré l'énigme du jardin. Ivre de joie, il joua une nuit pour Roxana tout le concert pour violon de Beethoven, sans avaler une seule note, il s'efforça de bien monter à cheval, teignit en noir la partie droite de sa chevelure et apprit par cœur les plus longs poèmes de Ruben Dario, tandis que Rosa s'incrustait de plus en plus dans l'intendance de l'hacienda, secondée par la tribu des Pumari, et laissait son cousin s'adonner avec délices à l'éducation de sa fille.

Silvio avait conçu des projets grandioses : fonder une université à Tarma, avec une pléiade de professeurs généreusement payés, pour que Roxana pût faire ses études comme élève unique ; envoyer ses mesures aux couturiers de Paris pour recevoir leurs plus beaux modèles ; engager un cuisinier de réputation œcuménique en lui donnant pour mission d'inventer chaque jour un plat nouveau pour sa nièce ; inviter le pape à chaque fête du calendrier religieux pour célébrer la messe dans la chapelle de l'hacienda. Mais bien sûr il dut ajuster ses projets à la modestie de ses moyens et se contenta d'engager un professeur d'espagnol et un professeur de chant, de faire couper les vêtements de sa nièce par une vieille fille du village et d'obliger Basilia Pumari à mettre un tablier et une coiffe pour servir, ce qui détruisit sa beauté native et la convertit en horrible épouvantail.

Cette période de béatitude vint un jour à se flétrir. Silvio remarqua que Roxana dissimulait parfois un bâillement avec sa main quand il parlait, ou que son regard était fixé sur un point qui ne coïncidait pas avec sa présence. Il lui avait raconté déjà dix fois son enfance et sa jeunesse, en les embellissant avec l'imagination d'un conteur persan, et il lui avait joué au cours d'interminables veillées toute la musique pour violon composée depuis la Renaissance. Roxana, de son côté, connaissait déjà par cœur toute l'hacienda, il n'y avait pas de chambre où elle n'eût introduit sa gracile et curieuse nature, elle était incapable de s'égarer dans le labyrinthe du jardin, pour chaque arbre elle avait un regard de reconnaissance, tous les méandres de la rivière gardaient l'empreinte de ses pas et les eucalyptus du bois l'avaient adoptée comme leur divinité.

Mais il y avait quelque chose que Roxana ignorait : le mot caché dans la roseraie. Silvio ne lui en avait jamais parlé, car c'était là son secret le plus cher, et celui qui voudrait le découvrir devrait, comme lui-même, traverser toutes les épreuves d'une initiation. Mais comme Roxana avait tendance à se distraire de plus en plus et que son esprit s'évadait souvent hors des limites de la propriété, il décida de capter à nouveau son attention en la mettant sur la piste de cette énigme. Il lui dit donc un jour qu'il y avait quelque chose dans l'hacienda qu'elle ne trouverait jamais. Piquée dans sa curiosité, Roxana reprit ses promenades à travers le domaine, à la recherche de ce qui était caché. Silvio ne lui avait donné guère d'indices et elle ignorait par conséquent s'il s'agissait d'un trésor, d'un animal sacré, ou d'un arbre de la science. Dans ses promenades, on aurait dit qu'elle allumait une à une les lumières de chambres invisibles et que Silvio derrière elle, maussade, les éteignait une à une.

Comme le temps passait et qu'elle ne découvrait rien, elle s'irrita, exigea d'autres détails, et comme Silvio refusait de les fournir, elle se mit en colère et lui dit qu'il était méchant et qu'elle ne l'aimait plus. Silvio en fut très affligé, il ne savait quel parti prendre. C'est alors que Rosa sortit de l'ombre et lui donna le coup de grâce.

Rosa avait déjà remis de l'ordre dans l'hacienda et considérait comme accomplie la première étape de sa mission. Cette propriété tant convoitée, plus florissante que jamais, leur appartiendrait de plein droit quand Silvio viendrait à disparaître. Mais il y avait d'autres propriétés plus grandes à Tarma. Au cours des fréquents voyages qu'elle faisait à la ville, elle avait eu l'occasion de s'informer et même de visiter des exploitations possédant des milliers de têtes de bétail. Pour y accéder, elle possédait un instrument irremplaçable : Roxana.

De leur côté, les éleveurs de Tarma avaient le pressentiment que la présence de cette enfant était peut-être l'occasion rêvée pour prendre enfin possession de La Roseraie. Roxana, tenue captive par les charmes de l'hacienda et les soins de Silvio, n'avait jamais mis les pieds à Tarma, mais on avait entendu parler d'elle et de sa beauté par ses professeurs.

C'est ainsi que des intérêts contraires mais convergents se mirent en marche simultanément, avec de mesquines visées nuptiales, qui supposaient en dernier lieu la soustraction de Roxana à l'autorité de son oncle.

Tout coïncida avec la foire de Sainte-Anne et l'anniversaire de Roxana, qui fêtait ses seize ans. Rosa déclara qu'il était temps pour cette enfant de fréquenter un peu de monde, en même temps une délégation de propriétaires se présenta à La Roseraie pour demander à Silvio de présider la foire. Bien plus qu'un honneur, il s'agissait là d'une dignité, recherchée par tous les notables de la région, mais qui impliquait en contre-partie l'organisation de grandes et coûteuses réjouissances auxquelles participait toute la communauté.

Silvio se dit pourquoi pas, la solution était peut-être de distraire Roxana, cela lui rendrait l'éclat qu'elle perdait de jour en jour et peut-être la joie de vivre à La Roseraie.

Il décida alors de réunir l'anniversaire de sa nièce et la foire dans une grande fête, et se consacra durant un mois aux préparatifs, comme si c'était l'événement le plus important de sa vie. Il fit aplanir et arranger la cour de l'hacienda, repeindre à neuf la façade, disposer des jardinières fleuries sous les arcades, orner de lampions la galerie et nettoyer les sentiers du jardin et du verger qui étaient couverts de pétales et de fruits tombés. D'autre part, il engagea des pyrotechniciens chinois pour le feu d'artifice, une troupe de danseurs d'Acobamba, une autre de musiciens de Huancayo et une équipe de virtuoses de la *pachamanca*[1] pour cuire sous la terre bovins, porcs, moutons, poulets, pigeons et cochons d'Inde, sans parler de tous les légumes et de toutes les plantes potagères de la région. Quant au bar, il donna carte blanche à l'Hôtel Bolivar de Tarma pour fournir la réunion de toutes sortes de boissons régionales et étrangères.

La fête passa aux annales de la province. Dès avant midi, les invités commencèrent à affluer des quatre coins du monde. Certains arrivèrent en voiture, mais la plupart étaient montés sur des chevaux richement harnachés, avec des selles et des étriers en argent repoussé. Les hommes portaient le costume traditionnel : bottes de cuir, culotte de cheval en velours, veste de cuir ou de drap, foulard noué autour du cou, chapeau de feutre et poncho jeté sur l'épaule. Ces ponchos de vigogne si finement tissés qu'ils passaient tout entiers dans l'anneau d'une alliance. Les femmes étaient divisées en amazones et citadines, selon que leurs époux étaient éleveurs ou fonctionnaires. Il devait y avoir environ cinq cents personnes, car Silvio avait invité des propriétaires de régions aussi reculées que Jauja, Junin ou Chanchamayo. Et sur ces cinq cents personnes, près de la moitié étaient les fils de ces propriétaires. On se demandait d'où ils étaient sortis en si grand nombre. Vêtus comme leurs pères, mais avec des couleurs plus vives, chevauchant presque tous de fougueuses montures, ils formèrent aussitôt un cercle tumultueux de petits coqs arrogants qui rivalisaient de prestance et d'élégance.

Tout se déroula comme prévu, excepté l'instant où Roxana fit son apparition et ouvrit un sillage de silence et de stupeur au milieu du vacarme. Rosa avait imaginé une mise en scène théâtrale : tapisser l'escalier qui venait de la galerie et faire des-

1. Viande rotie entre les pierres chauffées ou sous la terre. *(N.d.T.)*

cendre Roxana au son d'une valse viennoise. Silvio avait conçu quelque chose de mieux : la faire apparaître dans les airs au moyen d'un procédé mécanique ou l'extraire d'un gâteau monumental. Mais finalement il renonça à ces artifices baroques, convaincu de la majesté et de sa seule présence et il y eut simplement un moment où Roxana fut là et tout cessa d'exister.

Un cercle silencieux l'entoura et personne n'osait avancer ni parler. Silvio lui-même eut du mal à faire le premier pas et il lui fallut faire un grand effort pour s'approcher de la dame la plus proche et lui présenter sa nièce. Les salutations continuèrent et le tapage reprit. Mais un autre cercle plus étroit se constitua, celui des jeunes gens qui, après les présentations, s'essayaient à la galanterie. Frappés à l'unisson d'un coup de foudre, ils auraient été capables de se battre à coups de poing ou de fouet, si la présence de leurs parents et un reste de savoir-vivre ne leur avaient imposé une certaine retenue.

Après les apéritifs et le déjeuner, le bal commença. Silvio l'ouvrit avec Roxana, mais ses devoirs d'amphitryon le remirent entre les bras de dames qui l'écartèrent de plus en plus du centre de la réunion. De la périphérie, il vit Roxana sollicitée par une file interminable de danseurs qui s'efforçaient d'accomplir cet après-midi leurs plus brillantes performances. Ils étaient d'ailleurs si nombreux qu'elle n'arriverait jamais à les connaître tous ! Le bal continua, interrompu par des toasts, des plaisanteries et des discours jusqu'au moment où Silvio, partagé entre ses attentions aux dames et ses apartés avec les messieurs, se rendit compte que Roxana n'avait pas changé depuis longtemps de cavalier. Et son partenaire n'était autre que Jorge Santa Lucia, jeune agronome réputé pour sa solide constitution, l'immensité de son hacienda, l'affabilité de son caractère et la beauté de ses prétendantes. Dans le tourbillon il les perdit de vue, il commençait à faire nuit, il dut donner des ordres pour qu'on allumât les lampions de la galerie, et revint à nouveau dans la cour, le regard à l'affût et l'esprit inquiet. Roxana dansait toujours avec son galant et jamais il n'avait vu sur son visage l'expression d'un tel ravissement.

Il porta d'autres toasts, dansa même avec sa cousine Rosa qui s'enroula autour de ses épaules comme une mielleuse écharpe, il ordonna qu'on prévînt les artificiers, et comme le soir tombait, il se sentit horriblement triste et fatigué. C'était peut-être l'alcool, auquel il ne goûtait presque jamais, ou l'agitation de la fête, ou l'excès de nourriture, mais il lui prit envie en tout cas de se retirer dans la partie haute de la maison et il le fit sans que personne s'en rendît compte ou essayât de le retenir. Appuyé sur la balustrade, dans la pénombre, il contempla la fête, sa fête, dont la frénésie augmentait à mesure que les heures passaient. L'orchestre jouait sur un rythme endiablé, les couples soulevaient la poussière du sol en frappant des talons, les buveurs assiégeaient la table du bar, les danseurs d'Acobamba déguisés en diables s'essayaient à des sauts périlleux sous les arcades. Et Roxana où était-elle ? Il essaya en vain de la situer. Ce n'était ni cette danseuse, ni celle-ci, ni celle-là. Où était donc la fontaine de feu, le coquillage de la grotte obscure, la double pomme de la vie ?

Découragé, il pénétra dans sa chambre à coucher, prit son violon, essaya quelques accords et sortit avec son instrument sur la galerie. Il la parcourut d'un bout à l'autre jusqu'à la porte qui conduisait au minaret. Il y avait des années qu'il n'y montait plus. La porte avait une vieille serrure dont il était seul à connaître le secret. Il l'ouvrit et monta péniblement le long des marches vermoulues et des cordes détendues. Quand il arriva au petit mirador couvert de tuiles, il observa la roseraie et chercha le dessin. On ne voyait rien, sans doute n'y avait-il pas assez de lumière. On voyait briller quelque part un massif de rosiers blancs, ailleurs un massif de roses jaunes. Où était donc le message ? Alors, les feux d'artifice commencèrent et le ciel resplendit. Des lueurs rouges, bleues, orange, montaient dans le ciel illuminant la roseraie comme jamais. Silvio tenta encore une fois de distinguer les anciens signes, mais il ne voyait que désordre et confusion, une capricieuse arabesque de nuances, de lignes et de corolles. Dans ce jardin il n'y avait ni énigme ni message, pas plus que dans sa vie. Il essaya encore une nouvelle formule qu'il improvisa à l'instant : les lettres qu'il avait cru trouver un jour correspondaient exactement à des chiffres qui une fois additionnés donnaient son âge, cinquante ans, l'âge où il devait peut-être mourir. Mais cette hypothèse ne lui parut ni juste ni fausse et il l'accueillit avec la plus grande indifférence. En le faisant, il se sentit serein, souverain. Les feux d'artifice avaient cessé. Le bal reprit au milieu de vivats, d'applaudissements et de chansons. C'était une nuit splendide. Il prit son violon, l'ajusta contre sa mâchoire et se mit à jouer pour lui seul, au milieu du vacarme. Pour lui seul. Et il eut la certitude de ne l'avoir jamais si bien fait.

(traduit par Irma Sayol)
Éditions Gallimard

Hector BIANCIOTTI

Argentine

Né à Córdoba en 1930. Vit en Europe depuis 1955 et à Paris depuis 1961, où il est conseiller d'édition et critique littéraire (Nouvel Observateur, Le Monde). *Une écriture d'esthète au service d'une pensée aux mille raffinements, influencée par une culture européenne, fait d'Hector Bianciotti un cas particulier dans la littérature latino-américaine. L'Argentine, pourtant, ou mieux les souvenirs d'une enfance et d'une adolescence argentines, jamais étouffés par l'expérience européenne, traversent d'un violent courant nostalgique la trame délicate de plusieurs nouvelles et romans. On a qualifié avec justesse, semble-t-il, l'œuvre de Bianciotti de chaînon argentin du nouveau roman.*

Nouvelles : L'amour n'est pas aimé, *traduit par Françoise Rosset, Gallimard, 1982.*

Romans : Les déserts dorés, *1967 ;* Celle qui voyage la nuit, *1969 ;* Ce moment qui s'achève, *1972 ; tous publiés aux éd. Denoël, coll. Les Lettres Nouvelles ;* Le traité des saisons, *Gallimard, 1977 ; tous traduits par Françoise-Marie Rosset.*

Depuis quelques années, Hector Bianciotti a adopté, pour écrire, la langue française : Sans la miséricorde du Christ *(roman, Gallimard, 1985),* Seules les larmes seront comptées *(roman, Gallimard, 1988).*

Les initiales *est extrait de* L'amour n'est pas aimé.

Les initiales

Femme qui vivante portait le jour clair
dans les yeux et maintenant les nuits...

Galeazzo di Tarsia

Personne, en regardant son ouvrage au crochet, n'aurait su y percevoir la persistance de normes ancestrales. Personne, devant cet ouvrage destiné à recouvrir un coussin, n'aurait pu faire un rapprochement entre son dessin précis et l'algèbre que le rêve savant de l'univers a jadis déposé au cœur des nuits. Personne, dans l'exil de cette plaine où les siens s'étaient ancrés après avoir traversé l'océan, ne possédait ce savoir dont cependant des étincelles subsistaient dans son sang l'illuminant parfois, comme un or ténu qui luit dans la pénombre.

C'était une grande résille en fil de lin où douze étoiles octogonales entouraient les initiales de la brodeuse, que les yeux, ayant identifié les étoiles, déchiffraient enfin dans ce dessin central et d'apparence informe. Mais personne, absolument personne, en admirant à contre-jour, les yeux mi-clos sur le ciel poussiéreux, les douze étoiles et les initiales, n'aurait évoqué les ancêtres des douze tribus d'Israël, les fils de Jacob, les douze fruits de l'Arbre de Vie, les douze disciples du Christ, les douze Portes, les douze assises des murailles de la Jérusalem céleste ni les douze astres qui couronnent la Femme de l'Apocalypse. Personne, dans ce paysage horizontal à perte de vue qui tend le soir à fondre dans le néant pour se durcir de nouveau à la lumière de l'aube, n'aurait songé, en rendant à la jeune fille son laborieux ouvrage, au bonheur du nombre douze qui conjugue au ciel de la géométrie les quatre éléments de la création à la Trinité increéée. Non, personne n'aurait soupçonné que des mains d'adolescente, un crochet et une pelote de fil, avaient retrouvé les rythmes qui gouvernent les cieux, la musique des mondes que seul Pythagore écouta dans la nuit de tous.

Non, personne n'aurait pu dans ces parages enrichir de références érudites cet humble ouvrage. Ces formes qui remplissaient des vides en obéissant, sans le savoir, aux plus pures lois de l'ombre. Seul le scribe, caressant aujourd'hui cette enveloppe de coussin — qui lui est parvenue soixante-dix ans après avoir été exécutée —, parce qu'il est scribe et, comme tel, esclave des mots et des images que les mots ajoutent au monde, ose faire étalage de sa mémoire, alors que seule importe la jeune fille qui, dans son ignorance, reproduisait les formes primordiales de la vie.

Il y eut une fois, dans ce monde, une jeune fille qui grandit, vieillit et mourut sans avoir jamais vu la mer. Peu lui importait celle-ci et quand parfois quelqu'un la lui décrivait, c'était pour elle comme une vision insaisissable de l'éternité, peut-être parce que la terre où elle vivait n'était pas moins vaste ni moins inconcevable. Qu'on n'aille pas supposer que sa vie paysanne lui donnait la nostalgie de la mer . la mer était invisible, c'était une métaphore liquide de la pampa ou du néant qui, certes, avait sur l'âpre terre l'avantage de la fraîcheur — mais elle était d'une solennité répétitive, comme toute étendue illimitée. (Seuls les êtres qui ne nourrissent pas un interminable étonnement devant l'infini peuvent se satisfaire de l'indigence des paysages illimités.)

Elle était née là, dans la plaine inaltérable où parfois, au passage d'un voyageur, on parlait de hauteurs montagneuses qui se situaient dans une sorte d'au-delà de l'horizon. Elle ne connaissait rien d'autre que les bœufs massifs émergeant comme si la terre se soulevait quand paraissait le jour ; que le labourage et la rectitude des sillons : Il n'y avait pas assez d'hommes dans la maison, rien que des filles qui devaient suppléer par leurs efforts à la force des hommes dont elles avaient malheureusement, par leur naissance, privé l'économie familiale. Personne, à vrai dire, ne lui avait jamais dit quoi que ce soit : le devoir était une nécessité ; la nécessité, le devoir.

Teresa était née après la traversée – la pénible traversée des émigrants –, après le désarroi de l'arrivée sur un continent qui se perdait dans des distances sans fin. Sa famille avait été envoyée par le gouvernement distributeur de terres vers le centre du pays, vers la plaine vierge où ne tarderaient pas à lever les premiers champs de blé. Et dans ces solitudes, ils avaient apporté à leur insu, eux qui ne possédaient aucun savoir, des bribes, des miettes de la mémoire illustre du monde.

C'est là qu'elle était née et qu'elle avait grandi. C'est là que vers ses quinze ans, quand la hâte industrieuse de ses parents lui avait inculqué l'idée d'un prompt mariage – vu l'urgence, en de tels déserts, d'engendrer de la main-d'œuvre –, elle avait entrepris, pendant les rares trêves laissées par le travail des champs, cet ouvrage au crochet et d'autres encore qui allaient composer son trousseau. Le scribe, pas plus infidèle dans sa démarche que ne l'est le souvenir vis-à-vis de toute chose, imagine la maison de brique, la galerie, la cour intérieure en terre battue, trois ou quatre arbres, le puits avec peut-être une pompe, plus loin les enclos à bétail, l'abreuvoir et, tout autour, la planète étendue. Dans la galerie, un groupe de jeunes filles tenaient dans leurs mains des aiguilles à tricoter ou des métiers à broder, de légers canevas ou de blanches toiles damassées. C'est dimanche et, bien qu'engourdis par le travail de la terre, leurs doigts retrouvent la délicate précision des brodeuses. Peut-être a-t-on déjà choisi un mari pour la plus âgée, elle sait pour qui elle travaille et les initiales de quel homme elle doit marquer sur ses draps. La seule chose que le scribe puisse affirmer, c'est que, pour sa part, Teresa, cet après-midi-là, les ignore car ce sont les siennes qu'elle compose, bien que de façon confuse, comme dissimulées dans un mouvant feuillage, au milieu du strict carré des étoiles. Ce qui est insaisissable, vertigineux, atroce, c'est l'après-midi, tous ces après-midi du dimanche, ce moment-là réel, ces mains-là réelles, les yeux fixés sur la maille, et le plaisir devant l'ouvrage achevé — cette résille, qui est ici et maintenant, sous le regard du scribe, ayant traversé le temps pour arriver jusqu'à lui alors que la nuit a emporté avec elle les dimanches et la brodeuse. Rien ne sera récupéré, rien n'aura le poids et la clarté de l'évidence, aucun fait de sa jeunesse, aucun moment ne sera racheté, et le scribe n'ignore pas que l'imagination ne peut rivaliser avec la réalité que si elle se prend pour la réalité et se donne pour telle. De Teresa, avant qu'enfant le scribe ne commence à la reconnaître, ne reste que des indices, des hypothèses, des choses qui ne savent pas qu'elle est partie. Cette résille au dessin géométrique, cette serviette de confection ultérieure car y figurent les initiales du futur époux, non pas entrelacées aux siennes mais seules et abondamment ornées, et cette photographie de mariage où une adolescente apparaît vêtue de noir — comme il était alors d'usage à la campagne où la robe de cérémonie devait pouvoir servir aussi bien pour les fêtes que pour les deuils — mais couronnée de tulles et de fleurs d'oranger, près de l'homme, encore jeune, mais avec déjà cette raideur qui donnerait jusqu'à la fin de ses jours un aspect de dignité à son comportement. Y eut-il de l'amour entre eux ? Que pouvait être l'amour dans ces contrées ? Peut-être un mot évité, une sensation jamais dite ; peut-être un échange de regards furtifs dans un cercle d'adultes vigilants, ceux mêmes qui avaient déjà soupesé et discuté les avantages et les désavantages de leur union et peut-être d'avance scellé un pacte.

Le scribe, qui serait le sixième sans être le dernier de leurs enfants, ne peut imaginer un sentiment d'amour entre la jeune fille et ce garçon sévère, mais plutôt la lente réalisation d'un accord qui les dépassait l'un et l'autre. Ils apparaissent déjà sur la photographie tels qu'enfant il les connut. Chez le père, comme précédant les traits de son visage, prédomine une autorité emphatique, volontaire, qui ne cesserait de croître avec les années. L'autorité acquise par un homme en une certaine circonstance fortuite subsiste habituellement, donnant à ses opinions et à ses actes les plus insignifiants le poids et le relief qu'ils avaient dû avoir en cette circonstance antérieure. Cet homme finit ainsi par être en quelque sorte l'héritier d'un bien accumulé par un autre. Ce qui est sûr c'est que l'exercice de l'autorité fut sa passion.

Chez sa mère, sur le visage adolescent de sa mère, on peut déjà voir les visages de l'adulte et de la femme âgée car ils allaient être — ils furent — le même : un visage clair, surtout comparé aux autres, comme si aucune ombre n'était jamais montée de son cœur le voiler — comme si elle ne lui avait jamais donné droit à l'ombre — ou parce que sa sérénité sut toujours accueillir la lumière d'une autre façon. Deux fois seulement dans la mémoire du scribe les pleurs la laissent comme brisée, ramassée sur elle-même et tremblante des pieds à la tête. Une fois seulement la réprimande se transforme en colère et en menace de châtiment, altérant son regard tout proche et sa voix, parce qu'il a levé la main sur elle, d'un geste ambigu, pour éviter ou rendre la gifle qui s'est ébauchée dans le bref espace qui les sépare et qui est restée là, suspendue à ce moment interminable, qui ne s'achèvera qu'avec la mort du scribe.

Deux fois les larmes, une fois la colère. Et toutes les années et la peine de chaque jour au long de ces années qui tendent à s'effacer sous un ciel dense et bas, comme dans un tableau où le peintre noie peu à peu les détails pour sauver l'image essentielle. Que fera le scribe, qui essaie de raconter ici l'existence d'une jeune fille qui naquit, vécut, lutta, accomplit la tâche si habituelle d'être mère, grand-mère, arrière-grand-mère, sans jamais faiblir, sans cesser de remplir, jusqu'à l'heure de sa mort, comme si c'était un commandement sacré, comme si c'était la volonté divine, alors que toute énergie l'avait abandonnée, ses moindres devoirs domestiques ? Que rappellera ici le scribe qui ne rappelle à travers elle le sévère destin de toutes ces femmes condamnées aux maternités perpétuelles, expertes à déchiffrer les prophéties du vent, des crépuscules ou du halo brumeux qui parfois semble émaner de la lune, pour prévoir le temps de chaque jour et les travaux à entreprendre ; ces femmes qui, en luttant à l'égal des hommes pour leur subsistance, firent ce qu'on appelle une patrie et que les calendriers réduisent à quelques dates bruyantes, à certaines vanités dont souvent les rues portent le nom ? Elles sont devenues maintenant la terre même qu'elles travaillèrent et personne ne peut plus rien pour elles. Pas même pour Teresa qui en s'en allant a laissé un scribe, car si celui-ci sait bien qu'une mémoire rigoureusement fidèle ne servirait à rien, il pense néanmoins que lâcher la bride à son imagination serait une démarche déplacée. Et il est comme un joueur d'échecs déconcerté qui fait bouger sur l'échiquier une pièce oubliée. La pièce est réelle, comme l'échiquier et le joueur, mais aucun mouvement n'a plus de sens. Teresa n'est plus Teresa, elle l'a été et maintenant elle n'est qu'un souvenir éparpillé, elle est un visage – ou le souvenir d'un visage –, une façon d'être, des anecdotes insuffisantes qui voudraient dire quelque chose et ne sont qu'à peine une allusion – comme ce grand peigne rose, cette fleur en tissu, cette lettre jaunie qui ont appartenu à quelqu'un et que la littérature découvre parfois au fond d'un tiroir. La mémoire ne cesse de répéter les faits du passé, mais l'âme de la mémoire supprime en elle ce passé, ne laissant subsister qu'une constellation de visages, d'événements sans date qui sont tout le souvenir et, finalement, nous-mêmes. Seul le souvenir pense – ce n'est que parce qu'il y a mémoire que vous et moi sommes en train de penser.

Peut-être n'aimerait-elle pas savoir que le scribe a conservé certaines images, certains signes de sa vie intime – quoiqu'il soit probable que tout cela, l'obscur comme le clair, le péché comme la vertu, est devenu équivalent dans l'orbe sans poids qui est maintenant le sien. Tout au plus serait-elle surprise d'apprendre que l'enfant – ce fils avant-dernier que tous appelaient *la mouche blanche* – fouillait dans sa table de nuit quand la maison était déserte. D'abord, sans doute, parce que pour tout enfant ouvrir le tiroir d'un meuble est quelque chose de magique. Et sans doute ouvrit-il bien des fois la petite porte entre le tiroir du haut et celui du bas sans avoir eu l'attention attirée par ces linges qui, quoique blancs, paraissaient décolorés ; pliés comme des serviettes mais tout effilochés. Un jour probablement, alors qu'il était plus grand, une vague odeur dut éveiller sa curiosité – cette lente odeur de farine que sent celui qui a dépassé dans la jouissance les limites de son corps, quand il se détache de l'autre et, couché sur le dos, reprend son rythme, a l'impression d'être très loin, seul, et que passe en lui l'envie d'être ailleurs, ou de fumer, ou de penser à Dieu, et qu'il reste inerte, enveloppé dans cette odeur.

Il se rappelle la toile grossière de ces linges – c'était un vieux drap déchiré en morceaux réguliers –, il se rappelle qu'il avait un genou au sol, qu'il était encore en culotte courte, il se rappelle sa peur d'être surpris et l'étrange excitation dans son sang à se sentir au bord d'une révélation, à voir une porte s'ouvrir sur l'enfer. Mais il ne saurait dire si ses premiers plaisirs mêlés de honte naissent là, près de cette table de nuit, ou si la table de nuit et ses linges secrets deviendraient des souvenirs indélébiles parce qu'un jour il en vit un, roulé en boule, maculé de sang, et qu'il pensa au revolver qui pendait à un clou élevé, du côté du lit qu'occupait son père. Il ne savait rien mais cette odeur ancienne le fascinait. C'est pourquoi, peut-être, la sensation de péché qui allait accompagner ses précoces délices, cette tristesse coupable, remonte à ces moments furtifs qui aujourd'hui n'en forment plus qu'un, près de cette table de nuit, et dont il ne lui reste que le sentiment d'avoir perdu et non gagné une paisible merveille. Comme si l'âme ne nous pardonnait jamais l'instant lointain où nous avons eu l'intuition de la chair – de la nôtre et peut-être plus encore de la chair de notre mère.

Le scribe sait qu'il s'égare, comme l'artiste qui fait le portrait d'un être aimé s'attarde obstinément sur des détails vestimentaires ou sur le paysage qui sert de fond à son tableau parce qu'il craint que ses pinceaux ne rendent la vérité de ce visage aimé. Il n'y aura aucune vérité, il n'y aura que cette crise de larmes dans son enfance, et, plusieurs années après, dans son adolescence, ces pleurs inattendus au moment de son départ. Ensuite, l'éloignement, la distance, le remords du silence, des lettres indéfiniment remises au lendemain, des élans retenus : les conséquences de ce que nous avons omis de faire sont les plus graves.

On entend des clameurs dans la cour, du côté des hangars, une dispute qui éclate entre les aînés et le père, et il y a un enfant qui, de la maison, entend tout avec une sorte de soulagement comme lorsque soudain, après une journée de ciel ouvert, l'orage éclate avec fracas. L'enfant déteste les vociférations féodales du père mais il éprouve une espèce de jubilation quand elles déchaînent les protestations de ses frères, qu'il voudrait voir triompher — sans savoir qu'il est déjà habité de cette même colère intransigeante et anticipée qui cherche un prétexte pour se manifester et que seule apaise la fatigue : la colère du père, colère contre les dieux absents ou ce qu'en général on appelle la vie, le fouet brûlant qui s'abattra demain sur un innocent si le coupable a su l'éviter sur le moment même. Il est là, à se créer un théâtre de sensations extrêmes, sans raisons, sans paroles, un théâtre de fureurs commençantes et déchaînées où la voix cherche la jouissance du hurlement et le corps entier une convulsion presque rituelle. Il est là, absorbé et raidi, quand la mère, maîtresse de toutes les patiences, qui est sortie de la cuisine où son couteau hachait des légumes au rythme des cris lointains des hommes, surgit devant lui, dans son tablier clair à carreaux — toujours des carreaux sur ses tabliers, jamais des fleurs —, se couvrant le visage de ses mains pour cacher ses larmes, les épaules secouées de sanglots, étouffant des pleurs qu'elle voudrait retenir car le chagrin qu'elle éprouve vient de loin et elle ne peut le crier — sans doute y a-t-il eu très souvent d'autres scènes similaires. Et cette femme qui pleure et qui ne voudrait pas pleurer devant l'enfant, sera demain l'image même de la douleur, de la pensée prisonnière, aveugle, sans dénouement possible, de l'impuissance atroce à s'exprimer, à se dire et à dire aux autres, qui se résout en larmes : on pleure quand on se cogne le front aux derniers murs, aux seuils obscurs, infranchissables, qui devraient nous mener à l'autre et qui nous laissent, meurtris, seuls avec nous-mêmes.

Après, il n'y a plus rien, tout s'arrête là, à cette image crispée. Le scribe ne sait pas ce qu'il advint ensuite, sans doute le drame s'atténua-t-il ou ses frères choisirent-ils de se taire, seule façon de déconcerter le père qui criait habituellement en haussant d'un ton chacune de ses interventions, jusqu'à s'égosiller. Comme en un rêve qui s'interrompt, la mère demeure là quelques instants qui sont maintenant éternels, puis il n'y a plus que la plaine, le vent, l'horizon qui paraît se rapprocher quand le soir tombe, le soleil qui s'éteint sur les voix.

L'autre crise de larmes éclate dans les faubourgs d'une ville, le jour où *la mouche blanche*, qui a perdu son surnom avec le temps, est un jeune homme qui vient faire ses adieux, un jeune homme qui quitte le pays, qui va traverser la mer dans le sens contraire à celui pris par ses ancêtres, qui ne compte que sur son rêve obstiné pour faire face aux vicissitudes, sur l'impatience de son sang qui veut connaître son autre patrie — celle de l'obscure mémoire qu'il porte en lui.

Rien ne permet de supposer que le sanglot soudain qu'il entend derrière lui, alors qu'il s'est déjà éloigné de quelques mètres, est provoqué par son départ.

Avant, il y avait eu une journée tranquille et un déjeuner sans apparat. Il est probable qu'on avait tenté une fois encore de le dissuader, bien qu'avec peu d'espoir, parce qu'on n'ignorait pas qu'aucun raisonnement ne le ferait reculer, ou peut-être parce qu'on s'était résigné à ne pas le comprendre. Il n'y avait point eu d'inquiétude mais la sérénité de toujours et, dans les yeux de sa mère, cette limpidité, ce calme qui donnaient l'impression que les choses — et lui-même — y rayonnaient, comme purifiées. Il ne les avait jamais vus se voiler, jamais s'assombrir — toujours reflétant la dignité modeste de son attitude soumise devant la vie, peut-être parce que sa foi, plus grande que celle des illuminés, des convertis ostentatoires, était une volonté de croire, renouvelée à chaque instant et chaque matin — quand la mémoire nous réinvente. Et ces yeux ne s'étaient pas voilés en lui disant adieu : comme d'habitude, elle n'avait pas mis plus de chaleur dans son étreinte ou ses baisers, gestes d'ailleurs réservés aux retours ou aux départs. Mais soudain derrière lui, alors qu'il était déjà loin, un long sanglot qu'elle ne retient plus l'arrête ; il revient en courant et balbutie une promesse tout en la serrant dans ses bras et, rapide, se détache d'elle et s'en va sans se retourner. Son sanglot : comme si l'avenir de son fils l'eût assaillie, comme si le futur eût fait irruption en elle avec sa horde d'images angoissantes, visibles une à une et atrocement simultanées : les dernières pièces de monnaie qui tintent dans les poches de son fils, puis ses poches vides, ses semelles trouées par tant de courses nocturnes, un réduit avec un lit misérable qui érafle les murs et, en guise d'éclairage, une petite lampe de poche accrochée à un clou, qui rend complexe l'étroite obscurité, des visages malveillants qui lui souriront un instant et l'abandonneront dans une ville aux portes sourdes quand s'éteignent les dernières fenêtres, la splendeur millénaire d'une cité de ruines hautes et de coupoles — ce devait être Rome — qui dut lui sembler funèbre, la faim qui ouvre mille bouches dans le corps, l'humiliation d'une chemise au col et aux poignets sales, la peur luttant contre le sommeil sur un banc de pierre et les étoiles qui pâlissent dans la lumière de l'aube, l'innombrable monde hasardeux, ce bouton qui se découd et qu'elle lui aurait recousu, la détresse de tous côtés, ses allées et venues qui ne sont qu'une fuite désespérée, les jours, bien qu'éclatants de soleil, comme de sombres tunnels et cependant lui debout, soutenu par son destin au milieu des catastrophes.

Elle ne dut voir rien d'autre que cet interminable itinéraire dévoyé. Elle ne sut pas comprendre alors ce qu'elle comprendrait des années plus tard : cette folie de partir qu'avait son fils, qui la dépassait comme elle le dépassait — car lorsqu'on aime on ne peut se fier aux bontés incertaines de l'avenir. D'où ses pleurs. Ses pleurs qui se confondent dans la mémoire du scribe avec le mot même de pleur : il se rappelle la rue au tracé incertain, non encore asphaltée, le fossé, les herbes sèches de l'été sur ses bords, le ciel incolore, sa mère seule devant la maison, mais il ne voit personne d'autre, ce qui est surprenant car toute la famille devait être présente pour lui dire au revoir — il ne sait rien d'autre dès l'instant où il se détache d'elle. Comme il y avait un croisement de rues, il a dû tourner aussitôt, probablement sans larmes. Dans l'effervescence de cette inévitable émigration, l'ombre de ce chagrin se résorbait dans une lumière trompeuse : ce n'était rien, rien qu'un fâcheux incident, quelque peu sentimental.

Durant des années parfois, la vie semble manquer de vie, du moins à nos yeux. Jusqu'à ce qu'un jour, bon ou mauvais, les choses reviennent vers nous, nous cernent — les moments qu'alors nous ignorions qu'ils seraient notre enfer ou, plus rarement, notre paradis, reviennent et, se tenant par la main, forment une ronde d'heures, réduisant, estompant les images de la raison, et tout un carnaval grandit alors dans l'ombre tandis qu'un enfant, un train qui part, une mère en larmes, une voix, un visage, ou le portrait de ce visage, un crépuscule qui allonge l'ombre des statues, un mort ou un adieu apparaissent et demeurent, omniprésents dans la masse stratifiée de cette vie que les années ont polie — comme dans les cicatrices profondes de la pierre surgissent, quand la patience les polit, la goutte d'eau, la fougère ou le triangle équilatéral, plus forts que la splendeur compacte de la pierre.

Brusquement la vie est remplie par quatre ou cinq jours, quatre ou cinq choses. Le passé n'est plus le passé mais notre présent, ce que nous sommes : ce que fut le marcheur devient le chemin.

Entre ces deux sanglots — qui n'auront pas de fin — reste, pétrifié, le geste de la main levée, du bras replié devant le visage de l'enfant qui veut éviter la main courroucée de sa mère — ils ont la même taille maintenant —, cette main qui peut-être ne se serait jamais abattue sur lui : personne, jamais, ne frapperait son orgueil, personne jamais ne le frapperait. Il est probable qu'il se soit fait alors une telle promesse et aussi qu'il ait compris qu'on ne peut faire que ce qu'on pourra indéfiniment supporter, sinon s'engendre le remords qui, sans rien changer à la faute, tord le présent, l'avenir et, si tant est qu'elle existe, l'éternité — animal des profondeurs, muni d'un long éperon, sinistre narval qui perfore nos nuits.

Le scribe ne se souvient d'aucune caresse – sous ces latitudes, on était peu démonstratif ; la distance entre parents et enfants était une forme admise de crainte plus encore que de respect. Mais il a conscience que s'il devait revivre cet instant et même si l'enfant eût connu le futur qui est aujourd'hui son irréparable passé, il n'abaisserait pas son bras qui, s'il est une parade, menace aussi de répliquer : l'homme ne pourrait supporter que la seule gifle que son visage a si souvent imaginé qu'il recevait mais que le sort lui a épargnée soit une gifle de sa mère – qui aujourd'hui est là-bas, dans un cercueil qu'il n'a pas vu, dans un caveau dont la concession – les lettres familiales l'assurent – est d'une durée de quatre-vingt-dix-neuf ans. Là-bas, en cet instant précis – ce doit être encore l'après-midi –, dans un endroit précis d'un certain cimetière qu'il ne connaît pas, desséchée peut-être ou ses chairs pourrissant encore ainsi que sa robe, ses cheveux, ses ongles qui auront continué à pousser malgré la mort, et, s'amenuisant entre ses os, son ventre qui fut son refuge et sa vie, qui fut lui, qui est encore lui et qui déjà n'est plus. Là-bas, morte et inimaginable, ou à peine – comme la voix aimée qui parle en quelque endroit éloigné, dans d'autres demeures, comme ce visage unique que d'autres contemplent, comme l'être que nous allons rencontrer demain et dont nous ignorons tout, comme les pas qui résonnent à cet instant même sur les places de pierre d'une ville bâtie sur l'eau, où il aimerait se perdre. Comme la mort, les lieux subsistent, réels, mais nous vivons dans un rêve et nous n'y croyons pas tout à fait. C'est pourquoi nous restons là.

Elle est là-bas mais aussi au-delà – il veut l'espérer. Et délivrée des remords. Ces derniers sont la propriété du scribe.

Non, son enfance ne connut pas les gestes affectueux mais un jour allait venir où il comprendrait le pur amour et la vigilance attentive de l'absente. Il se rappellerait alors la clarté de son regard et sa tendresse sévère, au milieu de l'agitation poussiéreuse que, dans la maison, dans les hangars, les basses-cours et les enclos à bétail, régentait la voix du père. Au milieu d'un passé où s'accumulent des visages en sueur, des dos ployés, des mains rudes, des terres labourées, des aubes glacées, des chevaux et des récoltes ; au milieu de l'épuisement, de la triste ou amère résignation des gens ; au milieu des tempêtes et des nuits exténuées ; au milieu de toute cette vie rustique que rehausse aujourd'hui sa présence, reviendrait sa dévotion de femme esclave de son devoir quotidien, son attachement obstiné aux quelques objets que le sort lui avait impartis, sa volonté d'instaurer une loi dans le constant désordre de tant d'espoirs vaincus. Reviendraient ses yeux qu'enfant il ne voyait pas se poser sur lui, lui qui faisait partie de ses soucis. Aujourd'hui ce regard attentif lui parvient à travers le temps, venu de très loin. L'homme sait que l'enfant ne remarqua pas ses gestes et que plus tard il les éluderait : l'être que nous allons devenir est tellement plus fort que tout ce qui l'entoure... Et il pense aux dernières années qui précédèrent sa mort, aux lettres ponctuelles et identiques dans lesquelles les saisons principales, l'été et l'hiver, introduisaient une variante régulière. Il pense à l'écriture qui alla en se dégradant, aux lignes qui se mirent à osciller progressivement, jusqu'au silence qu'il voulut rompre en lui demandant une dernière lettre qu'elle ne pouvait plus écrire, peut-être parce qu'il n'y avait plus en elle personne pour la signer. Lettre d'ultimes gribouillages où les rares mots déchiffrables confondaient leur orthographe avec celle des mots de la langue qui ne fut jamais la sienne mais celle de ses parents et grands-parents, comme si déjà elle avait entrepris le long voyage du retour. Lettre qui résume la cruelle exigence du scribe — de celui qui, ayant aimé à contretemps, exige de l'être aimé une dernière preuve d'amour qui apaisera sa conscience et effacera d'avance la faute.

Puis il y eut cet appel à l'aube — la voix du frère à travers l'océan, la voix qui, avant même de la dire, fut l'annonce de la mort. L'éternité de son silence au téléphone et ce trouble dans son corps — comme lorsque nous sommes assis dans un train arrêté et qu'il y a, parallèlement, un autre train également immobile et que l'un des deux commence à glisser sans que pendant un moment nous sachions lequel des deux s'est ébranlé, jusqu'à ce que, si c'est nous qui restons, notre regard posé sur le quai, sur ses colonnes de fer, nous transmette soudain comme un vertige.

Plusieurs jours après, les lettres, les détails, le récit du dernier jour, de son énergie tenace qui la poussa à se lever et à s'habiller, alors que ses pieds déjà refusaient de lui obéir, pour s'asseoir et manger non plus par goût mais par obligation, et à vrai dire non pas à table mais devant ce bureau qui venait de la campagne (et qui rappelle au scribe la concentration sourcilleuse de son père quand il pratiquait, deux fois par an, la cérémonie du cachet de cire qui scellait invariablement les quelques lettres qu'il écrivait). Puis, au milieu de la nuit, son réveil à l'heure exacte de prendre le médicament inutile, sans ignorer, peut-être, que ce serait le dernier : pour être jusqu'à la fin en règle avec la vie, obéissant à cette notion de loi qui toujours l'avait soutenue en ses jours laborieux. Petites, infimes obligations accomplies comme une prière. Ensuite elle s'était assoupie — ainsi le raconte la chronique familiale — et elle était entrée en dormant dans l'autre obscurité. Tandis qu'un autre patient ouvrage, invisible et vaste, tissé de jours, se trouvait ainsi achevé.

Parfois, parmi ce que nous laissons en partant, des choses insignifiantes, une lettre, une esquisse qui voulut être oiseau ou visage, une broderie, objets sans intérêt auxquels nous ne prêtions qu'une existence éphémère, font, comme tout, comme les héroïsmes, les abnégations, les martyres, la gloire ou l'échec, partie de notre destin. Objets infimes qui nous survivent et qui parfois nous résument quand ils parviennent en d'autres mains — en certaines autres mains.

Dans cette housse carrée était déjà inscrit le destin de Teresa, sa vie entière, bien ordonnée comme les normes de la peinture pensées pour la première fois (quels yeux virent pour la première fois, dans le bison dessiné sur le rocher, non pas le bison mais son rythme ?), le nombre d'or, le statut de l'univers où seule la trompeuse illusion nous fait croire parfois que quelque chose de neuf a été ou est encore possible parmi les concordances et les législations que copient sans le savoir la musique, et même la modeste musique des mots, les portiques et Léonard, et toute patiente folie cherchant à donner une forme heureuse à la terrestre, à l'informe douleur. Lois éternelles qui resurgissent parfois atténuées par la distance, images d'images – de même que le jaune qui remplace l'or dans les draperies funéraires nous vient d'une Égypte rêvée où l'or conférait l'immortalité. Savantes lois mystérieuses qui resurgissent et revivent sur des terres ignares, dans des travaux, des occupations, des manières d'être, pour affirmer la vocation de l'âme, comment passent-elles d'une mémoire à une autre, comment végètent-elles pour s'éveiller soudain dans le flux silencieux du sang qui passe d'un corps à un autre corps, d'un rêve à un autre rêve, au fil du temps ?

Mère, vous et moi nous nous sommes peu connus. Je vous ai vite quittée, contre votre volonté ou votre désir. Puis, j'ai traversé l'océan, en quête de ces géographies prestigieuses dont on m'avait parlé dans mon enfance. Je croyais alors que c'était moi qui entreprenais une telle aventure ; maintenant cette prétention passionnée, peut-être nécessaire, m'a abandonné : je suis parti, je suis venu ici retrouver vivante une mémoire, un passé qui là-bas sur nos terres n'était plus qu'une nostalgie éteinte, une somme de vagues allusions. Les témoignages d'amour, qui sont habituellement plus importants que l'amour même, vous ont manqué de ma part, mais votre amour n'en a pas été amoindri. Vous n'avez certainement pas ignoré que le monde est mystérieux et qu'il faut que nous lui accordions, sans trop raisonner, un sens. Et que, dans ce monde, même les mouches blanches peuvent avoir un sens.

Aujourd'hui mon ambition était de vous dire que je vous aimais d'un amour durable, d'élever pour vous, à ma façon, un autel fait de mots. Mais, malgré un long apprentissage d'artifices et de ruses, je n'ai su rien dire de vous, à peine vous nommer et rapporter une chose ou deux – comment dire ce que l'on aime ? Vous le voyez, je n'ai fait, en fin de compte, qu'une housse pour votre mémoire, une broderie, soignée certes, mais où il n'y a pas d'étoiles bien alignées, rien qu'un désordre de signes tardifs, au centre desquels ne se trouvent pas vos initiales mais, fatalement, les miennes.

Je suis ici comme si je n'y étais pas. Et vous – vous dans ce pays qui n'est peut-être qu'un espace désert et sans sol pour se tenir debout.

(1982)
(traduit par Françoise Rosset)
Éditions Gallimard

Mario VARGAS LLOSA

Pérou

Né à Arequipa en 1936. Romancier, essayiste, dramaturge et journaliste. A Lima, il fut élève du Collège militaire Leoncio Prado qu'il décrivit dans son premier roman La Ville et les chiens *(1963), écrit à Paris où il séjourna de 1959 à 1967. Vargas Llosa a quelquefois défini son œuvre romanesque comme relevant du « réalisme total », c'est-à-dire embrassant toutes les manifestations concevables de la réalité. « Ce que les hommes font est-il moins réel que ce qu'ils croient ou rêvent ? Les visions, cauchemars et mythes existent-ils moins que les actes ? » Ses romans dénoncent la violence politique et militaire, le faux idéal du machisme, l'hypocrisie et la corruption sociales, mais aussi parfois avec humour et tendresse les vicissitudes, contradictions et conflits personnels.*

Nouvelles : Les caïds, *1958,* Les chiots, *1968 (trad. Albert Bensoussan, Gallimard, 1974).*

Romans : La Ville et les chiens, *1963 (trad. Bernard Lesfargues, Gallimard, 1966) ;* La Maison verte, *1966 (trad. Bernard Lesfargues, Gallimard, 1969) ;* Conversation à La Cathédrale, *1969 (trad. Sylvie Léger et Bernard Sesé, Gallimard, 1973) ;* Pantaléon et les visiteuses, *1973 (trad. Albert Bensoussan, Gallimard, 1975) ;* La Tante Julia et le scribouillard, *1978 (trad. Albert Bensoussan, Gallimard, 1979) ;* La Guerre de la fin du monde, *1981 (trad. A. Bensoussan, Gallimard, 1983) ;* Histoire de Mayta, *1984 (trad. A. Bensoussan, Gallimard, 1986) ;* Qui a tué Palomino Molero ?, *1986 (trad. A. Bensoussan, Gallimard, 1987).*

Le Grand-père, *extrait de* Les caïds, *a été publié par la revue* Les Lettres Nouvelles, *n° de juillet 1961 consacré aux Nouveaux écrivains d'Amérique Latine.*

Le grand-père

Chaque fois qu'une petite branche craquait, ou qu'une grenouille coassait, ou que les vitres de la cuisine située au fond du jardin potager vibraient, le vieillard sautait avec agilité de son siège improvisé – une pierre plate – et épiait anxieusement à travers le feuillage. Mais le petit n'apparaissait toujours pas. Par les fenêtres de la salle à manger, qui ouvraient sur la pergola, il apercevait par contre les lumières du lustre, allumé depuis un moment, et, en dessous, des ombres sveltes et mouvantes qui glissaient lentement d'un côté à l'autre avec les rideaux. Depuis son enfance il était un peu myope, de sorte que ses efforts pour juger si l'on était déjà en train de dîner ou si ces ombres inquiétantes provenaient des arbres les plus hauts étaient inutiles.

Il retourna s'asseoir et attendit. La nuit précédente il avait plu et la terre et les fleurs exhalaient une agréable odeur d'humidité. Mais les insectes pullulaient et don Eulogio avait beau agiter une main exaspérée autour de son visage, il ne parvenait pas à les chasser : lancettes invisibles, ils venaient piquer à chaque instant le bout de son menton tremblant, son front, et même le creux de ses paupières. L'enthousiasme et l'excitation qui avaient maintenu son corps dispos et fébrile durant la journée étaient tombés et il se sentait maintenant las et un peu triste. Il avait froid, l'obscurité du grand jardin le gênait et l'image persistante, humiliante, de quelqu'un qui allait bientôt le surprendre dans sa cachette — peut-être la cuisinière ou le majordome — le tourmentait. « Que faites-vous dans le jardin à des heures pareilles, don Eulogio ? » Et son fils et sa belle-fille viendraient, convaincus qu'il était fou. Secoué par un tremblement nerveux, il tourna la tête et devina entre les massifs de chrysanthèmes, de nards et de rosiers, le petit sentier qui conduisait à la porte dérobée en évitant le pigeonnier. Un souvenir le rassura un peu — très peu — : à trois reprises il avait pu vérifier que cette porte était seulement fermée par une targette. Il lui serait donc facile de gagner la rue en quelques secondes sans être vu.

« Et s'il était déjà venu ? » pensa-t-il, inquiet. Car il y avait eu un instant — un peu après qu'il fût rentré furtivement chez lui par la porte presque oubliée du jardin — où il avait perdu la notion du temps et avait failli s'endormir. Il avait seulement réagi lorsque l'objet qu'il était maintenant en train de caresser inconsciemment lui avait échappé des mains, roulant contre sa cuisse. Mais c'était impossible. L'enfant ne pouvait pas avoir traversé déjà le jardin, car ses pas effrayés l'auraient réveillé, ou bien, en apercevant son grand-père recroquevillé et somnolent juste au bord de l'allée qui devait le mener à la cuisine, il aurait crié.

Cette pensée le tranquillisa. Le vent soufflait moins fort ; son corps, qui commençait à s'adapter au milieu, ne tremblait plus. En tâtant les poches de son veston il sentit la forme dure et cylindrique de la bougie qu'il avait achetée l'après-midi à la boutique du coin de la rue. Tout joyeux, le petit vieux sourit dans la pénombre : il se rappelait le geste de surprise de la marchande. Il était demeuré très sérieux, frappant du talon avec élégance et faisant décrire de sveltes et gracieuses pirouettes à sa canne de métal pendant que la femme lui présentait des cierges et des bougies de diverses grosseurs. « Celle-ci » avait-il dit, avec un geste rapide qui voulait faire comprendre combien cette besogne qu'il accomplissait lui était désagréable. La vendeuse avait insisté pour envelopper la bougie, mais don Eulogio avait refusé et était sorti rapidement. Il avait passé le reste de la soirée au Club, enfermé dans le petit salon de jeu où il n'y avait jamais personne.

Néanmoins, redoublant de précautions afin de déjouer un éventuel excès de zèle des garçons, il avait fermé la porte à clef. Puis, confortablement installé dans un fauteuil d'un écarlate insolite, il avait ouvert sa petite valise et en avait extirpé le précieux paquet. Ce dernier était enroulé dans sa belle écharpe de soie blanche, celle qu'il portait précisément le soir de la découverte.

C'était à l'heure la plus cendrée du crépuscule. Il avait hélé un taxi, indiquant au chauffeur qu'il voulait se promener dans les faubourgs de la ville : une délicieuse brise tiède courait, et le ciel mi-grisâtre mi-rougeâtre était plus énigmatique encore contemplé au milieu de la campagne. Tandis que la voiture glissait doucement sur l'asphalte, les petits yeux vifs du vieillard – seule trace de mobilité sur ce visage flasque aux joues pendantes – suivraient distraitement le bord du canal parallèle à la route... Tout à coup, presque par intuition, il lui avait semblé *le* distinguer.

« Arrêtez-vous ! » avait-il dit, mais le chauffeur n'avait pas entendu. « Arrêtez-vous ! Arrêtez ! » Après que la voiture se fût arrêtée et eût reculé jusqu'au tas de pierres, don Eulogio avait constaté qu'il s'agissait bien d'un crâne. Le prenant dans ses mains, il avait oublié la brise et le paysage, et s'était mis à étudier minutieusement, avec une anxiété croissante, cette forme dure, hostile et impénétrable, privée de chair et de peau, de nez, d'yeux, de langue. Le crâne était petit et don Eulogio avait été tenté de croire qu'il s'agissait d'un crâne d'enfant. Il était sale, poussiéreux, et portait sur le dessus une ouverture aux bords dentelés, de la taille d'une pièce de monnaie. L'orifice du nez était un triangle parfait, séparé de la bouche par un pont mince et moins jaune que le menton. Il s'était amusé à passer le doigt sur les orbites vides, à couvrir le crâne de sa main comme d'un bonnet, à enfoncer le poing dans l'orifice du cou et à l'appuyer à l'intérieur : à cet instant, passant l'articulation d'un doigt par le triangle du nez et une autre par la bouche à la manière d'une petite langue longue et pointue, il avait imprimé à sa main des mouvements sucessifs et s'était diverti énormément en imaginant que le crâne était vivant.

Pendant deux jours, il l'avait caché dans le tiroir de la commode, soigneusement enveloppé et déformant la petite valise de cuir. Le soir qui avait suivi celui de sa découverte — une découverte qu'il s'était bien gardé de révéler à personne — il était resté dans sa chambre, se promenant nerveusement entre les meubles cossus et luxueux de ses ancêtres. Il ne levait presque pas la tête : on aurait dit qu'il examinait avec une dévotion profonde les dessins compliqués, mi-sanglants mi-magiques, de la rosace centrale du tapis, mais il ne les voyait même pas. Au début, il s'était senti indécis, préoccupé : des difficultés familiales imprévues pourraient survenir, on se moquerait peut-être de lui. Cette idée l'avait indigné et il en avait ressenti de l'angoisse et comme une envie de pleurer. A partir de cet instant, le projet n'avait cessé de le hanter qu'une seule fois ; lorsque, debout devant la fenêtre, il avait aperçu le pigeonnier sombre, plein de trous, et s'était rappelé qu'à une époque assez proche encore cette petite maison de bois aux portes innombrables n'était pas vide, sans vie, mais habitée par de petits animaux gris et blancs qui picoraient avec insistance en creusant des sillons dans le bois et qui, parfois, voltigeaient sur les arbres et les fleurs du jardin. Il avait pensé avec nostalgie à leur fragilité et à leur tendresse : ils venaient avec confiance se poser dans sa main, où il y avait toujours un peu de grain pour eux ; et, si d'aventure il serrait un peu les doigts, ils fermaient à demi les yeux et un frisson bref et léger parcourait leur corps. Puis sa pensée s'était envolée vers autre chose. Lorsque le majordome était venu lui annoncer que le dîner était servi, sa décision était déjà prise. Cette nuit-là il dormit bien et le lendemain matin il oublia qu'il avait rêvé qu'une file perverse de grosses fourmis rouges envahissait par surprise le pigeonnier et semait la panique parmi les animaux, tandis que lui regardait la scène, de la fenêtre, avec une longue-vue.

Il s'était imaginé qu'il serait simple et vite fait de laver le crâne, mais il se trompait. La poussière, ou ce qu'il avait pris pour de la poussière et qui était peut-être de l'excrément à en juger par l'odeur âcre, adhérait solidement aux parois internes et brillait comme une plaque de métal à l'arrière du crâne. A mesure que l'écharpe de soie blanche se couvrait de traînées grises, sans que la couche de crasse diminuât pour autant, l'excitation de don Eulogio grandissait. Un moment, irrité, il jeta le crâne, mais avant que celui-ci eût cessé de rouler, il s'était déjà repenti et, bondissant de son siège, s'était jeté à quatre pattes pour l'arrêter et le relever avec précaution. Il pensa enfin qu'il serait peut-être possible de le nettoyer avec quelque produit gras. Par téléphone il demanda un bidon d'huile à la cuisine et attendit sur le seuil le domestique auquel il arracha le bidon des mains, sans prêter attention au regard inquiet que l'autre essayait de jeter dans la chambre par-dessus son épaule. Nerveusement, il trempa l'écharpe dans l'huile et, d'abord avec douceur, puis à un rythme accéléré, il frotta jusqu'à l'exaspération. Il constata bientôt avec enthousiasme que le remède était efficace : une fine pluie de poussière tomba à ses pieds pendant quelques minutes, sans qu'il se rendît même compte que ses doigts et le bord de ses manchettes s'humectaient. Il se mit debout d'un bond et admira le crâne qu'il brandissait au-dessus de sa tête, propre, resplendissant, immobile, avec quelques gouttelettes semblables à de la sueur sur la surface arrondie des pommettes. Il l'enveloppa de nouveau, amoureusement, referma la mallette et sortit du Club. Le taxi dans lequel il monta le laissa derrière chez lui. Il commençait à faire nuit. Dans la pénombre froide de la rue il s'arrêta un moment, craignant que la porte ne fût fermée. Inquiet, il allongea le bras et eut un sursaut de joie en constatant que le pène tournait et que la porte cédait avec un petit grincement.

Il entendit alors des voix sous la pergola. Il était si absorbé qu'il avait même oublié le motif de ce remue-ménage. Les voix, le va-et-vient étaient si imprévus que son cœur battait comme le ballon d'oxygène que l'on insuffle au moribond. Son premier mouvement fut de s'accroupir, mais il le fit maladroitement, et, glissant sur la pierre, tomba à plat ventre. Il sentit au front une douleur aiguë et dans la bouche une saveur désagréable de terre mouillée ; il ne fit cependant aucun effort pour se redresser et resta là, à demi enfoui dans les herbes, tremblant et respirant péniblement. Dans sa chute, il avait eu le temps de lever la main qui tenait le crâne, de sorte que celui-ci était resté en l'air, intact, à quelques centimètres du sol.

La pergola se trouvait à une cinquantaine de mètres de sa cachette et don Eulogio entendait les voix comme un doux murmure, sans distinguer ce qu'elles disaient. Il se releva à grand-peine et aperçut au milieu de l'arc formé par les grands pommiers dont les racines touchaient le mur de la salle à manger, une silhouette claire et élancée. Il devina que c'était son fils. Près de lui, il y avait une autre silhouette, plus nette et plus petite, inclinée avec un certain abandon. C'était la femme. Clignant des yeux, les frottant pour mieux voir, il essaya anxieusement, mais en vain, de distinguer le petit. C'est alors qu'il l'entendit rire : un rire d'enfant, cristallin, spontané, intact, qui traversait le jardin comme un petit animal. Il n'attendit pas davantage : il sortit la bougie de son veston, rassembla à tâtons branches, mottes de terre et graviers et se dépêcha de fixer la bougie sur la pierre qu'il plaça dans le sentier, comme un obstacle. Puis, avec une extrême délicatesse pour éviter que la bougie ne perde son équilibre, il posa le crâne par-dessus. En proie à une grande excitation, les yeux presque collés sur l'objet massif et gras, il se réjouit : il avait bien mesuré ; par l'orifice du crâne, le petit point blanc de la bougie se montrait, pareil à un nard. Il ne put continuer à observer. Le père avait élevé la voix et bien que ses paroles fussent encore inintelligibles, il comprit qu'il s'adressait à l'enfant. Il y eut comme un échange de mots entre les trois personnes : la grosse voix du père, de plus en plus énergique ; la rumeur mélodieuse de la femme ; les petits cris saccadés de l'enfant. Soudain, le bruit cessa. Le silence fut très court : l'enfant le déchira en criant : « Tu sais : c'est aujourd'hui que s'achève la punition. Tu as dit sept jours et cela finit aujourd'hui. Demain, je n'irai plus. » Avec ces derniers mots, on entendit des pas précipités.

Le petit venait-il en courant ? C'était le moment. Don Eulogio surmonta l'oppression qui lui nouait la gorge et exécuta son plan. La première allumette ne donna qu'un petit filet bleu, fugace. La seconde flamba à merveille. Se brûlant les ongles, mais sans en ressentir aucune douleur, il la maintint au-dessus du crâne, quelques secondes encore après que la bougie eût été allumée. Il doutait encore, car ce qu'il voyait ne correspondait pas exactement à ce qu'il avait imaginé, lorsqu'une flambée soudaine grandit entre ses mains avec un crépitement brusque, pareil à un crissement de feuilles mortes sous les pas, et le crâne se trouva tout illuminé, crachant le feu par les orbites, par le nez, par la bouche. « Il flambe de partout », s'écria-t-il, étonné. Il était resté immobile, répétant comme un disque : « C'est l'huile, c'est l'huile », stupéfait, fasciné, devant le crâne ensorcelant, environné de flammes.

Juste à cet instant le cri retentit. Un cri sauvage, un hurlement d'animal que percent d'innombrables flèches. L'enfant se trouvait devant lui, les mains tendues, les doigts crispés. Livide, apeuré, il avait les yeux et la bouche grands ouverts et restait muet, rigide, mais sa gorge, indépendante, proférait des bruits étranges, mugissait. « Il m'a vu, il m'a vu », se disait don Eulogio, pris de panique. Mais en le regardant, il sut tout de suite que son petit-fils ne l'avait pas vu, qu'il ne pouvait voir autre chose que cette tête osseuse léchée par les flammes. Ses yeux s'étaient immobilisés, une terreur profonde et éternelle s'y reflétait. Tout avait été simultané : l'embrasement, le cri stupéfiant, la vision de cette silhouette en culottes courtes envahie soudain par l'horreur. Il pensait avec enthousiasme que les faits avaient mieux répondu encore qu'il ne le pensait à son plan, lorsqu'il surprit des voix et des pas qui s'approchaient. Alors, ne cherchant plus à dissimuler le bruit de ses pas, il fit demi-tour et par petits bonds s'éloigna du sentier, foulant les massifs de chrysanthèmes et de rosiers qu'il découvrait sur son chemin à mesure que les reflets des flammes les éclairaient. Il traversa ainsi l'espace qui le séparait de la porte. Il franchit celle-ci en même temps que le cri de la femme, effrayant aussi, mais moins pur que celui de l'enfant. Il ne s'arrêta pas, il ne se retourna pas. Dans la rue, un vent frais fendit son front et ses rares cheveux, mais il n'y prit pas garde et continua de marcher lentement, l'épaule frôlant le mur du jardin, souriant, heureux, respirant mieux, plus tranquille.

(1958)
(traduit par Claude Couffon)
Les Lettres Nouvelles, Maurice Nadeau

BRÉSIL

Joaquim Maria MACHADO DE ASSIS

Mulâtre, né en 1839 à Rio de Janeiro, d'une famille très pauvre, il vécut enfant dans un quartier misérable, mais la protection d'une riche marraine chez laquelle travaillait sa mère, blanchisseuse, lui permit d'échapper aux terribles barrières sociales qui séparaient, au Brésil, Blancs et gens de couleur. Orphelin dès l'adolescence, contraint de gagner sa vie, il fut d'abord ouvrier typographe à l'Imprimerie Nationale. Encouragé par son directeur, le romancier Manuel Antonio de Almeida, il publiait, à dix-sept ans, sous différents pseudonymes, ses premières nouvelles. A quarante ans, alors qu'il était devenu un grand fonctionnaire sans problèmes économiques, il libérait le roman brésilien de ses entraves portugaises en publiant Iaiá Garcia *(1878). Tourmenté toute sa vie par l'épilepsie, il mourut à Rio de Janeiro en 1908. « Ce prince incarné dans un rond-de-cuir, a écrit* Francis de Miomandre, *avait le don de l'ironie. Machado de Assis, pour l'avoir éprouvé lui-même, sait que les hommes sont faibles et méchants, et surtout bêtes [...], mais il leur pardonne parce qu'il les connaît, parce qu'il a la perception infailliblement lucide de l'espèce d'innocence profonde, en quelque sorte animale, qu'il y a sous cet ensemble d'actions criminelles. Rien ne lui échappe des ridicules et des vices de l'homme, mais il ne saurait les condamner au nom d'aucune doctrine. »*

Nouvelles : L'Aliéniste, *1881 (trad. Maryvonne Lapouge, éd. A.-M. Métailié, 1984) ;* La montre en or *(trad. Maryvonne Lapouge, éd. A.-M. Métailié/UNESCO, 1987).*

Romans : Mémoires d'outre-tombe de Brás Cubas, *1880 (trad.*

R. Chadebec de Lavalade, préfacé par André Maurois, éd. Émile-Paul, 1948 ; réédité par A.-M. Métailié, 1989) ; Le Philosophe et le chien, *1891* (Quincas Borba, *trad. Alain de Acevedo, int. Roger Bastide, Nagel/UNESCO, 1956) ;* Dom Casmurro, *1900 (trad. Francis de Miomandre, éd. Albin Michel, 1956 ; nouvelle trad. A. M. Quint, éd. A.-M. Métailié, 1983) ;* Esaü et Jacob, *1904 (trad. Françoise Duprat, éd. A.-M. Métailié, 1985) ;* Memorial de Aires, *1908.*

Le Miroir *est extrait de* La montre en or.

Le Miroir

Ébauche d'une nouvelle théorie de l'âme humaine

Tard, un soir, quatre ou cinq gentilhommes débattaient diverses questions aux sphères les plus hautes, sans que la disparité de leurs opinions entamât en rien le point de vue de chacun. La maison était sise sur les hauteurs de Santa Teresa, et la pièce, de petite dimension, était éclairée par des bougies dont la lueur se mariait mystérieusement avec la clarté dispensée du dehors par la lune. Ainsi, suspendus entre la ville et son agitation, ses aventures, et le ciel où les étoiles clignotaient à travers une atmosphère limpide et sereine, nos quatre ou cinq investigateurs de la chose métaphysique s'occupaient-ils à résoudre avec aménité les problèmes les plus ardus de l'univers.

Pourquoi ce chiffre de quatre ou cinq ? Ceux qui parlaient n'étaient en toute rigueur, qu'au nombre de quatre ; mais il y avait également dans la pièce un cinquième personnage, silencieux, pensif, à demi ensommeillé, et dont toute la contribution se bornait par intervalles à un grognement d'approbation. C'était un rentier, originaire de province, du même âge approximativement, entre quarante et cinquante ans, que ses compagnons, un homme intelligent, non dépourvu d'instruction, et d'esprit, semble-t-il, astucieux et caustique. Il ne prenait jamais part aux discussions ; il justifiait son abstentionnisme par un paradoxe, arguant que débats et discussions sont une résurgence, policée, de l'instinct guerrier, une sorte d'héritage bestial ; et il ajoutait que les séraphins et les chérubins qui représentent, on le sait, la perfection éternelle et spirituelle, ignorent la discussion. Cette nuit-là, comme une fois de plus il se retranchait derrière son habituelle argumentation, l'un des participants le mit au défi de démontrer — il en était bien incapable — ce qu'il disait. Jacobina (c'était son nom) prit un temps de réflexion avant de répondre :

— Tout bien pesé, peut-être avez-vous raison.

Mais voici que ce taciturne notoire, guère beaucoup plus tard, vers le milieu de la nuit, s'empara de la parole, et ce, non pas pour quelques minutes, mais bien pendant une bonne demi-heure. La conversation, dans ses méandres, vint à tomber sur la nature de l'âme, point sur lequel les quatre amis divergèrent radicalement. Autant d'esprits, autant d'avis ; non seulement la concertation, mais jusqu'à la discussion elle-même s'avérèrent laborieuses, pour ne pas dire impossibles, vu la multiplicité des questions découlant de la première, et peut-être aussi à cause, pour une petite part, de l'inconsistance des opinions. L'un des argumentateurs demanda à Jacobina s'il avait une conviction — ou tout au moins quelque proposition à leur soumettre — Ni conviction, ni présomption, rétorqua Jacobina. L'une comme l'autre pourraient prêter à dissension et, comme vous savez, je refuse la discussion. Mais si vous voulez bien m'entendre en vous abstenant de commenter, je puis vous raconter un épisode de mon existence qui fait la plus claire des démonstrations concernant la matière dont vous traitez. En premier lieu, il n'y a pas qu'une seule âme, mais deux...

— Deux âmes ?

— Pour le moins deux. Chaque créature humaine abrite deux âmes, qui regardent l'une du dedans vers le dehors, l'autre du dehors vers le dedans... Étonnez-vous tout votre soûl ; haussez les épaules ; restez-en bouche bée, ou tout ce que vous voudrez, je n'admets pas la réplique. Quoique vous m'objectiez, je termine mon cigare et vais sur-le-champ me coucher. L'âme extérieure peut être un esprit, un fluide, un homme ou plusieurs, un objet quelconque, une opération. Il peut se faire par exemple qu'un simple bouton de chemise — et tout autant une polka, un livre, une machine, une paire de bottes, avoir la main aux cartes, un tambour, une cavatine — soit l'âme extérieure d'une personne. Cette seconde âme, il est clair, tout comme la première, a pour office de transmettre la vie. Les deux réunies forment l'homme, lequel est métaphysiquement parlant, une orange. Qui perd l'une des moitiés perd naturellement la moitié de son existence ; la seule perte de l'âme extérieure peut dans certains cas — ils ne sont pas rares — signifier la perte de l'existence entière. Tel le cas par exemple, de Shylock. L'âme extérieure de ce juif était ses ducats. Les perdre, c'était mourir. « Jamais je ne reverrai mon or, dit-il à Tubal ; *c'est un poignard que tu m'enfonces dans le cœur.* » Notez bien cette phrase : pour lui, perdre ses ducats, son âme extérieure, c'était mourir. Maintenant, il convient de savoir que l'âme extérieure peut n'être pas la même tout au long d'une vie.

— Non ?

— Non, monsieur ; elle change de nature et d'état. Je ne fais pas ici allusion à certaines âmes, dévorantes, comme la patrie, dont Camoëns dit qu'elle mène à la mort, ou le pouvoir, qui fut l'âme extérieure d'un César ou d'un Cromwell ; ce sont là des âmes énergiques et exclusives ; il est d'autres âmes, tout aussi énergiques, mais de nature mutable. Il est des hommes, par exemple, dont l'âme extérieure, un hochet ou un petit cheval de bois dans les premières années, est devenue plus tard, supposons, une charge ecclésiastique. Je connais pour ma part une dame — au demeurant, pleine de charme — qui change d'âme extérieure cinq ou six fois l'an. C'est, pendant la saison lyrique, l'opéra ; la saison terminée, cette âme extérieure est remplacée par une autre : un concert, un bal ou Casino, la rua do Ouvidor [1], Petropolis [2].

1. *Rua do Ouvidor :* dans Rio de Janeiro, rue centrale, toujours animée, à l'époque la plus divertissante, avec les magasins, les boutiques les plus élégantes.

2. *Petropolis :* petite cité dans la montagne, au-dessus de Rio de Janeiro ; fraîche et reposante, rendez-vous de la société carioque pendant la canicule. Son renom s'est maintenu depuis les débuts du XIXe et tout au long du XXe. De nombreuses familles y ont encore leur maison de week-end.

— Pardon, quelle est cette personne ?

— Cette dame est une alliée du diable, et elle porte le même nom : elle s'appelle Légion... Et des cas semblables, il y en a bien d'autres. J'ai moi-même expérimenté de pareilles mutations. Je n'en dirai rien, car cela nous entraînerait très loin ; je m'en tiendrai à l'épisode que j'ai évoqué. Un épisode qui remonte à mes vingt-cinq ans...

Impatients d'entendre l'histoire annoncée, les quatre compagnons oublièrent leur polémique. Sainte curiosité ! tu es, certes, l'âme de la civilisation, mais tu es aussi le fruit de la concorde, fruit divin et d'une toute autre saveur que la pomme de la mythologie. La petite salle qui, jusqu'il y a peu, résonnait d'aperçus de physique et de métaphysique, est maintenant une mer morte ; tous les regards sont rivés sur Jacobina, qui rectifie la pointe de son cigare, en rassemblant ses souvenirs. Voici comment il entama son récit :

— J'avais vingt-cinq ans, j'étais pauvre, et je venais d'être nommé sous-lieutenant de la garde nationale. Vous ne pouvez imaginer les proportions que prit chez moi l'événement. Ma mère en fut si fière, si heureuse ! Elle m'appelait son sous-lieutenant. Mes cousins, mes oncles, tous démontrèrent une joie sincère et pure. Il y eut bien dans le pays quelques marques de dépit ; des pleurs et des grincements de dents, ainsi qu'il est dit dans l'Écriture ; et pour cette simple raison que, pour ce seul poste, il y avait beaucoup de candidats, et qu'ils furent évincés. Je présume aussi qu'une partie de ce désappointement fut purement gratuit, motivé uniquement par le fait que j'avais été désigné ; je me souviens de certains garçons, dans les meilleurs termes avec moi, et qui de ce jour se mirent à me regarder de travers. Nombre de gens, par contre, se réjouirent de ma nomination ; la preuve en est que la totalité de mon uniforme me fut offerte par des amis. C'est alors qu'une de mes tantes, qui vivait sur une ferme solitaire et retirée à plusieurs lieues de la ville, Dona Marcolina, veuve du Capitaine Peçanha, manifesta le désir de me voir, et elle demanda que je vienne avec mon uniforme. J'y allai à cheval, en compagnie d'un domestique, lequel rentra seul en ville quelques jours plus tard, car la tante Marcolina, à peine eus-je posé le pied sur ses terres, écrivit à ma mère pour dire qu'elle ne me libérerait pas, au plus juste, avant un mois. Et elle m'embrassait, m'appelait elle aussi son sous-lieutenant ! Elle me trouvait fort joli garçon. Comme elle était d'une nature plutôt originale, elle alla même jusqu'à me dire qu'elle enviait la jeune fille qui deviendrait ma femme ; elle ne voyait pas, assurait-elle, dans toute la province, meilleur parti que moi. Et de me donner sans arrêt du sous-lieutenant ; sous lieutenant par-ci, sous-lieutenant par-là, à toutes les heures du jour et de la nuit. J'avais beau lui demander de continuer à m'appeler Joãozinho, comme avant, elle secouait la tête, protestait que non, que j'étais « Monsieur le sous-lieutenant ». De même un parent, frère de son défunt mari, qui vivait chez elle, ne m'appelait pas autrement. J'étais « Monsieur le sous-lieutenant », et non pas par jeu, mais le plus sérieusement du monde, et jusque devant les esclaves, qui naturellement emboîtèrent le pas. À table, j'avais la meilleure place, j'étais toujours le premier servi. Vous ne pouvez pas vous faire une idée. Si j'ajoute que dans son enthousiasme la tante Marcolina alla jusqu'à faire placer dans ma chambre un miroir en pied, une pièce magnifique et de grande valeur, qui tranchait avec le reste de la maison, où le mobilier était modeste et simple... Elle tenait ce miroir de sa marraine, laquelle l'avait hérité de sa mère qui, elle, l'avait acheté à une dame de la noblesse, arrivée dans le pays en 1808, avec la cour de Dom João VI. Je ne sais trop ce qu'il y avait de vrai dans cette histoire, toujours est-il que c'était la tradition. Le miroir évidemment était très vieux ; mais les dorures, à demi rongées par le temps, étaient encore visibles sur le pourtour du cadre, ainsi que les deux dauphins sculptés aux deux angles supérieurs, et que les garnitures de nacre et autres fioritures travaillées par l'artiste. Le tout très vieux, mais bon...

— Un grand miroir ?

— Très grand. Et, comme je vous l'ai dit, ce fut un geste, de la part de mon hôtesse, d'une extrême délicatesse, car le miroir se trouvait dans la grande salle, et il était la plus belle pièce de la maison... Mais il n'y eut rien à faire pour obtenir qu'elle revienne sur sa décision ; elle m'opposait que l'absence du miroir ne léserait personne — ce n'était de toute façon que pour deux à trois semaines — et que finalement « Monsieur le sous-lieutenant » méritait beaucoup plus. Ce qui est sûr, c'est que tout cet ensemble, marques d'affection, attentions, adulations, opéra en moi une transformation que le sentiment propre à la jeunesse paracheva. Vous me suivez, je pense ?

— Non.

— Le sous-lieutenant élimina l'homme. Les deux natures s'équilibrèrent pendant quelques jours ; mais bientôt l'originelle céda le pas à l'autre. Il ne resta plus en moi qu'une part minime d'humanité. Et progressivement l'âme extérieure, qui était auparavant le soleil, l'air, la campagne, les yeux des jeunes filles, changea alors de nature, elle se mit à devenir les affabilités et les salamalecs dont j'étais l'objet dans cette maison : tout ce qui avait trait à ma nomination, rien qui concernât l'homme. Je me réduisis à cette seule part sociale qui avait à voir avec l'exercice de mon grade ; l'autre se dissipa dans les airs et dans le passé. Cela vous est difficile à croire, non ?

— Cela m'est difficile à comprendre, répondit l'un des auditeurs.

— Vous allez comprendre. Les faits vous rendront plus clairs les sentiments ; tout est dans les faits. La meilleure définition de l'amour ne vaut pas un baiser de la femme aimée ; et si mes souvenirs sont justes, c'est en marchant qu'un philosophe de l'antiquité a démontré le mouvement. Allons aux faits. Vous allez voir comment, au fur et à mesure que la conscience de l'homme s'oblitérait, celle du sous-lieutenant devenait vive et intense. Les douleurs et les joies, si elles n'étaient qu'humaines, ne suscitaient de ma part qu'une compassion apathique ou un sourire condescendant. J'étais, au bout de trois semaines, totalement autre, un autre. Je n'étais plus que sous-lieutenant. Sur ces entrefaites, Dona Marcolina reçut une nouvelle grave ; l'une de ses filles, mariée à un agriculteur résidant à quelques cinq lieues de là, était au plus mal, à l'article de la mort. Adieu neveu ! Adieu sous-lieutenant ! La tante Marcolina était mère à l'extrême, aussitôt elle organisa son départ, elle demanda à son beau-frère de l'accompagner, et à moi de prendre soin de la ferme. Je crois que, n'eut été son chagrin, elle aurait décidé le contraire, laissé là son beau-frère et voyagé avec moi. Mais le fait est que je demeurai seul en compagnie des quelques esclaves de la maison. Je vous avoue que j'éprouvai très vite une forte oppression, quelque chose comme si les quatre murs d'une prison s'étaient subitement dressés autour de moi. C'était l'âme extérieure qui rapetissait ; elle était maintenant réduite aux dimensions de l'esprit rustre de quelques esclaves noirs. Le sous-lieutenant continuait à dominer en moi, encore qu'avec une vitalité moins intense, une conscience affaiblie. A leurs marques de politesse les esclaves joignaient une note d'humilité, qui compensait d'une certaine manière l'affection de la tante et de l'oncle, et l'intimité domestique interrompue. Je remarquai même, ce premier soir, qu'ils redoublaient de respect, d'entrain, de démonstrations. Not' sous-lieutenant, minute après minute. Not' sous-lieutenant est si bien de sa personne ; not' sous-lieutenant va sûrement devenir colonel ; not' sous-lieutenant, c'est sûr, va épouser une jolie demoiselle, fille d'un général ; un concert de louanges et de prédictions, qui me laissa ravi, extasié. Ah, les perfides ! Comment deviner le secret dessein, des scélérats !

— Vous tuer ?

— Si seulement !

— Pis que cela ?

— Écoutez la suite. Je me retrouvai le lendemain matin absolument seul. Les coquins, ou de leur propre gré, ou entraînés par d'autres, avaient fomenté de s'enfuir pendant la nuit ; et ils l'avaient fait. Je me retrouvai seul, sans plus une âme, seul entre quatre murs, face à l'aire désertée, aux champs abandonnés. Je visitai la maison de fond en comble, les habitations des esclaves, tout le domaine, rien, personne, pas l'ombre d'un gamin, rien, en dehors des coqs et des poules, d'une paire de mules qui philosophaient en chassant les mouches, et de trois bœufs. Les esclaves avaient même emmené les chiens. Plus un être humain. Cela vous semble préférable à la mort ? C'était pire. Et non pas à cause de la peur ; je puis vous jurer que je n'avais pas peur ; j'étais plutôt du genre un peu crâneur, de sorte que je n'éprouvai rien pendant les premières heures, à part un peu de tristesse à la pensée du tort causé à ma tante, et une certaine perplexité, ne sachant trop si je devais la rejoindre pour l'avertir de la triste nouvelle, ou rester pour garder la maison. J'optai pour la seconde solution, réfléchissant que si vraiment ma cousine était si mal, je ne pourrais qu'ajouter à l'affliction de sa mère, sans aucunement la soulager, et ne voulant pas laisser la maison à l'abandon, finalement je me dis que le frère de l'oncle Peçanha ne pouvait que revenir ce même jour ou le lendemain, puisqu'il était parti depuis déjà trente-six heures ; mais la matinée s'écoula sans un signe de lui ; et dans l'après-midi je commençai à éprouver comme la sensation d'un homme privé de tout influx nerveux, et n'ayant plus conscience de son tonus musculaire. Le frère de l'oncle Peçanha ne réapparut pas ce jour-là, ni le lendemain, et pas davantage de toute la semaine. Jamais les jours ne me semblèrent plus longs, jamais le soleil n'embrasa la terre avec une obstination plus harassante. Les heures, à la vieille horloge dans la grande salle, battaient les siècles, et le balancier, *tic-tac, tic-tac*, me transperçait l'âme intérieure, telle la chiquenaude ininterrompue de l'éternité. Lorsque, des années plus tard, lisant une poésie américaine, je tombai sur ce vers rebattu, de Longfellow je crois : *Never, for ever ! — For ever, never !*, me ressouvenant de ces sinistres journées, je frissonnai, je vous l'avoue, de la tête aux pieds. C'était exactement ce que scandait l'horloge de la tante Marcolina : — *Never, for ever ! — For ever !* Ce n'était pas le *tic-tac* d'un pendule, c'était un dialogue d'abîmes, un murmure du néant. Cela vous laisse à penser mes nuits. Non que les nuits fussent plus silencieuses. Le silence était le même que pendant le jour. Mais la nuit c'était les ténèbres, c'était une solitude encore plus étroite ou plus vaste. Plus personne dans les chambres, les couloirs, sur l'aire devant la maison, *tic-tac, tic-tac*, plus une âme qui vive nulle part... Vous riez ?

— Oui, car il semble bien que vous aviez un peu peur.

— Oh ! c'eut été bon si j'avais pu avoir peur ! C'eut été me sentir vivre ! Mais la particularité de la situation c'est que même avoir peur, de cette peur, je veux dire, telle qu'on l'entend communément, ne m'était pas possible. J'étais la proie d'une sensation inexplicable. Tel un défunt demeuré en ce monde, un somnambule, une poupée mécanique. Une fois endormi, c'était autre chose. Le sommeil m'apportait un soulagement, non en vertu de l'adage qu'il est frère de la mort, mais en raison d'un autre phénomène que je peux, je crois, expliquer de la sorte : le sommeil, parce qu'il éliminait la nécessité d'une âme extérieure, laissait à l'âme intérieure le loisir de se manifester. Dans mes rêves, je revêtais mon uniforme, tout imbu de moi-même, au milieu des miens et de mes amis, qui me complimentaient, invoquaient mon titre ; un ami arrivait qui me promettait le grade de lieutenant ; et un autre celui de capitaine ou de major ; et tout cela me faisait vivre. Mais lorsque je m'éveillais, le soleil déjà haut, en même temps que le sommeil, la conscience de ce nouvel être, incomparable, s'évanouissait, — parce que l'âme intérieure perdait sa primauté, elle redevenait dépendante de l'autre, qui s'entêtait à ne pas revenir... Qui ne revenait pas. Je sortais, me précipitais de côté et d'autre, impatient de voir si je découvrirais quelque signe d'un retour. *Anne, ma sœur Anne, ne vois-tu rien venir ?* Et rien, rien à l'horizon ; tout comme dans la légende française. Rien d'autre que la poussière et les herbages à flanc de colline. Je revenais à la maison, au désespoir, les nerfs à vif, allais m'étendre sur le canapé, dans la grande salle. *Tic-tac, tic-tac*. Je me relevais, faisais les cent pas, tambourinais aux fenêtres, sur les vitres, je sifflais. Je me souviens avoir, à un moment, pensé écrire quelque chose, un article politique, un roman, une ode ; je ne sus finalement que choisir ; je couchais quelques mots et phrases, sans suite, sur le papier, pour solliciter mon style. Mais le style, tout comme la tante Marcolina, se faisait prier.

Anne, ma sœur Anne... Rien ne venait. Au mieux, je voyais l'encre noircir et le papier blanchir.

— Vous ne mangiez pas ?

— Je mangeais mal, des farines, des fruits, des conserves, quelques racines que je faisais griller, mais tout cela, je l'aurais supporté allègrement, n'eût été la situation morale éprouvante dans laquelle je me trouvais. Je me récitais des vers, des séquences latines, des fragments de discours, des huitains de Camoëns ou des dizains, une anthologie en trente volumes. De temps à autre j'ébauchais quelques mouvements de gymnastique, ou je me faisais des pinçons aux jambes ; mais tout l'effet obtenu ne passait pas une sensation purement physique de douleur ou de fatigue, rien de plus. Tout était silence, un silence colossal, immense, infini, seulement souligné par le *tic-tac* de l'horloge. *Tic-tac, tic-tac...*

— De quoi rendre fou, en effet.

— Vous allez entendre pire. Je dois préciser que pas une fois, depuis que j'étais resté seul, je n'avais regardé dans le miroir. Ce n'était pas une abstention délibérée, je n'y avais à cela aucune raison ; c'était une impulsion inconsciente, la crainte de me retrouver un et deux en même temps, dans cette maison solitaire ; et si telle est la bonne explication, rien ne prouve mieux la contradiction humaine, puisqu'au bout de huit jours la bizarrerie me prit de regarder dans le miroir dans le dessein, justement, de me voir deux. Je regardai et je reculai. La glace elle-même était donc de connivence avec le reste de l'univers ? elle me renvoya une silhouette non pas nette et entière, mais vague, diffuse, estompée, l'ombre d'une ombre. La prégnance des lois physiques ne permet pas de nier que le miroir me reproduisit textuellement ; il ne pouvait en être autrement. Mais telle ne fut pas mon impression. De sorte que je pris peur ; j'attribuai le phénomène à l'excitation nerveuse dans laquelle je me trouvais ; et je m'effrayai à l'idée de rester plus longtemps et de devenir fou. — Je m'en vais, me dis-je. Et je levai le bras dans un geste d'humeur et de décision à la fois, en regardant dans la glace : le geste était là, mais fragmenté, mutilé, diffracté... Alors je commençai à m'habiller, en marmonnant entre mes dents, en toussant sans toux et en secouant mes vêtements avec un maximum de bruit, et en m'en prenant à froid contre les boutons, pour dire quelque chose. Par instants, je glissais un regard furtif dans le miroir ; l'image était la même, même éparpillement des lignes, même confusion des contours... Je continuai à m'habiller. Tout à coup, par une inspiration inexplicable, une impulsion venue je ne sais d'où, je me souvins... Si vous êtes capables de deviner quelle idée fut la mienne...

— Dites.

— Je regardais dans le miroir, avec l'insistance d'un désespéré, contemplant mes propres traits dissous, inachevés, un nuage de lignes éparses, informes, lorsque l'idée me vint... Non, non, vous ne devinerez pas.

— Mais dites, dites-nous.

— Je me souvins de revêtir mon uniforme de sous-lieutenant. Ce que je fis, en m'équipant de pied en cap ; et comme je me trouvais devant le miroir, je levais les yeux et... non, je ne puis vous dire ! la glace reproduisit alors ma silhouette entière ; pas une ligne en moins, pas un contour changé ; j'étais moi-même : le sous-lieutenant, son âme extérieure enfin retrouvée. Cette âme en allée avec la maîtresse des lieux, enfuie et dispersée en même temps que les esclaves, était là recueillie, reconstituée dans le miroir. Imaginez un homme qui, petit à petit, émerge d'une léthargie, qui ouvre les yeux sans voir, puis commence à voir, à faire la distinction entre les personnes et les objets, sans encore reconnaître chacun ; et qui enfin sait : celui-ci est Jean, et celui-là Pierre ; ici c'est une chaise, là un sofa. Tout redevient tel qu'avant le sommeil. C'est ce qui m'arriva. Je regardais dans le miroir, j'allais d'un côté, de l'autre, je reculais, gesticulais, je souriais, et la glace exprimait tout. A partir de là, je devins autre. Chaque jour, à une heure précise, je revêtais mon uniforme de sous-lieutenant et allais m'asseoir devant le miroir, à lire, à regarder, à méditer ; au bout de deux ou trois heures, de nouveau je me déshabillais. Grâce à ce régime je pus traverser six derniers jours de solitude, sans les sentir...

Lorsque les quatre autres gentilhommes reprirent leurs esprits, le narrateur avait descendu les escaliers.

(1882)
(traduit par Maryvonne Lapouge)
Éditions Métailié

Carlos DRUMMOND DE ANDRADE

Né en 1902 à Itabira do Mato Dentro (Minas Gerais). Après des études de pharmacie à Belo Horizonte, il se marie en 1925, commence une carrière de fonctionnaire mais surtout, « pénétrant en sourdine dans le royaume des mots », devient vite le poète majeur du Modernisme brésilien. Ses textes en prose, qu'il baptise « chroniques », font alterner les commentaires critiques, l'observation humoristique du monde, l'obsession des souvenirs d enfance, et les fictions pures d'une imagination exceptionnelle. « Dans son œuvre, écrit Antônio Cândido de Melo e Souza, surgissent à tout instant la terre natale, la famille, le malaise devant les dissonances du monde, le désir de le voir plus humain, la révolte devant l'état des choses, l'amusement devant le ridicule, la réduction roublarde de la pompe à la plaisanterie. Pour ne rien dire des pulsions venues d'on ne sait où, comme le sens de la mutilation, qu'on peut trouver dans une chronique, dans les poèmes de la main sale ou dans les morsures aiguës de la nouvelle Le Gérant, *dont les conséquences sont terribles. » Mort à Rio de Janeiro en 1987.*

« Chroniques » : Confissões de Minas *(Confessions de Minas Gerais), 1944 ;* Contos de aprendiz, *1951 (*Conversation extraordinaire avec une dame de ma connaissance, *trad. Geneviève Leibrich, Inès Oseki Depré et Mario Carelli, éd. A.-M. Métailié, 1985) ;* Passeios na ilha *(Promenades dans l'île), 1952 ;* Fala, amendoeira *(Parle, amandier) 1957.*

Le gérant *est extrait de* Conversation extraordinaire avec une dame de ma connaissance.

Le gérant

Il était une fois un homme qui mangeait les doigts des dames ; pas ceux des demoiselles. C'était du moins ce qu'on disait de lui à l'époque. Mais présentons-le d'abord. Il venait du Nord, il habitait à Laranjeiras, il était gérant d'une banque. Il se distinguait par la correction de ses manières et par la coupe, à la fois simple et élégante, de ses vêtements. Ou plutôt il ne se distinguait pas, étant donné qu'un homme bien habillé et aux manières discrètes passe plus ou moins inaperçu par les temps qui courent, parmi tous ces jeunes gens et jeunes filles américanisés, aux gestes débridés, aux vêtements voyants. Les personnes plus âgées l'estimaient certainement pour cette raison et elles l'accueillaient avec une sympahie toute spéciale ; pourtant elles aussi s'étaient laissé gagner par la mode des chaussettes courtes, dites socquettes, mode à laquelle Samuel n'adhéra jamais, pas plus qu'à celle des vestes de sport, amples comme des chemises de nuit, pour aller au café ou se promener sur la plage, et que Samuel ne s'était jamais résolu à porter. Tout cela c'est du passé — car Samuel est mort il y a un an, d'urémie.

Son entrée dans la société se fit sans effort et chaque fois que sa banque lui accordait une promotion, de nouveaux salons s'ouvraient à lui. Arrivé au grade de gérant, Samuel était un homme presque bedonnant, à la chevelure clairsemée, qui avait son club, son cercle d'amis, son cheval de course. Il ne s'était pas marié. Il aurait fait un excellent mari, c'était évident. Des cousines du Nord firent le voyage en bateau pour le conquérir. Des jeunes filles de Rio le harcelèrent ; il est pourtant difficile de résister à la bataille des téléphones, des cinémas, des thés. Samuel ne se refusa pas à de brèves amours, et un carnet qu'il avait perdu dans un déménagement contenait même des annotations comme celle-ci :

« 1925 — 13 septembre. A la sortie de la messe de dix heures, sur la Place du Machado, une demoiselle vêtue de bleu, coiffée d'un grand chapeau orné de fruits et de fleurs, m'a regardé longuement. J'allais prendre le tramway, mais j'ai décidé d'attendre. Du bout de son ombrelle, elle traçait des dessins imaginaires sur le trottoir. Elle me regardait, puis elle baissait les yeux et souriait. Je n'ai pu m'empêcher de remarquer que c'était à moi qu'étaient destinés ces sourires que je qualifiais d'aguichants. J'ai songé à m'approcher d'elle, à lui dire quelque banalité en guise d'entrée en matière. Mais cela n'a pas été nécessaire, le tram d'Aguas Ferreas est arrivé, elle est montée dedans et j'ai pu ainsi rentrer chez moi en sa compagnie, combinant plaisir et économie de temps.

Comme elle s'était écartée pour me faire de la place au bout de sa banquette, je me suis senti dans l'obligation absolue de la remercier de sa courtoisie et cela a suffi pour que nous entamions une conversation badine mais délicieuse. J'ai appris que j'avais affaire à une institutrice, à une voisine et à une grande admiratrice de Verdi (comme moi : quelle coïncidence !) et de la nature. Je l'ai accompagnée jusqu'à sa porte et au moment de nous dire adieu j'ai entendu les paroles suivantes tomber de ses lèvres : " A bientôt, j'ai éprouvé beaucoup de sympathie pour vous dès que je vous ai vu ".

Dimanche prochain je l'amènerai à la matinée de l'Odéon. »

« 7 octobre. Promenade dans l'île de Paqueta. Nous avons passé une journée extrêmement agréable et nous sommes rentrés le soir, enthousiasmés par le clair de lune qui teintait d'argent les eaux de la baie. »

« 20 décembre. Claudia m'a écrit pour se plaindre de ce que je ne lui ai plus fait signe depuis son déménagement à Leme. Je lui ai répondu, dans un billet bref, que j'étais très pris par le bilan. En fait, je n'ai pas l'intention de la revoir. Je sens que les prétentions de Claudia vont au-delà de la simple amitié et je ne découvre en moi aucune vocation pour le mariage, institution au demeurant digne du plus grand respect. »

D'autres incidents de ce genre étaient consignés dans le carnet, sur les pages suivantes, sans enthousiasme. Et à mesure que les jours passaient, les notes devenaient de plus en plus succinctes. A partir de 1932, plus aucune indication. Le carnet faisait état uniquement d'affaires plus ou moins réussies, d'obligations mondaines, de la mort d'un oncle, de rendez-vous avec des compatriotes du Nord. L'élément sentimental avait complètement disparu de ces annotations qui, du reste, n'étaient ni quotidiennes ni régulières. Samuel n'avait pas de préoccupations littéraires.

Mais quelles étaient les préoccupations de Samuel ? Apparemment il n'en avait pas. Homme mesuré et affable, il savait plaire sans tomber dans le ridicule. Il avait peut-être l'ambition de devenir riche, mais il le cachait bien. Il aimait le confort mais n'était pas de ceux qui tueraient père et mère pour l'obtenir. S'il se sentait à l'aise dans des cercles d'hommes d'affaire, il appréciait également le football, et avait son opinion sur les artistes de cinéma, sur leur art et leur plastique, et surtout sur les affinités qu'il se sentait avec eux.

Quant à la religion, je suppose qu'il avait des racines catholiques mais qu'il était devenu indifférent à force de négliger le culte et à cause des contingences de son métier, si dur pour qui se lance dans l'arène de la banque. Il était arrivé jeune et sans expérience du Sergipe, muni d'une lettre de recommandation pour un député ; l'emploi qu'il avait décroché était modeste et l'obligeait à un énorme effort : il devait étudier la nuit, le corps moulu. Le cours de comptabilité exigea des sacrifices. Dans sa lutte pour améliorer sa situation, il oublia peu à peu ses devoirs religieux. L'église de la Candelaria, si majestueuse parmi les bastions de la haute finance, semblait parfois l'inviter à entrer.

Samuel se découvrait respectueusement en passant devant ; son respect était d'autant plus grand que la maison de Dieu était située au milieu des temples de la finance, qui semblaient ainsi assujettis au pouvoir spirituel et en tirer l'énergie nécessaire à leurs délicates opérations. C'était là toute la religion qui subsistait dans son âme. Samuel ne discutait jamais politique. Il respectait le gouvernement mais ne le fréquentait pas. Ses relations avec les directeurs généraux, voire avec des ministres étaient des relations de salon. Samuel n'était pas un homme de cabinets, encore que pour des raisons professionnelles il restât attentif aux réformes qui en émanaient et qui touchaient de si près le crédit. Les directeurs de la banque le tenaient au courant de leurs entretiens confidentiels avec les hauts responsables des finances de la nation ; il n'avait pas à se décarcasser pour être au courant de tout, et agir en conséquence. Le soir, quand il sortait du travail et marchait jusqu'à l'avenue Rio Branco, c'était un autre homme, délivré des lettres de change, des traites et autres billets protestés. Il n'était plus qu'un citoyen bien mis, qui s'intéressait au football, au cinéma, aux courses, aux dîners, aux réceptions – ces derniers temps il fréquentait beaucoup les réceptions.

Cet hiver-là fut fertile en réceptions à Rio. Samuel pouvait se montrer dans deux ou trois raouts chaque soir, sans se donner trop de mal. Son travail à la banque lui laissait le loisir de passer chez lui se rafraîchir et se donner un coup de peigne, de sorte qu'à le voir pénétrer dans le salon des Boanerges, si fringant et si impeccable, personne n'aurait reconnu celui qui, le matin, avait trouvé une solution à la tragédie de l'agriculteur de Campos qui avait dû hypothéquer son dernier plant de canne à sucre pour financer sa récolte.

Samuel avait le don de la conversation de salon, dont le répertoire va des considérations météorologiques aux impressions laissées par les succès théâtraux, cinématographiques et musicaux, sans parler de ces réflexions bienveillantes qu'inspire la santé de son interlocuteur. Sur ce dernier terrain Samuel était imbattable : il savait si joliment dire à une dame âgée qu'il la trouvait de plus en plus jeune qu'elle en rajeunissait instantanément, et le mensonge de Samuel devenait vérité, vérité de banquier, avec garantie sur la place de Rio.

Nous avons dit que Samuel avait des manières discrètes, mais c'étaient plutôt des manières suaves... Oui, il faisait tout avec suavité. Non seulement ses souliers ne craquaient pas, et cela bien avant la mode des semelles en caoutchouc (semelles que Samuel se refusa toujours à adopter), mais encore ne faisaient-ils pas le moindre bruit, ils étaient silencieux, souples, la suavité même. Samuel marchait sur du velours, ses pieds étaient de velours. Ses jambes se mouvaient avec calme et légèreté, son tronc pivotait avec une souplesse innée, ses bras ne freinaient jamais cette rotation. C'était un plaisir que de regarder Samuel se déplacer avec suavité — il convient d'insister sur ce mot — pour aller saluer une dame : l'avant-bras s'avançait, la tête s'inclinait légèrement, un sourire aérien s'esquissait... De la bouche à la main l'espace était grand, personne ne remarqua jamais comment il était franchi. Ce qui est sûr c'est que Samuel va déposer un baiser, qu'il dépose un baiser sur la main gantée et, dans cette galanterie, il n'y a rien qui sente « l'Ancien Régime », rien qui soit affecté. Samuel baise la main de la dame avec une élégance parfaite. Et la bouche recule, comme elle s'était avancée : sans hâte ; la tête revient à sa position initiale, sur la cravate un pli imperceptible s'efface, et voilà Samuel à nouveau planté fermement au milieu du salon.

Mais il arrive une chose désagréable qui ennuie beaucoup Samuel ; le visage de la dame qui, elle aussi, arborait un sourire, se contracte soudain : la dame serre les dents, baisse les yeux, lève sa main gantée. Sur un des doigts la dentelle rougit. La dame contemple, stupéfaite, la tache qui s'étend. Instinctivement sa main se ferme, elle tente de cacher le doigt indiscret qui a choisi ce moment pour saigner, à la vue de tous. Au début Samuel ne comprend pas, mais la réalité s'impose à lui, irréfutable.

« Vous vous êtes blessée ? Mais comme c'est affreux ! Votre main est inondée de sang ! Comment cela s'est-il produit ? Attendez, je vais aller quérir de la teinture d'iode, du coton... »

La dame est pâle mais elle sourit de nouveau :

« Ce n'est rien, ne vous dérangez pas... C'est sans doute une épingle. Oui, c'est sûrement cela. J'ai dû passer ma main sur ma robe et je me suis piquée. Je n'ai besoin de rien, je vais étancher le sang avec un mouchoir. »

Samuel est désolé.

« Je suis navré de cet incident, absolument navré. Mais où est donc cette malencontreuse épingle. Elle mérite un châtiment exemplaire : il faut l'expulser de cette robe ravissante. Elle est indigne de s'y trouver. Les épingles sont ingrates et dépourvues d'imagination. »

La dame ne peut s'empêcher de sourire :

« Ah, monsieur Samuel, toujours aussi flatteur... Laissez cette malheureuse épingle, elle fait moins de mal que certains hommes... Je ne dis pas cela pour vous, bien entendu. »

Et elle s'éloigna. Samuel ne la vit plus dans le salon. Elle avait disparu par la porte menant à la salle de bains des Boanerges.

Dans les notes intimes de Samuel, on lit à cette date :

« Au cours d'une réception chez les Boanerges, j'ai eu le chagrin de voir Mme Sousa, qui a de jolies mains, se blesser le doigt avec une épingle, juste après que nous nous soyons salués. Elle a fait preuve d'un grand sang-froid, a refusé le pansement que je me suis offert à lui faire et a masqué avec un sourire la douleur de cette piqûre, qui a dû pourtant être vive. »

Et immédiatement après :

« La réception a été très ennuyeuse, le Dr Martiniano Lopes m'a coincé sur la terrasse pour me lire un interminable discours qu'il doit prononcer devant l'Ordre des Économistes. Ce martyre a duré une heure entière, montre en main. »

Le dimanche suivant, Samuel assistait aux courses du Jockey Club, aux côtés de son ami Tancredo, agent de change, et de son épouse, Dona Guiomar. Les deux hommes étaient liés par vingt ans d'amitié. Tancredo avait demandé à Samuel d'être le parrain d'un de ses enfants qui avait déjà trois ans et n'était toujours pas baptisé. Mais il était impossible de baptiser Luisinho. On fixait une date et l'enfant tombait malade ; on se mettait d'accord sur une autre date et Tancredo devait partir s'occuper d'une affaire à Porto Alegre ; troisième rendez-vous, et Dona Guiomar apprenait que son grand-père était malade au Parana.

« Luisinho arrivera à l'âge de cent ans et il sera toujours païen, disait Samuel en riant. C'est écrit dans le livre du destin.

— Ne dis pas cela, Samuel — coupait Dona Guiomar — Dieu est très grand. C'est plutôt toi qui n'as pas la vocation de parrain. »

Ils étaient tranquillement assis à la tribune, le soir tombait. Le cheval de Samuel avait couru et gagné. Tancredo et Guiomar avaient parié sur ce cheval et étaient très excités par leur victoire.

Dans la confusion de la sortie, au moment des adieux (le couple habitait à Ipanema), alors que Samuel se penchait sur la main de la mère de son futur filleul, un jeune homme vêtu d'un costume à carreaux, sans chapeau, qui tenait un papier à la main, passa à côté d'eux à la vitesse d'un poignard. Une bousculade s'ensuivit. La main de Samuel recula, celle de Dona Guiomar aussi ; cette dernière avec un mouvement convulsif, tandis qu'un cri d'effroi s'échappait des lèvres de la jeune femme.

Samuel et Tancredo se précipitèrent. L'index de la main potelée et brune de Dona Guiomar saignait. Le bout du doigt manquait.

« Mon Dieu ! mais qu'est-ce que c'est ? Ça doit être le type qui nous a bousculés. Je vais l'attraper.

— Attends, Tancredo. Occupe-toi plutôt de ta femme pendant que je cours après ce type. Appelle un taxi et emmène-la à l'hôpital. »

Un attroupement se forma. Dona Guiomar gémissait, son visage ruisselait de larmes. La douleur était insupportable. On l'emmena au bar en attendant l'arrivée d'une voiture. Assise, son doigt lui faisant atrocement mal, Dona Guiomar secouait son bras, soufflait sur l'endroit blessé. Le mouchoir dans lequel elle avait entortillé son doigt était trempé.

Samuel revint sans avoir retrouvé le type. Il se souvenait parfaitement de ses vêtements, mais pas de ses traits. Le type tenait un papier à la main, le programme des courses peut-être ?

« Mais tenait-il seulement un papier ? Il cachait sûrement un couteau, une lame quelconque. »

Impossible de vérifier quoi que ce soit ; les policiers qui arrivaient n'avaient pas d'indications suffisantes pour attraper le criminel. Et Tancredo, gêné, préférait ne pas faire de bruit. Il caressait la main intacte de sa femme, dans un geste de tendresse, comme si l'infortune de l'autre augmentait le prix de celle restée valide.

Samuel vint annoncer que le taxi était arrivé. Il fraya un chemin à la jeune femme et la protégea de la cohue. Il soutenait la main mutilée avec une douceur toute particulière. Tous trois montèrent dans le taxi mais au lieu d'aller à l'hôpital Tancredo préféra — et Samuel l'approuva — passer chez leur médecin de famille, le prendre et le ramener chez eux pour soigner la blessure à domicile.

Les pleurs de Dona Guiomar avaient diminué. La compresse avait arrêté l'hémorragie. Mais l'émotion de cette attaque si brusque — elle ne s'était rendu compte de rien — et la tristesse de se savoir mutilée lui serraient le cœur.

Samuel n'était pas moins affecté que Tancredo et il les consolait tous les deux.

« Allons, allons, il n'y a pas de quoi se mettre dans cet état. C'est une petite entaille de rien du tout. Il en est sorti beaucoup de sang, c'est vrai. Mais il suffit qu'une petite artère soit sectionnée pour provoquer tout ce flux de sang. Il n'y a pas de lésion grave. Dans une semaine il n'y paraîtra plus. Tancredo a l'air si abattu qu'on dirait que c'est lui qui s'est coupé le doigt... Du courage mon vieux. Ta petite femme te surveillera encore pendant de longues années, forte et belle comme à son habitude. »

Sur le carnet :

« La femme de Tancredo a été victime d'un attentat inexplicable, à la sortie du Jockey. Quelqu'un qui est passé en courant l'a blessée à l'index de la main droite. Nous n'avons pu attraper l'agresseur. Je crains que le doigt ne reste mutilé, privé de son bout. J'ai essayé de les consoler de mon mieux. Demain je proposerai à Tancredo des actions dans les Cotonneries, c'est une affaire excellente. »

Le plus triste c'est que Dona Guiomar resta effectivement mutilée et qu'on n'attrapa jamais le type au costume à carreaux.

Samuel continuait à travailler d'arrache-pied et à s'amuser. Il se mit à fréquenter des personnalités du corps diplomatique. Le Ministre chinois lui fit envoyer une tunique en soie bleu ciel avec des broderies d'or représentant des arbres et des oiseaux. Samuel devint un intime de la Légation chinoise, il s'occupait des intérêts chinois comme si c'étaient les siens, et il offrit à l'épouse du Ministre une collection de papillons brésiliens qu'un spécialiste avait mis dix ans à constituer.

Au Bal de la Légation, il fut présenté à Mme Figueiroa, l'épouse d'un chargé d'affaires d'Amérique centrale. Une créature magnifique, à la poitrine peut-être un peu trop opulente ; des yeux aux longs cils qui étincelaient et une voix chaude qui semblait brûler les mots.

Cette dame splendide évita de justesse un plateau de rafraîchissements que brandissait un serveur à l'entrée du buffet. Samuel n'eut que le temps de lui baiser la main. Le serveur se retourna étonné : Un aïe ! s'était échappé de la bouche de Mme Figueiroa ; une grimace de douleur altérait son visage. Sa robe blanche était tachée. Des gouttes rouges coulaient de sa main contractée, tandis que l'autre laissa tomber un éventail. Samuel le ramassa et se permit de soutenir la pauvre dame, qui s'évanouissait. Le serveur, après un moment d'hésitation, disparut.

« C'est incroyable, je ne peux en croire mes yeux... Vous vous êtes blessée, madame ? Comment cela s'est-il passé ? Un éclat de verre sur le plateau, peut-être ? »

Les diplomates savent faire face aux difficultés ; les femmes de diplomates sont éduquées dans le même esprit. Mme Figueiroa trouva le moyen de cacher sa main blessée — une blessure horrible — derrière son éventail, puis derrière son mouchoir, enfin à l'intérieur de son étole d'hermine, après quoi elle se retira avec son mari qui ne comprenait rien et qui, tout diplomate qu'il fût, voulait faire appeler la police, voulait faire arrêter le serveur, voulait élever une protestation.

Cet incident fut plus sérieux. Mme Figueiroa dut être hospitalisée. Il lui manquait une phalange. Verdict des médecins : morsure humaine.

Mais était-ce possible ? Un monsieur aussi distingué que Samuel était au-dessus de tout soupçon. Le chargé d'affaires lui-même refusait de le croire ; il lui fallut pourtant reconnaître que quelqu'un avait mordu sa femme et lui avait sectionné un doigt ; et comme les deux seules personnes à l'avoir approchée étaient Samuel et le serveur ; et comme le serveur ne s'était pas incliné pour lui faire un baisemain — ce qui aurait été absurde — Mme Figueiroa se rappelait d'ailleurs très bien que le serveur n'avait rien fait d'autre que s'approcher avec son plateau — il était donc clair que le coup de dent était parti de Samuel.

On fit de discrètes enquêtes policières, le serveur n'apporta aucun éclaircissement.

Samuel fut invité à se présenter à la police. Le commissaire le reçut avec courtoisie, mais pas un instant il ne cessa de regarder la bouche et les dents de Samuel. Les dents étaient parfaites. Pas le moindre défaut, à l'exception d'une jaquette, séquelle d'une chute de cheval.

Samuel remarqua cette inspection, il sortit son étui à cigarettes.

« Vous fumez, Monsieur le Commissaire ? Alors si vous permettez — et il vissa une cigarette entre ses lèvres, exhalant une fumée ténue.

— Vous n'êtes accusé de rien. Nous vous avons fait venir simplement pour vous demander quelques renseignements, vous comprenez ? Pendant que vous parliez à Mme Figueiroa quelqu'un s'est-il approché d'elle, penché sur elle ?

— Non, Monsieur le Commissaire. Du moins pas à ma connaissance. Seul un serveur est passé avec un plateau. Il s'est arrêté en entendant Mme Figueiroa crier.

— Bon. Vous croyez que ce serveur... aurait pu... mordre en cachette Mme Figueiroa ?

— Non, je ne le crois pas. Il n'aurait jamais fait une chose pareille. Pourquoi l'aurait-il fait d'ailleurs ?

— Alors comment expliquez-vous l'incident ?

— Je pense que Mme Figueiroa a dû se blesser avec le plateau, ou avec une coupe de verre, ou un éclat de verre.

— Mon cher, son doigt a été arraché à coups de dents. Quelqu'un l'a mordue.

— C'est absurde, Monsieur le Commissaire, vous croyez donc que quelqu'un, à un bal de légation, se serait jeté sur une dame pour la mordre ? »

C'était la première affaire de ce genre : le commissaire lui aussi trouvait cela absurde. Les médecins avaient dit une sottise.

Samuel ne fut plus inquiété. Les journaux restèrent muets.

Mais quelque chose du dernier incident transpira dans les salons. On ne sait jamais d'où vient une rumeur ; elle se répand comme la poussière impalpable sur les meubles. Lorsque Samuel les saluait, les dames cachaient instinctivement leurs doigts.

Certaines l'évitaient. Il ne semblait pas le remarquer. Il était d'une courtoisie exquise, comme à l'accoutumée.

Dans la pâtisserie de la rue de la Carioca, alors très fréquentée par le beau monde, il rencontra un samedi des amis. Le Dr Tabuada, directeur d'une maison de santé à Rio Comprido, sa femme et un jeune blond, un cousin de sa femme. Le médecin vivait très à l'écart du monde mais sa femme ne manquait pas un seul bal élégant et le jeune homme aussi était friand de fêtes.

« Ah, monsieur Samuel, cela fait des siècles que nous ne nous sommes rencontrés ! Je sais déjà que vous êtes l'heureux propriétaire de toute la rue du 1er Mars. Vous finirez à la City, comme les Rothschild... » — et il lui donna une petite tape amicale sur le ventre.

Samuel, qui détestait la familiarité, lui répondit par un sourire guindé et se tourna vers la dame qui le regardait, terrorisée, son bras serré contre sa poitrine. Il la força à lui tendre la main. Dona Regina dut accepter le contact, affronter le risque. Mais Samuel lui affleura à peine la main, il y déposa un baiser arachnéen — un souffle — comme si elle eût été en une porcelaine qu'il ne voulait pas ébrécher.

Elle sourit, soulagée. Son cousin, qui avait suivi la scène avec inquiétude, éclata de rire.

« Qu'est-ce qui te prend, mon petit ? demanda le médecin. Tu deviens fou ? »

Dona Regina riait elle aussi. Samuel décida de rire à son tour. Ils se regardaient, et chacun de rire de plus belle... De quoi riaient-ils donc ? Le Dr Tabuada ne comprenait pas.

Au moment des adieux, la dame exigea le baisemain samuelien. Elle était confiante, la bouche du haut fonctionnaire de la banque l'effleura encore une fois, aériennement, avec indifférence.

Mais Samuel décida de rester, car à une des tables à gauche une autre de ses connaissances se trouvait assise. C'était la veuve Mendes Gualberto, fraîche et accorte, qui lui souriait. Elle était redevable à Samuel de plusieurs faveurs ; des actions bloquées dans un inventaire et retenues à la banque avaient été débloquées avant que le juge n'eut donné son aval ; et d'autres menues faveurs encore ; Dona Deolinda Gualberto accentua son sourire.

« Il y a bien longtemps que je ne vous ai vu, monsieur Samuel. Il est vrai que depuis la mort de mon mari je ne mets plus les pieds dans les salons. Et vous, toujours aussi mondain, n'est-ce pas ?

— Oh, madame, pas tant que cela. Je fréquente la maison de quelques vieux amis, c'est tout. On ne peut pas toujours vivre fourré dans ses papiers ni cloîtré dans son bureau, vous ne trouvez pas ? Quel plaisir de vous voir ! Si je ne devais pas raviver des souvenirs pénibles, je ferais l'éloge du deuil subtil de votre robe mauve... Elle vous va à ravir. Vous savez qu'elle est admirablement assortie à l'après-midi ?

— Ah, monsieur Samuel, je ne savais pas que les banquiers s'y connaissaient en mode...

— Eh bien maintenant vous saurez que nous nous y connaissons en tout. »

Ils parlèrent de l'inventaire, enfin liquidé. Dona Deolinda

songeait à fuir la chaleur. Samuel lui conseilla Friburgo, plus calme que Petropolis, et encore moins cher. Il lui indiqua un hôtel dont la veuve nota l'adresse dans un calepin.

« Bon, il faut que je m'en aille. Vous n'imaginez pas comme cela m'a fait plaisir de vous revoir. A un de ces jours.

— *Le meilleur rasoir et la meilleure lame. Essayez donc cet appareil, monsieur. Voici comment on procède. Vous permettez ?...* »

Un camelot se penchait sur leur table, entre les coupes de glace vides. Dona Deolinda était justement en train de tendre sa main à Samuel qui s'apprêtait à lui faire un baisemain. Le geste du vendeur dérangea tout.

« Oh, excusez-moi !

— Aïe ! aïe ! » gémit la dame.

« Imprudent ! Insolent ! » s'écria Samuel, agrippant le vendeur par le bras, la bouche tordue par une grimace.

L'homme se débattait, essayait de se libérer, balbutiait :

« Mais je n'ai rien fait. Je... je... »

Des serveurs accoururent, le gérant de la maison descendit de son trône. Plusieurs clients s'approchèrent. Un attroupement se forma. Dona Deolinda avait perdu un tronçon de son petit doigt.

La confusion était infernale mais Samuel réussit à rejoindre le camelot — voulait-il lui parler ? lui mettre la main au collet ? Mais le type plongea dans une mer de poitrines, s'ouvrit un chemin entre des jambes remuantes et gagna la rue où il disparut. Rio avait près de deux millions d'habitants.

Quand la police arriva, elle chercha en vain l'homme aux rasoirs. A la table de Dona Deolinda la nappe semblait maculée de taches de vin. Samuel était sorti avec la veuve et l'avait raccompagnée chez elle.

A partir de ce moment la situation devint difficile pour Samuel. Il n'était plus possible de cacher le fait qu'il prenait plaisir à mordre les dames, que c'était un sadique, un monstre. Un journal du soir donna les initiales de Samuel et publia en gros caractères : *Le Vampire des Salons — Étrange série d'aventures d'une personnalité en vue dans les milieux bancaires.*

Les demoiselles qui avaient l'habitude d'aller de banque en banque présenter des listes de souscription en faveur des victimes de cataclysmes naturels, des orphelins de guerre dans les Balkans et d'autres sinistres, s'attachèrent à l'innocenter. Mais on n'accorda aucune créance au témoignage de ces vierges, pour la bonne raison qu'il n'est pas de bon ton de leur baiser la main.

Le président de la banque convoqua Samuel pour un entretien pénible.

« Mon cher Samuel, hier *Le Soir*...

— Je suis au courant. C'est une infamie, monsieur Morais. J'ai envoyé une lettre à la rédaction pour protester contre ces insinuations, elle doit paraître aujourd'hui dans la dernière édition

— Vous êtes peut-être surmené par le travail ? Vous ne voudriez pas vous faire examiner par un médecin ?

— Je me sens parfaitement bien. Je ne me suis jamais senti aussi bien. Pourquoi me parlez-vous de médecin ?

— Pour rien. J'ai dit ça comme ça. Quoi qu'il en soit, sachez que nous avons décidé de vous accorder un congé de trois mois, et ce congé nous vous conseillons de le passer en Argentine, ou en Uruguay, ou quelque part par-là. Cela vous fera sûrement du bien. »

Samuel fut désarçonné.

« Mais je n'ai pas besoin de repos. Je suis au sommet de ma forme, je suis parfaitement capable de travailler. Encore au début de cette année je suis allé à Caxambu. La banque songerait-elle à se passer de mes services ? »

Le président ne répondit pas.

« Dois-je interpréter votre silence comme... une réponse affirmative ? C'est bien cela ? »

Le président ne pipa mot.

Cet instant fut long, et Samuel eut tout le loisir de suivre les évolutions d'une fourmi qui s'était introduite dans le bureau, Dieu sait comment, et qui cheminait sur le tapis présidentiel.

« Je vois. La banque me congédie après vingt ans de bons et loyaux services. Après tous mes efforts pour qu'elle étende son champ d'action... »

Embarrassé, le président fixait une statuette de bronze représentant une femme vêtue d'une tunique et portant un flambeau. Bien qu'en métal, la silhouette callipyge l'emplissait de plaisir.

« Sachez, monsieur Morais, que je ne donne pas ma démission. Que la banque me mette à pied si elle le souhaite. Je ne peux pas avoir perdu la confiance de la direction. J'ai droit à une explication, je pense.

— Vous vous trompez, rétorqua le président d'une voix traînante et beaucoup moins amicale qu'au début, et essayant de s'arracher à la contemplation des courbes de la statuette. Nous n'avons pas d'explications à vous donner. C'est plutôt à vous de nous expliquer ce... vice, ce... je ne sais comment l'appeler.

— Ah, dit Samuel avec un sourire amer, il s'agit de ces horreurs que... Vous avez donc cru à ces turpitudes ? Eh bien, je ne m'attendais pas à cela de la part d'un homme de bon sens comme vous. Ce qu'il y a — il fit une pause, se râcla la gorge, et répéta — ce qu'il y a, c'est une série de coïncidences parfaitement regrettables à tous égards, mais dont je ne saurais être accusé... Non, je ne saurais être accusé de cela. Vous me direz : mais alors comment tout cela s'est-il passé ? Et je vous répondrai : je n'en sais rien. Cela s'est passé : je n'en sais pas plus. Cela s'est passé devant moi, sous mes yeux, sans que je puisse intervenir à temps, voilà. Je vous assure que c'est ainsi que les choses se sont passées. Cela m'a beaucoup tracassé ces derniers temps, vous ne pouvez pas imaginer. Je ne parviens pas à m'expliquer la raison de ces... accidents ; tout ce que je sais c'est qu'ils se produisent en ma présence. Vous comprenez ?

— Non, Monsieur, je ne comprends pas.

— Moi non plus, mais qu'y puis-je ? Je ne peux tout de même pas m'accuser d'être l'auteur de ces actes de sauvagerie. Vous ne pouvez pas exiger ça de moi.

— Monsieur Samuel, je vais convoquer une réunion des directeurs pour que nous examinions cette affaire. Jeudi prochain nous prendrons une décision. En attendant vous confierez la gérance à M. Vasconcelos et vous resterez chez vous ; le moment venu nous vous ferons part de nos instructions. Prenez du repos. »

En arrivant chez lui Samuel tomba sur l'inspecteur qui était venu le chercher. Le commissaire le reçut sans aucun égard, après l'avoir fait attendre une heure dans le couloir, au milieu de négresses qui voulaient des attestations d'indigence.

« Ah, c'est vous ! Alors l'incident s'est répété, hein ? Comment expliquez-vous ça ?

— Monsieur le Commissaire, je n'explique rien. La fatalité...

— Laissez la fatalité où elle est, espèce de fripouille. Ainsi donc, un homme dans votre situation, un homme reçu dans la meilleure société, s'amuse à croquer les doigts des dames et essaie ensuite de cacher son jeu ? Il ne manquait plus que ça ? Mais quelle est donc cette diable de faim bizarre qui vous prend, hein ?

— Monsieur le Commissaire, je trouve votre façon de vous exprimer blessante. Je vous demande la permission de ne pas répondre.

— Eh bien, ne répondez pas, hurla le commissaire. Vous allez voir ce qui arrive à celui qui veut jouer à l'anthropophage dans une ville civilisée... »

Et il riait à l'idée d'un anthropophage lâché en liberté dans la capitale du pays.

« Excusez-moi, monsieur le Commissaire, mais je ne suis pas un criminel. Je suis le gérant d'une banque. J'ai droit à des égards. Je respecte les autorités de mon pays et je pense qu'elles aussi me doivent du respect. Si j'étais...

— Taisez-vous ! Vous n'êtes pas seulement un mangeur de chair humaine mais aussi un faiseur de phrases, à ce que je vois. Il ne manquait plus que ça. »

Il n'y eut pas moyen de s'entendre avec le commissaire. Une enquête fut ouverte. Samuel fut soumis à de longs interrogatoires. Le garçon qui l'avait servi rue de la Carioca déposa contre lui. Le gérant de la pâtisserie déclara que de sa caisse il avait vu les dents de Samuel, calmes et inexorables, s'enfoncer dans le doigt de la veuve. Mais le vendeur de rasoirs, personnage de la plus haute importance pour l'élucidation des faits, ne fut jamais retrouvé, Rio ayant presque deux millions d'habitants !

Le médecin légiste examina les lèvres de Samuel, ses canines... il étudia les mouvements de sa bouche, lui fit mordre une banane, puis une pomme. Samuel, au début avec répugnance, ensuite avec rage, enfin avec résignation, mordit et mâcha tout ce qu'on voulut : crayons, gommes, fragments de bois, rondelles de canne à sucre. Ensuite on lui présenta une longue main en cire, une main de femme.

« Ah, non pas ça ! Vous abusez de ma patience. Je ne mordrai pas ça,

— C'est pour votre bien, personne ne vous veut de mal, voyons. Un petit coup de dent suffira. »

Il mordit, cracha, grimaça.

Ce qui frappait le commissaire, c'était que dans aucun des cas portés à sa connaissance, on ne savait ce qu'étaient devenus les morceaux de doigts coupés. Ce gredin les aurait-il avalés ? Mais on prétendait qu'il ne faisait jamais le moindre geste de déglutition ; il n'avait pas non plus de sang sur les lèvres... Il faut dire qu'au moment de la panique personne n'avait l'idée de regarder ses lèvres. La femme mordue accaparait toute l'attention. Le gérant de la pâtisserie l'avait vu planter ses dents dans le doigt de la dame, mais ce même gérant n'avait pas pensé à regarder sa bouche ensuite, il était incapable de dire si elle était ou non tachée de sang.

La perplexité grandit encore après la déposition de la veuve qui innocentait complètement l'accusé.

L'enquête fut suspendue. Il était impossible d'inculper Samuel.

Les directeurs de la banque s'étaient réunis et n'avaient rien décidé. Cette affaire n'était pas une affaire commerciale ; aucun des banquiers n'avait d'expérience dans ce genre de domaine et, en l'absence d'une véritable certitude, il leur en coûtait de condamner un vieux serviteur de la banque, presque un collègue. Ils décidèrent d'attendre le résultat de l'enquête, Samuel fut suspendu de ses fonctions. Quand ils furent informés du non-lieu, les directeurs insistèrent pour accorder des vacances à Samuel qui finit par accepter.

Samuel n'alla pas à Buenos Aires. Il alla à São Paulo.

Lorsque ses vacances s'achevèrent, Samuel pensa qu'il ferait mieux de rester sur place. Une succursale de sa banque était en pleine expansion. Elle avait besoin d'un gérant compétent. Les directeurs jugèrent que ce serait une bonne idée de le nommer à ce poste. A São Paulo personne n'était au courant de rien et à Rio on en serait débarrassé.

Samuel passa là-bas huit ans à travailler dur. Huit ans parfaitement tranquilles. Il s'était fait peu de relations. Rien n'est à signaler pendant cette période.

Tout ce temps passé sans voir Rio réveilla sa nostalgie. Il avait à traiter une affaire d'exportation extrêmement compliquée. Il prit l'avion et alla en discuter avec le président de la banque.

Il trouva ce dernier bien vieilli, avec ses tempes blanches. Les employés derrière les guichets présentaient eux aussi des signes de décrépitude, il y avait beaucoup de nouveaux visages, ça et là. Seule la banque n'avait pas changé, elle était toujours dans la même rue, la statue de bronze n'avait pas bougé elle non plus — mais Samuel se sentait plein de mélancolie.

« Vous avez l'air en pleine forme, Samuel. Je me réjouis de vous voir si bonne mine. São Paulo vous a fait du bien. Je vous trouve juste un peu bedonnant. Mais c'est l'âge, n'est-ce pas ? »

Devant cette familiarité du président, Samuel se hérissa.

« Moi aussi cela me fait plaisir de vous revoir, monsieur Morais. Vous, et tous mes camarades dans cette maison. Huit ans c'est long. Vous êtes au courant de ce qui m'amène à Rio, j'imagine ? »

Pendant une heure ils discutèrent de l'affaire. Samuel transpirait. Il retourna à l'hôtel, prit une douche, s'étendit sur son lit en caleçon, après avoir ouvert les fenêtres qui donnaient sur la baie.

La chaleur de Rio ! Cela faisait si longtemps qu'il n'y avait été exposé qu'il la trouvait maintenant insupportable. Il pourrait appeler la réception, commander un rafraîchissement, mais ça ne l'avancerait guère. L'air était immobile. Le ciel couleur de plomb. Les voitures en bas avaient l'air de petits scarabées se déplaçant sans bruit.

Dans sa chambre les objets lui parurent prendre de l'épaisseur. Le téléphone posé sur l'annuaire près de lui était une grosse masse noire. Téléphone d'ailleurs inutile : cela faisait huit ans qu'il ne parlait à personne à Rio, il n'avait conservé aucune de ses anciennes relations. Qui se souvenait encore de lui ? Qui parmi ses amis du club, des ambassades, parmi ses connaissances masculines et féminines, se souvenait encore de lui ? Huit ans sans une lettre, sans une explication : c'était long.

Le téléphone sonna.

« Allô, qui est à l'appareil ?

— Comment ? A qui désirez-vous parler ?

— Je voudrais parler à M. Samuel Cardoso.

— Lui-même. Qui est à l'appareil, s'il vous plaît ?

— Vous ne vous souvenez plus de ma voix, monsieur Samuel. Faites un effort...

— Je regrette infiniment, madame, mais je ne me souviens pas. Pourriez-vous me dire qui vous êtes ?

— Dommage que vous ayez oublié. J'ai lu votre nom sur la liste des passagers de la *Vasp*. Ça a été une surprise pour moi, vous savez ? J'ai aussitôt téléphoné à la banque et là on m'a donné votre adresse. Vraiment, vous ne vous souvenez plus de moi ?

— Non, chère madame, j'avoue que je ne me souviens pas. Je le regrette infiniment. Si vous vouliez bien me dire votre nom...

— Pas pour l'instant. Voyons si vous arriverez à deviner.

— Je n'arriverai pas à deviner, je...

— Mais si. Cherchez dans vos souvenirs.

— Je cherche. Malheureusement je ne trouve rien.

La voix s'attrista.

— Et moi qui espérais que vous devineriez. Cela ne fait pourtant pas si longtemps. Allons, un petit peu de bonne volonté. »

Samuel, sincèrement, ne se souvenait pas.

« Vous vous y connaissez toujours en robes ?

— Comment cela, en robes ? Mais...

— Ne faites pas celui qui a tout oublié. Vous m'avez dit une fois que ma robe était assortie à la couleur du ciel, un certain après-midi. Vous vous souvenez ? »

Il y avait tant de robes et tant de compliments anodins ensevelis dans la mémoire de Samuel qu'il ne se souvenait d'aucun en particulier. Il commençait à se sentir intrigué.

— C'est drôle comme vous savez — comme vous saviez — dire de jolies choses, tout en conservant l'apparence d'un homme d'affaires. ... Mais je ne me suis pas trompée au moins ? Allô, c'est bien M. Samuel à l'appareil ?

— Lui-même.

— Samuel... Vous avez un drôle de prénom, tout de même. Un prénom un peu triste, mais qui inspire une sorte de confiance, je ne sais comment dire. Alors, Samuel, tu ne te souviens vraiment pas de moi ?

— ...

— Permets-moi de t'appeler Samuel, de te tutoyer, comme si nous étions intimes. Hélas, Samuel, ce que tu as fait était horrible. On pardonne mais on n'oublie pas.

— ...

— J'ai pardonné, ou disons que j'ai fini par trouver cela naturel, parce que cela venait de toi et parce que tu m'avais fait une forte impression. Dis-moi une chose, Samuel, tu restes longtemps à Rio ?

— Je ne pense pas. Deux ou trois jours, au maximum.

— J'aimerais te voir, j'aimerais te montrer...

— Mais...

— Ne me refuse pas cela, Samuel, sois gentil. Écoute-moi, ce soir, cela t'irait ?

— Comment ? Mais je ne sais même pas qui vous êtes...

— Aucune importance. Tu le sauras après.

— Mais je ne sais si j'aurai le temps. J'ai un rendez-vous ce soir, avec des amis...

— C'est un mensonge, Samuel, tu n'as aucun rendez-vous. Tu n'as jamais plus donné de tes nouvelles à qui que ce soit. J'ai demandé à tes amis, je suis allée à la banque. Personne n'a su ou n'a voulu me dire où tu étais parti. Je l'ai découvert par hasard, dans le journal. On se rencontrera ce soir, n'est-ce pas ? Je te le demande. »

Il finit par céder. Elle ne voulait pas d'endroit bruyant. Ils se retrouveraient à neuf heures, dans le Jardin Public, près du portail de Mestre Valentin. C'est elle qui l'aborderait. Surtout qu'il n'aille pas lui faire faux bond.

Il fut fidèle au rendez-vous. Une femme de haute taille, vêtue de sombre, se détacha des arbres. Une veste jetée sur ses épaules dissimulait son bras droit. Elle tenait un sac dans sa main gauche et du bout de ses doigts elle toucha le bras de Samuel.

« Dona Deolinda... »

Elle sourit :

« Ainsi tu n'as pas reconnu ma voix, hein ? Il faut dire que nous ne nous étions jamais beaucoup parlé. Je pensais pourtant... »

Samuel était embarrassé. A São Paulo il avait vécu à l'écart du monde. Les mots qui lui seraient jadis venus aux lèvres pour faire face à ce genre de situation lui manquaient aujourd'hui.

« Mais, Doña Deolinda...

— Ne m'appelle pas Dona, tu me trouves donc si vieille ? »

Ils s'assirent sur un banc, près du buste d'Olegario Mariano. A les voir seuls dans ce coin on les eût pris pour des amoureux.

« C'est drôle comme les choses arrivent, Samuel. Je t'ai toujours trouvé sympathique. J'aimais tes manières raffinées. Quand je suis allée à la banque pour la première fois et que j'ai fait ta connaissance, je me suis dit : voilà un homme charmant que personne n'a découvert. Il est caché dans une salle obscure, au milieu des machines. S'il sortait dans la rue... Ensuite, j'ai appris que tu fréquentais beaucoup la société et j'ai imaginé une rencontre fortuite, en dehors de la banque. Mais j'étais une veuve de trop fraîche date, je ne pouvais courir les fêtes. Tu te souviens ? Non, tu ne te souviens de rien. Ensuite il y a eu cette rencontre à la pâtisserie...

— Je me souviens de cette rencontre », avoua naïvement Samuel.

L'épaule gauche de Deolinda s'appuyait contre l'épaule droite de Samuel. Sans provocation. C'était une marque de confiance, qui allait de pair avec ses paroles. Et la confidence, en se faisant plus précise, rapprochait naturellement les corps.

« C'est à l'occasion de cette rencontre que je me suis aperçue... ou que cela a commencé, je ne sais pas très bien. Tu trouveras peut-être cela ridicule, mais je me souviens des moindres détails de cet après-midi. La robe mauve que je portais, les glaces que nous avons commandées, des glaces au cajou, tu sais ? Je me souviens que tu m'as parlé du Nord, tu m'as raconté des détails de ton enfance sergipoise dans la petite ville de Capela. J'ai retenu ce nom : c'est bien à Capela que tu es né ?

— Oui.

— Tu vois. Tu m'as raconté une histoire de baignade, il y avait un anacardier qui poussait au bord d'une rivière et d'où les garçons se jetaient pour plonger dans l'eau. J'ai fermé les yeux pour voir la rivière, avec tous ces enfants sautant et nageant, j'ai essayé de t'imaginer petit garçon, plongeant de l'arbre. Et j'ai beaucoup ri quand tu as dit : qui sait si ce cajou ne vient pas du Sergipe ?

— Je me rappelle maintenant que nous avons parlé d'un inventaire, risqua Samuel, qui se raccrochait au côté professionnel des choses.

— Oui, mais au début seulement, après ta remarque sur ma robe. Ensuite la conversation a pris un autre tour. Tu m'as parlé de tes baignades dans la rivière, de l'anacardier, tu as commencé à me raconter le voyage compliqué du cajou, de Capela jusqu'à la rue de la Carioca, le cajou qu'on presse, le jus qui arrive à la pâtisserie et qu'on met à refroidir et qui se transforme en glace que l'on sert dans des coupes et qu'on déguste à la petite cuiller, avec sur la langue cette fine saveur froide du Sergipe... J'ai trouvé cela adorable. »

Sa vanité fut chatouillée. Il éprouva une nostalgie indéfinissable du temps où il s'entretenait avec des dames de sujets frivoles et où on le trouvait brillant.

Deolinda ne songeait pas à éloigner son corps. La ligne de chaleur humaine prenait naissance à l'épaule et descendait jusqu'à la jambe.

« Je sais que tout cela est ridicule, soupira-t-elle. Tu m'excuses, n'est-ce pas ?

— Je t'en prie, continue », murmura Samuel.

Deolinda avait du mal à poursuivre. Elle voulait faire revivre l'après-midi tout entier, le moment des adieux, principalement ce moment-là. L'instant où était entré ce camelot avec ses rasoirs.

Samuel écarta légèrement son épaule. Il regardait vers la rue où des tramways passaient, bondés. Où voulait-elle en venir ? Après tout ce temps, revenir à ce sujet gênant. Mais l'épaule de la femme chercha l'épaule de l'homme, comme si leur contact était indispensable à la remémoration.

« J'ai senti une surprise effroyable, une douleur et ensuite un chagrin immense, poursuivit-elle, la tête baissée. La douleur était peut-être moins vive que le chagrin, c'est vrai. Je n'aurais jamais pensé qu'une personne comme toi, si attentionnée, si bonne... Une personne en qui j'avais la plus grande confiance, mon Dieu !

— Mais penser quoi ? Tu t'imagines donc...

— Évidemment. Tu crois que je n'ai pas vu ? Que je n'ai pas senti dans ma chair ?

— Mais tu es folle. Alors, pourquoi as-tu dit au commissaire que je n'y étais pour rien ? »

L'irritation grandissait en lui, avec le soupçon qu'on le traquait, qu'on l'acculait.

« Mon chéri, calme-toi, ne te fâche pas. Je suis une femme bien malheureuse. Pauvre de moi. Tu me juges bien mal. Si tu crois que je cherche à me venger. Samuel, je te jure que ce n'est pas cela. Je t'ai pardonné, je te l'ai déjà dit.

— Pardonné quoi ? Tu n'avais rien à me pardonner.

— Samuel, comme tu es fort, mon ami. Quelle est la nature de cette force qui émane de toi — j'en suis tout étourdie — je ne sais. Quand j'ai senti tes dents acérées sur mon doigt, cette chose fulgurante, atroce, j'ai cru mourir. Et ta tête sentait si bon, ta main était si douce, quelle horreur ! Pourquoi as-tu fait cela, Samuel ? Tu voulais me marquer ? »

Il se leva, mais sans sa suavité habituelle. Il se leva avec brusquerie.

Elle voulut le retenir, elle se leva aussi, le bras tendu pour l'arrêter. A cause de ce mouvement sa veste glissa à terre. Alors apparut la manche vide, qui flottait un peu en dessous du coude. Deolinda éclata en sanglots.

Il resta pétrifié, muet. La femme sanglotait éperdument, le visage caché derrière son sac à main.

Samuel avait envie de se mettre à genoux, de la supplier pour l'amour de Dieu de cesser. Ou alors qu'elle aille au diable. En même temps il avait envie de s'enfuir, sans chapeau, dans la nuit. Il voulait regarder le bras... absent, et il n'en avait pas le courage. Ces sanglots, ce corps affaissé et secoué de hoquets. Cette veste par terre. D'un geste machinal il se pencha, ramassa la jaquette et la remit sur les épaules de Deolinda. Un homme passa, un bidon à la main.

« Tu ne m'avais pas dit...

— J'allais te le dire. »

Elle semblait à présent soulagée, elle n'avait pas eu besoin de révéler la vérité avec des mots.

« Mais comment cela s'est-il...

— Une infection. Ce n'est pas la faute du médecin qui m'a donné les premiers soins. C'était déjà presque cicatrisé quand je me suis cognée contre une jarre. Ça s'est remis à saigner, ça s'est infecté (elle ne disait pas ce qui avait saigné, ce qui s'était infecté). Il a fallu m'hospitaliser, m'amputer... »

Elle avait tout dit, enfin. Une sorte de sourire frêle et désappointé, mais en tout état de cause fier, lui fit relever le visage et affronter Samuel.

« Maintenant que je suis marquée pour toujours, tu éprouves de la répugnance pour moi ? »

Samuel fit un effort pour dire ce qu'il avait à dire, vite :

« Écoute, Deolinda. Tu te trompes complètement. Ce qui s'est passé cet après-midi a été véritablement une chose affreuse.

Et ce qui est arrivé ensuite, et que j'apprends seulement maintenant, a été encore plus affreux. Mais comment as-tu pu penser un seul instant que c'était moi qui... C'est absurde, réfléchis. Il aurait fallu que je sois un être anormal, un de ces monstres de cinéma ou de roman. J'admets que sur le moment la douleur t'ait empêchée d'y voir clair. Mais ensuite quand tout fut passé... dis-moi, en cet instant précis, maintenant, tu crois vraiment que je...

— Je le crois (sa voix était indécise, sa certitude se défaisait, devenait angoisse).

Puis, presque déçue :

— Mais alors tu me jures que...

— Je te le jure. Sur la tête de ma mère. Je le jure devant Dieu. »

Ils demeurèrent quelques instants silencieux. Elle la tête basse :

« Allons-nous-en d'ici. »

Ils se mirent à marcher, gênés. Ils quittèrent le jardin, s'engagèrent sur l'avenue Cinelandia.

« Tu aimerais boire quelque chose ? » demanda Samuel, pour rompre le silence.

« Oui... Dans cette pâtisserie, tu sais ?

— Bon. (D'un ton sec). »

Tout en marchant dans la chaleur, il essayait d'imaginer comment tout cela finirait, il était agacé. Il aurait dû rester à São Paulo, ne pas mettre le nez hors de sa banque. Les lumières de la place éclairaient le corps encore svelte de Deolinda, son visage pur, un peu amaigri, pâle.

Mais l'idée qu'il était venu de São Paulo pour se promener de nuit sur l'avenue Cinelandia avec une femme manchote lui était aussi cuisante qu'une gifle.

La pâtisserie conservait sa décoration « art nouveau » de l'époque héroïque. Elle était déserte. Le temps s'était cristallisé dans les petites tables aux pieds recourbés, dans les miroirs. Des serveurs bâillaient au fond de l'établissement. Les mêmes qu'autrefois ?

« Si elle commande une glace au cajou, je l'étrangle », pensa Samuel. Mais elle commanda un gin-tonic, il l'imita.

Ils en étaient à leur troisième dose, elle riait beaucoup, il avait retrouvé son sang-froid. Il lui racontait des histoires de São Paulo, des fins de semaine assez amusantes à Santos, un incident plutôt confus faisant intervenir le Comte Matarazzo, un perroquet du Ceara et deux dactylos. Elle riait fort, dans son verre la rondelle de citron n'arrêtait pas de descendre. Quatrième verre. Cinquième verre. Samuel tenait le coup, le gin ne l'affectait pas.

« Mon chéri, tu es un vrai numéro. Il est impayable ce garçon. Pourquoi as-tu disparu tout ce temps, hein, grand méchant ? Ah, mon Dieu, il me fera mourir de rire. Assez, Samuel, je n'en peux plus...

Elle eut un hoquet sec.

« Samuelito de mi corazon, soy tu esclava. Bésame ! Bésame[1]. »

Elle parlait si fort que Samuel, qui ne partageait pas son excitation, se dit qu'il fallait l'emmener de là. Il la conduisit doucement vers la sortie. Riant toujours Deolinda monta dans le taxi et laissa tomber sa tête sur la poitrine de Samuel. Dans cette position, bras gauche passé autour du cou de son ami, le membre incomplet s'offrait au regard.

Samuel en fut si bouleversé qu'il décida de boire davantage. Ils firent le tour des bars de Copacabana, mélangeant whisky, vermouth, cointreau, cognac. Il était de fer. Deolinda riait et pleurait.

« Mon chéri, monstre, ordure, mon cœur... »

Comment tout cela se terminerait-il ? Samuel avait l'impression qu'il vaincrait le danger par l'alcool. Et si l'alcool déclenchait en elle d'autres réactions dangereuses ? S'il faisait affleurer quelque intention cachée ?

« Samuel, mon chéri dis-lui d'aller vers l'avenue Niemeyer. J'ai besoin d'air frais, de vent... »

1. En espagnol dans l'original : Samuel de mon cœur, je suis ton esclave Embrasse-moi ! Embrasse-moi !

Le taxi obtempéra.

Durant ce voyage éclair, sa voix lui parvenait noyée dans une haleine écœurante, faite de boissons inconciliables. Encore des hoquets, et une menace de vomissement.

« Adieu, Samuel. Je vais me jeter dans la grotte de l'Imprensa. »

Elle fit mine d'ouvrir la portière de la voiture, Samuel la retint.

« Calme-toi. On va rentrer. »

Il ouvrit avec peine son sac à main, il déterra son adresse : Grajau. Le taxi se dirigea vers cette destination.

Il la porta dans ses bras à l'intérieur de la maison, toujours avec la plus grande douceur. Ses mains encombrées ne trouvaient pas les interrupteurs. Pas un domestique pour l'aider.

Enfin, il l'étendit sur le lit. Il ouvrit les fenêtres. La nuit flamboyait.

Deolinda était secouée parfois d'un petit rire ; ensuite elle se calma. Elle ferma les yeux.

Samuel s'agenouilla au bord du lit, enveloppa le moignon avec le couvre-lit. Il lui enleva ses chaussures, il installa plus commodément le corps mou, abandonné. Et il lui prit doucement la main. Il se rapprocha encore. Une bague ornée d'une pierre bleue projetait une ombre ténue à la naissance du doigt. Le reste du doigt était blanc, d'un blanc jauni, de vieux parchemin, très doux.

Samuel porta la main à ses lèvres, lentement, avec infiniment de précaution et de délicatesse. Le contact dura longtemps.

Le lendemain, il retournait à São Paulo, sans avoir réglé l'affaire.

(1951)
(traduit par Geneviève Liebrich,
Inès Oseki Depré et Mario Carelli)
Éditions Métailié

João GUIMARÃES ROSA

Né en 1908 à Cordisburgo (Minas Gerais), d'une famille d'éleveurs d'origine souabe, installés dans le sertão depuis des générations. D'abord médecin de village, il entra en 1934 dans la carrière diplomatique qui lui fit presque faire le tour du monde, avant d'assumer comme ministre plénipotentiaire la direction du département des Lignes de démarcation, à Rio, où il mourut en 1967. Le sertão natal et ses hommes lui fournirent le cadre, les thèmes et les personnages de ses romans et de ses nouvelles. « Respirer le sertão, écrit Luis Harss, tracer ses coordonnées spirituelles, trouver ses corrélatifs internes, ont été le sens de sa vie. Il est allé partout dans la vaste plaine, en jeep ou à cheval, en train à bestiaux. Il a passé les rivières à gué, escaladé des falaises, conduit des troupeaux, chassé le chat sauvage, couché à la belle étoile avec les vachers, à la nuit tombante et sous les arbres qui se balancent pleins de sombres caquetages et le sol ouvert à ses pieds. Ce qu'il a vu et assimilé, il l'a enregistré, mais toujours sur le bord escarpé, son œil regardant au-delà. » Son écriture, extrêmement inventive, a été souvent rapprochée de celle de Joyce. « Aussi bien, ne manquera-t-on pas de remarquer chez Guimarães Rosa à l'instar de l'écrivain irlandais, constate Inès Oseki-Depré, l'emploi de procédés poétiques visant à multiplier les perspectives et visions d'une même réalité ou à produire un syncrétisme entre les diverses sensations et sentiments dans une sorte d'incantation métaphorique. »

Nouvelles : Primeiras Estórias, *1962* (Premières histoires, *trad. Inès Oseki-Depré, éd. A.-M. Métailié/UNESCO, 1982).*

JOÃO GUIMARÃES ROSA

Romans : Corpo de Baile, *1956 (publié en trois volumes aux Éditions du Seuil, tous traduits par Jean-Jacques Villard :* Buriti, *1961 ;* Les Nuits du Sertão, *1962 ;* Hautes Plaines, *1969) ;* Grande Sertão : Veredas, *1956* (Diadorim, *trad. J.-J. Villard, éd. Albin Michel, 1965).*

Le troisième rivage du fleuve *est extrait de* Premières histoires.

Le troisième rivage du fleuve

Notre père était homme de parole, ordonné, positif ; et ça depuis sa plus lointaine jeunesse et enfance d'après ce qu'en témoignèrent diverses personnes sensées, lorsque je demandai le renseignement. Pour ce dont je me souviens moi-même, il ne paraissait ni plus bizarre ni plus triste que les autres, les gens qu'on connaissait. Seulement silencieux. C'était notre mère qui commandait et qui nous rabrouait dans le quotidien — ma sœur, mon frère et moi. Mais il se passa qu'un jour, notre père se fit construire une barque.

C'était du sérieux. Il commanda une barque spéciale, en bois jaune, petite, juste avec une planchette à la poupe, comme pour contenir un seul rameur. Mais elle devait être bien fabriquée, choisie robuste et pliée au maximum, apte à durer sur l'eau environ vingt ou trente ans. Notre mère pesta beaucoup contre le projet. Est-ce que lui, qui ne se plaisait pas dans ces loisirs, allait maintenant se mettre aux parties de pêche et de chasse ? Notre père ne répondait rien. Notre maison, à l'époque, était encore plus proche du fleuve, quelque chose comme moins d'un quart de lieue : le fleuve s'y étendait imposant, profond, muet comme toujours. Large au point qu'on ne pouvait deviner le contour de l'autre rive. Et je ne puis oublier le jour où la barque a été terminée.

Sans joie ni inquiétude, notre père coiffa son chapeau et décida de nous faire ses adieux. Il ne prononça même pas d'autres mots, il ne prit ni gamelle ni vêtements, il ne fit aucune recommandation. Notre mère, on crut qu'elle allait se mettre en colère, mais elle persista dans la blancheur de sa pâleur, elle se mordilla les lèvres et brama enfin : — « *T'en vas, t'y restes, tu ne reviens plus jamais !* » Notre père suspendit sa réponse. Il me jeta doucement un regard, me faisant signe de l'accompagner quelques pas. Je craignis le courroux de notre mère mais j'obéis, discrètement. La tournure des événements m'animait, j'allai jusqu'à émettre le propos : — « *Père vous m'amenez avec vous, dans votre barque ?* » Il ne fit que tourner son regard vers moi, et il me donna sa bénédiction avec un geste qui me renvoyait en arrière. Je fis semblant de partir, mais me retournai encore, caché dans le buisson, pour savoir. Notre père entra dans la barque et largua les amarres, tout en ramant. Et la barque s'en alla — avec son ombre, pareille à un crocodile, longue longue.

Notre père ne revint pas. Il n'était parti nulle part. Seulement il mettait à exécution l'idée de demeurer dans ces espaces du fleuve, à mi-chemin, toujours dans la barque, sans la quitter, pour toujours. Cette vérité étrange réussit à accabler complètement tout le monde. Ce qui n'existait pas, arrivait. Nos parents, voisins et connaissances se réunirent, se concertèrent.

Notre mère, honteuse, se comporta avec beaucoup de prudence ; pour cette raison, tous pensèrent sans vouloir le dire que la raison du comportement de notre père s'appelait : folie. Quelques-uns seulement pensaient que ça pouvait être aussi la réalisation d'un vœu ; ou bien que notre père, qui sait, par scrupule d'avoir quelque vilaine maladie, comme la lèpre, s'exilait dans une façon d'exister, près et loin de sa famille à lui. Les nouvelles se transmettant par la voix de certaines personnes — des passeurs, les habitants des rives, voire des zones lointaines de l'autre bord — qui décrivaient que notre père n'apparaissait jamais à terre, en aucun point ou coin, ni le jour ni la nuit, ainsi que la façon dont il parcourait le fleuve, solitairement à la dérive. Alors, donc, notre mère et nos parents conclurent : que les vivres qu'il avait, cachés dans la barque, se consumaient ; et lui, ou bien il débarquait et partait loin, pour toujours, ce qui au moins aurait été plus correct, ou bien il se repentait, pour une fois, et rentrait à la maison.

En quoi ils se leurraient. Moi-même je me faisais un devoir de lui apporter tous les jours un peu de nourriture dérobée : idée qui me vint, dès la première nuit, lorsque nos gens se mirent à allumer des bûchers sur le bord du fleuve tandis qu'à leurs lumières on priait et on invoquait. Après quoi, le lendemain, je vins avec des galettes de sucre roux, des brioches et un régime de bananes. J'aperçus notre père, au bout d'une heure, si longue à survenir : tout seul dans l'au-loin, assis au fond de sa barque, suspendue sur le fleuve lisse. Il me vit, ne rama pas vers moi, ne fit aucun signe. Je lui montrai la nourriture, je la déposai dans le creux d'une pierre du ravin, à l'abri de la faim des bêtes et au sec contre les pluies et les rosées. Ça, je le fis et le refis, toujours, pendant des temps infinis. La surprise que j'eus plus tard : que notre mère connaissait cette tâche à moi et feignait seulement de l'ignorer ; elle-même laissait, à ma portée, des restes de repas, pour que j'y arrive. Notre mère n'était pas très démonstrative.

Elle fit venir un oncle à nous, son frère, pour aider à la ferme et aux affaires. Elle fit venir le maître d'école, pour nous, les enfants. Un jour elle confia au curé la mission de se revêtir de ses ornements sur une des plages du fleuve afin de conjurer notre père et de lui rappeler le devoir de sortir de son triste entêtement. Une autre fois, de son fait à elle, à cause de la peur, les deux soldats arrivèrent. Tout cela ne servit à rien. Notre père passait au large, aperçu ou dilué, croisant ses rames, sans laisser quiconque l'approcher pour le toucher ou lui parler. Même lorsqu'il arriva, il n'y a pas longtemps, des hommes de presse qui vinrent en bateau à moteur dans l'intention de le prendre en photo, ils ne réussirent pas : notre père disparaissait de l'autre côté, dirigeait la barque vers le grand marais, à des lieues, car il y en a, parmi les joncs et la broussaille et lui seul connaissait, recoin par recoin, l'obscurité de tout cela.

On dût s'y faire. Avec beaucoup de peine, car on ne s'y fit vraiment jamais, en fait. Je parle pour moi qui, dans mes vouloirs et non-vouloirs, ne me retrouvai que par rapport à notre père : sujet que je cachais derrière mes pensées. Le dur c'était de ne pas comprendre, en aucune façon, comment il le supportait. Le jour comme la nuit, au soleil et sous la bourrasque, la chaleur, la rosée, et les froidures terribles de la mi-année, sans but, seulement avec son vieux chapeau sur le crâne, durant des semaines entières, et des mois et des années — sans se préoccuper des allures de la vie. Il ne touchait aucune des deux rives, ni les îles ou les racines du fleuve, il ne mit plus jamais le pied sur le sol ou l'herbe. Sûrement qu'au moins pour dormir son dû il devait amarrer la barque à quelque pointe-d'île, dans une anse. Mais il n'allumait pas de petit feu sur la plage ni ne disposait de lumière, il ne frotta plus jamais d'allumette. Ce qu'il consommait de nourriture ce n'était qu'un presque ; de ce qu'on lui déposait, entre les racines des ficus, ou dans la niche de la pierre du ravin, il n'en prenait guère, même pas le minimum. Ne tombait-il jamais malade ? Et la constante force des bras, pour tenir dans la barque, résistant, surtout dans le trop-plein des inondations, dans la crue, lorsque dans l'élan du courant énorme du fleuve tout roule dangereusement, ces corps de bêtes mortes et troncs d'arbre qui dégringolent — d'étonnement dans les heurts. Et plus jamais il ne dit mot, à personne. Nous-mêmes nous n'en parlions plus. On ne faisait qu'y penser. Non, on ne pouvait nourrir d'oubli pour notre père ; et si parfois on faisait semblant d'oublier, c'était seulement pour se réveiller à nouveau, soudain, avec la mémoire, dans le rythme d'autres sursauts.

Ma sœur se maria ; notre mère ne voulut pas de fête. Notre imagination nous portait vers lui lorsqu'on mangeait un meilleur repas ; de même lorsque sous le manteau de la nuit, dans l'abandon de ces nuits pluvieuses d'une pluie froide, rude : notre père n'avait que ses mains et une écuelle pour vider la barque des eaux de la tempête. Quelquefois, quelqu'un de notre connaissance trouvait que je ressemblais de plus en plus à notre père. Mais moi je savais qu'en ce moment il était devenu chevelu, barbu, avec des ongles longs, qu'il était malade et maigre, noir de soleil et de poils, avec l'air d'un animal, peut-être presque nu, bien que disposant des pièces de vêtements qu'on lui fournissait de temps en temps.

Il ne voulait pas entendre parler de nous ; n'avait-il aucune affection ? Mais, par affection aussi, par respect, chaque fois qu'on me faisait des louanges à cause d'une bonne action quelconque à moi, je disais : — « *C'est père qu'un jour m'a appris à faire de la sorte...* » — ce qui n'était pas la vérité exacte ; mais c'était le faux pour le vrai. Puisque, s'il ne se souvenait plus, ni ne voulait plus entendre parler de nous, pour quelle autre raison alors ne montait-il ou ne descendait-il pas le fleuve vers d'autres rivages, loin, dans l'introuvable ? Lui seul le savait. Mais ma sœur eut un enfant, elle-même se mit dans la tête qu'elle voulait lui montrer son petit-fils. Nous arrivâmes, tous, sur la rive, par un beau jour, ma sœur habillée en blanc, comme pour son mariage, elle soulevait le petit dans les bras, son mari tenant l'ombrelle pour les abriter tous les deux. On appela, on attendit. Notre père ne se montra pas. Ma sœur pleura, nous pleurâmes tous, enlacés.

Ma sœur déménagea, avec son mari, loin d'ici. Mon frère prit sa décision et s'en alla, dans une ville. Les temps changeaient, dans la lenteur rapide des temps. Notre mère finit par s'en aller aussi, une fois pour toutes, habiter avec ma sœur, elle avait vieilli. Je demeurai ici, tout seul. Jamais je ne pouvais vouloir me marier. Je restai, avec les bagages de la vie. Notre père avait besoin de moi, je le sais, — dans l'errance, dans le fleuve sans bornes — sans donner la raison de son acte. Or, quand je voulus vraiment le savoir, et interrogeai fermement, des voix me dirent : qu'il semblait que notre père, pour une fois, eût fourni une explication à l'homme qui lui avait fabriqué la barque. Mais, maintenant, cet homme était déjà mort, personne ne savait rien, n'avait aucun souvenir, de rien, de plus rien. Seules les fausses conversations, sans aucun sens, occasionnelles, au début de la venue des premières crues du fleuve, avec des pluies qui ne séchaient pas, où tous craignirent la fin du monde, disaient : que notre père avait été élu tel Noé et, pour cela, avait prévu sa barque ; car maintenant je m'en entresouviens, mon père, je ne pouvais le maudire. Et déjà pointaient en moi quelques premiers cheveux blancs.

Je suis un homme aux mots tristes. De quoi étais-je tellement tellement coupable ? Si mon père faisait toujours de l'absence : et le fleu-fleu-fleuve, le fleuve — créant le perpétuel. Je souffrais déjà du début de la vieillesse — cette vie n'était qu'un retardement. Moi-même, j'avais des crises, des anxiétés, ici-bas, des fatigues, des claudications rhumatismales. Et lui ? Pourquoi ? Il devait souffrir intensément. Si vieux, n'allait-il pas, un de ces jours, manquer de vigueur, faire renverser la barque, ou bien floflotter sans pouls, dans le courant du fleuve, avant de se précipiter quelques heures plus bas, en cataracte et dans la chute des chutes, féroce, bouillante et mortelle. Je suis le coupable de je ne sais quoi, d'une douleur ouverte, en mon for intérieur. Si l'on savait — si ces choses-là étaient différentes. Et je commençai à concevoir mon plan.

Sans en annoncer les préambules. Suis-je fou ? Non Dans notre maison, le mot fou ne se prononçait pas, ne le laissa jamais prononcer, toutes ces années, on ne traitait personne de fou. Personne n'est fou. Ou bien, tout le monde. Je ne fis qu'y aller. Avec un mouchoir, pour que les signes soient davantage. J'étais tout à fait conscient. J'attendis. A la fin, il apparut, çà et là, son contour. Il était là, assis à la poupe. Il était là, à un cri de moi. J'appelai plusieurs fois. Et je dis, ce qui était urgent, mon serment et ma déclaration, je dus renforcer ma voix : — « *Père, vous êtes vieux, vous avez déjà fait ce que vous deviez faire... Maintenant vous venez, ce n'est plus la peine... Vous venez, et moi, tout de suite, quelle que soit l'heure, selon notre désir à tous les deux, je prends votre place, la vôtre, sur la barque !...* » Et, parlant de la sorte, mon cœur battit dans un rythme plus juste.

Il m'écouta. Se leva. Il mania la rame dans l'eau, il s'avançait vers ici, il était d'accord. Et je tremblai, profondément, tout d'un coup : parce que, juste avant, il avait levé le bras et fait un geste de salut — le premier, après tant d'années écoulées ! Et moi je ne pouvais... De terreur, les cheveux hérissés, je courus, je fuis, je me tirai de là, dans un acte de démence. Parce qu'il me sembla venir : de l'au-delà. Et je demande, demande, demande pardon.

Je souffris le grave froid des peurs, je tombai malade. Je sais que personne n'eut plus de ses nouvelles. Suis-je un homme, après cette défaillance ? Je suis celui qui ne fut pas, celui qui se taira désormais. Je sais que maintenant c'est trop tard, et je crains que ma vie ne s'abrège, dans les déserts du monde. Mais, alors, au moins, qu'à l'article de la mort, on me prenne et on me dépose aussi dans une petite barque de rien du tout, dans cette eau, aux longues rives, qui ne s'arrête pas : et, moi, fleuve en aval, fleuve en dérive, fleuve en dedans — le fleuve.

(1962)
(traduit par Inès Oseki-Depré)
Édition Métailié

Jorge AMADO

Né en 1912 à Itabuna (Bahia) où son père était planteur de cacao. Depuis Le Pays du carnaval, *publié à dix-neuf ans, une trentaine de romans traduits dans le monde entier ont fait de lui, au Brésil, une figure mythique qui doit son prestige à un engagement total au service du peuple. Maintes fois emprisonné, longtemps exilé (à Buenos Aires, 1941-1943 ; en France et en Union soviétique, 1947-1952), quelque temps député du Parti communiste brésilien (1945-1947), Amado reste toujours du côté des opprimés, contre les formes modernes de l'esclavage. Marié à l'écrivain Zélia Gattai. Chez Jorge Amado, constate Mario Carelli, « l'enracinement dans une " terre violente " de métissage racial et culturel, le foisonnement de personnages savoureux, la trame implacable ou fantaisiste de leurs combats ou de leurs aventures nourrissent une vision à la fois engagée, amusée et attendrie des passions humaines... Le pittoresque du quotidien est toujours vu de l'intérieur avec le recul de l'humour qui permet au lecteur d'entrer dans la complicité d'un univers magique dominé par la présence des* orishas. *Le folklore et même la valorisation des mythes ne coupent pas les romans amadiens des problèmes contemporains. Ils disent les racines, ils chantent le peuple, ils prônent un combat qui ne se départit jamais de la joie et de la sagesse brésiliennes. »*

Romans : Cacao, *1933 (éd. Nagel, 1955 ; puis trad. Jean Orecchioni, Stock, 1984) ;* Suor, *1934 (trad. Alice Raillard, éd. Temps Actuels, 1983) ;* Bahia de tous les Saints, *1935 (trad. Michel Berveiller et Pierre Hourcade, Gallimard, 1938) ;* Mar morto, *1936 (trad. Noël-A. Fran-*

çois, éd. Nagel, 1949) ; Capitaines des sables, *1937 (trad. Vanina, Gallimard, 1952) ;* Terre violente, *1943 (éd. Nagel, 1949 ; devenu* Les terres du bout du monde, *trad. Isabel Meyrelles, éd. Messidor, 1985) ;* La terre aux fruits d'or, *1944 (éd. Nagel, 1948 ; puis trad. Isabel Meyrelles, éd. Messidor, 1986) ;* Les chemins de la faim, *1946 (Éditeurs Français Réunis, 1949) ;* Les souterrains de la liberté, *I et II, 1954 (trad. Isabel Meyrelles, éd. Messidor, 1984) ;* Gabriela, girofle et cannelle, *1958 (trad. Violante do Canto et Maurice Roche, éd. Seghers, 1959 ; puis trad. Georges Boisvert, éd. Stock, 1971) ;* Le vieux marin, *1961 (trad. Alice Raillard, Stock, 1978) ;* Les deux morts de Quinquin-la-Flotte, *1961 (trad. Georges Boisvert, préface de Roger Bastide, Stock, 1971) ;* Les pâtres de la nuit, *1964 (trad. Conrad Detrez, Stock, 1970) ;* Dona Flor et ses deux maris, *1966 (trad. Georgette Tavares-Bastos, Stock, 1972) ;* La Boutique aux miracles, *1969 (trad. Alice Raillard, éd. Stock, 1976) ;* Tereza Batista, *1972 (trad. Alice Raillard, préface de Georges Raillard, Stock, 1974) ;* Tieta d'Agreste, *1977 (trad. Alice Raillard, Stock, 1979) ;* La bataille du Petit Trianon, *1979 (trad. Alice Raillard, Stock, 1980) ;* Tocaia grande, *1984 (trad. Jean Orecchioni, Stock, 1985).*

Du miracle des oiseaux survenu récemment sur les terres d'Alagoas, sur les rives du Rio São Francisco

Le miracle se produisit dans la ville de Piranhas, sur les rives du rio São Francisco, un jour de foire des plus animés. Y assistèrent des centaines et des centaines de chrétiens de conditions sociales diverses, depuis le riche colonel Jarde Ramalho, celui qui lutta contre Lampião, jusqu'aux pauvres cultivateurs venus de l'intérieur pour vendre leur farine de manioc et le maïs de leurs plantations. L'attesta une visiteuse insigne, reçue et fêtée dans la ville, dona Heloísa Ramos, veuve de l'illustre romancier. Comme, de notoriété publique, elle n'a pas l'habitude de mentir, son témoignage à lui seul confirme la véracité de l'histoire.

Les héros de l'affaire : Ubaldo Capadócio, de profession littérateur de cordel[1], poète populaire et amant — dans ces trois offices d'une compétence reconnue et d'un vaste renom ; et avec lui le capitaine Lindolfo Ezequiel, dont la réputation de vaillance et de cruauté était universelle dans ce pays de couillus qu'est la terre d'Alagoas. Capitaine de quelle arme ? on ne l'a pas tiré au clair jusqu'à ce jour, mais ses galons, il les avait conquis en envoyant des gens au cimetière, car les hauts faits qui

1. Littérature de cordel — ou de colportage : minces brochures populaires, illustrées de bois gravés, racontant des faits divers réels ou imaginaires, récitées et offertes à la vente (à cheval sur les « cordelettes ») dans les marchés du Nordeste du Brésil (n.d.t.).

l'avaient rendu fameux étaient ceux de tueur à gages (où il gagnait argent et considération) et d'époux de Sabô – cette dernière profession exigeait de lui capacité, vigueur et vigilance active envers la population masculine, Sabô ne respectant, il faut bien le dire, ni la patente de son mari, ni son air farouche, ni l'arme mortelle : une dévoreuse. A Sabô rêvaient tous les hommes des rives du São Francisco : célibataires, mariés, fiancés, concubins, et jusqu'aux mineurs de quatorze ans. Mais le courage d'affronter la mâle détermination du mari, la mort dans la bouche du fusil, elle seule le possédait ; les soupirants rengainaient leur ardeur et le reste, détournaient les yeux de celle qui s'offrait.

Ubaldo Capadócio, lui, l'affronta, intrépide. Non par l'effet d'un courage exceptionnel, par ignorance des circonstances et des conditions locales, étranger de passage qu'il était, en quête de lecteurs, d'une foire fréquentée pour y vendre ses brochures de poésie – la dernière, l'*Histoire de la damoiselle qui se mit en ménage avec le loup-garou*, obtenait un succès justifié –, en quête aussi d'une fête où jouer de l'accordéon et improviser des vers, d'un lit accueillant, du sein d'une brunette où reprendre souffle. Quel qu'en fût le motif, il affronta le tueur à gages et le fit vêtu d'une chemise de femme, des plus courtes : pour être précis, de la pièce supérieure du baby-doll rose bonbon de Sabô.

Le poète Ubaldo Capadócio avait belle allure. Un bourreau des cœurs. Cabocle grand et bien bâti, un gaillard, cheveux en bataille, rire facile, conversation émaillée de formules spirituelles et de mots du dictionnaire, à peine arrivait-il qu'aussitôt on faisait cercle autour de lui. Dans l'étendue des sertans de Bahia et du Sergipe, champ habituel de ses activités, travaux et plaisirs, c'était une figure populaire très prisée. On venait le trouver de loin pour animer baptêmes, mariages, veillées funèbres : il était sans pareil pour tourner un compliment aux jeunes mariés. Conteur d'histoires hors pair dans une veillée, il était capable de faire rire et pleurer le défunt lui-même. Ce n'est pas une façon de parler car la chose arriva, des témoins vivants peuvent le confirmer. Je ne citerai que deux noms parmi beaucoup d'autres : ceux de maître Calasans Neto et du poète des régions du cacao, Florisvaldo Matos. Tous deux virent feu Aristóbulo le Noir, couché là dans le cercueil, mort et bien mort, partir d'un grand éclat de rire en entendant Ubaldo Capadócio raconter l'histoire de la baleine qui apparut à Maragogipe. Je ne citerai pas le peintre Carybé, c'est un menteur invétéré. D'après lui, non seulement le Noir aurait ri, mais il aurait ajouté un détail (cochon) au récit. De l'avis des gens fiables, le détail scabreux était une invention du seul Carybé, citoyen de moralité douteuse, vu qu'Aristóbulo, bien que pédant, n'était pas homme à mettre du sien dans le récit d'un confrère : un défunt tout délicatesse.

Dans un bal musette, n'en parlons pas : Ubaldo Capadócio donnait la pleine mesure de son talent. L'accordéon contre la poitrine, la voix rauque éclaircie d'un coup d'eau-de-vie de canne, langoureux regard suppliant, il distillait l'amour, arrachait des soupirs, recueillait les promesses des célibataires et des femmes mariées, des concubines et des esseulées, des veuves inconsolables — la consolation des veuves appartenait à sa généreuse nature. Des soupirs profonds, d'ardentes promesses, mais il recueillait également menaces et serments de vengeance. N'étant pas peureux, il allait de l'avant.

D'un naturel nomade, il se retrouva avec maison montée, foyer installé — maisons et foyers — aussi bien à Bahia qu'au Sergipe. Belle allure et renommée, pensez donc ! Tant de femmes, et à toutes il restait fidèle, le cœur constant. Avec aucune il ne rompit (à l'exception de Braúlia, mais Braúlia, mon Dieu...), il n'en quitta, n'en renvoya aucune. Elles si, elles prenaient le large, folles furieuses, se disant victimes d'abus et de trahison lorsqu'elles s'avisaient de l'existence des autres, de plusieurs autres — comme si un barde errant, loin de son foyer depuis des semaines, des quinzaines, des mois, pouvait pratiquer la chasteté. Ces brusques ruptures n'étaient pas le fait de Capadócio et il en restait inconsolable ; en perdant l'une d'elles, c'était comme s'il avait perdu l'unique femme de sa vie. Autant qu'elles étaient, toutes étaient l'unique — qui ne comprend pas cette énigme ne sait rien des mystères de l'amour. Quel était le motif de cette ingratitude en chaîne, pourquoi cet absurde égoïsme alors que lui, Ubaldo Capadócio, ne manquait ni de force de conviction ni de détermination pour les satisfaire toutes, au lit comme dans les sentiments, avec encore compétence et fantaisie à revendre ?

Quelques-unes ne partaient pas, se résignaient et ainsi, à trente-deux ans, quand survint le miracle de Piranhas, Ubaldo Capadócio entretenait trois familles avec le produit de ses brochures, avec son accordéon et sa viole, sa voix rauque et les rimes de sa poésie - rimes riches ou pauvres, peu importe, poésie c'était et elle nourrissait ses trois épouses, toutes illégitimes, et ses neuf enfants, dont trois d'adoption.

Deux familles pleinement constituées, avec femme et enfants chacune ; la troisième encore sans rejetons. Rosecler, la dernière, qui sortait à peine de la lune-de-miel, n'avait pas eu le temps de concevoir et d'enfanter. Elle était pourtant la plus chère des trois, dépensière, folle de breloques, de bagues, de bracelets, de chaînes, mais un charme, mélange de miel et de piment.

Prolifique, Ubaldo, fertile en strophes et en enfants : des neuf, comme il a été dit, six seulement étaient nés de son sang, trois avec Romilda, trois avec Valdelice. Des trois enfants d'adoption, l'aîné était venu avec Romilda lorsque la mulâtresse avait décidé d'abandonner son mari à l'étal du marché d'Aracajou et de suivre les accords de la viole magique du solitaire et triste baladin. Solitaire et triste, parce que si un chrétien est épris d'une certaine créature, qu'il ne pense qu'à elle, empaumé, il a beau en avoir d'autres avec qui folâtrer jour et nuit, il reste néanmoins solitaire — seule la diablesse est capable de rompre tristesse et solitude, de fournir compagnie et distraction. En le voyant aussi abattu, Romilda s'attendrit, fit son bagage, mais auparavant elle expliqua : je lâche mon mari mais j'emmène mon fils, je ne me sépare pas de lui. Il sera le mien, rugit Capadócio, dramatique, la main sur la poitrine. Il y en aurait eu trois ou quatre qu'il aurait encore accepté le marché, fou qu'il était d'avoir Romilda dans son lit, de lui toucher les seins, de caresser ses cuisses. Amène ton fils, et amène ton neveu, amène toute la famille si tu veux !

Le second, du nom de Dante en l'honneur du poète, avait été adopté par Capadócio et Valdelice quand sa mère était morte, le laissant âgé de six mois et avec une dysenterie féroce. Impossible de le confier au père : improvisateur et buveur éprouvé, Bernardo Sabença n'était pas fait pour élever un enfant, surtout avec cette puanteur de diarrhée.

Quant au troisième, surnommé Raton à cause de la voracité de son appétit, de lui ils ne savaient rien – parents, âge, nom –, sauf qu'ils l'avaient recueilli sur les chemins du sertan, mangeant de la terre – ça ne fortifie pas mais ce n'est pas mauvais au goût. En examinant les traits et les tendances de Raton, les cheveux blonds, les yeux bleus, les mains habiles, rapides à dérober tout ce qui se trouvait à portée de ses doigts, Valdelice, psychologue à ses heures, lui attribua un père grand propriétaire ou docteur, un lord, mettant au compte de la mère sa peau sombre.

Pour satisfaire les curieux, amateurs de détails précis, ajoutons que le foyer d'Ubaldo et de la belle Romilda se trouve dans la ville de Lagarto, dans l'État du Sergipe, tandis que la résidence du couple Valdelice-Capadócio est située dans la ruelle des Acacias, à Amargosa, dans l'État de Bahia. Également à Bahia se lamente la jeune Rosecler, dans un faubourg de Jequié, une grande ville. Ubaldo Capadócio a dit adieu aux trois, à bientôt, car ne dit adieu pour toujours que le défunt à l'heure des funérailles. Et il s'en fut connaître et exploiter le célèbre État d'Alagoas où la vie ne vaut pas cher, mais où la poésie est en grand honneur. Un bon trouvère peut s'y faire reconnaître, gagner de l'argent et, s'il en a le courage, réchauffer le lit de belles brunettes.

L'excursion à travers le farouche sertan d'Alagoas allait le vent en poupe. Fêtes, foires, baptêmes, jusqu'à une sainte mission à Arapiraca ; Ubaldo Capadócio, son accordéon, sa viole, sa sacoche avec ses brochures de cordel, ramassant des piécettes, tombant les cœurs. Enfin il atteignit le rio São Francisco dont il suivit les rives pour aboutir à Piranhas, ville célèbre pour la beauté de son paysage et de ses bâtisses et pour avoir résisté à Lampião en des temps anciens, un épisode chanté à l'époque dans les brochures de foire. On peut ajouter à ces motifs d'orgueil le fait que la ville abrite dans la muraille infranchissable de ses rochers, le capitaine Lindolfo Ezequiel cité plus haut et sa légitime épouse Sabô, également citée, mais qui mérite sans doute une plus longue référence pour la grâce de son corps, sa démarche dansante, sa croupe impressionnante, un abîme, les fossettes de ses joues, ses lèvres qu'elle mordait pour les rendre plus rouges et aussi pour dire que oui, qu'elle voulait, que si elle pouvait, ah ! et encore d'autres raisonnements. Sabô n'était pas une personne, c'était une tentation du démon lâchée à Piranhas — mais qui s'y serait risqué ? une terre de mâles, de crâneurs d'une vaillance éprouvée, Lampião peut en témoigner ; mais Lindolfo Ezequiel avait expédié une bonne quantité de braves, sur ordre et sur commande de richards, pour gagner sa vie et celle de sa femme ensorceleuse, et quelques autres pour son propre compte, pour rien, simplement parce qu'il les suspectait d'intentions malignes envers la chaste Sabô. De son point de vue de mari, jaloux mais juste, Sabô était une innocente colombe sans fiel. Plus d'une fois le poète Ubaldo Capadócio s'était fourré dans un guêpier à cause d'une femme. Il avait sauté des fenêtres, sauté des haies, sauté des murs, traversé des maquis, fait irruption dans la maison d'autrui en criant au secours, plongé dans les eaux du rio Paraguassu, une fois il avait été visé à bout portant mais Shangô, son père, le protégeait et, de plus, le justicier étant militaire et champion de tir à la cible, le danger qu'il l'atteigne n'était pas grand.

A peine arrivé à Piranhas, il se retrouva dans le lit de Sabô, lit qui, par mariage dûment contracté devant le curé et le juge, était aussi celui de Lindolfo Ezequiel, ce jour-là en voyage pour exécuter une mission. Le travail, commandé par un député, avait conduit Landolfo et son artillerie à un municipe lointain où résidait le condamné. Le champ est libre, avait dit Sabô, impatiente, la pauvre. Certains pourtant avaient averti le baladin du danger qu'il courait – le patron de la pension où il était hébergé, lui aussi amateur de romances en vers : le mieux est de laisser tomber, mon camarade, Lindolfo Ezequiel a plus de trente morts à son tableau, sans parler des premiers quand il n'était pas encore un tueur en renom. Ubaldo ne le crut pas : ces gens d'Alagoas sont trop patriotes et, finalement, pour une femme on peut courir des risques, même grands.

Il franchit la porte de la maison de Sabô à la tombée de la nuit et on le vit. Tard dans la matinée il était encore là, car la fille était insatiable, elle en demandait plus et plus ; quant à notre poète, trouvant une partenaire à sa taille, il avait plaisir à donner la preuve de sa compétence – non seulement la force et le feu, aussi les raffinements, car il n'était pas ignorant en la matière ; assidu des professionnelles qualifiées – y compris une Française –, il avait appris le bon et le meilleur, un fin amant c'était là.

On ne sut jamais pourquoi Lindolfo Ezequiel rebroussa chemin et se retrouva à Piranhas à l'heure la plus animée de la foire hebdomadaire, très exactement quand Ubaldo et Sabô en étaient aux embrasements des adieux – le bouquet final, la quintessence –, alanguis par la fatigue et attendris par le regret. Le tueur venait, pistolet au poing, écumant et annonçant à la cantonade une mort précédée de castration. Le peuple s'attroupa derrière lui, tout excité par la proclamation ; on aurait dit le cortège d'une procession du Vendredi saint.

Lindolfo donna un coup de pied dans la porte, Sabô reconnut ses manières : c'est mon mari, dit-elle, et elle sourit suavement.

Rapide, avec l'entraînement acquis, Ubaldo chercha comment cacher sa nudité, car il n'était pas exhibitionniste ; en public il était toujours correctement vêtu. Dans sa hâte il ne trouva que la partie supérieure du baby-doll rose bonbon de Sabô, il l'enfila par la tête. Gaillard comme il l'était, le gracieux vêtement ne lui arrivait pas au nombril. Mais nu ainsi qu'on l'a raconté, il ne l'était pas. Il sauta par la fenêtre tandis que le cocu, revolver au poing, faisait irruption dans la chambre : Sabô, victime innocente, chaste épouse, accusait le trouvère de tentative de séduction et de viol. Elle, elle avait résisté, héroïque, et réclamait vengeance. Je vais arracher les burnes de cette canaille et ensuite je lui ferai sauter la cervelle. Sois tranquille, ma fille, je laverai ton honneur dans le sang.

Ils traversèrent ainsi la foire de Piranhas. Devant, le baladin Ubaldo Capadócio revêtu de la courte chemise, le sac en montre, les bourses ballantes, condamnées. Un peu en arrière, armé jusqu'aux dents, le tueur à gages — dans la main le couteau à châtrer les porcs, bien aiguisé. Ensuite, le peuple, qui voulait voir. Fatigué par sa nuit de fête et par sa matinée d'adieux, Ubaldo Capadócio perdait du terrain. De plus en plus proches, l'assassin et le couteau. Un froid dans les bourses, aïe !

Au milieu du chemin, le marché aux oiseaux, une quantité de cages empilées les unes sur les autres barrait le passage. Dans sa précipitation et sa trouille, Ubaldo ne put les éviter, il alla cogner contre le mur de cages et l'on vit les oiseaux, des dizaines et des dizaines, délivrés, prendre leur vol. Ils se rassemblèrent tous, innombrables, des ramiers aux merles, des étourneaux aux cardinaux, des canaris aux perruches et, agrippés à la légère chemise, ils soulevèrent Ubaldo Capadócio, l'enlevèrent dans les cieux. En tête de la troupe, douze aras ouvraient la voie à travers les nuages, conduisaient le trouvère, léger comme la poésie.

Lindolfo Ezequiel resta planté là au milieu de la foire. Il s'y trouve encore aujourd'hui, converti en un superbe arbre à cornes, le cornouiller le plus touffu du Nordeste. Il fournit aux artisans la matière première pour des peignes, bagues, babioles variées, gobelets de corne pour l'eau-de-vie. Ainsi l'ancien tueur se vit-il transformé en objet de réelle utilité publique. Quant à Sabô, elle appartint dès lors à la communauté, sous la protection immédiate du colonel Jarde Ramalho qui avait attentivement observé poursuite et miracle.

Les oiseaux survolèrent l'Alagoas, emportant au vent Ubaldo Capadócio, les bourses sauves. Lorsqu'ils eurent franchi la frontière du Sergipe, ils le déposèrent dans un couvent de nonnes qui le reçurent avec courtoisie et ne lui posèrent pas de questions.

(traduit du brésilien par Alice Raillard)

Table des matières

BRÉSIL

Impression réalisée sur CAMERON par

BUSSIÈRE CAMEDAN IMPRIMERIES

GROUPE CPI

à Saint-Amand-Montrond (Cher)
en janvier 2001

N° d'éditeur : 2401006. N° d'impression : 010070/1.
Dépôt légal : juillet 1997.